SHARON BOLTON

Das Gift des Bösen

GOLDMANN
Lesen erleben

Sharon Bolton

Das Gift des Bösen

Thriller

Aus dem Englischen
von Marie-Luise Bezzenberger

GOLDMANN

Die englische Originalausgabe erscheint 2020
unter dem Titel »The Poisoner« bei Trapeze,
an imprint of the Orion Publishing Group, London.

Dieses Buch ist auch als E-Book erhältlich.

FSC
www.fsc.org
MIX
Papier aus verantwortungsvollen Quellen
FSC® C014496

Verlagsgruppe Random House FSC® N001967

1. Auflage
Deutsche Erstveröffentlichung März 2020

Umschlaggestaltung: UNO Werbeagentur, München
Umschlagmotiv: FinePic®, München
Redaktion: Heiko Arntz
LS · Herstellung: kw
Satz: Uhl + Massopust, Aalen
Druck und Bindung: GGP Media GmbH, Pößneck
Printed in Germany
ISBN 978-3-442-48874-2
www.goldmann-verlag.de

Besuchen Sie den Goldmann Verlag im Netz

Vorbemerkung der Autorin

Das Gift des Bösen ist sowohl ein Folgeroman als auch ein Vorläufer von *Der Schatten des Bösen*. Die Erzählzeiten überschneiden sich. Fragen aus dem ersten Buch werden im zweiten beantwortet und umgekehrt. Im Voraus verraten wird nichts.

Den Ort Sabden gibt es wirklich, doch mit dem Sabden in diesem Buch hat er nur wenig Ähnlichkeit. Auch den Pendle Hill gibt es, aber niemand weiß, wo der Malkin Tower ursprünglich gestanden hat.

1612 wurden mehrere »Hexen« in Lancashire vor Gericht gestellt und gehängt. Sämtliche Verweise auf diese Ereignisse in der Florence-Lovelady-Reihe basieren auf historischen Gegebenheiten.

Teil 1

1999

Larry Glassbrooks letzte Tage

1. Kapitel

Giftmischer

Ein Giftmischer ist schwach.

Er ist dein Diener, dein Kind, deine Ehefrau, das ohnmächtige Gesinde, für das du kaum einen Gedanken erübrigst, es sei denn, dein Wohlbefinden ist beeinträchtigt.

Der Giftmischer geht neben dir, kaum bemerkt, nur selten bedacht. Er weiß, dass du ein Narr bist, in seliger Unkenntnis des geduldigen Attentäters, der dein Essen kocht, an deinem Herd hantiert, in deinem Bett schläft. Nie bist du sicher vor dem Giftmischer, denn er ist stets an deiner Seite.

Die Geduld des Giftmischers ist endlos. Er wartet auf den richtigen Augenblick, zählt alles Unrecht und alle Kränkungen zusammen, die ihm widerfahren sind, so wie ein Geizhals sein Gold zählt, und weiß, dass alles seinen Lauf nehmen wird. Ein Giftmischer kann es sich leisten, zu warten.

Der Giftmischer verfügt über Fertigkeiten und Kenntnisse, von denen du nicht die leiseste Vorstellung hast, denn er verspürt kein Bedürfnis, nach deinem Lob oder deiner Aufmerksamkeit zu streben. Die größte Gefahr ist die, die du nicht kommen siehst.

Ich sage »der Giftmischer«, richtiger wäre: »die Giftmischerin«, denn Gift war schon immer die Waffe der Machtlosen.

Der Giftmischer ist eine Frau.

Die Giftmischerin bin ich.

2. Kapitel

Florence

Montag, 26. Juli 1999

Larry hat etwas auf dem Herzen. Das merke ich immer. Jedes Mal, wenn das Gespräch stockt, weicht er meinem Blick aus, als würde er überlegen, ob jetzt der richtige Moment ist. Bei Larry ist Timing das Allerwichtigste, und wie immer läuft die Uhr. So macht er das. Es gefällt ihm, wenn ich mich in einem Zustand von ihm verabschiede, der irgendwo zwischen neugierig und frustriert liegt. Wenn ich mehr will. Er glaubt, ich komme deswegen immer wieder, dass er auf diese Weise dafür sorgt, dass ich an ihn denke. Ich habe ihm nie gesagt, dass er sich da keine Gedanken zu machen braucht.

Ich denke ständig an Larry.

Hinter mir bricht Streit aus. Eine Trillerpfeife ertönt, irgendjemand bellt einen Befehl. Wir achten nicht darauf.

»Hab Sie in den Nachrichten gesehen«, bemerkt er, und ich weiß, darum geht es nicht. Reine Verzögerungstaktik.

»Und, wie habe ich ausgesehen?«

»Wie immer.«

Larrys schwarzes Haar ist schneeweiß geworden, und seine Haut ist gröber. Die Nase ist ihm mehr als einmal gebrochen worden, und über dem rechten Auge hat er eine wulstige Narbe. Da hat mal jemand versucht, es ihm mit einer Gabel auszustechen. Trotzdem sieht er gut aus. Jeder, der sich fragt, wie Elvis ausgesehen hätte, wenn er siebzig geworden wäre und sein Gewicht in den Griff bekommen hätte, braucht sich bloß Larry anzuschauen.

Ich warte, doch er sagt nichts mehr, und ich werde nicht nachhaken. Nach all der Zeit fühle ich mich bei Komplimenten von Larry noch immer unbehaglich.

Er fängt an zu husten und zieht ein Taschentuch hervor. Ein Taschentuch mit Blutflecken darauf.

»Noch zehn Minuten, Ladys und Gentlemen«, ruft der Wärter. Um uns herum hören wir Vorbereitungen zum Aufbruch. Manche Leute haben noch einen weiten Weg vor sich und sind ungeduldig, wollen möglichst schnell hier raus. Hinter Larrys Kopf sehe ich ein Paar, das sich umarmt.

Larry und ich berühren uns nie. Larry und ich sind kein Liebespaar, kein Ehepaar und keine Lebenspartner. Wir sind nicht miteinander verwandt, noch nicht einmal befreundet. Ich habe keine Ahnung, was Larry und ich sind.

»Was haben Sie auf dem Herzen, Larry?«, frage ich.

Wieder wühlt er in seiner Tasche und schiebt einen schmalen Zeitungsausschnitt über den Tisch. Ich erkenne das viktorianische Gebäude auf dem Foto wieder, und irgendetwas in meinem Innern verkrampft sich. Es geht um Sabden. Eine kleine Industriestadt im Nordwesten. Dort habe ich meine berufliche Laufbahn begonnen.

Fast hätte dort mein Leben geendet.

Der Mittelfinger meiner linken Hand tut weh. Phantomschmerzen: Ich habe den Finger schon vor Jahren verloren. Doch er tut trotzdem weh, vor allem, wenn ich Angst habe. Normalerweise schiebe ich die Hand in die Achselhöhle, und der Druck hilft, doch vor Larry werde ich das nicht tun.

»Erinnern Sie sich an das Waisenhaus?«, erkundigt er sich. »Kinderheim, ich glaube, so haben die das damals genannt, als Sie aufgetaucht sind.«

»Black Moss Manor.« Ich sehe die steile, von Lorbeerbüschen gesäumte Auffahrt am Stadtrand vor mir, das rußgeschwärzte Mauerwerk, den spitzen Giebel in der Mitte des Schieferdaches. Ich kann große viereckige Fenster sehen. Die im Erdgeschoss sind vergittert.

Ich erinnere mich an die abblätternde rote Farbe der Haustür, an die rostigen Fallrohre und das Farnkraut, das aus bröckelndem Mörtel spross. Fast kann ich die kalte Luft des Moors riechen, das gekochte Gemüse, den Uringestank. Beides bildete eine üble Dunstglocke rund um die Rückseite des Gebäudes.

Ich lese den Artikel aus der *Lancashire Morning Post* von Anfang bis Ende durch und bin mir dabei Larrys Blick bewusst, der auf mir ruht.

9. Juli 1999

Die Leichen, die auf einem Gelände oberhalb der Laurel Bank in Sabden gefunden wurden, sollen laut einer Mitteilung der Lancashire Constabulary Ende des Monats im Rahmen einer nicht öffentlichen Zeremonie eingeäschert werden.

Das Kinderheim »Black Moss Manor«, früher als »Waisen- und Findelhaus« bekannt, wurde 1893 eröffnet. Ins Leben gerufen durch Spenden von wohltätigen Bewohnern des Orts, war es zeit seines Bestehens in privater Hand und wurde von einer gemeinnützigen Stiftung geleitet. Das Haus nahm zahlreiche Kinder aus den umliegenden staatlichen Heimen auf, wenn diese überbelegt waren. Als Kinderheim wurde es 1969 geschlossen. Seit 1981 dient das Gebäude als Erholungsheim für Berufstätige sowie als Reha-Klinik.

Man nimmt an, dass die gefundenen sterblichen Überreste von vier Kindern stammen, die wahrscheinlich an Influenza oder Tuberkulose gestorben sind, zwei Krankheiten, die im späten 19. und frühen 20. Jahrhundert in Lancashire weit verbreitet waren. Die ehemalige Bibliothekarin und Lokalhistorikerin Daphne Reece sagte der Post, *dass Waisenhäuser in der viktorianischen Zeit üblicherweise über eigene Friedhöfe verfügten, obgleich im Black Moss Manor, soweit sie wisse, keine Beerdigungen stattgefunden hätten. »Man würde Grabsteine erwarten«, sagte sie, »und seien es ganz einfache. Aber es ist möglich, dass sie schon vor Jahren entfernt worden sind.«*

Die sterblichen Überreste waren im Zuge einer Routineinspektion der örtlichen Entwässerungsanlange entdeckt worden. Police Superintendent Tom Devine sagte der Post, *dass keine formelle Untersuchung eingeleitet werden würde. »Die Leichenfunde sind sehr alt«, erklärte er. »Sie stammen aus einer Zeit, in der die Kindersterblichkeit viel höher war als heute. Wir haben keinen Grund zu der Annahme, dass ein Verbrechen begangen wurde.«*

Die Identität der verstorbenen Kinder ist nicht bekannt, und man geht nicht davon aus, dass es lebende Angehörige gibt.

»Dieses Haus hat eine Menge Kinder durch seine Tür kommen sehen«, sage ich. »Ein paar davon sind bestimmt gestorben.«

Larry senkt die Stimme. »Ganz gewiss. Ich hab sie alle begraben, und zwar nicht bei denen auf dem Grundstück.«

»Was wollen Sie damit sagen?«, frage ich. »Waren Sie das etwa? Haben Sie sie umgebracht?«

Larry verzieht das Gesicht, eine Grimasse des Erstaunens oder der Enttäuschung. »Verdammt, nein.«

»Sie können es mir ja wohl kaum verdenken, dass ich frage.«

»Florence, ich habe Susan Duxbury, Stephen Shorrock und Patsy Wood umgebracht. Das habe ich zugegeben, und ich habe drei Jahrzehnte lang dafür gesessen.«

Das braucht er mir nicht zu sagen. Vor dreißig Jahren verschwanden in Sabden drei Teenager in unmittelbarer Nähe ihrer Wohnhäuser und wurden nie wieder lebend gesehen. Ich war damals eine kleine WPC, eine Streifenpolizistin, noch in der Probezeit, aber ich habe den Mörder aufgespürt und gefasst. Larry.

»Ich komme hier ja doch nicht lebend raus«, sagt er. »Was sollte es mir bringen, zu lügen?«

Es würde ihm nichts bringen. Überhaupt nichts.

»Ich erinnere mich an jeden Sarg, den ich jemals geschreinert habe, Florence. Können Sie sich das vorstellen?«

Bevor er ins Gefängnis kam, war Larry Schreinermeister

und Mitbesitzer von Sabdens einzigem Beerdigungsunternehmen Glassbrook & Greenwood gewesen. Sein Partner Roy Greenwood führte die Geschäfte und marschierte im schwarzen Frack und Zylinder vor dem Leichenzug her, einen Stock mit Silbergriff in der Hand. Larry fertigte die schönen, mit Satin ausgeschlagenen Hartholzsärge an.

»In der Zeit, die ich mit Roy zusammengearbeitet habe, habe ich acht Kindersärge für das Black Moss Manor gemacht«, erklärt Larry mir. »Drei davon für Babys. Gerechnet hat sich das nicht, aber ich hab sie trotzdem schön gemacht, weil ich ja selbst zwei Kinder hatte.«

Ich hebe unwillkürlich die Augenbrauen. Ein liebender Vater, der die Kinder anderer Leute umbringt? Entweder sieht er es nicht, oder er ignoriert mich.

»Worauf ich hinauswill, ist«, fährt er fort, »die Kinder sind nicht auf dem Gelände von Black Moss beerdigt worden, sondern auf dem der Gemeinde von St. Augustine. Das war der nächste Friedhof.« Er tippt mit dem Finger auf den Zeitungsausschnitt. »Wo kommen die Leichen also her?«

»Das war vor Ihrer Zeit«, gebe ich zu bedenken. »Wann haben Sie angefangen, für das Beerdigungsinstitut zu arbeiten?«

»1946.« Er hat mit der Frage gerechnet. »Roy hat sich an die Schule gewandt. Er hat einen Lehrling gesucht, jemanden, der gut im Werken war.«

Ich werfe erneut einen Blick auf den Zeitungsausschnitt. Vier kleine Skelette. »Dann sind diese Kinder eben noch früher gestorben. Hier steht, dass es das Heim seit dem 19. Jahrhundert gegeben hat.«

Larry seufzt, ein feuchtes, ungesundes Geräusch. »Florence, ich kenne mich ganz gut mit Toten aus, und damit, was unter der Erde mit denen passiert. Der Boden da oben ist sauer. Und nass. Kleine Leichen würden sich da keine fünfzig Jahre halten.«

»Wollen Sie damit sagen, das waren inoffizielle Beerdigungen?«

»Jep. Und vor noch gar nicht so langer Zeit. In den letzten zwanzig Jahren. Allerhöchstens dreißig.«

»Dann wird man das untersuchen.«

»Sieht es für Sie aus, als hätten die vor, irgendwelche Untersuchungen anzustellen?«

Noch einmal überfliege ich den Artikel. Die sterblichen Überreste sollen nach einer kleinen Zeremonie eingeäschert werden. »Ich kann mich da nicht einmischen.«

»Hört sich nicht an wie die WPC Lovelady, die ich kenne.«

Ich bin die letzte Besucherin, die noch sitzt. Der Wärter schaut auf die Uhr.

»Larry«, sage ich, »wir haben das Kinderheim dichtgemacht. Die Leute, die es geleitet haben, sind wegen Verletzung der Aufsichtspflicht und Körperverletzung angeklagt worden. Sie haben im Gefängnis gesessen.«

Ich versuche, mich an die Namen der beiden zu erinnern. Ashton? Aston?

»Ein paar Jahre«, entgegnet Larry. »Dann waren sie wieder draußen. Das Kinderheim haben Sie vielleicht dichtgemacht, aber das, was da vorgegangen ist, haben Sie nicht beendet.«

Ich schüttele den Kopf.

»Sie wissen genau, dass in dieser Stadt etwas nicht stimmt, Florence«, sagt er. »Sie haben es all die Jahre gespürt.«

Wieder ziehe ich die Brauen hoch.

Diesmal sieht er es und lächelt. »Und das lag nicht bloß an mir.«

»Ich gehe nicht dahin zurück.« Das ist mein Ernst. Ich werde nie nach Sabden zurückkehren.

Larry zieht sein blutbeflecktes Taschentuch hervor, und mir fällt von Neuem auf, wie grau seine Haut wirkt. Das Fleisch an seinen Knochen scheint sich auflösen zu wollen. Das sollte mich nicht erschrecken. Und doch tut es das. Zum ersten Mal seit Jahrzehnten muss ich mich dem Gedanken an ein Leben ohne Larry stellen.

»Nicht mal zu meiner Beerdigung?«, fragt er.

3. Kapitel

Cassie

Unterschätzt nie die Macht einer anderen Hexe. Das hat meine Mutter uns immer eingeschärft, und ich halte mich daran, selbst wenn die fragliche Hexe meine Mutter ist. Zu ihrer Zeit war Sally Glassbrook eine mächtige Vertreterin der alten Künste, und ich nehme mich in ihrer Nähe in Acht.

Ich sehe nach, ob mein Amulett aus schwarzem Turmalin dort ist, wo es sein soll, unter dem Rand meines Shirts.

Als ich aus dem Auto steige, spreche ich ein Gebet. Ich bitte um Kraft und stelle mir eine dünne Silberschnur vor, die aus meinem tiefsten Innern geradewegs bis ins Zentrum der Erde verläuft. Als ich ganz ruhig bin – Herrgott, es stinkt mir, dass sie das immer noch mit mir machen kann –, als ich ruhig genug bin, gehe ich zur Tür.

Das Pflegeheim, in dem die alte Zicke lebt, liegt ein paar Kilometer außerhalb von Sabden. Es ist nicht annähernd so alt, wie es aussieht, und wenn man erst mal drinnen ist, könnte es irgendeine x-beliebige moderne Klinik sein. Das alte Mauerwerk außen ist so wenig echt wie meine vermeintliche Fürsorge, mit der ich das teuerste Heim in der ganzen Gegend für meine Mutter ausgesucht habe. Das Wohlergehen meiner Mutter ist mir so was von egal. Ich habe das Heim wegen seiner Lage ausgesucht.

Ich benutzte nie die Haustür, sondern schlüpfe lieber unbemerkt durch einen Nebeneingang hinein. Ihr Zimmer hat den kitschigen Namen »Pfingstrose«. Teppichboden gibt es hier keinen, doch sie hört mich nie kommen. Gerade will ich den Türknauf drehen, als ich drinnen Stimmen höre.

»Alle Zeichen deuten darauf hin, dass Larry bald sterben wird.« Eine sonore weibliche Stimme mit Lancashire-Akzent. »Vielleicht sogar am Tag des Vollmondes.«

Meine Mutter lacht leise auf. »Er hatte schon immer einen Hang zum Dramatischen.«

Meine Mutter? Scheiße, was geht denn da ab? Meine Mutter hat seit Jahren kaum ein Wort gesagt. Sie hat präsenile Demenz, verstärkt durch eine chronische Depression. Sie liegt mit weit offenen Augen im Bett oder sitzt in einem

Sessel und starrt aufs Moor hinaus. Manchmal läuft sie barfuß im Zimmer herum und zerrt an ihrem Haar. Gelegentlich murmelt sie vor sich hin. Mit anderen Menschen redet sie nicht.

Die fremde Stimme sagt: »Cassie hat Erkundigungen eingeholt. Sie will die Beerdigung in Sabden abhalten.«

»Sie ist wieder da?«, fragt meine Mutter. »Sie war in der Stadt?«

»Nein, nein, das glaube ich nicht. Nur per Telefon. Das ist keine gute Idee, Sally. Das mit der Beerdigung, meine ich. Sogar zehn Kilometer weiter die Straße runter wäre besser.«

Ich kann Spuren eines Karibik-Akzents heraushören. Vor Jahren waren wir mal mit einer Familie aus der Karibik befreundet, aber ich komme nicht auf den Namen.

»Was spielt das jetzt noch für eine Rolle?«, fragt meine Mutter. »Die Leute regen sich ein paar Stunden lang auf, und dann gehen sie alle wieder, auch Cassie.«

Zu hören, wie sie meinen Namen sagt, fühlt sich an, als würde man an einer alten Wundstelle kratzen. Es ist Jahre her, dass sie auch nur meine Existenz zur Kenntnis genommen hat.

»Sie will das Haus verkaufen«, sagt die Frau aus der Karibik. »Sie hat Avril geschrieben.«

Avril Cunningham ist meine Anwältin. So viel zum Thema anwaltliche Schweigepflicht.

»Das will ich auch«, erwidert meine Mutter. »Ich hätte es schon vor Jahren verkauft. Zumindest das bin ich ihr schuldig, nach dem, was ich ihr angetan habe.«

»Werden Sie zur Beerdigung gehen?«

»Nein.«

Nach dem, was sie mir angetan hat?

Sogar im Korridor kann ich den Seufzer hören, der als Nächstes kommt. »Sally, Sie müssen zu uns zurückkommen. Wenn es vorbei ist, wenn er wirklich nicht mehr da ist, werden Sie dann dieses Heim verlassen?«

Etliche Sekunden lang herrscht Schweigen im Zimmer. Dann sagt meine Mutter: »Was kann ich denn tun? Was kann denn irgendjemand von uns tun?«

»Sie haben doch bestimmt die Nachrichten gesehen. Das von den Kinderleichen, die beim Black Moss Manor gefunden worden sind?«

Ich habe die Nachrichten gesehen. Ich habe die *Lancashire Morning Post* abonniert. An diese Geschichte erinnere ich mich. Inzwischen dringt ein schweres Seufzen aus dem Zimmer. »Ja, habe ich«, sagt meine Mutter. »Und?«

»Sie werden sie einäschern. Nicht begraben, einäschern.«

»Das ist am billigsten.«

»Und es vernichtet jegliche Beweise.«

Ich drücke mich dichter an die Tür heran.

»Es heißt, es soll am selben Tag passieren, Sally. Alle werden auf Larrys Beerdigung schauen. Niemand wird sich dafür interessieren, was sie auf der anderen Seite der Stadt treiben.«

Ich kann keine Antwort hören.

»Die versuchen, etwas zu vertuschen, Sally.«

Die? Wer sind »die«?

»Sally, Sie kennen dieses Heim. Dieses Mädchen, dem Sie geholfen haben, das kam doch von dort, oder?«

»Marigold?« In der Stimme meiner Mutter klingt Wärme mit. »Florence und ich haben ihr Baby auf die Welt geholt.«

An Marigold erinnere ich mich. Sie ist in unserem Haus erschienen, kurz nachdem mein Vater verhaftet worden war. Und dann genauso plötzlich wieder verschwunden.

»Wir haben versucht, sie zu retten«, sagt meine Mutter gerade. »Wir haben unser Bestes getan. Wieso fragen Sie nicht Florence?«

»Nein«, wehrt die Frau schroff ab. »Wir waren uns doch alle einig. Florence darf nicht zurückkommen.«

Versucht, sie zu retten? Ihr Bestes getan? Wovon reden die eigentlich? Marigold ist doch zu ihrer Familie zurückgegangen.

»Die Meister sind unser Fluch, Sally«, sagt die Frau. »Niemand außer uns kann sich ihnen entgegenstellen.«

Die Meister? Ich habe keine Ahnung, wen oder was sie damit meint, doch irgendwo tief in meinem Innern hallt etwas wider, wie eine uralte Furcht, die nach langem Schlaf erwacht ist.

»Leichen, schon lange tot, Marlene«, sagt meine Mutter. »Was können wir tun?«

»Und was ist, wenn sie noch gar nicht so lange tot sind?«, fragt die Frau namens Marlene. »Was ist, wenn es noch nicht vorbei ist?«

Im Zimmer ist Bewegung zu hören. Rasch weiche ich zurück, husche um die nächste Ecke herum. Ich bekomme kaum Luft.

Meine Mutter hat mich angelogen. Oh, natürlich, sie hat nie direkt gesagt: »Cassie, Liebling, mein Verstand hat sich verabschiedet und mich als leere, nutzlose Hülle zurückgelassen, keine Spur mehr von der Mutter, die du einst geliebt hast.« Das hat sie nie so gesagt, nur – verflucht noch mal, ich hatte ja keine Ahnung, dass meine Mutter so gut schauspielern kann.

Und Marigold? Die Meister? Was soll dieser Scheiß?

Und was genau hat sie mir angetan?

Ich höre, wie sich eine Tür schließt. Schritte entfernen sich. Marlene – natürlich, jetzt erinnere ich mich. Sie heißt Marlene Labaddee, eine alte Freundin meiner Mutter und die Besitzerin des Blumenladens in Sabdens Hauptstraße. Zum Glück hat Marlene nicht wie ich die Gewohnheit, sich zur Hintertür hereinzuschleichen.

Rasch gehe ich auf das Zimmer meiner Mutter zu, hoffe, sie in flagranti zu ertappen … Ich weiß nicht genau, bei was – bei irgendeiner Form von Leben. Doch sie sitzt wieder in ihrem Sessel am Fenster und starrt regungslos aufs Moor hinaus.

Sie trägt einen formlosen Wollrock, der ihr zu groß und für das Wetter zu warm ist. Darüber eine Bluse, an die ich mich von früher als Kind erinnere, und eine dünne rosafarbene Strickjacke. Ihr Haar, einst lang und hellblond, ist längst grau und dünn geworden. Sie hat die Angewohnheit, sich Strähnen um die Finger zu wickeln und daran zu zerren. Ihre Strickjacke ist übersät mit ausgefallenen Haaren.

Sie fährt zusammen, als die Tür hinter mir zuknallt. Einige Sekunden lang beobachte ich ihr Spiegelbild in der Fensterscheibe. Erst als sie den Blick hebt und meinem begegnet, gehe ich zum Bücherregal und knie mich hin. Während ich anfange, Bücher herauszuziehen, beobachte ich sie aus dem Augenwinkel und warte – hoffe – auf eine Reaktion. Doch sie starrt bereits wieder regungslos vor sich hin.

Ich stelle die Bücher in einer anderen Reihenfolge wieder ins Regal. Jedes Mal, wenn ich herkomme, bringe ich ihr Bücherregal durcheinander. Manchmal lasse ich Bücher unter dem Bett liegen oder draußen auf dem Fenstersims, oder ich benutze sie, um verschütteten Kaffee unter einem Becher aufzusaugen.

»Dein Mann liegt im Sterben«, verkünde ich. Dabei habe ich einen Geistesblitz und stelle die Bücher so zurück, dass die Rücken nach innen ins Regal zeigen. »Es kann jetzt jeden Tag so weit sein. Lungenkrebs, der auf den Herzbeutel übergegriffen hat. Mein herzliches Beileid, bla, bla, bla.«

Ich richte mich auf und gehe zum Kleiderschrank. Als ich das letzte Mal hier war, habe ich alles darin auf links gedreht. Ich habe die Hand schon an der Tür, als mir klar wird, dass es sinnlos ist. Meine Mutter wird nie aus ihrem Dämmerzustand aufwachen und mich anfahren, dass ich ihre Sachen in Ruhe lassen soll. Sie weiß ganz genau, was ich tue, und auch, warum, und es ist ihr egal.

Plötzlich fühle ich mich schrecklich müde. Ich setze mich in den anderen Sessel. Im selben Moment ist auf dem Korridor das vertraute Klappern zu hören. Der Teewagen kommt. Ein Klopfen, dann öffnet sich die Tür.

»Hallo, Sally. Möchten Sie ein Tässchen? Oh, hi, Cassie, ich wusste gar nicht, dass Sie hier sind.«

Ich habe mir die Namen der Angestellten nie gemerkt, aber das Gesicht dieser Frau ist mir vertraut. Aufgedunsen und schwabbelig, voller roter Äderchen und verschwitzt von der Anstrengung, den Teewagen zu schieben. Sie kennen mich natürlich alle. Ich zahle ja jedes Quartal die Rechnung.

»War meine Schwester in letzter Zeit mal hier?«, erkundige ich mich.

»Nicht dass ich wüsste, Liebes.« Sie schenkt Tee ein und geht wieder.

»Am Mittwoch gehe ich Dad besuchen«, sage ich, als wir wieder allein sind. »Ich habe eine Sondererlaubnis, weil er im Sterben liegt.«

Meine Mutter antwortet nicht. Und sie rührt sich auch nicht. Nie trinkt sie den Tee, der ihr eingeschenkt wird. Bis jetzt habe ich angenommen, dass die Pfleger ihn ihr nur servieren, weil ich dabei bin, um zu zeigen, wie gut sie sich um sie kümmern. Jetzt ist mir klar, dass sie wahrscheinlich ganz anders ist, wenn ich nicht da bin. Bestimmt würde sie diesen Tee gern trinken, geht mir auf. Vielleicht sollte ich ihn trinken.

»Irgendwelche Vorlieben in Sachen Blumen zur Beerdigung?«, frage ich. »Wie hieß noch mal diese Freundin von dir? Du weißt schon, die Floristin in der Hauptstraße, Marlene Irgendwas. Siehst du die manchmal?«

Nicht mal ein Augenlid zuckt.

»Ich habe überlegt, ob ich Marigold zur Trauerfeier einlade«, fahre ich fort. »Du erinnerst dich doch an Marigold, oder? Hat eine Zeitlang bei uns gewohnt. Du kannst mir nicht zufällig eine Adresse von ihr geben?«

Noch immer rührt Sally sich nicht, doch ich bemerke ihre veränderte Atmung. Sie hat begriffen, dass ich draußen vor der Tür gelauscht habe.

»Was hast du mir angetan?«, frage ich. »Was hast du geglaubt, wiedergutmachen zu müssen?«

Nichts. Absolut nichts.

An der Tür bleibe ich stehen, drehe mich noch einmal um.

»Ich bleibe in der Stadt, wegen der Beerdigung. Ich habe mir ein Zimmer im Black Dog reserviert«, sage ich. »Bei John.«

Endlich eine Reaktion. Ihr Kopf ruckt hoch, ihre Augen sind vor Schreck weit aufgerissen. Als ich das Zimmer verlasse, lächele ich.

4. Kapitel

Florence

Dienstag, 27. Juli 1999, sehr früh am Morgen

»Florence! Florence, wach auf. Es ist nur ein Traum.«

Ich bin in einem Grab. Kann mich nicht bewegen. Die Schwärze ist überall um mich herum, und es kommt immer näher …

»Komm schon, Florence. Wach auf!«

Bewegung neben mir, sanftes Licht … Ich bin zurück in meinem Schlafzimmer, wo mein Mann sich über mich beugt. Ich habe mich in der Bettdecke verheddert. Schwitzend mache ich mich los. Nick reicht mir ein Glas Wasser.

»Alles klar?«, fragt er.

Ich nicke. »Habe ich Ben geweckt?«

Wenn die finsteren Träume kommen, schreie ich. Ich habe schon die Nachbarn aufgeweckt, wenn die Fenster offen sind.

»Ich höre nichts«, sagt er. »Ich sehe gleich mal nach. Bist du sicher, dass alles okay ist?«

»Alles bestens. Schau nach Ben.«

Es ist nicht alles bestens. Bis auch nur annähernd alles bestens ist, wird es noch Stunden dauern, aber ich will, dass Nick geht. Wenn er im Zimmer bleibt, weiß ich genau, was als Nächstes …

»Der übliche Traum?«, erkundigt er sich.

Wieder nicke ich, obgleich es genau genommen drei immer wiederkehrende Träume gibt, vor denen wir uns fürchten. Im ersten greifen die Hände toter Kinder aus der Erde heraus nach mir, aus ihren Gräbern. Der ist ziemlich schlimm. Im zweiten schneidet ein Mann ohne Gesicht Stücke von mir ab, eins nach dem anderen. Der macht wirklich keinen Spaß. Und im dritten und allerschlimmsten bin ich noch am Leben, bin aber in einem Sarg tief unter der Erde gefangen. In einem Sarg, den Larry geschreinert hat.

Diese Träume habe ich seit dreißig Jahren.

»Jedes Mal, wenn du ihn besuchst«, bemerkt Nick, als ich mich auf den Weg ins Badezimmer mache.

Das stimmt zwar nicht ganz, kommt der Wahrheit aber nahe genug, sodass ich nicht einmal versuche zu widersprechen.

»Wie lange noch?«, fragt er mich.

Mein Gesicht im Spiegel ist leichenblass. »Vielleicht nicht mehr lange. Er ist krank.«

Ich fange an, zu zählen, ein Therapietrick, um meine Atmung unter Kontrolle zu bekommen. »Er stirbt«, füge ich hinzu, noch ehe ich bei vier angekommen bin.

»Gut«, knurrt Nick.

Nick schläft irgendwann wieder ein. Das schaffe ich nach diesen Träumen nie, also versuche ich es auch nicht. Stattdessen gehe ich in den obersten Stock hinauf und lasse die Leiter zum Dachboden herunter. Hinter einem Kasten mit Bens Baby-Spielsachen, von denen ich mich nicht trennen kann, finde ich einen Karton – die Pappe verstaubt, eingehüllt in Spinnweben und mit angeknabberten Ecken. Die Frau, die ich früher einmal war, hat *SABDEN* auf den Deckel geschrieben.

Ich lasse die Akten mit den Glassbrook-Morden, wo sie sind. Von diesen Erinnerungen brauche ich heute Nacht ganz bestimmt nicht noch mehr in meinem Kopf. Ich hole nur meine Unterlagen vom August 1969 heraus. Tatsächlich, dort sind Zeitungsartikel von dem Black-Moss-Fall. Ich finde einen, in dem es darum geht, was mit den Kindern geschehen ist, nachdem das Heim geschlossen wurde. Ich entdecke Berichte über die Gerichtsverhandlungen. Zusammenfassungen der Prozesse gegen die Leute, die dort gearbeitet haben. Aster war der Name, an den ich mich nicht mehr erinnern konnte. Die beiden Heimleiter waren Dr. Frederic Aster und Dr. Judith Aster.

Und dann finde ich den Artikel, nach dem ich suche. Am Donnerstag, dem 14. August 1969, widmete sich die Titelseite des *Lancashire Evening Telegraph* ausschließlich dem Großbrand, der das Heim in der Nacht, in der wir es dichtgemacht hatten, verwüstete.

Das dazugehörige Foto war am nächsten Morgen aufgenommen worden, um kurz nach neun. Das weiß ich, weil ich auch darauf bin. Tom war mit mir hingefahren. Wir hatten ein ganzes Stück entfernt von dem rußgeschwärzten

Gebäude halten müssen. Es waren einfach zu viele Löschfahrzeuge im Weg gewesen.

Auf dem Foto schaue ich das Gebäude an. Tom, der vielleicht gemerkt hat, dass wir beobachtet werden, hat sich zur Kamera umgedreht. Eigentlich brauche ich die Story gar nicht zu lesen. Ich erinnere mich an jede Einzelheit – von der Hitze herausgesprengte Fenster, der durchweichte Boden übersät mit kaputten Möbeln, Büchern, Kinderkleidern. Ich erinnere mich an den Ruß, der in der Luft zu hängen schien, an die verkohlten Mauern, den herabgestürzten Kronleuchter.

Ich erinnere mich, wie der Brandmeister uns herumführte und uns zwei eindeutige Brandherde in den Mitarbeiterbüros zeigte.

»Feuer bricht doch nicht zweimal versehentlich aus«, hatte ich bemerkt.

»Nein, ganz bestimmt nicht, junge Lady«, hatte er geantwortet.

Ich erinnere mich an die von der Hitze verzogenen Aktenschränke, ihr Inhalt zu Asche verbrannt. Sie waren geöffnet worden – damit das Feuer ihre Geheimnisse vernichten konnte.

Ich werde nicht nach Sabden zurückkehren, aber ich kann immerhin ein oder zwei Telefonate führen. Ich kann Larry Trost zusprechen, bevor er stirbt. So viel bin ich ihm schuldig. Ich wende mich ab und will den Dachboden schon verlassen, als ich wie angewurzelt stehen bleibe.

Ich bin ihm das schuldig? *Ich bin Larry etwas schuldig?* Was zum Teufel ist los mit mir?

5. Kapitel

Cassie

Larry liegt im Sterben. Die meiste Zeit ist er müde, tut sich schwer mit dem Essen, hat Schmerzen. In ein paar Tagen, vielleicht sogar Stunden, sagen sie mir, wird es vorbei sein. Er wird seine Geheimnisse mit ins Grab nehmen.

Und ich werde frei sein.

Der aufgehende Mond hat mich geweckt, wie er es oft tut. Noch ein Tag bis Vollmond. Eine Zeit, in der die menschliche Energie am größten ist. Meine besten Arbeiten schaffe ich in der Zeit um Vollmond. Mein Loft hat auf drei Seiten Fenster, die vom Boden bis zur Decke reichen. Mondlicht strömt herein. Es wird ganz schön heiß hier, vor allem im Sommer, aber normalerweise schlafe ich tagsüber und arbeite nachts.

Vor ein paar Jahren, in einem der seltenen Zeitschriften-Interviews, zu denen ich mich bereit erklärt habe, haben sie ein Mordsgewese um meine nächtliche Lebensweise gemacht. Ich wurde als »Vampir mit dem Silberhaar« bezeichnet. Dämliche Arschgesichter. Ich bin kein Vampir. Ich bin eine Hexe.

Ich stehe auf. Eigentlich muss ich noch ein Stück fertig schreiben – die Ouvertüre für ein neues Musical –, aber ich weiß nicht, ob ich heute Nacht arbeiten kann. Also stehe ich am Fenster und blicke auf die funkelnden Lichter und tiefen Schatten des nächtlichen Salford hinunter, und ich habe das Gefühl, dass mein Leben sich öffnet wie eine Blume. Alles, wovon ich so lange geträumt habe, ist ein wenig näher gekommen, wird bald leicht zu greifen sein.

Gut fünfzig Kilometer entfernt liegt die Stadt, in der ich aufgewachsen bin. Sabden. Und in Sabden wohnt der einzige Mann, den ich jemals wirklich geliebt habe. Solange Larry am Leben ist, kann ich nicht dorthin zurück, und doch war ich nie imstande, Sabden vollständig zu verlassen. Vom Pflegeheim meiner Mutter aus kann man die Dächer von Sabden sehen, jenseits des Moores. Ich verharre an den äußersten Rändern der Stadt, halte mich an den Bann, der mir auferlegt ist, bin aber nahe genug, um rasch dort sein zu können, wenn die Zeit kommt.

Und diese Zeit kommt. Ich kann es fühlen.

Ich sehe die Lichter von Sabden vor mir, die schmutzigen Reihenhausstraßen, die Fabrikschornsteine, die wie geschwärzte Finger nach dem Himmel greifen. In meinem Kopf kann ich den als schwarze Masse aufragenden Pendle Hill bei Nacht sehen und unser altes Haus am Rand des Moores. Ich höre die Bienen meiner Mutter in den Apfelbäumen ihre Lieder summen und das Hämmern in Larrys Werkstatt, wo er im Takt von Elvis Presleys Musik, die er so liebt, poltert und sägt und nagelt.

Ein jäher Schmerz. Als hätte mir jemand einen Schlag in den Magen versetzt. Ich schnappe nach Luft, und als ich sie wieder herauslasse, klingt es wie ein Schluchzen.

Mein Vater stirbt.

Nein, ich werde nicht weinen. Nicht um Larry. Und doch tue ich genau das. Tränen strömen mir übers Gesicht, ich ringe nach Luft und ich weine um alles, was ich früher einmal für wahr gehalten habe, und um das Leben, das ich hätte leben sollen. Ich weine um den ersten Mann, den ich geliebt habe und der mich jetzt für immer verlässt. Wo kommt diese furchtbare Trauer her? Darauf habe ich doch dreißig Jahre gewartet. Ich hätte ihn doch selbst umgebracht, wenn es mir möglich gewesen wäre.

Ich kann nicht aufhören, also gestatte ich mir zu weinen. Nach einiger Zeit, als der Mond höher gestiegen ist, werde ich ruhiger. Ich rufe mir ins Gedächtnis, dass ich auf Larrys Tod gewartet habe. Dieser Kummer ist einfach nur der Preis, den ich zahlen muss. Meine Tränen sind das Opfer.

Vielleicht sind sie ja das einzige Opfer, das nötig ist. Aber da kann ich flexibel sein.

Allmählich wird mir kalt, doch ich mache das Fenster nicht zu. Stattdessen gehe ich zur Stereoanlage und drücke auf »Play«. Der Song ist eins meiner Lieblingslieder, und heute Nacht erscheint er mir angemessen. Paul Simons *Fifty Ways to Leave Your Lover*.

Die Musik setzt ein. *»Stab her in the back, Jack«*, singe ich. *»Throw her 'neath a bus, Gus.«* Ich fühle mich schon besser.

Dann schaue ich hinaus, zu der Schwärze, von der ich weiß, dass es Sabden ist. Dorthin, wo *er* ist, und ich schicke meine Worte in die Nacht hinaus.

Ich komme, mein Liebster.

6. Kapitel

Florence

Es wird später Nachmittag, ehe mein Terminplan eine Lücke aufweist und ich Gelegenheit habe, die Anrufe zu tätigen, über die ich den ganzen Tag nachgedacht habe. Ich fange mit dem einfachsten der drei an, dem bei den Wasserwerken.

»Was kann ich für Sie tun, Assistant Commissioner?«, erkundigt sich der leitende Direktor schroff. Wäre ich irgendjemand anders, hätte er den Anruf wahrscheinlich nicht entgegengenommen, aber die meisten Leute ziehen es vor, sich mit den hohen Tieren der Londoner Polizei gut zu stellen, selbst im hohen Norden des Landes.

»Da gibt's eigentlich nicht viel zu sagen«, meint er, als ich erklärt habe, warum ich anrufe. »Wir haben ein Reservoir oben bei Astley Bank, ein Stück weiter das Moor rauf. Um es kurz zu machen, wir haben mehr Wasser verloren, als es um diese Jahreszeit der Fall sein sollte, also hab ich die Jungs nach undichten Stellen suchen lassen. Ihre Messgeräte haben gleich hinter dem Gebäude was angezeigt, also haben wir da das Rohr freigelegt. Und da haben wir die Leichen gefunden.«

»Haben Sie sie selbst gesehen?«, erkundige ich mich.

»Aye, ich bin raufgefahren. So was nehmen wir ernst.«

»Können Sie mir etwas über den Zustand der Leichen sagen?«

Eine kurze Pause. »Na ja, ich denke, das ist eher 'ne Frage für die zuständige Polizei.«

Ich lasse ein paar Sekunden des Schweigens verstreichen und hoffe, dass er es füllt. Er tut es nicht.

»Ist beabsichtigt, das Gelände weiträumig abzusuchen?«, frage ich. »Nach möglichen weiteren Leichen?«

»Ist schon passiert.« Er klingt sehr zufrieden mit sich. »Alles aufgegraben. Nichts gefunden. Fall abgeschlossen.«

Die Pressestelle gibt mir die Telefonnummer, die ich als Nächstes brauche, aber erst nach wiederholten Beteuerungen meinerseits, dass es um eine persönliche Angelegenheit geht und nichts mit der Londoner Polizei zu tun hat.

Abby Thorn, die 1969 mehrere der Artikel über das Black Moss Manor geschrieben hat, war als junge Reporterin in Sabden tätig, zur selben Zeit, als ich dort meine Probezeit absolviert habe. Genau wie ich zog sie weg, als ihre Karriere Fahrt aufnahm. Im Laufe der Jahre habe ich hin und wieder von ihr gehört. Sie hat für etliche der überregionalen Zeitungen als Korrespondentin im Nahen Osten gearbeitet und hatte auch mal eine eigene Radiosendung bei der London Broadcasting Corporation. Jetzt scheint sie genau wie ich allmählich kürzerzutreten. Sie ist Nordengland-Korrespondentin bei der *Times* und moderiert eine wöchentliche Nachrichtensendung für BBC Radio Lancashire.

Die Telefonzentrale der BBC in Blackburn meldet sich rasch, und ich werde in die Nachrichtenredaktion durchgestellt. Miss Thorn ist nicht zu sprechen, also hinterlasse ich meine Telefonnummer.

7. Kapitel

Cassie

Ich sollte lieber von Angesicht zu Angesicht mit ihr reden. Menschen können lügen, wenn wir nur ihre Stimmen hören. (Lasst euch das von mir gesagt sein: Ich habe Lügen zur Kunstform gemacht.) Und wenn ich sie richtig in Rage bringe, kann sie einfach auflegen. Ich sollte hinfahren, in ihren Laden marschieren, ihr in die Augen sehen.

Larry hat höchstens noch ein paar Tage zu leben. Was kann das jetzt noch ausmachen?

Nur macht es eben doch etwas aus. Das alles ist mir so lange eingehämmert worden, dass ich es jetzt nicht ändern kann. Solange Larry lebt, kann ich nicht nach Sabden zurück.

»The Flower Pot«, meldet sie sich mit ihrer sonoren Singsangstimme. »Wie kann ich Ihnen helfen?«

»Hallo, Marlene«, sage ich. »Hier ist Cassandra Glassbrook.«

Sie schnappt nach Luft. Ein guter Anfang.

»Hallo, meine Kleine«, sagt sie. »Lange nichts von dir gehört. Wie geht's dir, Cassie?«

Sie weiß genau, wie es mir geht. Meine Mutter wird es ihr erzählt haben.

»Die Zeit deines Vaters ist fast gekommen«, fährt sie eilig fort. »Ich hoffe, er findet endlich seinen Frieden.«

Das ist höchst unwahrscheinlich. Ich sage noch immer nichts.

»Was kann ich für dich tun, Cassie? Rufst du wegen der Blumen für die Beerdigung an? Es wäre mir eine Ehre, einen Kranz für deinen Vater zu machen.«

»Ja«, sage ich, dankbar für das Stichwort. »Kannst du einen aus Chrysanthemen machen? Oder noch besser – aus Marigolds?«

Schweigen.

»Solche Blumen haben wir eigentlich nicht im Laden.« Jetzt klingt ihre Stimme wachsam.

»Schade«, sage ich. »Marigold sollte doch nicht vergessen werden, nicht wahr?«

Nichts. Dann: »Ich weiß, dass du gestern im Pflegeheim warst. Deine Mutter hat angerufen und es mir erzählt.«

Telefonieren kann sie also auch.

»Wieso tut sie so, als wäre sie dement?«, frage ich. »Was zum Teufel treibt sie da?«

»Sie tut doch gar nicht …«

»Ich habe ihre Krankenakte gesehen. Sie ist eine Betrügerin. Ich will wissen, warum.«

»Dann musst du sie selbst fragen.«

Ich gehe zum Fenster meiner Wohnung und schaue nach Norden, dorthin, wo Marlene ist. Ich hätte hinfahren sollen. Ich sollte jetzt bei ihr im Laden sein, ihr direkt in die Augen sehen.

»Sie redet nicht mit mir«, sage ich. »Sie hat seit Jahren nicht mehr mit mir geredet.« Ich höre das Zittern in meiner Stimme. Ich habe so gut wie verloren.

»Dann musst du dich fragen, warum das so ist.«

Ich kämpfe gegen den Drang an, den Hörer aufzuknallen. Genau das will sie ja.

»Redet sie mit Luna?« Ich hasse mich selbst dafür, dass ich das frage.

»Das weiß ich nicht.«

Ich versuche es anders. »Was ist mit Marigold passiert?«

Sie sagt nichts.

»Ich habe euch gestern gehört. Ihr habt gesagt, meine Mutter und Florence Lovelady haben versucht, sie zu retten. Was soll das heißen?«

»Cassie«, seufzt sie, »das ist lange her.«

»Luna und ich haben gedacht, Marigold wäre zu ihrer Familie zurückgegangen. Dass sie sich mit ihren Eltern versöhnt hätte, dass sie ihr helfen würden, das Baby großzuziehen. Das hat Florence uns gesagt, und Mum war dabei. Haben sie gelogen?«

Marlene antwortet nicht.

»Sag mir, was mit Marigold passiert ist.«

»Ich weiß es nicht.«

»Wie meinst du das?«

»Niemand weiß es. Sie ist verschwunden. An dem Abend, als das Kinderheim abgebrannt ist. Bei euch hat es Krach gegeben, und sie ist weggerannt. Zumindest glauben wir das.«

Natürlich hat es Krach gegeben. Fürchterlichen Krach. Ich war der Auslöser. Bin ich etwa auch schuld an Marigold?

»Ihr müsst doch nach ihr gesucht haben.«

»Natürlich«, erwidert Marlene. »Aber sie war weg.«

»Wer sind die Meister?«

Wieder ein scharfes Atemholen.

»Es ist jemand im Laden«, sagt Marlene. »Ich muss

Schluss machen. Soll ich jetzt Blumen für deinen Vater zurechtmachen?«

»Nein«, antworte ich. »Auf gar keinen Fall.«

8. Kapitel

Florence

Der dritte Anruf ist der, vor dem ich mich fürchte. Während ich darauf warte, durchgestellt zu werden, stehe ich auf und trete ans Fenster meines Büros. Es ist im fünften Stock, und man hat freien Blick den Fluss hinunter zur Waterloo Bridge. Das gigantische Riesenrad, das zum »London Eye« werden wird, liegt flach auf dem Wasser und wartet darauf, anlässlich der Feiern zum Jahresende aufgerichtet zu werden.

»Collins«, meldet sich die Frauenstimme. Meine linke Hand beginnt zu schmerzen, als hätte die Stadt noch immer die Macht, mir wehzutun, sogar durch eine Telefonleitung hindurch.

»Hier ist Florence Lovelady«, sage ich. »Wie geht es Ihnen, Perdita?«

»Ma'am, guten Tag. So eine Überraschung. Gut, danke. Und Ihnen?«

Detective Sergeant Perdita Collins und ich sind uns begegnet, als sie noch ein Kind war, und sind uns dann vor ein paar Jahren auf einer Konferenz wieder über den Weg gelaufen, auf der es darum ging, mehr junge Frauen für aussichtsreiche Polizeikarrieren zu begeistern. Der Zufall hatte uns in dieselbe Diskussionsgruppe geführt, und ich hatte Gefallen an ihr gefunden. Damals hat sie in Manchester gearbeitet. Seither sind wir in Kontakt geblieben, hauptsächlich per E-Mail und gelegentlich per Telefon.

»Glückwunsch zum Sergeant«, bemerke ich.

»Danke. Macht richtig Spaß. Ich leite die Abteilung Häusliche Gewalt.«

Perdita plaudert drauflos, und ich höre ihr eine Weile zu. Schließlich frage ich: »Perdita, sind Sie gerade allein?«

Ihre Stimme wird leiser. »Moment.«

Als ich Vogelgezwitscher und Verkehrslärm höre, weiß ich, dass sie ins Freie getreten ist, und ich erinnere mich an den Parkplatz hinter dem Gebäude. Wenn sie auf die Mauer steigt, die den Parkplatz umgibt, sieht sie auch einen Fluss, aber einen, der schmal ist und zumeist unterirdisch durch die Stadt fließt. Ganz anders als die Themse.

»Ich bin ganz Ohr«, sagt sie.

Ich werfe erneut einen Blick auf den Ausschnitt aus der *Lancashire Morning Post.*

»Können Sie mir mehr erzählen als das, was ich in der Zeitung gelesen habe?«, frage ich, nachdem ich ihr den Grund meines Anrufs genannt habe, ohne Larry zu erwähnen.

»Mit dieser Geschichte habe ich nichts zu tun«, sagt Perdita. »Darum kümmert sich einer von den DIs. Was brauchen Sie denn?«

»Na ja, idealerweise würde ich gern Kopien der Obduktionsberichte und Fotos von den Leichen sehen«, antworte ich. »Und ich würde mir wünschen, dass das diskret gehandhabt wird.«

Sie schweigt.

»Keine Sorge, darum werde ich Sie nicht bitten. Aber wenn es irgendetwas gibt, was Sie mir sagen können, wäre ich dankbar.«

»Gibt's ein Problem?«

»Nein, nein. Aber die Geschichte hat nur etwas wachgerufen, das vor langer Zeit passiert ist. Kennen Sie dieses nervige, bohrende Gefühl, wenn man versucht, sich an etwas zu erinnern, und einfach nicht draufkommt?«

»Was brauchen Sie?«

Ich sage es ihr und versuche, kein schlechtes Gewissen zu haben, weil ich sie in eine schwierige Lage bringe.

9. Kapitel

Cassie

Mittwoch, 28. Juli 1999

Das muss ein Irrtum sein. Der Hutzelgreis in dem Metallbett mit den Bettgittern an den Seiten muss mein Großvater sein. Ich drehe mich zu dem Wärter um, der mich in den Krankenhaustrakt des Gefängnisses gebracht hat, aber der ist weg. In diesem Moment spricht das Wesen in dem Bett.

»Sal? Sal, bist du's?«

Sein Kopf liegt nicht mehr auf dem Kissen, er streckt eine zitternde gelbe Hand aus, und Freude leuchtet in seinen Augen.

»Ich bin's, Dad«, sage ich. »Cassie.«

Ich möchte, dass er enttäuscht ist, doch als ein Lächeln um seine Mundwinkel spielt, merke ich, wie mein Herz weich wird. Ich muss aufpassen.

»Cass«, sagt er. »Schön, dich zu sehen.«

Ich trete näher und setze mich auf den Besucherstuhl. Am Gestänge des Bettes sind Handschellen angebracht, doch sie hängen leer herab. Dieser Mann wird nie wieder aus dem Bett aufstehen. Er ist für niemanden mehr eine Gefahr. Nicht einmal für mich.

»Ich hab den Artikel in der Zeitung gesehen«, krächzt er. »Der stellvertretende Gefängnisdirektor hat ihn mir gegeben. Über diese Filmmusik, die du geschrieben hast.«

»Nicht alle Zeitungen waren so freundlich«, entgegne ich, obwohl ich gerührt bin, dass er die Besprechung gelesen hat, mehr, als ich es mir eingestehen möchte.

»Du hast dich so gut gemacht. Du und Luna. Ich bin ja so stolz auf euch, Schatz.«

Sein Atem wird schneller, er verzieht das Gesicht vor Schmerz. Kabel und Schläuche, keine Ketten, halten ihn jetzt am Bett fest.

»Hast du Luna gesehen?« Ich weiß nicht, warum ich das frage. Ich will nicht über meine Schwester reden.

»Nein«, sagt er.

Ich warte darauf, dass er weiterspricht, doch anscheinend hat er zum Thema Luna nichts mehr zu sagen. Soll mir recht sein.

»Wie geht's deiner Mum?«, erkundigt er sich.

Die Eine-Million-Dollar-Frage. Ich habe keine verdammte Ahnung, lautet die einzige ehrliche Antwort. »Ein bisschen besser«, sage ich ausweichend. »Besser als vorher.«

Er nickt erfreut, und ich bin sauer, dass ich ihm gute Neuigkeiten beschert habe. *Du hast Mum umgebracht,* möchte ich sagen. *Sie ist nie darüber hinweggekommen, was du getan hast. Die ganze Scheiße, die uns passiert ist, alles, was ich getan habe, alles, was wir verloren haben, das war alles deinetwegen.* Ich öffne den Mund, um loszulegen, doch in diesem Moment beginnt sein Körper zu krampfen. Der Kopf ruckt nach hinten. Larry japst nach Luft. Der Herzmonitor neben dem Bett piept schneller.

»Dad? Dad, was ist denn?«

Er kann mir nicht antworten. Ich springe auf, stürze zur Tür. Ganz in der Nähe ist das Stationszimmer.

»Mein Vater hat Schmerzen«, rufe ich der Frau hinter dem Schreibtisch zu. »Er braucht Hilfe.«

»Er will keine Schmerzmittel«, erklärt sie mir, als wir zum Zimmer zurückeilen. »Wir können dafür sorgen, dass er nicht dehydriert, aber das ist auch alles.«

»Warum? Warum will er denn Schmerzen haben?«

Ich überlege, ob das irgendeine abgefahrene Buße ist.

»Die Medikamente, die wir in diesem Stadium verabreichen, sind sehr stark«, antwortet die Schwester. »Er wollte einen klaren Kopf behalten.«

Bei der Zimmertür bleiben wir stehen, und sie senkt die Stimme. »Ich glaube, er hat Ihnen etwas zu sagen.«

Nachdem die Schwester uns allein gelassen hat – mein Vater hat Schmerzmittel erneut abgelehnt –, scheint er einzudösen. Ich warte. Dann öffnen sich seine Augen von Neuem.

»Ich brauch kein Testament zu machen«, sagt er. »Ich habe deiner Mum schon lange alles überschrieben. Und was alles Übrige betrifft – ich hab einen Brief geschrieben. Er ist in dem Schrank da.«

Ich folge seinem Blick mit den Augen zu dem Nachtschränkchen neben dem Bett. Der Brief, den ich in der Schublade finde, ist an mich adressiert, mit einer krakeligen Handschrift, die ich nicht wiedererkannt hätte.

»Mach ihn auf«, sagt er.

Der Brief besteht nur aus wenigen Sätzen. Er enthält Anweisungen für seine Beerdigung. Er will im Gefängnis eingeäschert werden, ohne Andacht oder Gottesdienst. Seine Asche soll anonym entsorgt werden. Es soll keinen Grabstein und keine Trauerfeier geben.

Er sieht zu, wie ich den Brief zerknülle.

»Du wirst im Familiengrab in St. Peter beigesetzt«, erkläre ich ihm. »Ich habe mit Dwane gesprochen, vom Beerdigungsunternehmen von damals. Er hat mir ein paar Termine angeboten, hat sich allerdings ein bisschen geziert, weil du noch am Leben bist. Sentimentaler alter Trottel, was?«

Larry schüttelt den Kopf. »Nicht dort. Nicht in Sabden.«

»Das ist unser Zuhause.« Jetzt habe ich die Oberhand.

»Ich will nicht, dass ihr dahin zurückgeht. Du, deine Mum und Luna. Bleibt weg von da.«

»Es gibt etwas in Sabden, das mir gehört«, sage ich. »Ich werde es mir zurückholen.«

Er ist erregt, versucht tatsächlich, sich aufzusetzen.

»Nein«, stößt er hervor. »Du musst von da wegbleiben. Du musst dich von dem Jungen fernhalten.«

»Er ist kein Junge mehr«, erwidere ich. »Es sind dreißig Jahre vergangen. Dreißig Jahre, die du mir gestohlen hast, Dad. Tja, jetzt ist es vorbei. Ich gehe zurück.«

Seine Hand umklammert meine, bevor ich sie zurückziehen kann.

»Du kannst mich nicht daran hindern«, verkünde ich. »Jetzt nicht mehr.«

Ein verschlagenes Lächeln huscht über seine Züge. »Doch, kann ich«, sagt er. »Ich habe Florence geschrieben.«

Was?

»Was?«, entfährt es mir. »Was hast du Florence geschrieben?«

Sämtliche Luft scheint aus seinem Körper zu entweichen, als er einen tiefen Seufzer ausstößt. »Ich habe dreißig Jahre gesessen«, sagt er. »Ich habe für meine Verbrechen bezahlt, Cass. Wann bezahlst du für deine?«

Und dann stirbt er.

10. Kapitel

Florence

Ich sitze im Auto, auf dem Weg nach Hause, als ich es erfahre. Ich höre gerade LBC, und sie bringen es in den Kurznachrichten. Der Serienmörder Larry Glassbrook ist im Gefängnis Wormwood Scrubs verstorben.

»Glassbrook wurde 1969 der Entführung und des Mordes an drei Jugendlichen für schuldig befunden«, liest der Sprecher vor. »Während seiner dreißigjährigen Haftstrafe hielt er eine enge Freundschaft mit der Polizeibeamtin aufrecht, die ihn festgenommen hatte, Assistant Commissioner Florence Lovelady von der Metropolitan Police. Sie war heute Abend für einen Kommentar nicht verfügbar.«

Eine Hupe ertönt hinter mir. Die Ampel ist umgesprungen. Noch eine Hupe. Eine wahres Hupkonzert setzt ein. Londoner Autofahrer im Feierabendverkehr kennen kein Pardon, und trotzdem kann ich mich nicht rühren.

Es ist also vorbei.

Fühlt sich gar nicht so an.

11. Kapitel

Cassie

Er hat Florence geschrieben.

Ich sitze im Stationszimmer. Die Tasse Tee vor mir wird langsam kalt. Eigentlich will ich unbedingt weg von hier, doch ich muss noch verschiedene Formulare unterschreiben und zahllose Beileidsbekundungen des Personals entgegennehmen. Ich starre vor mich hin, und sie halten meine Sprachlosigkeit, dämlich, wie sie sind, für eine Folge des Schocks. Vielleicht ist das gar nicht so verkehrt. Ich stehe wirklich unter Schock.

Der alte Drecksack hat Florence geschrieben. Er hat es ihr erzählt.

Das war keine leere Drohung. Das war mir in dem Moment klar, als er es gesagt hat. Sie hat ihn schließlich all die Jahre lang immer wieder besucht.

In den Augenblicken, nachdem er seinen letzten Atemzug getan hatte, als die tanzenden Linien auf dem Apparat neben seinem Bett zur Ruhe kamen und der schrille Alarm einsetzte, habe ich sein Zimmer durchsucht. Ich habe mich beeilt, weil ich wusste, dass der Alarm binnen Sekunden Pfleger herbeirufen würde.

Ich habe Schränke durchwühlt, Taschen geöffnet, nach einem nicht abgeschickten Brief Ausschau gehalten, nach irgendetwas, das mir sagen könnte, ob er die Wahrheit gesagt oder einen letzten verzweifelten Versuch unternommen hat, zu verhindern, dass ich aus der Reihe tanze.

In der Schublade des Nachtschränkchens habe ich einen Schreibblock gefunden. Auf der ersten Seite waren schwache Abdrücke seiner Handschrift zu erkennen. Ich konnte *Liebe Florence* erkennen, aber sonst nichts. Außerdem habe ich ein kleines Heftchen mit Briefmarken gefunden, und ein verblichenes, zerfleddertes Adressbuch aus der Zeit, bevor er eingebuchtet worden war. Unter »L« für »Lovelady« fand ich ihre Adresse in London. Er hat nicht geblufft. Er hat ihr wirklich geschrieben. Er hat es Florence gesagt.

Scheiße, Scheiße, *Scheiße*!

Was zum Teufel soll ich jetzt machen?

12. Kapitel

Florence

Nick hat für uns einen Tisch im Umberto reserviert, einem kleinen italienischen Restaurant in der Nähe unseres Hauses in Clerkenwell. Der Mittwochabend ist der Abend der Woche, auf den ich mich am meisten freue. Nick holt Ben um acht vom Schwimmen ab. Bis dahin bin ich normalerweise mit der Arbeit fertig. Wir essen spät, gehen spät ins Bett und sind am nächsten Tag immer ein bisschen müde. Ich möchte es nicht anders haben.

Während wir auf das Essen warten, berichtet Ben: »Wir haben heute Schnorcheln und Freitauchen geübt.«

»Ich dachte, ihr trainiert Zeitschwimmen«, sagt Nick.

»Mit sechzehn dürfen wir Flaschentauchen lernen.« Bens Hand kriecht über den Tisch auf das Weinglas seines Vaters zu. »Kann ich da mitmachen? Es kostet zweihundert Pfund.«

»Wie kann man denn in anderthalb Meter tiefem Wasser Freitauchen üben?«, frage ich.

»Wir haben im Springerbecken geübt. Ich konnte am besten unter Wasser die Luft anhalten.«

»Da sind deine Mutter und ich aber sehr stolz.« Sein Vater erobert nach einem kleinen Gerangel sein Weinglas zurück. »Aber beim Flaschentauchen hat man die Sauerstoffflasche. Da braucht man die Luft nicht anzuhalten.«

»Die Luft in der Lunge funktioniert wie eine Schwimmweste«, belehrt Ben uns. »Man braucht nur tief einzuatmen, dann steigt man im Wasser auf.«

»Mehr Luft im Körper reduziert die Körperdichte«, ergänzt sein Dad.

»Genau, und weißt du, wie man am allermeisten Luft in den Körper kriegt?«

»Erleuchte mich.«

»Man atmet ein paar Sekunden ganz schnell, um die Lunge zu weiten. Dann atmet man einmal ganz tief ein und hält die Luft an.«

Ben demonstriert es. Er fängt an zu hecheln, dann bläht er die Backen auf wie ein Hamster. Ich schaue ihm eine Zeitlang zu, dann wende ich mich an Nick.

»Ich habe vorhin deinen Anruf verpasst«, sage ich.

»Hatte einfach nur ein bisschen Zeit«, antwortet er. Das ist unser Code für »Nicht vor Ben«.

Die Luft platzt geräuschvoll aus unserem Sohn heraus. »Über eine Minute«, verkündet er mit einem Blick auf die Uhr. »Ich muss mal aufs Klo.« Er steht auf und zieht ab. Sobald er außer Hörweite ist, holt Nick einen Briefumschlag aus seinem Jackett.

»Der ist heute gekommen«, sagt er. »Wurde gestern abgeschickt.«

Der Brief ist aus Wormwood Scrubs. Von Larry.

»Wenn du ihn aufmachen willst, tu's, bevor Ben zurückkommt«, sagt Nick.

Ich öffne den Umschlag. Lese die beiden kurzen Sätze, schaue in den Umschlag, um mich zu vergewissern, dass da sonst nichts drin ist, dann reiche ich ihn Nick.

»Was soll das heißen?«, fragt er.

»Ich bin mir nicht sicher.« Wieder blicke ich auf den Brief hinunter.

Ich habe dreißig Jahre lang dafür gesorgt, dass ihnen nichts passiert. Jetzt sind Sie dran …

»Er wollte, dass ich mich mit ein paar Leichen befasse, die bei einem alten Kinderheim ausgegraben worden sind«, sage ich. »Ich habe das abgelehnt. Ich habe nicht vor, mich in die Arbeit einer anderen Dienststelle einzumischen.«

Nick sagt nichts.

»Vielleicht meint er ja seine Familie«, fahre ich fort. »Sally und die Mädchen.«

»Mit denen hattest du doch seit Jahren keinen Kontakt mehr«, erwidert Nick. »Florence, bitte sag mir, dass du keinen Kontakt mit ihnen hattest.«

»Hatte ich nicht«, antworte ich wahrheitsgemäß. Ich weiß nur das, was Larry mir über seine Familie erzählt hat. Sally ist in Sabden geblieben, die Mädchen haben studiert und haben die Stadt verlassen. Cassandra, die wir Cassie genannt haben, ist eine erfolgreiche Songwriterin geworden und lebt in der Nähe von Manchester. Luna, deren Taufname Elanor lautet, ist Anwältin für Gesellschaftsrecht und wohnt irgendwo in London.

»Fährst du zur Beerdigung?«, will Nick von mir wissen, und weil ich nicht darauf antworten möchte, spiele ich die Frage zu ihm zurück.

»Meinst du, ich sollte hinfahren?«

»Nein«, antwortet er.

Nick und ich streiten uns nur selten. Eigentlich streitet nie jemand mit Nick. Doch meine Beziehung zu Larry hat immer wieder zu unschönen Ausnahmen geführt.

»Warum bist du so aggressiv?«, frage ich.

»Larry Glassbrook war sehr lange der andere Mann in deinem Leben. Ich bin froh, dass er tot ist. Aber das hier« – Nick nagelt den Brief mit dem Zeigefinger auf dem Tisch fest – »das sieht für mich aus, als ob er noch aus dem Grab heraus versucht, dich zu manipulieren.«

»Das ist doch lächerlich«, sage ich, doch ich denke: *Nein, nicht Larry. Wenn es in unserer Ehe jemals eine dritte Person gegeben hat, dann war das nicht Larry.* Vor meinem geistigen Auge sehe ich jemand anderen, einen hochgewachsenen, dunkelhaarigen jungen Mann in Kleidern, die in den späten Sechzigern Mode waren. Ein Mann, über den ich nie mit Nick gesprochen habe. Ein Mann, der inzwischen vielleicht ein bisschen so aussieht, wie mein Ehemann es heute tut, ich bin nämlich meinem Typ immer treu geblieben, und in Sabden habe ich entdeckt, was mein Typ ist.

»Du bist doch am Wochenende in Paris«, gebe ich zu bedenken. »Ich habe Urlaub, und Ben hat keine Schule.«

»Ich will nicht, dass Ben auch nur in die Nähe dieser Stadt kommt.«

»Was ist denn los?«, erkundigt sich Ben. Keiner von uns hat bemerkt, dass er an den Tisch getreten ist. Beiläufig stecke ich den Briefumschlag von Larry in meine Handtasche. »Welche Stadt?«

»Sabden«, antworte ich, denn wir wissen beide, dass Ben keine Ruhe geben wird.

»Da, wo die Hexen wohnen?« Seine Augen leuchten auf. Nicks Miene verfinstert sich.

»Nein«, sage ich. »Wo die Hexen vor langer Zeit gewohnt haben. Vor sehr langer Zeit.«

Nicks Blick begegnet meinem. Er sagt nichts. Seine Augen sagen alles.

13. Kapitel

Cassie

Donnerstag, 29. Juli 1999

Sabden. Ich sehe die Schilder, als ich vom Hochmoor herunterfahre. Unwillkürlich stelle ich mir die rostigen Ketten vor, die über die Straße gespannt sind, die verwitterten »Zutritt verboten«-Schilder, geschrieben mit der Handschrift meines Vaters, und ich fahre schneller. Die Stadtgrenze, die ich seit drei Jahrzehnten nicht mehr überquert habe, huscht vorbei. Die Ketten zerspringen, ihre Splitter fliegen rund um mein Auto herum durch die Luft, und ich bin zu Hause.

Der Bann ist gebrochen. Die Prinzessin ist frei.

Meine Heimatstadt hat sich verändert. Sehr. Die Fabrikschornsteine, die früher alles beherrscht haben, die uns heimgeleitet haben, wenn wir noch kilometerweit entfernt auf dem Moor waren, sind zum größten Teil umgelegt worden. Das kleine Krankenhaus, in dem ich zur Welt gekommen bin, ist jetzt ein chinesisches Restaurant. Als ich weiter in die Stadt hineinfahre, sehe ich, dass die Straßenbahnschienen herausgerissen und die Kopfsteinpflasterstraßen asphaltiert worden sind. Aus dem Plattenladen, wo wir samstagnachmittags immer herumgehangen haben, ist eine Oxfam-Filiale geworden.

Es regnet heftig, und der Wind wird stärker. Wenigstens das Wetter ist noch immer dasselbe.

Ich spüre, wie mir Tränen in die Augen steigen. Ich habe so viel verpasst.

Als ich mich dem Stadtzentrum nähere, scheint die schwer fassbare Vertrautheit, der ich nachjage, langsam in Reichweite zu kommen. Hier sind die viktorianischen Prachtbauten: die Bibliothek, das Rathaus, das Theater, die Freimaurerloge. Der Marktplatz ist allerdings verschwunden, und an seiner Stelle erhebt sich eine Siebzigerjahre-Monstrosität aus Beton und bunten Plastikplatten. Ich fahre bei Gelb über die Ampel, biege um die Ecke auf den Markplatz ein, biege noch einmal links ab und bin da.

St. Peter, die alte Kirche unserer Familie, ist die größte in der Stadt. Sie ist aus Feldsteinen erbaut, mit einem gewaltigen Glockenturm, und überragt weithin sichtbar das Stadtzentrum. Mum, Luna und ich waren natürlich Heiden, und Larry hatte mit Religion auch nichts am Hut, doch sein Beruf als Bestatter bedeutete, dass wir den Schein wahren mussten. Damals, als wir noch eine Familie waren, sind wir an den meisten Wochenenden hierhergekommen.

Als ich aussteige, schlägt mir der Wind entgegen. Es ist immer so verdammt windig in Sabden. Und wenn er einmal abflaut, werden wir nervös. Für uns bedeutet ruhiges Wetter, dass noch etwas Schlimmeres als der Wind im Anzug ist.

Das große Eingangsportal ist offen. St. Peter ist erstaunlich groß, aber wir werden wohl auch eine große Kirche brauchen. Larry hatte eine Menge Feinde, die werden sich bestimmt vergewissern wollen, dass er wirklich tot ist. Ich werde mich auf die Empore verziehen. Da kann ich alle sehen, ohne gesehen zu werden.

»Cassie?«, sagt eine Stimme hinter mir. »Miss Glassbrook?«

Ein Mann Mitte fünfzig in der Uniform eines ranghohen Polizisten und mit einem schwarzen Regenschirm in der Hand kommt auf mich zu. Er ist groß und dunkelhaarig, sieht auf klassische Art und Weise gut aus. Mein Herz gehört nicht mehr mir, seit ich sechzehn bin, aber gegen eine unverbindliche Nummer zwischendurch habe ich nie etwas einzuwenden gehabt. Den Typen würde ich jedenfalls nicht von der Bettkante stoßen. Er streckt mir eine große, warme Hand entgegen, und mir fällt das Fehlen eines Eherings an der anderen auf.

»Tom Devine«, stellt er sich vor.

Ich hätte es wissen müssen. Tom Devine war ein junger Detective Constable, als Larry verurteilt wurde. Sämtliche Mädchen in der Schule haben für ihn geschwärmt. Luna und ich hätten das wohl auch getan, bis er an jenem Abend in unser Haus kam. Ich habe oben am Treppengeländer im Nachthemd gestanden und schlotternd zugesehen, wie er meinem Vater Handschellen anlegte und ihn zur Tür hinausschubste. Er war nicht der Ranghöchste unter den anwesenden Polizisten, aber für mich ist Tom Devine immer derjenige, der meinen Vater mitgenommen hat. Nein, beschließe ich, mit diesem Mann werde ich garantiert keine Nummer schieben.

»Sie sehen Ihrer Mutter sehr ähnlich«, sagt er. »Wie geht es ihr?«

»Fortgeschrittene Demenz«, antworte ich, weil die Wahrheit zu kompliziert ist. »Sie ist nicht mehr die, die sie einmal war. Und Ihrer Frau?«

Damals war Tom Devine verheiratet. Mit einer Frau mit langen, dünnen Beinen und sehr hoch toupiertem blonden Haar.

»Eileen und ich haben uns vor zehn Jahren scheiden lassen«, antwortet er. »Soweit ich weiß, geht es ihr gut. Kommt Ihre Schwester auch?«

»Ich habe nicht die leiseste Ahnung.«

Seine Miene wird ernst. Offenbar erkennt er in mir den potenziellen Störenfried. »Ich möchte, dass Sie in Erwägung ziehen, die Trauerfeier woanders abzuhalten, Cassie«, sagt er. »Am besten in einer anderen Stadt, aber wenigstens in einer anderen Kirche, wo Ihr Vater nicht so bekannt war.«

»Larry war in jeder Kirche bekannt«, entgegne ich. »Er hat schließlich die Toten dieser Stadt begraben.«

Und ein paar von den Lebenden dieser Stadt. Wir denken es beide. Mir fällt wieder ein, dass Devine anwesend war, als zwei von den Leichen gefunden wurden.

»Und ein paar von den Lebenden«, sage ich, um zu sehen, wie er reagiert.

»Wir können ihn ja trotzdem hier im Familiengrab beisetzen.« Devine gibt sich nicht so leicht geschlagen. »Aber halten Sie den Trauergottesdienst woanders ab.«

»Das hier war die Kirche unserer Familie«, erwidere ich. »Eine meiner frühesten Erinnerungen ist, hier in der ersten Bank zu sitzen, zu den schönen Buntglasfenstern hochzuschauen, dem Chor zuzuhören. Ich hatte immer gehofft, einmal im Chor mitzusingen, aber …« Ich schniefe.

Devine verzieht keine Miene. »Na schön. Wenn Sie eine Liste der Leute besorgen, die Sie erwarten, dann können wir einen Constable an die Tür stellen, der dafür sorgt, dass niemand anders hereinkommt. Ich nehme doch an, Sie möchten die Presse auf Distanz halten? Ach, da ist ja Dwane.«

Wir drehen uns um, um den Neuankömmling zu begrüßen. Dwane Ogilvy, der jetzt das Unternehmen Glassbrook & Greenwood führt, ist keine eins fünfzig groß, mit den unverhältnismäßig kurzen Armen und Beinen eines Kleinwüchsigen. Er hat eine vorspringende Stirn, tief liegende Augen und dichtes graues Haar. Ein kleines Stück von uns entfernt bleibt er stehen und pflanzt sich breitbeinig auf wie ein Kind. Er trägt einen schwarzen Anzug mit schwarzer Krawatte und grüne Gummistiefel.

»Cassie«, sagt er. »Wie geht's?«

»Gut, danke, Dwane. Haben Sie schon das Loch gebuddelt?«

Ich weiß, es ist gemein von mir, Dwane daran zu erinnern, dass er hier früher mal nur Küster war, doch er nimmt meine Worte ernst. »Das mach ich noch, für Larry«, antwortet er. »Für die meisten Leute würde ich's nicht tun, aber für Larry tu ich's.«

Ich erinnere mich, dass Dwane immer lächerlich stolz auf sein Geschick als Totengräber war und dass er behauptet hat, seine Gräber wären perfekt und trügen seine unverwechselbare Handschrift. All die Jahre, und ich bin immer noch von Idioten umgeben.

»Luna hat mich angerufen«, berichtet Dwane. »Sie ist in New York. Kann erst nächste Woche kommen. Sie hat gesagt, sie ist mit allem einverstanden, was Sie entscheiden.«

Das ist typisch für meine Schwester, mich die ganze Arbeit machen zu lassen. Allerdings macht das die Sache leichter für mich.

»Wir sollten's uns mal ansehen«, schlägt Dwane vor. »Um sicher zu sein, dass Sie zufrieden sind.«

Wo genau sie Larry verbuddeln, ist mir komplett gleichgültig. Bei dieser Beerdigung geht es nicht um Larry, es geht darum, dass ich mir einen legitimen Grund verschaffen will, mich mehrere Tage in der Stadt aufzuhalten. Was mich betrifft, können sie seinen Leichnam auf der städtischen Müllkippe verklappen, doch ich heuchele Interesse, und wir verlassen die Kirche.

»Sie können ja später in der Werkstatt vorbeischauen«, sagt Dwane, während ich langsam gehe, um mich seinem schwankenden Schaukelgang anzupassen. »Den Sarg aussuchen. Ich hab schönes Zedernholz reingekriegt. Das mochte Larry immer am liebsten. Fertig krieg ich den Sarg schon noch rechtzeitig – kein Problem. Sie können die Beschläge aussuchen und den Stoff für die Auskleidung.«

»Ein nettes Angebot«, stellt Devine fest. »Dwane ist im Laufe der Jahre zu einem echten Meister seines Fachs geworden. Seine Särge sind regelrecht berühmt.«

Ich höre ein scharfes Atemholen von Dwane, als hätte Devines Kompliment ihn gekränkt.

»Ich will den billigsten, den Sie haben«, sage ich zu ihm. »Ein Leichenwagen, keine Autos, auf gar keinen Fall Blumen. Und ich will auch nicht, dass er einbalsamiert wird, weil ihn nämlich niemand je wieder ansehen wird. Und ich will auch nicht, dass jemand diese alberne Nummer abzieht und mit Silberstock und Zylinder vor dem Sarg hergeht.«

Dwane starrt mich an. »Möchten Sie einen Grabstein, oder muss ich ein Brett in den Boden rammen und da was mit Filzstift draufschreiben?«

»Ja, gute Idee«, sage ich. »Tun Sie das.«

Wir verlassen den Hauptweg, und ich bleibe mit meinen Absätzen im Matsch stecken. Dwane bietet mir gerade seinen Arm an, als mir etwas einfällt. Als was hat Devine Dwane gerade bezeichnet …?

Der knurrt unterdessen: »Vielleicht sollte ich mal mit Ihrer Mum darüber sprechen.«

»Genauso gut könnten Sie versuchen, mit Larry zu reden. Aber wie Sie wollen«, erwidere ich. »Solange Sie nichts anderes hören, bleibt es bei meinen Anweisungen.«

Eins muss ich Dwane lassen, er macht nie auf beleidigte

Leberwurst. Er sagt etwas über das schreckliche Wetter und den feuchten Boden, als wir uns dem Familiengrab der Glassbrooks nähern.

»Hat einer von Ihnen schon mal von den Meistern gehört?«, frage ich, als er endlich aufhört zu quasseln.

»Nein«, blafft Dwane kurz angebunden.

»Keine Ahnung«, sagt Devine. »Was soll das sein? Eine Popgruppe?«

Ich beobachte Dwanes Gesicht. »Ich weiß es nicht genau«, antworte ich. »Vielleicht eine Art Gilde oder so.«

»Sie meinen, wie die Rotarier?«, fragt Devine. »Sagt mir nichts. Was ist mit Ihnen, Dwane?«

»Nein«, wiederholt Dwane.

Aus den beiden kriege ich nichts heraus. Also gebe ich es auf. Wir inspizieren das Rasenstück. Ich nehme mit Befriedigung zur Kenntnis, dass nicht genug Platz ist, um Larrys Namen mit auf den Grabstein zu setzen, der zur Zeit meines Ururgroßvaters aufgestellt worden ist. Dann bleibt es also bei Holzbrett und Filzstift.

14. Kapitel

Florence

Freitag, 30. Juli 1999

Es dauert drei Tage, bis Perdita mich zurückruft, und sie wartet bis zum Abend. Diesmal bin ich diejenige, die sich zum Telefonieren zurückzieht, damit niemand mithört. Ich gehe in unseren kleinen Garten hinter dem Haus. Es regnet, und ich muss unter der Traufe Schutz suchen. Um mich herum prasseln Tropfen auf kräftige, breite Blätter.

»Die vier Leichname waren alle Kinderleichen«, sagt Perdita rasch, als wolle sie das Ganze schnell hinter sich bringen. »Die Kinder waren zwischen ungefähr drei und ungefähr vierzehn Jahre alt. Geschlecht unbekannt, allerdings deuten die Kleider darauf hin, dass mindestens eines davon weiblich war.«

»Offizielle Beerdigungen? Waren Särge vorhanden?«

»Schwer zu sagen. Ein paar Holzreste scheinen das anzudeuten.«

»Kann man anhand der Kleider feststellen, wann sie gestorben sind?«

»Bis zu einem gewissen Grad, ja. Naturfasern, die größtenteils verrottet sind. Ein paar Knöpfe, die auf Vorkriegskleidung hindeuten. Moment, ich habe mir da etwas notiert.«

Ich betrachte die Ringelblumen zu meinen Füßen, die in dem unablässigen Regen protestierend die Köpfe senken.

»Die Knöpfe sehen aus wie aus Plastik«, sagt Perdita. »In

Wirklichkeit sind sie aber aus Zelluloid. Sie sind klein, mit metallener Rückseite. Von 1900 bis ungefähr 1920 gab es die überall, aber so ab den vierziger Jahren wurden dann andere Materialien verwendet.«

»Todesursache?«, frage ich. »Grad der Verwesung?«

»Ursache lässt sich unmöglich feststellen, aber sie waren alle in einem sehr ähnlichen Zustand, was vermuten lässt, dass sie ungefähr zur gleichen Zeit gestorben sind. Irgendeine Epidemie erscheint da wahrscheinlich.«

Ich empfinde eine vertraute Mischung aus Enttäuschung und Erleichterung. Es gibt offensichtlich keinen Verdachtsfall. Die sterblichen Überreste sind allem Anschein nach Jahrzehnte alt. Stammen mindestens aus der Zeit vor dem Krieg. Und die Kinder scheinen an einer Krankheit gestorben zu sein. Larry hat sich geirrt.

»Ich habe keinen Zugriff auf die Akten, also musste ich schnell mal auf dem Schreibtisch von jemand anderem herumschnüffeln«, fügt Perdita abschließend an. »Hilft das?«

Ich bekomme nasse Füße. Eine der Ringelblumen richtet sich auf, wirft ihre Regenwasserbürde ab. Sie scheint mich anzusehen. Ich bücke mich, um die Blume zu pflücken und sie mit ins Haus zu nehmen.

»Es ist auf jeden Fall beruhigend zu wissen«, sage ich. »Danke, Perdita.«

Perdita legt auf. Ein Windstoß sprüht mir Regen ins Gesicht, doch ich mache keine Anstalten, ins Haus zu gehen. Wenn ich das tue, so sage ich mir, ist es vorbei. Larry ist tot. Was für eine Macht er auch über mich gehabt haben mag, sie ist gebrochen, und ich kann seine gespielte

Sorge wegen der Leichenfunde getrost ignorieren und seinen kryptischen letzten Brief auch. Beides waren lediglich Versuche, mich zu manipulieren, etwas, das er dreißig Jahre lang mit Erfolg getan hat und das ich um meiner geistigen Gesundheit willen beenden muss. Ich darf nicht zulassen, dass Larry über das Grab hinaus Einfluss auf mein Leben nimmt.

»Hallo, Florence.«

Ich fahre zusammen. Die Stimme ist so deutlich, als stünde die Sprecherin neben mir, und doch bin ich allein. Es ist die Stimme einer jungen Frau, und in unserem Haus gibt es keine andere Frau als mich.

Ich trete aus dem Schutz der Traufe hinaus in den Regen und folge dem Kiesweg durch den Garten. Er gedeiht gut, wie viele Londoner Gärten, und der Pflanzenwuchs ist dicht und hoch. Trotzdem kann ich nicht glauben, dass sich jemand darin versteckt.

»Hallo?« Noch immer halte ich die gelbe Ringelblume in der Hand.

Als Antwort höre ich ein hohes, kindliches Kichern.

Nachts erwache ich mit einem Namen auf den Lippen, den ich seit dreißig Jahren nicht mehr ausgesprochen habe.

Marigold McGowan.

Neben mir schläft Nick tief und fest. Ich liege im Dunkeln, lausche auf den Verkehrslärm, auf ein gelegentliches Rufen oder Streiten, auf das ferne Jaulen von Sirenen, und ich denke an Sabden im Jahr 1969, als die Nächte still waren.

Ein kurzer Blick auf die Uhr verrät mir, dass es fast vier

Uhr früh ist. Hinter der Uhr steht die Vase mit der Blume, die ich vorhin gepflückt habe. Eine Ringelblume, *Calendula officinalis*, auf englisch Marigold.

Marigold McGowan. Ich habe keine Ahnung, was mit ihr geschehen ist, warum sie damals auf diese Art und Weise verschwunden ist, wo sie hingegangen ist. Ich weiß nur, wo sie herkam. Marigold McGowan war aus dem Black-Moss-Kinderheim geflohen, wo man sie, wie sie behauptete, gefangen gehalten hatte.

Ich denke an das Kichern, das ich vorhin gehört habe, an die kindliche Stimme, die meinen Namen gerufen hat. Und ich weiß, dass es nicht nur Larry ist, der mich drängt, nach Sabden zurückzukehren, sondern auch Marigold.

15. Kapitel

Cassie

Sonntag, 1. August 1999

Florence' Haus in London ist der Hammer. Ein großes georgianisches Stadthaus an einem der nobleren Plätze von Clerkenwell. Das kann sie sich von einem Polizeigehalt unmöglich leisten. Die dämliche Zicke muss Glück gehabt und einen Banker geheiratet haben.

Ich begutachte das Haus von der anderen Seite des Platzes aus wie ein Einbrecher, der schon mal die Lage peilt. Drei Stockwerke hoch, mit einer schweren, massiven Haustür. Es gibt Fenster im Erdgeschoss, aber sie sind unerreichbar, da es zusätzlich ein Souterrain gibt.

In diesem Moment geht die Tür auf, doch es ist nicht Florence, die herauskommt. Stattdessen erscheint ein hochgewachsener Mann Mitte fünfzig und tritt zur Seite, um einen Jungen vorbeizulassen, einen Teenager. Ich verspüre einen Stich der Eifersucht, als mir klar wird, dass Florence eine Familie hat. Ich habe immer gedacht, sie sei irgendwie ein bisschen gestört – so wie ich. Während der Junge die Stufen hinunterrennt, schließt der Mann – offenkundig sein Vater, sie ähneln sich wie ein Ei dem anderen – die Haustür ab.

Sie steigen in ein geparktes Auto und fahren davon. Wenn Florence zu Hause ist, dann ist sie wahrscheinlich allein. Ich könnte klingeln, die Konfrontation mit ihr suchen, aber sobald ich das getan habe, habe ich sie zum Handeln gezwungen. Wenn Larry mich in seinem Brief irgendwelcher Dinge bezichtigt – sei's drum. Er hat keinerlei Beweise. Und wenn Florence noch immer die Frau ist, die sie damals war, wird sie Beweise wollen. Sie wird nichts überstürzen, und ich wäre dumm, sie zu provozieren.

Vorsichtig nähere ich mich dem Haus. Sie ist eine bekannte ranghohe Polizeibeamtin. Bestimmt hat sie Sicherheitsvorkehrungen getroffen. Vielleicht gibt es sogar Überwachungskameras, die mich gerade filmen. Ich gehe bis zu dem hohen schwarzen Metallgeländer, das verhindert, dass Idioten und Besoffene in den Betongraben vor ihrem Keller purzeln, und schaue durch die Fenster im Erdgeschoss. Ich sehe überhaupt nichts.

Unter mir stehen drei angeschlossene Fahrräder und zwei Mülltonnen.

Ich gehe weiter, die Straße hinunter und um die Ecke, nur um festzustellen, dass der Zugang zum Haus, von vorn schon schwierig, von hinten unmöglich ist. Die Häuserreihe, in der sich Florence' Haus befindet, stößt direkt an eine zweite, und die Gärten sind nur durch die Häuser erreichbar. Dieses Haus ist eine Festung. Hier komme ich nicht an sie heran.

Sie wird nach Sabden zurückkommen müssen.

16. Kapitel

Florence

Nachdem Nick und Ben das Haus verlassen haben, suche ich wieder meine »Black Moss Manor«-Akte hervor. Ich betrachte das Bild von mir und Tom vor dem heruntergebrannten Gebäude länger, als ich sollte, und dann sehe ich auf Seite acht der Zeitung – der letzten Seite vor den Kleinanzeigen – ein Foto von Marigold und ihrem Baby.

Ich erinnere mich daran, wie dieses Foto gemacht wurde. Ich war damals dabei, im Haus der Glassbrooks, an jenem sonnigen Nachmittag. Cassie hatte die Polaroidkamera der Familie von oben geholt und Mutter und Baby geknipst, als sie unter dem Apfelbaum saßen.

»Vermisst?« lautet die Überschrift. Der Artikel ist kurz. Es steht lediglich darin, dass die Polizei den Aufenthaltsort der jungen Mutter Marigold McGowan und ihres kleinen

Sohnes in Erfahrung bringen möchte. Wer über Informationen verfügt, möge sich bitte bei Detective Constable Tom Devine auf dem Polizeirevier von Sabden melden.

Ich hatte darum gebeten, die Suche nach Marigold leiten zu dürfen, aber es hieß, das sei nicht das Richtige für einen Constable in der Probezeit. Mir war ein anderer Fall zugewiesen worden, ein Fall, der sehr viel Zeit in Anspruch genommen hatte, und mir war nie der Gedanke gekommen, dass das Absicht gewesen sein könnte.

Ein späterer Artikel berichtet über die Gerichtsverfahren. Sowohl Frederick als auch Judith Aster wurden wegen Verletzung der Aufsichtspflicht und Körperverletzung zu zwei Jahren verurteilt. Beide waren Ärzte, und Abby Thorn, die Verfasserin des Artikels, ging davon aus, dass sie nie wieder praktizieren würden. Die drei Angestellten wurden zu kürzeren Haftstrafen verurteilt.

Ein Geräusch von draußen lenkt mich ab – in dem Betongang vor unserem Keller, wo unsere Mülltonnen stehen. Ich warte, höre jedoch nichts mehr. Vermutlich Füchse, die jetzt sogar bei Tag kommen.

Ein dritter Artikel handelt von den Kindern, die anderswo untergekommen sind, nachdem das Black Moss Manor zugemacht worden war. Drei Fotos zeigen das rußgeschwärzte Herrenhaus, ein paar Kinder, die in einer Grundschule spielen, und einen kleinen Jungen mit kurzem dunklem Haar und großen braunen Augen. Der Artikel vermerkt, dass sämtliche Kinder, die im Black Moss Manor gelebt haben, liebvolle Pflegefamilien gefunden haben. Happy End.

Ich bin mir nicht sicher, ob es in Sabden wirklich ein Happy End gegeben hat.

17. Kapitel

Cassie

Es ist spät, als ich aus London zurückkomme, und ich bin todmüde, aber ich fahre nicht nach Hause. Ich fahre in Richtung Sabden, nicht ganz bis zur Stadt selbst. Bevor ich die Stadtgrenze erreiche, biege ich von der Schnellstraße ab und halte auf den Pendle Hill zu.

Die Straße wird schmaler und kurviger. Es ist nicht einfach, hier zu fahren, vor allem nicht bei schlechtem Licht, aber der Hügel fungiert als Wegweiser, er lotst mich zu sich. Als ich so nahe bin, dass er über mir zu schweben scheint, fahre ich von der Straße ab und auf einen Feldweg. Ich verlangsame das Tempo, lasse mir Zeit, bis ich das schwarze Schimmern eines Moorsees vor mir sehe. Ein kleines Stück vom Ufer entfernt steige ich aus und gehe zum Wasser.

»Dieser See ist der Black Tarn«, hat Sally uns erklärt, als ich ungefähr acht war. »Auch bekannt als der Schwarze Spiegel und das Taufbecken des Pendle Hill. Als ihr beide erst ein paar Tage alt wart, bin ich mit euch hierhergekommen und habe euch einmal ganz ins Wasser getaucht. Meine Mutter hat vor Jahren dasselbe mit mir gemacht. Wir sind Frauen von Pendle und zweimal getauft.«

Ich bin vorbereitet. Ich habe eine altertümliche Angelrolle dabei, sie ist noch aus Holz, aus Stechpalmenholz, und ganz stumpf vom Alter. Sally hat sie unzählige Male für ihre Bringezauber benutzt, und bestimmt hat sie etwas von ihren Kräften absorbiert. Die Schnur ist aus Seide. Nicht so stark, wie ich es gern hätte, aber Naturfasern funktionieren am besten. Der Köder ist etwas, das ich in Florence' Mülltonne in London gefunden habe. Eine alte Dior-Parfümflasche. Weniger gut geeignet als etwas von ihrem Körper wie Haare oder Fingernägel, aber sie hat das Ding bestimmt Hunderte Male in die Hand genommen. Das muss reichen.

Ich binde die Flasche an das eine Ende der Seidenschnur und wickele etwa zwanzig Meter ab. Dann beschwöre ich vor meinem inneren Auge ein Bild von Florence herauf und werfe die Flasche in den See, so weit ich kann. Das Platschen scheucht ein paar Vögel auf, die an den Ufern nisten, und ich warte, bis das Flügelschlagen aufhört, ehe ich die Rolle zur Hand nehme. Ich rolle die Schnur auf, spüre den Widerstand der Flasche und ziehe ein klein wenig an. Sie schleift über den Grund des Sees auf mich zu.

Langsam rolle ich weiter. Ich muss auf jeden Fall verhindern, dass die Seidenschnur reißt. Wenn das passiert, ist mein Zauber fehlgeschlagen.

»Komm zurück zu uns, Florence.« Ich stelle mir ihr vornehmes Zuhause in London vor und die Straßen, erst die M1, dann die M6, die sie nach Norden bringen werden. »Komm nach Sabden.« Vor meinem inneren Auge sehe ich Larrys Brief in ihrer Hand, stelle mir vor, wie der Brief sie ebenfalls hierherzieht.

Ich wickele die schwarze Schnur auf die Rolle, bete dabei und beschwöre die Bilder herauf. Zauber müssen nicht unbedingt kompliziert sein. Die einfachsten sind manchmal die besten.

Die Flasche rutscht und ruckt über den Schlamm am Grund des Sees. Als sie nahe genug ist, dass ich sie unter der Wasseroberfläche sehen kann, trete ich ins Schilf und befestige meine Rolle, bohre sie tief in den weichen Boden. Das wird halten.

Jetzt wird Florence zu uns zurückkommen. Ich habe noch nie erlebt, dass ein Bringezauber versagt. Und wenn sie kommt, werde ich bereit sein.

18. Kapitel

Florence

Montag, 2. August 1999

Nachdem wir gegessen haben, schalten Nick und Ben den Fernseher im Wohnzimmer ein. Ich gehe mit meinem Becher Pfefferminztee in den Garten und mache ein Feuer in unserer Feuergrube. Als es gut brennt, sitze ich da und starre in die Glut. Ich versuche nicht, die Zukunft in den Flammen zu sehen, jedenfalls nicht heute Abend. Ich versuche schlicht und einfach, ein wenig Ruhe zu finden.

Seit meinem letzten Besuch bei Larry, und besonders seit der Nachricht von seinem Tod, fühle ich mich sonderbar angeschlagen, und heute Abend haben meine gesundheitlichen Probleme sich in den Mittelpunkt gedrängt. Mal ist mir kalt und dann wieder heiß, sodass ich ins Schwitzen komme. Den ganzen Tag lang habe ich mich in regelmäßigen Abständen gezwungen, meine Atemübungen zu machen. Wenn ich das nicht tue, wird meine Atmung schneller und flacher, ein Schwindelgefühl überkommt mich. Mehr als einmal hatte ich Angst aufzustehen, weil ich fürchtete umzukippen.

Die Nachricht, dass die Leichen, die hinter dem Kinderheim gefunden worden sind, wahrscheinlich über sechzig Jahr alt sind, hat nicht viel geholfen, um mich zu beruhigen, und meine Unruhe ist umso größer, weil ich den Fall nicht verstehe.

Ich kann Marigold McGowan nirgends finden. Zwei Tage lang habe ich gesucht, in jeder freien Minute, die ich hatte. Es gibt keinen Eintrag für sie im Wählerverzeichnis oder im Police National Computer. Eine Heirat war in ihrem Fall unwahrscheinlich, und es gibt keinen Beleg für einen amtlichen Namenswechsel. Gestorben ist sie auch nicht, oder ihr Tod wurde nicht erfasst. Sie könnte ausgewandert sein, doch auch das erscheint unwahrscheinlich. Ich sollte wohl nicht überrascht sein. Manche Menschen kann man einfach nicht finden.

Einer davon ist anscheinend Abby Thorn, ehemalige Reporterin der *Lancashire Morning Post*. Ich habe sie dreimal angerufen und jedes Mal ihren Kollegen um Rückruf gebeten. Sie hat sich immer noch nicht gemeldet. Wahrscheinlich hat das nichts zu bedeuten, und doch hat Sabden, wie ich mich erinnere, so eine Art, sich abzuschotten, wenn es gilt, Geheimnisse zu bewahren.

Der Abend ist wolkenlos, und selbst in London kann die viel beklagte »Lichtverschmutzung« die Sterne nicht völlig verblassen lassen. Der abnehmende Mond steht tief am östlichen Himmel. Der Dunkelmond nähert sich, und das macht mich immer nervös. Ich lege weiteres Holz aufs

Feuer und sehe zu, wie verirrte Funken darüber tanzen. Einem Impuls folgend löse ich die Kette um meinen Hals, an der mein Ehering hängt, und halte ihn hoch, sodass er das Licht einfängt. Diesen Ring habe ich niemals so getragen, wie normale Frauen es tun – denn ich habe keinen Ringfinger an der linken Hand. Er ist abgeschnitten worden, ist mir genommen worden, der brutalste Diebstahl, den ich mir vorzustellen vermag.

Mir kommt der Gedanke, dass ich Sabden vielleicht nie ganz hinter mir gelassen habe, weil ein Teil von mir noch dort ist. Diese Vorstellung ist natürlich absurd. Mein Finger wird schon vor Jahren in einem Krankenhaus verbrannt worden sein – oder was immer sie mit abgetrennten Gliedern tun. Und trotzdem …

Vor dreißig Jahren habe ich in Sabden eine Tortur durchgemacht, die dem gleichkommt, was Soldaten im Krieg erleben, daher ist es kaum verwunderlich, dass ich unter einer posttraumatischen Belastungsstörung leide. Meine Arbeitgeber, zuletzt die Metropolitan Police, haben das immer gewusst, und sie haben mir Zugeständnisse gemacht. Insgeheim glaube ich, sie sind froh, dass ich trotz allem so gut funktioniere. Ein gelungener Fall von Wiedereingliederung.

Natürlich habe ich niemals jemandem die ganze Wahrheit gesagt, nicht einmal Nick. Die körperlichen Symptome – Atemnot, Übelkeit, Schwitzen, sogar die Albträume – das ist nicht das Schlimmste.

Schlimmer noch als die Albträume ist das Wissen, dass meine Seele Schaden genommen hat. Natürlich liebe ich Nick, und Ben ist mein Ein und Alles, aber damit hat es sich dann auch schon. Für andere Menschen bringe ich keine großen Gefühle auf. Geschichten vom Schmerz oder vom Leid anderer Menschen können mich nicht rühren. Ich bin kalt, handele rein logisch, und das ist mit an Sicherheit grenzender Wahrscheinlichkeit einer der Gründe dafür, dass ich es bei der Polizei so weit gebracht habe. Meine Entscheidungen sind nie durch meine Gefühle beeinflusst worden.

Und das ist immer noch nicht das Schlimmste.

»Hallo, Florence«, sagt eine Stimme, und als ich mich umdrehe, sitzt Marigold McGowan auf dem Stuhl neben mir.

»Hallo, Marigold.« Ich habe gelernt, höflich zu Geistern zu sein. Dann bleiben sie länger, werden zutraulicher.

Ihr rotblondes Haar sieht frisch gewaschen aus und glänzt. Sie trägt ein Kleid, von dem ich weiß, dass Sally es ihr einst geschenkt hat, aus rosa Baumwolle mit weißen Blumen drauf. Sie ist klein und rundlich, auf ihre ganz eigene Art hübsch.

»Dann bist du also tot, Marigold«, sage ich, denn nur Tote erscheinen mir auf diese Weise. »Das hatte ich befürchtet.«

Sie sieht mich unverwandt an. »Kommen Sie zurück?«

»Nein.«

Marigold sagt nichts, sie sieht mich nur mit ihren blauen Mandelaugen an.

»Die Knochen sind sehr alt, Marigold«, sage ich. »Viele Jahrzehnte. Es gibt nichts, was ich tun kann, selbst wenn ich zurückkommen würde.«

»Sind Sie sicher, Florence?«

Natürlich bin ich sicher. Ich habe doch den Obduktionsbericht gesehen. Oder zumindest mit jemandem gesprochen, der ihn gesehen hat. Natürlich sage ich Marigold nichts davon.

»Warum haben Sie nicht nach mir gesucht«, fragt Marigold.

Das schmerzt. »Habe ich doch. Wir alle. Ich, Sally, Tom. Wir haben alle gesucht. Du warst verschwunden.«

Ihre blonden Augenbrauen ziehen sich zusammen. »Es war doch Ihre Aufgabe, Florence. Sie waren doch Polizistin. Und meine Freundin.«

Sie hat recht.

»Vielleicht sind es ja meine«, sagt sie.

»Was?«

»Die Knochen.« Sie lächelt traurig. »Vielleicht sind es ja meine.«

19. Kapitel

Cassie

Dienstag, 3. August 1999

Vor langer Zeit hat Sally mich gelehrt, dass Pflanzen, die für Magie verwendet werden sollen, geerntet werden müssen, während der Mond aufgeht. Wenn dieser Mond gerade abnimmt oder ein Dunkelmond ist, umso besser. Außerdem hat sie mir beigebracht, dass Pflanzen, die nahe beim Zielobjekt des Zaubers wachsen, mehr Kraft haben. Und so bin ich wieder einmal in Sabden.

Ich halte in einer Straße, die ich kaum wiedererkenne, so sehr ist sie mit Autos zugeparkt. Die Reihenhäuser sind mit Waschbeton verkleidet und gestrichen worden, sie haben Satellitenschüsseln auf dem Dach und Fensterrahmen aus Kunststoff. Der Fluss jedoch fließt noch immer so wie einst. Durch den größten Teil der Stadt fließt er unterirdisch. Hier am Stadtrand kommt er breiter und schneller wieder hervor und speist eines der Wasserreservoirs.

Ans Ufer heranzukommen ist schwerer als früher. Metallzäune halten leichtsinnige Kinder und Betrunkene davon ab, in den Fluss zu plumpsen oder ihre rostigen Einkaufswagen hier zu entsorgen. Auch um das Reservoir herum ist eine Betonmauer errichtet worden.

Ich lasse die Straße hinter mir und betrete das unwegsame Gelände, das sich am Fluss entlangzieht. Ich suche nach Winden, Weißdorn, Schlüsselblumen – die man natürlich auch woanders findet – und nach einer ganz speziellen Pflanze, die nur hier wächst.

Ein paar der Pflanzen, die ich verwenden werde, die exotischen, habe ich bereits. Im nahen Manchester, in Chinatown, bekommt man Kardamom, Zimt und Ingwer ganz frisch. Andere Dinge, die ich brauche – Basilikum, Gänsefingerkraut, Lorbeer –, kann ich mir aus unserem alten Garten besorgen.

Als ich mich der Brücke nähere, erinnere ich mich daran, wie ich immer zusammen mit Luna, Mary, unserer alten Haushälterin, und Mum in der Außenküche unseres alten Hauses gestanden habe. »Hexenküche« hat Dad sie genannt. Wir haben Blütenblätter abgezupft, Blätter gehackt oder Wurzeln geschält. Wir haben uns gegenseitig etwas vorgesungen, während wir gemörsert, entkernt und gekocht haben und die Pflanzen, die wir gesammelt hatten, sich in bonbonbunte Tinkturen verwandelten. Meine Mutter hat uns alle zu Hexen gemacht.

Noch ein paar Meter, und ich sehe es über den Stumpf eines alten Ahornbaumes wuchern. Ein paar späte Blüten, lila und in der Mitte gelb, kauern noch in der Masse aus breiten Blättern. Die Beeren sind noch grün, aber es wird schon gehen. *Solanum dulcamara,* auch Alpranke, Bittersüß, Hirschkraut oder bittersüßer Nachtschatten genannt, ist eine der vielseitigsten und gefährlichsten Pflanzen, die ich kenne. Und lustig – eine ihrer zahlreichen Verwendungsmöglichkeiten ist, vor Zauberei zu schützen.

Gegen mich wird sie nicht helfen.

20. Kapitel

Florence

Mittwoch, 4. August 1999

Im ersten Stock des Naturhistorischen Museums werden die Besucher bereits deutlich weniger. Den Ausstellungsstücken hier oben fehlt der Reiz der Dinosaurier und ausgestopften Säugetiere unten im Erdgeschoss. Als ich im Ostflügel angelangt bin, sind meine Schritte die einzigen, die über den gebohnerten Boden hallen. Ich komme an Vitrinen mit menschlichen Schädeln vorbei und erreiche schließlich eine unauffällige hölzerne Tür, auf der »156b« steht. Dort halte ich einen Moment lang inne und frage mich, ob ich das Richtige tue.

Die Knochen, die am Black Moss Manor gefunden worden sind, waren Kinderknochen. Marigold war mindestens siebzehn. Es können nicht ihre sein. Und doch, sie war klein für ihr Alter.

Ich klopfe an.

»Wenn du kein Girton-Girl bist, verpiss dich«, ruft eine Stimme.

Ich drücke die Tür auf. »Schuldig im Sinne der Anklage«, sage ich zu der Frau, die hinter dem übervollen Schreibtisch sitzt.

Caroline Trickett mustert mich von oben bis unten. »Du hast zugenommen«, stellt sie fest.

Ich warte.

»Präventivschlag.« Sie zuckt die Achseln und blickt auf ihren fülligen Oberkörper hinab, der höchst unwissenschaftlich in ein geblümtes Hawaiihemd gezwängt ist. Schlank war Tricksy nie. Inzwischen – dreißig Jahre nachdem wir uns auf dem Girton College kennengelernt haben – scheint sie so breit wie hoch zu sein. Ihr Haar ist ungefähr fünf Zentimeter kurz und in einem sonderbaren Fliederton gefärbt. Es steht senkrecht von ihrem Kopf hoch, sodass sie aussieht wie ein lilafarbener Igel.

Sie steht nicht auf, um Küsschen zu geben oder mir die Hand zu schütteln, sondern lehnt sich stattdessen auf ihrem Stuhl zurück. »Was kann ich für dich tun?«

»Ich brauche eine Expertenmeinung zum Zerfall menschlicher Skelette, die im Hochmoor von Lancashire begraben sind«, antworte ich. »Schön, dich zu sehen. Wie geht's Dennis?«

»Dennis ist ein Arsch. Du könntest doch die klügsten Köpfe der Londoner Polizei fragen. Warum nervst du mich?«

»Das hier ist inoffiziell«, erkläre ich, »und ich habe kein Budget dafür.«

Sie sieht auf und offenbart, dass sie blau-weiß gestreifte Shorts trägt. »Wenn das so ist«, sagt sie, »dann kannst du mich zum Mittagessen einladen.«

Das Restaurant, das Tricksy ausgesucht hat, ist eine ganze Ecke schicker als ihr Outfit. Überall schimmert poliertes Silber und feines Kristall. Tischdecken wie frisch gefallener Schnee und waldgrüne Vorhänge scheinen alle Geräusche zu schlucken, die lauter sind als ein sanftes Flüstern. Nachdem wir Platz genommen haben, tauschen wir ein paar Minuten lang Nettigkeiten über unsere Familien, unsere Jobs und andere Ehemalige aus, mit denen wir noch Kontakt haben.

»Also«, sagt sie, als unser Essen kommt – Lachs für mich, ein blutiges Steak für sie –, »schieß los.«

Ich reiche den Zeitungsausschnitt über den Tisch. »Vier kleine Skelette, wahrscheinlich Kinder, zufällig wegen eines Rohrbruchs entdeckt«, erkläre ich, allerdings weiß ich, dass sie den Artikel schneller lesen und die Informationen darin aufnehmen wird, als ich sprechen kann. »Ich brauche eine ungefähre Vorstellung davon, wie lange sie in der Erde waren.«

Sie blickt auf. »Obduktionsbericht?«

Ich schüttele den Kopf.

»Fotos? Irgendwas?«

»Ein paar inoffizielle Infos von einer Beamtin, die heimlich einen Blick in die Akten geworfen hat. Laut dem Obduktionsbericht sind die Knochen etwa gleich alt, was bedeutet, dass die Kinder wahrscheinlich zur selben Zeit gestorben und zusammen begraben worden sind.«

Blut läuft über den Teller, als Tricksy ihr Steak anschneidet. »Ja, ich weiß, was ›gleich alt‹ bedeutet.«

»Offiziell sind die Knochen mehrere Jahrzehnte alt, stammen wahrscheinlich aus dem frühen zwanzigsten Jahrhundert, wahrscheinlich das Resultat irgendeiner Epidemie. Auf der anderen Seite habe ich einen … Bekannten …« Ich habe keine Ahnung, wie ich Larry sonst nennen soll. »… der glaubt, dass das nicht sein kann. Dass Knochen sich nicht so lange halten würden.«

Tricksy hebt beide Hände und macht eine Bewegung, als winke sie etwas zu sich heran. »Du wirst mir schon ein bisschen mehr geben müssen, womit ich arbeiten kann.«

»Laut meiner Quelle waren die Leichen weitgehend skelettiert, mit ein paar Gewebefragmenten und ein paar Kleiderfetzen dran, die geholfen haben, sie zusammenzuhalten.«

Ihre Augen werden schmal. »Was für Kleider?«

»Aus Naturfasern. Knöpfe, die auf 1920 oder früher hindeuten.«

»Waren Särge vorhanden? Irgendwelche Anzeichen dafür, dass sie einbalsamiert worden sind?«

»Man hat Holzreste gefunden, die auf mögliche Särge hinweisen, aber nichts Eindeutiges. Einbalsamieren scheint unwahrscheinlich, es war schließlich ein Waisenhaus.«

Sie nickt zustimmend.

»Also?«, hake ich nach kurzem Schweigen nach.

Tricksy zieht einen Stift aus der Tasche ihrer Shorts und streicht ihre Serviette auf der Tischplatte glatt. Mit hellblauer Tinte malt sie die Zahlen von eins bis vier darauf.

»Du weißt, dass das eine Leinenserviette ist?«, frage ich.

»Vier Stadien der Verwesung«, fängt sie an zu dozieren. »Das weißt du ja wahrscheinlich. Stadium eins, Autolyse oder Selbstverdauung. Der Leichnam fängt an, sich selbst zu verzehren. Stadium zwei, Aufblähen. Gase lassen den Leichnam anschwellen.«

»Wie ist das Steak?«, erkundige ich mich.

»Stadium drei, aktive Zersetzung, wenn das Gewebe anfängt, sich zu verflüssigen. Stadium vier ist dann die Skelettierung, wenn nur noch Knochen übrig bleiben.«

Ich ertappe einen Kellner dabei, wie er uns indignierte Blicke zuwirft. Ich nehme mir vor, das Trinkgeld zu verdoppeln. Tricksy malt inzwischen eine geschlängelte Linie, um die vier Punkte miteinander zu verbinden.

»Wie viel Zeit von Stadium eins bis Stadium vier vergeht, hängt davon ab, ob der Leichnam einbalsamiert worden ist und wie tief er begraben wurde, und von der Umgebung«, sagt sie. »Ich würde sagen, allerhöchstens fünfzehn Jahre vom Tod bis zur Skelettierung.«

»Mitte der Achtziger«, sage ich. »So lange waren sie mindestens begraben, sonst wären sie nicht skelettiert.«

Tricksy kaut einen Moment lang. »Aber was du eigentlich wissen willst, ist doch, ob ich das Alter von Skeletten bestimmen kann.«

»Kannst du das?«

»Na klar kann ich das, verdammt noch mal. Zeig mir die Knochen, und ich sag's dir auf eine Dekade genau.«

»Das geht nicht.«

Als Antwort darauf dreht sie die saubere Seite der Serviette nach oben und fängt von Neuem an, Zahlen aufzuschreiben. Diesmal von eins bis sechs.

»Knochen sind eine faserige Matrix aus Kollagenfasern«, erklärt sie. »Im Laufe der Zeit greifen Bakterien und Pilze das Kollagen an, und die Knochen zerbröseln. Es gibt sechs Stadien des Knochenzerfalls.«

Zwei Kellner verharren bei der Tür zur Küche und beobachten uns.

»Stadium eins, frisches Knochenmaterial, wie man es seinem Hund gibt«, fährt Tricksy fort. »Zwei, das Ganze wird knackiger. In diesem Stadium ist der Knochen ausgetrocknet, hat aber noch eine glatte Außenschale. Stadium drei, der Knochen sieht von außen normal aus, fängt aber im Innern an umzukristallisieren. Kannst du mir folgen?«

»Sehr gut.«

»In Stadium vier wird die ganze Geschichte ein bisschen matschig. Die äußere Schale ist weg, und die Umkristallisierung ist vollendet. Der Knochen hat eine bröckelige Textur und zerfällt in Stücke, wenn man ihn zu fest anfasst. In Stadium fünf hat man es im Grunde genommen mit der Konsistenz eines Kekses zu tun, der in Tee getunkt worden ist.«

»Und im sechsten Stadium?«, dränge ich, als sie eine Pause einlegt, um ihr Steak aufzuessen.

»Im sechsten Stadium zeigt nur noch eine chemische Bodenanalyse, ob da überhaupt jemals eine Leiche gewesen ist.« Sie legt Messer und Gabel auf dem fast makellos sauberen Teller ab.

»Und wie lange dauert das?«, will ich wissen.

»Kommt drauf an.« Sie verzieht das Gesicht, als versuche sie, etwas aus einem Backenzahn herauszusaugen.

»Nun tu nicht so.«

»Lancashire, richtig? Feucht und warm? Torfiger, saurer Boden?«

Ich nicke.

»Maximal zwanzig Jahre. Höchstwahrscheinlich weniger.«

Rasch rechne ich im Kopf nach. »Mitte bis Ende der Sechziger«, sage ich. »Früher hätten sie nicht in die Erde gelegt werden können. Und in Anbetracht der Tatsache, dass noch sichtbare, greifbare Knochen vorhanden sind, wahrscheinlich später. Es ist durchaus möglich, dass diese Kinder in den Siebzigern umgekommen sind.«

»Sieht aus, als hätte dein … Bekannter recht.«

Ich lege mein Besteck hin.

»Ich nehme mal an, das sind keine guten Neuigkeiten für dich?«, fragt Tricksy.

Larry hatte recht. Die vier Kinder können nicht gestorben sein, bevor er 1946 bei Glassbrook & Greenwood angefangen hat. Und sein Unternehmen hat die Bestattungen aller acht Kinder vorgenommen, die zwischen 1946 und der Schließung des Heims 1969 offiziell gestorben sind. Der Obduktionsbericht, den Perdita sich heimlich angeschaut und mir dann am Telefon zusammengefasst hat, weist gravierende Mängel auf.

»Allerdings nicht«, antworte ich.

21. Kapitel

Cassie

Ich kann nicht aufhören, an Marigold zu denken und darüber nachzugrübeln, was mit ihr geschehen ist.

Marigold zu retten war das einzige Gute, was wir in jenem Sommer getan haben. Nachdem Dad verhaftet worden war, hat sich die ganze Stadt gegen uns gewandt. Sie haben uns Abschaum genannt, haben gedroht, uns zu vergewaltigen und unser Haus abzufackeln. Auf der Straße haben sie uns angespuckt. Eine völlig durchgedrehte Tusse hat mich mit schwarzer Tinte bespritzt. All unsere Freunde waren plötzlich weg. Wir waren zu Aussätzigen geworden, und so haben wir uns auch gefühlt. Wir haben uns schmutzig gefühlt, schuldig – schuldig an Verbrechen, die jemand anders begangen hatte.

Und dann kam Marigold, mit ihrem leuchtenden Haar und den strahlenden blauen Augen und ihrem dicken, vergnügt glucksenden Baby. Zuerst hatte sie Angst, und dann war sie nur noch dankbar. Marigold und das Baby haben nicht den Stab über uns gebrochen. Sie haben uns gebraucht. Sie haben uns geliebt.

Mum hat Marigold gerettet. Luna und ich haben dabei geholfen. Und auf eine merkwürdige Art und Weise hat sie uns ihrerseits gerettet. Marigold war unsere Erlösung.

Und jetzt hat es den Anschein, als wäre das alles nur ein Schwindel gewesen.

22. Kapitel

Florence

Donnerstag, 5. August 1999

Larry hatte recht. Er mag seine Fehler gehabt haben – möglicherweise die Untertreibung des Jahrhunderts –, aber ein Dummkopf war er nicht. Die vier Leichen könnten sehr wohl hinter dem Heim verscharrt worden sein, nachdem wir es dichtgemacht hatten.

Eine davon könnte Marigold sein. Etwas Schreckliches könnte Marigold zugestoßen sein, und ich habe es nicht verhindert. Ich hätte mich beim Suchen mehr anstrengen können. Ich hätte nicht lügen dürfen. Und wenn eine der Leichen Marigold ist, was in aller Welt ist dann aus ihrem Baby geworden?

Es ist Jahre her, dass ich eine Mordermittlung geleitet habe, dass ich ein Detective war. Jahre her, dass ich mehr getan habe als Management und Strategieplanungen. Ich habe nicht mehr das nötige Können für so etwas.

Okay, denk nach, Florence. Einen Leichnam zu identifizieren ist der erste Schritt zur Klärung dessen, was geschehen ist. In diesem Fall leichter gesagt als getan.

Die Stimme meiner Assistentin in der Gegensprechanlage unterbricht meine Gedanken, um mich daran zu erinnern, dass in zehn Minuten ein Wagen vor dem Haupteingang auf mich warten wird. Eine von etlichen Aufgaben, für die ich als Assistant Commissioner zuständig bin, ist der Schutz der königlichen Familie, und ich habe zur vollen Stunde eine Besprechung im St.-James-Palast.

Denk nach. Die toten Kinder müssen irgendwie mit dem Kinderheim in Verbindung stehen. Andere Kinder aus der Stadt, Kinder, die zu Familien gehört haben, wären doch als vermisst gemeldet worden. Es wäre nach ihnen gesucht worden. Vermisste Kinder wurden in Sabden sehr ernst genommen.

Theoretisch müsste jedes Kind, das in den letzten Jahrzehnten im Black Moss Manor war, auffindbar sein. Mit den richtigen Unterlagen und ein paar gewissenhaften Detectives hätte ich die Resultate innerhalb weniger Tage. Praktisch bin ich aber auf mich allein gestellt, und die Akten, die das Kinderheim geführt hat, sind 1969 bei dem Brand vernichtet worden.

Wohl wissend, dass ich nicht viel Zeit habe, suche ich die Telefonnummer der Kreisverwaltung von Lancashire heraus und verlange die Stelle, die für das Informationsmanagement zuständig ist. Deren Hauptsitz ist jetzt in Preston.

»Das wird schwierig«, sagt die Leiterin der Archivabteilung, nachdem ich erklärt habe, wer ich bin und warum ich anrufe. »Wenn das Heim privat geführt wurde, dann sind die Unterlagen vielleicht nicht vollständig, auch wenn die Kreisverwaltung sicher ein paar Akten zentral geführt hat. Ein Kind zum Beispiel, das privat an das Heim vermittelt wurde, würde vielleicht nicht in den Unterlagen der zuständigen Behörden auftauchen.«

Aus irgendeinem Grund stelle ich mir die Archivleiterin als die Frau vor, der ich vor Jahren bei meinem ersten

Besuch bei der Kreisverwaltung begegnet bin. Eine hübsche Person, mütterlicher Typ, die, wie sich herausstellte, so bösartig war wie eine getretene Katze.

»Ohne Zentralregister müssten Sie sich auf individuelle Fallakten verlassen«, fährt sie fort. »Sie müssten den Namen des Kindes wissen, das Geburtsdatum und so weiter. Ein Impfpass könnte helfen, oder Schulunterlagen, aber das wäre eine ziemliche Puzzlearbeit.«

Sie klingt freundlich und hilfsbereit, aber so hat sich ihre Vorgängerin auch angehört. Bis alles sehr eklig wurde.

»Die Behörde hat ein Zentralregister geführt«, sage ich. »Das hat man mir damals jedenfalls gesagt. Das würde ich mir gern ansehen, wenn es geht, und wenn nötig ein paar Jahrzehnte zurückgehen und sehen, was aus den Kindern geworden ist, die ins Heim gekommen sind und es verlassen haben.«

»Das wird einige Zeit dauern«, sagt sie. »Und es ist nicht garantiert, dass die frühen Aufzeichnungen überlebt haben. Wahrscheinlich wird es ein paar Lücken geben.«

»Und ich nehme an, dazu würde ich zu Ihnen kommen müssen?«

Sie bestätigt, dass sie am Telefon leider keine Daten durchgeben könne.

Ich danke ihr für die Auskunft und beende das Gespräch. Dann rufe ich meine Assistentin herein.

»Könnten Sie für mich bei der Ärztekammer anrufen?«, frage ich, als sie erscheint. »Fürs Erste ganz inoffiziell, aber ich bräuchte alles, was Sie für mich über Doktor Frederick Aster und Doktor Judith Aster herausfinden können.«

Sie sieht mich seltsam an. Als sie die Tür schließt, kommt

mir der Gedanke, dass ich jetzt innerhalb von zwei Wochen zweimal Untergebene gebeten habe, es mit den Vorschriften nicht so genau zu nehmen, und das passt wirklich nicht zu mir.

Aber es passt sehr gut zu der Frau, die ich früher war.

23. Kapitel

Cassie

Freitag, 6. August 1999

Der Freitagabend ist immer noch Glockenabend, und im Turm von St. Peter üben die Glöckner, als ich auf dem Parkplatz des Pubs halte. Das macht noch immer einen gottverdammten Lärm, aber ich bemerke es kaum, als ich den Motor ausmache. Das ist es. Kein Warten mehr. Dreißig Jahre der Qual enden heute Abend.

Von außen hat sich der Black Dog nicht verändert – ein wuchtiges Gebäude mit zahlreichen Gauben und Türmchen auf dem schwarzen Schieferdach. Ich bleibe eine Weile in meinem Auto sitzen und hoffe halb, dass er mich hier draußen spüren kann, dass er zu mir kommen wird und ich diesen langen, einsamen Gang von der Haustür bis zur Rezeption nicht anzutreten brauche.

Eine Tür an der Rückseite des Pubs öffnet sich, doch der Mann, der dort erscheint, ist nur ein Gast. Ich nehme meine Tasche und gehe ums Haus herum zur Vorderseite.

Die Tür ist schwer und der Flur dahinter trübe beleuchtet.

»Bin gleich da«, ruft eine Stimme unter dem Empfangstresen. Seine Stimme. Das Universum hält den Atem an.

Ich höre Papier rascheln, das Scharren von umhergeschobenen Kartons, ein gereiztes Ächzen. Dieses Ächzen habe ich früher schon gehört, allerdings nicht als Ausdruck der Gereiztheit.

»Tschuldigung, dass ich Sie warten lasse«, sagt er, und das amüsiert mich. Er hat mich dreißig Jahre lang warten lassen. Was machen da ein paar Sekunden schon noch aus?

»Kein Problem«, antworte ich. Hinter dem Tresen verstummen die Geräusche. Er steht auf.

»Hi.« Ich bin diejenige, die zuerst etwas sagt. Johns Mund steht offen, doch es kommt nichts heraus.

Dreißig Jahre älter, und immer noch der schönste Mann der Welt. Über eins achtzig groß und mit viel breiteren Schultern, als ich in Erinnerung habe. Seine Stirn ist höher, doch sein Haar ist noch immer von jenem dunklen, glänzenden Braun, das ich so geliebt habe. Er hat Falten um Mund und Augen, und ich verspüre ein Aufzucken des Schmerzes – allerdings könnte es auch Wut sein –, weil ich nicht hier war, um mitzuerleben, wie sie nach und nach entstanden sind. Er trägt einen kurzen Bart. Das steht ihm gut.

Dieses erste Zusammentreffen habe ich im Kopf unzählige Male durchgespielt. Ich bin mehr als bereit für eine Black-Dog-Variante des berühmten *Casablanca*-Spruchs: »Von allen runtergekommen Pubs am Arsch von Lancashire kommt sie ausgerechnet …« Oder vielleicht macht er ja auch auf nonchalant: »Warum hat das so lange gedauert?« Vielleicht sagt er auch gar nichts, kommt einfach auf mich zugelaufen, und ich werfe mich auf halbem Weg in seine Arme. Die Cathy-und-Heathcliff-Nummer.

»Was machst du denn hier?«

Nicht ganz das, was ich erwartet habe. »Einchecken«, antworte ich. »Ich habe ein Zimmer unterm Dach reserviert. Ist unser altes noch frei?«

Er starrt mich erneut an, dann schaut er auf den Tresen, wo das offene Gästebuch liegt.

»Miss Glass«, helfe ich nach. »Du musst doch gewusst haben, dass ich das war.«

Er hat gewusst, dass ich das war. Seit über zwanzig Jahren nenne ich mich jetzt Cassie Glass. Alle meine Songs sind unter diesem Namen veröffentlicht worden. Diese Überrascht-Sein-Nummer zieht er ab, weil er glaubt, dass vielleicht jemand hinter der Tür lauscht.

Ich hoffe, sie lauscht wirklich. Ich fange nämlich genauso an, wie ich weiterzumachen gedenke.

Hang her from a tree, Lee.

Drown her in the lake, Jake …

Die Zeile mag ich besonders gern. Ich kenne da genau den richtigen See.

»Das ist keine gute Idee, Cass.« Er nimmt den Telefonhörer ab, wirkt nervös. »Ich suche dir woanders was.«

Ich trete hinter den Tresen und greife nach dem Schlüssel für Zimmer 17. »Ich kenne den Weg«, sage ich zu ihm. »Bringst du mir die Tasche rauf?«

Die Treppe befindet sich linker Hand, und ich bin froh,

dass er mich einen Moment lang nicht sehen kann. Ich bin ganz außer Atem, und meine Hände zittern vor Nervosität, eine Nervosität, die ich ihn nicht sehen lassen darf.

Als ich im ersten Stock ankomme, merke ich, dass er mir nicht folgt und dass es vielleicht ein Fehler war, meine Tasche zurückzulassen. Wenn ich ausgepackt habe, wird es schwerer sein, mich rauszuschmeißen.

Er wird mich nicht rausschmeißen.

Aber sie tut es vielleicht.

Ich gehe den Flur entlang zur Treppe zum zweiten Stock. Der Teppich wirkt neu. Die Wände sind mit einem Streifendekor in einem sanften Goldton tapeziert. Früher waren sic blassgelb gestrichen.

Ich erinnere mich an alles.

Meine Hände zittern noch immer, als ich den Schlüssel ins Schloss stecke.

Die Tür öffnet sich lautlos.

Das Knarren von damals, bei dem wir immer in freudiger Anspannung die Luft angehalten haben, ist weg.

Nicht wie früher. Die aufwendigen Blumenmuster, die seine Mutter bevorzugt hat, sind verschwunden. Das hier ist *ihr* Geschmack. Der Stil ist schlichter, grenzt sogar an Eleganz. Die Betten stehen nahe beieinander, bezogen mit leuchtend weißer Bettwäsche und mit Tagesdecken in Dunkelgrün. Die Kiefernholzmöbel sind einfach und funktional. So ist es besser. Ich finde es zum Kotzen.

Schritte im Flur. Kaum habe ich im Spiegel einen Blick auf meine Frisur geworfen und den Mantel ausgezogen, als es an der Tür klopft.

»Es ist offen«, sage ich.

Er stößt die Tür weit auf, bleibt aber stehen, wo er ist. »Das mit Larry tut mir leid.«

Ich lache. »Da bist du wohl der Einzige. Ich hatte mit Girlanden in den Straßen gerechnet.«

»Die Leute haben ein gutes Gedächtnis.«

Ich lächele. Die Röte steigt ihm ins Gesicht, und er weiß genau, was ich denke. Ich habe ein gutes Gedächtnis. Er offensichtlich auch.

Im Flur ist ein Geräusch zu hören, und er zuckt zusammen, ehe er von der Tür wegtritt, um sie vorbeizulassen. Sie tritt ins Zimmer, als gehöre es ihr, was genau genommen ja auch stimmt.

»Hallo, Cassie«, sagt sie.

»Hi«, antworte ich. »Entschuldigung, Sie sind …«

»Du erinnerst dich bestimmt noch an meine Frau Tammy«, sagt John, und das soll keine Frage sein.

Ich erinnere mich sehr gut an sie.

»Meine Güte, Tammy«, stoße ich hervor und tue so, als wäre mir das Ganze ein wenig peinlich. »Ich hätte dich nicht wiedererkannt.«

Tammy ist nur ungefähr ein Jahr jünger als ich, aber sie sieht um Jahre älter aus. Sie hat ordentlich zugelegt, ihr dunkelbraunes Haar zeigt an den Wurzeln einen guten Zentimeter Grau, und ihr einst herzförmiges Gesicht ist inmitten einer Verschmelzung von Kinn und Ausschnitt verloren gegangen. Ihre großen dummen Rehaugen jedoch sind immer noch dieselben.

»Ich hab das von deinem Dad gehört. Wirklich traurig«, sagt sie.

»Also habe ich wohl falschgelegen.« Ich lächele John an,

als würden wir uns über einen privaten Witz amüsieren. Er lächelt nicht zurück.

»John hat mich gebeten, ein bisschen herumzutelefonieren«, sagt Tammy. »Das Rosehill in der Shaw Street hat für ein paar Tage ein hübsches Doppelzimmer frei. Da bist du auch näher bei deiner Mum.«

»Hier wird die nächsten Tage eine Menge los sein«, wirft John ein.

»Dann ist es ja ein Glück, dass ich reserviert habe.« Ich strahle die beiden an.

Tammy verschränkt die Arme vor der Brust, so wie ihre Mutter es zweifellos vor ihr getan hat und davor ihre Großmutter. »Wir haben schon ein Fernsehteam im Haus«, sagt sie. »Und im Laufe der nächsten paar Tage kommen mehrere Leute von den Zeitungen. Du wirst keine Ruhe haben, wenn du hierbleibst. Nicht wenn die erst wissen, wer du bist.«

»Dann gehen euch also eine Menge Gäste flöten, wenn ich es mir anders überlege und Larrys Beerdigung irgendwo kilometerweit weg veranstalte?«

»Das verkraften wir schon.«

»Ich auch. Ich mag dieses Zimmer, da hängen ein paar sehr schöne Erinnerungen dran. Aber danke, dass du dir Sorgen machst.«

Sie stehen mir gegenüber, wollen sich wehren, wissen nicht recht, wie. Ich habe mich auf das hier vorbereitet, sie nicht, und es ist nicht weiter überraschend, dass ich das erste Scharmützel gewinne. Doch es bringt mich etwas aus dem Konzept, die beiden gegen mich vereint zu sehen.

War es ein Irrtum zu glauben, John würde auf meine

Verbannung genauso reagieren wie ich? Hat er etwa nicht die Tage gezählt, die verdammten Stunden, bis ich zurückkomme?

»Dann lassen wir dich mal auspacken«, sagt Tammy. »Nach dir, Schatz.« Sie tritt in den Flur und wartet, sorgt dafür, dass er vorangeht, gibt mir keine Gelegenheit für einen letzten Wortwechsel oder auch nur ein Lächeln.

»Wir sehen uns später, John«, rufe ich ihnen nach.

Ich stelle meine Tasche aufs Bett und hole das Salz, den Spiegel und die Kerze hervor, die Schachtel mit Kräutern und meinen Samtbeutel mit Kristallen. Dann reiße ich das Fenster auf, um die negative Energie hinauszulassen, die meine Konfrontation mit den Donnellys erzeugt hat, und streue eine Salzlinie entlang der Türschwelle, unter dem Fenster und um den Kamin. Das Erste, was man lernt, wenn man sich mit Magie befasst, ist, dass die Energie, die man erzeugt, die Gewohnheit hat, zu einem zurückzukommen. Sich davor zu schützen ist von essenzieller Wichtigkeit.

Das Auspacken kann warten. Ich schaue nach, wie spät es ist, und gehe hinaus.

Nach all dem Regen in letzter Zeit fließt der Fluss tief und schnell dahin. Ich stolpere eine steile Uferböschung hinunter und bleibe dabei fast mit dem Absatz an etwas hängen, das aussieht wie ein in den Boden einzementierter Eisenrost. Das wundert mich, es scheint nämlich kein Gulli zu sein. Ich bin ein ganzes Stück vom Pub entfernt, doch die Kellergänge des Black Dog sind alt und verzweigt wie ein Labyrinth. Es gibt Gerüchte über eine Zelle, wo früher Häftlinge auf dem Weg in den Kerker von Lancashire

Castle untergebracht wurden. Gesehen habe ich ihn nie, und ich überlege, ob ich ihn vielleicht gerade gefunden habe, doch unter dem Rost ist nichts zu erkennen. Nach ein paar Sekunden gebe ich es auf.

Der Grund des Sabden River besteht aus schwerem Lancashire-Ton. Ich grabe zwei große Handvoll davon aus. Dann suche ich mir eine trockene Stelle, wo ich mich hinhocken kann, und mische das Zeug mit weniger nasser Erde, knete, drücke und rolle, bis ich eine formbare Substanz habe. Ich forme einen Kopf, dann einen Torso, gefolgt von Armen und Beinen. Ich erschaffe ein Tonbildnis, eine Nachbildung meiner Zielperson, so wie die Hexen von Lancashire es in den alten Zeiten getan haben.

Ich forme mein Bildnis groß und schlank, verwende einige Zeit für Haare und Gesicht. Für ein Tonbildnis braucht man irgendeine Essenz des Menschen, den es darstellen soll. Blut, Zähne und Knochen sind am besten, aber Haare und abgeschnittene Nägel gehen auch. Ich habe noch nichts, aber es ist ja auch noch Zeit, und mein Bildnis wird erst ganz hart sein, wenn es gebrannt worden ist.

Als es fertig ist, erhebe ich mich und klettere ein paar Meter am Ufer entlang. Ich habe den Schwarzdorn bereits entdeckt. Daraus fabriziere ich dreizehn dünne Holzspieße und drücke sie in die richtigen Stellen.

Ich weiß genau, welche Form der Mond über mir hat, aber trotzdem blicke ich rasch nach oben. Immer noch ein paar Tage bis zum Dunkelmond. Noch kann ich meinen Zauber nicht wirken.

24. Kapitel

Florence

Am Freitagabend komme ich spät von der Arbeit weg. Ich bemühe mich, meinen Schreibtisch leer zu kriegen, bevor ich am Montag meinen Jahresurlaub antrete, und ich habe noch immer nichts von der Journalistin gehört. Ich beschließe, es noch ein letztes Mal zu versuchen.

»Abby Thorn«, meldet sich eine schroffe Stimme, bevor das Telefon überhaupt richtig geklingelt hat. Ich bin so verblüfft, dass ich kein Wort herausbringe.

»Hallo?«

»Hier ist Florence Lovelady.«

»Vom …? Oh, verflucht noch mal, *die* Florence Lovelady? Großer Gott, was verschafft mir die Ehre?«

»Ich versuche schon seit Tagen, Sie zu erwischen. Das ist das vierte Mal, dass ich anrufe.«

»Niemand hat mir was gesagt. Verdammte Idioten. Um was geht's denn? Larry, nehme ich an. Kommen Sie zu seiner Beerdigung?«

»Abby, ich muss Sie etwas zu den alten Zeiten fragen. Wie gut ist Ihr Gedächtnis?«

Sie lacht. »Versuchen Sie's mal.«

»Erinnern Sie sich noch an das Black Moss Manor? An die Artikel, die Sie 1969 geschrieben haben?«

»Ach, Sie rufen wegen der Leichen an. Ich dachte, die sind uralt. Oder hat sich da was Neues …«

»Nein, nein, sie sind bestimmt sehr alt«, beteuere ich, weil ich nicht unnötig Steine ins Rollen bringen möchte. »Ich bin bloß neugierig. Hat das Heim je wieder aufgemacht, nachdem wir es damals geschlossen haben?«

»Nicht dass ich wüsste. Hören Sie, ich würde unheimlich gern ein Interview mit Ihnen machen, am Tag von Larrys Beerdigung. Sie wissen schon, Ihre Erinnerungen an das Sabden von damals. Was der Fall für Ihre Karriere bedeutet hat. Könnten Sie gleich danach vielleicht ins Studio kommen?«

»Ich habe nicht vor, nach Lancashire raufzufahren. Wo sind all die Kinder hingekommen? Es waren doch fast zwanzig, und wir haben sie alle da rausgeholt. Sie haben einen Folgeartikel darüber geschrieben, den habe ich gerade vor mir.«

»Hm.«

»Was?«

»Das hatte ich vergessen, aber es war ein bisschen komisch. Dieser Artikel war meine Idee, und niemand war besonders scharf darauf. Ganz bestimmt nicht mein damaliger Chef. Aber ich habe Druck gemacht und es schließlich geschafft, eins von den Kindern ausfindig zu machen.«

»Nur eins?«

»Die meisten waren nicht mehr in der Gegend. Nur drei waren noch in der Nähe, und keins davon in Sabden. Der Junge, mit dem ich gesprochen hatte, war bei einer Pflegefamilie in Newchurch. Komischer kleiner Kerl. Hab nicht viel aus ihm rausgekriegt.«

»Hat er irgendetwas über das Heim gesagt, das Ihnen merkwürdig vorgekommen wäre?«

»Sie nehmen meine alten grauen Zellen aber ganz schön ran, Florence. Das war vor zwanzig Jahren.«

»Dreißig«, verbessere ich sie.

»Ich sage Ihnen, was mir komisch vorgekommen ist. Seine beiden Pflegeeltern wollten ihn nicht allein lassen, die ganze Zeit über, die ich mit ihm geredet habe. Und als ich nach dem Black Moss Manor gefragt habe, sind sie sofort dazwischengegangen. Oh, jetzt fällt mir das alles wieder ein. Sie wollten nicht, dass er über irgendetwas spricht, das ihn aufregen könnte.«

»Interessant.«

»Und die Geheimniskrämerei geht noch weiter.« Abby erwärmt sich langsam für die Unterhaltung, und ich weiß, dass sie sich Notizen macht. »Als letzten Monat die Leichen gefunden wurden, wollte ich dahin«, berichtet sie. »Wollte vielleicht was über die jetzige Kurklinik schreiben oder was immer das sein soll, aber vom Management wollte niemand mit mir reden. Was ist da los, Flo? Was soll das alles?«

»Ich weiß es nicht genau. Sind Ihnen die beiden, die das Kinderheim damals geleitet haben, jemals wieder begegnet? Frederick und Judith Aster?«

Sie denkt kurz nach. »Die haben doch gesessen, oder?«

»Nur ein paar Jahre. Und andere Mitarbeiter auch. Ein paar von denen könnten nach Sabden zurückgekommen sein.«

»Ich kann ja mal rumfragen.«

Das ist mehr, als ich erhofft hatte. Allerdings wird es nicht umsonst sein. »Das wäre großartig.«

»Was springt für mich dabei raus?« Und hier Ihre Rechnung.

»Finden Sie jemanden, mit dem ich reden kann, und wenn's da irgendeine Story gibt, hören Sie sie als Erste.«

»Und was ist mit dem Larry-Interview?«, will sie wissen.

»War schön, mit Ihnen zu reden, Abby.«

Ich lege auf, und mein Herz ist ein bisschen leichter. Ich habe das Gefühl, eine Verbündete zu haben.

Und dann greife ich beinahe wieder zum Hörer, um ihr zu sagen, sie solle sich keine Mühe machen. Solle vergessen, dass ich angerufen habe. Weil mir nämlich wieder eingefallen ist, was passiert ist, als ich Abby das letzte Mal zu meiner Verbündeten gemacht habe.

25. Kapitel

Cassie

Samstag, 7. August 1999

Am nächsten Tag werde ich von meiner Anwältin Avril und ihrer Lebensgefährtin Daphne zum Mittagessen eingeladen. Ich habe nichts Besseres zu tun, und John ist nirgends zu finden, also nehme ich an. Mit dem Alter sind sie etwas umgänglicher geworden, die zwei, gar keine schlechte Gesellschaft für ein paar alte Lesben. Und sie scheinen sich aufrichtig zu freuen, mich zu sehen.

Der Black Dog kommt mir vor wie ein Geisterschiff, als ich zurückkomme. Die junge Frau an der Rezeption sagt,

John ist einkaufen und Tammy bringt ihre alte Mutter zu einem Termin beim Osteopathen.

Beide nicht da?

Um zur Wohnung der Besitzer zu gelangen, muss man eine andere Treppe benutzen als die für die Gäste. Sie geht hinter der Küche ab. Die Tür oben ist abgeschlossen, aber ich erinnere mich an die Gewohnheit der Donnellys, einen Schlüssel unter den Teppich zu legen. Und offensichtlich haben sie die Gewohnheit beibehalten. Ich schließe auf und stecke den Schlüssel ein.

Ich stehe auf Schlüssel. Schlüssel sind Werkzeuge, die einen zu allem Möglichen befähigen. Sie haben Macht.

Das Zimmer hinter der Tür, das Wohnzimmer, ist von Tammys Geruch erfüllt, eine unangenehme Mischung aus billigem Parfüm und weiblichen Pheromonen, als hätte sie ihr Revier markiert. Ein plötzliches Knurren lässt mich zusammenzucken, und als ich herumfahre, sehe ich einen halb blinden Windhund auf mich zu tappen. Keinen Meter entfernt bleibt er stehen. Sein dürrer Körper zittert. Ich sehe ihm unverwandt in die Augen, und er weicht ein bisschen zurück, kläfft aber einmal schrill auf.

Eins von Johns Jacketts hängt über einer Stuhllehne, und ich schieße darauf zu wie eine Katze auf eine Maus, hebe es an mein Gesicht und atme tief ein. Letzte Nacht habe ich stundenlang wach gelegen und mich gefragt, ob er wohl den Mumm haben würde, zu mir zu kommen. Ich hätte wissen müssen, dass sie ihn nicht aus den Augen lassen würde. Heute Morgen hatte er nicht mal Frühstücksdienst.

Es schockiert mich, wie sehr ich ihn vermisse. Dreißig

Jahre ohne ihn, und jetzt fällt es mir schon schwer, ein paar Stunden zu überstehen.

Ich kenne das Aftershave nicht, das er jetzt trägt. Rasch suche ich in seinen Taschen und finde ein Taschentuch, das nicht ganz sauber ist, und eine Handvoll Kleingeld. Das Geld lasse ich, wo es ist. Das Taschentuch kommt zu dem Schlüssel in meine Tasche.

Das Zimmer ist voller Familienfotos, darunter auch ein riesengroßes, grottenhässliches an der Wand gegenüber des Gaskamins. Es ist bei einer Hochzeit aufgenommen worden, vermutlich der ihres Sohnes – der rundgesichtige, dunkelhaarige Mann im Frack mit türkisblauer Fliege ist Tammys Ebenbild. Man sieht ein gutes Dutzend Leute im Hochzeitsstaat. Es wird zur Gänze von einem großen Spiegel reflektiert, der über dem Kamin hängt. Anderswo im Zimmer sind andere, kleinere Fotos: noch eine Hochzeit, Babybilder, die Party zu Tammys vierzigstem Geburtstag unten im Pub. Die Familie ist überall, als müsse Tammy ständig daran erinnert werden, dass das, was sie und John haben, Wirklichkeit ist.

Ist es nicht. War es nie. Ich stelle mir ein Lagerfeuer vor, das hoch und heiß lodert, und wie jedes dieser Bilder von den Flammen angezogen wird, kurz aufflammt und zerfällt.

Alles zu seiner Zeit. Neben der Stereoanlage stehen Kästen. Da ist bestimmt seine Plattensammlung drin, und die muss ich mir ansehen. Nicht mehr mit John Musik hören zu können war mit das Schwerste an unserer Trennung. Ich finde natürlich Elvis – er und Larry hatten Elvis immer toll gefunden – und Bob Dylan und The Kinks, The Doors. Wieder werde ich wütend. Wir haben so viel verpasst.

Queen, Guns N' Roses – nicht weiter überraschend …, aber Duran Duran? Was hat er sich denn dabei gedacht?

Das ist Tammys Platte. Ich schließe den Kasten und setze meinen Rundgang fort.

Die kleine Küche hat sich nicht verändert. Immer noch dieselben hellblauen Resopalschränke, dieselbe rostende Jalousie vor dem Fenster. In dem laut brummenden Kühlschrank sind eine Flasche billiger Chardonnay und etliche Dosen Bier. Dass John trinkt, kann ich mir eigentlich nicht vorstellen, aber ich weiß so wenig über den Mann, der er jetzt ist. Ich kann nicht unterscheiden, welche der Dinge um mich herum ihr gehören und welche ihm.

Ich darf nicht wütend werden. Ich kann es mir nicht erlauben, unvorsichtig zu sein.

Der Boiler springt an, und ich fahre zusammen. Das könnte glatt noch derselbe sein wie vor dreißig Jahren. Wer wechselt denn schon einen Boiler aus, wenn es nicht sein muss? Ein dünnes Rohr kommt unten daraus hervor und verschwindet in der Wand. Rasch schaue ich aus dem Fenster, um festzustellen, wo genau ich gerade bin, und dann streiche ich beinahe liebevoll über die Boilertür.

Gerade rechtzeitig fällt es mir wieder ein. Das wäre nicht klug.

In der Küche bin ich fertig.

Vom Wohnzimmer gehen drei Türen ab. Johns früheres Zimmer ist das erste, das ich öffne. Eine Frau liegt auf dem Bett, vollkommen angezogen, aber in tiefem Schlaf. Sie kann höchstens Anfang siebzig sein, doch lebenslanger Alkoholmissbrauch lässt sie älter aussehen. Ihr blond gefärbtes Haar hat einen leichten Grünstich, ihr Make-up könnte noch von gestern Abend stammen. Beryl Donnelly, Johns Mutter, schnarcht leise. Ich trete rückwärts aus dem Zimmer und gehe zum nächsten. Ein Schlafzimmer für zwei Personen, im kalten Blau eines Bergsees gestrichen.

Ich gehe zu dem Einbaukleiderschrank, der die ganze rechte Wand einnimmt, und finde dort Johns Anzüge. Ich reiße mir ein paar Haare aus und lege sie auf den Stoff. Dann hole ich mein Parfüm aus meiner Handtasche und sprühe winzige Spritzer auf das Futter. Dasselbe veranstalte ich über den Schubladen mit seinen Pullovern und seiner Unterwäsche. Ich stecke ein Kondom mit Erdbeergeschmack in die Gesäßtasche einer Jeans und schmiere ein klein wenig von meinem Lippenstift innen an den Kragen eines seiner Hemden.

Das macht Spaß, aber ich bin aus einem ganz bestimmten Grund hier, und ich darf die Zeit nicht vertun.

Auf der Kommode liegt ein großer brauner Kamm. Ich begutachte die paar Haare darin genau, um sicher zu sein, dass es seine sind und nicht Tammys, dann stecke ich sie ein. Im Badezimmer nebenan finde ich ein Blatt Toilettenpapier mit Blutfleckchen darauf. Das stecke ich ebenfalls ein.

Wieder im Schlafzimmer, fällt mir auf, dass das Bett zwar gemacht ist, aber achtlos und auf die Schnelle. Aus dem, was auf den beiden Nachttischen steht, schließe ich, welche Seite Johns ist, und lege mich auf Tammys Seite, bewege den Kopf hin und her, damit das Kissen meinen Duft annimmt.

Schritte. Ich bin eine Idiotin. Wenn sie mich hier drin erwischt, schmeißt sie mich sofort aus dem Hotel. Aber die Schritte sind schwer, und es ist nur eine Person. John ist allein. Ich lege mich wieder aufs Bett und schließe die Augen.

»Ich bin's nur, Mum«, höre ich ihn rufen. Mühsam verkneife ich mir das Kichern, als ich ihn im Nebenzimmer herumhantieren höre. Der Fernseher wird eingeschaltet, und dann schleift die Schlafzimmertür über den Teppichboden.

»Scheiße, was soll das?«

Ich öffne die Augen, mache auf verschlafen. »Schatz«, sage ich. »Du bist wieder da.«

Er wirft mir einen bösen Blick zu. »Was zum Teufel machst du hier? Meine Mutter ist nebenan. Tammy kann jeden Moment zurück sein.«

»Tschuldigung.« Ich richte mich auf, setze mich auf die Bettkante. »Ich war wohl irgendwie durcheinander.«

»Wie bist du hier reingekommen?«

»Deine Mutter hat mich reingelassen.« Den Reserveschlüssel möchte ich lieber nicht erwähnen. Er wird ihn wiederhaben wollen. »Sie hat gesagt, sie braucht was aus ihrem Zimmer, und ist nicht wiedergekommen. Alles in Ordnung mit ihr?«

Er kommt einen Schritt näher, behält aber eine Hand an der Tür. »Cass, was ziehst du hier ab? Du kannst nicht einfach in unsere Wohnung kommen.«

Im Nebenzimmer sind jetzt die Nachrichten zu hören. Die Rede ist von einem bewaffneten Raubüberfall in Central London. Der Fernseher ist ziemlich laut gestellt. Man versteht jedes Wort. »Unser Reporter steht vor dem Gebäude von Scotland Yard und wartet auf Assistant Commissioner Florence Lovelady.«

John sieht mich erschrocken an. Zusammen eilen wir ins Wohnzimmer.

Unsere alte Feindin – laut Wikipedia die ranghöchste Polizeibeamtin in England und Wales – trägt Paradeuniform. Ihr leuchtend rotes Haar ist zu einem weichen Kastanienbraun verblasst. Es lockt sich jetzt um ihr Kinn. Damals hat es ihren halben Rücken bedeckt, wenn sie es nicht für die Arbeit hochgebunden hatte. Ihre Kinnlinie ist weicher geworden, und um Augen und Mund hat sie Fältchen. Sie verliest ein Statement zu dem Raubüberfall, über verschiedene Spuren, denen die Ermittler nachgehen, und den Appell der Londoner Polizei, sich mit Informationen zu melden. Als sie fertig ist, bedankt sie sich lächelnd, doch die Journalisten sind nicht bereit, sie gehen zu lassen.

»Assistant Commissioner, was sagen Sie zum Tod von Larry Glassbrook?«

»Finden Sie, er sollte in derselben Stadt beerdigt werden, in der er seine Opfer begraben hat?«

»Gehen Sie zu seiner Beerdigung, Florence?«

»Werden Sie ihn vermissen?«

Die Fragen werden wie Pfeile auf sie abgeschossen. Einen Moment lang denke ich schon, sie wird nicht antworten, dass sie ihnen einfach den Rücken kehren und wieder im Gebäude verschwinden wird. Doch sie bleibt.

»Larry Glassbrook hat den Preis für seine Verbrechen bezahlt«, sagt sie. »Ich hoffe, er findet jetzt Frieden. Was die Beerdigung angeht, das zu arrangieren ist Sache seiner Angehörigen und der Stadt.«

Dann macht sie kehrt, und der Sender schaltet zu einer neuen Meldung.

»Sie kommt, nicht wahr?«, fragt John mich, und ich segne Florence Lovelady in Abwesenheit, denn mit drei schlichten Sätzen hat sie John und mich wieder vereint. Wir haben eine gemeinsame Feindin. Wir werden ihr zusammen gegenübertreten.

»Larry hat ihr jedes Jahr einen Besuchsantrag geschickt«, berichte ich. »Sie ist auch immer hingegangen. Sie hat ihn öfter besucht als jeder andere, außer vielleicht sein Anwalt und meine Mutter. Sie kommt.«

Ich denke an den Brief, den Larry ihr geschickt hat, Stunden vor seinem Tod, und an die Parfümflasche, die am Ufer des Black Tarn vertäut ist. Natürlich kommt sie. Zusammen haben Larry und ich dafür gesorgt.

John antwortet nicht, doch ich kann die Unruhe in seinen Augen sehen. Auch er traut Florence nicht über den Weg.

»Vielleicht wird sie ja hier wohnen«, bemerke ich. »Wenn ja, gib ihr Zimmer sieben.«

»Das unter deinem? Was hast du vor?«

Da! Das Glitzern in seinen Augen, sofort wieder verschwunden, aber ich habe es gesehen. Das war der John, den ich kenne. Ich dachte schon, er wäre für immer verschwunden.

»Wir müssen uns treffen«, sage ich zu ihm. »Irgendwo, wo wir ungestört sind. Heute Abend.«

»Das geht nicht«. Panik zuckt in seinem Blick auf. »Wir haben ein Familientreffen. Vicky, meine Älteste – sie kommt mit ihren Kindern. Ich habe gesagt, ich fahre sie nach Hause.«

Zorn steigt in mir auf, doch ich darf nicht mit ihm streiten. Nicht solange die Familienbande noch Gewalt über ihn haben.

»Dann eben morgen. Beim Black Tarn. Am Tor zur Nacht.«

26. Kapitel

Florence

Ich bin spät dran. Bald kommt Ben vom Sport nach Hause, und er hat mir eine SMS geschrieben, dass er seinen Schlüssel vergessen hat. Mal wieder. Ich habe mich umgezogen und meine Uniform weggehängt. Unten wartet ein Wagen, um mich nach Hause zu bringen. Gerade will ich meinen Computer herunterfahren, als ich eine neue Mail in meinem Postfach erblicke.

Sie ist von der Archivleiterin bei der Kreisverwaltung von Lancashire.

Hinsichtlich Ihrer kürzlich eingegangenen Anfrage muss ich Ihnen zu meinem Bedauern mitteilen, dass die Unterlagen, an denen Sie Interesse geäußert haben, höchstwahrscheinlich 1975 bei einer Flutkatastrophe vernichtet worden sind. Andere Verpflichtungen halten mich fürs Erste davon ab, weitere Nachforschungen anzustellen, wenn Sie sich aber zu Anfang des Herbstes wieder bei uns melden, werden wir gern versuchen, Ihnen zu helfen.

Bis Anfang Herbst werden die vier toten Kinder eingeäschert sein.

27. Kapitel

Cassie

Als ich den Pub verlasse, hat sich der hellblaue Himmel violett verfärbt. Ein paar wenige Wolken glühen feuerrot. Überall strecken sich Schatten aus, nehmen immer mehr Raum ein. Das ist das Tor zur Nacht – die Zeit, die weder Tag noch Nacht ist, sondern irgendetwas dazwischen, die Zeit, wenn die Grenzmauer zwischen der Welt der Lebenden und der der Toten dünner wird. In Lancashire glauben wir, dass die meisten Menschen am Tor zur Nacht sterben, dass es ihnen den Übertritt in die nächste Welt erleichtert. Magie kann am Tor zur Nacht besonders wirksam sein, und heute Abend steht mir der Sinn nach Magie.

Ich fahre aus der Stadt heraus, lasse die viktorianischen Gebäude und die Reihenhäuser hinter mir, dann die neueren Wohnsiedlungen, die an den Stadträndern erschienen sind. Die Häuser werden weniger, baufälliger und verschwinden dann ganz, als sich die gewaltige Wildnis des Pendle Forest vor mir auftut.

Ich biege von der Hauptstraße ab und folge dem Feldweg, der mich zum Black Tarn bringt. Dann parke ich bei dem alten Bauernhaus, wo wir bei schlechtem Wetter immer Schutz gesucht, geraucht und geklauten Alkohol getrunken haben. Als ich aus dem Auto steige, rennt ein Schaf auf einer nahen Wiese erschrocken davon. Irgendwo in der Ferne ruft eine Eule, und ich höre ein seltsames bellendes Geräusch – vermutlich ein Fuchs. Ich kann Tierexkremente riechen, Kiefern und den bitteren, metallischen Geruch des Wassers.

Luna und ich haben in diesem See schwimmen gelernt. Sally ist in den Sommermonaten oft mit uns hergekommen, und sie hat uns nie erlaubt, unsere Badanzüge anzuziehen. »Wir ehren das Wasser, indem wir im Himmelskleid schwimmen«, hatte sie insistiert.

»Im Himmelskleid« heißt nackt. Viele Hexen arbeiten »im Himmelskleid«, weil sie glauben, Kleider vermindern die Macht, die sie von ihrer Umgebung beziehen.

Als ich ein Auto höre, ziehe ich mich aus, bis ich völlig nackt bin, und trete dann an den Rand des Wassers. Draußen, in der Mitte des Sees, sehe ich einen Lichtschimmer, der mich kurz innehalten lässt. Früher war es nicht ungewöhnlich, Angler hier draußen zu sehen, doch die haben uns nie gestört, und wir haben sie nicht gestört. Auf jeden Fall ist der da draußen zu weit weg, um mich zu sehen.

Die Kälte des Wassers verschlägt mir den Atem.

Jetzt ist alle Farbe aus dem Himmel verschwunden. Der Mond ist aufgegangen, und sein blasses Licht malt einen Pfad auf das Wasser, um mich zu leiten. Als ich Scheinwerfer den Feldweg entlangkommen sehe, hole ich tief Luft und sinke in die kalte schwarze Masse des Sees.

John lässt seinen Wagen stehen, geht zum Ufer und steht

neben meinen Kleidern, während ich lautlos durchs Wasser auf ihn zugleite.

Als ich nahe genug am Ufer bin, dass ich stehen kann, rufe ich: »Ich bin hier.«

Er sieht mich.

»Kommst du auch rein?«

Er rührt sich nicht. Ich trete vor, durch den weichen Schlamm, während das Wasser meinen Körper hinabrinnt und der Mond mich in sein fahles Licht taucht. Hatte ich das vor? So kühn zu sein, so früh? Ich weiß es nicht genau, doch sein Blick weicht mir nicht aus, als ich die paar Schritte das Ufer hinaufgehe, dorthin, wo er steht.

»Gib mir mal das Handtuch«, sage ich. Die Brise, auch wenn sie für das Moor eher mild ist, fühlt sich auf meiner Haut wie Eis an.

John bückt sich. Ich drehe ihm den Rücken zu und hebe die Arme hoch. Dann fühle ich, wie der Stoff meine Haut umhüllt. Seine Arme bleiben, wo sie sind, umschließen mich.

»Das ist doch Irrsinn«, sagt er mir leise ins Ohr.

»Das war's doch immer schon. Und zugleich das einzig Sinnvolle.«

Ich drehe mich in seinen Armen herum. Endlose Sekunden lang starren wir einander an. Ihn zu küssen wäre das Einfachste der Welt. Alles, was ich tun muss, ist, mich auf die Zehenspitzen stellen und mich nach vorn lehnen. Er wird sich nicht wehren. Dafür hält er mich viel zu fest. Aber er muss mich küssen.

Er senkt den Kopf, seine Lippen finden meine, und die Schlacht ist gewonnen.

»Kumpel, tut mir echt leid, wirklich, aber ihr müsst euch vom Acker machen.«

Wir fahren auseinander. Jemand in einem Boot leuchtet uns mit einer Taschenlampe an. Der Strahl bewegt sich zur Seite, und Finsternis hüllt uns von Neuem ein.

»Was soll der Scheiß?«, ruft John.

»Kumpel, das ist mein Ernst«, antwortet die Männerstimme. »Hier kommen nachts Leute her. Die machen da irgendwas in dem alten Schuppen. Die müssen jeden Moment hier sein. Lassen Sie sich hier lieber nicht erwischen. Nicht mit einer Frau.«

Das Licht verschwindet, und wir können einen Mann in einem Boot ausmachen, ungefähr zwanzig Meter draußen auf dem See. Es ist schwer zu erkennen, aber er scheint in mittleren Jahren und für einen nächtlichen Angelausflug angezogen zu sein. Er wirft einen kleinen Außenbordmotor an, wendet das Boot und tuckert davon. Als er im Dunkeln verschwindet, macht er den Motor aus und ist weg.

»Zieh dich an.« John hebt meine Sachen auf.

Nein. Am liebsten würde ich losschreien. Ich hatte ihn doch schon.

»Cass, ich mein's ernst. Ich habe da so Sachen über diesen See gehört«, beharrt er.

»Hier kommt doch niemand her.«

»Es hat sich einiges geändert. Komm, wir fahren zum Greenwell Tor rauf.«

Ich ziehe mich an. Johns Nervosität und die Furcht, die ich in der Stimme des Anglers gehört habe, haben mich angesteckt. Wir fahren los, fort vom Pendle Hill, jeder in seinem Auto. Nach anderthalb Kilometern verlassen wir die Straße erneut und parken. Ein öffentlicher Fußweg bringt uns zum »Tor« hinauf – einer freistehenden Felsformation weiter oben im Moor –, und wir sitzen Seite an Seite da und betrachten die orangegelben und weißen Lichter von Sabden. Er macht keinerlei Anstalten, mich zu berühren, und ich weiß, noch einmal werde ich ihn nicht überrumpeln können.

»Hätte nie gedacht, dass du mal Schiss vor einem Bauern hast«, sage ich. Ich bin immer noch sauer auf ihn.

»Ich habe gelernt, mir genau zu überlegen, mit wem ich mich anlege. Und diese Typen sind keine Bauern.«

Das macht mich neugierig. »Was denn dann? Hat sich Sabden eine Mafia zugelegt, während ich weg war?«

Keine Antwort. Mir kommt ein Gedanke.

»Hast du schon mal von den Meistern gehört?«, frage ich ihn.

Er versteift sich. »Nein.«

Ich warte darauf, dass er fragt, ob das eine Rockgruppe ist, oder ein Ableger der Rotarier- oder eine mittelalterliche Gilde. Er tut es nicht. Fast eine Minute lang sitzen wir schweigend da, und ich kann spüren, wie er mir entgleitet.

»Ich bin nicht zurückgekommen, um Larry zu begraben«, sage ich. »Ich bin deinetwegen hier.«

»Ich weiß«, sagt John.

»Liebst du mich noch?«

Einen herzzerreißenden Moment lang antwortet er nicht. Ich schaue auf die Lichter von Sabden hinunter und rechne halb damit, sie ausgehen zu sehen, eins nach dem anderen.

»Wenn ich eine Frau mit blondem Haar sehe«, sagt er

schließlich, »selbst wenn es gar nicht deine Farbe ist, dann muss ich ihr Gesicht sehen, weil ich denke, vielleicht bist du es ja doch.«

Die Lichter unter uns beginnen von Neuem zu funkeln.

»Ich habe jedes Lied, das du je geschrieben hast«, sagt er. »In der Wohnung kann ich die nicht aufbewahren – da würde Tammy sie sehen –, deswegen habe ich eine Garage, unten bei den Schrebergärten, die habe ich schon seit Jahren gemietet, nur damit ich da hingehen und sie mir anhören kann. Dann denke ich an dich, wie du in eurem alten Haus am Klavier sitzt, und ich stelle mir vor, dass du sie mir vorsingst. Ich versuche, die Texte zu deuten, die Botschaften rauszuhören. Ich komme mir vor wie ein bescheuerter Stalker. Jedes Mal, wenn eine neue Platte rauskommt, denke ich, warum singst du die Lieder nicht selbst, nur ein einziges Mal, nur damit ich wieder deine Stimme hören kann.«

Eine Weile bin ich sprachlos. Dann sage ich: »Ich will, dass du Tammy verlässt.«

Er antwortet nicht. Ich warte.

»Das kann ich nicht machen«, sagt er.

Nun, ich habe nicht damit gerechnet, dass es ein Kinderspiel wird. Ich kann es ja mal mit Vernunft versuchen. »Deine Kinder sind erwachsen«, sage ich. »Wir können ja in der Nähe bleiben, wenn du unbedingt Granddad spielen möchtest. Bis zu meiner Wohnung ist es nur eine gute Stunde mit dem Auto. Soll Tammy doch den Pub behalten, wenn sie ihn haben will.«

Ich überlege, ob ich seine Mutter erwähnen soll, und entscheide mich dagegen. Sie ist kaum von Belang.

Er steht auf. »Cass, das geht nicht.«

»Warum nicht?« Ich weiß natürlich, warum nicht, aber ich werde ihn zwingen, es laut auszusprechen. »Warum können wir nicht zusammen sein? Larry war der Einzige, der uns daran gehindert hat, der Einzige, auf den es wirklich ankam, und der ist tot. Wir haben dreißig Jahre gewartet. Bald sind wir alt. Das hier ist unsere Chance.«

»Du weißt genau, warum das nicht geht.«

»Mich hat das eigentlich nie gestört«, sage ich.

Er zieht mich zu sich hoch. »Das kommt daher, dass du eine Frau ohne jede Moral bist.«

»Vielleicht ist es ja gar nicht wahr. Hast du schon mal daran gedacht?«

»Na, dann lass uns einen Test machen. Damit wir ein für alle Mal Gewissheit haben. Heutzutage geht so was.«

Natürlich gehe ich nicht darauf ein. Wahrscheinlich ist es ja auch wahr.

»Es ist mir egal«, sage ich. »Es ist mir egal, ob es stimmt oder nicht. Ich weiß nur eins – ohne dich bin ich nur ein halber Mensch, und wir haben schon viel zu viel Zeit vergeudet.«

»Hast du mal daran gedacht, was aus deiner Karriere wird, wenn das rauskommt?«, will er wissen. »Niemand wird je wieder mit dir arbeiten wollen.«

Er wendet sich zum Gehen.

»Es wird nicht rauskommen«, erwidere ich, während ich ihm den Weg hinunterfolge. »Es gibt keinerlei Beweise. Larry ist tot. Meine Mutter ist gaga.« Ich verspüre einen beunruhigenden Stich, als ich das sage. Meine Mutter ist alles andere als gaga, aber die Sache ist zu weit gediehen, als dass ich jetzt kneifen könnte. »Bei deiner Mutter sieht's nicht viel besser aus. Keine von den beiden wäre vor Gericht glaubhaft.«

»Du vergisst Luna«, wendet er ein. »Und ich bin mir verdammt sicher, dass Tammy nicht den Mund halten wird.«

Ich halte ihn an der Schulter fest, zwinge ihn, sich zu mir umzudrehen. »Dann müssen wir eben irgendwie dafür sorgen, dass sie es doch tut.«

28. Kapitel

Florence

Nick und Ben machen sich Sorgen um mich. Die ungewöhnlichen Schweigephasen beim Essen, die Blicke, die sie wechseln, wenn sie glauben, ich sei mit den Gedanken woanders, die häufig zur Schau gestellte Gereiztheit ihrerseits. Ich kenne die Zeichen.

Sie machen sich zu Recht Sorgen. Etwas geschieht mit mir, das ich nicht kontrollieren kann. Ich lebe inzwischen mehr in der Vergangenheit als in der Gegenwart. Völlig beliebige, unzusammenhängende Erinnerungen kommen aus dem Nichts über mich. Ich merke, wie ich davontreibe, selbst mitten in einer Unterhaltung. Mich auf irgendetwas zu konzentrieren ist mir fast unmöglich.

Der Sog von 1969 wird langsam gefährlich stark.

Als das Abendessen vorbei ist, zünde ich draußen ein

Feuer an und achte nicht auf die beiden ernsten Gesichter, die mich durchs Küchenfenster beobachten. Die Wärme brauche ich nicht – der Abend ist ziemlich mild –, das Feuer soll mir beim Nachdenken helfen.

Weissagen, die uralte Kunst, nach Visionen zu suchen, ist etwas, das ich schon seit Jahren praktiziere. Ich blicke tief in die Glut, lasse meine Gedanken wandern, und für gewöhnlich beginne ich dann zu sehen. Manche Leute behaupten, die Zukunft zu sehen, wenn sie weissagen, für mich jedoch ist es schlicht und einfach eine Hilfe bei einem ansonsten rationalen Denkprozess. Weissagen hilft mir, Kontakt mit meinem Unterbewusstsein aufzunehmen.

Funken stieben in die Nacht empor, glühende Scheite verrutschen.

Noch sechsunddreißig Stunden, ungefähr jedenfalls, bis Larrys Beerdigung in Sabden stattfindet, und ich habe mich noch immer nicht entschieden, ob ich dorthin zurückkehren soll oder nicht. Nick will nicht, dass ich es tue. Er weiß, dass sich meine psychische Verfassung verschlechtert hat, dass vielleicht bald der Punkt erreicht ist, wo ich es nicht mehr in der Gewalt habe.

Ein Windstoß rauscht durch die Bäume in der Nähe, und ich schaue auf, rechne halb damit, dass Marigold auf mich zukommt, oder sogar Larry.

Das Schlimmste an meiner posttraumatischen Belastungsstörung sind nicht die körperlichen Symptome, die Albträume, die Flashbacks oder mein Mangel an Empathie. Am schlimmsten – bei Weitem am schlimmsten – ist die Psychose. Die Tatsache, dass ich manchmal Dinge sehe, von denen ich weiß, dass sie nicht real sein können.

Menschen aus meiner Zeit in Sabden besuchen mich – die Toten, meine ich jetzt, vor allem Larrys blutjunge Opfer. Sie sitzen neben mir in meinem Auto, lehnen in meinem Büro am Fensterbrett, sitzen sogar mit Nick, Ben und mir am Abendbrottisch, und sie sprechen mit mir. Ich weiß, dass sie nicht real sind. Ich glaube nicht an Geister. Und doch wirken sie oft lebendiger, in gewisser Weise ernstzunehmender als die meisten realen Menschen um mich herum.

Das geht jetzt schon zu lange so, als dass ich zu irgendeinem anderen Schluss kommen könnte als zu dem, dass mein Verstand sich nie von dem erholt hat, was mir vor dreißig Jahren zugestoßen ist. Man könnte wohl auch schlicht und einfach sagen, dass ich verrückt bin. Ich bin die ranghöchste diensttuende Polizeibeamtin in Großbritannien, und ich bin verrückt.

Ich lege noch mehr Holz aufs Feuer. Dann sitze ich in dem immer dunkler werdenden Garten und warte darauf, dass meine Geister zu mir kommen. Und ich weiß, wenn sie das tun, werden sie mich bitten zurückzukommen.

29. Kapitel

Cassie

Montag, 9. August 1999

Am nächsten Morgen werde ich von lautem Hämmern geweckt. Kaum habe ich mich im Bett aufgesetzt, fliegt die Tür meines Zimmers auf, und Tammy fällt beinahe über die Schwelle. Hinter ihr steht Johns Mutter Beryl nervös im Türrahmen. Ich glaube, noch eine dritte Gestalt zu sehen, die ich hinter Beryl aber nicht erkennen kann.

»Was zum Teufel ist das?« Tammy, in schlabbrigen Jogginghosen und einem fleckigen T-Shirt, die Haare nach hinten gebunden, hält das Tonbildnis von John hoch, das ich angefertigt habe. Ich habe es über Nacht im Ofen in der Küche des Pubs liegen lassen, damit es aushärtet. Eigentlich wollte ich früh aufstehen, um es zu holen. Oder vielleicht auch nicht. Vielleicht wollte ich ja, dass sie es findet, um die Dinge auf die Spitze zu treiben

Das ist mir offensichtlich geglückt. Tammy ist stinkwütend. Sie hebt die Hand, als wolle sie mit der Figur nach mir werfen. Ich vergewissere mich rasch, dass ein Kissen in Griffweite ist.

»Das ist ein Tonbildnis«, erkläre ich. »Ist es richtig durchgebrannt?«

Ja, ist es. Der Ton hat einen dunklen, rötlich braunen Schimmer angenommen, und es ist kein einziger Sprung zu sehen. Einige der Schwarzdornspieße sind in Tammys wütender Pranke abgebrochen, aber das macht nichts.

»Ist John da?«, füge ich hinzu, während ich demonstrativ die Arme in die Luft recke und gähne. Ich habe im Bett nichts an, und die Decke rutscht weit herunter. Tammys Augen werden schmal vor Abscheu.

Beryl gibt ihre Bemühungen auf, ohne Hilfe aufrecht zu stehen, und lehnt sich an den Türrahmen. Ihre Hände irren über ihren Körper. Sie sucht nach Zigaretten. Oder nach einem Flachmann.

»Wo mein Mann ist, geht dich gar nichts an«, faucht Tammy.

»Er spielt Fußball, wenn du's unbedingt wissen willst«, wirft seine Mutter ein.

»Ihr beide müsst mal an eurer Solidaritätsnummer arbeiten.« Nackt steige ich aus dem Bett und gehe in Richtung Badezimmer.

»Schlampe«, knurrt Tammy halblaut. »Was erlaubst du dir, in meine Küche zu gehen? Ich rufe die Polizei.«

»Um denen was zu sagen? Menschen der Hexerei zu bezichtigen ist schon vor langer Zeit aus der Mode gekommen, sogar hier.« Ich öffne die Badezimmertür, greife nach meinem Bademantel und überlege, ob ich Tammy da stehen lassen kann, während ich schnell mal pinkeln gehe. Es könnte ein bisschen riskant sein. »Und verbrennen tun sie uns auch nicht mehr.« Als ich mich wieder umdrehe, sehe ich, dass Beryl ins Zimmer getreten ist und am Schrank lehnt. Die dritte Person steht jetzt im Türrahmen.

»Hallo, Mary«, sage ich. »Wie geht es Ihnen?«

Mary war unsere Haushälterin. Offensichtlich arbeitet sie jetzt hier im Pub.

»Cass«, sagt sie, ohne zu lächeln, und mir fällt wieder ein, dass sie Luna immer lieber mochte.

Mary tritt ins Zimmer und macht die Tür zu. Ich gehe zum Fenster und mache es auf. Die drei haben sich in meinen geschützten Bereich hineingedrängt, und ich fühle mich unbehaglicher, als ich mir anmerken lasse.

»Das Ding ist abartig.« Tammy ist sauer, dass wir sie nicht mehr beachten. »Du bist ja krank.«

Wenn ich es recht bedenke, konnte Mary Luna auch nicht besonders gut leiden. Eigentlich mochte sie niemanden. Schön fanden wir es nicht, sie im Haus zu haben, aber Mum hat Vollzeit gearbeitet und sie brauchte die Hilfe.

»Ich hau das eklige Ding kaputt.« Tammy geht zum Kamin und hebt das Bildnis hoch.

»Oh, das würde ich nicht tun«, bemerke ich, während ich wieder zum Bett gehe.

»Tammy, nein!«, stößt Beryl im selben Moment hervor.

Sogar Mary sieht erschrocken aus.

»Diese Bildnis ist Johns Ebenbild«, erkläre ich. »Es enthält seine Essenz. Wenn du ihm Schaden zufügst, riskierst du, John Schaden zuzufügen.«

»Tammy, leg es weg«, sagt Beryl.

»Leg's weg, Mädchen«, wiederholt Mary.

Ich trete ganz nahe an Tammy heran und betrachte die Genitalien der Figur »Was meinst du?«, frage ich. »Hab ich ihn gut getroffen?«

Mit einem Ruck hält sie mir die Figur hin. »Pack deine Tasche, sonst schmeiße ich deine Sachen auf die Straße«, sagt sie. »Wenn du runterkommst, habe ich deine Rechnung fertig. Du hast zehn Minuten.«

Sie marschiert hinaus, und Beryl starrt ihr blöde hinterher. Mary sieht mich finster an. Ich erwidere den bösen Blick.

»Pack lieber deine Sachen, Mädchen.« Mary wendet sich ebenfalls zum Gehen. Beryl folgt ihr und stolpert dabei fast über die Schwelle.

Ich dusche, wasche und föhne mir die Haare, lege Make-up auf und ziehe mich an. Vierzig Minuten sind vergangen, doch nichts deutet darauf hin, dass die drei Musketiere zurückkommen. Als ich fertig bin, hole ich meine Tasche aus dem Schrank und lege sie offen aufs Bett. Ich habe nicht die Absicht auszuziehen, aber ich würde es Tammy glatt zutrauen, dass sie ihre Drohung wahr macht und meine Sachen rausschmeißt, und ich will sie in die Irre führen, falls sie zurückkommt. Zur Sicherheit lege ich noch ein paar Klamotten aufs Bett.

Ich finde alle drei in der Küche. Mary reinigt eine Kaffeemaschine, Tammy schneidet Fleisch, und Beryl schält anscheinend Kartoffeln. Insgeheim nehme ich mir vor, Tammy nicht allzu sehr zu reizen, oder wenigstens dafür zu sorgen, dass der Küchentisch immer zwischen uns ist. Wenn sie mit dem Messer da auf mich losgeht, ist alles möglich.

Sie bemerken mich nicht. Ich sehe zu, wie die schlaffe Haut unten an Tammys Oberarmen schwabbelt, wenn sie das Messer hart auf das Schneidebrett aufsetzt. Ich höre Beryls andauerndes Schniefen, als wäre sie Kokain-Junkie und keine Alkoholikerin. Nur Marys Bewegungen haben eine gewisse Anmut, etwas Zielstrebiges. Sie ist diejenige, vor der man sich in Acht nehmen muss.

Eigentlich hatte ich so früh noch gar keine Konfrontation geplant. John wird wütend sein, das weiß ich, weil ich ihm nicht die Zeit gegeben habe, um die er gebeten hat.

»Den Pub kannst du behalten«, sage ich und beobachte, wie ihre Köpfe herumfahren, Beryls ein klein wenig später als die der beiden anderen. Tammys Hand fasst das Messer fester.

Ich bleibe, wo ich bin, messe mit den Augen rasch die Entfernung zur Hintertür. Ich bin ihr am nächsten. Ich bin die Fitteste. Und ich trage flache Schuhe.

»John wird erst mal zu mir ziehen«, fahre ich fort. »Bis wir eine Regelung finden. Geld wird kein Problem sein.«

»Ich hab dir doch gesagt, du sollst abhauen«, erwidert Tammy. »Ich hoffe, du hast gepackt.«

»Wenn ich gehe, nehme ich ihn mit.«

In ihrem Zorn verfällt sie auf einen Ausdruck, den ich seit meinen Kindertagen nicht mehr gehört habe. »Du bist ja plemplem.«

»Er liebt dich nicht mehr«, erkläre ich ihr. »Ich weiß nicht genau, ob er's je getan hat. Du warst eine Zeitlang … nützlich. Das ist jetzt vorbei.«

»Du hast Wahnvorstellungen.« Sie grinst mich höhnisch an, doch ihre Hände zittern. Beunruhigenderweise hält eine davon immer noch das Messer.

»Tammy, leg das hin.« Mary tritt hinter sie und nimmt ihr das Messer aus der Hand.

Ich atme ein wenig ruhiger.

»Raus!«, sagt Tammy. »Ich will dich hier nicht mehr sehen.«

»Raus!«, wiederholt Beryl.

»Die Dinge haben sich geändert«, sage ich. »Geht das nicht in Ihren Säuferschädel?«

Beryl geht auf mich los, schneller, als ich es ihr zugetraut hätte. Ich trete zur Seite. Sie knallt gegen den Türrahmen und sackt zu Boden.

»John gehört mir, du Miststück. Ich liebe ihn.« Tammy ist den Tränen nahe. Sie ahnt, dass sie verloren hat.

»Das ist mir egal«, gebe ich zurück, »er ist der beste Fick, den ich je hatte.«

Vom Boden her macht Beryl ein sonderbares Geräusch. Als sie aufblickt, sehe ich, dass sie sich bei dem Sturz auf die Lippe gebissen hat. »Du und mein Sohn, ihr werdet nie zusammen sein«, verkündet sie. »Vorher sterbe ich.«

»Das ist ja nun nicht unbedingt ein Problem«, erwidere ich scherzhaft. »Allzu sicher sind Sie ja nicht auf den Beinen, und so ein altes Gemäuer ist ganz schon gefährlich. Schon vergessen?«

Ihre Augen werden groß. Ich glaube, bis zu diesem Moment hatte sie es tatsächlich vergessen.

»Es ist nicht recht«, beharrt Beryl verzweifelt. »Ich zeige euch an.«

»Ach, ich glaube nicht, dass Sie das tun werden«, sage ich. »Kommt mal mit, ihr alle drei.«

Ich kehre ihnen den Rücken zu, als ich die Küche verlasse. Die Kellertür ist nicht abgeschlossen. Ich höre die anderen näher kommen und trete ein bisschen zurück, nur für den Fall, dass eine von ihnen plötzlich das Bedürfnis hat, mich zu schubsen. Als ich das Licht anmache, sehen wir den mit Steinplatten gefliesten Boden am Fuß der dunklen Treppe. Wir können die feuchte Luft riechen, das säuerliche Bier, den wuchernden Schimmel.

»Wie lange hat Ihr Mann da unten an der Treppe gelegen, bevor Sie ihn gefunden haben, Beryl?«, erkundige ich mich. »Zwei Tage? Drei? Ein gut laufender Pub, und drei Tage lang geht niemand in den Keller?«

Eigentlich hat es nur gut zwölf Stunden gedauert, bevor Ted Donnelly, Johns Vater, mit gebrochenem Genick und einer Schädelfraktur gefunden worden ist, aber ich glaube kaum, dass sie mich korrigiert.

»Hat John dir je erzählt, was damals passiert ist?«, frage ich Tammy, und an ihrer verwirrten Miene sehe ich, dass er das nicht getan hat.

»Beryl«, fahre ich fort. »Haben Sie es jemals irgendjemandem gesagt?«

»Es war ein Unfall«, stammelt sie. »Ein Unfall.«

»So ein fürchterlicher Sommer«, sinniere ich. »Wer hätte gedacht, dass es in einer einzigen Stadt so viel Böses gibt?«

»Wenn du davon weißt, dann muss du ja wohl dabei gewesen sein«, entgegnet Tammy. »Was immer passiert ist, du hast mitgemacht.«

»Aber bei dem, was mit diesen Teenagern passiert ist, da war ich nicht dabei. Nicht wahr, Tammy?« Ich suche in Tammys Miene nach Zeichen des Erschreckens. Sie ist erregt und zornig. Ich glaube nicht, dass sie schon Angst hat. »Bist du nie auf den Gedanken gekommen, dass Larry sich am Ende alles von der Seele redet? Ich habe mit ihm gesprochen, kurz bevor er gestorben ist.«

Ich bluffe. Natürlich hat Larry mir nichts erzählt. Ich weiß nicht mehr als das, worauf ich vor Jahren selbst gekommen bin, dass nämlich John, Tammy und die anderen daran beteiligt waren, wenigstens eins von Larrys Opfern in den Tod zu locken. Ich muss mich weit aus dem Fenster lehnen, aber offensichtlich habe ich einen Nerv getroffen. Tammy ist blass geworden.

»Jede Menge Leute könnten viel Ärger kriegen, wenn ich erzähle, was ich über den Sommer damals weiß.« Rasch schaue ich zu der großen, stämmigen Frau zurück, die schweigend hinter uns steht. »Sie nicht, Mary. Gegen Sie habe ich nichts in der Hand.«

Finster erwidert sie meinen Blick.

»Komisch, nicht wahr?«, fahre ich fort. »Die Leute haben geglaubt, die Festnahme meines Vaters bedeutet, dass die schlimmen Zeiten vorbei sind. Waren sie aber nicht, stimmt's? Sie hatten gerade erst angefangen.«

»Und was war mit Roy Greenwood?«, faucht Tammy mich an. »Du hast doch selber Leichen im Keller.«

Über Tammys Schulter hinweg fange ich Marys Blick auf, und mir fällt wieder ein, woran ich früher hätte denken sollen. Mary und Tammy sind verwandt. Ich glaube, Mary ist Tammys Tante. Verdammt.

»Den hatte ich ganz vergessen«, lüge ich und weiß, dass ich hier einiges neu kalibrieren muss. Tammy wird John nicht kampflos aufgeben, und sie hat eine Waffe, mit der ich nicht gerechnet habe.

Ich glaube, ich werde sie doch umbringen müssen.

Teil 2

1969

Vier Wochen nach Larry Glassbrooks Verhaftung

30. Kapitel

Die Giftmischerin

Die Giftmischerin ist jung, doch während sie heranwächst, sammelt sie Wissen.

Die Giftmischerin wandert auf den Wegen rund um ihr Heim und erforscht die Geheimnisse der Hecken. Sie lächelt, als sie die blassgrünen Blüten der Schmerzwurz sieht, weil sie weiß, dass sie eines Tages Verwendung dafür haben wird, und sie holt gern die blauen Blütenkerzen des Eisenhuts ins Haus, denn es ist ihr ein Trost, seine Macht bei sich zu haben. Die tödliche Schönheit der Gifte in freier Natur zieht sie in ihren Bann.

Im Frühling streift sie auf der Suche nach grüner Christwurz durch den Wald, und im Herbst steht sie früh auf, um Pilze zu suchen. Grüne und gelbe Knollenblätterpilze und Satansröhrlinge. Sie findet sie dort, wo sie aus dunklen Winkeln hervorsprießen, und begrüßt sie wie alte Freunde.

Die Giftmischerin lernt, sich beim Sammeln nach den Mondphasen zu richten. Sie lernt zu hacken, zu schälen und zu mahlen, Tinkturen, Öle, Salben und Sirup herzustellen. Sie liest Bücher über Naturheilkunde und stellt entzückt fest, dass manche Pflanzen sowohl in den Büchern der Heilkunde als auch in denen über Gifte auftauchen.

Die Giftmischerin sieht den weisen Frauen zu und eignet sich ihr Können an. Eine wichtige Lektion lernt sie früh: dass die Dosierung das Allerwichtigste ist und dass das, was in kleinen Mengen zuträglich ist, schnell und schmerzhaft tötet, wenn zu viel davon verabreicht wird. Sie entdeckt, dass manche Pflanzen Leben retten und Leben nehmen können und dass dies die mächtigsten von allen sind.

31. Kapitel

Florence

Montag, 4. August 1969

Die Krankenschwestern sorgten an jenem ersten Morgen dafür, dass ich wieder zur Arbeit ging.

Ich hatte in der Eingangshalle am Fenster gestanden und zugesehen, wie der Anklopfer die Straße hinunterging. Seine Stiefel polterten auf dem Kopfsteinpflaster, und seine lange Stange klopfte an die Fenster im ersten Stock, um die Frühschichtarbeiter zu wecken. Gerade war er um die Ecke gebogen und verschwunden, als die Schwestern an mir vorbeigeströmt kamen, die Treppe hinunter und zur Haustür hinaus, alle in Dienstkleidung. Ein paar rauchten, die meisten schwatzten, lachten oder beklagten sich.

Nein. Vier Wochen waren nicht genug. Ich war noch nicht so weit.

Der Lindwurm aus Hauben und festem Schuhwerk machte sich auf den Weg zur Straße. Ein paar waren bereits dort angekommen, als einige, die ganz hinten gingen, sich umschauten. Ich war schon fast an der Treppe, als ich hörte, wie die Haustür aufging.

»Kommen Sie, Flo! Die Straßenbahn wartet nicht.«

Sie war eine kleine Frau mit strahlenden Augen ungefähr in meinem Alter, zweiundzwanzig. Ich hatte mich nicht mit ihr bekannt gemacht. Ich hatte in den wenigen Stunden, die ich das Wohnheim mit ihnen geteilt hatte, mit keiner der Schwestern gesprochen, doch sie warteten alle auf mich. Mir blieb nichts anderes übrig, als mich ihnen anzuschließen. Ich wurde förmlich mitgerissen, den Weg hinunter, an einer Ladenzeile vorbei und den unebenen, mit Steinplatten gepflasterten Gehweg entlang zur verkehrsreicheren Hauptstraße. Ein fernes Klingeln und ein Surren der Oberleitungen verrieten uns, dass die Straßenbahn nicht mehr fern war.

»Schon eingelebt?«, erkundigte sich die junge Krankenschwester, als wir der Haltestelle zustrebten.

»Ja danke.«

Was konnte ich denn sonst sagen? Das Schwesternwohnheim mit seinen beigefarbenen Korridoren, den laut gurgelnden Wasserrohren und den Gemeinschaftswaschräumen kam mir vor wie eine Anstalt, kalt und einsam, trotz der ungefähr dreißig jungen Frauen, die dort wohnten.

»Ist ein bisschen was anderes, wie? Ich bin übrigens Jenny.«

»Florence«, sagte ich unnötigerweise. Jenny wusste, wie ich hieß. Sie alle wussten es.

Jenny hatte recht. Es war eine gewaltige Veränderung. Als ich nach Sabden gekommen war, hatte die Frage, wo ich wohnen sollte, ein Problem dargestellt. Es gab keine Polizeiwohnheime für Frauen, und dass ich in das der Männer zog, war undenkbar. Also war ich bei einer Familie untergekommen. Den Glassbrooks. Meine Rückkehr hatte meinen Vorgesetzten erneut Kopfschmerzen bereitet. In Anbetracht dessen, was mit Larry geschehen war, konnte ich nicht weiter bei Sally Glassbrook und ihren Töchtern wohnen. Da sie schnell eine Lösung finden mussten, hatten sie dafür gesorgt, dass ich ein leeres Zimmer im Schwesternwohnheim beziehen konnte.

Das Wohnheim war knapp vier Kilometer vom Stadtzentrum entfernt. Wenn ich erst mein Fahrrad wiederhatte, konnte ich damit zur Arbeit fahren. Das würde vieles leichter machen. Es schien nämlich, als sei jedes Augenpaar an der Straßenbahnhaltestelle auf mich gerichtet. Auf meine Füße zu starren erschien mir feige, also reckte ich das Kinn und schaute über die Köpfe der anderen hinweg. So weit außerhalb der Stadtmitte waren die Gebäude hier fast ausschließlich Wohnhäuser, zwei Zimmer oben, zwei unten, schwarz wie Ruß. Die Haustüren gingen direkt auf die Straße hinaus. Darüber und dahinter konnte ich den westlichen Rand der Penninen sehen, eine wilde, windgepeitschte Landschaft, die die kleine Industriestadt Sabden umgab. Es war nur Einbildung – natürlich war es nur Einbildung –, aber es schien, als wären die Berge in den Wochen, die ich fort gewesen war, näher gerückt. Dieses Gefühl der Klaustrophobie, das Gefühl, vom Hochmoor und den schwarzen Steinen der Gebäude der Stadt eingeschlossen zu sein, das war etwas, das ich bisher noch nie empfunden hatte.

Die Straßenbahn kam, und die Schwestern stiegen über die Treppe nach oben. Ich blieb unten. Als ich auf einen Platz ganz hinten zuhielt, begegneten mir wieder die Blicke. Vier Wochen waren seit Larry Glassbrooks Verhaftung vergangen. So lange war ich nicht hier gewesen, und oberflächlich gesehen hatte sich in Sabden nichts geändert. Dort, wo es zählte jedoch, war alles anders geworden. Diese Stadt hatte ein Monster hervorgebracht, sie würde noch jahrzehntelang an der Schande tragen, und ich war verantwortlich dafür, dass es ans Licht gekommen war. Sie würden mich hassen, viel mehr, als sie Larry hassten. All das war mir von der Betreuerin der Polizei erklärt worden, die mich im Krankenhaus besucht hatte. Eine sofortige Versetzung zu einer anderen Polizeitruppe wäre in meinem eigenen Interesse.

Die Klingel ertönte, der Mann auf dem Platz gegenüber stand auf und spuckte aus, bevor er ausstieg. Spucken in der Öffentlichkeit war im Norden nichts Ungewöhnliches. Die Leute waren starke Raucher. Das war nicht unbedingt gegen mich gerichtet gewesen.

Noch mehr Leute stiegen ein. Ich hörte jemanden halblaut meinen Namen sagen. Die Straßenbahn fuhr los, und ich merkte, dass meine linke Hand schmerzhaft pochte. Vier Wochen nachdem Larry sie verstümmelt hatte, nahm ich immer noch verschreibungspflichtige Schmerzmittel. »Es wird besser«, hatte die letzte Schwester, die mir den Verband gewechselt hatte, gesagt, doch wir wussten beide, dass es niemals besser werden würde. Der Ringfinger meiner linken Hand, der, an dem vielleicht eines Tages ein Ehering gesteckt hätte, war weg. Man kann wohl sagen, dass ich glimpflich davongekommen war. Larrys frühere Opfer hatten ein sehr viel schlimmeres Schicksal erlitten.

Als die Straßenbahn sich dem Stadtzentrum näherte, konnte ich fühlen, wie sich der nervöse Knoten in meinem Magen immer fester zusammenzog. Irgendwie erwartete ich halb, dass er auf dem Revier sein würde, in einer Zelle. Er würde einen der Elvis-Presley-Songs pfeifen, die er dauernd in seinem Kopf hörte, und mit der Frau flirten, die den Tee brachte.

Die Vorstellung war idiotisch. Bis zu seinem nächsten Gerichtstermin befand sich Larry in einem Hochsicherheitsgefängnis in Manchester. Und doch war er so sehr Bestandteil dieser Stadt, dass ich unwillkürlich an jeder Straßenecke damit rechnete, ihn zu sehen.

Der Weg von der Straßenbahnhaltestelle zum Revier war nicht lang. Ich schlüpfte durch die Hintertür hinein und ging zur Damenumkleide. Dabei kam ich im Flur an zwei Streifenpolizisten vorbei. Bei meinem Anblick machten sie kehrt und eilten davon.

Ich war blöd gewesen, mir einzubilden, es würde sich irgendetwas ändern. Schon vor Larrys Verhaftung hatte mich niemand auf dem Revier haben wollen. Ein weiblicher Officer, das brachte die natürliche Ordnung der Dinge durcheinander. Man hatte mich ignoriert und verspottet, ich war Zielscheibe endloser blöder Scherze gewesen. Jetzt würde es nur noch schlimmer werden.

Noch eine Minute, und ich würde zu spät zur Dienstübergabe kommen.

Mit der Dienstübergabe begann der Arbeitstag der Polizisten im Tagdienst. Zur vorbestimmten Zeit versammelten wir uns zur Inspektion durch den diensthabenden Sergeant im Paraderaum. Unsere Pfeifen, Notizbücher, Handschellen und Schlagstöcke, unser »Marschgepäck«, wie wir es nannten, wurden ausgegeben, und wir erhielten unsere Aufgaben für die erste Hälfte der Dienstzeit. Im Revier schien es unnatürlich still zu sein, als ich zum Paraderaum ging. Ich drückte die Tür auf und trat mit gesenktem Blick ein.

Schweigen. Ich blickte auf.

»Achtung!«, rief der diensthabende Sergeant.

Normalerweise stehen die Polizisten bei der Dienstübergabe mit dem Gesicht zum Sergeant. Diese Officers – es waren viel mehr als normalerweise, so ziemlich alle Streifenpolizisten des Reviers – waren der Tür zugewandt. Mir zugewandt.

Und salutierten vor mir.

Das CID, die Kriminalabteilung, war da. Die Männer standen auf der linken Seite des Raumes. Detective Inspector Sharples, der mich nicht ausstehen konnte, der mich als »wichtigtuerisches Schulmädchen, das sich für Gott weiß was hält« bezeichnet hatte, war da. Die Detective Sergeants Brown und Green, bekannt als Woodsmoke und Gusty, waren ebenfalls da. Und Tom auch, und einen Augenblick lang verschwanden alle anderen, als er und ich einander anstarrten und er mit den Fingerspitzen einen kleinen Salut mimte.

Auch die zivilen Angestellten waren anwesend. Frauen aus der Schreibstube und der Telefonzentrale. Sogar das Kantinenpersonal.

Der Superintendent des Reviers, ein hochgewachsener, dunkelhaariger Mann Mitte vierzig namens Stanley Rushton, trat auf mich zu. »Willkommen zurück, Florence«, sagte er. Als er meine Hand ergriff, ertönte Applaus in der Runde, und ich tat das Schlimmste, was ich unter diesen Umständen tun konnte. Ich fing an zu weinen.

»Habe ich vorhin halluziniert, oder hat Rushton mich wirklich umarmt?« Ich stellte mein Tablett gegenüber von Tom auf den Tisch in der Kantine.

»Alter Lüstling«, brummte Tom.

Detective Constable Tom Devine aß eine Pastete mit Rindfleisch und Zwiebeln mit Pommes frites, Erbsen und Soße sowie zwei Scheiben Brot mit Butter als Beilage. Ein Stück Kuchen mit Marmelade und Vanillesoße wartete auf einem Teller. Außerdem hatte er einen großen Becher Tee vor sich, und ich wusste, dass da mindestens zwei Stück Zucker drin waren. Drei, wenn er einen miesen Vormittag gehabt hatte.

Ich hatte mich davor gescheut, auf Tom zuzugehen, hatte ihn jedoch an einem leeren Tisch sitzen sehen, ein Stück entfernt von seinen Kumpels vom CID. Ich dachte – nein, ich war mir sicher, er wollte, dass ich mich zu ihm setzte. Ich klappte mein Schinkensandwich auf und fing an, den größten Teil der Salatcreme herunterzukratzen.

»Das ist doch das Beste daran«, empörte sich Tom.

»Widerliches Zeug«, entgegnete ich. »Wenn es wenigstens Mayonnaise wäre.«

»Mayo... was? Und sollte Brot so eine Farbe haben?«

»Das ist Vollkornbrot.« Ich schaute nach unten. »Also, eigentlich glaube ich ja, das ist bloß gefärbtes Weißbrot.«

Tom aß weiter. »Gefällt dir mein neues Jackett?«

Toms Klamotten, und er hatte er eine ganze Menge Klamotten, waren für einen Detective ziemlich gewagt: schrille Farben und Muster, riesige Kragen an den Hemden und so breite Krawatten, dass sie nebenbei als Servietten hätten dienen können.

»Es passt zu deinen Augen«, sagte ich.

Diese Augen wurden schmal.

»Zu deinen Katzenaugen«, erläuterte ich. Das Jackett war weinrot.

Er grinste. »Schöner erster Vormittag?«

»PC Butterworth ist mir stundenlang nicht von der Seite gewichen«, antwortete ich. »Er ist auf dem Gehsteig auf der Fahrbahnseite neben mir hergegangen und jedes Mal vor mich getreten, wenn jemand auf uns zugekommen ist. Er hat mich behandelt wie ein rohes Ei. Im Grunde habe ich normale Polizeiarbeit behindert, weil er sich so darauf konzentriert hat, auf mich aufzupassen.«

Police Constable Randall – oder Randy – Butterworth war ein paar Jahre älter als ich. Er hatte ebenfalls zur Untermiete im Haus der Glassbrooks gewohnt, und aus diesem Grund kannte ich ihn wahrscheinlich besser als die meisten anderen Leute auf dem Revier.

Weder Randy noch ich hatten die Glassbrooks erwähnt. Nicht ein einziges Mal. Den ganzen Vormittag lang nicht.

Tom spießte drei Pommes auf. »Tja, der ist auch ein dreckiger Lüstling«, sagte er kauend. »Und, wie ist das Heim für gefallene Mädchen?«

»Voller fröhlicher Krankenschwestern, die bis in die Puppen Cinzano-Partys feiern und Buddy Holly hören.«

Sein Grinsen wurde breiter. Ich funkelte ihn böse an. Ein

paar Sekunden lang schwiegen wir, während Tom aß und ich versuchte zu essen.

Und dann: »Noch hat niemand das L-Wort in den Mund genommen«, stellte ich fest.

Tom warf einen übertriebenen Blick in die Runde. »Jetzt mal ehrlich, Floss, ich kann dir doch nicht in der Kantine sagen, dass ich dich liebe.«

»Larry«, erwiderte ich. »L wie Larry.«

Er seufzte und ging sogar so weit, sein Messer hinzulegen. »Was willst du wissen?«

»Alles. Wie geht es jetzt weiter?«

»Wir haben unsere Akten der Staatsanwaltschaft übergeben. Das Letzte, was ich gehört habe, ist, dass er immer noch vorhat, auf schuldig zu plädieren, also gibt's wohl eine Anhörung und keinen Prozess, wahrscheinlich irgendwann Ende des Monats. Garantieren kann man's nicht, aber man geht davon aus, dass er seine Strafe weit weg von zu Hause absitzen wird.«

»Die wollen nicht noch mal mit mir reden?«

»Wenn er anders plädiert, kann alles Mögliche passieren. Ansonsten denke ich, die haben mehr als genug. Sei dankbar.«

»Hat er's getan?«, fragte ich mein Sandwich.

»Bitte?«, fragte Tom.

Ich wagte kaum aufzublicken. »Ist er schuldig?«

Toms Augen wurden groß. »Mein Gott, Floss. Wo kommt das denn jetzt her?«

Der harte, starre Blick in seinen Augen war zu viel. Ich schaute wieder auf mein Sandwich.

»Ich fasse es nicht, dass ich das höre.« Toms Stimme war

lauter geworden. Ich konnte spüren, wie sich Leute zu uns umwandten, wie andere Gespräche im Raum verstummten. »Muss ich dich daran erinnern, was dieser Drecksack dir angetan hat?«

Er packte mein Handgelenk und hielt meine Hand vor mich hin. »Ich habe deinen Finger gefunden, in seiner … Großer Gott, Florence.«

Ich hörte einen Stuhl über den Boden scharren. Tom ließ meine Hand los, beugte sich jedoch über den Tisch. »Er wollte dich lebendig begraben. Was zum Teufel …«

»Alles in Ordnung hier, Kinder?«

Wir schauten beide auf und erblickten Detective Sergeant Brown, dem Team aus einem mir unerfindlichen Grund als Woodsmoke bekannt. Er roch nach Rauch, das taten die meisten von ihnen, aber Holzrauch war das nicht.

Tom lehnte sich zurück und hob in gespielter Kapitulation beide Hände. Sein Gesicht war ganz untypisch rot, und ich glaubte, Tränen in seinen Augen schimmern zu sehen. Der Glassbrook-Fall war nicht nur für mich schlimm gewesen, ging mir auf. Alle trugen schwer an dieser Last. Manche verbargen es nur besser als andere.

»Alles bestens, Sarge.« Ich rang mir ein Lächeln ab. »Tom behauptet, Leeds United wird nächste Saison Meister, und ich sage, Everton macht mit Leichtigkeit alles klar. Sie wissen ja, Tom und Fußball.«

Woodsmoke legte mir die Hand auf die Schulter, ehe er Tom zunickte und davonging. Ein paar Sekunden später begannen die Gespräche im Raum von Neuem.

»Du hast uns gefehlt«, sagte Tom.

»Uns?«

Den Bruchteil einer Sekunde lang sahen wir uns in die Augen.

»Woodsmoke hat die Aschenbecher sauber gemacht«, berichtete Tom. »Gestern hat er die schmutzigen Becher in die Küche gebracht und gebrummt, Florence würde diese Schweinerei bestimmt nicht gefallen.«

»Ich werde doch sowieso nicht da oben sein.«

Während der Glassbrook-Ermittlungen war ich vom CID zweckentfremdet worden. Das war jetzt vorbei. Jetzt ging ich wieder Streife.

»Ich habe dich angerufen«, sagte Tom.

»Wann?«

»Letzten Donnerstagabend. Hab mich in Rushtons Büro geschlichen und deine Telefonnummer gefunden. Der Butler hat abgenommen. Hat gesagt, du schläfst und er wollte dich nicht stören.«

Meine Familie hatte keinen Butler. »Das dürfte mein Dad gewesen sein. Er hat mir nichts gesagt.«

»Möchte offenbar nicht, dass irgendwelche Gentlemen dir ihre Aufwartung machen.«

Ich zog die Brauen hoch. »Gentlemen?«

Unter dem Tisch spürte ich, wie etwas gegen meinen Fuß stieß. Tom sah mich eindringlich an, und gleich würde es jemandem auffallen. Dann verschwand sein Fuß wieder.

»Du musst die Sache hinter dir lassen«, sagte er. »Nach vorne blicken.«

»Ich weiß.«

»Sieh mich an, Floss. Versprich es mir. Der Glassbrook-Fall ist vorbei.«

Ich versprach es. Ich hätte ihm alles versprochen.

32. Kapitel

Sally

Es war bei seinem dritten Besuch, dass ich allmählich richtig Angst vor ihm bekam – der dritte Besuch, seit sie Larry abgeholt hatten, meine ich. Ich hatte ihn nie gemocht, war ihm aus dem Weg gegangen, wann immer ich konnte, und nachdem Larry verhaftet worden war, bekam ich schon eine Gänsehaut, wenn ich ihn nur sah. Aber Angst hatte ich nicht, bis zu jenem dritten Mal.

Ich kam spät nach Hause. Als mein Dienst im Entbindungsheim zu Ende gewesen war, hatte mich meine Vorgesetzte in ihr Büro gerufen und gesagt, ich könnte doch vielleicht Urlaub nehmen. »Keinen Sonderurlaub aus familiären Gründen natürlich, das nun gerade nicht, aber irgendetwas in der Art. Bis sich der ganze Wirbel legt«, hatte sie gemeint.

»Das könnte Jahre dauern.«

Ich war müde, und die letzte Entbindung war schwierig gewesen, eine langwierige Geburt mit Steißlage, und dazu kam noch, dass keine werdende Mutter mich mehr in ihrer Nähe haben wollte. Die entsetzten Gesichter, wenn ich vor ihren Türen stand, das war etwas, woran ich mich nicht so bald gewöhnen würde. »Ich kann mir nicht vorstellen, dass der Staat mir jahrelang volles Gehalt dafür zahlt, dass ich nichts tue«, fuhr ich fort.

Meine Vorgesetzte setzte eine Miene auf, die meine alte Mum immer als »Zitronenlutschgesicht« bezeichnet hatte.

»Was Ihr Gehalt angeht, nun ja, das ist etwas anderes. Ich glaube nicht, dass die normalen Gehaltsregeln unter diesen Umständen gelten. Aber ich nehme doch an, Sie haben sich ein bisschen was zur Seite gelegt, oder?«

Dazu konnte ich nicht viel sagen. *Ein bisschen was zur Seite gelegt?*

»Diese junge Polizistin ist wieder da«, fuhr sie fort. »Sie wurde heute im Stadtzentrum gesehen. Das ist ein Problem, nicht wahr?«

»Schmeißen Sie mich raus?«

Sie machte ein verlegenes Gesicht. »Nun ja, nein, das heißt, im Moment nicht.«

»Dann sehen wir uns morgen.«

Ich war schnell nach Hause gefahren, hatte sogar vergessen, die Autotüren von innen zu verriegeln, was ich sonst immer tat – jedenfalls seit eine Frau an einer Ampel die Tür aufgerissen und mich angeschrien hatte: »Ihr Mann ist ein verdammter Mörder!«

Als wäre ich darauf noch nicht selbst gekommen.

Sobald ich die Küchentür öffnete, wusste ich, dass etwas nicht stimmte. Meine Töchter Cassie und Luna warteten beide ganz eindeutig auf meine Heimkehr. Lunas Freund John Donnelly war auch da, doch es war nichts von der unterdrückten Erregung zu bemerken, die ich normalerweise spürte, wenn er in der Nähe der Mädchen war. Alle drei wirkten gereizt.

Mary, die Frau, die mir im Haus half, stand bei der Spüle. Sie hätte schon vor einer Viertelstunde nach Hause gehen sollen. Ihr Blick begegnete dem meinen. »Greenwood ist im Wohnzimmer.«

»Schon wieder?«

Sie zuckte die Achseln.

»Wie geht's euch beiden?« Ich strich Luna übers Haar und schaute Cassie an. Sie hatte Noten auf ein leeres Blatt Notenpapier geschrieben. Übermäßig klug war sie nicht, meine Cassie, aber sie hatte eine Begabung für Musik. Luna, meine Jüngste, war das genaue Gegenteil. Sie war blitzgescheit, hatte aber nicht die geringste kreative Ader.

John stand auf, um mir seinen Stuhl anzubieten. Seit ich ihn das letzte Mal gesehen hatte, schien er gewachsen zu sein. Um ehrlich zu sein, er war nicht der Junge, den ich mir für Luna ausgesucht hätte. Selbst wenn seine Mutter nicht Beryl Donnelly gewesen wäre, die Frau, mit der Larry vor seiner Verhaftung eine Affäre gehabt hatte. Er hatte ein bisschen was Oberschlaues an sich. Er hatte so eine Art zu lächeln, als würde er sich seinen Teil denken. Und er sah ein kleines bisschen zu gut aus – hochgewachsen, mit dunklem Haar und geradezu perfekten Gesichtszügen. Andererseits war er der Einzige unter den Freunden der Mädchen, der zu ihnen gehalten hatte.

»Hallo, John.« Ich brachte ein Lächeln zustande. »Bleibst du zum Essen?«

»Vielen Dank, aber Mum wartet auf mich.« Er sah zu Boden.

Ich konnte John nicht die Schuld daran geben, was seine Mutter getan hatte, aber es war trotzdem hart, ihn hier im Haus zu sehen. Für ihn wohl auch, nahm ich an.

»Hattet ihr einen guten Tag?«, erkundigte ich mich, als keine meiner Töchter etwas sagte.

Luna schnaubte leise. »Können wir auf eine andere Schule?«

John und Cassie sahen sich an.

»Was soll das bringen?«, fragte Cassie. »Glaubst du, in Burnley haben sie nicht von uns gehört? Oder in Nelson?«

»Es sind doch noch fünf Wochen, bis ihr wieder hinmüsst«, sagte ich. »Bis dahin hat sich die Aufregung gelegt.«

Luna machte ein finsteres Gesicht. »Unten an der Snape Street war eine Gang. Die sind mir nachgegangen.«

»Ich hab sie nach Hause gebracht.« John bedachte mich mit einem nervösen Blick. »Ich hab ihr gesagt, sie soll mich anrufen, wenn sie in die Stadt will.«

»Und was ist mit mir?«, wollte Cassie wissen. »Wer beschützt mich vor den Typen?«

John lächelte sie an. »Ich«, antwortete er. »Ich beschütze euch beide.«

»Dann ziehe ich mich wohl mal lieber um«, sagte ich, als Mary gerade einen Becher vor mich hinstellte. Ich argwöhnte, dass sie wieder heimlich Zucker hineingetan hatte, obwohl sie wusste, dass ich keinen nahm.

»Für Lurch?«, fragte Cassie. »Gott, das würde ich nicht tun.«

»Ich würd's hinter mich bringen«, riet Mary. »Und gern schnell, ich muss irgendwann auch noch mal nach Hause.«

»Sie können jetzt gehen. Tut mir leid, dass ich so spät gekommen bin.«

»Ich leiste Luna und Cassie Gesellschaft«, erbot sich John.

»Ich warte, bis er weg ist«, beharrte Mary.

Ich nahm meinen Becher mit ins Wohnzimmer. Als ich die Tür aufdrückte, erhob sich Roy Greenwood. Die Mädchen hatten ihm den Spitznamen »Lurch« verpasst, nach dem Butler aus der Fernsehserie *The Adams Family*. Das war ein bisschen gemein, aber nicht ganz unbegründet. Roy war gut über eins achtzig groß, dünn und ging leicht gebeugt. Er war um die fünfzig, sah aber älter aus. Seine dunklen Haare hingen ihm in pomadig glänzenden Strähnen bis in den Nacken. Sie umrahmten ein langes Pferdegesicht mit überdimensionierter Nase und breitem Mund, dessen Winkel immer leicht nach unten zeigten. Nie hatte ich ihn etwas anderes tragen sehen als einen schwarzen Anzug, ein gestärktes weißes Hemd und eine schwarze Krawatte. Das Schlimmste an ihm jedoch waren seine Zähne. Sie waren zu groß und unnatürlich weiß, ganz offensichtlich eine Zahnprothese und wahrscheinlich schlecht angepasst, denn wenn er nicht sprach, fuhr er ständig mit den Lippen darüber und schnitt merkwürdige Grimassen. Er schien sich über mich zu beugen, obwohl er auf der anderen Seite des Zimmers stand.

»Hallo, Mr Greenwood«, sagte ich. »Bitte bleiben Sie doch sitzen.«

Und noch etwas. Obgleich seine Hände und Nägel stets makellos sauber und seine Kleidung stets adrett und frisch gewaschen war, ging von ihm ein ranziger Geruch aus.

Er drohte mir mit dem Zeigefinger seiner linken Hand. In der rechten hielt er ein übervolles Glas Sherry, von dem ich wusste, dass Mary es ihm nicht angeboten hatte. »Aber, aber«, sagte er.

»Roy«, verbesserte ich mich. »Bitte nehmen Sie doch wieder Platz.«

»Zuerst hole ich Ihnen etwas zu trinken.« Mit zwei Schritten war er beim Barschränkchen. »Sie müssen ja völlig erschöpft sein. Ich hoffe, Ihre Haushaltshilfe lässt Ihnen gerade ein heißes Bad ein. Was hätten Sie gern?«

»Gar nichts, danke. Ich trinke zu Hause nicht.«

Ich hörte Flaschen klirren. »Ich suche mal nach was Süßem«, brummte er. »Dieser Tio Pepe ist für Damen ein bisschen trocken.«

Ich gab auf. »Sherry ist völlig in Ordnung«, sagte ich. »Einen ganz kleinen. Vielleicht werde ich ja noch mal zu einer Patientin gerufen.«

»Dagegen werde ich vielleicht etwas unternehmen müssen. Setzen Sie sich, meine Liebe. Sherry – kommt sofort.«

Ich nahm in einem Lehnstuhl auf der anderen Seite des Kamins Platz und stellte fest, dass er in Larrys Sessel gesessen hatte. »Wie geht es Ihrer Mutter?«, erkundigte ich mich. »Es beunruhigt Sie doch bestimmt, sie abends allein zu lassen.«

Er hielt ein Sherryglas ins Licht, dann zog er ein Taschentuch hervor und polierte den Rand. »Recht gut, danke.«

»Und das Geschäft? Was macht das Geschäft?«

Er versteifte sich. »Alles zu seiner Zeit, Sally.«

Er brachte mir den Sherry und schaffte es irgendwie, mit seinen Fingern meine zu streifen, als ich ihn entgegennahm, dann kehrte er zu Larrys Sessel zurück.

»Worauf sollen wir trinken?« Er hob sein Glas.

»Auf einen Freispruch?«

Er kicherte doch tatsächlich. »O ja, sehr gut. Wie wär's mit ›auf bessere Zeiten‹?«

Ich benetzte meine Lippen mit dem Sherry und stellte das Glas auf den Tisch. Eher hätte ich ihn mir über den

Kopf gekippt und mir das Glas ins Auge gerammt, als dieses Zeug zu trinken.

»Ich dachte, wir essen heute Abend vielleicht eine Kleinigkeit zusammen«, sagte er. »Nachdem die Mädchen im Bett sind. Was meinen Sie?«

»Wenn Sie warten, bis die Mädchen im Bett sind, verhungern Sie«, erwiderte ich. »Und ich esse meine Hauptmahlzeit für gewöhnlich mittags. Tut mir leid, ist Vorschrift. Sie wollen nicht, dass wir schlappmachen. Worüber wollten Sie denn reden?«

»Wie stehen Sie finanziell da, Sally?«

Roy war Larrys Geschäftspartner. Früher oder später würden wir über finanzielle Angelegenheiten sprechen müssen. »Nun ja, ich habe natürlich mein Gehalt«, erwiderte ich. »Viel ist es nicht, aber mehr, als viele Familien zum Leben haben. Und ich habe die Einnahmen von den Untermietern, allerdings ...«

Es war nicht nötig, das weiter auszuführen. Zwei unserer Untermieter, die Police Constables Florence Lovelady und Randy Butterworth, waren noch in derselben Nacht ausgezogen, in der Larry verhaftet worden war. Der dritte, Ron Pickles, eine Woche später.

»Ja, das dachte ich mir.« Meine schwierige finanzielle Situation schien Roy keine Sorgen zu bereiten. »Haben Sie schon mal überlegt, wie Sie jetzt die Hypothek abzahlen wollen, wo Sie nicht mehr auf Larrys Gehalt zurückgreifen können?«

»Wir haben keine Hypothek. Das Haus gehört uns.«

Roy schüttelte den Kopf. »Das hatte ich befürchtet. So viele Männer lassen ihre Frauen im Unklaren darüber, wie die Dinge wirklich liegen. Das ist natürlich verständlich, Frauen und Geld waren noch nie gute Bettgenossen. Nun ja, außer wenn's ums Geldausgeben geht, natürlich.« Seine Lippen teilten sich, um das ganze Ausmaß seiner gewaltigen Zähne zu zeigen. »Komisch, dass Frauen dabei nie Hilfe brauchen. Aber wenn es darum geht, das Geld zu verwalten … Nun, wie gesagt, verständlich, aber wenn es zum Fall der Fälle kommt …«

»Wovon reden Sie eigentlich?« Ich hatte nicht vorgehabt, so schroff zu sein, aber er hatte mir Angst gemacht.

»Ich fürchte, dieses Haus gehört mir, Sally.«

Ich griff nach dem Sherryglas und trank die Hälfte in einem Zug aus.

»Wie ist das möglich?«, brachte ich hervor.

Greenwood sprach ganz langsam, wie mit einem Kind. »Als ich Larry als Lehrling eingestellt habe, habe ich es gekauft, für ihn und seine Eltern, und für die Familie, die er dann gegründet hat. Larry hat von seinem Gehalt Miete gezahlt, aber im Grundbuch steht mein Name.«

Er hielt inne. Ich wartete.

»In den letzten Wochen ist er ein bisschen in Rückstand geraten«, fuhr Roy fort. »Ungefähr hundert Pfund stehen noch aus. Aber darüber brauchen Sie sich nicht den Kopf zu zerbrechen. Fürs Erste.«

»Wie viel? Wie viel pro Woche?«

Er nannte eine Summe, die meinem Wochenlohn nahekam. Ich trank den Sherry vollständig aus.

»Ich schenke Ihnen nicht nach, wenn Sie gestatten, Sally«, sagte er. »Ich halte nichts davon, wenn Damen sich einen Schwips antrinken.«

»Wie alt war Larry, als er sich darauf eingelassen hat?«

Die dunklen Augenbrauen zogen sich ein wenig zusammen. »Alt genug. Wenn die Partnerschaft irgendwann gelöst wird, fällt das Haus zur Gänze wieder an mich zurück.«

»Und was ist mit dem Geld, das er schon zurückgezahlt hat? Sie beide waren zwanzig Jahre lang Geschäftspartner.«

Ein Grinsen erschien auf seinen Lippen. Seine Augen blieben kalt. »Ich war immer so freundlich, ihn als Partner zu bezeichnen. Und es ist möglich, dass ich ihm, wenn ich mich als Erster zur Ruhe gesetzt hätte, das Unternehmen überlassen hätte. Sie wissen ja, wie sehr ich Ihnen und den Mädchen immer zugetan war. Aber ehrlich gesagt, eigentlich war er nur ein Angestellter.«

Mein Herz hämmerte. »Ich muss den Darlehensvertrag sehen«, sagte ich. »Ich möchte, dass sich ein Anwalt das ansieht.«

In gespielter Betroffenheit schürzte er die Lippen. »Vertrauen Sie mir nicht?«

»Doch, selbstverständlich«, erwiderte ich. »Aber ich muss doch an die Mädchen denken.«

»Wenn ich es recht bedenke, ist es vielleicht sogar eine gute Idee, mit einem Anwalt zu reden. Sie müssen ja die Scheidung einleiten.«

»Ich lasse mich nicht von Larry scheiden.«

Roys Mund zuckte, als sauge er etwas durch einen unsichtbaren Strohhalm. »Aber meine Liebe, das müssen Sie! Solange Sie und die Mädchen sich nicht vollständig von ihm lossagen, wird Ihnen ein Makel anhaften. So wie die Dinge jetzt liegen, werden Sie Mühe haben, das Stigma loszuwerden, aber mit der Zeit und mit einem neuen, respektablen Mann an Ihrer Seite, werden die Leute verzeihen. Wenn nicht gar vergessen.«

Draußen im Flur klingelte das Telefon. Roy hob die Hand.

»Das kann warten«, sagte er. »Oder eins von den Mädchen geht dran. Sie nehmen den beiden zu viel Arbeit ab.«

Das Klingeln hörte auf, und ich hörte Marys Stimme.

Roy erhob sich. »Ich habe Ihnen eine ganze Menge zu bedenken gegeben«, meinte er. »Fürs Erste lasse ich Sie jetzt allein.«

Die Tür ging auf und Mary streckte den Kopf herein. »Das war die Poliklinik«, sagte sie. »Sie werden auf dem Polizeirevier gebraucht.«

»Sagen Sie denen, Mrs Glassbrook ist müde und verlässt heute Abend nicht mehr das Haus.« Roy trat vor mich.

Mary kam ins Zimmer. »Da ist vor 'ner halben Stunde eine junge Frau auf dem Revier aufgetaucht. Kurz vorm Umkippen. Sie kriegen keinen Krankenwagen rechtzeitig da raus, und jede Hebamme im Dienst ist gerade beschäftigt. Sie sind die Einzige, die noch übrig ist. Ich bringe Sie zur Tür, Mr Greenwood, während Sally sich fertig macht.«

Roy kehrte ihr den Rücken zu und umfasste mit den Händen meine Schultern. »Keine Angst, Sally«, sagte er. »Ich werde mich immer um Sie und die Mädchen kümmern.« Er warf einen kurzen Blick nach hinten auf Mary. »Und wenn Sie meinen Rat beherzigen, wird so etwas in Zukunft nicht mehr nötig sein.«

»Ihre Tasche ist bereit«, ließ Mary mich wissen. »Ich bleibe bei den Mädchen, bis Sie nach Hause kommen.«

Sie trat rückwärts aus dem Zimmer, und die Tür fiel zu.

Ich machte einen Schritt Richtung Tür, doch Roy griff nach mir, packte mich am Oberarm. Seine harten, knochigen Finger gruben sich in mein Fleisch.

»Mögen Sie böse Männer, Sally?« Seine kalten Augen bohrten sich in meine. »Erregen die Sie?«

33. Kapitel

Florence

Ich machte um kurz vor sechs Schluss auf dem Revier. Mein Dienst war schon seit Stunden zu Ende, doch als Reporter am Empfang aufzukreuzen begannen – sie hatten von meiner Rückkehr gehört –, fragte der Superintendent, was ich von ein paar Überstunden hielte. Er hatte da einen Bericht, der geschrieben werden musste, über einen möglichen Zusammenhang zwischen spätabendlichen Gewaltausbrüchen im Stadtzentrum und einer Verlängerung der Pub-Öffnungszeiten, und keinem dieser anderen Hohlköpfe – seine Worte, nicht meine – konnte man in Sachen Rechtschreibung trauen.

Ich hatte meine handgeschriebenen Seiten gerade in eine Mappe gelegt und diese in meiner Schreibtischschublade eingeschlossen – ich war gerührt gewesen zu sehen, dass mein geborgter Schreibtisch noch immer an seinem Platz im CID-Großraumbüro stand –, als PC Butterworth, der ebenfalls Überstunden machte, den Kopf zur Tür hereinstreckte und laut rief: »Sie werden unten gebraucht, Florence. Und zwar vor zehn Minuten.«

Ich rannte hinter Randy her, die Treppe runter zur Eingangshalle, wo sich der Sergeant, der den Empfang besetzte, gerade über eine kleine Frauengestalt beugte. Sie krümmte sich vornüber und brüllte wie eine zornige Kuh. Ihr helles Haar hing fast bis zum Boden hinab.

»Flossie, übernehmen Sie.« Der Sergeant richtete sich auf, und ich konnte sehen, dass die Frau jung war und hochschwanger. Sie hatte aufgehört zu schreien, keuchte jedoch heftig. Ihr Gesicht war rund, mit prallen Wangen und kleinen geschlitzten Augen.

Ich eilte zu der Frau. Zusammen mit Randy fasste ich sie unter und schleppte sie zu einem Stuhl.

Kaum hatte sie sich gesetzt, fuhr sie wie von der Tarantel gestochen wieder hoch. Sie fing erneut an zu schreien, ein hohes Jammern, dessen Lautstärke zunahm, während ihre Schmerzen vermutlich dasselbe taten.

»Wir brauchen einen Krankenwagen«, verkündete ich, während wir versuchten, die Frau festzuhalten.

»Keiner verfügbar«, berichtete Randy. »Der Sarge versucht's gerade im Blackburn.«

Das Blackburn Infirmary, nach dem Burnley General unser nächstgelegenes Krankenhaus, war ein ganzes Stück entfernt.

»Dann müssen wir eine Hebamme holen.«

Auch Randy war inzwischen krebsrot im Gesicht. »Ja, daran haben wir auch schon gedacht, vielen Dank, Florence. Die haben heute allem Anschein nach jede Menge zu tun. Weiß der Teufel, was vor neun Monaten hier los war.«

Die Frau sackte gerade auf alle viere, als die Eingangstür aufging. Wir schauten auf, doch es waren nicht die Krankenwagenfahrer, sondern zwei ältere Männer, die uns entsetzt anstarrten.

»Nein!«, schrie die Frau auf dem Boden. »Die dürfen mich nicht mitnehmen. Hört nicht auf sie. Die werden mich und das Baby umbringen.«

Hinter dem Empfangstresen klirrte etwas Schweres zu Boden und zerbrach.

Die beiden Männer machten Anstalten, rückwärts wieder hinauszutappen.

»Schafft die Frau hier raus«, rief der Sergeant von seinem Posten am Telefon. »Arrestzelle eins ist frei.«

Randy und ich fassten die schreiende Frau von Neuem unter und hoben sie hoch. Wir führten sie aus der Eingangshalle, einen kurzen Korridor entlang und in Zelle eins. Sie sank auf das schmale Bett und starrte voller Angst die offene Tür an.

»Können die hier rein? Schließen Sie die Tür ab! Tür abschließen!«

»Schätzchen, die beiden waren hier, um einen Gemüsediebstahl in den Schrebergärten zu melden«, sagte Randy. »Ich glaube nicht, dass die sich für dich interessiert haben.«

Sie starrte zu mir hoch, die Augen weit aufgerissen. »Die waren nicht vom Black Moss Manor?«

»Nein«, versicherte Randy mit fester Stimme. »Niemand vom Black Moss Manor kommt heute hier rein.«

Er winkte mich zur Tür. »Wusste gar nicht, dass Mongos schwanger werden können«, sagte er mit gedämpfter Stimme.

Auch mir war aufgefallen, dass die junge Frau mongoloid war oder, wie es seit einigen Jahren hieß, ein »Down-Syndrom« hatte. Hinter uns begann sie von Neuem zu stöhnen.

»Soll ich Handtücher holen?«, fragte Randy. »Und heißes Wasser?«

Ich starrte ihn an. »Wofür?«

»Na, das macht man doch so, oder? Wenn eine Frau ein Baby kriegt. Handtücher und heißes Wasser besorgen. Habe ich im Fernsehen gesehen.«

»Wissen Sie auch, was man damit macht?«

Er schüttelte den Kopf.

Ich ging zurück zu der Frau und kniete mich vor sie auf den Boden. Sie war sehr jung. »Wie heißt du, Liebes?«, fragte ich.

»Marigold McGowan«, sagte Randy von der Tür her.

Ich warf einen Blick auf Marigolds linke Hand. Kein Ehering.

»Marigold?«, fragte ich. »Wer hat dich hergebracht? Wir müssen deiner Familie Bescheid sagen. Oder deinen Freunden. Wen können wir anrufen?«

»Nein. Nichts sagen. Bitte schicken Sie mich nicht zurück. Die sperren mich wieder in mein Zimmer. Ich hab versucht, nach Hause zu gehen, und sie haben mich nicht rausgelassen.«

»Wer, Marigold? Wer hat dich nicht rausgelassen?«

»Sie haben mir wehgetan. Sie haben meine Freundin umgebracht, und sie werden mich umbringen.«

Ich drehte mich zu Randy um. Er zuckte die Achseln.

»Welche Freundin, Marigold?«, fragte ich. »Wer hat deine Freundin umgebracht?«

Sie keuchte. »Meine Freundin Wendy. Die Black-Moss-Leute. Sie haben Wendy umgebracht und jetzt wollen sie mich umbringen.«

»Niemand will dich umbringen, Schätzchen«, beteuerte Randy unsicher.

»Und mein Baby«, jammerte Marigold, »sie werden mein Baby umbringen.«

»Niemand wird deinem Baby etwas tun, Marigold. Oder dir. Was ist denn mit deiner Mutter? Sie macht sich doch bestimmt Sorgen um dich.«

»Nein. Mutter will mich nicht. Weil ich nicht ganz richtig bin.«

Der Sergeant war wieder da. »Die Hebamme ist gerade angekommen«, verkündete er. »Randy, holen Sie sie rein. Dann suchen Sie alle Wasserkessel im ganzen Revier zusammen und setzen Sie Wasser auf. Und schaffen Sie Handtücher ran.«

Das ließ sich Randy nicht zweimal sagen.

»Sarge, und was soll ich tun?«, fragte ich leise und betete, er würde mich anweisen, vorn am Empfang die Stellung zu halten.

»Helfen Sie mir, sie auszuziehen«, ließ sich eine neue Stimme vernehmen. »Sergeant, können Sie uns noch ein paar Laken und Decken bringen?«

Sally Glassbrook, Larrys Frau, stand in ihrer hellblauen Schwesternkluft in der Zellentür. Ihr blondes Haar war zu einem Zopf geflochten. Ihr Blick begegnete dem meinen, und ich schwöre es, ich erlebte einen Augenblick des blanken Entsetzens. Als ich bei den Glassbrooks zur Untermiete gewohnt hatte, hatte ich Sally gern gemocht. Sie war nett zu mir gewesen, eine hart arbeitende, intelligente Frau, ihrer Familie treu ergeben. Doch als ihre silbergrauen Augen im trüben Licht der Zelle dunkler wurden, fiel mir wieder ein, dass Sally Glassbrook im Ruf stand, eine Hexe zu sein, und zwar eine sehr mächtige. Und da ich für die Verhaftung ihres Ehemannes verantwortlich gewesen war, eine, die allen Grund hatte, mich zu hassen.

Ich glaubte nicht an Hexerei – die Vorstellung war lächerlich –, und doch hatte der Blick dieser Frau mir sofort Angst gemacht.

Sie kam herein, nahm den Platz des Sergeants neben Marigold ein und fing an, ihr Fragen zu stellen: nach Wehen, Zeitabständen, Blasensprung. Marigold antwortete zwischen Stöhnlauten, lieferte aber nur sehr wenig Informationen, außer dass es wehtat, dass es sehr wehtat, und ob sie jetzt sterben müsse?

»Sarge?«, fragte ich, als es einmal kurz still war. Ich durfte mich nicht mit Sally Glassbrook in ein und demselben Raum aufhalten. Man hatte mir klare Anweisungen erteilt: Ich durfte nicht einmal in die Nähe der Familie kommen.

Er schaute von mir zu Sally und schüttelte den Kopf. »Schätzchen, ich weiß nicht recht, ob wir da viel mitzureden haben.«

»Nein, haben Sie nicht«, blaffte Sally. »Florence, in meiner Tasche ist ein Baumwollkittel. Holen Sie den her. Bringt jemand heißes Wasser?«

»Ist schon unterwegs«, nuschelte der Sergeant. »Ich gehe mal die Laken suchen.«

Er verschwand und ließ Sally und mich allein. Selbst jetzt konnte ich mich nicht rühren.

»Den Kittel!«, fauchte Sally. »Ich muss die Mutter untersuchen.«

Ich fand den Kittel. Dann zogen wir gemeinsam Marigold aus. Es dauerte nicht lange. Das arme Mädchen trug lediglich ein dünnes Baumwollkleid, eine ebenso dünne Strickjacke, BH, Unterrock und Schlüpfer. Sie war winzig, vermutlich nicht größer als eins fünfzig.

»Handtücher«, meldete Randy von der Tür her. Er hielt einen kleinen Stapel in den Händen. »Alles, was ich finden konnte. Wir benutzen die nur in den Toiletten. Die Dinger sind klein.«

Marigold lag gerade auf dem Rücken, die Knie in der Luft, während Sally sie untersuchte.

»Ich schau mal, was das Wasser macht«, japste Randy und war weg.

»Du meine Güte!« Der Sergeant war aufgetaucht, beladen mit Laken. Auch er fuhr herum und kehrte uns demonstrativ den Rücken zu. Er war jedoch tapferer als Randy und blieb in der Tür stehen. »Haben wir Zeit, einen Krankenwagen zu holen?«, fragte er. »Falls nicht, könnten wir Sie und das Mädchen auch in einem Streifenwagen zum Burnley fahren.«

»Ich bin mir nicht mal sicher, ob wir Zeit haben, bis das heiße Wasser hier ist«, entgegnete Sally. »Sehen Sie mal, wo es bleibt, ja?«

Der Sergeant ließ die Laken zurück und eilte davon. Dann waren wir drei wieder allein. Sally zog einen weißen Overall an und band sich eine Haube übers Haar. Ich stand unschlüssig da, nicht weit von dem Bett entfernt, hilflos und verängstigt.

»Was soll ich tun?«, fragte ich.

»Mit dem unteren Ende komme ich schon klar«, sagte Sally. »Setzen Sie sich zu ihr aufs Bett, damit sie sich bei Ihnen anlehnen kann. Und geben Sie ihr zwischendurch einen Schluck Wasser.«

Ich tat wie geheißen. Die Zeit verging. Mit jeder Minute schienen Marigolds Qualen größer zu werden, und wenn der Schmerz nachließ, trat ihre seelische Pein wieder in den Vordergrund. Sie weinte und schluchzte, wie sehr sie das Black Moss Manor hasse und dass sie niemals dorthin zurückgehen würde. Sie hörte nur mit dem Weinen auf, um wieder Schmerzensschreie auszustoßen.

Seit ich bei der Polizei von Lancashire war, hatte ich reichlich Aufregung erlebt, aber das hier war etwas anderes. Diese Urschreie, die sie ausstieß, diese Kraft, die hier waltete – all das war nicht weniger beängstigend, weil es etwas vollkommen Natürliches war. Sally war dabei die ganze Zeit so entspannt und umsichtig, als poliere sie gerade das Familiensilber. Sie war wie ein Roboter, frei von Emotionen, hatte alles unter Kontrolle. Nur ein einziges Mal geriet ihre Fassung ins Wanken. Als eine Wehe stärker zu sein schien als die meisten anderen, verzerrte sich Marigolds Gesicht vor Schmerz, und sie schrie: »Will kein Baby! Kannst mich nicht zwingen, blöde Zicke. Lass mich!«

»Nenn mich, wie du willst, Schätzchen«, fauchte Sally zurück. »Aber ich gehe nirgendwohin, und du auch nicht, bis dieses Baby draußen ist.«

Marigold warf den Kopf zurück, sowohl vor Wut als auch vor Schmerzen, und brüllte zur Decke hinauf. Ich konzentrierte mich darauf, sie auf dem Bett festzuhalten, daher sah ich nicht, was als Nächstes geschah. Ich hörte nur Sallys Schreckensschrei, als plötzlich ein Stuhl auf der anderen Seite der Zelle, auf dem sie ihre Tasche abgestellt hatte, umfiel, sodass ihre Instrumente überall verstreut wurden.

Eine Sekunde lang oder auch länger waren wir alle drei stumm vor Schreck.

»Vielleicht war der Stuhl kaputt«, sagte ich. »Das Mobiliar hier ist uralt.«

»Entschuldigung«, murmelte Marigold. »Ich bin ein böses Mädchen.«

Das heiße Wasser kam, außerdem Becher voll Tee für Sally und mich, den zu trinken keiner von uns beiden Zeit hatte. Ich gab beruhigende Laute von mir und versicherte Marigold, sie mache das ganz prima und es würde bald vorbei sein. Dabei saß ich hinter ihr und hielt sie aufrecht, bis mir selbst der Rücken wehtat, und reichte Sally Instrumente, an die sie selbst nicht herankam. Ich hielt Marigold einen Becher mit Tee an die Lippen und drängte sie, die grünliche Flüssigkeit zu trinken.

»Was ist das?«, fragte ich Sally und dachte an ihre Außenküche mit den verkorkten Flaschen und Einmachgläsern mit leuchtend buntem Inhalt.

»Tee aus Kamille und Katzenminze«, sagte sie. »Lindert den Wehenschmerz.«

Die Zeit verging. Mir war nicht klar gewesen, wie lange es dauerte, bis ein Baby zur Welt kam.

»Erste Entbindung«, meinte Sally, als ich das laut äußerte. »Ist nie leicht.«

Schließlich half Sally Marigold in eine aufrechtere Position und sagte ihr, sie müsse das Baby herauspressen. Die fürchterliche Szene wurde noch schlimmer. Marigold schrie, während Sally sie drängte zu pressen, nicht mehr zu pressen, zu hecheln. Ich spürte, wie mir Tränen übers Gesicht liefen. Nie im Leben würde ich selbst Kinder bekommen. Niemals. Das war zu furchtbar.

»Und noch einmal«, forderte Sally. »Pressen, Marigold!«

Pressen. Das wurde zum einzigen Wort, das wir sagen konnten, während Sally und ich drängten und schmeichelten und drohten und die arme, erschöpfte Marigold sich abmühte zu gehorchen.

Am Schluss ging es dann sehr schnell. Es gab ein schmatzendes Geräusch, als fiele ein Kuhfladen auf den Boden, und dann hielt Sally ein blutverschmiertes kleines Wesen in den Händen. Sie reichte es Marigold, während ich ehrfürchtig zusah. In Marigolds Armen konnte ich sehen, dass es eindeutig ein kleiner Mensch war. Alles, was Menschen hatten, hatte dieses kleine Geschöpf auch, sogar winzige Finger und Zehen. Aber es war dünn und ganz rot und mit feinem schwarzem Haar bedeckt. Eine dicke graue Kordel pendelte von seiner Mitte herab und pulsierte, als wäre sie lebendig. Dann klemmte Sally sie ab und schnitt sie durch, und das Baby war richtig geboren.

»Ich bin nicht gestorben.« Durch Tränen der Erschöpfung hindurch wandte Marigold mir das Gesicht zu.

»Nein, du bist nicht gestorben.« Ich lächelte sie an, ich konnte nicht anders. Sie hatte so ein liebes Gesicht.

»Florence, nehmen Sie das Baby«, wies Sally mich an. »Suchen Sie sich etwas, um ihn warm zu halten, und passen Sie auf, dass er atmet. Ich bin gleich bei Ihnen.«

Auf Beinen, die sich ganz und gar nicht stabil anfühlten,

stand ich da, sah, dass auf dem Boden Blutpfützen waren, und nahm behutsam das Baby. Voller Angst, ich könnte das glitschige kleine Ding fallen lassen, hielt ich es dicht an meinem Körper, als ich es zu den Handtuchstapeln hinübertrug.

Ihn. Das Baby war ein Er, kein Es.

Jetzt weinte er nicht, sondern keuchte ganz sachte, die Augen fest geschlossen. Ich starrte in sein hässliches, runzliges Gesichtchen, voller Ehrfurcht davor, was für ein Wunder das alles war. Ich betrachtete seine winzige perfekte Nase, seine Zehen und Finger.

Oh.

Ich schaute noch einmal hin, überprüfte seine andere Hand und wickelte ihn dann in Handtücher. Dann trug ich ihn zu Sally zurück und hockte mich neben sie. Sie hob die Augenbrauen, als sie den kleinen zusätzlichen Finger an der rechten Hand sah. Er war ungefähr halb so groß wie sein kleiner Finger und zweigte von diesem ab.

»Polydaktylie«, flüsterte sie. »Das ist nicht ungewöhnlich, vor allem hier in Lancashire. Ist nicht weiter schlimm. Das kann man operieren, wenn er ein bisschen älter ist.«

Das Baby mochte wohlbehalten zur Welt gekommen sein, doch unsere Arbeit heute Abend war noch lange nicht getan, denn nachdem die Plazenta entbunden worden war, hatte Marigold viel Blut verloren und musste genäht werden. Der Sergeant hatte einen stabilen Karton aufgetrieben und mit Toilettenpapier und weiteren Handtüchern ausgepolstert. Nachdem wir das Baby gesäubert hatten, legten wir es in diese behelfsmäßige Wiege. Randy putzte das Blut weg, sodass der unangenehme metallische Geruch durch künstliches Zitronenaroma ersetzt wurde. Ich spürte, wie sich meine Anspannung löste, und auch meine Angst vor Sally war verschwunden. Natürlich war sie keine Hexe. Es gab keine Hexerei. Sie war eine kluge Hebamme mit einer Begabung für Kräuterkunde.

Marigold lag erschöpft da, während wir sie wuschen und die Bettwäsche wechselten. Dann stopften wir ihr Kissen hinter den Rücken, und als das Baby zu quengeln begann, zeigte Sally ihr, wie sie es stillen sollte.

»Marigold, kannst du mir sagen, was heute passiert ist?«, fragte ich und achtete nicht auf Sallys missbilligenden Blick. Mein Einsatz als Hebamme war zu Ende, jetzt war ich wieder Polizistin.

Die junge Frau schaute zu mir auf. Diesmal jedoch glaubte ich, einen Anflug von Verschlagenheit in ihren schönen blauen Augen zu sehen.

»Marigold, du hast doch gesagt, du hättest gedacht, du würdest sterben. Warum hast du das gesagt?«

Sie blinzelte und senkte den Blick. »Hat so wehgetan.«

»Wer ist Wendy?«, fragte ich.

Marigold stieß einen tiefen Seufzer aus, und ihre Augen schlossen sich. Sally legte den Finger an die Lippen und nahm sachte das Baby hoch.

Randy brachte neuen Tee und Fish and Chips für alle. Marigold war eingenickt, doch Sally und ich waren völlig ausgehungert. Keinen Meter von dem schlummernden Mädchen entfernt saßen wir da und stopften uns Essen in den Mund.

»Wie geht es Ihnen und den Mädchen?«, erkundigte ich mich, als der erste Hunger gestillt war.

Sallys Miene wurde verschlossen. »Wir sind keine Freundinnen, Florence«, wehrte sie ab. »Tun Sie nicht so, als würde Sie das interessieren.«

Anscheinend war unsere kurze Verbundenheit vorüber.

»Was wissen Sie über das Black Moss Manor?«, wollte ich wissen.

»Da gibt's eine Entbindungsstation.« Sally schien durchaus bereit zu sein, Fragen zu beantworten, die nichts mit ihrer Familie zu tun hatten. »Klein, aber effizient. Ich war bei einigen Geburten dort.«

»Gab es in letzter Zeit Todesfälle?«

Sie überlegte kurz. »Nein, aber ich kann morgen noch mal nachsehen. Todesfälle bei Entbindungen werden natürlich gemeldet.«

»Sind im Black Moss Manor vor allem ledige Mütter untergebracht?« Ich hatte die Stimme gesenkt. Ich war mir nicht ganz sicher, dass Marigold wirklich schlief.

»Manchmal auch ältere Mütter«, antwortete Sally, »aus sehr armen Familien, die es nicht schaffen, noch ein Kind zu ernähren.«

»Und Mütter, die dasselbe haben wie Marigold?«

»Mir ist noch keine Down-Syndrom-Schwangerschaft untergekommen. Ich glaube, da gibt es Probleme mit der Fruchtbarkeit. Und Menschen wie Marigold leben meistens in Institutionen, wo sie nach Geschlechtern getrennt werden.«

»Wird das Baby auch …?«

»Ob es das Down-Syndrom erbt? Das weiß ich ehrlich gesagt nicht.«

Wir sahen beide zu dem winzigen Menschlein in dem Karton hinüber.

»Ist schwer zu sagen«, meinte Sally. »Für mich sieht sein Gesicht normal aus, aber Babys sind bei der Geburt normalerweise immer ein bisschen zerknittert. Wenn es älter ist, sieht man es leichter.«

Wir hörten Schritte draußen auf dem Flur, und dann erschien eine andere Hebamme in der Tür. Ihr amüsierter Blick glitt durch die Zelle, über die schlafende Mutter, den Säugling im Pappkarton. »Na, das ist doch mal was Neues«, stellte sie fest. »Die von Burnley können in ungefähr einer Stunde einen Krankenwagen schicken. Ich bleibe solange bei ihr. Die Oberschwester hat gemeint, Sie sollten eigentlich gar nicht hier sein, Sally, wegen ...«

Sie beendete den Satz nicht. Das war auch nicht nötig.

34. Kapitel

Sally

Es hatte sich herumgesprochen, dass ich auf dem Polizeirevier war. Oder vielleicht war es auch einfach nur Pech, und die Streifen kamen gerade zurück, um Pause zu machen, als ich gehen wollte. So oder so, Typen in Uniform sahen zu, wie ich den hinteren Flur entlang auf die Tür zuging. Ich glaubte, die Worte »Blödes Miststück« zu hören. Als ich um die Ecke bog, verstellte ein Hüne von Mann in der Uniform eines Sergeants mir den Weg.

»Sie sollten gut auf Ihre Töchter aufpassen, Sally.« Er

grinste dreckig. »Es gibt Leute in der Stadt, die meinen, die beiden sind jetzt Freiwild.«

Ich funkelte ihn wütend an. »Darf ich?«, sagte ich und wies auf die Tür.

Er blieb noch einen Moment, wo er war, dann trat er zur Seite. »Und Sie auch«, sagte er halblaut, als ich vorbeiging. »Sehen Sie sich vor.«

Die Tür wurde mir aufgehalten. Dankbar für selbst die kleinste Höflichkeit eilte ich darauf zu. Sie knallte mir vor der Nase zu.

Ein paar Minuten lang saß ich auf dem Parkplatz des Reviers, wollte nur weg, zitterte zu sehr, um fahren zu können. Das hier war ein Polizeirevier. Ein verdammtes Polizeirevier. Wenn ich hier nicht sicher war …

Wie konnte er? Wie konnte er uns das antun? Mir, seiner Frau. Seinen Kindern.

An dem Abend, als Larry verhaftet worden war, war ich sicher gewesen, dass hier ein schrecklicher Irrtum vorlag. Als ich hörte, dass er gestanden hatte, glaubte ich es nicht. Ich weigerte mich weiter, es zu glauben, bis ich ihm im Besuchersaal des Gefängnisses gegenübersaß und es aus seinem eigenen Mund hörte.

»Ich hab's getan, Schatz«, hatte er gesagt. »Das musst du akzeptieren. Sag den Mädchen, ich hab sie lieb.«

Ich hatte einen ganzen verdammten Monat damit zugebracht, es zu akzeptieren, alles, was ich über den Mann wusste, den ich geheiratet hatte, auf den Kopf zu stellen, und ich hatte es fast geschafft. Womit ich nicht gerechnet hatte, war, dass die Stadt sich gegen mich und die Mädchen wandte.

Die Tür öffnete sich von Neuem, und ich tastete nach meinem Autoschlüssel, doch es waren nur Florence und Randy Butterworth. Ohne mich zu sehen, gingen sie zu einem Streifenwagen und stiegen ein, Randy auf der Fahrerseite.

Ich war Florence gegenüber unfair gewesen. Entbindungen sind beängstigend, wenn man so etwas nicht gewohnt ist, aber sie hatte sich gut geschlagen. Man konnte ihr doch nicht die Schuld an dem geben, was Larry getan hatte. Er hatte sie schlimm verletzt. Ihre Hand hatte geblutet, als wir damit fertig gewesen waren, Marigold zu versorgen. Ich sollte nach ihr sehen. Mich vergewissern, dass es ihr gut ging. Mich entschuldigen.

Ich ließ den Motor an, fuhr auf die Hauptstraße und dachte zur Abwechslung mal nicht über mich und meine eigenen Probleme nach, sondern über Florence.

Als sie damals als Untermieterin zu uns gekommen war, im Februar, hatte ich einen einzigen Blick auf dieses verlegene, nervöse Mädchen geworfen und ihr höchstens drei Monate bei uns gegeben. Durch ihren südenglischen Akzent und ihre Internatsmanieren unterschied sie sich von uns, als gehöre sie einer anderen Rasse an. Nicht einen Augenblick lang dachte ich, dass sie als Polizistin mit dem groben Menschenschlag hier im Norden zurechtkommen würde, dass sie ertrug, von Besoffenen in Pubs vollgekotzt und geschlagen zu werden, mit anzusehen, wie Kinder von ihren eigenen Angehörigen verprügelt und vergewaltigt wurden. Natürlich hatte damals im Februar niemand gewagt, sich auch nur vorzustellen, was WPC Lovelady tatsächlich zustoßen würde. Und doch hatte sie überlebt. Sie war wieder bei uns.

Es herrschte nicht viel Verkehr, und ich brauchte nicht lange bis zum Schwesternwohnheim. Randys Streifenwagen war weg, und es stand nur ein Auto auf dem Parkplatz. Ein Ford Cortina, metallicgolden lackiert und mit schwarzem Kunststoffdach. Zwei Leute saßen darin, und ich konnte Florence' leuchtend rotes Haar sehen. Ich legte den Rückwärtsgang ein, doch dann hielt ich inne. Mir war klar geworden, wessen Auto das war. Dieser junge Detective, für den die Mädchen so schwärmten, der Mann, der an dem Abend, als Larry verhaftet worden war, in unserem Haus gewesen war, saß mit Florence auf dem dunklen Parkplatz. Ich sah, wie sich sein Kopf zu ihrem hinüberbeugte. Ich sah, wie sie sich küssten. Mir fiel wieder ein, dass er verheiratet war, und mein Herz verhärtete sich gegen Florence Lovelady.

Ich fuhr in die Stadt zurück und blieb auf der Hauptstraße, bis ich den Black Dog erreichte. Auch hier war nicht viel Verkehr, also hielt ich an und betrachtete die mächtige, imposante schwarze Fassade des Gebäudes. Wäre das pendelnde Pub-Schild nicht gewesen, hätte man an ein Schloss aus irgendeinem düsteren Märchen denken können.

In diesem Moment ging die Hintertür auf. John Donnelly, der Sohn des Wirts, trug eine leere Kiste nach draußen. Er stellte sie hin, streckte den Rücken durch und ging wieder hinein.

Ich hatte den Black Dog nie gemocht, obgleich es schon lange die Kneipe gewesen war, wo Larry ohne mich etwas trinken ging. Es hatte einige Zeit gedauert, bis mir klar geworden war, dass ihn nicht das Bier oder die Männergesellschaft in der Bar lockten, sondern die wasserstoffblonde

Wirtin mit einer Vorliebe für Gin und die Ehemänner anderer Frauen. Ich konnte mir keine verschiedeneren Frauen vorstellen als Beryl Donnelly und Florence Lovelady, und doch waren sie aus demselben Holz geschnitzt.

Gerade ließ ich den Motor wieder an, als die Hintertür sich abermals öffnete. Wieder erschien John. Diesmal nicht allein. Das Mädchen bei ihm war schlank, mit langem, hellblondem Haar.

»Cassie!« Sofort war ich aus dem Wagen. »Was machst du denn hier?«

Beide schraken heftig zusammen.

»Oh, hi, Mum«, sagte Cassie. »Super – du kannst mich mitnehmen. Hat Mary dir gesagt, dass ich hier bin?«

»Warum bist du nicht zu Hause? Wer ist bei Luna?«

»Mary. Sie wartet auf uns.«

»Cass hatte Klavierstunde«, erklärte John. »Ich wollte sie nach Hause bringen, aber ich musste zuerst noch was für Mum erledigen.«

Mir fiel wieder ein, dass ich Cassies Klavierunterricht absagen musste – den konnten wir uns jetzt nicht mehr leisten. Ich dankte John und wünschte ihm eine Gute Nacht. Als wir von dem Pub wegfuhren, konnte ich im Rückspiegel sehen, wie er uns nachschaute.

35. Kapitel

Florence

Ich wartete, bis Randys Streifenwagen verschwand, ehe ich über den Parkplatz ging und in Toms Wagen stieg. »Du solltest nicht hier sein«, sagte ich zu ihm.

»Du solltest den Abend nicht mit Sally Glassbrook verbringen.« Er beugte sich herüber, um mich zu küssen. Er schmeckte nach warmem Rauch.

»Außergewöhnliche Umstände«, erklärte ich, als wir uns voneinander lösten. Während ich ihm von Marigold und dem Baby erzählte, rauchte Tom, machte eine Zigarette aus und zündete sich sofort eine neue an.

»So eine Geburt …«, beendete ich meine Schilderung, »mein Gott, also das ist wirklich …«

Es gab einfach keine Worte dafür.

»Von so was habe ich keine Ahnung. Der Boss hat was von 'nem Projekt gesagt, in ein paar von den Bordellen in der Stadt aufzuräumen. Ich habe vorgeschlagen, dass er dich da mitmachen lässt. Interessiert?«

Natürlich war ich interessiert, und ich war ihm auch dankbar, dass er an mich gedacht hatte, aber …

»Was weißt du über das Black Moss Manor?«, fragte ich.

Er machte ein »Nicht viel«-Gesicht. »'ne Wohltätigkeitsstiftung. Von Zeit zu Zeit sammeln die Spenden. Nehmen Kinder aus dem ganzen Nordwesten auf. Wird von einem Ehepaar geleitet. Genießt einen guten Ruf. Warum?«

»Die Mutter von vorhin, Marigold, hat behauptet, sie

wäre von dort weggelaufen. Sie wäre dort gefangen gehalten worden, und die würden sie und ihr Baby umbringen. Sie hat was von einem anderen jungen Mädchen gesagt, einer Wendy, die da gestorben ist.«

»Klingt ein bisschen abwegig. Hast du's gemeldet?«

»Der Sergeant vom Empfang hat es auch gehört. Ich nehme an, er hat eine Meldung gemacht.«

»Du kannst ja morgen mal nachschauen. Ist vielleicht eine ganz gute Ablenkung von dem anderen Fall. Du weißt schon, der, mit dem du nichts zu tun haben sollst.«

Ich schlug die Augen nieder.

»Was hattest du mit der Glassbrook-Akte zu schaffen?«, wollte er wissen.

Ich wich aus. »Woher weißt du davon?«

»Shelley hat's mir erzählt.«

Shelley war Rushtons Sekretärin. »Wirklich schlimm, was diese Mädels alles für dich zu tun bereit sind«, sagte ich gespielt vorwurfsvoll.

»Keine von denen hat getan, was du getan hast.« Er legte seine Hand auf mein Knie, und ich erhob keinen Einspruch.

»Freut mich, das zu hören. Ich wollte nur… Ich weiß auch nicht.«

»Du darfst dich nicht in Larry Glassbrooks Fall einmischen. Sonst schickt Rushton dich in eine andere Dienststelle.«

Ich öffnete den Mund.

»Und mir bricht das Herz«, fuhr Tom fort, bevor ich etwas sagen konnte. »Ich weiß nicht, wie ich diese letzten paar Wochen durchgestanden habe. Ich habe gedacht, du kommst vielleicht nicht zurück, ich sehe dich vielleicht nie wieder.«

Er beugte sich zu mir, seine Hand kroch unter meiner Jacke aufwärts, und nur das Klappern von Absätzen auf dem Gehweg ließ uns auseinanderfahren. Wir warteten, bis die vier Frauen hineingegangen waren.

»Ich komme mit rein«, verkündete Tom.

»Das geht nicht.« Die Oberschwester, die mich herumgeführt hatte, hatte sich sehr klar ausgedrückt, als es um das Thema Herrenbesuche ging. Jegliches Fehlverhalten meinerseits würde umgehend Superintendent Rushton gemeldet werden.

»Ich komme über die Feuertreppe rauf«, beharrte Tom. »Die ist nur zwei Türen von deinem Zimmer entfernt. Wenn du die Tür am oberen Ende aufschließt, kriege ich sie von außen auf.«

»Woher weißt du das?«

»Ich habe eine Sicherheitsüberprüfung gemacht, bevor du zurückgekommen bist. Hab dem Portier erzählt, ich wäre dienstlich hier, um dafür zu sorgen, dass keine Reporter reinkönnen, um dich zu belästigen.«

»Meine Bluse ist voller Blut«, gab ich zu bedenken.

»Um die Bluse kümmere ich mich persönlich. Und jetzt raus mit dir. Wir sehen uns in zwei Minuten.«

Er war ja verrückt. Wir würden beide einen Riesenärger kriegen. Doch ich war ausgestiegen und strebte auf das Wohnheim zu. Dort wünschte ich dem Portier einen guten Abend und rannte die Treppe hinauf. Aus den Zimmern im ersten Stock kamen Geräusche, doch es war niemand im Korridor. Auf Zehenspitzen schlich ich zum Notausgang. Es war eine ganz gewöhnliche Tür mit Riegeln oben und unten und einem Schlüssel, der mit einer Kette an der Tür befestigt war. Ich schob die Riegel zurück und drehte den Schlüssel. Von Weitem würde die Tür nicht anders aussehen als vorher.

Aufgeregt eilte ich in mein Zimmer. Seit heute Morgen hatte ich nicht geduscht. Ich war wirklich von oben bis unten mit Blut besudelt. Hatte ich noch Zeit, mir die Zähne zu putzen? Ich griff nach meiner Zahnbürste und hatte gerade einen Zentimeter Colgate daraufgequetscht, als die Tür aufging.

36. Kapitel

Sally

Dienstag, 5. August 1969

Ich erwachte und lauschte – wie jede Nacht. Luna hatte seit ihrem vierten Lebensjahr nächtliche Angstzustände gehabt, aber seit Larry festgenommen worden war, war es schlimmer geworden. Ich griff nach dem Lichtschalter und wartete darauf, dass das Geschrei losging.

Nachtangst bei Kindern ist eine schreckliche Sache – schrecklich auch für die, die tatenlos mit ansehen müssen, wie die Kleinen leiden. Das Kind sitzt stocksteif da, schwitzend und weinend. Es sieht vielleicht aus, als wäre es wach, aber es ist verwirrt und nicht ansprechbar. Es erkennt nicht, wer da versucht, es zu beruhigen, hält denjenigen vielleicht sogar für einen Feind.

Als Luna klein war, war es schon schlimm, doch jetzt war es geradezu furchterregend, weil sie mit Armen und Beinen um sich schlug und zu entkommen versuchte. Larry war immer kräftig genug gewesen, um sie festzuhalten. Ich war es nicht.

Keine Schreie. Im Haus war es still. Und doch hatte mich etwas geweckt. Irgendetwas stimmte nicht. Ich konnte es in der Luft um mich herum spüren. Die Vibrationen des Hauses hatten sich verändert. Irgendetwas war geschehen.

Unten klapperte etwas.

Ich stand auf und ging als Erstes in Lunas Zimmer. Sie lag zusammengekrümmt da, die Arme um einen alten Teddybären geschlungen, den ich seit Jahren nicht mehr gesehen hatte. Als Nächstes versuchte ich es in Cassies Zimmer. Die Tür war nur angelehnt, und als ich hineinspähte, war ihre Bettdecke zurückgeschlagen, und ihr Bett leer. Im Bad war sie auch nicht.

Sofort spürte ich das Pochen in meinen Schläfen. Ich hätte nicht zu sagen gewusst, was schlimmer war, Lunas nächtliche Angstzustände oder Cassies Schlafwandeln. Mehrmals im Monat, für gewöhnlich, wenn der Mond zunahm oder voll war, stand Cassie auf und lief im Haus herum, auf der Suche nach etwas, das wir nie verstehen würden. Larry hatte sogar mal Glocken an ihre Tür gehängt, damit wir hörten, wenn sie den Raum verließ, doch als sie sechzehn geworden war, hatte sie verlangt, dass wir sie abnahmen.

Die Sache machte mir zu schaffen. Eines Tages würde

sie sich noch etwas antun. Was, wenn sie nach draußen ging und durch die Straßen schlafwandelte? Bei diesem Gedanken gefror mir das Blut in den Adern. Ich brachte es nicht über mich, mir vorzustellen, was Cassie zustoßen könnte, wenn jemand sie nachts allein in den Straßen herumirren sah.

Als meine nackten Füße auf die kalten Fliesen des Flurs im Erdgeschoss traten, konnte ich die unnatürliche Kälte nicht länger ignorieren, die in der Luft lag. Es war eiskalt im Haus. Der abnehmende Mond schien durch die Glasscheibe in der Haustür, und ich trat in sein kaltes Licht, um mich in seinen Schutz zu begeben. Als ich mich nach einer Waffe umsah, sah ich einen von Larrys Regenschirmen neben der Tür stehen.

Ist doch nur Cassie, sagte ich mir, als ich mit dem Regenschirm in der Hand durch den Flur schlich. Nur Cassie, die schlafwandelt oder – wer weiß – vielleicht nur aufgestanden ist, um sich ein Glas Wasser zu holen. Warum also rief ich nicht nach ihr?

Ich erreichte die Küchentür und lauschte. Nichts. Ich drückte die Tür auf – und da war sie. Sie stand mit dem Rücken zu mir in der dunklen Küche. Ich wollte schon erleichtert aufatmen, als ich den Mann sah. Groß, schwarz gekleidet, und er hatte die Hände auf die Schultern meiner Tochter gelegt. Sein Kopf war gesenkt, und ich konnte sein Gesicht nicht erkennen. Ich sah Augen schimmern, als er mich erblickte, dann machte er kehrt und schoss mit einem Satz auf die offene Hintertür zu. Er war durch die Tür und durch die hintere Küche, bevor ich Cassie erreichen konnte. Ein Blick in ihre ausdruckslosen Augen verriet mir, dass ihr nichts geschehen war. Sie schlief fest, aber sie war nicht verletzt.

Zitternd machte ich die Hintertür zu und schloss sie ab. Cassie hatte sich nicht gerührt. Sie trug ihr hellgrünes Lieblingsnachthemd, bodenlang, ärmellos und im griechischen Stil geschnitten, mit silberner Borte. Der Stoff war dünn und schmiegte sich an jede einzelne ihrer jugendlichen Rundungen an. Die Kälte der Nacht hatte ihre Brustwarzen hart wie Nussschalen werden lassen, und dieser Mann hatte sie angefasst. Mir war schlecht.

»Komm, Cassie.« Ich fasste sie an der Schulter und drehte sie herum. »Schlafenszeit.«

Wir gingen in den Flur. Ich hatte den Arm um ihre Taille gelegt und war erschrocken, wie kalt sie sich anfühlte. Ich führte Cassie die Treppe hinauf und in ihr Zimmer.

»Nacht, Mummy«, murmelte sie, als ich sie zudeckte. Sie nannte uns nur im Schlaf Mummy und Daddy. Früher hatten wir darüber gelacht. Doch jetzt fühlte ich einen Stich, jäh und tief, als mir klar wurde, dass Larry und ich nie wieder mitten in der Nacht zu unseren Töchtern eilen würden, um sie zu beruhigen. Dass wir uns nie wieder hinterher in unserem eigenen Bett aneinanderklammern würden, um uns zu wärmen, während wir uns fragten, wie zwei so kluge und schöne Mädchen von so sonderbaren Leiden befallen sein konnten. Von jetzt an war das meine Aufgabe.

37. Kapitel

Florence

Der Schlaf wollte nicht kommen, obwohl ich nach Toms kurzem – und zum Glück unentdeckten – Besuch erschöpft war. Ich nahm ein Bad, machte mir eine warme Milch und las eine Weile. Als ich aufwachte, war es im Wohnheim still. Es war fast drei Uhr morgens.

Ich hatte von Marigold geträumt. Oder vielmehr davon, selbst an Marigolds Stelle zu sein und in einem dunklen Keller ein Kind zur Welt zu bringen, während irgendwo im Verborgenen Larry, Sally und Tom warteten, um mein Baby mitzunehmen. Im Traum hatte ich geweint. Ich hatte mich so entsetzlich hilflos gefühlt.

Die arme Marigold. Wahrscheinlich war sie wach, so wie ich, denn Wöchnerinnen schlafen nicht gut, und sie hatte gerade auf einem Polizeirevier ein Kind entbunden, umgeben von wildfremden Menschen. Ich konnte mir nicht vorstellen, wir ihr zumute sein mochte, auch ohne die Angst vor dem Ort, von dem sie geflohen war. Eingebildete Angst oder echte Angst?

In diesem Moment klopfte es an der Tür. Dreimal, laut und deutlich. Zu jeder anderen Zeit wäre das nicht ungewöhnlich gewesen. Die Schwestern gingen ständig in den Zimmern der anderen ein und aus, halfen sich gegenseitig mit Make-up aus, tauschten Kleider, baten um etwas Milch oder luden zu einem Kaffee ein. Zu jeder anderen Zeit hätte ich gedacht, es sei eine meiner Mitbewohnerinnen, die etwas Freundliches im Sinn hatte. Aber nicht um drei Uhr morgens.

Lauschend lag ich im Bett. Ich hatte das Klopfen definitiv gehört. Ich wartete und hörte es wieder. *Tock, tock, tock.* Kaum zu hören bei dem Heulen des Windes draußen, beim Klappern des schlecht schließenden Fensters in seinem Rahmen.

»Wer ist da?«

Ich stand auf. Im Zimmer war es stockdunkel. Hinter dem Wohnheim war nichts als offenes Moor, keine Straßenlaternen, die die Düsternis erhellt hätten. Ich schlich zur Tür und lehnte mich dagegen. Das Holz war kalt an meinem Gesicht, und mir war, als würde es beben, als würde von außen Druck darauf ausgeübt.

»Wer ist da?«, flüsterte ich.

Es kam keine Antwort. Doch ich glaubte, Atmen zu hören, als täte derjenige, der dort draußen war, es mir gleich, lehne genau an derselben Stelle an der Tür. Ich drehte den Schlüssel, holte tief Luft und öffnete die Tür. Der Korridor war leer.

»Hallo.« Ich konnte den Wind draußen hören und das Gluckern der Wasserrohre. Sonst nichts. Doch dann spürte ich den Luftzug im Gesicht, und als ich zum Notausgang schaute, klapperte die Tür im Rahmen und machte ein klopfendes Geräusch. Ich ließ meine Zimmertür sachte zufallen und ging zum Ende des Korridors. Beide Riegel an der Tür waren vorgeschoben. Sie war immer noch versperrt.

Mir brach am ganzen Körper der Schweiß aus, und ich fröstelte in der kühlen Nachtluft. Man hatte mich gewarnt, dass es lange dauern würde, über das hinwegzukommen, was mir zugestoßen war. Diese Schreckhaftigkeit, dieses Gefühl, dass etwas Furchtbares drohte, das war völlig normal.

»Vollkommen sicher, vollkommen sicher«, sagte ich wie ein Mantra halblaut vor mich hin, als ich den dunklen Korridor entlangging, zurück in mein Zimmer. Meine Hände und mein Nacken waren klebrig vor Schweiß, also ging ich ins Bad, drehte den Heißwasserhahn am Waschbecken auf, ehe ich überlegte, ob ich auch meine Zimmertür abgeschlossen hatte. Rasch sah ich nach. Sie war abgeschlossen. Ich wusch mir die Hände, drehte den Hahn zu und schaute auf.

Zwei Worte – *Hilf uns* – standen auf dem beschlagenen Spiegel geschrieben.

Der Rand des Waschbeckens traf mich im Kreuz, als ich herumfuhr, um mich demjenigen zu stellen, der sich in mein Zimmer geschlichen hatte, während ich draußen gewesen war.

Niemand da.

Ich sah unter dem Bett nach, unter dem Schreibtisch, hinter den Vorhängen, in dem schmalen Kleiderschrank. Sogar die Schubladen zog ich heraus, als könne der Eindringling sich kleingemacht und darin versteckt haben. Nichts.

Ich zitterte am ganzen Leib, vor Angst und vor Kälte. Die Temperatur im Zimmer war gesunken. Ich rannte zum Bett und stieg hinein. Die Bettwäsche fühlte sich eisig an. Das Licht ließ ich an. Ich konnte in dieser Nacht nicht noch einmal Dunkelheit ertragen. Und so lag ich im Bett und starrte in Richtung Badezimmer zu dem Hilferuf, den jemand auf meinen Spiegel geschrieben hatte.

38. Kapitel

Sally

Zitternd wartete ich, dass auf dem Polizeirevier jemand abnahm. Eine lange Pause entstand, als ich meinen Namen genannt hatte, und fast dachte ich schon, der Sergeant hätte den Hörer weggelegt. Doch nach ein paar Sekunden erkundigte er sich, warum ich anriefe.

»Ist der Mann bei Ihnen eingebrochen, Mrs Glassbrook?«, fragte er, nachdem ich es ihm erklärt hatte.

»Nein, ich glaube nicht. Ich glaube, meine Tochter hat ihn hereingelassen.«

»Also kein Einbruch? Mrs Glassbrook, warum sollte Ihre Tochter – ich glaube, Sie haben gesagt, sie ist sechzehn – mitten in der Nacht einem Fremden die Tür aufmachen?«

»Sie ist schlafgewandelt. Das macht sie oft.«

»Sie hat ihm im Schlaf die Tür aufgemacht?«

Ich dachte resigniert daran, dass Schlafwandeln für die meisten Menschen etwas aus dem Märchen ist.

»Sie haben zusammen in der Küche gestanden«, sagte ich. »Er hat sie angefasst.«

»Und es gab keinerlei Anzeichen für einen Einbruch? Aufgebrochene Türen? Eingeschlagene Fenster?«

»Er ist durch die Hintertür gekommen. Die war offen.«

Ein langer, schwerer Seufzer in der Leitung. »Okay, Mrs Glassbrook, ich nehme eine Anzeige auf und schicke morgen jemanden vorbei.«

»Nein.« Ich war zu laut. »Ich brauche Sie jetzt hier.«

»Ist Ihrer Tochter etwas passiert?«

»Nein, ich war rechtzeitig da.«

»Haben Sie die Hintertür jetzt abgeschlossen, Mrs Glassbrook?«

»Sie war vorher auch abgeschlossen.«

»Ach ja, ich glaube, Sie haben gesagt, Ihre Tochter hat sie aufgemacht. Vielleicht legen Sie den Schlüssel irgendwo hin, wo er außer Reichweite ist … Hören Sie, es kommt gerade ein neuer Anruf rein. Wir melden uns morgen.«

Die Leitung war tot. Ich ging nach oben, sah noch einmal nach den Mädchen und kehrte in mein Zimmer zurück.

Mir war so kalt. Wenn ein Haus voller negativer Energie ist, weil seine Bewohner traurig sind oder Angst haben, dann kann die Temperatur darin deutlich zurückgehen. Das führt zu einem Teufelskreis, weil die Kälte den Bewohnern noch mehr aufs Gemüt schlägt. Eine natürliche Flamme hilft am besten dagegen. Ich konnte mich nicht dazu durchringen, Feuer in den Kaminen zu machen, aber ich hatte in den meisten Zimmern Kerzen aufgestellt, und zwei standen auf meinem Nachttisch.

Dazwischen stand ein Foto von Larry und mir am Tag unserer Hochzeit. Als die Kerzen zu flackern begannen, tanzte ihr Licht über das Bild. Er war damals der attraktivste Mann gewesen, den ich je gesehen hatte, selbst wenn man Sänger und Filmstars mitzählte. Als ich den Mittelgang der Kirche hinunterging, auf ihn zu, da konnte ich es gar nicht fassen, dass er mich heiratete. Ich rechnete fest damit, dass er den Kopf schütteln und sagen würde: »Nein, das ist ein Irrtum. Dich habe ich nicht gemeint. Ich habe eine andere Sally gemeint, eine schöne Sally.«

Wie ich jetzt so dalag, war es mir egal, was er getan hatte, es war mir egal, mit wem er mich betrogen hatte. Ich wollte ihn einfach nur wiederhaben.

39. Kapitel

Florence

»Na, Sie hatten ja einen ereignisreichen ersten Tag, Florence.« Rushton erhob sich, um anzuzeigen, dass die Besprechung zu Ende war.

»Vor der Tür stehen jede Menge Reporter und ein Team von den Nachrichten«, meldete Randy. »Ich habe denen gesagt, Sie reden um neun mit ihnen.«

Rushton schaute auf die Uhr. »Nur damit Sie's wissen, ich werde sagen, dass wir hocherfreut sind, WPC Lovelady wieder bei uns zu haben, und dass sie eine unser vielversprechendsten jungen Officers ist.«

»Wenn man ihr das heute Morgen auch nicht unbedingt ansieht.« Sharples hatte mich dabei ertappt, wie ich ein Gähnen unterdrückte. »Wir waren gestern Abend wohl auf Achse, wie?«

»Sir.« Ich stand ebenfalls auf. »Der diensthabende Sergeant hat gesagt, ich soll die nächsten paar Tage nicht auf Streife gehen.«

»Nur bis sich die Aufregung gelegt hat. Jack findet für Sie schon etwas zu tun.«

»Sir, ich habe überlegt, ob ich heute Morgen vielleicht zum Black Moss Manor fahren könnte. Man muss denen doch sagen, was mit Marigold McGowan los ist.«

Verständnislose Blicke von beiden.

»Die junge Frau, die gestern Abend in der Arrestzelle ein Baby bekommen hat. Sie hat ein paar ziemlich gravierende Anschuldigungen vorgebracht. Andererseits leidet sie unter einer genetischen Störung, die auf verminderte Intelligenz schließen lässt, sodass Missverständnisse nicht ausgeschlossen sind. So oder so, man muss dem nachgehen. Außerdem sollte ich mal nach ihr sehen. Sie liegt im Burnley General.«

»Ich kann zum Black Moss Manor fahren«, erbot sich Tom. »Ich habe heute Vormittag Zeit.«

»Aber ich war dabei, als sie das Kind gekriegt hat«, wandte ich ein. »Da sollte ich das vielleicht besser machen, oder?«

»Wenn das verhindert, dass Sie Ärger machen«, brummte Sharples. »Nehmen Sie einen von den Streifenwagen. Können Sie Auto fahren?«

Er wusste sehr gut, dass ich fahren konnte.

»Vielen Dank, Sir.«

»Soll ich mitkommen?«, fragte Tom.

»Ich brauche Sie hier, Tom«, sagte Woodsmoke in einem Tonfall, der keine Widerrede zuließ.

Das Black Moss Manor lag draußen am Stadtrand. Um dorthin zu gelangen, musste ich die Hauptstraße verlassen und bis ans Ende einer Straße namens Laurel Bank bergauf fahren. Trotz des Namens war nicht ein einziger Lorbeerbusch zu sehen oder überhaupt irgendwelches Grün. Die Reihenhäuser, alle klein, viele ungepflegt, lagen direkt an der Straße. Ich musste in den zweiten Gang herunterschalten, um es bis ganz nach oben zu schaffen, wo das Kopfsteinpflaster endete und ein schmaler unbefestigter Fahrweg begann.

Der Weg war düster. Ahornbäume und Buchen wuchsen zu beiden Seiten, und die Lücken dazwischen füllten Büsche mit glänzenden grünen Blättern. Hier waren also die Lorbeerbüsche, säumten den Weg bis hinauf zu dem Gebäude an seinem Ende. Ich bog um eine Ecke und erblickte es. Ein großes, altes, allein stehendes Herrenhaus. Das Mauerwerk war fleckig von Ruß und Feuchtigkeit, die Kupferrohre waren von grüner Patina überzogen. Moos wuchs auf dem Schieferdach, und etliche der Dachschindeln lagen auf dem Grasstreifen, der sich am Haus entlangzog. Im Erdgeschoss gab es sechs vergitterte Fenster, drei zu jeder Seite einer rot gestrichenen Haustür. Sechs weitere Schiebefenster, ein wenig kleiner und ohne Gitter, befanden sich im zweiten Stock. Darüber erhob sich ein einzelner steiler Giebel.

Auf einer Seite der Haustür parkte ein schwarzer Rover.

Ich war zuvor zweimal im Black Moss Manor gewesen, als Begleitung von Kindern, die die Gemeinde in ihre Obhut genommen hatte. Ein Mädchen von ungefähr sechs Jahren, das sehbehindert war, und einen Jungen von gerade mal drei Jahren mit einem Klumpfuß, der mir zugeflüstert hatte, dass seine Mum ihn immer Robbie genannt hätte.

Ich hatte ihre kleinen kalten Hände gehalten, als wir aus dem Streifenwagen gestiegen und auf die Haustür zugegangen waren. Beide hatten Angst gehabt. Die armen Dinger waren aus dem einzigen Zuhause herausgerissen worden, das sie bisher gekannt hatten. Beide Male hatte mir dieselbe Frau geöffnet und die Kinder mitgenommen. Ich hatte sie als stämmig in Erinnerung, in mittleren Jahren, mit leiser Stimme und gekräuselter Dauerwelle. Ich nahm an, dass sie die Mrs J. Aster war, die das Kinderheim zusammen mit ihrem Mann Dr. F. Aster leitete.

Sie ließ mich lange warten, aber schließlich hatte ich mein Kommen auch nicht angekündigt. Nach einer Weile klopfte ich erneut.

Abrupt öffnete sich die Tür. »Kann ich Ihnen helfen?«

Es war nicht die Frau, die ich erwartet hatte. Diese Frau hier war fast eins achtzig groß, ihr Alter war sehr schwer einzuschätzen. Ihr Gesicht war faltenlos, das Haar schwarz ohne eine einzige graue Strähne.

»Ich … ich hätte gern Mrs Aster gesprochen, bitte.«

»Worum geht es?«

»Könnten Sie Mrs Aster sagen, dass WPC Lovelady vom Polizeirevier in der Stadt sie gern sprechen möchte?«

»Mein Name ist Aster. Worüber wollen Sie mit mir sprechen?«

»Mrs J. Aster?«

Irgendetwas an dieser Frau irritierte mich. Ihr Haar war eine dichte Lockenwolke um ihren Kopf, im Nacken zusammengesteckt. Offen würde es lang und wallend sein. Ihr Gesicht war sehr schön, wenn auch ein bisschen lang. Ihre Nase war sehr ausgeprägt, die Augen waren große dunkle Teiche, der Mund sinnlich geschwungen. Sie trug ein Kleid, das im Sonnenlicht weiß aussah, doch als sie in den

Schatten trat, konnte ich sehen, dass die Farbe irgendwo zwischen Creme und Beige lag.

»Mein Vorname ist Judith«, sagte sie mit ihrer leisen Stimme. »So werde ich auch genannt – oder Dr. Aster, nicht Mrs. Und jetzt frage ich Sie zum dritten Mal, warum Sie hier sind, und wenn ich keine vernünftige Antwort bekomme, dann wünsche ich Ihnen einen guten Tag.«

»Ich bin wegen Marigold McGowan hier. Können wir uns irgendwo unterhalten?«

Dr. Aster trat zur Seite und bedeutete mir mit einer Geste einzutreten. Als die Tür sich hinter mir schloss, hatte ich einen Moment Zeit, den Blick durch die Eingangshalle schweifen zu lassen. Sonnenlicht mühte sich durch zwei der vergitterten Fenster herein, malte Streifen auf Boden und Wände und schuf die Illusion eines übergroßen Käfigs. Direkt vor mir führte eine hölzerne Treppe ins Obergeschoss, und zu meiner Rechten war ein großer leerer Kamin. Ein schmiedeeiserner Kronleuchter, mit Kerzen anstelle elektrischer Glühbirnen bestückt, hing an einem Haken von der Mitte der Decke herab. Ich war überrascht, wie kalt es hier drin war. Ein Luftzug erfasste die Asche im Kamin und wirbelte sie auf. Sie hing in der Luft und formte seltsame, wabernde Gebilde.

In diesem Moment ertönte irgendwo im Haus eine Pausenklingel. Ich schrak zusammen.

»Kommen Sie mit«, sagte Dr. Aster, ehe sie auf eine Tür zuging, die sich kaum von der getäfelten Wand hinter der Treppe abhob. In dem kurzen, stillen Korridor roch es nach gekochtem Fleisch und Reinigungsmitteln. Unsere Schritte hallten, als wir an mehreren geschlossenen Türen vorbeiliefen. In der Mitte des Korridors angekommen, führte mich Dr. Aster in ein Büro. Aus dem Nebenzimmer drang eine Männerstimme, die leise und schnell sprach.

Durch ein Fenster konnte ich sehen, dass das Gebäude auf der Rückseite zwei Flügel hatte, dadurch war es um einiges größer, als es von vorn den Anschein hatte. Dazwischen diente ein Stück ungepflegtes Gelände offensichtlich als Garten. Ich konnte dort draußen mehrere Kinder sehen. Eins von ihnen, ein Junge, hatte einen Ball. Er warf ihn lustlos immer wieder in die Luft. Keins der anderen Kinder schien zu spielen.

»Nehmen Sie Platz.«

Ich setzte mich. Unwillkürlich hatte ich das Gefühl, ich wäre wie einst zu Schulzeiten zur Rektorin zitiert worden zu sein.

»Eine junge Frau, die ihren Namen als Marigold McGowan angegeben hat, hat gestern Abend auf dem Revier von Sabden ein Kind zur Welt gebracht«, fing ich an. »Danach sind Mutter und Sohn beide in ein nahe gelegenes Krankenhaus gebracht worden.«

Judith Aster blickte eine Weile stumm vor sich hin.

»Danke«, sagte sie schließlich. »In welches Krankenhaus?«

»Das hat man mir leider nicht gesagt.«

Ich hatte keine Ahnung, warum ich log, ich war nur sicher, dass diese Frau es wusste.

»Sonst noch etwas?«, wollte sie wissen.

Ich holte mein Notizbuch hervor. »Ja. Sie hat gesagt, sie käme aus diesem Heim. Ist das der Fall?«

Aster stand auf und öffnete einen Aktenschrank, als es

erneut klingelte. Das Klingeln ging fünf Sekunden lang weiter, und dann senkte sich Stille über das Gebäude. Aster ließ sich Zeit dabei, die verschiedenen Akten durchzusehen, und suchte schließlich eine aus.

»Sie war zwei Wochen hier wohnhaft.« Aster nahm wieder Platz. »Gestern Nachmittag um zwei haben ihre Wehen eingesetzt. Irgendwann wurde sie sehr nervös und aufgeregt. Das ist nichts Ungewöhnliches bei jungen Mädchen, die von ihrer Familie getrennt sind, besonders bei denen mit einem schwachen Intellekt. Das Geburtserlebnis kann beängstigend sein.«

»Haben Sie eine Adresse ihrer nächsten Angehörigen?«

»Ich glaube, sie ist aus Nelson.« Aster schlug die Akte auf. »Aber ohne Gerichtsbeschluss darf ich diese Informationen nicht herausgeben.«

»Also, was ist gestern Abend passiert?«

»Sie ist verschwunden, als die Schwester gerade mit etwas anderem beschäftigt war«, antwortete Aster. »Irgendwie ist es ihr gelungen, das Gebäude zu verlassen.«

Ich dachte an die vergitterten Fenster im Erdgeschoss, an die schwere Haustür. Dann blickte ich an Aster vorbei auf die Mauer, die das Gelände draußen umgab.

»Sie hat uns gesagt, sie sei hier gefangen gehalten worden.«

Aster gab ein leises, freudloses Lachen von sich. »Absurd. Natürlich haben wir hier strenge Sicherheitsvorkehrungen – wir haben kleine Kinder in unserer Obhut –, aber unsere älteren Gäste können gehen, wann immer sie wollen und auch wohin sie wollen. Sie kommen sich vielleicht vor wie Gefangene, aber das macht sie nicht zu welchen.«

»Sie hat gesagt, Sie hätten vor, sie und ihr Baby umzubringen.«

Aster hob beide Hände, als brauche man darauf eigentlich kaum zu antworten. »Sie müssen sich dieses Mädchen als sehr verängstigt und verwirrt vorstellen. Wir haben angeregt, dass sie das Baby zur Adoption freigibt, allerdings wäre die endgültige Entscheidung natürlich Sache ihrer Familie gewesen. Sind Sie sicher, dass sie nicht gesagt hat ›Mir mein Baby wegnehmen‹?«

Ja, ich war sicher. »Haben Sie sie als vermisst gemeldet?«

»Davon gehe ich aus.«

Aster sah wieder in ihre Akte. Ich wusste, dass sie es nicht getan hatte. Ich hatte das überprüft.

»Sie haben es nicht persönlich getan?«

Sie blickte wieder zu mir auf. »Ich glaube, ich habe Anweisung erteilt, dass man es meldet. Ich habe allerdings nicht überprüft, ob es dann auch tatsächlich geschehen ist.«

»Haben Sie heute Morgen die Polizei kontaktiert?«

Sie bedachte mich mit einem schwachen Lächeln. Ihre Augen blieben kalt wie der Tod. »Das stand eigentlich auf meiner Liste für heute. Ehrlich gesagt, es stand als Nächstes auf der Liste, als Sie an die Tür geklopft haben.«

»Was stand denn davor auf der Liste?«

Ihre großen Augen wurden noch größer. »Wie bitte?«

»Es ist zwanzig nach neun. Was war wichtiger, als eine geistig behinderte junge Frau zu finden, die unbedingt medizinische Hilfe braucht?«

Aster legte die Hände auf die Armlehnen ihres Stuhls, als sei sie im Begriff, sich hochzustemmen. »Gibt es sonst noch etwas, Constable?«

Ich rührte mich nicht. »Ja, ich hätte gern ein paar Informationen zur Person. Kann ich die Akte da mitnehmen?«

Sie zog die Akte näher zu sich heran. »Bedaure, das ist leider unmöglich. Was müssen Sie denn wissen?«

Ich versuchte, mir meinen Ärger nicht anmerken zu lassen, und antwortete: »Erzählen Sie mir alles, was Sie können.«

Aster seufzte. »Marigold ist siebzehn, oder zumindest behauptet sie das. Ich habe den Verdacht, dass sie jünger ist. Sie ist aus Nelson und kam vor zwei Wochen zu uns, auf Empfehlung der dortigen Kommunalbehörde.«

»Wer ist der Vater?«

»Marigolds Vater.«

»Nein, ich meine, wer ist der Vater von Marigolds Baby?«

Sie reckte das Kinn und sah mich an, als sei ich etwas begriffsstutzig. »Ich weiß, was Sie meinen. Meine Antwort ist dieselbe. Marigold ist von ihrem eigenen Vater geschwängert worden.«

»Das ist ja furchtbar.«

Asters rechte Schulter hob sich in einem eleganten verächtlichen Achselzucken.

»Haben Sie das der Polizei gemeldet?«

»Ich nicht. Ich habe keine Ahnung, was Marigold selbst getan hat oder die Kommunalbehörde in Nelson.«

Ich hatte genug gehört. Ich stand auf. »Vielen Dank, dass Sie sich die Zeit genommen haben«, sagte ich. »Haben Sie etwas dagegen, wenn ich mich ein bisschen umsehe, bevor ich gehe?«

Aster rührte sich nicht. »Ja, das habe ich. Besuch verstört die Kinder, wenn sie nicht darauf vorbereitet worden sind.«

»Kinder werden durch Besuch verstört?«

»Manche dieser Kinder haben schwere Traumata erlitten.«

Ich ging zur Tür. »Ich möchte gern Marigolds Zimmer sehen.«

»Wozu um alles in der Welt?«

Sie sah mich direkt an. Das Leuchten in ihren Augen verriet mir, dass sie es jederzeit auf ein Kräftemessen ankommen lassen würde. »Marigold hat gegen das Black Moss Manor schwere Vorwürfe vorgebracht, die wir ernst nehmen müssen. Ich kann auch mit einer gerichtlichen Verfügung zurückkommen.«

»Dann schlage ich vor, dass Sie genau das tun.«

Die Tür wurde geöffnet, und ein hochgewachsener Mann trat auf die Schwelle. »Sandra hat mir gesagt, dass wir Besuch haben. Guten Morgen, Constable.« Er streckte mir die Hand hin. »Frederick Aster. Ich bin der Heimleiter. Was können Sie uns über die arme Marigold sagen? Wir waren von Sinnen vor Sorge.«

Er lächelte mich an und zog die Brauen hoch, als wolle er mich zum Sprechen ermutigen.

»Sie hat gestern Abend einen Sohn geboren«, sagte ich. »Im Augenblick ist sie im Krankenhaus.«

»In welchem?«

Ich würde noch einmal lügen müssen.

»Im Burnley, nehme ich an«, fuhr Frederick Aster fort. »Ich ruf dort gleich einmal an und frage nach.«

Sein Englisch war perfekt, hatte aber einen leichten ausländischen Akzent. Er sah gut aus, mit seinem kurzen blonden Haar, den scharf geschnittenen Gesichtszügen. Genau wie seine Frau schien auch er Mitte vierzig zu sein.

»Ihre Frau wollte mich gerade ein bisschen herumführen«, sagte ich.

»Ich sagte Ihnen doch gerade …«, setzte Judith Aster an.

»Du hast bestimmt viel zu tun, meine Liebe«, fiel Frederick Aster ihr ins Wort. »Ich zeige der jungen Lady das Gebäude. Hier entlang, Constable.«

Es klingelte erneut, als ich Frederick Aster zurück in die Eingangshalle und dann die Treppe hinauffolgte. Als wir die Stufen emporstiegen, wurde der Küchen- und Reinigungsmitteldunst schwächer und wich dem Geruch von getragenen Kleidern und Toiletten.

»Im ersten Stock befinden sich sämtliche bewohnten Räume«, erläuterte Aster. »Das Dachgeschoss benutzen wir nicht. Nach vorne hinaus sind die privaten Räume, die ich zusammen mit meiner Frau bewohne. Ich nehme doch an, Sie bestehen nicht darauf, die in Augenschein zu nehmen?«

Er lächelte, als er das sagte.

»Selbstverständlich nicht«, versicherte ich ihm.

»Die Zimmer nach hinten heraus sind unsere Mutter-und-Kind-Räume.«

Fünf Türen führten zur Rückseite des Hauptgebäudes. Die in der Mitte stand einen Spalt weit offen. Als ich hindurchsah, konnte ich ein karg ausgestattetes Badezimmer sehen. Aster zog einen Schlüssel hervor und schloss die zweite Tür in der Reihe auf. Wir betraten ein kleines, schmales Zimmer. Auf dem Boden Linoleum, hier und da bis auf die Dielen abgetreten. In der Ecke ein Waschbecken mit einem groben hölzernen Bord darüber. Das Mobiliar bestand aus einem Bett, einem schmalen Lehnstuhl, einer Kommode und einer Wiege. Marigolds Nachthemd hing an einem Haken hinter der Tür. Durch das Fenster konnte ich die hohe Mauer sehen, die das Gelände umgab, und die gewaltige Einöde des Moors. Selbst im August war das ein trostloser Anblick. Die Kinder, die sich vorher im Garten aufgehalten hatten, waren verschwunden.

»Die anderen Zimmer sind exakt wie dieses hier«, ließ Aster mich wissen.

»Wohnen noch mehr werdende Mütter bei Ihnen?«

»Im Moment nicht. Allerdings erwarten wir innerhalb der nächsten paar Wochen zwei schwangere junge Mütter.«

»Marigold hat eine Frau namens Wendy erwähnt, die vor Kurzem ein Baby bekommen hat. Wo ist sie jetzt?«

»Tut mir leid, aber dieser Name ist mir nicht bekannt. Sind Sie sicher, dass es Wendy war?«

»Ja, ganz sicher.«

Er schüttelte den Kopf. »Wir hatten hier seit drei Monaten keine Entbindung mehr. Marigold war erst seit zwei Wochen bei uns. Sie ist keinen anderen Müttern begegnet.«

In seiner Miene war keinerlei Zweifel zu sehen. Wollte ich ihn nicht als Lügner bezeichnen, blieb mir nichts anderes übrig, als das Thema fallen zu lassen.

»Die Schlafsäle der Kinder befinden sich in den Seitenflügeln«, sagte er, »aber ich nehme an, die interessieren Sie nicht?«

Mir fiel kein Grund ein, warum ich die Schlafsäle der Kinder besichtigen sollte, und so folgte ich Dr. Aster die Treppe hinunter – widerstrebend, denn irgendetwas an diesem Haus fühlte sich verkehrt an. Wir durchquerten gerade die Eingangshalle, als eine Stimme rief: »Doktor, kann ich Sie kurz sprechen?«

Die matronenhafte Frau, die auf der Bildfläche erschien – vielleicht war es Sandra –, war die, die ich schon früher gesehen hatte, die, von der ich angenommen hatte, dass sie das Heim leitete. Dr. Aster trat zu ihr. Ohne zu fragen, ging ich wieder in den hinteren Korridor. Direkt gegenüber von Judith Asters Büro war eine Tür. Dahinter konnte ich eine Frau leise sprechen hören. Ich legte die Hand auf die Klinke und drückte sie herunter.

Ich hatte das Klassenzimmer gefunden. Ungefähr zwei Dutzend kleine Holzpulte standen der Vorderseite des Raums zugewandt. Hinter den meisten saß ein kleines Kind in einem grauen Pullover. Das Haar der Jungen war sehr kurz, das der Mädchen zu Pferdeschwänzen nach hinten gezurrt. Nur eins oder zwei von ihnen blickten zur Tür, der Rest schaute weiter nach vorn. Ein Mädchen schien mit dem Kopf auf ihrem Pult zu schlafen. Zwei Kinder saßen in Rollstühlen.

Die Lehrerin drehte sich zu mir um. »Kann ich Ihnen helfen?«

Ich machte gerade den Mund auf, um irgendwelche Ausflüchte vorzubringen, als ein kleiner Junge so abrupt aufstand, dass sein Stuhl klappernd umfiel. Dann rannte er auf mich zu. Am linken Fuß trug er einen orthopädischen Stiefel.

»Robert!« Die Stimme der Lehrerin war laut und kalt. »Zurück auf deinen Platz!«

Der kleine Junge achtete nicht auf sie, sondern drängte

sich an den Pulten vorbei, bis er mich erreicht hatte, und schlang die Arme um meine Beine.

»Weg, weg, weg!«, fing er an zu jammern.

»Was ist hier los?«

Ich hörte Judith Asters Stimme in der Tür, als ich mich bückte, um den Kleinen hochzuheben. Wie ein Affenbaby klammerte er sich an mich.

»Geben Sie ihn mir.« Judith Aster war bei mir angekommen, die andere Frau war ihr dicht auf den Fersen. »Robert, hör sofort mit dem Krach auf!« Judith Aster streckte fordernd die Hände aus.

»Was hat er denn?« Ich konnte seine Tränen an meinem Gesicht fühlen. »Ich habe dieses Kind hergebracht, nicht wahr? Vor ein paar Monaten. Das ist doch Robert Brown, oder?« Ich erinnerte mich an den dünnen, zitternden Jungen, der in die Obhut der Kommunalbehörde genommen worden war, nachdem die ledige Mutter bei der Geburt ihres zweiten Kindes gestorben war. Das Baby war ebenfalls gestorben.

»Wovor hat er denn Angst? Was versucht er mir zu sagen?«

Was sollte »weg, weg, weg« bedeuten?

Die matronenhafte Frau packte Robbie. Sie musste ihm irgendwie wehgetan haben, denn er quietschte vor Schmerz auf und ließ mich los. Sofort verschwand sie mit ihm. Etliche der anderen Kinder weinten inzwischen ebenfalls. Die Lehrerin gab sich alle Mühe, für Ordnung zu sorgen, als Frederick Aster in der Tür erschien.

Ein jähes Krachen ließ uns alle zusammenfahren. Ein Bücherregal an der hinteren Wand des Raumes war umgekippt. Bücher purzelten über den Holzboden.

»Raus!«, befahl Judith Aster. »Sofort.«

»Ich glaube, das ist wahrscheinlich das Beste«, sagte Frederick Aster, während er mir die Hand auf die Schulter legte, um mich aus dem Klassenzimmer zu führen. Sogar ich konnte sehen, dass meine Anwesenheit die Kinder aufregte. In der Halle blieben wir stehen. Ich sah Judith und Frederick Aster an.

»Warum hatte dieses Kind solche Angst?«

Judith Aster funkelte mich böse an. »Sie hatten kein Recht, das Klassenzimmer zu betreten. Ich habe Ihnen doch gesagt, Besucher verstören sie.«

»Dieses Kind war nicht verstört – es war völlig hysterisch. Was für eine Einrichtung haben Sie hier eigentlich?«

»Viele von unseren Kindern sind von Polizisten aus ihrem Zuhause weggeholt worden«, erklärte Frederick in freundlicherem Tonfall als seine Frau. »Sie assoziieren Ihre Uniform mit ihren allerschlimmsten Erinnerungen.«

Fairerweise musste ich zugeben, dass das logisch war.

»Manche der Kinder brauchen Monate, um hier heimisch zu werden und sich sicher zu fühlen«, fügte Judith Aster hinzu. »Der Anblick einer Polizeiuniform weckt all ihre alten Ängste von Neuem.«

»Aber er ist doch auf mich zugerannt, nicht von mir weg«, wandte ich ein. Plötzlich wusste ich ganz genau, was »weg, weg, weg« heißen sollte. Nicht etwa »geh weg«, sondern »bring mich weg«. Er dachte daran, dass ich diejenige gewesen war, die ihn hergebracht hatte, und jetzt flehte er mich an, ihn wieder mitzunehmen.

40. Kapitel

Sally

Den ganzen Vormittag hatte ich alle Hände voll zu tun, und es wurde Nachmittag, ehe ich Gelegenheit hatte, nach Marigold und ihrem Baby zu sehen.

Die Entbindungsstation war eine der schöneren des Krankenhauses, im zweiten Stock, mit Blick über die Stadt und übers Moor. Es hingen Karten und Kinderzeichnungen von Geschwistern der Neugeborenen an den Wänden, und überall standen üppige Blumensträuße in Vasen.

Als ich die Tür zur Entbindungsstation öffnete, stieß ich auf Florence Lovelady. Sie hielt ein kleines Spielzeug in der Hand, eine gestrickte Maus.

»Für Marigold?«, fragte ich.

Florence nickte. »Ist das was für Babys? Hab ich auf dem Markt gekauft. Ich habe wirklich keine Ahnung.«

»Sieht gut aus«, sagte ich, als wir gemeinsam zum Abschnitt vier gingen, einem offenen Bereich mit sechs Betten am Ende der Station. »Keine kleinen Teile, die das Baby verschlucken könnte.«

Wir kamen am Aufenthaltsraum vorbei. Ein paar Mütter saßen in Sesseln, ihre Babys in der rechten Armbeuge, eine Zigarette in der linken Hand. Schließlich gingen wir um ein paar Stellwände herum und sahen Marigold aufrecht im Bett sitzen, die eine Hand nach dem Bettchen neben ihr ausgestreckt, die andere an den Hals gedrückt. Judith und

Frederick Aster standen zu beiden Seiten des Bettes. Das Mädchen sah völlig verängstigt aus.

»Was machen Sie hier?«, fragte Florence barsch, als wir auf das Bett zuschritten. »Marigold, belästigen diese Leute dich?«

Marigolds Augen huschten von einem zum anderen, während ich einen verstohlenen Blick auf das Baby warf. Es war wohlauf. Schlief tief und fest, die Fäustchen geballt. Seine kleine Brust bewegte sich emsig auf und ab. Marigold jedoch war alles andere als wohlauf. Sie hatte geweint. Ihre Augen waren verschwollen.

»Wir wollten gerade gehen«, verkündete Judith. Sie beugte sich über Marigold und strich ihr eine imaginäre Haarsträhne aus der Stirn. Das Mädchen fuhr zurück. »Pass gut auf dich auf, Liebes. Und natürlich auch auf das Baby. Wir melden uns.«

Florence und ich sahen den Asters nach, bis sie außer Sicht waren. Erst dann wandten wir uns Marigold zu.

Abgesehen von ihrer Aufregung eben sah sie besser aus als gestern Abend. Ihr Haar, nicht länger schweißfeucht, war lang und lockig, von einem wunderschönen Rotblond, und ihr blasses Gesicht war von Sommersprossen gesprenkelt.

»Marigold …«, begann Florence.

Ich hielt eine warnende Hand hoch. »Wie geht es dir, Liebes?«, fragte ich das Mädchen. »Wie geht's dem Baby? Florence, holen Sie uns doch ein paar Stühle. Dann können wir uns alle besser unterhalten.«

Während Florence versuchte, zwei Stühle aufzutreiben – ich wusste, dass das einige Zeit dauern würde, auf der Entbindungsstation gibt es nie genug Stühle –, stellte ich

Marigold behutsam ein paar Routinefragen übers Stillen, Schlafen, die Wundnaht. Ich tastete ihren Bauch ab und sagte ihr, dass alles genau so war, wie es sein sollte.

»Er ist ein Prachtkerl«, sagte ich, als das Baby sich rührte und Florence mit zwei Stühlen zurückkam.

»Er ist wunderschön«, pflichtete Florence in durchaus glaubhaftem Tonfall bei. Sie hielt das blaue Strickspielzeug hoch. »Das hier habe ich ihm mitgebracht.« Sie legte es in das Bettchen.

»Ich wünschte, er wäre ein Mädchen«, sagte Marigold. »Dann könnte ich ihn Florence oder Sally nennen.«

»Schöne Namen«, sagte ich, »aber er wird auf dem Spielplatz bestimmt gehänselt, wenn du das tust.«

Daraufhin lächelte sie. »Können Sie nicht einen Namen aussuchen«, fragte sie. »Welche Jungennamen finden Sie schön?«

»Ich habe nur Töchter«, erwiderte ich. »Und Schwestern.« Angestrengt suchte ich im Stillen nach irgendeinem anderen Jungennamen als Larry.

»Ich habe drei Brüder«, sagte Florence. »Der älteste heißt Andrew, nach meinem Vater, der nächste Charles, nach dem Vater meiner Mutter, und der Kleine heißt Henry. Nach niemandem.«

»Ich nenne ihn Henry«, entschied Marigold. »Weil er ein Kleiner ist. Nach Ihrem Henry, nicht nach niemandem.«

»Mein Henry wird sich geehrt fühlen.« Florence strich mit einem Finger über den Kopf des Babys. »Hallo, kleiner Henry.«

»Du könntest ihn ja Harry nennen«, meinte ich. »Oder Hal.«

»Oder Hen.« Marigold streichelte seinen dunklen Flaumkamm. »Er sieht ja aus wie eine Henne.«

Florence zog ein Notizbuch aus der Jackentasche. »Marigold, ich muss dir ein paar Fragen zu gestern Abend stellen.«

Das Leuchten in Marigolds Augen verschwand. »Der kleine Hen ist jetzt müde«, sagte sie.

»Es dauert auch nicht lange«, versprach Florence. »Aber der diensthabende Sergeant und Sally und ich haben gehört, wie du gestern gesagt hast, dass du aus dem Black Moss Manor weggelaufen wärst. Dass sie dich da gefangen gehalten hätten.«

»Ich … ich hab was durcheinandergebracht.« Marigolds Blick war fest auf ihr Baby gerichtet.

»Was hast du durcheinandergebracht?«, wollte Florence wissen.

»Die Gitter vor den Fenstern und die Schlösser an den Türen und die große, hohe Mauer sind dafür da, damit die Kinder nicht weglaufen und sich was tun«, sagte Marigold in leierndem Tonfall. »Erwachsene Gäste können nach Belieben kommen und gehen.«

»Du hast aber nicht ausgesehen, als wärst du durcheinander«, wandte Florence ein. »Du hast ausgesehen, als hättest du Angst. Du wolltest partout nicht, dass wir im Black Moss Manor Bescheid sagen, wo du bist.«

»Was heißt patunich?« Marigolds Stimme hatte den mürrischen Tonfall eines Kindes angenommen, das weiß, dass es Ärger bekommt.

»Marigold, weißt du noch, dass du mir gesagt hast, jemand im Black Moss Manor wolle dein Baby umbringen?«, drängte Florence.

»Nein, das hab ich nicht gesagt. Ich hab gesagt: ›mir mein Baby wegnehmen‹. Ich war durcheinander. Ich dachte, sie würden mir mein Baby wegnehmen. Zur Ab... Ad...«

»Adoption?«, half ich aus und warf Florence einen beunruhigten Blick zu.

»Ja, zur Adoption«, bestätigte Marigold. »Aber nur wenn ich einverstanden bin. Ich hab das durcheinandergebracht.«

»Haben die Asters dir gesagt, dass du das sagen sollst?«, fragte Florence.

Marigold starrte sie an, die Unterlippe schmollend vorgeschoben.

»Was ist mit Wendy passiert?« So leicht gab Florence nicht auf.

Marigolds Blick war fest auf ihr Baby gerichtet. »Ich kenn keine Wendy.«

»Wir lassen dich jetzt mal ein bisschen ausruhen.« Ich stand auf und bedeutete Florence mit einem Nicken, mir zu folgen.

»Fanden Sie, dass sie ausgesehen hat, als hätte sie Angst?«, fragte Florence, als wir durch die Station gingen. »Glauben Sie, die Asters haben sie unter Druck gesetzt?«

Ich antwortete nicht.

»Ich war heute Morgen im Black Moss Manor«, fuhr sie fort. »Irgendetwas da hat sich verkehrt angefühlt. Sally, haben ...«

»Florence.« Ich hatte die Stimme erhoben und eine dösende Mutter aufgeschreckt.

»Was?«

»Ich kann mich da nicht einmischen. Ich habe das Kind entbunden, und ich habe heute nach ihr gesehen. Von jetzt an übernimmt das Krankenhaus. Ich habe meine eigenen Probleme, mit denen ich mich rumschlagen muss. Das hier ist Ihr Problem, nicht meins.«

Florence lief rot an. »Natürlich. Entschuldigung.«

Wir gingen Richtung Ausgang.

»Wie lange kann sie hierbleiben?«, fragte Florence.

»Ein paar Tage. Höchstens eine Woche. In diesem Alter erholen Mütter sich nach der Geburt sehr schnell.«

»Und was dann?«

Ich seufzte demonstrativ.

»Nein, Sie haben recht«, sagte Florence. »Ich werde mich erkundigen.«

Als sie mir die Tür öffnete, sagte Florence: »Ich habe heute die Leute auf dem Revier reden hören. Über das, was gestern Nacht bei Ihnen zu Hause passiert ist.«

»Schön zu wissen, dass sie das ernst nehmen«, bemerkte ich.

»Tun sie aber nicht«, antwortete sie mit leiser Stimme.

»Was?«

»Sie werden der Sache nicht nachgehen. Nicht mal eine offizielle Anzeige werden sie aufnehmen.«

Ich blieb stehen. Sie würden überhaupt nichts tun? Ich hatte zwei halbwüchsige Töchter.

»Wie hat er ausgesehen?«, fragte Florence.

»Das konnte ich nicht erkennen. Es war dunkel.«

»Groß?«

»Ziemlich. Ungefähr so groß wie Larry. Und auch ähnlich gebaut. Um ehrlich zu sein, als ich ihn gesehen habe, habe ich zuerst gedacht, es wäre Larry, dass er irgendwie ausgebrochen wäre.«

»In Larrys Alter?«

Ich schüttelte den Kopf. »Nein, jünger, würde ich sagen. Er ist abgehauen, als er mich gesehen hat.«

»Wir dürfen das nicht einfach ignorieren«, sagte Florence. »Ich kann ein bisschen Wirbel machen, wenn ich zurückkomme. Ich wollte nur erst mit Ihnen reden.«

»Ich möchte nicht, dass Sie Ärger bekommen«, wehrte ich ab, doch was ich wirklich meinte, war, dass Florence Lovelady von allen auf dem Polizeirevier die Letzte war, in deren Schuld ich stehen wollte.

»Ich glaube, man erwartet von mir, dass ich Ärger mache«, erwiderte Florence. »Das scheint mein Markenzeichen zu sein.«

41. Kapitel

Florence

»Nein, Tom, hör doch mal zu«, beharrte ich. »Eine junge Frau behauptet, sie wäre gefangen gehalten und bedroht worden und eine Freundin von ihr und deren Baby wären umgekommen. Und dann – Überraschung! – ändert sie ihre Geschichte, nachdem die beiden Menschen, vor denen sie am meisten Angst hat, sie besucht haben.«

Tom räumte demonstrativ seinen Schreibtisch auf. Hauptsächlich schob er irgendwelche Sachen hin und her. »Sie ist eine sehr unglaubwürdige Zeugin, Floss«, meinte er. »Und die Asters sind angesehene Bürger der Stadt.«

Wir saßen im CID-Büro, die beiden Einzigen, die nach der Spätschicht noch anwesend waren. Ich war müde, mir war heiß und ich hatte Hunger.

»Irgendwas stimmt in dem Laden nicht. Ich werde mal mit Rushton darüber reden.«

Tom befreite einen Bleistiftanspitzer von imaginären Spänen. »Würde ich an deiner Stelle nicht tun.«

»Auf dem Rückweg vom Krankenhaus habe ich mit fünf Anwohnern in der Laurel Bank gesprochen«, sagte ich. »Keiner von denen kann sich daran erinnern, die Black-Moss-Kinder jemals außerhalb des Grundstücks gesehen zu haben. Nie.«

»Das beweist nichts und ist nicht mal verwunderlich.«

»Es kommt mir verkehrt vor«, beharrte ich

Wir schwiegen beide einen Moment lang. Ich ahnte, dass wir beide an das letzte Mal dachten, als mir etwas »verkehrt« vorgekommen war.

»Da geht es um Kinder und um junge Mütter«, sagte ich. »Ich kann doch nicht einfach *nichts* tun.«

Tom zog sein Jackett an. »Ich habe ja auch nicht gesagt, dass du nichts tun sollst. Ich habe gesagt, sprich nicht mit Rushton.«

»Das verstehe ich nicht. Er ist der Superintendent.«

»Genau, und du bist noch in der Probezeit. Wenn du weiter jedes Mal zum Boss rennst, wenn dir etwas nicht passt, werden die Leute dich als Petze abstempeln. Sprich mit deinem Sergeant. Wenn der meint, es lohnt sich, dem Ganzen nachzugehen, reichte er es nach oben weiter, damit sich die richtigen Leute damit befassen.«

Er hatte wahrscheinlich recht. Nur …

»Und wenn er findet, es lohnt sich nicht?«

Tom war aufgestanden. Er schob seinen Stuhl unter seinen Schreibtisch. »Dann lohnt es sich wahrscheinlich auch nicht.«

»So wie der Einbruch bei den Glassbrooks gestern Nacht? Wenn aus irgendeinem anderen Haus in Sabden, in dem drei Frauen allein wohnen, ein Einbruch gemeldet worden wäre, hätten wir sofort Streifenwagen hingeschickt. Sally sieht einen Mann in ihrer Küche, der ihre älteste Tochter begrapscht, und wir kümmern uns nicht mal am nächsten Tag darum?«

Tom hob die Augenbrauen. »Davon habe ich nichts gewusst. Nein, schau mich nicht so an. Ich wusste es wirklich nicht.« Er ging zur Tür und hielt sie für mich auf.

»Und was wirst du jetzt unternehmen?« Ich stand ebenfalls auf.

Er schüttelte den Kopf. »Was soll ich machen? Ich darf zu der Familie keinen Kontakt aufnehmen – und du auch nicht.«

Wir gingen zur Treppe. »Dann entscheiden also wieder mal die Idioten«, stellte ich fest.

Tom verzog schmerzlich das Gesicht. »Florence, hör endlich auf, dich so zu benehmen, als wären alle um dich herum inkompetent.«

Der Nachtportier hatte seinen Dienst bereits angetreten, als ich ins Schwesternwohnheim zurückkam. Er hielt einen kleinen, ziemlich abgegriffenen Briefumschlag in der Hand.

»Ist vorhin für Sie gekommen«, berichtete er. »Ich war nicht hier, ich weiß nicht, wer ihn dagelassen hat.«

Ich schaute auf den Umschlag und sah meinen Namen – falsch geschrieben.

»Der Mann ist jetzt oben«, fuhr der Portier fort, als ich den Umschlag in die Tasche steckte. »Schon seit 'ner ganzen Weile.«

Der Mann? Welcher Mann?

Beklommen stieg ich die Treppe hinauf. Als ich oben um die Ecke bog, sah ich, dass die Tür meines Zimmers offen stand. Arbeitsstiefel standen auf der Schwelle. Vorsichtig ging ich darauf zu. Es war noch hell. Ich konnte andere Frauen auf dem Stockwerk hören, sogar das Pfeifen eines Teekessels, aber ...

Aus dem Zimmer ertönte ein metallisches Scheppern, als etwas Schweres zu Boden fiel. Dem Lärm folgte ein halblauter Fluch.

»Dwane?«, sagte ich zu dem in Jeans gekleideten Hinterteil gleich hinter meiner Türschwelle.

Dwane Ogilvy, Küster der Stadt und Tischlermeister, jemand, den ich als einen meiner besten Freunde in Sabden betrachtete, hockte auf allen vieren auf dem Boden. Ein Werkzeuggürtel lag auf dem Boden, daneben jede Menge Werkzeug und ein paar Hobelspäne.

Er blickte nicht auf. »Halten Sie die mal«, blaffte er.

Er meinte die Tür, die nur in der oberen Angel hing. Ich tat es, während Dwane weiter am Boden herumfuhrwerkte.

»Wie geht's Ihnen, Dwane?«, brachte ich hervor. Die Tür war schwer.

»Hab reichlich zu tun.«

Ich konzentrierte mich darauf, die Tür an Ort und Stelle zu halten.

»Alles klar«, meldete er nach ein paar Minuten. »Jetzt können Sie loslassen.«

Vorsichtig ließ ich los. Die Tür hing wieder in beiden Angeln.

»Schön, Sie zu sehen, Dwane«, sagte ich. »Was machen Sie hier?«

Dwane stemmte sich vom Boden hoch und richtete sich zu seiner vollen Größe von eins dreiunddreißig auf. Sein unverhältnismäßig großes, wuchtiges Gesicht war gerötet und verschwitzt. Er sah mich finster an, und ich überlegte, ob ich ihn jemals hatte lächeln sehen. Wohl nicht.

»Hab ein paar zusätzliche Schlösser an Ihrer Tür eingebaut«, antwortete er. »Da kommt jetzt keiner mehr rein. Hat ein bisschen geklemmt, also hab ich sie unten abgehobelt und neu eingehängt. Jetzt ist alles wieder in Ordnung.«

Ich sah mir die Tür an. Aus dem simplen Türschloss mit dem Bartschlüssel war etwas geworden, das man vielleicht an einem Banktresor erwarten würde. Schwere Riegel waren oben und unten an der Tür angebracht.

»Um das Fenster hab ich mich auch gekümmert«, fuhr Dwane fort.

»Dwane, was haben Sie sich dabei gedacht? Die Oberschwester kriegt einen Anfall.«

Er grinste. »Es war ihre Idee. Hat heute Morgen meine Mum angerufen. Wegen dem Einbruch bei Ihnen.«

»Es war doch gar kein Einbruch.«

Von einem Einbruch hatte ich nichts gesagt. Ich hatte der Putzfrau des Wohnheims gegenüber die Schrift an meinem Spiegel erwähnt und gefragt, ob sie sich vorstellen könnte, wie die da hingekommen sein könnte. Sie war genauso ratlos gewesen wie ich. Das war alles, ich hatte keinen Wirbel machen wollen.

»Ich lass Sie nicht ohne ordentliche Türschlösser hier schlafen«, verkündete Dwane. »Nicht eine Nacht.«

»Ach, Sie sind wieder da, Florence.«

Ich blickte auf und sah, dass Jenny, eine der Schwestern, im Korridor aufgetaucht war. In jeder Hand hielt sie einen dampfenden Becher. »Das Wasser hat gerade gekocht, wenn Sie sich einen Tee machen wollen.«

»Sie kann meinen haben«, bot Dwane an.

»Florence nimmt keinen Zucker«, erwiderte Jenny. »In deinen habe ich drei Stück getan.« Sie streckte Dwane einen Becher entgegen. »Du kannst ihn in meinem Zimmer trinken«, sagte sie zu ihm.

Jenny war nur knapp zehn Zentimeter größer als Dwane. Allerdings war sie so dünn, dass sie neben ihm regelrecht zerbrechlich wirkte.

»Lasst die Tür offen«, sagte ich. »Ihr wisst ja, wie strikt die Oberschwester in Sachen Herrenbesuch ist.«

Das hatte ein Witz sein sollen, doch Jennys Miene verfinsterte sich. »Sie müssen gerade reden«, gab sie zurück. »Dwane, kommst du?«

»Muss nach Hause«, brummte er. »Mum hat bestimmt das Abendessen fertig.«

»Kommst du nachher in den Black Dog?«

Dwane sah sie nicht an. »Tu ich doch immer. Was ist mit Ihnen, Florence? Lust auf einen Drink? Heute ist Darts-Turnier der Damen. Ich bring Sie hinterher sicher nach Hause.«

Jennys entsetzter Blick gefiel mir ganz und gar nicht.

»Ich bin schon mit Avril und Daphne zum Essen verabredet«, erklärte ich ihm. »Ich habe sie noch gar nicht gesehen, seit ich wieder da bin.«

»Dann eben danach. Ich bin bis zur Sperrstunde da.«

»Ich kann im Moment nicht in den Black Dog. Da sind bestimmt jede Menge Reporter. Aber ich wünsche Ihnen und Jenny viel Spaß.«

»Wir können ja woanders hingehen.«

»Sind Sie fertig?«, ließ sich eine laute Stimme vom Ende des Korridors her vernehmen. Wir drehten uns um und sahen die Oberschwester auf uns zu marschieren.

»Aye. Alles in Ordnung«, rief Dwane, während er sich bückte, um sein Werkzeug einzusammeln.

»Gut. Also, Herrenbesuch ist hier nicht erlaubt«, erklärte sie Dwane. »Ab mit Ihnen, mein Bester.«

»Bis später, Florence«, sagte Dwane im Davongehen.

42. Kapitel

Sally

Roy Greenwood wollte mich sprechen. Schon wieder. Ganz im Ernst, was war los mit dem Kerl? Er war weiß Gott der letzte Mann, mit dem ich meine Zeit verbringen wollte, doch im Augenblick sah es nicht so aus, als bliebe mir viel anderes übrig.

Er wohnte mit seiner Mutter in einem großen Reihenhaus nicht weit vom Beerdigungsinstitut entfernt. Ich kam eine Viertelstunde zu spät und wäre noch später dran gewesen, wenn Mary mich nicht mit einem von ihren »Bringen Sie's hinter sich«-Ratschlägen aus der Tür geschoben hätte.

Die Mädchen hatten sich ziemlich angestellt. Ich konnte es ihnen nicht verdenken, doch allmählich bekam ich das Gefühl, in meinem eigenen Haus nichts mehr zu melden zu haben. Luna hatte sich geweigert, zu Abend zu essen, hatte verkündet, sie würde nach den Ferien nicht wieder zur Schule gehen, und als Cassie ihr die Konsequenzen geschildert hatte – eine ganz besonders dramatische Version des Eingreifens durch den Sozialdienst, in der sie von zu Hause weggeholt und in eine Pflegefamilie gesteckt würde –, hatte sie behauptet, das wäre immer noch besser als das, was sie jetzt zu erleiden hätte.

Während ich zusah, wie meine jüngere Tochter schluchzte, hatte ich meine Entscheidung getroffen. Und das war ein weiterer Grund gewesen, Roy Greenwoods Aufforderung nachzukommen. Der einzige Grund. Er hatte kein Recht, mich wie einen Dienstboten einzubestellen – und dies würde das letzte Mal sein.

Er öffnete mir so schnell, als habe er hinter der Haustür gelauert. Ehe ich recht begriff, was er vorhatte, beugte sich der ohnehin schon krumme Mann noch tiefer herab, um mich auf die Wange zu küssen. Als er mich ins Haus führte, legte er mir die Hand um die Schulter.

»Ins Wohnzimmer«, sagte er. »Rechts von Ihnen … Mutter, Sally ist da.« Roy folgte mir in das große, mit altmodischen Möbeln überladen eingerichtete Zimmer, in dem es nach Maiglöckchen und Alkohol roch. »Musst du eventuell noch letzte Hand ans Abendessen anlegen, Mutter?«

Seine Mutter blickte aus ihrem Sessel am Kamin zu mir auf. »Nein. Hallo, Sally, meine Liebe. Wie geht es Ihnen – nach allem?«

»Ich helfe dir auf.« Roy beugte sich über seine Mutter und nahm ihre Unterarme. Sie schwankte, als sie sich aufrichtete.

»Schön vorsichtig«, mahnte er, und ein Ausdruck des Schmerzes huschte über ihr Gesicht. Ich bemerkte, dass er ihre Arme sehr fest umfasst hielt, ihre Haut quetschte.

»Roy.«

Sein Kopf fuhr herum, als ich seinen Namen rief.

»Ich habe nichts dagegen, dass Ihre Mutter hier ist«, ließ ich ihn wissen. »Ich habe keine Geheimnisse vor Grace.«

Ihr Blick zuckte zwischen uns beiden hin und her. Sie war dünn und wirkte sehr gebrechlich.

»Aber ich«, sagte Ron schließlich.

Ich roch Grace' unangenehm süßliches Parfüm, als er sie zur Tür schob. Er schloss sie hinter ihr und drehte sich wieder zu mir um. Eine Haarsträhne war ihm in die Stirn gefallen. Er schob sie weg und versuchte, mich anzulächeln, was nicht recht gelang. Es wurde ein hämisches Grinsen daraus. »Setzen Sie sich doch, meine Liebe.«

»Sie wollten mich sprechen, Roy.« Ich blieb stehen. »Ich habe nicht viel Zeit, ich muss zurück zu den Mädchen.«

Er stand keinen Meter von mir entfernt und sah mir mit starrem Blick in die Augen. Sein Blick wurde glasig. Roy wirkte wie weggetreten. Irgendwann hielt ich es nicht mehr aus. »Roy, ist alles in Ordnung?«

Mit einem Blinzeln wurden seine Augen wieder lebendig. »Selbstverständlich. Ich warte darauf, dass Sie sich setzen.«

Ich nahm auf der vordersten Kante eines Lehnstuhls Platz. Er lächelte in sich hinein, als er sich seinerseits setzte. »Ich habe über unser letztes Gespräch nachgedacht«, begann er.

»Ich auch«, sagte ich. »Und ich gehe definitiv weg aus Sabden. Das Haus kann zum Verkauf angeboten werden. Ich werde einen Anwalt zurate ziehen, um zu ermitteln, wie viel davon mir gehört und wie viel Ihnen, aber ich kann es mir nicht leisten, Ihnen weiter so viel Miete zu zahlen, und es ist für uns sowieso viel zu groß.«

»Ich fürchte, das ist nicht möglich, Sally«, entgegnete er.

»Wieso nicht möglich? Ich bin doch keine Gefangene.«

»Das Haus kann nur zum Verkauf angeboten werden, wenn ich beschließe, es zu verkaufen.«

»Das muss ein Anwalt entscheiden. Aber ob Sie das Haus nun verkaufen oder nicht, Sie können uns nicht zwingen, darin zu wohnen. Eine Stelle als Hebamme kann ich überall finden.«

»Ich habe mir das mit der Miete noch mal überlegt«, verkündete er.

»Wie meinen Sie das?«

»Ich bin bereit, sie fürs Erste auszusetzen. Ich weiß, dass Sie es schwer haben, Sally. Und ich werde Ihnen eine Dividende aus dem Unternehmen zahlen. Sagen wir, zwanzig Pfund die Woche.«

Das war weniger, als Larry verdient hatte, aber es würde gerade eben reichen, um uns über Wasser zu halten. Die

Rechnungen zu begleichen, Essen und Kleidung zu kaufen und sogar Mary für ein paar Stunden zu bezahlen.

»Warum wollen Sie das tun?«

»Die Luft hier tut meiner Mutter nicht gut«, sagte Roy. »Sie hatte den ganzen letzten Winter Husten. Ich habe mir überlegt, an den Stadtrand zu ziehen.«

Ich ahnte, worauf das hinauslief, und es gefiel mir ganz und gar nicht.

»Sie haben ja jetzt jede Menge Platz«, fuhr er fort. »Und schließlich gehört das Haus mir.«

»Das ist keine gute Idee.«

»Falls Sie sich Gedanken von wegen der Schicklichkeit machen, keine Sorge. Meine Mutter wird eine perfekte Anstandsdame abgeben. Und mit der Zeit, wer weiß?«

Ich stand auf.

»Denken Sie darüber nach«, sagte er. »Ich hätte gedacht, Sie wären froh, wieder mehr Gesellschaft zu haben. Bis dahin bringe ich Ihnen die Dividende persönlich vorbei. Sagen wir, am Freitag um sieben?«

Ich ging zur Tür und zog sie auf. Irgendwo am Ende des Flurs war ein jähes Geräusch zu hören, doch als ich mich umwandte, war dort niemand.

Auf der Schwelle blieb ich stehen. »Haben Sie nie etwas geahnt, Roy? Monatelang hat er Kinder ins Beerdigungsinstitut gebracht. Wie konnte das alles direkt vor Ihrer Nase passieren?«

Roy erstarrte. »Eine Menge Leute könnten dasselbe über Sie sagen, Sally. Und tatsächlich sagen sie es auch. Sie sagen, Sie hätten die Mittel beschafft, um die Kinder ruhigzustellen, dass Sie die Tonbildnisse hergestellt hätten. Auf dem Revier wird darüber geredet, Sie wegen Beihilfe anzuklagen. Wussten Sie das?«

Das konnte er doch gar nicht wissen. Er log.

»Wenn ich Sie wäre, meine Liebe, würde ich möglichst keinen Staub aufwirbeln. Das geht doch nicht, dass die Mädchen beide Eltern verlieren!«

43. Kapitel

Florence

Wir waren am Tor zur Nacht, als ich Avril und Daphne für einen wunderbaren Abend dankte und gute Nacht sagte. Ich warf den beiden eine Kusshand zu, stieg auf mein Fahrrad und machte mich auf den Weg den Hügel hinunter.

Das Tor zur Nacht bedeutet, dass der sanfte goldene Schein eines Spätsommersonnenuntergangs verblasste. Das Licht wurde kälter und die Schatten länger. Auf dem Hochmoor sanken die Temperaturen schnell, und die meisten Menschen schlossen am Tor zur Nacht Türen und Fenster. Aberglaube war noch immer weit verbreitet in dieser Gegend, die die Hexen von Pendle hervorgebracht hatte, und es gab alte Leute, die nicht nur die Kälte aussperrten, wenn sich die Dämmerung herabsenkte.

Oben an der Laurel Bank schloss ich mein Fahrrad an, und während der Halbmond am südöstlichen Himmel aufging, nahm ich einen Pfad, der über das Moor zur Rückseite des Black Moss Manor führte. Ich wollte mir das Kinderheim ansehen, wenn die Bewohner nicht wussten, dass sie beobachtet wurden. Auch ohne Marigolds ungeheuerliche Anschuldigung hatte ich das Gefühl, dass in dem Haus irgendetwas nicht stimmte.

Als ich die Rückseite des Gebäudes erreicht hatte, war es fast neun Uhr abends. Ahornbäume, dünn und schütter, die Blätter fleckig von Pilzbefall, wuchsen gleich hinter der Mauer. Nach ein paar Minuten fand ich einen, auf den ich klettern konnte. Langsam klomm ich hinauf – ich hatte noch nicht gelernt, meine verstümmelte Hand richtig zu benutzen –, bis ich hoch genug war, um über die Mauer zu schauen.

Wieder fiel mir die unnatürliche Stille hier auf. Es gab keinerlei Spielgelegenheiten innerhalb des Areals des Black Moss Manor. Keine Schaukeln, Rutschen oder Fußballtore, keine Springseile oder Bälle.

In diesem Moment schwang die Tür auf, und Kinder kamen im Gänsemarsch aus dem Haus. Der Junge, der die Reihe anführte, mochte zwölf Jahre alt sein. Der Kleinste war der kleine Robbie Brown. Alles in allem zählte ich achtzehn Kinder, und dann folgte eine Frau – die Matrone, die ich mittlerweile Sandra nannte. Die Tür fiel zu. Sandra blies auf einer Trillerpfeife und führte die Kinder in einem großen Kreis rund um den Garten herum. Als sie die Mauer erreichten, hob sie die Arme und drehte sie rückwärts im Kreis. Die Kinder machten es ihr nach. Sie wechselte die Richtung, ließ die Arme jetzt vorwärts kreisen, und wieder machten es die Kinder nach.

Man ließ sie im Kreis laufen wie Zirkustiere.

Kaum war mir dieser Gedanke gekommen, als Robbie stolperte und hinfiel. In panischer Hast versuchte er, sich wieder aufzurappeln, doch Sandra war schneller. Ich hörte das Klatschen ihrer Hand auf seinem nackten Bein. Er begann zu weinen. Sie hob ruckartig die Hand. Er verstummte.

Ich merkte, dass ich zitterte. Natürlich waren körperliche Züchtigungen üblich, um Kinder zu disziplinieren. Ich könnte melden, dass ich gesehen hatte, wie ein Kind geschlagen worden war, und niemand würde auch nur mit einer Wimper zucken. So war das eben. Die Seelenlosigkeit dessen, was hier geschah, das war es, was mir zu schaffen machte. Das roboterhafte Verhalten von Kindern, denen alle Freude und aller Spaß ausgetrieben worden waren.

Das war es, was hier nicht stimmte. Die Kinder benahmen sich nicht wie Kinder. Sie rannten nicht herum, schrien oder zankten sich. Sie spielten nicht.

Die Kinder marschierten noch ein paar Mal im Kreis herum, und dann ließ Sandra sie an der Rückwand antreten. Ein Mann erschien. Nicht Frederick Aster.

Der Mann trug einen Stapel Verkehrskegel und stellte sie schließlich in einer Reihe auf dem Boden auf. Ich musste an die Geschicklichkeitsprüfung für Radfahrer denken, die ich in der Schule abgelegt hatte. Dabei hatten wir mit unseren Fahrrädern um die Kegel herumkurven müssen, um zu beweisen, dass wir die Kunst des Lenkens beherrschten. Nur waren die Lücken in dieser Reihe nicht gleich groß. Manche waren über zwei Meter breit, andere weniger als einen.

Ein Kind wurde aufgerufen. Das Mädchen, ungefähr zehn Jahre alt, blickte starr geradeaus, und ich merkte, wie mein Herz schneller schlug, als Sandra ihm die Augen verband.

Sandra trat von dem Mädchen weg und blies auf ihrer Pfeife. Die Kleine ging los. Sie hielt direkt auf den ersten Kegel zu. Ging an ihn heran und blieb ungefähr dreißig Zentimeter davor stehen. Dann machte sie einen Schritt nach rechts und ging wieder los. Sie kam zum zweiten Kegel, hielt inne und machte zwei Schritte nach links. Dann ging sie wieder vorwärts.

Die Kinder sahen ihr aufmerksam zu. Die Erwachsenen ließen die zuschauenden Kinder nicht aus den Augen. Und das Mädchen mit der Augenbinde umkurvte die Kegel, die es unmöglich sehen konnte. Als sie es an dem dritten vorbeigeschafft hatte, war mir klar, dass die Chance, dass sie sich die Abstände gemerkt hatte, sehr gering war. Sie wich dem vierten Kegel aus. Das war doch nicht möglich. Sie musste die Kegel sehen können.

Die Schritte der Kleinen wurden zögerlich. Ihr rechter Fuß tippte den fünften Kegel an. Sandra blies auf ihrer Pfeife. Das Mädchen hielt an, schien sich zu sammeln und ging dann wieder los. Sie patzte beim sechsten Kegel, und die Augenbinde wurde ihr abgenommen.

Ein anderes Kind nahm den Platz des Mädchens ein, ein Junge diesmal, und dann begann das seltsame Spiel erneut, das darin bestand, blind im Slalom durch eine Reihe von Kegeln zu laufen. Er brachte es auf sechs, ehe er einen umstieß. Das dritte Kind, ein noch sehr kleines Mädchen, schaffte nur vier.

Ich hatte keine Ahnung, wie sie das machten. Der Mann veränderte bei jedem neuen Kind die Abstände. Sie hatten einfach nicht genug Zeit, sich die Positionen der Kegel einzuprägen, und außerdem wirkt der Verlust der Sehfähigkeit sehr verwirrend. Nach dem vierten Kind ertönte die Trillerpfeife erneut, um anzuzeigen, dass das Spiel vorbei war, und die Kinder wurden ins Haus geführt.

44. Kapitel

Sally

Ich öffnete die Schuppentür und suchte die Kiste mit meinen Einmachgläsern und Kerzen hervor. Als ich sie aufhob, zitterte ich.

Das geht doch nicht, dass die Mädchen beide Eltern verlieren.

Wie konnte Greenwood es wagen, mir zu drohen? Und wer würde ihn schon ernst nehmen?

Kurz vor der Hintertür blieb ich jäh stehen. Larrys drei Opfer – Susan, Stephen und Patsy – hatten allesamt Drogen verabreicht bekommen, mit denen sie betäubt wurden. Als sie wieder aufwachten, lagen sie in Särgen, tief in der Erde vergraben. Ein unvorstellbar grausamer Tod.

Larry war kein Kräuterkundler. Larry arbeitete nicht in einem medizinischen Beruf, in dem er Zugang zu Sedativa hatte. Es leuchtete ein, dass die Polizei sich fragen würde, wie er das bewerkstelligt hatte.

Ich hätte das problemlos hingekriegt. Nichts auf der Welt wäre einfacher gewesen.

Ich stellte mir vor, wie die Detectives in der Tür zu meiner Außenküche standen und die Borde voller Flaschen, Gläser, Tiegel und Fläschchen betrachteten. Brennnesselspitzentinktur gegen Hautprobleme, Schachtelhalmtee gegen Entzündung der Harnwege, Labkrautsirup für Mund und Rachen und Dutzende mehr.

»Und sind diese Tränke und Tinkturen alle harmlos, Mrs Glassbrook?«, würde dieser sarkastische Mann namens Sharples fragen, während er eine Flasche mit Eisenhutlikör zur Hand nähme. »Wenn ich das hier Ihrer kleinen Tochter geben und sagen würde ›Trink das‹, wäre das okay?«

Ein Mundvoll Eisenhutlikör würde einen erwachsenen Mann töten. Pflanzen können töten und heilen, aber wie konnte ich erwarten, dass die Polizei das verstand? Für sie hätte ich einen ganzen Raum voller Gift.

Ich füllte eine Schale mit Salz und Wasser, das ich in einem großen Kreis rings um das Haus herum auf die Erde gießen konnte, wobei ich in regelmäßigen Abständen Kerzen aufstellen würde. Einen Schutzkreis zu ziehen ist der erste Schritt der meisten Zauber. Ich zündete die erste Kerze an und ging weiter.

Meine erste instinktive Reaktion war Flucht gewesen, als ich nach Hause gekommen war. Wären die Mädchen wach gewesen, hätte ich auch genau das getan – ich wäre geflohen, da bin ich mir sicher. Doch laut Mary, die seit fast einer Stunde nichts mehr von ihnen gehört hatte, waren sie in ihren Zimmern gewesen. Sie aus dem Schlaf zu reißen, erschien mir nicht richtig, und außerdem wäre Weglaufen wie ein Schuldeingeständnis, sogar ich sah das ein. Und wo sollten wir denn hin?

Ich ging ums Haus herum und vergoss das Salzwasser. Bei jedem Kerzenanzünden stellte ich mir bildlich vor, wie das Licht emporstieg, sich über das Dach wölbte, auf die Salzspur auf der anderen Seite traf. Ich errichtete eine schützende Kuppel über dem Haus.

»Töchter der Nacht, erhört mein Gebet.« Ich entzündete die letzte Kerze. »Schwestern des Mondes, gebt mir euren Segen.« Im Innern des Hauses würde ich weitere Kerzen anzünden, ein Pentagramm aus Salz streuen und etwas Blut von mir in eine Flamme tropfen lassen. Schwarze Magie ist etwas, das mich nie gereizt hat, aber ich würde jeden verfluchen, der versuchte, meinen Kindern etwas zuleide zu tun. Sekunden bevor ich Greenwoods Haus verlassen hatte, hatte ich die Hand gehoben und war damit über seine Schulter gefahren.

»Staub«, hatte ich gelogen.

Er hatte ein erfreutes Gesicht gemacht, sogar ein bisschen triumphierend. Er dachte, ich würde versuchen, ihn zu besänftigen. Das pomadige schwarze Haar zwischen meinen Fingern hatte er nicht gesehen.

Hinter mir knirschte der Kies. Ich fuhr herum und ertappte Cassie dabei, wie sie sich gerade in die Büsche am Rande der Auffahrt schlagen wollte. Sie sah mich und blieb stehen.

»Was hast du vor?«, fragte ich. »Mary hat gesagt, du bist im Bett.«

Schmollend verzog sie das Gesicht. »Mum, ich halt's

nicht aus, den ganzen Tag eingesperrt zu sein. Ich dreh noch durch.«

»Du darfst nicht allein weggehen.«

Langsam und beleidigt kam sie auf mich zu. »Ich war ja auch nicht allein.«

»Wer war bei dir?«

Sie sah zu Boden, doch ich hatte die Andeutung eines Lächelns gesehen. »Ist doch egal.«

»Ist es nicht. Cassie, es gibt Menschen, die uns hassen.«

»Bloß Schulfreunde.« Sie schaute an mir vorbei, hin zu den Kerzen. »Wirkst du einen Schutzzauber?«

Ich nickte.

»Darf ich helfen?«

Plötzlich hatte ich keine Energie mehr, um zu streiten, und ohne Energie würde der Zauber fehlschlagen.

»Geh deine Schwester wecken«, wies ich sie an. »Für das hier kann ich jede Hilfe brauchen.«

45. Kapitel

Florence

Ich war schon fast wieder bei meinem Fahrrad, als mir der Briefumschlag einfiel, den ich früher am Abend in meine Tasche gesteckt hatte. Jetzt öffnete ich ihn. Ich fand eine Visitenkarte, die aussah, als wäre sie schon durch viele Hände gegangen. Unter der stilisierten Darstellung eines wahren

Sternenregens las ich den Namen *Hecate*, eine Adresse und darunter den Satz: *Ich arbeite während der dunklen Stunden.* Außerdem war in dem Umschlag noch ein kleines Blatt liniertes Papier, offensichtlich von einem Notizblock. Darauf stand: *Ich habe Informationen zu dem Glassbrook-Fall.*

Die Adresse befand sich in einem Teil der Stadt, den ich kaum kannte. Das war Streifenbezirk vier, berüchtigt für Gewalt und Prostitution, und es wurde natürlich auch nicht in Betracht gezogen, den einer jungen Polizistin zuzuweisen. Schon gar nicht nachts.

Ich arbeite während der dunklen Stunden.

Noch bevor ich mein Ziel erreicht hatte, wurde ich unruhig. Das dichte Netz aus Reihenhausstraßen, das für viele Teile von Sabden so typisch war, dünnte hier aus. Hier gab es Häuser mit vernagelten Fenstern und verlassene Grundstücke. Mülltonnen quollen über, Sperrmüll lag herum.

Ich konnte den Fluss am Grund einer Rinne gurgeln und murmeln hören. Am anderen Ufer lag das Reservoir der Stadt, eine riesige schwarze Wasserfläche. Die Eisenbahngleise verliefen hier ebenfalls, und eine große Eisenbahnbrücke spannte sich über das Wasser. Direkt am Bahndamm standen drei kleine Cottages. Die Straße hieß Railway Bank, allerdings war das Straßenschild schon seit Langem verschwunden.

Ich ging zur Tür von Nummer 3 und klopfte. Die Tür öffnete sich.

Die Frau auf der Schwelle mochte in den Dreißigern sein. Ihr Rock reichte ihr bis zu den Füßen, und ihre Baumwollbluse ließ die Schultern frei. Ich hatte wohl noch nie so langes Haar gesehen. Es fiel ihr bis auf die Oberschenkel und war leuchtend hennarot.

»Ich bin WPC Lovelady«, sagte ich.

»Ich weiß«, antwortete sie. »Glück und Segen. Hier entlang.«

Ich hätte wirklich jemandem sagen sollen, wo ich hinwollte. Trotzdem folgte ich der Frau einen dunklen Flur entlang zu einem Zimmer an der Rückseite des Hauses. Es war klein und quadratisch, nur von einem Kaminfeuer und einer schwachen Lampe erhellt. Ein Mädchen von ungefähr fünfzehn spielte am Tisch Karten, ganz offensichtlich die Tochter der Frau. Als ich näher kam, sah ich, dass auf den Karten Bilder waren: wunderschöne farbige Bilder von Königen und Jungfrauen, von Schwertern und Sternen.

»Das ist Perdita«, stellte ihre Mutter sie vor.

»Hallo, Perdita. Ich bin Florence.«

Perdita hatte die Karten in einem Kreis ausgelegt, eine Dreiergruppe in der Mitte war verdeckt. Ohne mich zu beachten, drehte das Mädchen eine davon um.

»Sie sagt die Zukunft voraus«, meinte ihre Mutter. »Der Narr. Interessant.«

»Soll das etwa ich sein?«, wollte ich wissen.

»Der Narr steht für Neuanfänge, Optimismus und Vertrauen in das Leben«, erwiderte sie. »Ich würde also sagen, ja, das sind Sie.«

»Was wollten Sie …«

Sie hob die Hand, um mich zum Schweigen zu bringen, während wir zusahen, wie das Mädchen die verbleibenden Karten umdrehte. Auf der zweiten ritt ein Menschenskelett auf einem Pferdeskelett und hielt eine große Sense in der Hand. Auf der dritten und letzten stürzte ein Turm ein. Flammen schossen aus den Fenstern hervor.

»Der Tod und der Turm«, sagte Hecate. »Ihnen stehen schwere Zeiten bevor.«

»Na, dann sollte ich sehen, dass ich rechtzeitig zu Bett komme.« Diese Frau verschwendete meine Zeit, und ich war blöd gewesen herzukommen. »Trotzdem danke.«

»Ich habe Sie nicht hergebeten, um Ihnen den Tarot zu lesen«, sagte sie.

»Und warum dann?«

Sie wandte sich zu einer Anrichte an der Wand hinter ihr um. Das Zimmer war so klein, dass ich alles darin hätte berühren können, ohne mehr als einen oder zwei Schritte zu machen.

»Das sind Sie«, erklärte sie mir und hielt ein Exemplar der *Lancashire Morning Post* hoch. Auf der Seite, die aufgeschlagen war, war ein Folgeartikel über Larrys Verhaftung, und das Foto dazu zeigte mich. Es war während der Ermittlungen gemacht worden.

»Und was ist damit?«

»Dreimal habe ich diese Zeitung mit der Titelseite nach oben hingelegt. Dreimal bin ich wieder ins Zimmer gekommen und habe sie aufgeschlagen vorgefunden, und zwar auf dieser Seite.«

Ich schaute wieder auf den Artikel und sah dann das Mädchen an, Perdita. »Na ja, Sie wohnen ja nicht allein.«

»Jemand versucht, zu Ihnen durchzudringen«, sagte die Frau. »Von der anderen Seite.«

»Tut mir leid, aber ich glaube nicht an so etwas. Und es ist sehr spät. Entschuldigen Sie mich.«

Ich ging in den Flur. Bei der Haustür angekommen, verstellte sie mir den Weg.

»Ich werde nicht aufgeben«, verkündete sie. »Gestern Nacht ist es zu Ihnen gekommen.«

Ganz ehrlich, das Schwesternwohnheim bewahrte Informationen so gut wie ein Sieb Wasser.

»Haben Sie eine Vorstellung davon, wie viel Energie nötig ist, damit Geister auf die physische Umwelt einwirken können? Eine Kerze flackern zu lassen erschöpft sie schon. Dieser Geist hat dreimal eine Zeitung umgeblättert und etwas auf Ihren Spiegel geschrieben. Das können Sie doch nicht ignorieren.«

O doch, das konnte ich. »Sie haben behauptet, Sie hätten Informationen über den Fall Glassbrook. Die Zeit der Polizei zu verschwenden ist ein strafbares Vergehen.«

Sie hielt die Zeitung hoch, als wäre das der einzige Beweis, den sie brauchte.

Ich sah sie herausfordernd an. »Sie möchten, dass ich die Geisterwelt konsultiere? Auf dem Revier werden sie sich totlachen.«

»Dann erzählen Sie's denen eben nicht. Fragen Sie Ihre Freundinnen Avril Cunningham und Daphne Reece. Sie werden für mich bürgen.«

Ich überlegte kurz. »Ich gebe Ihnen zehn Minuten. Dann gehe ich.«

Sie führte mich wieder durch den Flur und ins Wohnzimmer, wo sie eine schwache Lampe anknipste. Die Wände waren in einem dunklen Violett gestrichen. Die Vorhänge waren schwer und ebenfalls dunkel, und das Licht war so dürftig, dass die Ecken des Zimmers im Nichts versanken. Es gab kein Sofa, keine Sessel, nur einen großen runden Tisch, um den sechs Stühle gruppiert waren.

»Ich bin Spiritualistin.« Hecate winkte mich zu dem leeren Kamin. Dicke Altarkerzen standen auf dem Rost, und an der Mauer darüber hing ein riesiger Spiegel, der mit einem spinnwebfeinen schwarzen Schleier verhüllt war.

»Schauen Sie in den Spiegel«, wies sie mich an, während sie sich hinhockte, und ich hörte, wie Streichhölzer angerissen wurden.

Durch den schwarzen Schleier hindurch sah ich mein eigenes Gesicht, das mir entgegenblickte. Der Weichzeichnereffekt des Stoffs ließ mich älter aussehen, schmeichelte mir aber zugleich. Die Kerzen, die Hecate auf dem Rost entzündet hatte, ließen einen flackernden Lichtschein um mein Gesicht aufsteigen. Ein bisschen, nur ein ganz kleines bisschen, sah es aus, als würde ich brennen.

»Schauen Sie tiefer in den Spiegel«, sagte sie. »In ihn hinein, nicht nur darauf. Versuchen Sie, über Ihr Gesicht hinauszublicken, zu dem, was auf der anderen Seite liegt.«

Das ergab keinerlei Sinn, doch ich versuchte hinzusehen, ohne meinen Blick zu fokussieren.

»Hier auf der gesegneten Schwelle, wo Geist und Fleisch eins sind, rufe ich nach dir, der Verlorenen. Ich bitte dich darum, dass du dich zu uns gesellst und deine Weisheit mit uns teilst.«

Sie drückte mir etwas in die Hand.

»Lassen Sie die Blütenblätter in die Flammen fallen«, flüsterte sie mir ins Ohr. »Sie sind eine Opfergabe. Schicken Sie Ihre Energie mit. So viel, wie Sie entbehren können.«

Mitgefangen, mitgehangen. Ich ließ die Blütenblätter fallen, und als ich das leise Zischen hörte, mit dem ein paar davon in die Flammen gerieten, dachte ich an die Momente, in denen ich meine besten Leistungen erbracht hatte. Daran, wie ich einen Wettlauf in der Schule gewonnen hatte, an die Abschlussfeier, wie ich Marigolds neugeborenen Sohn in den Armen gehalten hatte, wie Tom und ich uns geliebt hatten, und ich ließ all diese schönen und positiven Gefühle mit den Blütenblättern hinabrieseln.

»Ich rufe dich von jenseits des schwarzen Schleiers«, intonierte Hecate weiter. »Von jenseits des schwarzen Spiegels, nimm unser Opfer an. Komm hindurch und zeige uns deine Gegenwart an.«

Die Flammen im Spiegel tanzten als Antwort. Den Bruchteil einer Sekunde lang nahm mein Spiegelbildgesicht einen Ausdruck furchtbaren Schmerzes an, oder vielleicht auch einen der Angst, als sich der orangerote Schein der Flammen um es herum ausbreitete. Dann begann Hecate zu sprechen.

»Oh, es tut weh. Keiner hat gesagt, dass es so wehtun würde.«

Die Stimme, die aus ihrem Mund drang, war kaum noch als ihre eigene zu erkennen. Erschrocken drehte ich mich um, doch ihr Blick hatte sich von mir gelöst und war nach oben zur Decke gerichtet. »Können Sie denn nichts tun? Bitte, es tut so weh!«

Die Stimme war hoch und hell, die Stimme einer sehr viel jüngeren Frau. Oder eines Kindes.

Ich trat einen Schritt zurück und spürte die Kerzenflammen heiß an meinen Beinen. Wieder bewegte ich mich, trat um den Tisch herum, rechnete halb damit, dass sie mich aufhalten würde, doch sie schien mich jetzt gar nicht mehr wahrzunehmen. Wieder begann sie zu sprechen.

»Ich kann das nicht. Es tut so weh. Bitte helfen Sie mir doch.«

Sie tut nur so, dachte ich. *Sie ist eine Schauspielerin.*

Als Nächstes kam ein hoher Schmerzenslaut aus ihrem Mund. Sie war eine gute Schauspielerin. Die neue Stimme klang vollkommen anders.

»Wer bist du?«, fragte ich und rechnete eigentlich nicht mit einer Antwort.

Hecates Kopf drehte sich zu mir, und in dem trüben Licht wirkten ihre Augen vollkommen schwarz. »Du weißt, wer ich bin.« Sie lachte. Ich schaute rasch zum Fenster hinüber, um zu sehen, ob ich auf diesem Wege entwischen könnte. »Ich bin Wendy.«

Ach, das war doch absurd. Irgendjemand hatte ihr von Marigolds traumatischer Entbindung gestern Abend auf dem Revier erzählt, von ihrer Behauptung, jemand namens Wendy sei gestorben. Zweifellos jemand vom Revier, einer meiner sogenannten Kollegen. Es war nicht das erste Mal, dass ich Opfer eines verschrobenen Streichs geworden war.

Hecate warf den Kopf zurück und stöhnte erneut. »Ich kann nicht. Bitte helfen Sie mir. Bitte tut doch was!«

Ein Schrei brach aus ihr hervor, so laut und verzweifelt, dass ich die Beherrschung verlor.

»Hören Sie auf«, rief ich. »Das ist doch lächerlich.«

Sie öffnete den Mund, und ich machte mich auf einen weiteren Schrei gefasst. Aber was aus ihrem Mund kam, war viel, viel schlimmer. Sie gab das hohe, schrille Weinen eines Neugeborenen von sich.

»Aufhören!« Jetzt schrie ich sie an. Ich konnte nicht anders. Es war schier unerträglich.

Hecate schauderte, als erwache sie aus tiefem Schlaf. »Was … was ist passiert?«, fragte sie.

Als ob sie das nicht wüsste.

»Gehen Sie mir aus dem Weg, sofort, sonst verhafte ich Sie wegen Behinderung der Polizeiarbeit.« Ich drängte mich an ihr vorbei, lief durch den Flur und riss die Tür auf.

»Florence!«

Noch immer wütend drehte ich mich in der Tür um.

»Gehen Sie nicht im Zorn – sonst nehmen Sie den Geist mit.«

Ich verließ das Haus und fuhr mit dem Fahrrad nach Hause. Ich fuhr schnell. Und ich sah mich oft um.

46. Kapitel

Sally

Der Schutzzauber hätte mich beruhigen sollen. Doch das tat er nicht. Roy hatte mir furchtbare Angst gemacht. Es war kaum einen Monat her, dass Larry verhaftet worden war. Bestimmt gingen die Polizeibeamten noch immer alles durch, überlegten, wie er es gemacht hatte, warum er es getan hatte. Wenn es Fragen gab, auf die sie keine Antwort wussten, dann würden sie sich jemand anderes vornehmen. Mich.

Ich stellte mir Cassie und Luna ohne mich vor, was mit ihnen geschehen würde. Die Schwester meiner Mum wohnte in Schottland, aber ich kannte sie kaum, ich konnte mich nicht darauf verlassen, dass sie die beiden aufnahm. Sie würden praktisch Waisen sein, und ich hatte genug junge Frauen gesehen, die von der Fürsorge aufgezogen worden waren, um zu wissen, dass meine klugen, sensiblen, sonderbaren Töchter daran zugrunde gehen würden.

Nachdem die Mädchen ins Bett gegangen waren, stand ich lange in der Außenküche, betrachtete die Borde voller Kräuterarzneien und überlegte, ob ich sie vernichten sollte. Ob ich alles in den Ausguss kippen und die Glasbehälter zerschlagen sollte. Doch das würde nichts nützen. Zu viele Menschen wussten von dieser Küche. Ihren Inhalt zu vernichten würde mich eher noch verdächtiger erscheinen lassen, nicht weniger.

47. Kapitel

Florence

Mittwoch, 6. August 1969

Am nächsten Morgen fuhr ich mit dem Fahrrad zur Arbeit, kam eine Stunde vor Dienstbeginn auf dem Revier an und ging in den Keller hinunter, wo sich das Archiv befand.

Glücklicherweise war die Archivarin, eine Frau namens Kath, die um neun Uhr zum Dienst kommen würde, eine sehr ordentliche und gewissenhafte Person. Auf ihrem Schreibtisch gleich hinter der Tür lag ein Indexverzeichnis, und ich fand rasch den Eintrag für das Black Moss Manor.

Es gab nur eine einzige Akte dazu, und sie war so gut wie leer. Zwei der Berichte waren einseitig beschriebene Blätter, die ich selbst geschrieben hatte und auf denen in aller Kürze vermerkt war, wie ich dem Heim jeweils ein Kind übergeben hatte. In einem wurde der sechsunddreißig Monate alte Robert Brown beschrieben. Es gab noch einige andere Berichte von meinen Kollegen.

Ich ging weiter zurück und fand einen Ausschnitt aus der Lokalzeitung. Es war ein bebilderter Artikel vom 9. Februar 1958. Auf dem Foto schauten sechs Männer in die Kamera, einer davon in Uniform. Die Bildunterschrift verriet mir, dass es sich bei dem Mann um Superintendent Harold Devine vom Polizeirevier Sabden handelte, Rushtons Vorgänger. Laut dem Artikel wurden hier die Einnahmen eines Spenden-Dinners dem Kinderheim übergeben. Die anderen Männer auf dem Bild waren Kuratoren des Heims. Zur Linken Devines stand Roy Greenwood, Larrys ehemaliger Geschäftspartner, neben ihm war ein Mann namens Earshaw, der Vorsitzender des Stadtrats war, und dann kam ein W. H. D. Booth, ein Anwalt aus Sabden. Neben Booth stand ein Mann namens Chadwick, der eine Amtskette trug, und daneben ein Mann namens Frost, der Herausgeber der *Lancashire Morning Post.* Frederick Aster war der Letzte in der Reihe.

Moment mal. Harold Devine? Ich sah mir den hochgewachsenen, dunkelhaarigen Mann Mitte vierzig genauer an. Betrachtete die Form seines Kopfes, die Linie seines Unterkiefers, seine lange, gerade Nase. Ich sah das vor mir, was Tom in zwanzig Jahren sein würde, und ich dachte: *Warum hat er mir das nicht erzählt?*

»Florence Lovelady, so wahr ich hier stehe.«

Erschrocken fuhr ich hoch. Ich war so in meine Suche vertieft gewesen, dass ich gar nicht gemerkt hatte, wie die Tür aufging.

»Gut, dass ich dich gefunden habe.« Tom machte die Tür zu und schloss sie ab. »Ich bin hier, um mir deine Entschuldigung anzuhören.«

Er nahm mir die Akte aus der Hand und zog mich an sich. »Du hattest gestern Abend ja eine fürchterliche Laune.«

Seine Hand legte sich um meinen Hinterkopf, als er sich herabbeugte, um mich zu küssen. Ich versuchte gar nicht, ihn daran zu hindern. Tom konnte mich vor Verlangen dahinschmelzen lassen. Er trug kein Jackett, und ich genoss es, wie sich sein warmes Hemd unter meinen Händen anfühlte. Er roch nach Aramis und nach der ersten Zigarette des Tages, und ich bekam einfach nicht genug von ihm.

»Entschuldigung angenommen.« Er grinste, als er sich von mir löste. Ich dachte an das Foto seines Vaters und wusste nicht, was ich sagen sollte.

»Woher hast du gewusst, dass ich hier unten bin?«, fragte ich stattdessen.

»Der Sergeant am Empfang hat's mir gesagt. Was treibst du hier?«

»Ich habe nach irgendwas über das Black Moss Manor gesucht. Das ist ein sonderbarer Laden, Tom.«

Ein sonderbarer Laden, über den er vielleicht mehr wusste, als er zugab. Ich betrachtete ihn genau, während ich ihm von meiner Observierung von gestern Abend erzählte.

Er schnitt eine Grimasse. »Du hast auf einem Baum gehockt?«

Harold Devine war kein Mitglied des Black-Moss-Stiftungsrates, nur der Mann, der die Spende überreichte. Vielleicht hatte es ja nichts zu bedeuten.

»Was glaubst du, wie die Kinder das mit den Kegeln hingekriegt habe?«, fragte ich

»Im Ernst, auf einem Baum?«

»Es war schon vorher sonderbar. Diese Kinder waren wie Roboter. Sie haben ausgesehen, als stünden sie unter Drogen.«

Er runzelte die Stirn. »Vielleicht waren sie müde.«

»Nein, es war mehr als das. Ich glaube, ich sollte es melden.«

»Du gehst also heute Morgen zu deinem Sergeant und erklärst ihm, dass du eine inoffizielle nächtliche Observierung einer angesehenen lokalen Institution vorgenommen hast und dass du dazu auf Bäume geklettert bist? Wie kommt das wohl an?«

Ich wusste genau, wie das ankommen würde.

»Warum hast du mir nicht gesagt, dass dein Dad vor Rushton hier Superintendent war?«

Seine Verblüffung dauerte nur eine oder zwei Sekunden. »Du hast nicht gefragt.«

»Na, natürlich nicht, oder? Freut mich, dich kennenzulernen, Tom. Und jetzt verrat mir eins – hast du deinen Job durch eigenen Verdienst oder durch Vetternwirtschaft gekriegt?«

»Hey! Dad ist schon vor Jahren in den Ruhestand gegangen. Ich habe mir meinen Platz hier verdient, genau wie du.«

»Entschuldige. Ich war einfach nur überrascht. Bist du seinetwegen zur Polizei gegangen?«

Tom lächelte. »Das war schon immer das Einzige, was ich machen wollte.« Ich lächelte zurück. Ich konnte nicht anders. »Und was soll ich in Sachen Black Moss Manor tun?«

»Gar nichts.«

Ich öffnete den Mund.

Er hob einen Finger. »Fürs Erste. Lass mich darüber nachdenken.«

48. Kapitel

Sally

Am nächsten Morgen ließ ich die Mädchen im Bett zurück. Ihr gleichmäßiger Atem verriet mir, dass sie tief und fest schliefen. Ich beneidete sie weiß Gott darum, die Realität noch eine weitere Stunde ignorieren zu können. Mir war das nicht vergönnt. Ich hatte Mutter-Kind-Sprechstunde im Gemeindehaus der St.-Joseph-Kirche.

Ein einziges Desaster, vom ersten Moment an. Ich kam mir fehl am Platze und unnütz vor. Nicht eine einzige Mutter stellte sich zum Wiegen bei mir an. In den Warteschlangen für die anderen Hebammen standen über ein Dutzend Frauen, und trotzdem machte niemand Anstalten, zu mir zu kommen. Nach einer halben Stunde sagte man mir, ich könne genauso gut ins Hinterzimmer gehen und die Vorratsschränke überprüfen.

Wir hatten den Vormittag halb geschafft, als das Unmögliche geschah. Stille senkte sich über den Gemeindesaal. Ich ging zur Tür und sah Roy Greenwood in voller Beerdigungsmontur mitten durch den Saal auf mich zukommen.

»Sally«, sagte er, während jeder einzelne Mensch im Raum uns beobachtete, sogar die verdammten Babys, ich schwör's. »Kann ich Sie sprechen?«

»Ich arbeite.« Das Letzte, was ich wollte, war, zusammen mit Roy Greenwood den Saal zu verlassen. Ich hatte so ein Gefühl, dass ich nicht wieder hereinkommen würde. Vielleicht war ja die Polizei draußen und wartete darauf, mich festzunehmen, und sie hatten Roy hereingeschickt, um dafür zu sorgen, dass ich auch brav mitkam.

Meine Chefin befand sich in Hörweite. Ich wartete darauf, dass sie sagte, Sally müsse ihre Arbeit machen, er müsse später wiederkommen. Sie sagte nichts, sah uns nur mit ausdruckslosem Gesicht zu, als ginge ich sie überhaupt nichts an.

Alle schwiegen weiterhin, als ich Roy aus dem Saal folgte, diese Frauen, denen ich seit fast zwanzig Jahren geholfen hatte. Ich hatte ihnen in den schmerzhaftesten, angsterfülltesten Momenten ihres Lebens die Hand gehalten und die

Stirn abgewischt, und nicht eine gönnte mir auch nur ein freundliches Lächeln. Ein paar schienen sich sogar an dem Anblick zu ergötzen, wie ich aus dem Saal geführt wurde.

Draußen, bei Tageslicht, fiel mir auf, dass Roy krank aussah. Er war blass, selbst für seine Verhältnisse, und seine Haut hatte einen merkwürdigen glasigen Schimmer.

»Was kann ich für Sie tun, Roy?«

»Ich habe mit jemandem vom Polizeirevier gesprochen«, sagte er. »Sie haben mir von dem Einbruch bei Ihnen erzählt.«

»Sollte so etwas nicht vertraulich behandelt werden?«

Als er sich zu mir herabbeugte, zuckte ich unwillkürlich zurück. »Sally, ich bin zutiefst besorgt. Wurde etwas gestohlen? Haben Sie den Einbrecher gesehen? Sind Schlösser aufgebrochen worden?«

»Nein, dreimal nein«, erwiderte ich. »Und wenn Sie mir helfen wollen, dann können Sie Ihre Kontakte auf dem Revier überreden, mich ernst zu nehmen, wenn ich mitten in der Nacht anrufe.«

Draußen war es nicht warm, doch an Roys Schläfen zeigten sich Schweißperlen. »Deswegen bin ich ja hier«, sagte er. »Ich habe mit meinem Anwalt gesprochen, Mr Booth von W. H. D. Booth und Partner. Er hat freundlicherweise eingewilligt, Sie zu vertreten, als Gefälligkeit mir gegenüber. Er kann heute Abend die Unterlagen fertig haben, damit Sie sie unterschreiben können.«

»Vielen Dank«, sagte ich. »Darf ich darüber nachdenken?«

Seine dunklen Augenbrauen krochen aufeinander zu. »Was gibt es da nachzudenken? Sie haben doch selbst gesagt, Sie würden einen Anwalt zurate ziehen.«

Das hatte ich wirklich gesagt. Ich hatte einen Anwalt gemeint, der auf meiner Seite sein würde, nicht auf Roys.

»Ich mache es Ihnen leicht«, gab Roy zu bedenken.

»Ich brauche ein paar Stunden Zeit.«

Er stieß einen tiefen Seufzer der Ungeduld aus und holte ein Taschentuch aus der Tasche. »Eigentlich wollte ich es nicht erwähnen, wirklich nicht«, sagte er, während er sich die Stirn abwischte, »aber ich hatte heute Besuch vom Gerichtsvollzieher. Und das ausgerechnet im Beerdigungsinstitut. Ich war gerade im Gespräch mit Kunden.«

»Und was hat das mit mir zu tun?«

»Nicht Sie sind diejenige, die Schulden hat, Sally. Sondern Larry.«

»Was?«

Er schüttelte den Kopf. »Frauen haben wirklich oft schockierend wenig Ahnung davon, was direkt vor ihrer Nase geschieht.«

»Wie viel?«

Er hob die Hand. »Ein paar Hundert Pfund. William – Mr Booth, sollte ich sagen – wird sich fürs Erste darum kümmern, aber das beweist doch, was ich gesagt habe, Sally. Sie müssen sich ordentlich beraten lassen.«

Ich wollte ihm sagen, dass er sich gefälligst zum Teufel scheren sollte. Aber er behauptete, mein Haus gehöre ihm. Und er hatte mir Geld angeboten. Zumindest kurzfristig würde ich das vielleicht brauchen. Und Schulden waren auch noch da? Großer Gott, wann würde das ein Ende haben?

»Ich muss darüber nachdenken«, beharrte ich. »Ich rufe Sie heute Abend an. Dann sage ich Ihnen Bescheid.«

Er seufzte. »Na schön, Sally, und ich hoffe, Sie werden vernünftig sein. Aber es gibt nun mal keinen Ersatz für einen Mann im Haus. Ich finde wirklich, Mutter und ich sollten bei Ihnen einziehen, bis sich die ganze Aufregung gelegt hat.«

Das war gelogen. Wenn er erst einzog, würde ich ihn nie wieder loswerden.

»Erinnern Sie sich daran, was ich Ihnen gestern gesagt habe, meine Liebe? Mit meiner Mutter als Anstandsdame im Haus werden lose Zungen zum Schweigen gebracht. Manches von dem, was ich so in der Stadt höre, gefällt mir nicht, wirklich nicht.«

Wieder gelogen. Bitte lass das gelogen sein.

»Nun, dann lasse ich Sie wohl lieber mal wieder an die Arbeit gehen«, sagte er. »Einen schönen Tag noch, meine Liebe.«

49. Kapitel

Florence

An meinem dritten Tag auf dem Revier waren nur noch die Reporter von den Lokalzeitungen da, und ich durfte wieder auf Streife gehen. Zusammen mit PC Colin West, der mich nicht leiden konnte und an diesem Morgen auch keinen Grund sah, seine Meinung zu ändern, ging ich die verschiedenen Punkte von Streifenbezirk zwei ab, brachte jede

Menge Mütter und Babys über Zebrastreifen und machte einer einsamen alten Dame klar, dass sie nicht den ganzen Tag in einer Arztpraxis verbringen und mit den Patienten plaudern konnte, weil die Männer, die zum Urologen wollten, wirklich nicht in Stimmung dafür waren.

Während meiner Mittagspause hielt ich Ausschau nach Tom, doch er war nirgends zu sehen. Eine Viertelstunde bevor ich wieder auf Streife sein musste, erschien der Officer, der für das Revier zuständig war, in der Kantinentür und rief mich zu sich.

»Da ist 'ne Frau am Empfang, Flossie«, knurrte er. »Hat gesagt, Sie hätten gestern Abend was bei ihr vergessen.« Mit zusammengekniffenen Lippen überreichte er mir eine Karte. Ich sah das Wort *Hecate* und den Sternenregen.

»Ich will das nicht«, verwahrte sich der Constable am Empfang gerade, als ich eintrat. »Nehmen Sie das wieder mit.«

»Frieden, Glück und Segen«, erwiderte Hecate und schob ihm auf dem Tresen etwas zu. Sie war genauso gekleidet wie gestern Abend.

»Ich krieg Sie wegen unerlaubten Umgangs mit Abfall dran«, drohte der Constable.

Ich nahm das Bündel aus getrockneten Pflanzen vom Tresen. »Kommen Sie mit«, sagte ich und ging auf die Eingangstür zu. »Ich bringe Sie zur Bushaltestelle.«

Die Tür knallte hinter uns zu. Ich sagte nichts. Ich ärgerte mich zu sehr über sie.

»Sie haben Ihren Schlaf gestört, nicht wahr?« Sie hatte Mühe, Schritt zu halten, ihre leichten Sandalen waren meinen festen Schuhen nicht gewachsen.

Ich hatte in der Tat schlecht geschlafen und von Entbindungen und unheimlichen, zombieartigen Kindern geträumt, doch das würde ich ihr gegenüber nicht zugeben.

»Was wollen Sie, Hecate?«

»Wenn wir schlafen, können sie uns leichter erreichen. Dann ist die Tür zwischen unserer Welt und ihrer offen.«

»Ich glaube nicht daran, dass man Kontakt mit den Toten aufnehmen kann«, erklärte ich ihr. »Und wenn Sie noch einmal ohne vernünftigen Grund auf dem Revier aufkreuzen, bekommen Sie eine Anzeige.«

»Perdita hat noch einmal die Karten gelegt, nachdem Sie gegangen sind.«

»Herrgott noch mal!«

Sie umfasste meine Schulter. »Sie haben eine Gabe, Florence. Ich habe noch nie erlebt, dass so leicht Kontakt zustande gekommen ist wie gestern Abend. Das ist wichtig.«

Finster sah ich ihre Hand auf meiner Schulter an. Sie nahm sie weg. Wir blieben beide stehen.

»Okay, erzählen Sie. Was haben die Karten diesmal gesagt?«

»Sie hat den Mond gezogen, die Gerechtigkeit und den Buben der Kelche. Eine sehr bedeutsame Kombination.«

Ich schaute auf meine Uhr.

»Wir glauben, dass es Menschen gibt – sehr junge, gefährdete Menschen, wahrscheinlich Kinder –, die Ihre Hilfe brauchen.«

Ich war schon drauf und dran gewesen, kehrtzumachen und zum Revier zurückzugehen. Doch ich blieb, wo ich war.

»Wo sind diese Kinder?«, erkundigte ich mich, weil mir gerade etwas eingefallen war.

Sie schüttelte den Kopf. »Ich dachte, Sie wüssten das vielleicht.«

Es war ein etwas zu großer Zufall, dass jemand an dem Morgen, an dem ich angefangen hatte, Fragen über das Black Moss Manor zu stellen, mit mir über Kinder reden wollte, die in Gefahr waren. Ich senkte meine Stimme. »Wenn Sie vertraulich mit mir sprechen wollen, das kann ich einrichten. Ich verstehe, wenn Sie keine offizielle Aussage machen wollen. Aber ich brauche etwas mehr als vage Botschaften aus der Geisterwelt.«

Hecate sah sich um, was meinen Verdacht noch verstärkte, dass sie mir etwas sagen wollte und sich nicht traute, direkt damit herauszurücken.

»Perdita hatte eine Idee«, sagte sie, »was die Karten ihrer Meinung nach sagen wollten.«

Na schön, dann also mit Hilfe von Tarotkarten und Séancen … »Und was war das?«, erkundigte ich mich und bemühte mich aufrichtig, nicht allzu skeptisch zu klingen.

»Gift«, flüsterte sie. »Sie glaubt, sie werden vergiftet.«

»Aha«, sagte ich.

Ich hatte keinen Schimmer, ob ich hier gerade auf einen unsinnigen Schwindel hereinfiel oder einen nützlichen Tipp bekam.

»Sie werden wiederkommen«, sagte Hecate. »Jetzt, wo sie Sie gefunden haben.«

Vielleicht war es der Schlafmangel, der mich aus dem Augenwinkel einen huschenden Schatten sehen ließ.

»Ich muss jetzt zurück«, sagte ich. »Danke für Ihre Hilfe.«

»Sie wissen ja, wo Sie mich finden«, erwiderte sie, als ich ein paar Schritte rückwärts machte. »Jetzt werden sie Sie nicht mehr verlassen.«

Ich kehrte ihr den Rücken zu.

»Achten Sie auf die Spiegel«, rief sie mir nach.

Verdammt noch mal. Ich durfte mir von dieser Frau keine Angst machen lassen.

50. Kapitel

Sally

Als wir wieder im Entbindungsheim waren, bat ich darum, telefonieren zu dürfen. Meine Vorgesetzte wollte das nicht erlauben, bis ich ihr sagte, dass ich einen Anwalt brauchte, und dann auch nur unter der Bedingung, dass ich die Anrufe bezahlte. Ich glaube, sie hoffte vor allem auf noch mehr Klatsch und Tratsch.

Ich saß unter ihrem wachsamen Blick auf der anderen Seite des Schreibtischs, weil sie sich weigerte hinauszugehen, und rief sieben Anwaltskanzleien an. Nachdem die ersten beiden in Sabden mich hatten abblitzen lassen, nahm ich mir Kanzleien in Burnley vor. Dasselbe Resultat. Jeder im Nordwesten hatte von Larry Glassbrook gehört. Niemand wollte etwas mit seiner Ehefrau zu schaffen haben. Nach der siebten Abfuhr gab ich es auf.

»Denken Sie noch mal über das nach, was ich am Montag zu Ihnen gesagt habe, Sally«, sagte meine Vorgesetzte, als ich gerade gehen wollte. »Ein kleiner Urlaub wäre vielleicht für alle Seiten das Beste.«

Ich verließ das Gebäude und ging Richtung Bahndamm. Die Eisenbahngleise waren abgezäunt, und ich konnte die Böschung nicht hinaufsteigen. Doch ich konnte die Wildblumen sehen, die darauf wuchsen und mich daran erinnerten, dass noch nicht alles in der Welt hässlich geworden war.

Ich hatte eine Regel, wenn ich niedergeschlagen war – nach oben schauen. Blauer Himmel, weiße Wolken, kräftige Bäume, all das kann die Lebensgeister wecken. An diesem Vormittag konnte ich die schwankenden violetten Blütendolden der Weidenröschen sehen und die Blüten eines nahen Schmetterlingsbaums riechen. Allerdings wurden die Blüten bereits braun und erinnerten mich daran, dass etwas faul war in meinem Leben.

Vor einem Monat galt ich noch etwas, ich hatte ein Ziel. Die Menschen respektierten mich, vertrauten mir. Jetzt konnte ich mich in der Stadt nicht bewegen, ohne dass über mich geflüstert wurde, dass man mich anschrie oder sogar anspuckte. In Menschenmengen wurde ich grob angerempelt, mehr als eine Kollegin hatte sich geweigert, mit mir zu arbeiten, und all das geschah mit unverhohlener Schadenfreude.

Doch es war mehr als das.

Allein in der letzten Woche hatte sich die Anzahl der Frauen, Kinder und alten Leute, die mit Platzwunden und Prellungen in den Kliniken erschienen, mehr als verdoppelt. Jeden Abend gab es Ärger im Stadtzentrum, Schlägereien und mutwillige Sachbeschädigung. Ein Landstreicher war unter der Eisenbahnunterführung gestorben, und sein Leichnam hatte tagelang unbeachtet dagelegen.

Irgendetwas in der Stadt war aus dem Gleis graten. Der dünne Firnis der Kultur hatte Risse bekommen. Es war, als wäre durch das Entlarven eines Mörders – Larry – etwas Furchtbares entfesselt worden.

Ich schaute nicht mehr nach oben. Unmöglich bei solchen Gedanken. Mein Blick war auf meine Füße gerichtet, und auf die kleinen gelben Blumen, die ich zertrat. Ringelblumen, Marigolds, wie kleine gelbe Sterne in einem Himmel aus smaragdgrünen Blättern. Ich verspürte einen Stich des schlechten Gewissens, weil ich mehr als einen Tag lang gar nicht mehr an Marigold gedacht hatte. Und sie war in einer weitaus schlimmeren Lage als ich – jung und allein, mit einem Baby, das versorgt werden musste, und ohne Möglichkeit, ihren Lebensunterhalt zu verdienen.

Eigentlich konnte ich es mir nicht leisten, Mitleid mit Marigold zu haben. Ich brauchte all meine Kraft, all meine Zeit, um mich um die Mädchen und um mich selbst zu kümmern. Und doch, wer kümmerte sich denn sonst um sie?

Ich beschloss, sie zu besuchen. Auf dem Heimweg von der Arbeit. Wenigstens das konnte ich tun. Ich würde versuchen, sie zum Reden zu bringen, in der Hoffnung, dass sie mir etwas über ihre Familie erzählte. Ich wollte schauen, ob die Möglichkeit bestand, dass sie sich wieder mit ihren Angehörigen vertrug.

Vielleicht würde ich mich ja ein bisschen besser fühlen, wenn ich Marigold helfen konnte.

51. Kapitel

Florence

Mein Dienst war zu Ende, und ich war wieder unten im Keller und suchte diesmal nach Fällen, bei denen Gift im Spiel gewesen war. Zu meinem Glück hatte Kath, die vor einer halben Stunde gegangen war, Querverweise zu sämtlichen Akten erstellt. Das Schlagwort »Gift«, das ich in ihrem Indexverzeichnis gefunden hatte, hatte mir mehrere Hinweise eingebracht, denen ich nachgehen konnte.

Ich fand den Fall eines jungen Mannes aus dem Jahr 1954, wohnhaft im nahe gelegenen Dorf Barley. Dem jungen Mann wurden »verminderte intellektuelle Fähigkeiten« und »Verhaltensstörungen« attestiert. Er war von seiner Stiefmutter mit Arsen vergiftet worden. Ein weiterer Giftmord hatte sich 1961 ereignet, als eine Frau ihrer Freundin – in Wahrheit ihrer Rivalin in Sachen Liebe – einen Eierkuchen geschickt hatte, der mit Schierling versetzt war. Die Kinder, die den Eierkuchen abliefern sollten, hatten davon genascht, ihn bitter gefunden und die Polizei verständigt. Bei einem Versuch mit einem Hund war das Tier binnen Stunden verendet.

Nicht alle Fälle, auf die ich stieß, waren so dramatisch, doch anscheinend meldeten sich jedes Jahr Menschen mit Vergiftungssymptomen in den Notaufnahmen. Bei den meisten Fällen stellte sich das Ganze nach einer kurzen Untersuchung als eigenes Fehlverhalten heraus. Die Beeren der Schmerzwurz zum Beispiel hatten große Ähnlichkeit mit roten Johannisbeeren, und schon mehr als ein hungriges Kind war darauf hereingefallen. Die Johanniskrautbeeren waren leicht mit Blaubeeren zu verwechseln. Eine alte Dame, die ihr ganzes Leben lang Pilze gesammelt hatte, bezahlte dafür, einen Pilz falsch bestimmt zu haben.

Eine Zeitlang nahm ich an, dass es sich bei dem letzten Eintrag in dem Index um einen Irrtum handelte, und beachtete ihn nicht, bis ich mit den anderen Akten fertig war. Ich hatte nichts über das Black Moss Manor gefunden, über Vergiftungen von Kindern in behördlicher Obhut. Nichts, was mir helfen könnte. Eine Stunde war ich hier unten zugange, und ich war schon drauf und dran aufzugeben, als ich noch einmal einen Blick auf den letzten Eintrag warf.

Godfrey's Cordial.

Seufzend suchte ich die Akte heraus, doch als ich sie zum Schreibtisch brachte, war mir klar, dass der Eintrag kein Irrtum gewesen war. Vorn auf den Aktendeckel war eine Zeitungsreklame für ein Mittel gegen Schlaflosigkeit bei Kleinkindern und Neugeborenen geheftet worden. Die Illustration zeigte eine große verkorkte Flasche, die mit einer dunklen Flüssigkeit gefüllt war. Die Anzeige versprach verzweifelten Eltern stundenlangen erholsamen Schlaf.

Ich schlug die Akte auf und fand den Bericht eines Arztes innen an den Aktendeckel geheftet, der die Inhaltsstoffe von Godfrey's Cordial auflistete. Es schien sich im Wesentlichen um eine Mixtur aus Alkohol, Kümmel, Rübensirup und Opium zu handeln

Des Weiteren stand in dem Bericht, dass einer der

Hauptgründe der hohen Kindersterblichkeit im 19. Jahrhundert die weit verbreitete Praxis gewesen wäre, Kindern Narkotika zu verabreichen – vor allem Opium –, damit sie schliefen. Besonders Laudanum war billig und der Verkauf vollkommen unreguliert. Godfrey's Cordial und ähnliche Arzneien waren weithin in Apotheken erhältlich.

Die schiere Anzahl von Todesfällen bei Kleinkindern, die Godfrey's Cordial und ähnlichen Mitteln zugeschrieben wurden, war schockierend. Im letzten Jahrhundert hatten die Apotheker ohne behördliche Aufsicht gearbeitet. Die meisten Medikamente waren daher zu stark dosiert gewesen. Deshalb waren Babys und kleine Kinder an Medikamentenvergiftungen gestorben. Oder sie waren verhungert, weil sie wegen der überdosierten Medikamente die Nahrung verweigerten.

Godfrey's Cordial und sämtliche Nachahmermittel waren schon seit Jahrzehnten illegal, doch ich dachte mir, dass es für jemanden mit ein bisschen medizinischem Fachwissen bestimmt nicht schwer wäre, ein ähnliches Gebräu herzustellen. Das würde erklären, was ich erlebt und gesehen hatte. Den lustlosen, apathischen Zustand der Kinder, die unnatürliche Ruhe in dem Heim.

Hecate wusste etwas. Dessen war ich mir jetzt sicher. Sie hatte mir mit Absicht einen Hinweis gegeben. Sie stand mit irgendjemandem in dem Kinderheim in Verbindung, und wenn ich wusste, wer das war, dann könnte das mein Ansatzpunkt sein.

52. Kapitel

Sally

Nachdem ich zwanzig Minuten bei Marigold gesessen hatte – die während dieser Zeit wohlauf gewirkt, fröhlich mit den anderen Müttern geschwatzt und ein großes Gewese um den kleinen Henry gemacht hatte –, kam ich um kurz nach halb fünf nach Hause und wurde vom Gekeife der Mädchen begrüßt, die in der Küche standen und über irgendwas stritten. Ich trat ein und knallte die Küchentür zu. Das ließ sie zumindest verstummen. Cassie war kalkweiß, sie zitterte. Lunas Gesicht war rot und verquollen. Tränen hatten ihr Make-up verwischt, das sie gar nicht tragen durfte, und ihr Haar hatte sich aus dem Zopfband gelöst und hing ihr ums Gesicht wie das einer Meerjungfrau.

»Was ist hier los?«

Luna sank auf einen Stuhl. Sie ließ den Kopf auf die Tischplatte sinken, vergrub ihn in den Armen und brach laut schluchzend in Tränen aus.

»Lächerlicher Zwergenaufstand«, höhnte Cassie.

»Luna«, sagte ich, »erzähl mir, was los ist.«

Luna schluchzte noch heftiger.

»Was hat deine Schwester?«

Da Luna nicht antwortete, blieb mir nichts anderes übrig, als mit Cassie zu reden. Wie ich es erwartet hatte, wurden Lunas Schluchzer ein wenig leiser, damit sie hören konnte, was ihre Schwester antwortete.

»John hat mit ihr Schluss gemacht«, sagte Cassie. »Aber

die beiden sind ja auch gar nicht richtig zusammen gewesen. Sie waren nur befreundet, den Rest hat Luna sich eingebildet.«

Lunas Schluchzen wurde wieder lauter.

»Also ein bisschen mehr Mitleid könntest du schon haben.« Ich legte Luna die Hand auf die Schulter. »Schatz, wahrscheinlich braucht er einfach nur ein bisschen Zeit. Die Leute sagen sehr gemeine Sachen über uns. Er wird es sich noch mal überlegen. Ich weiß doch, dass er dich gernhat.«

Cassie schnaubte.

Das Geräusch der Türklingel ließ uns alle drei zusammenfahren.

»Ich geh hin.« Cassie machte sich auf den Weg zur Haustür.

»Bleib, wo du bist«, wies ich sie an. Ich hatte Angst, es könnten Reporter sein oder die Polizei. Ich hatte den Mädchen nichts von dem nächtlichen Eindringling erzählt.

Es war weder das eine noch das andere. Als ich die Windfangtür öffnete, sah ich zwei weibliche Gestalten draußen auf der Schwelle stehen. Die ältere, dickere war Daphne Reece, die Bibliothekarin der Stadt, und die größere, jüngere ihre Lebensgefährtin Avril Cunningham.

»Sally, hallo.« Daphne ergriff als Erste das Wort. »Wie geht es Ihnen, Liebes? Wir haben Ihnen einen Eintopf mitgebracht.« Sie hielt einen großen Kochtopf in den Händen.

»Gestern war Florence zum Abendessen bei uns«, erklärte Avril. »Sie hat uns von dem Einbrecher erzählt und dass die Polizei das nicht ernst nimmt. Wir wollten sehen, ob wir helfen können.«

»Und dafür sorgen, dass Sie und die Mädchen was Anständiges zu essen bekommen«, setzte Daphne hinzu.

Ich war schon im Begriff, ihnen zu sagen, dass ich keine Hilfe bräuchte – jedenfalls keine, die sie mir zuteilwerden lassen konnten –, als mir einfiel, dass Luna sich vielleicht am Riemen reißen würde, wenn wir Gäste hatten.

»Kommen Sie doch rein«, sagte ich. »Das ist sehr nett von Ihnen.«

Sie folgten mir in die Küche, wo ich feststellte, dass die Mädchen verschwunden waren. Daphne stellte den Topf auf den Küchentresen und setzte sich an den Tisch.

»Sie fühlt sich immer gleich wie zu Hause«, bemerkte Avril. »Seien Sie froh, dass sie kein Teewasser aufsetzt. Sally, ich möchte, dass Sie mich als Ihre Anwältin engagieren.«

Erschrecken durchzuckte mich, als mir Roys verkappte Drohungen wieder einfielen. War es also so weit? Würde ich als Larrys Komplizin angeklagt werden?

»Sie brauchen jemanden, der dafür sorgt, dass die Polizei gefälligst ihre Arbeit macht, wenn Sie eine Beschwerde vorbringen«, sagte Daphne.

»Ich kann auch als Larrys Anwältin fungieren«, bot Avril an. »Streng genommen bin ich keine Strafverteidigerin, aber ich würde einen benennen, der ihn vor Gericht vertritt. Larry mag das Gesetz gebrochen haben, aber Gerechtigkeit steht ihm trotzdem zu.«

»Sie brauchen jemanden, der auf Ihrer Seite ist«, verkündete Daphne. »Und Avril will auch kein Geld dafür.«

»Warum würden Sie das tun?«, fragte ich. Die beiden Frauen und ich waren nie Freundinnen gewesen. Ich kannte sie kaum.

»Nun ja, entgegen der landläufigen Meinung ist manchen Anwälten Gerechtigkeit wichtiger als Profit«, bemerkte Avril.

»Vielen Dank«, sagte ich. »Einverstanden.«

Beide sahen verblüfft aus, als hätten sie nicht damit gerechnet, dass ich so schnell einwilligen würde.

»Sally, praktizieren Sie noch?«, erkundige sich Daphne, als ich sie wieder zur Tür brachte.

»Was meinen Sie?«, fragte ich, obwohl ich genau wusste, was sie meinte.

»Wir möchten, dass Sie sich uns anschließen«, erklärte Avril. »Das ist keine Bedingung. Ich bin jetzt Ihre Anwältin, ganz gleich, wie Sie sich entscheiden, aber wir könnten eine Frau mit Ihren Fähigkeiten brauchen.«

Sie wollten, dass ich ihrem Hexenzirkel beitrat. Die beiden leiteten den ältesten Hexensabbat der Grafschaft. Sie hatten mich schon einmal angesprochen, doch mir war klar gewesen, dass Larry entsetzt gewesen wäre, und ich arbeite besser allein.

»Kommen Sie doch später in der Woche vorbei«, sagte Avril. »Dann habe ich die Unterlagen fertig, und Sie können unterschreiben.« Sie warf einen raschen Blick zurück in den Hausflur. »Und denken Sie darüber nach, worum wir Sie gebeten haben. Dass Sie bei uns mitmachen.«

»Wir wollen Sie nicht nur – wir brauchen Sie«, fügte Daphne hinzu. »In der Stadt sammeln sich dunkle Mächte, und ich sag's Ihnen ganz offen – wir haben Angst.«

53. Kapitel

Florence

Ich hatte gerade ein Gespräch mit meinem Vater beendet, als das Telefon erneut klingelte.

»Schwesternwohnheim Sabden«, meldete ich mich.

»Hey, Sexy«, sagte eine vertraute Stimme. Tom.

»Ich hoffe doch, du bist nicht noch bei der Arbeit«, grummelte ich. *Oder zu Hause,* dachte ich im Stillen. Ich hasste es, mir Tom bei sich zu Hause vorzustellen, bei seiner Frau, in einer Welt, zu der ich keinen Zutritt hatte.

»Zieh dir was Hübsches an. Ich hole dich ab.«

Schweig stille, mein Herz. »Keine gute Idee.«

»Ist kein Rendezvous. Ich stelle dich Dad vor.«

»Du willst mich deinem Vater vorstellen?«

»Noch einmal, das ist kein Rendezvous, Floss. Willst du jetzt mehr über das Black Moss Manor rausfinden, oder nicht?«

»Also, eigentlich wollte ich Marigold besuchen.« Ich hatte mich tatsächlich mit den Besuchszeiten vertraut gemacht. Natürlich wollte ich sehen, wie es ihr ging, aber ich wollte auch noch einmal versuchen, sie zum Reden zu bringen. Und ich machte mich im Stillen bereit für einen zweiten Besuch bei Hecate. Mal sehen, ob ich sie nicht mit ein bisschen Druck dazu bewegen konnte, mir Informationen zu geben, mit denen ich etwas anfangen konnte.

»Kannst du das nicht morgen machen?«, wollte Tom wissen.

Natürlich konnte ich das morgen machen. Ich sagte ihm, ich wäre in zehn Minuten fertig, und rannte nach oben, um mir die Haare zu kämmen und mein bestes Kleid anzuziehen. Es war pfirsichfarben – eine der wenigen warmen Farben, die sich nicht mit meinem Haar bissen – und hatte einen weißen Peter-Pan-Kragen. Zwei Minuten bevor ich mein Zimmer verließ, ließ ich den Heißwasserhahn am Waschbecken laufen und hasste mich gleichzeitig dafür. Der Spiegel beschlug. Ich glaubte, ganz schwach Schriftzeichen zu erkennen, doch selbst in meinem erregten Zustand war mir klar, dass sie nicht ganz neu waren.

Achten Sie auf die Spiegel. Ich durfte mich von dieser Frau nicht irremachen lassen.

Tom stieß einen Pfiff aus, als ich auf sein Auto zukam, und ich freute mich unwillkürlich, dass er mich ausnahmsweise mal in meiner besten Aufmachung zu Gesicht bekam. Ich trug die Polizeiuniform mit Stolz, aber sie war weit davon entfernt, sexy zu sein.

»Das ist kein Rendezvous«, ermahnte ich ihn. Wir fuhren aus der Stadt hinaus und bogen nach ungefähr anderthalb Kilometern von der Hauptstraße ab, um einer einspurigen Straße zu folgen, die aufs Moor hinaufführte.

»Du solltest dich übrigens von der alten Nutte da unten am Bahndamm fernhalten.« Tom schaltete in den zweiten Gang runter. »Die ist als Unruhestifterin bekannt. Überhaupt solltest du dich als Frau in dem Viertel lieber nicht rumtreiben.«

»Sie ist Spiritualistin und Medium, keine Prostituierte.«

»Als Medium ist sie gut, das muss ich ihr lassen«, sagte Tom. »Mum geht immer zu ihr. Aber Geister kontaktieren bringt nicht genug ein, um die Miete zu bezahlen. Das gleicht sie mit 'nem Nebenjob aus.«

»Was meinst du damit, deine Mum geht zu ihr?«

»Dad fährt sie immer hin und wartet draußen. Mit dem legt sich keiner an.«

»Ich erfahre heute ja eine Menge über dich«, stellte ich fest. »Ich glaube, sie könnte mit dem Black Moss Manor in Verbindung stehen. Vielleicht kennt sie ja einen von den Angestellten.«

»Gib dich nicht mit dem Fußvolk ab, Floss. Ich bringe dich gerade zum großen Boss.«

Mit diesen Worten bog Tom von der Straße ab und in die Auffahrt eines Privatgrundstücks ein. An deren Ende stand ein Herrenhaus, das ziemlich alt aussah. Ich tippte auf 16. Jahrhundert. Es war von bescheidener Größe, wie es bei Häusern aus dieser Zeit oft der Fall ist, mit zwei Flügeln zu beiden Seiten eines zurückgesetzten Haupttraktes und einem großen gusseisernen Portikus, der sich von einem Flügel zum anderen erstreckte. Wir fuhren an einem Schild vorbei, auf dem *Bedlam House* stand.

»Home, Sweet Home?«, erkundigte ich mich, weil ich dachte, Toms Eltern hätten vielleicht ein Cottage auf dem Gelände gemietet.

»Es ist nichts Besonderes, aber uns gefällt's.« Tom hatte so ein Feixen in den Mundwinkeln, als er den Wagen langsam über den groben Kies lenkte. Das war kein Witz. Es war wirklich kein Witz.

»Hier bist du aufgewachsen?«

Er lachte. »Nein. Ich bin in einem Polizeihaus mit vier Zimmern, Küche, Bad in der Earnsdale Road aufgewachsen. Dad wollte schon immer als Landwirt arbeiten, also hat er den Schuppen hier gekauft. Er wollte das Land, nicht das Haus, aber ich glaube, es gefällt ihm ganz gut, den Schlossherrn zu spielen.«

Wir hielten vor dem Haus neben zwei Autos, die bereits dort parkten. Ein Daimler und ein Aston Martin.

»Und mir wirfst du vor, ich sei vornehm.«

»Geld zu haben macht einen nicht vornehm, Floss.«

Dem konnte ich nicht widersprechen. Wir stiegen aus und gingen hinein.

Der frühere Besitzer des Hauses mochte zum Landadel gehört haben, doch das Mobiliar in seinem Innern zeigte die bescheideneren Wurzeln der Devines. Ein riesiger Kamin war zugemauert und durch einen Elektroofen ersetzt worden, eine Musiktruhe an der gegenüberliegenden Wand spielte ein Lied von Perry Como, und in der Ecke befand sich eine glänzende, mit Goldlack gestrichene Bar.

»Wir sind im Wohnzimmer«, rief eine tiefe Stimme, und ich folgte Tom in ein Zimmer, in dem vier Personen vor einem breiten Koppelfenster saßen und Karten spielten. Die drei Männer erhoben sich, die Frau zog an ihrer Zigarette und musterte mich von oben bis unten. Tom und sein Vater gaben sich die Hand, und dann stellte er mich vor.

Harry Devine war größer und breiter gebaut als sein Sohn, sah aber weniger gut aus. Seine Attraktivität hatte Tom von seiner Mutter Mary Devine, einer schlanken, dunkelhaarigen Frau Mitte vierzig, die ein geblümtes Kleid und kirschroten Lippenstift trug. Nachdem er mir die Hand gegeben hatte, stellte Harry mich Stadtrat Ernst Chadwick vor, einem untersetzten Mann Anfang siebzig. Er umklammerte mit einer großen bläulichen Hand ein Glas Whiskey und drückte meine mit der anderen.

»Freut mich, Kindchen«, sagte er. »Hab schon viel von Ihnen gehört.«

»Und das ist Albert Frost – Bertie für seine Freunde. Herausgeber der *Lancashire Morning Post*«, verkündete Harry, als ich dem Vierten im Bunde die Hand gab. Frost war sehr schmächtig und hatte dichtes weißes Haar und blassblaue Augen.

Ich kannte diese Namen. Die Gesichter dieser beiden hatte ich in dem alten Zeitungsartikel gesehen. Chadwick und Frost waren Kuratoren des Black Moss Manor.

»Was möchten Sie trinken, Florence?«, erkundigte sich Harry. »Tom, hol ihr doch bitte was! Kommen Sie, Mädchen, setzen Sie sich.«

Wir setzten uns, während Tom verschwand.

»Wie geht es Ihnen, Liebes?«, fragte Harry. »Wie kommen Sie zurecht?«

Ich folgte seinem Blick zu meiner verbundenen linken Hand. Vorhin im Schwesternheim hatte Jenny mir den Verband gewechselt, er war makellos sauber. Eigentlich sprach ich nicht gern über meine Verletzung, darüber, was ich durchgemacht hatte, aber ich wollte Informationen von diesen Leuten, und selbst welche zu geben wäre vielleicht ein guter Anfang.

»Ich habe Phantomschmerzen«, antwortete ich. »Es ist verrückt, aber ich kann den Finger immer noch fühlen. Er pocht und brennt und juckt. Mit der Zeit wird das besser, hat man mir gesagt.«

»Das hört man oft über amputierte Glieder«, sagte Stadtrat Chadwick. »Männer, mit denen ich gedient habe, die haben Arme verloren, Beine, alles Mögliche. Und Jahre später tun sie ihnen immer noch weh.«

»Müssen wir darüber reden?«, fragte Mary.

Tom kam mit zwei Drinks zurück. »Ich konnte keinen Piccolo finden«, verkündete er. »Geht auch Gin?«

Ich lächelte ihn an und dachte an das erste – und letzte – Mal, dass ich Piccolo getrunken hatte. An dem Abend, an dem Tom und ich zusammengekommen waren. Als ich den Blick abwandte, ertappte ich Mary dabei, wie sie mich beobachtete.

»Tom sagt, Sie machen sich Sorgen wegen des Black Moss Manor«, sagte Harry mit der Miene eines Mannes, der nicht um den heißen Brei herumredete. »Deswegen habe ich die beiden hierher gebeten.«

»Kann man Ihnen denn nicht eine nette Stelle irgendwo in einem Büro geben?«, fragte Mary. »In Burnley oder in Blackburn? In den größeren Dienststellen muss es doch passendere Stellen für junge Frauen geben. Die Superintendents haben doch alle Sekretärinnen, oder?«

»Tut mir leid, Mrs Devine, aber ich kann nicht mal Maschine schreiben«, erwiderte ich.

»Florence hat studiert, sie ist keine Sekretärin«, setzte Tom hinzu.

»Was haben Sie denn studiert?«, wollte Frost wissen.

»Jura«, antwortete ich und überlegte, wie ich das Gespräch wieder auf das Black Moss Manor lenken konnte.

»Dann könnten Sie doch Anwältin werden«, sagte Mary. »Man hört ja heutzutage, dass Frauen so was machen. In der Stadt gibt es doch diese Cunningham. Allerdings ist sie natürlich … nun ja, Sie wissen schon.«

»Florence wird mal Polizeichefin«, behauptete Tom. »Wenn ich den Job nicht kriege.«

Daraufhin lächelten alle, mit Ausnahme seiner Mutter.

»Ich mache mir wirklich Gedanken wegen des Black Moss Manor«, sagte ich. »Die Kinder dort …«

»Ich wette, Sie waren die einzige Frau unter den Polizeianwärtern«, fiel Chadwick mir ins Wort. »Wundert mich, dass Sie sich keinen Kerl geangelt haben.«

Tom saugte einen Eiswürfel in den Mund und steckte ihn in die Backentasche.

»Männer wollen keinen Blaustrumpf zu Hause«, bemerkte Mary. »Männer erwarten von Frauen eine gewisse Weiblichkeit.«

»Hübsches Kleid, Mum«, sagte Tom. »Hab ich dir das schon gesagt?«

Sie schnippte die Asche ihrer Zigarette in einen schweren Kristallaschenbecher. »Nein.«

»Ich war so ziemlich jeden Tag, seit ich bei der Polizei bin, als Schülerlotsin tätig«, sagte ich. »Ich weiß, wie sich Kinder verhalten. Sie rennen ständig herum, raufen zum Spaß, zanken und ärgern einander. Sie sind wahre Energiebündel, ihre Wangen glühen wie … ich weiß nicht, wie reife Äpfel. Nun, und die Kinder im Black Moss Manor sind vollkommen anders.«

»Sehr poetisch«, stellte Tom fest.

»Was?«

»Wangen wie reife Äpfel. Poetisch. Ich sag's ja nur.«

»Die Kinder im Black Moss Manor sind träge, fast apathisch. Sie sehen aus, als hätten sie Drogen bekommen. Aber sie sind auch ängstlich. Und die Strafen erscheinen mir ungewöhnlich hart.«

Ich dachte an das, was ich vorhin über Godfrey's Cordial herausgefunden hatte. War das fürs Erste eine Anschuldigung zu viel?

Chadwick räusperte sich.

»Es handelt sich um Problemkinder«, sagte er. »Ich will ganz ehrlich sein. Wahrscheinlich muss man denen irgendwelche Medikamente geben. Aber das Black Moss ist eine der führenden Institutionen seiner Art. Es sind schon Artikel darüber veröffentlich worden, wie sie dort arbeiten.« Er spreizte in seinem Sessel die Knie und gönnte mir einen guten Blick auf den Stoff seiner Hose, der sich über seinen Genitalien spannte.

»Und viele von diesen Kindern würden in großen gesichtslosen Heimen leben, wenn das Black Moss Manor nicht wäre«, fügte Frost hinzu.

»Das stimmt. Der Laden hat mich immer beeindruckt«, pflichtete Harry ihm bei.

Ich erzählte ihnen, was ich im Garten mit angesehen hatte, wie Kinder mit verbundenen Augen Verkehrskegeln ausgewichen waren.

»Das Spiel habe ich auch schon mal gesehen.« Frost entspannte sich sichtlich. »Also, eigentlich ist das kein Spiel, sondern bloß eine Art Test des räumlichen Bewusstseins. Ein Kind schaut zu, und er oder sie gibt dem Kind mit der Augenbinde Anweisungen. So wird überprüft, ob sie rechts und links auseinanderhalten können, und wie gut sie Entfernungen abschätzen können.«

»Könnte es das gewesen sein, was du gesehen hast, Florence?«, fragte Tom. »Vielleicht hast du die Anweisungen ja nicht gehört. Wie weit warst du von ihnen entfernt?«

Wenn er ihnen erzählte, dass ich auf einem Baum gehockt hatte, würde ich ihn umbringen

»Möglich ist es«, sagte ich. »Das würde es erklären. Aber es geht auch um eine junge schwangere Frau, die von dort weggelaufen ist, obwohl sie schon Wehen hatte, und zwar weil sie furchtbare Angst davor hatte, was sie mit ihr und ihrem Baby machen würden.«

»War das die Zurückgebliebene?«, erkundigte sich Chadwick.

»Marigold ist geistig behindert«, bestätigte ich. »Aber das erlaubt uns nicht, das, was sie sagt, einfach zu ignorieren. Sie hat von einer Freundin gesprochen, die umgekommen wäre, eine Freundin, von der die Asters angeblich nichts wissen.«

»Ich sag Ihnen was.« Frost beugte sich vor. »Ich lasse einen meiner Reporter Kontakt zu den Asters aufnehmen. Er kann ja sagen, er schreibt etwas über Kinderheime im Nordwesten, besonders über die, die auf behinderte Kinder spezialisiert sind. Dann kann er einen Besuchstermin ausmachen und sich da mal umsehen. Das gebe ich dem jungen Whitehead. Wenn da irgendwas läuft, dann findet er es. Manchmal kommt die Presse dahin, wo die Polizei nicht hinkommt. Wie hört sich das an, Florence?«

Es hörte sich an wie eine gute Idee. Das sagte ich auch und bedankte mich bei Albert Frost.

Mary stand auf. »Ich mache ein paar Sandwiches«, verkündete sie. »Florence, würden Sie mir helfen?«

»Deine Mum kann mich nicht ausstehen«, sagte ich, als Tom und ich den Hügel wieder hinunterfuhren.

»Sie kann keine von meinen Freundinnen ausstehen«, antwortete er.

»Wirklich, sie hat nämlich die ganze Zeit ein Loblied auf deine Frau gesungen, als wir in der Küche waren. Eileen ist ja so ein hübsches Mädchen und so eine gute Köchin und so eine tolle Hausfrau.«

»Natürlich ist Eileen hübsch. Glaubst du, ich hätte eine hässliche Frau geheiratet?«

Verdammt, das tat weh.

»Dann solltest du dich vielleicht darauf konzentrieren, mit deiner hübschen Frau verheiratet zu sein, und mich in Ruhe lassen.«

Er stieß einen leisen Pfiff aus. »Wo kommt das denn jetzt her?«

Es kam von der Feindseligkeit seiner Mutter, davon, dass ich mir im Haus seiner Eltern wie eine Betrügerin vorgekommen war, und von den Seitenblicken, mit denen Chadwick mich bedacht hatte, wenn er glaubte, Tom würde gerade nicht hinsehen. »Ich kann das nicht. Ich werde nicht dein kleines Verhältnis nebenbei sein.«

Tom fuhr an den Straßenrand, hielt dicht neben einer Mauer.

»Hör zu.« Er beugte sich zu mir herüber, fasste mich am Arm und drehte mich zu sich herum. »Woodsmoke hat mir gestern Abend die Leviten gelesen.«

Es war so selten, Tom vollkommen ernst zu sehen, dass es mir ein bisschen Angst machte. »Wegen mir?«, fragte ich.

Er nickte. »Im Grunde genommen hat er recht. Wenn der Glassbrook-Fall vor Gericht kommt, wird die Verteidigung tun, was sie kann, um die polizeilichen Ermittlungen zu diskreditieren, und du und ich stehen im Zentrum der Anklage der Staatsanwaltschaft. Wenn die uns irgendwie mit Dreck beschmeißen können, dann könnte das den ganzen Fall untergraben, und Glassbrook könnte davonkommen.«

»Es wird keinen Prozess geben. Larry bekennt sich schuldig.«

»Soweit wir wissen, ja. Und wenn er es sich nun anders überlegt? Das können wir nicht riskieren. Du und ich, wir müssen uns mustergültig benehmen, bis das Ganze vorbei ist. Und deswegen fahre ich dich jetzt auch auf kürzestem Weg zurück ins Wohnheim, ohne irgendwelche Mätzchen auf dem Nachhauseweg.«

Ich spürte Tränen kribbeln. »Ich hab's dir doch gerade gesagt – ich kann das nicht mehr. Es ist vorbei.«

Tom ergriff meine beiden Hände. »O nein, es ist verdammt noch mal nicht vorbei. Wenn Glassbrook für den Rest seines Lebens sicher hinter Gittern sitzt, verlasse ich Eileen.«

Ich starrte ihn an. Hatte er tatsächlich eben das gesagt, was ich …

Er schnitt eine Grimasse. »Bring mich bloß nicht dazu, sentimental zu werden, Floss. Das wird nur peinlich. Du bist alles, woran ich denken kann. Ich will mit dir zusammen sein. Wenn du mich nimmst.«

Natürlich würde ich ihn nehmen.

»An dem Tag, an dem Larry weggesperrt wird, gehen wir beide zu Rushton, und wir sagen ihm, was Sache ist«, verkündete Tom. »Er wird dafür sorgen, dass ich versetzt werde.«

»Das kannst du doch nicht machen«, wandte ich ein und dachte dabei: *Das würde er tun? Das würde er für mich tun?*

»Ich mache nächstes Jahr die Prüfung für die Beförderung zum Sergeant. Wenn ich eine Stelle kriege, werde ich sowieso versetzt. Du kannst in Sabden bleiben und deine Probezeit beenden. Wir suchen uns ein Haus irgendwo dazwischen.«

»So einfach ist das?«

Tom nickte und lächelte mich an. Er sah rundum glücklich aus. »Ja«, sagte er. »So einfach ist das.«

54. Kapitel

Sally

Schon mal versucht, einem Mädchen im Teenageralter zu erklären, dass der Junge, in den sie sich verguckt hat, ihre Aufmerksamkeit nicht verdient? Das wollen sie nie hören, und Luna wollte es auch nicht hören. Ebenso wenig zeigten meine beiden Töchter irgendwelche Begeisterung für den Vorschlag, Larry am Samstag zu besuchen. Stattdessen beteuerten sie in einem seltenen Moment der Einigkeit, sie würden keinen Fuß ins Gefängnis setzen und es wäre ihnen egal, wenn sie ihn nie wiedersehen oder nie wieder mit ihm sprechen würden.

Die gute Nachricht war, dass die Freundinnen der Mädchen sich allmählich wieder zurückmeldeten. Tammy Taylor, eine langjährige Freundin von Luna, klopfte an unsere Tür, nicht lange nachdem Daphne und Avril gegangen waren. Sie und Luna hockten zwei Stunden in Lunas Zimmer. Nach dem, was ich hören konnte, als ich draußen vor der Tür stand, lästerten sie die meiste Zeit über John.

Am Tor zur Nacht schlüpfte ich hinaus und ging durch den Obstgarten zu den Bienenstöcken. Vier Stöcke standen entlang der Begrenzungsmauer des Gartens, wo die Bienen leichten Zugang zu dem Klee und dem Heidekraut auf dem Hügel hatten und zu dem Fingerhut, den ich an diesem Ende des Gartens gepflanzt hatte. Unter dem nächstgelegenen Apfelbaum stand immer ein Stuhl, und nachdem ich die Blätter von der Sitzfläche gewischt hatte, setzte ich mich.

Die Sammelbienen kehrten gerade zurück. Den ganzen Tag lang waren sie fleißig gewesen. Jetzt würden sie sich ausruhen müssen. Die jüngeren Arbeiterinnen tanzten noch an den Eingängen der Stöcke herum. Eine Sammelbiene landete auf meinem Arm, so leicht wie Distelflaum. Das geschah oft, wenn ich bei den Stöcken saß, still und reglos. Sie verwechselten mich mit ihrem Zuhause. Ich fasste das immer als Kompliment auf.

»Ich muss euch vielleicht verlassen«, sagte ich. »Es tut mir leid.«

Ohne mich, die sich um sie kümmerte, würden die

Stöcke nicht lange überleben. Ich hatte sie seit fast zwanzig Jahren. Larry hatte sie als Hochzeitsgeschenk für mich gebaut.

Der Tag wurde dunkler, genau wie meine Gedanken. Ich weiß nicht, ob das schiere Ausmaß all dessen, was ich verloren hatte, mir klar wurde, bevor ich mich damit konfrontiert sah, auch meine Bienen zu verlieren. Dunkelheit fiel über das Land, und auch meine Tränen fielen. Mir wurde kalt, und um die Bienenstöcke herum hörte jegliche Aktivität auf.

In der Stadt sammeln sich dunkle Mächte, und wir haben Angst.

Vorhin hatte ich so wenig über Avrils Worte nachgedacht. Mein Kopf war voll gewesen, voll von Luna und Larry, von Roy und meiner bedrohten Arbeitsstelle, doch als es dunkler wurde, kamen auch noch finstere Gedanken. Einerseits war das, was Avril gesagt hatte, unlogisch. Das Böse hatte die Stadt in Gestalt von Larry heimgesucht, doch er war nicht mehr da. Es war vorbei.

Nur fühlte es sich nicht so an. Instinktiv wusste ich sehr genau, was Avril meinte.

Der Himmel war dunkelviolett, als ich ganz steif vor Kälte aufstand und zum Haus zurückging. Gerade wollte ich die Hintertür abschließen, als ich die Musik hörte.

Eine einsame Gitarre, eine tiefe Männerstimme. Irgendwo ganz in der Nähe sang Elvis Presley »Are You Lonesome Tonight?« Als er ans Ende der ersten Strophe kam, stimmten die Background-Sängerinnen ein.

Larrys Musik. Ich hatte keine Ahnung, welches der Mädchen die alten Schallplatten ihres Vaters hörte, aber ich konnte es nicht ertragen. Eher würde ich sie alle zertrümmern, als mir noch einmal auch nur eins von diesen Liedern anzuhören. Nur kam die Musik gar nicht aus dem Haus. Ich machte das Licht aus und wartete darauf, dass meine Augen sich an die Dunkelheit gewöhnten.

Das Fenster von Larrys Werkstatt war erleuchtet. Dort drin hatte er einen Plattenspieler, für den Notfall, wenn im Radio nicht oft genug seine Lieblingssongs liefen. Seine Bewunderung für Elvis hatte an Besessenheit gegrenzt. Irgendjemand war jetzt da drin und spielte seine Schallplatten.

Das Lied endete. Ein paar Sekunden verstrichen, dann begann ein anderes. »Jailhouse Rock«.

Ich rannte durch den Flur und griff nach dem Telefonhörer.

»Polizeirevier von Sabden.«

»Hier ist Sally Glassbrook. In der Werkstatt meines Mannes ist jemand.«

»Ich verstehe. Und ist das ein Problem, Mrs Glassbrook?«

Ich holte tief Luft. »Ja. Die Werkstatt sollte abgeschlossen sein. Jemand ist da eingebrochen.«

»Waren Sie draußen und haben nachgeschaut, Mrs Glassbrook?«

»Nein, weil ich Angst habe. Können Sie bitte jemanden hier rausschicken?«

»Wenn Sie nicht draußen waren, woher wissen Sie dann, dass jemand eingebrochen ist?«

»Da drinnen brennt Licht, und jemand spielt die Schallplatten meines Mannes.«

»Welches Lied denn?«

»Wie bitte?«

»Ich meine, sind Sie sicher, dass das die Platten von Ihrem Mann sind? Woher wissen Sie, dass Sie da nicht die Musik von einem Nachbarn hören?«

»Sie kommt aus der Werkstatt.«

»Na schön, Mrs Glassbrook, ich melde das. Sind Sie und Ihre Töchter im Haus in Sicherheit?«

»Wir sind im Haus. Ob wir in Sicherheit sind, ist ein andere Frage.«

»Da kommt gerade noch ein Anruf rein. Erst mal auf Wiederhören, Mrs Glassbrook.«

Die Leitung war tot. Niemand würde kommen.

Ich ging zurück in die Küche. »Jailhouse Rock« näherte sich seinem Höhepunkt. Ich zog eine Schublade auf und holte ein Messer heraus. Dann ging ich zurück zur Hintertür, drehte leise den Schlüssel im Schloss, schlüpfte hinaus und schloss die Tür wieder ab. Damit hatte ich mir den Fluchtweg abgeschnitten, aber niemand würde an meine Töchter herankommen.

Der Vollmond erhellte die Nacht, als ich über das Gras auf den Schuppen zuging. Das Messer in meiner Hand machte mir ein wenig Mut. An der Tür der Werkstatt hielt ich inne. Die Musik hatte aufgehört. Doch jetzt fing sie von Neuem an. »Love Me Tender«. Dazu hatten wir auf unserer Hochzeit getanzt.

Mir kam ein verrückter Gedanke. Der Mann, den ich neulich Abend in unserem Haus gesehen hatte, der Cassie angefasst hatte, hatte ausgesehen wie Larry. Vielleicht war er geflohen, und aus irgendeinem Grund konnten die Behörden das nicht öffentlich machen. Die Musik war das

Erkennungszeichen für mich. Mit einem merkwürdigen draufgängerischen Gefühl, fast so, als bewegte ich mich in einem Traum, öffnete ich die Tür.

Die Werkstatt war von einer einzelnen Kerze trübe erhellt. Mein Blick huschte zu Larrys Plattenspieler auf der Werkbank gegenüber der Tür. Jemand hatte sechs 45er-Schallplatten aufgelegt, und das Gerät spielte sie nacheinander ab.

Etwas Schweres, Wuchtiges fiel zu Boden. Das Poltern hallte in der Stille wider. Drüben an der gegenüberliegenden Wand stand die Tür zum Holzschuppen einen Spalt offen. Dahinter befand sich ein fensterloser Raum, in dem Larry seine Bretter aus edlem, schwerem Hartholz lagerte. Eines davon war umgefallen.

»Wer ist da?«, rief ich. Stille. Dann hörte ich das Knarren einer Türangel. Irgendjemand öffnete die großen Garagentore, die aus dem Holzschuppen hinausführten. Eilige Schritte waren draußen auf dem Kies zu hören. Ich sah einen Schraubenschlüssel auf der Werkbank und hob ihn auf. Jetzt hatte ich zwei Waffen.

Im Holzschuppen war es finster. Ohne das Messer loszulassen, griff ich nach oben und schaltete das Deckenlicht ein. Der Schuppen war leer, doch die großen Garagentore, die dazu dienten, die fertigen Särge zu verladen und abzutransportieren, standen weit offen. Ich war sicher, dass ich die Gestalt eines schwarz gekleideten Mannes über die Auffahrt verschwinden sah.

Mit heftig pochendem Herzen schloss ich die Tore und verriegelte sie.

Die Musik lief immer noch, als ich wieder in die Werkstatt kam. Kaum hatte ich sie ausgemacht, als ich draußen ein Geräusch hörte. Schritte – langsam und vorsichtig, von jemandem, der versuchte, leise zu sein, aber zu groß und zu unbeholfen war, als dass ihm das gelang. Die Hand mit dem Schraubenschlüssel hoch erhoben, trat ich neben die Tür.

Ein hochgewachsener Mann trat in die Werkstatt. »Sally?«

Ich schlug zu. Der Mann wich aus, und ich traf ihn an der Schulter. Er ächzte vor Schmerz, und ich hob das Messer. Der Mann packte meinen Arm.

»Sally, Herrgott noch mal, was machen Sie denn? Ich bin's.«

Diese Stimme kannte ich.

»Legen Sie das Messer weg. Geben Sie's mir. Oder lassen Sie es fallen.«

Ich ließ das Messer auf die Werkbank fallen.

Das reichte PC Butterworth nicht. »Treten Sie von da weg, Sally. Dahin, wo ich Sie sehen kann. Wo ist der Lichtschalter?«

»Links neben der Tür.«

Nachdem er das Licht angemacht hatte, sahen wir einander an.

»Ich wusste nicht, dass Sie es sind«, beteuerte ich. »Ich hatte Angst. Entschuldigen Sie.«

Randy sah sich in der Werkstatt um, betrachtete das Durcheinander. »Wenn man die Polizei anruft, sollte man eigentlich auch damit rechnen, dass die Polizei kommt«, bemerkte er.

»Aber nicht hier«, erwiderte ich. »Jetzt nicht mehr.«

Er machte sich nicht die Mühe, dem zu widersprechen.

»Na schön, zugegeben, ich weiß nicht genau, ob die vorhatten, jemanden zu schicken. Ich habe auf dem Revier gehört, wie jemand was darüber gesagt hat, und ich dachte, ich schaue lieber mal nach.«

»Mum, was ist denn los?«

Es war Cassie, blass und ängstlich, in der Hintertür des Hauses.

»Gar nichts«, rief ich zurück. »Randy ist nur vorbeigekommen, um sich zu vergewissern, dass bei uns alles in Ordnung ist.«

»Ist es aber nicht«, sagte Randy leise, »stimmt's?«

55. Kapitel

Florence

Donnerstag, 7. August 1969

»Sind Sie jetzt beruhigt?«, fragte Randy.

»Ein bisschen«, antwortete ich. »Die Leute haben mich ernst genommen, und ein guter Journalist sollte in der Lage sein zu merken, wenn da irgendetwas nicht stimmt. Wenigstens bedeutet das, dass ich nicht noch mal mit dieser verrückten Spiritualistin zu reden brauche.«

Randy und ich saßen in der Kantine. Seine Augenbrauen zuckten auf und ab, als ich ihm erzählte, dass ich Toms Eltern kennengelernt hätte, doch er sagte nichts. Er hatte gerade begonnen, mir den Zwischenfall bei den

Glassbrooks zu schildern, als wir eine Frau schreien hörten. Alle im Raum blickten auf. Ein paar erhoben sich.

»Das ist Sally«, sagte ich.

Randy schob bereits seinen Stuhl zurück. Zusammen rannten wir hinaus und in die Eingangshalle. Tatsächlich stand Sally vor dem Empfangstresen.

»Ich habe zwei Töchter im Teenageralter!«, brüllte sie den Sergeant an. »Was zum Teufel ist los mit euch?«

In der Halle war es voll. Randy und ich mussten an mehreren Leuten in der Wartschlange vorbei, um an Sally heranzukommen.

»Kommen Sie, Sal.« Randy nahm sie am Arm. »Wir machen Ihnen eine Tasse Tee.«

»Zustände sind das«, brummte eine Frau in der Schlange.

»Eine Schande«, stellte eine zweite fest, die sich nicht die Mühe machte, die Stimme zu senken.

Sally fuhr herum und sah die beiden an, forderte sie stumm heraus, sich offen mit ihr anzulegen. Keine von beiden tat es. Ich hätte es auch nicht getan. Sallys Haar hing offen herab, und sie hatte einen irren Blick in den Augen.

»Sally, kommen Sie mit«, drängte ich.

Randy und ich führten sie aus der Halle, den Flur hinunter und in ein Vernehmungszimmer.

»Was wird wegen gestern Abend unternommen?«, wollte sie wissen, noch ehe die Tür zu war.

»Kann ich Ihnen einen Tee holen?« Ich stand an der Tür. Sally in dieser Stimmung, das machte mich definitiv nervös.

Sie machte Front gegen uns beide. »Nein, ich will keinen Tee. Ich will wissen, was ihr dagegen tut, dass meine Töchter bedroht werden.«

»Das sollten Sie Ihrer Anwältin überlassen«, sagte Randy. »Dafür sind die doch da.«

»Wir müssen bei Ihnen die Schlösser auswechseln«, sagte ich. »An beiden Haustüren, am Holzschuppen und an Larrys Werkstatt. Ich versuche, das für morgen zu veranlassen. Vielleicht hat Dwane Zeit. Das ist das Wichtigste.«

»Nein!«, brüllte sie. »Das Wichtigste ist herauszufinden, wer bei mir einbricht.«

Wir drehten uns alle um, als wir rennende Schritte näher kommen hörten. Dann wurde die Tür aufgerissen.

»Notfall im Burnley General«, brachte der Constable heraus, der keuchend dastand. »Die wollen, dass wir das übernehmen, weil diese junge Frau das ausgelöst hat. Sie wissen schon« – sein Blick huschte von Sally zu mir – »die, die hier das Baby gekriegt hat.«

Sally und ich sahen uns an.

Marigold.

56. Kapitel

Sally

Florence und ich rannten über den Krankenhausflur. Randy war dicht hinter uns.

»Da entlang«, rief ich, als wir um eine Ecke bogen, durch die Doppeltür stürzten und dabei nur ganz knapp einen Pflegehelfer verfehlten. Auf der Entbindungsstation sah ich

Mütter mit weit aufgerissenen Augen ihre Babys umklammern.

»Sie ist da drin«, rief uns eine Schwester zu, und wir rannten weiter durch die Station und blieben vor der Tür des Waschraums stehen. Eine kleine Schar Schwestern, Pfleger und Helfer hatte sich dort versammelt. Randy stemmte die Hände auf die Knie, um wieder zu Atem zu kommen.

»Wie lange ist sie schon da drin?«, wollte Florence wissen.

»Eine halbe Stunde«, berichtete die Stationsschwester. »Gleich nach der Nachmittagsvisite hat sie angefangen, sich aufzuregen. Wir haben Angst, dass sie dem Baby was antut.«

Ich hielt ein Ohr an die Tür. »Marigold, ich bin's, Sally«, rief ich. »Florence ist auch hier. Wie geht es Henry?«

Hinter der Tür war leises Schluchzen zu hören. Außerdem ein Schluckauf. Das könnte das Baby sein, dachte ich.

Florence wandte sich an die Stationsschwester.

»Wodurch ist das ausgelöst worden?«, fragte sie.

»Sie ist einfach durchgedreht«, antwortete eine der Schwestern, ehe die Stationsschwester den Mund aufmachen konnte.

»Irgendetwas hat ihr Angst gemacht.« Florence schaute in die Gesichter vor ihr. Die meisten wichen ihrem Blick aus. »Hat jemand das Black Moss Manor erwähnt?«, wollte sie wissen. »Waren die Asters wieder bei ihr?«

»Sie soll morgen entlassen werden«, sagte die Stationsschwester. »Wenn ihre Angehörigen sie nicht abholen, bleibt ihr doch gar nichts anderes übrig, als ins Black Moss Manor zurückzugehen.«

»Und das hat ihr jemand gesagt?«, fragte Florence. »Kein Wunder, dass sie hysterisch geworden ist.«

»Können Sie bitte alle wieder an Ihre Arbeit gehen?«, sagte Randy. Er wandte sich an die Stationsschwester. »Schwester, vielleicht sollten Sie an der Tür zur Station warten. Schauen wir doch mal, ob WPC Lovelady und Mrs Glassbrook die junge Frau zur Vernunft bringen können.«

Randy hatte denselben Dienstgrad wie Florence und war nicht viel älter, doch die Frauen hörten auf ihn, so wie sie es bei Florence gewiss nicht getan hätten. Die Menge zerstreute sich, bis nur noch die Stationsschwester da war.

»Treten Sie bitte zurück, Schwester«, wies Randy sie an. »Also los, Florence.«

Florence trat vor die Tür. »Marigold«, rief sie. »Die Leute sind weg. Jetzt sind nur noch ich und Sally hier. Und PC Butterworth. Er ist hier, um auf dich und Henry aufzupassen. Kannst du jetzt rauskommen?«

Wir hörten Marigold leise vor sich hin schluchzen.

»Marigold, bitte sag uns, was los ist«, sagte ich.

»Ich geh nicht zurück. Die bringen uns um. Wie Wendy. Wendy haben sie auch umgebracht.«

Florence und ich wechselten einen Blick. Wieder Wendy?

»Marigold, mach die Tür auf, dann können wir darüber reden«, drängte Florence. »Du vertraust mir und Sally doch, nicht wahr?«

»Die kommen mich holen. Die Schwester hat gesagt, morgen kommen sie mich holen. Ich geh nicht zurück.«

»Marigold, du brauchst nicht zurückzugehen«, beteuerte ich. »Du musst nirgendwo hingehen, wo du nicht willst.«

Florence sah mich mit gerunzelter Stirn an, weil ich Versprechen machte, die ich nicht halten konnte. Uns waren die Hände gebunden, wenn die Behörden nicht einschritten, um Marigold zu helfen. Es gab nichts, was ich tun konnte.

Oder doch.

»Marigold, du kannst bei mir wohnen«, sagte ich. »Du kannst bei mir bleiben, bis wir etwas gefunden haben.«

Randy sah mich mit großen Augen an, während Florence mich am Arm packte und mich von der Tür wegzog.

»Sally, das können Sie nicht machen. Sie haben doch schon genug am Hals.«

»Florence hat recht, Sal. Das ist keine gute Idee«, pflichtete Randy ihr bei.

Ich schaute von einem zum anderen. »Hat einer von euch eine bessere Idee?«

So eine Überraschung – beiden fiel nichts ein.

»Sie kann Ihr ehemaliges Zimmer haben«, sagte ich zu Randy, bevor ich wieder vor die Badezimmertür trat. »Marigold, hast du gehört? Ich habe ein Zimmer in meinem Haus, in dem ihr wohnen könnt, du und Henry. Und ich habe zwei Töchter. Wir werden also zu fünft sein. Wie hört sich das an?«

»Ich muss nicht zurück ins Black Moss?«

»Nein.« Ich holte zitternd Luft. »Du kannst bei mir wohnen, bis wir ein richtiges Zuhause für dich finden.«

Die Tür ging auf. Marigold stand mit gerötetem Gesicht da, tränenüberströmt. Der kleine Henry schlummerte fest in ihren Armen.

57. Kapitel

Florence

Randy und ich verließen das Krankenhaus als Erste und fuhren zurück nach Sabden, zum Haus der Glassbrooks, wo wir in der Auffahrt parkten und darauf warteten, dass Sallys Wagen auftauchte.

»Wir dürften eigentlich gar nicht hier sein«, bemerkte Randy. »Rushton kriegt 'ne Krise, wenn er das rausfindet.«

»Und trotzdem sind wir anscheinend die Einzigen, denen das wichtig ist«, entgegnete ich.

»Man kann's den Jungs nicht verdenken«, meinte Randy. »Die sehen nur Larry Glassbrooks Familie, Leute, die einen Mörder gedeckt haben. Wir kennen sie im Gegensatz zu denen.«

Die Heidekrautblüte hatte den Pendle Hill und das umliegende Hochmoor dunkelviolett gefärbt, und die Farbe schien sich in den Wolken widerzuspiegeln.

»Ich habe gern hier gewohnt«, sagte Randy. »Und ich hab's nicht mitgekriegt. Das mit Larry, meine ich.«

»Ich auch nicht«, antwortete ich. »Erst als …«

»Ja.« Er seufzte tief. »Die waren für mich wie meine Familie.«

Am liebsten hätte ich ihn umarmt, so viel Schmerz lag in seiner Stimme.

Das Geräusch eines Motors ließ uns herumfahren. Marigold saß mit Henry in den Armen auf dem Beifahrersitz von Sallys Auto. Wir gingen über den Rasen auf sie zu.

»Wann ist denn das passiert?«, fragte Randy, als er den hässlichen Kratzer an der Seite von Sallys Wagen sah.

»Irgendwann in den letzten paar Tagen«, erwiderte Sally. »Irgendwer ist mit dem Schlüssel dran entlanggefahren. Ich sollte froh sein, dass es nur dieser Kratzer ist.«

Als wir hineingingen, kam Luna gerade die Treppe herunter. Sie sah aus, als hätte sie geweint, doch ihre Miene hellte sich ein wenig auf, als sie das Baby sah.

»Möchte Cassie ihn vielleicht auch kennenlernen?«, fragte ich, während Luna Henry in den Armen wiegte.

»Wo ist sie?«, wollte Sally wissen.

»Irgendwo draußen.« Luna schniefte. »Sie wollte mir nicht sagen, wo sie hingeht. Aber sie hat dein Parfüm genommen.«

Ich setzte Teewasser auf. Dann brachte ich Marigold zum Stillen ins ehemalige Untermieter-Wohnzimmer, während Sally und Randy auf den Dachboden stiegen, um nach alten Babykleidern und anderem Zubehör zu suchen. Als Henry zufrieden nuckelte, sagte ich: »Marigold, wir müssen über das Black Moss Manor reden.«

Sie schlug die Augen nieder.

»Wenn sie dort jungen Frauen wie dir und ihren Babys etwas zuleide tun, dann müssen wir das wissen. Es könnten auch andere in Gefahr sein.«

»Ich hab's durcheinandergebracht«, sagte Marigold. »Sie haben gemeint, dass sie mein Baby nehmen, aber nur, wenn ich einverstanden bin.« Sie schaute auf. »Ich bin nicht einverstanden. Ich behalte ihn.«

»Das ist schön. Haben sie dir mal irgendetwas Merkwürdiges zu trinken gegeben? Irgendetwas, das komisch geschmeckt hat?«

Ihre Miene wurde ausdruckslos. Sie schüttelte den Kopf.

»Hat dir jemand wehgetan, als du dort warst?«

Sie murmelte irgendetwas vor sich hin.

»Was hast du gesagt?«, fragte ich.

»Sie haben gesagt, ich darf nicht raus. Ich musste in meinem Zimmer bleiben. Das war langweilig.«

Und plötzlich war es, als hätte jemand in Marigolds Augen ein Licht angeknipst. »Ich hab mich rausgeschlichen«, sagte sie. »Ich wollte zu …« Sie stockte. Das Licht ging aus.

»Wolltest du zu Wendy?«, fragte ich.

Sie schüttelte den Kopf. Ich war mir sicher, dass sie log.

»Hast du mal gesehen, dass einem von den Kindern wehgetan worden ist?«, wollte ich wissen.

Wieder Kopfschütteln.

Ich versuchte es anders. »Wo hast du gewohnt, bevor du ins Black Moss Manor gekommen bist? Wo bist du zu Hause?«

Wieder die ausdruckslose Miene. Diesmal traten ihr Tränen in die Augen.

Hinter ihr erschien Sally in der Tür. »Hast du in Nelson gewohnt, Marigold?«

»Was ist Nelson?«

Sally sah mich finster an, und ich spürte, wie mich Verzweiflung überkam.

»Marigold, was ist mit Wendy passiert?«

Sie runzelte die Stirn. »Darüber sollen wir nicht reden. Wir dürfen nicht darüber reden. Niemals.«

Sally trat zu mir. »Das reicht, Florence«, sagte sie. »Randy sagt, Sie beide müssten jetzt aufs Revier zurück. Er wartet draußen auf Sie.«

Ich kam bei Marigold nicht weiter. Entweder hatte sie furchtbare Angst, oder sie war wirklich durcheinander. Möglicherweise ein bisschen von beidem. Und ich konnte auch niemanden auf dem Revier dafür erwärmen, sich näher mit dem Black Moss Manor zu befassen. Das Heim würde regelmäßig von den Behörden inspiziert, sagte man mir, und etwaige Probleme wären dabei bemerkt worden.

Die Vorfälle bei den Glassbrooks wurden ebenfalls ignoriert.

»Die Glassbrooks werden schikaniert«, beharrte ich. »Bei ihnen wurde eingebrochen, Sallys Auto wurde mutwillig beschädigt. Sie haben wirklich Angst, und wir tun nichts.«

»Sie sollten aus der Stadt verschwinden«, meinte Woodsmoke. »Hier werden sie nie wieder willkommen sein. Die Leute werden immer sagen, dass sie etwas gewusst haben müssen.«

»Und Sie und der kleine Randy müssen sich auch vorsehen«, fügte Sharples mit leiser Stimme hinzu. »Es gibt Leute, die fragen, wie ihr beide so lange in dem Haus habt wohnen können, ohne zu merken, was da los war.«

»Ich hab's doch gemerkt«, entgegnete ich.

Bei meinem Ton zog er die Brauen hoch, doch selbst Sharples wusste, auf welche Kämpfe er sich einlassen konnte und welche er vermeiden musste. »Ja, und Sie waren nicht lange da im Haus«, meinte er, »aber Butterworth hat zwei Jahre da gewohnt. Nach dieser Geschichte kann er von Glück sagen, wenn er's jemals bis zum Sergeant bringt.«

Die Andeutung war unmissverständlich. Wenn Randy und ich bei der Polizei etwas werden wollten, dann durften wir uns nicht auf die Seite der Glassbrooks stellen. Für Randy könnte es vielleicht schon zu spät sein.

58. Kapitel

Sally

Mir blieb nichts anderes übrig, als Marigold und das Baby bei Luna zu lassen und wieder zur Arbeit zu fahren. Als ich nach Hause kam, war es früher Abend, und nachdem ich rasch nach den dreien geschaut hatte – alle waren wohlauf –, ging ich nach oben, um mich umzuziehen. Ich schob das Fenster hoch, um Luft hereinzulassen, und hörte unten Stimmen. Direkt unter meinem Fenster stand eine Bank, und Luna und Marigold saßen darauf und schwatzten. Ein leises Glucksen verriet mir, dass Henry auch dabei war.

»Er lächelt mich an«, verkündete Marigold gerade.

»Mum sagt, in diesem Alter ist das noch kein Lächeln. Das sind Blähungen«, sagte Luna.

»Blähungen kommen doch am anderen Ende raus.« Marigold machte ein Pupsgeräusch.

Ich wandte mich gerade vom Fenster ab, als Marigold wieder zu sprechen anfing: »Kommt mein Freund auch her, Luna?«

Einen Moment herrschte Schweigen.

»Ich habe gar nicht gewusst, dass du einen Freund hast, Marigold«, sagte Luna.

»Wie hab ich denn sonst ein Baby gekriegt, Dummerchen?«

Ich konnte keinerlei Furcht in Marigolds Stimme hören, und dabei war ihr Baby doch laut Florence das Resultat einer inzestuösen Vergewaltigung.

»Wie heißt denn dein Freund?«, erkundigte sich Luna. Kluges Mädchen.

»Peter«, sagte Marigold. »Peter Piper Picked a Peck of Pickled Pepper.«

»Das ist aber ein langer Name.«

»Das ist nicht sein Name. Das ist ein Zungenbrecher. Hast du auch einen Freund?«

»Nein.« Lunas Stimme war kalt geworden.

»Hat Cassie einen Freund?«

»Ich gehe jetzt rein. Bis nachher.«

Ich hörte Schritte auf dem Kies, als Luna davonging.

59. Kapitel

Florence

Freitag, 8. August 1969

Am Freitag, dem fünften Tag seit meiner Rückkehr aufs Revier, ließ ich das Mittagessen sausen und fuhr mit dem Fahrrad zur Redaktion der *Lancashire Morning Post.* Die Fassade des Gebäudes war unscheinbar. An dem Schild blätterte die Farbe ab, und die Fotos im Fenster schienen seit den fünfziger Jahren nicht mehr aktualisiert worden zu sein. Eine Glocke ertönte, als ich eintrat. In dem Büro gleich hinter der Tür arbeiteten zwei Männer und eine Frau mit dem Rücken zur Tür an Schreibtischen. Niemand blickte auf.

»Kann ich Ihnen helfen?«, rief die Frau.

»Ich würde gern Mr Frost sprechen«, sagte ich.

»Um was geht's?« Noch immer hob sie den Kopf nicht.

»Um das Black-Moss-Kinderheim.«

Einer der Männer schaute auf, der jüngere der beiden, und ich sah, dass es gar kein Mann war, sondern eine sehr hochgewachsene junge Frau, die Anzug, Hemd und Krawatte trug. Sie war ungefähr in meinem Alter, mit großem reizlosem Gesicht und sehr kurzem dunklem Haar. Eine dicke Brille mit dunklem Gestell ließ vermuten, dass sie kurzsichtig war.

»Er ist nicht da«, sagte die ältere Frau zu ihrer Schreibmaschine.

»Wann kommt er denn wieder?«

»Morgen? Nächste Woche?« Unterdrückte Heiterkeit schwang in ihrer Stimme mit.

»Sie ist von der Polizei, Amy«, bemerkte die jüngere Frau.

Endlich sahen auch die anderen auf. Die ältere Frau erhob sich sogar und machte einen Schritt auf den Tresen zu. »Mr Frost arbeitet für gewöhnlich nicht hier«, erklärte sie. »Wir wissen nie, wann er hier sein wird.«

»Können wir Ihnen irgendwie helfen?«, erkundigte sich die jüngere Frau.

Ich sah den Mann an, der inzwischen das Interesse verloren hatte und weitertippte. »Sir, heißen Sie Whitehead?«

Er schüttelte den Kopf. Ich hätte nicht überrascht sein sollen. Frost hatte von dem »jungen Whitehead« gesprochen. Dieser Mann war alles andere als jung. Ich sah die Frau an. »Miss Whitehead?«

»Abby Thorn«, sagte sie. »Tim Whitehead hat die Zeitung vor vier Wochen verlassen. Er arbeitete jetzt beim *Echo* in Liverpool.«

Ich war mir sicher, dass Frost Whitehead gesagt hatte. »Mr Frost hat gesagt, er würde ihn bitten, sich mit einer Story über das Black Moss Manor zu befassen«, erklärte ich. »Wissen Sie, ob er jemand anderen damit beauftragt hat?«

Abby Thorn schüttelte den Kopf. »In der Redaktion gibt's nur mich und Alf. Amy ist für die Kleinanzeigen zuständig. Dich hat er nicht gefragt, Alf, oder?«

Alf zog beide Schultern hoch. Ich fasste das als Nein auf.

»Danke«, sagte ich. »Entschuldigen Sie die Störung.«

Draußen blieb ich auf dem Gehsteig stehen und dachte nach. Frosts Angebot hatte am Mittwochabend jegliche Diskussion über das Black Moss Manor beendet. Sogar ich hatte zugestimmt, dass sein Vorschlag gut war. War das also ein Abwimmeln gewesen – oder ein Irrtum? Es gab keine Möglichkeit, das herauszufinden.

»Florence?«

Ich drehte mich um. Die junge Frau stand in der Tür, Abby Thorn.

»Sie heißen doch, Florence, nicht wahr?« Sie war wirklich ungewöhnlich groß für eine Frau – mindestens eins fünfundsiebzig. Dabei war sie stämmig gebaut, mit großen Händen, die offensichtlich gewohnt waren anzupacken. »Was ist denn eigentlich los?«

Ich konnte es ihr nicht erzählen. Ich durfte auf keinen Fall in der Zeitung zu einem Fall zitiert werden, den es offiziell gar nicht gab und um den ich laut Anweisung einen großen Bogen machen sollte.

»Tut mir leid, dass ich Sie gestört habe«, sagte ich. »Mr Frost wird es Ihnen bestimmt erklären, wenn Sie ihn das nächste Mal sehen.«

»Sie haben das Black Moss Manor erwähnt. Gibt's da oben ein Problem?«

Ihre Stimme war angenehm, tief und melodisch. Ich stellte mir vor, dass sie vielleicht eine schöne Gesangsstimme hatte.

Rasch griff ich nach meinem Fahrrad. »Hab's eilig«, rief ich über die Schulter nach hinten. »Muss wieder auf Streife.«

60. Kapitel

Sally

»Einen Freund?«, fragte Florence, als sie ans Telefon kam.

»Das hat sie gesagt.«

Ich sprach leise und hielt wachsam Ausschau, um sicher zu sein, dass weder Luna noch Marigold in der Nähe waren. Cassie war natürlich mal wieder unterwegs. Für ein Mädchen, das anscheinend keine Freunde mehr hatte, hatte sie ein ziemlich aktives Sozialleben.

»Klingt das für Sie wahrscheinlich?«, fragte Florence.

»Nein«, stimmte ich zu. »Und ihre Geschichte, dass jemand im Black Moss Manor versucht, sie umzubringen, auch nicht. Oder dass die jemanden namens Wendy umgebracht haben.«

»Von der niemand sonst je gehört hat«, ergänzte Florence. »Vielleicht hat sie einfach nur eine lebhafte Fantasie.«

»Vielleicht«, murmelte ich.

»Sie klingen nicht sehr überzeugt.«

Das war ich auch nicht.

»Wie eine Lügnerin wirkt sie nicht, oder?«, sagte Florence.

»Nein.«

Florence gab ein gereiztes Geräusch von sich. »Sally, ich habe keine Ahnung, was ich tun soll. Ich habe versucht, jemanden auf dem Revier dafür zu interessieren, aber anscheinend schert sich niemand darum. Und ich darf auch nicht nach Nelson fahren, um bei ihr zu Hause nachzufragen.«

»Er würde schon helfen, mit Leuten zu sprechen, die sie vorher gekannt haben«, stimmte ich zu. »Um eine Vorstellung davon zu bekommen, ob sie sich das alles ausdenkt oder nicht.«

»Ja. Aber das geht nicht. Selbst wenn sie mir nicht gesagt hätten, ich soll lieber alles so lassen, wie es ist. Die haben mich im Moment so mit Arbeit eingedeckt, dass ich kaum Zeit zum Essen und Luftholen habe. Heute bin ich nach einer totalen Zeitverschwendungsaktion zu spät aus der Mittagspause gekommen, und wenn das noch mal passiert, werde ich gemeldet.«

»Ich lasse es Sie wissen, wenn Marigold noch mehr erzählt.«

Florence bedankte sich, dann fragte sie: »Wollen Sie Larry trotzdem morgen besuchen?«

»So ist es geplant.«

Eine kurze Pause, dann: »Soll ich mitkommen? Ich darf eigentlich nicht, aber morgen habe ich frei. Niemand würde es erfahren. Ich besuche ihn natürlich nicht, klar. Ich warte draußen auf Sie.«

»Das ist nett von Ihnen, Flossie.« Ohne nachzudenken, benutzte ich ihren alten Spitznamen. »Aber ich komme schon zurecht.«

»Wäre wahrscheinlich auch unpassend.«

»Wahrscheinlich.«

Wir sagten einander gute Nacht, und ich legte auf. Ich wusste nicht, was ich denken sollte. Mein Mann hatte versucht, Florence umzubringen, auf grausamste Weise, und doch tat sie immer noch so, als wäre sie auf meiner Seite.

Ich ging die Mädchen suchen. Gerade drückte ich die Küchentür auf, als mir ein seltsamer Gedanke kam.

Vielleicht tat Florence ja nicht nur so.

61. Kapitel

Florence

»Hier ist es okay, vielen Dank, Sarge.«

»War mir ein Vergnügen. Schönes freies Wochenende.«

Ich öffnete die Tür von Woodsmokes Auto und stieg aus. Er beugte sich vor, sah zu mir hoch. »In Zukunft werden Sie jede Woche gefragt sein. Jetzt, wo wir wissen, dass Sie die Punkte zählen können«, sagte er.

»Kein Problem. Gute Nacht, Sarge.«

Das Kricketteam des Reviers hatte an diesem Abend ein Freundschaftsspiel gegen eins der Reviere von Burnley ausgetragen. Das Match hatte mehrere Stunden gedauert, und dann waren wir alle in den Black Dog gegangen. Tom war da gewesen, aber auch seine Frau Eileen. Das CID hatte dafür gesorgt, dass ich von ihr möglichst weit entfernt saß. Eileens frostiger Blick hatte mich jedoch mehr als einmal gefunden.

Ich verließ die Hauptstraße und trat den kurzen Fußmarsch zum Wohnheim an.

»Florence!«, rief eine Männerstimme, und als ich mich umdrehte, sah ich zwei Personen aus dem schwindenden Licht auf mich zukommen. Ich erkannte Dwane Ogilvys unverkennbare Silhouette, und als sie unter einer Straßenlaterne hindurchgingen, erkannte ich auch die ältere Frau, die bei ihm war.

»Sie kennen ja meine Mum«, sagte Dwane.

»Hallo, Lillian«, sagte ich. »Alles in Ordnung?«

»Nein«, antwortete Dwane. »Wir müssen mit Ihnen reden.«

Zusammen bogen wir in die nächste Straße ein und gingen an einer trübe beleuchteten Reihenhauszeile entlang. Unvermittelt hielt Dwane an, ging auf eine der Türen zu und klopfte an. Sie öffnete sich nach ein paar Sekunden, und Lillian ging uns voran ins Haus.

Ich folgte verdutzt. Wir gingen durch einen kurzen Flur und betraten dann einen Raum, der wohl einmal ein Wohnzimmer gewesen sein mochte. Ich zählte fünf kleine Holztische. Um jeden saß eine Gruppe Männer, die tranken, redeten, Karten oder Domino spielten. Die Bodendielen waren mit einer Schicht Sägespäne bedeckt. Dwane schob sich an seiner Mutter vorbei und steuerte auf eine veritable Bar zu, die sich am hinteren Ende des Raums befand. Er stieg auf die Messingstange und musste sich noch recken, um über die Theke hinwegsehen zu können.

»Einen Port and Lemon, Mum?«, fragte er. »Was möchten Sie, Florence?«

»Eine Orangenlimo bitte«, antwortete ich und sah mich verdutzt um. Ich hatte keine Ahnung, wo wir hier waren.

Wir warteten auf unsere Getränke. Dann machte mir Lillian Zeichen, ihr zu folgen. Wir betraten einen anderen Raum. Hier gab es Teppich und gepolsterte Stühle, auf denen Frauen saßen, die den Ogilvys zunickten und mich anstarrten.

»Was ist das für ein Laden?«, wollte ich wissen. »Ist das legal?«

Lillian zeigte auf die Wand, und als ich hinschaute, sah ich ein schmuddeliges Ölbild, das die Straße draußen vor ungefähr fünfzig Jahren zeigte. Ein Pub-Schild vor dem Haus, in dem wir uns gerade befanden, zeigte eine Frau im langen Rock und Kapuzenumhang, die in einer Tür stand. Ich schaute genauer hin und sah die Schrift auf dem Schild. *The Wise Woman.*

Wir nahmen an einem Ecktisch Platz, doch keiner der beiden Ogilvys schien recht zu wissen, wie sie anfangen sollten. Dwane sah seine Mutter an. Sie betrachtete ihren Port and Lemon.

»Die Leute sagen, die Kleine muss zurück ins Black Moss Manor«, sagte Dwane nach kurzem Schweigen. »Stimmt das?«

»Na ja, sie will ganz bestimmt nicht wieder dahin. Aber ich weiß nicht, wie lange Sally sich um sie kümmern kann. Und im Moment gibt es keine andere Möglichkeit.«

»Sie darf da nicht wieder hin. Da stimmt irgendetwas nicht.« Lillian stellte ihre Handtasche auf ihren Schoß und faltete die Hände darüber, als wäre die Angelegenheit damit erledigt.

»Was wissen Sie darüber?«, fragte ich.

Die beiden wechselten Blicke.

»Die wollten mich haben«, sagte Dwane. »Die wollten, dass Mum mich weggibt.«

»Was?«

»Kleinwuchs liegt bei uns in der Familie«, erklärte Lillian. »Von Dwanes Dad her. Ein paar Leute haben gesagt, ich soll ihn nicht heiraten, weil mit meinen Kindern dann vielleicht was nicht in Ordnung wäre, aber mit unserem Dwane ist absolut alles in Ordnung.«

»Auf jeden Fall«, bekräftigte ich.

»Und mit den beiden anderen auch. Die sind nur nicht so groß wie andere.«

»Es gibt eben solche und solche«, sagte ich und lächelte Dwane an.

Finster erwiderte er meinen Blick.

Mir kam ein Gedanke. »Augenblick mal, wann war das?« Dwane war älter als ich, mindestens Ende zwanzig.

»Als er klein war. Ungefähr fünf oder sechs. Dwane war mein erstes Kind, und es war von Anfang an klar, dass er kleinwüchsig war. Ein paar Wochen waren wir uns nicht mal sicher, ob er überleben würde, aber er war ein zäher kleiner Bursche.«

»Ist er ja immer noch«, bemerkte ich.

Dwane bedeutete mir mit einem Stirnrunzeln, dass ich aufhören solle, seine Mutter zu unterbrechen.

»Waren das die Asters?«, wollte ich wissen. Ich konnte nicht anders.

»Ja«, antwortete Lillian. »Damals waren sie noch nicht lange in der Stadt, das Kinderheim hatte gerade erst aufgemacht. Es war nicht lange nach dem Krieg. Seitdem war es immer das Heim, wo behinderte und verkrüppelte Kinder hingeschickt worden sind.«

»Ich bin nicht behindert«, knurrte Dwane. »Also hat Mum mich denen nicht gegeben. Und unsere Lizzie und unseren Michael auch nicht.«

Ich lehnte mich auf meinem Stuhl zurück und dachte nach. Eine Einrichtung, die unerwünschte behinderte Kinder aufnahm, war eine Sache. Eine, die Eltern aggressiv bedrängte, solche Kinder wegzugeben, war etwas ganz anderes.

»Die wollten, dass Sie Ihre Kinder weggeben, aber nur die kleinwüchsigen?«, fragte ich nach.

»Haben mir jede Menge Unfug erzählt, von wegen, die wären zu schwierig, die müssten in ein Heim«, sagte Lillian. »Da wollte ich nichts von wissen. Die haben gedroht, sie würden die Behörden einschalten und beweisen, dass ich keine gute Mutter wäre.«

»Das ist ja furchtbar.«

»Am Schluss ist Onkel Stan dazwischengegangen«, sagte Dwane. »Damals war er noch nicht Superintendent, aber er hat sich nichts gefallen lassen. Die haben einen Rückzieher gemacht. Aber die sind scharf auf das Baby von der Kleinen, und so leicht werden die nicht aufgeben.«

»Sie werden überhaupt nicht aufgeben«, sagte Lillian.

»Aber warum?«, fragte ich. »Warum sind die so interessiert an behinderten Babys?«

Darauf wusste keiner von den beiden eine Antwort.

Dwane bestand darauf, dass sie mich bis zum Wohnheim begleiteten. Ich sah ihm und seiner Mutter nach, als sie sich auf den Weg zur Bushaltestelle machten, dann drehte ich mich um und wollte hineingehen. Eine Stimme, die meinen Namen rief, ließ mich zusammenzucken. Ich fuhr herum und erblickte Abby Thorn von der *Lancashire Morning Post*. Sie kam auf mich zu, eine Zigarette in der Hand. Sie blieb ein Stück entfernt stehen und blies eine lange Rauchfahne aus. Die Geste wirkte fast aggressiv.

»Mir ist was zu dem Kinderheim eingefallen«, sagte sie. »Nachdem Sie weg waren.«

Ich antwortete nicht. Ich durfte nicht mit Reportern reden.

»Ich dachte, das interessiert Sie vielleicht.«

»Ich höre.« Dass sie mit mir redete, das ging doch, oder?

»Wenn Sie mich verpfeifen, streite ich alles ab«, warnte sie.

»Ich auch.«

Sie bedachte mich mit einem grimmigen Lächeln. »Wir hören den Polizeifunk ab. So kommen wir an viele von unseren Storys. Vor etwas über drei Jahren – ich habe meine Notizbücher durchgesehen, deswegen bin ich mir sicher, was das Datum angeht – habe ich eine Meldung mitgehört, dass ein Kind aus dem Black Moss vermisst wird. Ich bin da raufgefahren, habe oben in der Laurel Bank geparkt und bin dann zu Fuß zum Heim gegangen. Der Mann, der den Laden leitet – Aster, heißt der so?«

Ich nickte.

»Der stand an der Haustür und hat mit dem Fahrer von einem Streifenwagen geredet. Er hat gesagt, das Ganze wäre ein Irrtum gewesen. Das Kind wäre wohlbehalten aufgefunden worden, der Anruf bei der Polizei sei irrtümlich gemacht worden, und es täte ihm leid, dass er ein Problem verursacht hätte. Das konnte ich alles hören, als ich näher rangekommen bin.«

»Und was ist dann passiert?«

»Die Polizei ist weggefahren, und dann kamen andere Leute. Autos und Lieferwagen und Männer auf Motorrädern. Eine ganze Menge von denen hatten Hunde dabei. Die sind alle zum Hochmoor losgezogen. Ich konnte ihre Taschenlampen sehen.«

»Und wo waren Sie, während das alles passiert ist?«

Sie lachte stumm in sich hinein. »Im Gebüsch. Die hatten keine Ahnung, dass ich da war. Fast zwei Stunden haben die gesucht, und dann sind die Wagen alle wieder abgefahren. Entweder hatten sie das Kind gefunden, oder sie hatten die Suche aufgegeben.«

»Haben Sie das Ganze weiter verfolgt?«

»Aber hallo! Am nächsten Tag habe ich im Heim angerufen. Die haben abgestritten, dass irgendetwas passiert sei. Alles, was sie sagen könnten, wäre, dass irrtümlich die Polizei verständigt worden wäre. Ich bin nicht weitergekommen, und Frost hat gesagt, ich solle es gut sein lassen.«

»Es war nett von Ihnen, mir das zu erzählen. Vielen Dank.« Was genau ich damit machen würde, war eine andere Frage.

»Also, was machen wir jetzt?«, fragte sie.

»Ich darf mit Ihnen nicht über laufende Ermittlungen sprechen, Abby. Das wissen Sie doch.«

Sie verzog das Gesicht, wandte sich halb ab und drehte sich dann wieder zu mir um. »Fahren wir da rauf«, schlug sie vor. »Lassen Sie uns rauffahren und nachsehen.«

»Wir können doch nicht um diese Zeit zu einem Kinderheim fahren und da anklopfen.«

»Wer hat denn was von Anklopfen gesagt? Ich dachte, wir schauen uns einfach mal um.«

Ich schüttelte den Kopf.

»Also, ich fahre dahin.«

Damit machte Abby Thorn kehrt, ging zu einem parkenden Wagen. Im Gehen schmiss sie ihre Zigarette auf den Kies. Ich sah zu, wie das Leuchten der Kippe verblasste und erstarb, dann eilte ich ihr nach.

Sie hielt am oberen Ende der Laurel Bank. »Von hier aus sollten wir zu Fuß gehen«, sagte sie. »Ein Auto würde man hören.«

Wir marschierten los, über den dunklen, schmalen Weg, der zu dem Haus führte.

»Also, was ist passiert, dass Sie sich für den Laden interessieren?«, wollte sie wissen. Ihre Stimme war leiser geworden, und mir wurde klar, dass ihr auch mulmig zumute war.

Ich konnte ihr nicht von Marigold erzählen. Ich durfte nicht riskieren, dass das arme Mädchen von Reportern belästigt wurde.

Während ich noch überlegte, was ich antworten sollte,

fuhr Abby fort. »Ich verstehe schon«, sagte sie. »Wir müssen lernen, einander zu vertrauen. Leise jetzt.«

Wir kamen um die letzte Biegung und sahen das Herrenhaus. Hinter den Fenstern im Erdgeschoss schimmerte sanftes Licht. Im Obergeschoss schien alles dunkel zu sein.

»Die Asters schlafen nach vorne raus«, erklärte Abby mir leise. »Das da ist ihr Auto.«

Neben der Haustür war der große schwarze Rover geparkt, der mir neulich schon aufgefallen war.

»Zwei von den Angestellten wohnen im Haus und fahren nicht Auto. Nur eine Frau namens Sandra Cartwright wohnt in der Stadt und kommt jeden Tag her.«

»Sieht alles ruhig aus«, sagte ich. »Ich glaube, die schlafen alle.«

»Gehen wir mal hinten rum.« Abby wies auf einen schmalen Pfad, der zwischen dem Haus und einigen Lorbeerbüschen verlief.

Während ich mich von Minute zu Minute unwohler fühlte – wenn irgendjemand auf dem Revier herausfand, was ich hier trieb, würde die Hölle los sein –, folgte ich ihr. An der Seitenwand des Hauses blieb Abby an dem ersten von drei Fenstern stehen. Im nächsten Moment leuchtete sie mit einer Taschenlampe in den Raum.

»Sie sind gut vorbereitet«, bemerkte ich leise.

»Ich bin Meutenführerin der Pfadfinderinnen von Sabden«, erwiderte sie.

Vorsichtig spähten wir in den Raum. Es handelte sich um einen Schlafsaal für Babys und Kleinkinder. Die Bettchen waren alle leer. Wir gingen weiter. Durch das nächste

Fenster sahen wir eine kleine Krankenstation mit vier Betten und diversen medizinischen Geräten.

»Neulich habe ich um eine Besichtigungstour gebeten«, flüsterte ich. »Da waren wir nur im Obergeschoss. Das hier haben sie mir alles nicht gezeigt.«

Wir gingen weiter. Durch das dritte und letzte Fenster sahen wir etwas, das wie das Sprechzimmer eines Arztes aussah.

»Finden Sie das nicht alles ein bisschen viel?«, fragte Abby. »Für weniger als zwanzig Kinder?«

Wir gingen weiter, folgten jetzt dem Verlauf der Gartenmauer. Es war nicht so einfach, in fast völliger Finsternis voranzukommen.

»Abby.« Ich wurde immer nervöser. »Mehr werden wir nicht zu sehen bekommen. Hinten gibt es nur einen Eingang, und der ist bestimmt abgeschlossen.«

Sie achtete nicht auf mich. Wir befanden uns jetzt praktisch auf dem Hochmoor. Ich konnte das kleine Ahornwäldchen sehen, sogar den Baum, auf den ich Dienstagabend geklettert war. Abby marschierte geradewegs zum Gartentor und drückte dagegen. Natürlich abgeschlossen.

»Machen Sie mal Räuberleiter«, sagte sie.

Das konnte doch nicht ihr Ernst sein. »Sind Sie verrückt? Sie können doch da nicht rüberklettern.«

»Na klar kann ich das. Wie hoch ist das Ding? Höchstens zwei Meter und ein bisschen.«

»Und wie kommen Sie wieder zurück?«

»Ich will ja gar nicht rüber – ich will nur mal gucken.«

»Herrgott noch mal. Ich kann Sie aber nur ganz kurz halten.«

Ich verschränkte die Hände ineinander, und sie setzte einen Fuß in den Tritt und drückte sich ab. Ich dachte, ich könnte sie nicht halten – sie war sogar noch schwerer, als sie aussah –, doch sie umfasste die Mauerkrone und zog sich hoch, bis sie darauf saß.

»Abby.« Ich sah zu ihr hoch. »Ich finde, Sie sollten da runterkommen. Wenn uns jemand sieht.«

Als Antwort schwang sie beide Beine über die Mauer und verschwand. Ich hörte einen dumpfen Aufprall, als sie auf der anderen Seite landete.

»Was zum …? Abby, was machen Sie denn?«

Wegen dieser Idiotin würde ich noch meinen Job verlieren. Ich versuchte es noch einmal mit der Tür. Keine Chance. In diesem Moment hörte ich, wie Riegel beiseitegeschoben wurden, und die Tür ging auf. Abby stand vor mir.

»Keine Schlösser, nur Riegel«, verkündete sie. »Einer ist so hoch, dass die Kinder nicht drankönnen. Ich schau mal, ob die Hintertür offen ist.«

»Nein.« Ich packte sie am Arm. »Sie dürfen da auf keinen Fall einbrechen. Das ist illegal.«

»Ich mach schon nichts kaputt.« Ihr Lächeln erstarb. »Hören Sie, Florence, wenn ich erwischt werde, sage ich, ich war allein hier. Solange Sie versprechen, dass Sie mich nicht anzeigen oder verhaften. In Ordnung?«

Nein, das war nicht in Ordnung. Noch immer hielt ich ihren Arm fest.

Sie zerrte sachte daran, um sich loszumachen. »Wenn jemand kommt, rufen Sie wie eine Eule.«

Wie eine …?

»Abby, Sie dürfen da nicht rein.«

»Ganz ruhig. Ist wahrscheinlich sowieso abgeschlossen. Und das ist doch ein Kinderheim. Was kann da schon passieren?«

In gemächlichem Trab machte sie sich auf den Weg zur Hintertür.

Bitte lass die Tür abgeschlossen sein. Bitte lass sie abgeschlossen sein. Das hier war eine ganz miese Idee.

Die Tür war nicht abgeschlossen. Abby zog sie auf, drehte sich um, um mir zuzuwinken, und ging hinein.

Ich sollte einfach abhauen, sagte ich mir, sollte sie allein weitermachen lassen, abstreiten, dass ich ihr heute Abend begegnet war. Ich war ja dankbar, dass sie meine Bedenken wegen des Heims teilte, aber das Ganze war es doch nicht wert, deswegen meinen Job zu verlieren.

Ein plötzliches Geräusch ließ mich hochfahren. Im Obergeschoss hatte jemand ein Fenster geöffnet und schaute hinaus. Ich konnte nicht erkennen, wer es war – in dem Zimmer dahinter war kaum Licht –, doch wenn der- oder diejenige ein paar Sekunden früher dran gewesen wäre, wäre Abby entdeckt worden. Ich machte mich ganz klein, schaute zu Boden.

Schlimmer konnte das hier ja nicht mehr werden.

Dann wurde es schlimmer.

Ich hörte ein Auto die Straße zum Haus heraufkommen. Besuch bedeutete, dass noch jemand wach sein würde. Es könnte sogar ein Polizeiwagen sein. Jemand könnte uns bemerkt und die Polizei verständigt haben. Hatte Abby den Wagen gehört? Beim Hintereingang war nichts von ihr zu sehen.

Ich solle rufen wie eine Eule, hatte sie gesagt. Ich hatte in meinem ganzen Leben noch keine Eulenrufe von mir gegeben. Und wie sollte sie mich dort im Haus hören? Ich verließ den Garten, zog die Tür zu und rannte los. An der Ecke des Gebäudes blieb ich stehen. Ich kam langsam wieder zu Atem und dankte meinem Glücksstern, dass ich dunkle Kleidung anhatte.

Ein zweites Auto parkte neben dem Rover der Asters, ein schwarzer Daimler. Ich hörte, wie die Haustür aufging, und dann eine Stimme, die ich für die von Fred Aster hielt.

Ich musste Abby dort rausholen. Das Beste, worauf ich hoffen konnte, war, für Ablenkung zu sorgen, die Aufmerksamkeit auf die Vorderseite des Hauses zu lenken und ihr Gelegenheit zu geben, durch den Garten abzuhauen. Aber ich hatte doch keinen legitimen Grund, an die Tür zu klopfen.

Und dann hatte ich doch einen.

Ich eilte zum Haupteingang und hämmerte gegen die Tür. Dann trat ich mit heftig pochendem Herzen zurück und zückte meinen Dienstausweis. Nach etlichen Sekunden öffnete sich die Tür, und Frederick Aster stand auf der Schwelle. Er war noch angezogen, trug Hemd, Krawatte und Jackett.

»Was machen Sie denn hier?«

»Guten Abend, Sir.« Ich versuchte, mir meine Nervosität nicht anmerken zu lassen, was mir wahrscheinlich nicht gelang. »Ich hätte Sie ja nicht gestört, aber ich habe Licht gesehen und parkende Autos. Also habe ich angenommen, dass Sie wahrscheinlich noch auf sind, und wie ich sehe, sind Sie das ja auch.«

»Was wollen Sie?«

»Ich möchte Marigolds Sachen abholen.«

»Ihre Sachen?«

»Ja, die Sachen, die sie am Montag hier zurückgelassen hat. Nicht viel, ich geb's zu, aber für sie sind sie wichtig. Ein Nachthemd, ein paar Kleider und eine Haarbürste, glaube ich.«

»Es ist fast Mitternacht.«

»Erst kurz nach elf, Sir. Und wie gesagt, ich hätte auch nicht gestört, aber ich habe die Autos gesehen. Ich hoffe doch, es gibt kein Problem? Keins der Kinder ist krank? Wenn wir irgendwie helfen können, rufe ich jederzeit gern auf dem Revier an.«

Er sah mich an, als wäre ich übergeschnappt. Und ehrlich gesagt konnte ich ihm das nicht verdenken.

»Kommen Sie herein«, sagte er.

O nein. Ich wollte doch gar nicht ins Haus. Aber er trat zurück, und mir blieb nicht viel anderes übrig, als ihm zu folgen. Die Eingangshalle war schwach beleuchtet. Und leer.

»Was in aller Welt…?« Judith Aster stand oben an der Treppe.

»Constable Lovelady ist hier, um Marigolds Sachen abzuholen«, erklärte Frederick ihr.

»Ich komme gerade von der Arbeit«, log ich. »Bin zufällig vorbeigekommen.«

»Wo du gerade oben bist, könntet du vielleicht so freundlich sein?«, sagte Frederick zu seiner Frau.

Judith stand noch einen Moment lang oben an der Treppe und funkelte ihren Mann böse an, ehe sie davonging.

»Kann ich Ihnen etwas zu trinken anbieten, Constable?«

»Nein, vielen Dank, ich lasse Sie so schnell wie möglich wieder in Ruhe.«

»Sie sind doch nicht im Dienst. Wie ich gehört habe, trinken Sie Gin. Gelegentlich auch Piccolo.«

Ich machte unwillkürlich einen Schritt auf die Tür zu. Hier würde ich keinen Tropfen trinken.

Aster trat mir in den Weg. »Sie sorgen in der Stadt ganz schön für Aufsehen, Constable. Meine Frau und ich fühlen uns durch Ihre Aufmerksamkeit geschmeichelt.«

Von oben ertönte ein heiserer Schrei.

»Was war das?« Mein erster Gedanke war, dass Abby erwischt worden war.

Fredericks Hand legte sich auf meine Schulter. »Die Kinder haben Albträume«, sagte er. »Meine Frau kümmert sich darum, sobald sie Ihrer Bitte nachgekommen ist.«

Im hinteren Teil der Halle öffnete sich eine Tür. Aber niemand erschien. Die Tür – die vermutlich zu der medizinischen Abteilung im Seitenflügel führte – stand nur einen Spaltbreit offen. Ich hatte das Gefühl – nein, ich war mir sicher –, dass dahinter jemand lauschte. Abby? Oder der mysteriöse Besucher?

Jetzt erschien Judith oben an der Treppe, eine Plastiktüte in der Hand. Sie kam zu uns herunter, hielt sie mir hin.

»Vielen Dank«, sagte ich. »Das wird Marigold freuen.«

Keiner von beiden sagte etwas, als ich mich zur Haustür umwandte.

»Sind Sie sicher, dass ich Ihnen nicht irgendwie behilflich sein kann?«, fragte ich, als ich die Tür aufgezogen hatte und mich ein wenig sicherer fühlte.

»Gute Nacht, Miss Lovelady«, sagte Frederick Aster und schloss die Tür.

Als ich ins Freie trat, hörte ich eine Eule rufen. Ich drehte mich zur Hausecke um und erblickte eine dunkle Gestalt, die zu mir herüberspähte.

»Wer besucht denn nachts ein Kinderheim?«, fragte Abby, als wir wohlbehalten wieder in ihrem Auto saßen. Den Motor hatte sie nicht angelassen. Als sie sich eine Zigarette anzündete, tat sie es mit zitternden Händen.

»Ich glaube, ich habe den Daimler erkannt«, sagte ich. »Der gehört wohl einem von den Kuratoren. Das kann ich morgen rausfinden.«

»Aber nicht Frost«, sagte sie. »Der fährt einen Aston Martin.«

»Haben Sie da drinnen irgendetwas gesehen?«, wollte ich wissen.

»Die Küche, die Speisekammer und den hinteren Flur. Ich habe jemanden an der Haustür gehört und Fracksausen gekriegt. Verdammt, ich hätte länger bleiben sollen.«

»Nein, hätten Sie nicht.« Ich stellte Abbys Rückspiegel so ein, dass ich die Straße im Blick hatte. »Ich habe einen Schrei gehört«, berichtete ich.

»Scheiße, wirklich?«

»Mehr einen erstickten Aufschrei«, erzählte ich mit gedämpfter Stimme. »So ein Geräusch, wie Menschen es machen, wenn sie geknebelt sind.«

Ich wusste nur zu gut, wie sich das anhörte. Dank Larry hatte ich eine Menge Erfahrung mit Knebeln im Mund.

Abby schien zu erraten, dass ich aus Erfahrung sprach.

Ihre Miene drückte Mitgefühl aus. Sie streckte sogar die Hand aus, als wolle sie die meine tätscheln, nur um es sich dann anders zu überlegen. Sie zog ihre Hand zurück.

»Was geht da oben vor?«, fragte ich. »Mitten in der Nacht tauchen Besucher in einem Kinderheim auf. Das gefällt mir nicht.«

»Denken Sie das, was ich denke?«

Ich wollte nicht in Worte fassen, was ich dachte.

»Kennen Sie den Westfield-Fall?«

Ich schüttelte den Kopf.

»Das Westfield-Kinderheim in Liverpool«, erklärte Abby. »Vor ein paar Jahren – ich glaube, 1965 – wurde da ein Hausmeister wegen Unzucht verurteilt. Er hat vier Jahre gesessen. Im selben Jahr gab es einen Fall in Leicestershire. Und über die Schulen der Christian Brothers hat es auch ein paar Beschwerden gegeben.«

»Fahren Sie mich bitte zu einem Polizeirevier«, sagte ich.

»Warum?«

»Ich melde das.«

»Sind Sie verrückt? Mit welcher Begründung?«

»Okay, dann gehe ich eben zu Fuß.« Ich machte Anstalten auszusteigen.

Sie hielt mich zurück. »Florence, Sie können das nicht offiziell bei der Polizei melden. Wo sind Ihre Beweise?«

»Ich melde es anonym. Ich sage, ich bin eine besorgte Nachbarin.«

»Und wenn die Polizei hier aufkreuzt, wird Frederick Aster denen von Ihrem Überraschungsbesuch erzählen. Da fällt doch keiner drauf rein. Florence, seien Sie vernünftig. Heute Nacht können wir nichts unternehmen.«

Sie hatte recht. Was immer auch in dem Gebäude hinter uns vorging, wir mussten es geschehen lassen.

62. Kapitel

Sally

Samstag, 9. August 1969

Der Besuchssaal in der Strafvollzugsanstalt von Manchester war riesig, und sechs gewaltige Oberlichter ließen fahles, staubiges Licht herein. Überall waren Augen. Gefängniswärter standen mit dem Rücken an der Wand da und musterten jeden, der hereinkam, mit Argusaugen, und nervös und aufgedreht, wie ich war, kam es mir so vor, als würde jeder einzelne Gefangene mich beobachten. Erst als ich den Raum ungefähr zur Hälfte durchquert hatte, wurde mir klar, dass alle einfach nur neugierig auf Larry Glassbrooks Ehefrau waren. Die Aufmerksamkeit galt wie üblich ihm.

Als ich auf Larrys Tisch zuging, zog draußen eine Wolke weiter, und ein Strahl schmutziges gelbes Licht fiel durch eins der Oberlichter und ließ sein Haar bläulich schwarz schimmern wie einen Krähenflügel. Er stand auf und breitete die Arme aus, als wolle er mich umarmen. Seit dem Abend, an dem sie ihn abgeholt hatten, hatte ich Larry nicht berührt, und jetzt wollte ich es nicht mehr. Ich blieb kurz vor seinem Tisch stehen und überlegte, was ich sagen sollte.

Seine Arme sanken herab. »Du siehst schön aus«, sagte er.

Ich konnte das Kompliment leider nicht erwidern. Er hatte sich seit Tagen nicht rasiert, und er hatte eine Schramme im Gesicht. Nicht schön, und doch … Ich hatte erwartet, dass er im Gefängnis irgendwie weniger geworden wäre. Das war nicht der Fall.

»Es tut gut, dich zu sehen«, sagte er.

Ich hatte nichts zu sagen. Ich konnte ihn nicht einmal richtig ansehen. Also senkte ich den Blick auf den primitiven Tisch aus Metall und Plastik. Würde ich früher gehen dürfen? Wenn ich jetzt zur Tür ging, würde mich dann jemand aufhalten? War ich ebenfalls eine Gefangene, bis es Zeit für meine Entlassung war? Schon verblasste mein inneres Bild von der Außenwelt.

»Du solltest dich setzen, Schatz. Wie war die Fahrt?«

Wie um mit gutem Beispiel voranzugehen, nahm er selbst Platz. Ich setzte mich ebenfalls.

»Wie geht's den Mädchen?«, erkundigte er sich.

Ein gemeinsamer Nenner. Über die Mädchen konnten wir ein paar Minuten lang reden. »Sie sind okay«, sagte ich. »Sie kommen einigermaßen zurecht. Ich soll dich grüßen.«

Er lächelte und fuhr sich mit den Fingern durchs Haar. Wie Elvis. Die Geste tat mir richtig weh. Es tat mir tatsächlich körperlich weh zu sehen, wie er das tat. »Du warst schon immer eine schlechte Lügnerin«, sagte er. »Wie geht's ihnen wirklich?«

Ich versuchte es noch einmal. »Sie haben Probleme mit ihren Freundinnen. Streiten sich. Cassie hat schlafgewandelt.« Fast hätte ich ihm von dem Mann erzählt, den ich bei ihr in der Küche gesehen hatte, doch ich entschied mich dagegen. Fürs Erste. »Und Luna hatte wieder ihre Albträume. Aber sie stehen morgens ganz normal auf und …« Ich stockte.

»Du gehst es immer einen Tag nach dem anderen an?«, konstatierte er.

Ich nickte, und wir schwiegen eine Weile.

»Avril Cunningham kommt nächste Woche«, sagte Larry. »Viel kann sie nicht für mich tun, um ehrlich zu sein, aber sie sagt, du und die Mädchen, ihr braucht Hilfe.«

»Roy sagt, unser Haus gehört ihm«, sagte ich. »Stimmt das?«

Er hob entschuldigend die Hände, als er mein Gesicht sah. »Sal, als Roy mich angestellt hat, hatte ich keinen Penny. Und Mum und Dad auch nicht. Er hat das Haus für uns gekauft. Hat mich zu seinem Geschäftspartner gemacht. Ohne Roy wären wir gar nichts gewesen.«

Wir wären frei gewesen, dachte ich.

»Dann stehen ich und die Mädchen also ohne einen Penny da?«

Larry schüttelte den Kopf. »Nein, das stimmt nicht. Es gab da einen Vertrag, so eine Art Ausbildungsvereinbarung. Er wollte mir das Geschäft übergeben, wenn er sich mit fünfundsechzig zur Ruhe setzt. Bis dahin sind es nur noch zehn Jahre. Gleichzeitig würde uns das Haus überschrieben werden, solange wir mit der Miete nicht in Verzug gewesen wären. Wenn ihm irgendwas passiert, hinterlässt er uns das Haus testamentarisch.«

»Aber jetzt kann nichts davon gelten?«

»Genau das muss Avril austüfteln. Ich werde vorschlagen, dass ich jegliche Ansprüche auf das Geschäft aufgebe, wenn du und die Mädchen im Gegenzug in dem Haus wohnen bleiben dürft und es erbt, wenn er stirbt. Wenn sie das hinkriegt, bist du sicher.«

»Er will bei uns einziehen. Er sagt, er gibt mir jede Woche Geld, wenn ich erlaube, dass er und seine Mutter bei uns wohnen. Er sagt, wir brauchen Schutz.«

»Wovor Schutz?«

»Vor den Leuten in der Stadt. Vor der Presse. Vor Typen, die Ärger machen wollen.«

»Da könnte er recht haben.« Larry nickte. »Vielleicht ist das gar keine schlechte Idee, Sal. Kurzfristig. Es ist doch ein großes Haus. Mir gefällt der Gedanke nicht, dass du und die Mädchen da allein wohnen.«

Ich war wie vor den Kopf geschlagen. Ich hatte erwartet, dass Larry protestieren würde.

»Er ist ein anständiger Kerl, Sal. Er arbeitet hart. Und in der Stadt hören sie auf ihn. Der Stadtrat, die Polizei. Ihn auf seiner Seite zu haben ist nicht das Schlechteste.«

Roy wollte nicht auf meiner Seite sein, er wollte in mein Bett. Es war das erste Mal, dass ich mir das selbst eingestand.

»Ich will das Haus verkaufen«, sagte ich. »Ich will wegziehen. Irgendwo anders hin. Weit weg, wo uns niemand kennt.«

Larry antwortete nicht. Sein Blick hielt den meinen fest.

»Was sagen die Mädchen dazu?«, fragte er nach ein paar Sekunden.

»Cassie will nicht«, gab ich zu. »Aber sie wird es sich schon noch überlegen.«

»Und Luna?« Aus irgendeinem Grund war seine Stimme härter geworden.

»Luna will unbedingt wegziehen«, sagte ich. »Sie will nicht bleiben.«

Larry sagte nichts.

»Sie hatte Liebeskummer. Dieser John Donnelly hat sie abserviert.«

Einen Moment lang machte der Ausdruck in Larrys Augen mir Angst. »Gut. Ich will nicht, dass die Mädchen irgendwas mit dem Bengel zu tun haben«, sagte er. »Alle beide.«

»Daran hättest du früher denken sollen. Ich weiß nicht, ob ich ihnen jetzt noch viele Vorschriften machen kann.«

»Schatz, es tut mir leid. Aber der Junge hat keinen guten Einfluss auf die Mädchen.«

Ich verstand Larrys plötzliche Abneigung gegen John Donnelly nicht. Doch ich war bereit, das zu meinem Vorteil zu nutzen.

»Dann sollten wir also wegziehen?«

Er schüttelte den Kopf. »Das geht nicht.«

»Wieso nicht?«

Stille.

»Larry, warum können wir nicht wegziehen?«

Er setzte sich aufrechter hin. »Wie geht es Florence? Ich konnte Flossie gut leiden. Ist sie wieder zurückgekommen?«

Mein Hass auf ihn kannte in diesem Moment keine Grenzen.

Schließlich fand ich die Sprache wieder. »Warum hast du's getan? Warum die Folter? Warum die Tonbildnisse? Du bist kein Hexer, Larry. Du kannst das alles doch nicht ausstehen.«

Sein Blick löste sich von meinem.

»Sag mir, warum«, verlangte ich, »sonst komme ich nie wieder hierher. Du hörst nie wieder von mir oder den Mädchen, bis du mir sagst, warum.«

In diesem Moment ertönte eine Klingel. Ich zuckte zusammen. Der Diensthabende rief: »Es wird Zeit, Ladys und Gentlemen. Verabschieden Sie sich, bitte.«

»Sag mir, warum«, wiederholte ich.

»Aus Liebe«, sagte er. »Ich hab's aus Liebe getan. Das ist die reine Wahrheit.«

63. Kapitel

Florence

Ich ging das kurze Stück von der Bushaltestelle zum Polizeirevier von Nelson zu Fuß. Wir gehörten zur selben Polizeitruppe von Lancashire, und mein Besuch hier würde in Sabden gemeldet werden, das wusste ich, möglicherweise noch ehe ich das Gebäude verlassen hatte. Andererseits hatte ich dasselbe Recht, Erkundigungen einzuholen, wie jeder andere Bürger.

Mein Besuch im Black Moss Manor gestern Abend hatte mich in meinem Entschluss bestärkt. Wenn der fürchterliche Verdacht, den Abby geäußert hatte, stimmte, würde ich dafür sorgen, dass das Heim geschlossen wurde. Doch solange es uns verwehrt war, offiziell Nachforschungen anzustellen, schien die einzige Möglichkeit, irgendwie weiterzukommen, darin zu bestehen, mehr über Marigold herauszufinden und darüber, was sie dorthin gebracht hatte.

»Einen WPC hatten wir hier noch nicht«, sagte der Diensthabende, als ich ihm meinen Ausweis gezeigt und erklärt hatte, dass ich nicht in offizieller Mission hier war. »Wie verträgt sich das mit den Dienstvorschriften?«

»Sehr gut«, antwortete ich. »Und bestimmt kommen nach mir noch viele andere.«

Etwas in seiner Miene veränderte sich. »Oh, verstehe. Sie sind *die*.«

Ich nickte kurz. »Ich bin *die*. Ich würde gern mehr über eine Familie namens McGowan erfahren. Laut der Wählerliste gibt es sieben Familien in der Stadt, die so heißen. Ich suche eine ganz bestimmte.«

Er furchte die Stirn. »Um was geht's denn?«

Ich erklärte ihm, was passiert war, und verschwieg dabei Marigolds Angst vor dem Black Moss Manor sowie meinen eigenen Verdacht.

»Ich mag das Mädchen gern«, fügte ich hinzu. »Ich würde sie gern wieder mit ihrer Familie zusammenbringen. Sieben Familien, das sind ein bisschen viele. Könnten Sie mir helfen, das Ganze ein bisschen einzugrenzen?«

Der Officer betrachtete meine Liste und deutete ein paar Sekunden später mit dem Finger auf einen der Einträge.

»Ein Ehepaar um die siebzig«, sagte er. »Da sind schon seit Jahren keine Kinder mehr im Haus. Die anderen kenne ich leider nicht.«

»Haben Sie etwas über ein Mädchen mit Down-Syndrom gehört?«, erkundigte ich mich. »Ist jemand als vermisst gemeldet worden?«

Er verschwand, um im Meldebuch nachzusehen. Ein paar Minuten später war er wieder da.

»Nichts«, verkündete er. »Auf unserer Vermisstenliste steht sie auch nicht.«

Einen Versuch war es wert gewesen, und wenigstens hatte ich eine Familie von meiner Liste gestrichen. Ich hatte einen Stadtplan, etliche Stunden Zeit und trug feste Laufschuhe. Also bedankte ich mich bei dem Officer und machte mich an die Arbeit.

Als ich nach Sabden zurückkam, war es früher Abend, und die Glassbrooks waren im Garten. Luna und Marigold lagen im Gras und kitzelten den kleinen Henry mit Gänseblümchen. Irgendjemand – Luna, nahm ich an – hatte ihm Gänseblümchenketten um den Hals und um Hand- und Fußgelenke gelegt. Sally saß auf einem Gartenstuhl und zupfte die Blüten von vertrockneten Lavendelstielen. Cassie saß mit einer Polaroidkamera auf dem Schoß neben ihr.

»Cinzano?«, bot Sally an. Sie hatte ein Glas vor sich stehen.

Cinzano war nicht gerade mein Lieblingsgetränk, aber es klang trotzdem wie eine gute Idee. Als sie in die Küche ging, um ihn zu holen, wandte ich mich an Cassie.

»War Dwane da?«, erkundigte ich mich.

Sie nickte. »Er hat sämtliche Schlösser ausgewechselt und an der Haustür und der Hintertür neue Riegel angebracht. Und an unseren Schlafzimmertüren auch. Er hat gesagt, mit denen können wir besser schlafen. Er ist nett, nicht wahr? Überhaupt nicht unheimlich.«

»Nein, überhaupt nicht«, stimmte ich ihr zu.

Sally kam mit meinem Drink zurück. Sie hatte viel Eis hineingetan und ihn mit einem Thymianzweig verziert.

»Mum, warum darf ich nicht weggehen?«, fragte Cassie.

Sally seufzte.

»Florence leistet dir Gesellschaft«, drängte Cassie weiter. »Nur eine Stunde.«

»Heute Abend nicht.«

»Cassie will ausgehen«, sagte Marigold zu dem Baby. »Willst du auch ausgehen?«

Das Baby gluckste.

»Er streckt mir die Zunge raus«, quietschte Marigold. »Rein damit, Frechdachs.«

»Wie ist es gelaufen?«, fragte Sally mich leise.

»Nicht gut. Keine Familie namens McGowan in Nelson kennt Marigold«, antwortete ich. »Ich habe bei allen nachgefragt. Ich bin mir nicht sicher, ob sie überhaupt von dort ist.«

»Ist sie nicht«, sagte Cassie.

Sally und ich sahen sie an.

»Hat sie was gesagt?«, fragte ich.

»Sie hat eine ganze Menge gesagt.« Cassie trug ein ziemlich irritierendes Lächeln zur Schau. »Aber entscheidend ist nicht, was sie sagt, sondern, wie sie es sagt. Ihr Akzent ist anders als unserer. Sie ist nicht hier aus der Gegend.«

»Ist mir nicht aufgefallen«, bemerkte ich.

»Na ja, kein Wunder«, sagte Sally. »Nichts für ungut, aber für Sie klingen wahrscheinlich alle Menschen aus dem Norden gleich.«

Da hatte sie allerdings recht.

»Du glaubst also, sie ist nicht aus der Gegend?«, hakte Sally nach.

»Nein«, sagt Cassie. »Sie sagt zum Beispiel nicht ›Milch‹, sondern ›Meech‹. Und ›Ratt‹, statt ›Rad‹.«

»Ist das nicht ein bisschen spitzfindig?«, wandte ich ein.

»Nein, ist es nicht«, widersprach Sally. »Ich kann den Unterschied zwischen einem Burnley-Akzent und einem Blackburn-Akzent hören. Um ehrlich zu sein, bei Marigold ist mir das nicht aufgefallen, aber jetzt, wo du's sagst, Cass.« Sally wandte sich an mich. »Cassie hat ein sehr gutes Gehör. Sie können ihr da vertrauen.«

»Und woher ist sie dann?«, fragte ich Cassie.

Sally antwortete. »›Meech‹ statt ›Milch‹, das bedeutet für mich noch weiter aus dem Norden.«

»Aber aus Newcastle ist sie nicht«, sagte Cassie.

»Nein, da hast du recht. Weiter im Norden, aber auch im Westen.«

»Lancaster?«, schlug ich vor. »Carlisle?«

»Marigold«, wandte sich Cassie an das Mädchen, »wo hast du vor dem Black Moss Manor gewohnt?«

Marigolds Miene verfinsterte sich. »Da geh ich nicht wieder hin zurück.«

»Aber das wissen wir ja«, beschwichtigte Sally sie. »Wir wollen nur wissen, wo du vorher gewohnt hast.«

»Woanders.«

»Und wie war das woanders?«, fragte Cassie.

»Großes Haus.«

Sally und ich schwiegen. Ich bedeutete Cassie mit einem Nicken, dass sie weitermachen sollte.

»Woran erinnerst du dich sonst noch?«, fragte sie.

»An Wasser?«, antwortete Marigold.

»An einen Fluss?«

»Nein. Großes Wasser. Ein See.«

»Ein großes Haus an einem See?«, stellte Cassie klar.

»Und Berge.«

»Na, da soll mich doch …«, stieß Sally hervor. »Sie ist aus dem Lake District.«

64. Kapitel

Sally

Sonntag, 10. August 1969

An dem Morgen nach meinem Besuch bei Larry war ich wieder in der hinteren Küche und schnitt gerade Malvenblätter, als Marigold singend durch den Vorraum hereinkam. Sie legte Henry in eine gepolsterte Holzkiste auf dem Küchentisch – eine, von der wir uns bereits überzeugt hatten, dass sie splitterfrei war – und fing an, seine schmutzigen Windeln in die Waschmaschine zu stopfen.

»Kackawindeln, Kackawindeln – Pipi, Pupu, Kackawindeln …« Sie hatte so eine Art, ihre Gedanken zu singen, die kindlich und sehr anrührend war. Ich erinnerte mich, dass die Mädchen genau dasselbe getan hatten, als sie klein gewesen waren.

»Mann, Marigold, die stinken ja zum Himmel.« Cassie war ihr in die Küche gefolgt. »Was gibst du ihm denn zu essen?«

Ich hielt mit meiner Arbeit inne. Cassie handelte auf meine Anweisung hin. Ich wollte mich nicht umdrehen, doch im Fenster konnte ich das Spiegelbild der beiden Mädchen sehen. Cassie lehnte an einem der Schränke.

»Luna sagt, du hast einen Freund, Marigold.«

Marigold warf Cassie einen verschlagenen Blick zu. »Hast du einen?«

Cassie bedachte mich mit einem nicht minder verschlagenen Blick. »Noch nicht«, antwortete sie. »Aber wenn ich mal einen habe, dann wird er unheimlich gut aussehen.«

»Meiner heißt Peter. Er sieht unheimlich gut aus.«

Marigold ging zu dem Waschbecken im Vorraum und drehte den Wasserhahn auf, und ich bekam nicht mit, was als Nächstes gesagt wurde.

»Wie sieht er denn aus?«, wollte Cassie wissen, als der Hahn wieder zugedreht worden war.

Keine Antwort. Im Spiegel des Fensters begegnete Cassies Blick dem meinen.

»Ist er blond wie ich? Oder rothaarig wie du und Florence? Oder dunkel, so wie PC Butterworth?«

Marigold schloss den Deckel der Maschine. »Dunkel. Aber nicht PC Butterworth. Der ist es nicht. Aber er ist auch Polizist.«

Wieder sah Cassie mich an. Ich machte eine Geste mit der Hand. *Mach weiter.*

»Woher weißt du das?«, wollte sie wissen. »Hat er eine Uniform an?«

»Nein. Ich hab seine Dienstmarke gesehen. Als er sich ausgezogen hat.«

»Wo hast du ihn denn kennengelernt?«, erkundigte sich Cassie.

»Im Black Moss Manor.«

Daraufhin hätte ich mich beinahe umgedreht. Marigold hatte ihren Freund in dem Heim kennengelernt, vor dem sie solche Angst hatte? Das ergab doch keinen Sinn. Laut dem, was die Asters Florence erzählt hatten, war Marigold zwei Wochen bevor ihre Wehen eingesetzt hatten, ins Black Moss Manor gekommen. Allerdings hatten sie Florence ja auch weisgemacht, dass Marigold aus Nelson sei.

»Marigold«, fragte Cassie, »tut es weh, wenn man ein Baby macht?«

»Ein bisschen.«

»Habt ihr das Baby im Black Moss Manor gemacht?«

»Ja. In meinem Zimmer.«

»Aber du willst nicht dahin zurück?«

»Nein.« Wieder lag Furcht in Marigolds Stimme. »Hier ist es besser. Hier muss ich keine von den schlimmen Sachen machen. Und es riecht schön.«

»Außer wenn Henry in die Windeln macht«, bemerkte Cassie.

Marigold kicherte.

In diesem Moment begann das Telefon zu klingeln, und Luna erschien, um mir zu sagen, dass Roy Greenwood mich sprechen wolle.

65. Kapitel

Florence

Cassie saß unter einem der Apfelbäume, als ich am Sonntagabend vor dem Haus der Glassbrooks ankam. Ich lehnte mein Fahrrad gegen die Mauer und setzte mich zu ihr in den Obstgarten.

Hinter ihr hatte das Heidekraut eine sattere Farbe angenommen, und im Laufe der letzten Tage war eine dunklere Variante aufgeblüht und erzeugte die Illusion, dass der Hügel voller wallender Senken und Furchen war. Wenn man erst im Windschatten war, war es sehr warm, und das Summen der Bienen um uns herum erschien unnatürlich laut.

»Waren Sie in der Kirche?« Cassies silbergraue Augen wanderten über mein Kleid.

Ich nickte. »Bei der Abendandacht. Im Schwesternwohnheim gibt's am Wochenende nicht viel zu tun.«

Einen Moment lang blickte Cassie auf das Gras hinab. »Flossie, darf ich Sie was fragen?«

»Natürlich.«

»Wenn Sie jemanden gernhätten, und jeder, den Sie kennen, würde nicht wollen, dass Sie mit ihm zusammen sind, was würden Sie tun?«

Eingehend betrachtete ich ihr Gesicht und fragte mich, ob es hier wohl um Tom ging. Cassie war ein kluges Mädchen. Außerdem war sie durchtrieben und konnte ganz schön gehässig sein.

»Ich glaube, ich würde mir überlegen, warum alle nicht

wollen, dass ich mit demjenigen zusammen bin, und ob sie damit recht haben oder nicht.«

In meinem Fall hatten sie definitiv recht.

»Sie denken, er gehört jemand anderem«, sagte Cassie. »Sie denken, ich stehle ihn.«

Ich konnte keinerlei Arglist erkennen, aber ich war nicht bereit, ein halbwüchsiges Mädchen ein Urteil über mich fällen zu lassen.

»Ich glaube, dass kein Mensch irgendjemand anderem gehören sollte, sondern nur sich selbst«, erwiderte ich. »Menschen sind doch keine Besitztümer.«

»Das finde ich auch«, pflichtete sie mir eifrig bei.

»Aber Menschen gehen Verpflichtungen ein«, fuhr ich fort. »Und solche Versprechen sollten nicht leichtfertig gebrochen werden. Vielleicht überhaupt nicht.«

Wann würde ich meine Worte beherzigen?

»Da kommt Greenwood.«

Ohne dass einer von uns beiden es bemerkt hatte, war Luna auf uns zugekommen. Ich war erschrocken, als ich sie erblickte. Sie war schon immer ein schmächtiges Kind gewesen, doch anscheinend hatte sie abgenommen. Die Haut über den Knochen ihres Gesichts wirkte fast durchsichtig, und ihre Augen sahen groß und rot und verquollen aus. »Das ist doch sein Auto«, fuhr sie fort.

Cassie und ich drehten uns um und sahen einen großen dunkelgrauen Riley auf das Haus zufahren. Der Motor wurde ausgemacht, und Roy Greenwood stieg aus. Ich hörte leises Stoffrascheln, als Luna sich neben uns auf den Boden plumpsen ließ.

»Er will bei uns einziehen«, flüsterte Cassie.

Entsetzt fuhr Luna herum. »Das glaube ich dir nicht. Woher weißt du das?«

»Ich habe ihn mit Mum reden hören. Er will hier einziehen, damit er auf uns aufpassen kann.«

In diesem Moment glichen sich ihre Gesichter wie die von Zwillingen.

»Das geht nicht«, stieß Luna hervor. »Das hat Mum ihm doch gesagt, oder?«

»Sie hat's versucht. Ich sag's dir, Luna, wenn der hier einzieht, haue ich ab. Ich würde nachts kein Auge zutun können.«

»Wir sollten reingehen.« Luna stand auf. »Wir können sie doch nicht mit ihm allein lassen.«

Cassie erhob sich. »Er wird uns wegschicken. Hat er ja letztes Mal auch gemacht.«

Ich stand ebenfalls auf. »Mich wird er nicht wegschicken«, sagte ich.

Mit Marigolds Baby an der Schulter hatte Sally Roy gerade die Haustür geöffnet, als Luna, Cassie und ich durch die Küche ins Haus traten.

Greenwood schaute zu uns herüber. »Mädchen, kann eine von euch das Baby nehmen? Und Tee wäre nett. Im Wohnzimmer.«

Als er verschwand, sah Sally uns ratlos an. Ich ging zu ihr und nahm das Baby.

»Er hat Koliken«, sagte sie. »Sie müssen ihn aufrecht halten, sonst schreit er.«

»Wo ist Marigold?«, fragte ich.

»Oben, sie schläft. Sie ist völlig erschöpft.«

Ich reichte das Baby an Cassie weiter. »Macht euch keine Mühe mit dem Tee«, wies ich sie leise an. »Haltet Henry zehn Minuten lang ruhig, und dann bringt ihr ihn zurück und sagt, ihr wisst nicht, was ihr mit ihm machen sollt. Ich bleibe bei eurer Mum.«

Mit einem langen Blick, der vielleicht Dankbarkeit ausdrückte, vielleicht aber auch Verdruss darüber, dass ich mich einmischte, nahm Cassie Henry entgegen. Sie und Luna gingen wieder in die Küche und machten die Tür hinter sich zu. Als ich ins Wohnzimmer der Glassbrooks trat, stand Roy am Fenster. Er drehte sich um, und seine Miene verfinsterte sich.

»Was haben Sie hier zu suchen?«, verlangte er zu wissen. »Soweit ich weiß, dürfen Sie gar keinen Kontakt mit den Glassbrooks haben.«

Von Nahem sah Greenwood weniger adrett aus als sonst. Auf dem Ärmel seines Jacketts war ein Fleck, und er war schlecht rasiert. Ich konnte einen kleinen Blutspritzer auf seinem Hemdkragen sehen.

»Und doch holen uns die Ereignisse immer wieder ein.« Ich wandte mich an Sally. »Entschuldigen Sie, dass ich so reinplatze. Ich weiß, Sie hätten bestimmt gern einen ruhigen Tag, nachdem Sie gestern Larry besucht haben, aber ich dachte, ich gehe vielleicht mit Marigold und Henry in den Park. Damit Sie und die Mädchen mal ein bisschen ausspannen können.«

In Wahrheit wollte ich Marigold zum Reden bringen, um herauszufinden, ob sie wirklich aus dem Lake District stammte und ob sie sich traute, uns mehr darüber zu erzählen, was in dem Kinderheim vorgefallen war.

»Diese junge Frau ist einer der Gründe, warum ich hier bin«, sagte Greenwood. »Sally, Sie sind verrückt, sie bei sich aufzunehmen. Sie haben ohnehin schon viel zu viel um die Ohren. Und ich dachte, wir hätten uns darauf geeinigt, dass Sie Larry nicht besuchen.«

Sally trat näher zu mir. »Ich habe freie Zimmer«, erwiderte sie. »Ich bin es gewohnt, Leute im Haus zu haben, und ich kenne mich mit Babys aus. Wer wäre also besser geeignet?«

Greenwood machte einen Schritt auf uns zu. »Sally, kann ich Sie unter vier Augen sprechen?«

»Nein«, ging ich dazwischen. »Entschuldigen Sie, dass ich so unhöflich bin«, sagte ich an Sally gewandt, »aber ich muss Mr Greenwood ein paar Fragen stellen.«

Sally nahm mit interessierter Miene auf einem Stuhl Platz.

»Ich wüsste nicht, was wir zu bereden hätten«, knurrte Greenwood.

»Es geht um das Black Moss Manor«, sagte ich. »Soweit ich weiß, sind Sie einer der Kuratoren, Sir.«

Greenwood sah mich mit gerunzelter Stirn an. »Und?«

»Wie oft wird das Heim von den Behörden inspiziert?«, wollte ich wissen.

»Es ist keine staatliche Einrichtung«, erwiderte Greenwood. »Wenn Sie Ihre Hausaufgaben gemacht hätten, wüssten Sie das.«

»Das weiß ich ja auch. Außerdem weiß ich, dass die lokalen Behörden letzten Endes für alle Kinderheime verantwortlich sind. Also müssen Inspektionen stattfinden. Wie oft?«

»Das werden Sie die Asters fragen müssen.«

»Wie ist das Procedere bei Beschwerden?«, fragte ich. »Wenn jemand unzufrieden ist, bei wem muss er sich beschweren?«

Er gluckste leise. »Bei den Asters natürlich.«

»Und was dann? Angenommen, die Asters ignorieren die Beschwerde, was sie ja auch tun würden, wenn sie für die Missstände verantwortlich sind.«

»Ich habe wirklich keine Ahnung.«

»Wo kommt das Geld her? Sind das alles Spenden, und sind die Konten öffentlich? Wo kann ich sie einsehen?«

»Ist das hier eine legitime polizeiliche Befragung?« Endlich fing der Mann an, sich zu wehren. Ich war ein bisschen überrascht, dass das so lange gedauert hatte.

»Betrachten Sie mich einfach als besorgte Bürgerin«, sagte ich.

In diesem Moment war an der Haustür ein lautes Klopfen zu hören.

»Das sind bestimmt die Asters«, verkündete Greenwood. »Ich halte es für das Beste, dieses absurde Gespräch zu beenden.«

»Roy?« Sally sah völlig entgeistert aus. »Was haben Sie getan?«

Greenwood machte Anstalten, das Zimmer zu verlassen. Ich kam ihm zuvor und lief an ihm vorbei zur Haustür. Tatsächlich, das Ärztepaar und PC Colin West standen vor der Haustür. Als ich aufmachte, trat West vor, als wolle er ins Haus hineinmarschieren. Ich rührte mich nicht von der Stelle.

»Guten Abend«, sagte ich. »Was kann ich für Sie tun?«

Judith Aster trug einen dunklen Tweedmantel mit einem

grauen Schal und ein Kleid in einem hellen Cremeton. Bei ihrem Anblick kam ich mir vor wie ein kleines Mädchen im Pyjama.

»Wir wollen Marigold und ihr Baby abholen«, sagte sie.

»Und wieso brauchen Sie dafür die Polizei?«, erkundigte ich mich. »Wenn Marigold bereit ist, mit Ihnen mitzugehen, sind Polizisten ja wohl kaum nötig. Und wenn nicht, gibt es kein Gesetz, von dem ich weiß, das sie dazu zwingen kann.«

»Wir nehmen sie zu ihrer eigenen Sicherheit in unsere Obhut, und zur Sicherheit ihres Babys«, verkündete Frederick Aster. »Ist sie hier?«

Ich ging nicht darauf ein.

»Darf ich bitte die nötigen Dokumente sehen, PC West?«, sagte ich. Insgeheim zermarterte ich mir das Gehirn, was für Papiere die beiden haben könnten. Und ob ich Avril rechtzeitig herholen könnte, um dagegen vorzugehen.

»Was ist denn los?«, hörte ich Sallys Stimme hinter mir.

»Sally, würden Sie bitte zur Seite gehen?«, sagte Greenwood hinter ihr.

»Mrs Glassbrook, wir sind hier, um Ihnen Marigold und das Baby abzunehmen«, sagte Judith Aster. »Die beiden kommen jetzt mit uns nach Hause. Könnten Sie bitte ihre Sachen zusammensuchen?«

»Ich bestehe auf den Dokumenten«, ging ich dazwischen.

»Auf ein Wort, WPC Lovelady«, sagte West. »Kommen Sie doch bitte mal raus.«

Ich hatte so ein Gefühl, dass sich die Asters sehr schnell Zutritt zum Haus verschaffen würden, sobald ich meinen Posten verließ.

»Entschuldigen Sie uns einen Moment?«, antwortete ich. »Ich muss mit Sally reden.«

Damit machte ich den Asters und PC West die Tür vor der Nase zu, drehte den Schlüssel um und steckte ihn in die Tasche. Am anderen Ende des Flurs ging die Küchentür auf, und die Mädchen erschienen. Luna hatte das Baby auf dem Arm.

»Was ist denn los?«, wollte sie wissen.

»Cassie, schließ die Hintertür ab«, befahl ich. »Sofort.«

Cassie verschwand.

»Ich muss mit Sally und den Mädchen reden, in der Küche«, sagte ich zu Greenwood. »Entschuldigen Sie uns.«

»Sally, es ist Ihre Entscheidung«, erklärte ich, als sich die Küchentür vor Roy Greenwood schloss. »Also, eigentlich ist es die Entscheidung von euch allen dreien. Wenn ihr mit Marigold und Henry nicht klarkommt, wird niemand euch Vorwürfe machen. Ihr seid nicht für die beiden verantwortlich.«

Im Flur konnten wir zorniges Hämmern an der Haustür hören.

»Dürfen die sie mitnehmen?«, fragte Sally.

»Kinderschutz ist nicht gerade meine starke Seite«, antwortete ich, »aber ich bin mir ziemlich sicher, dass sie einen Gerichtsbeschluss bräuchten, um sie mit Gewalt aus Ihrem Haus zu holen, wenn sie hierbleiben will und Sie bereit sind, sie hierzubehalten.«

Wir konnten Greenwood durch die Haustür mit den Asters sprechen hören.

»Und wenn sie einen haben?«, wollte Cassie wissen.

»Wenn sie einen haben, können wir nichts tun. Aber ich bezweifle es, den hätten sie uns garantiert schon gezeigt.«

»Und warum ist dann die Polizei da?«, fragte Sally.

»Ich denke, die Asters werden um Polizeibegleitung gebeten haben für den Fall, dass Marigold Ärger macht. Nach dem, was auf der Entbindungsstation passiert ist, kann ich verstehen, dass der Sergeant vom Dienst bereit war, einen Wagen hier rauszuschicken.«

Wie aufs Stichwort erschien PC West an der Tür der hinteren Küche und spähte durch die Glasscheibe. Ich winkte ihm kess zu.

»Es ist Ihre Entscheidung, Sally«, wiederholte ich. »Und natürlich Marigolds, aber ich bezweifele, dass die sie mitnehmen können, wenn wir nicht nachgeben.«

»Ich muss doch an die Mädchen denken«, sagte Sally. Sie sah ihre Töchter an. »Das ist ganz schön viel verlangt, ein Baby im Haus. Und Marigold ist nicht einfach.«

West klopfte an die Hintertür.

»Der kleine Hen ist doch ein Lieber.« Luna drückte ihn ein wenig fester an sich. »Außerdem ist er ein Hexenbaby mit sechs Fingern. Er gehört zu uns.«

»Das finde ich auch«, verkündete Cassie. »Die beiden sollten hierbleiben.«

Sally und ich wechselten einen Blick. West klopfte lauter.

»Ganz allein Ihre Entscheidung, Sally«, sagte ich noch einmal. »Niemand wird Ihnen einen Vorwurf machen.«

Sally hatte gerade den Mund aufgemacht, um zu antworten, als von oben Schreie ertönten.

»Marigold!« Sally rannte wieder in den Flur hinaus, gefolgt von den Mädchen.

»Vorsichtig mit dem Baby, Luna!«, rief ich ihnen nach, während ich PC West hereinließ.

»Was zum Teufel ziehen Sie hier ab?«, fauchte er mich an. »Das gibt 'ne Meldung.«

Im Flur wetteiferten laute Stimmen mit Marigolds Geschrei. Ich hielt West die erhobene Hand entgegen, um zu verhindern, dass er sich an mir vorbeischob.

»Sind Sie irgendwie gesetzlich befugt, Marigold McGowan aus diesem Haus herauszuholen?«, fragte ich ihn. »Durch einen Gerichtsbeschluss? Oder durch irgendetwas anderes?«

»Nein«, gab er zu. »Wir sind hier, um dafür zu sorgen, dass es keine Schwierigkeiten gibt. Tolle Leistung, uns so viel Ärger zu machen.«

»Wenn Marigold hierbleiben will und Sally bereit ist, sie hierzubehalten, dann ist das Ganze keine Polizeiangelegenheit, richtig?«

Er furchte die Stirn. »Glaub nicht.«

Ich nickte und ließ ihn stehen. Ich eilte in den Flur. Die Asters schauten immer noch durch die Glasscheibe in der Haustür.

»Wo ist der Schlüssel?«, wollte West hinter mir wissen.

»Keine Ahnung«, log ich.

Marigold saß auf der Treppe zum ersten Stock, klammerte sich ans Geländer und schrie. Hinter ihr versuchte Roy Greenwood, sie hochzuzerren. Marigolds Kleid war an den Brüsten feucht, wo Milch ausgetreten war, und auf der hölzernen Stufe war eine kleine Pfütze. Ihr Geschrei war ohrenbetäubend. Cassie stand weiter unten auf der Treppe und keifte Roy an: »Lassen Sie sie in Ruhe! Nehmen Sie Ihre dreckigen Pfoten von ihr, Sie Perversling!«, während Sally beide anflehte, mit dem Geschrei aufzuhören und sich zu beruhigen. Luna war vernünftigerweise am Fuß der Treppe geblieben, wo sie nicht im Weg war, doch der kleine Henry brüllte aus vollem Hals mit.

Ich ging zu PC West, der ebenfalls in der Halle erschienen war, zog die Trillerpfeife aus seiner Tasche und blies hinein. Es wurde still.

»Bitte gehen Sie mir aus dem Weg, Sally. Du auch, Cassie.« Ich schob mich auf der Treppe an den beiden vorbei. Marigold starrte mit ängstlichem, flehendem Gesicht zu mir hoch. Einige Stufen höher stand mit hochrotem Gesicht ein schwitzender Roy Greenwood und schien turmhoch über mir aufzuragen. Die Anstrengung hatte ihn sehr mitgenommen; er sah aus, als müsse er sich hinsetzen. Nun, das konnte er gern tun. In einer Zelle.

»Roy Greenwood, ich nehme Sie fest wegen mutmaßlicher Tätlichkeit und Körperverletzung. Sie haben das Recht zu schweigen. Alles, was Sie sagen, kann und wird vor Gericht gegen Sie verwendet werden.«

Greenwood sah aus, als traue er seinen Ohren nicht. Ich hielt seinem starren Blick einen Moment lang stand, dann schaute ich über die Schulter.

»Constable West, bitte legen Sie diesem Mann Handschellen an.«

Und dann hielt ich die Luft an. Colin West war kein Freund, aber eine Verhaftung eines Kollegen zu ignorieren, war ein schwerer Verstoß gegen die Polizeietikette. Ein paar Sekunden lang herrschte ein Patt, und dann kam mir Greenwood selbst zu Hilfe.

Höhnisch grinste er West an. »Unterstehen Sie sich«, sagte er.

Nur wenige Polizisten würden sich das gefallen lassen. West drängte sich an uns vorbei, drehte Greenwood grob herum und legte ihm Handschellen an.

»Ich hoffe, Sie wissen, was Sie tun«, brummte er mir halblaut zu, als er Greenwood aus dem Haus führte.

66. Kapitel

Sally

Montag, 11. August 1969

Am Montagvormittag hielt der Verband für Familienplanung immer in einer der Gemeindesäle von Sabden eine Beratungssprechstunde ab, die die Hebammen des Gesundheitsamtes abwechselnd betreuten. Ich kam zur gleichen Zeit dort an wie Jenny Renfield, eine der Schwesternschülerinnen, und wir verbrachten die erste Stunde damit, alles bereit zu machen.

»Sally, kann ich Sie bitte kurz sprechen?«

Ich blickte mich um und sah meine Vorgesetzte in der Tür stehen.

»Wir fangen in zehn Minuten an«, erwiderte ich. »Der Arzt wird gleich hier sein.«

»Wir gehen in sein Büro«, sagte sie.

Ich folgte ihr, und sie drehte sich zu mir herum, sobald

die Tür zu war. »Sally, ich suspendiere Sie vom Dienst. Sie müssen Ihre Sachen holen und nach Hause gehen, bis wir alles regeln können.«

»Bis Sie *was* regeln können?«, fragte ich.

Sie schaute auf den leeren Schreibtisch. »Es hat Beschwerden gegeben. Mehr als eine.«

»Wegen meines Mannes?« Ich war mir ziemlich sicher, dass sie mich für das, was Larry getan hatte, nicht rauswerfen konnten.

Sie fand eine verirrte Büroklammer und fing an, daran herumzubiegen. »Nein, wegen Marigold McGowan. Die Leute sagen, Sie üben einen unguten Einfluss auf eine labile, schutzlose junge Frau aus. Sie gehört in ein Heim, und Sie stehen dem im Wege.«

So wie sie das sagte, hörte es sich an, als hätte ich Marigold aus eigennützigem Interesse bei mir aufgenommen.

»Ich habe versucht, einem Mädchen zu helfen, das verzweifelt ist und Angst hat.«

»Das steht Ihnen nicht zu, Sally. Wenn Sie natürlich zustimmen, dass das Mädchen wieder ins Heim geht, dann können wir das Ganze vielleicht schneller klären.«

Die Angst wuchs. Das hier war nicht länger eine Angelegenheit zwischen uns beiden. Ich konnte schattenhafte Gestalten im Hintergrund lauern sehen.

»Ich schicke Marigold weg und darf meinen Job behalten – ist das so gemeint?«

Meine Vorgesetzte erhob sich. »Nun machen Sie es doch nicht so dramatisch. Das Black Moss Manor ist eine angesehene Einrichtung.«

»Und warum hat sie dann solche Angst?«

»Sie ist geistig zurückgeblieben. Sie können sie nicht nach denselben Maßstäben beurteilen wie normale Menschen. Also, wie ist Ihre Antwort? Ich kann im Black Moss Manor anrufen, sie noch heute abholen lassen, und für Sie bleibt alles beim Alten.«

Ich war in Versuchung, ich kann es nicht leugnen. Marigold bedeutete mir doch nichts. Ich brachte meine Mädchen in Gefahr, um einer Wildfremden zu helfen.

»Ich habe jetzt eine Anwältin«, ließ ich sie wissen. Ich erhob mich. »Sie werden von ihr hören.«

67. Kapitel

Florence

Sallys Anruf kam zu einem denkbar ungünstigen Zeitpunkt. Patsy Wood, Larrys letztes halbwüchsiges Opfer, wurde an diesem Nachmittag beerdigt, und jeder Polizist, den das Revier entbehren konnte, sollte bei der Trauerfeier anwesend sein. Wir waren im Begriff aufzubrechen. Doch was Sally mir mitteilte, verdrängte alle Gedanken an das, was mir bevorstand, aus meinem Kopf.

»Ein Polizist?« Schützend hielt ich die Hand über die Sprechmuschel. »Sind Sie sicher, dass sie das gesagt hat? Ihr Freund ist Polizist?«

Ich schaute mich um. Niemand in Hörweite.

»Ja, genau«, antwortete Sally. »Ich hab's selbst gehört. Ich wollte Ihnen das schon gestern erzählen, aber …«

»Die Ereignisse haben sich überschlagen.« Urplötzlich sah ich das Chaos im Haus der Glassbrooks wieder vor mir. So hatte ich meinen Sonntagabend nicht geplant. »Und sie hat gesagt, sie haben das Baby im Black Moss Manor gezeugt?«

»Jep.«

Ich brauchte Zeit zum Nachdenken. Oder vielleicht auch, um mir einzureden, dass die Dinge gerade nicht völlig außer Kontrolle gerieten.

»Sind Sie bei der Arbeit?«, fragte ich Sally.

Einen Moment lang antwortete sie nicht. Dann: »Ich bin suspendiert worden. Weil ich Marigold aufgenommen habe. Im Augenblick bin ich zu Hause.«

Es wurde immer schlimmer.

»Sie müssen mit Avril sprechen«, sagte ich zu ihr.

»Ich treffe mich nachher mit ihr.«

Nun, das war wenigstens etwas.

»Haben Sie gehört, dass Greenwood gestern Abend ohne Anklage auf freien Fuß gesetzt wurde?«

Sally schwieg einen Moment, dann fragte sie: »Haben Sie Ärger bekommen?«

»Nicht mehr als gewöhnlich.«

Ich versuchte, locker zu klingen, doch mir brannten noch immer die Ohren von der Unterredung mit Rushton und Sharples, die ich gerade hinter mir hatte. »Privat sind hier die meisten auf meiner Seite, glaube ich, aber niemand will, dass die Geschichte große Wellen schlägt und am Ende in den höheren Etagen irgendwelche Köpfe rollen.«

»Was werden Sie tun?«, fragte Sally. »Wegen dem, was Marigold gesagt hat.«

»Ich habe keine Ahnung«, antwortete ich wahrheitsgemäß. »Das ist eine ernste Sache.«

»Ich könnte mich mit ihr draußen vors Revier setzen und warten, ob sie einen der Polizisten erkennt.« Sie zögerte. »Aber wenn sie diesen Peter sieht und anfängt zu rufen, könnte das …«

»Peinlich werden«, vollendete ich ihren Satz.

Einer der Constables öffnete die Tür.

»Flossie«, sagte der PC, »der Boss will Sie sprechen. Oben.«

Eigentlich nicht peinlich, sondern gefährlich. Ich konnte nicht zulassen, dass Sally das tat.

»Sally, ich muss Schluss machen. Unternehmen Sie nichts. Ich melde mich wieder.«

Es heißt, der Lauscher an der Wand hört nur selten etwas Gutes über sich, und das erwies sich an diesem Tag als wahr. Die Tür des CID-Büros wurde von einem Feuerlöscher offen gehalten, und ich machte kein Geräusch, als ich eintrat. Es herrschte gewaltige Unordnung, überall lagen Papiere und Ordner herum. In der Mitte wurde der Raum von mehreren Aktenschränken in zwei Hälften geteilt, und die Stimmen, die ich hören konnte, kamen von der anderen Seite.

»Ich will ja nichts sagen, aber ich hab's Ihnen ja gesagt, Sir, ich meine …« – Sharples seufzte – »… ein kluges Köpfchen ist sie ja, da haben Sie recht, aber sie macht mehr Ärger, als das Ganze wert ist. Diese Geschichte mit Greenwood …«

»Der Kerl hat sich doch total danebenbenommen«, wandte Tom ein.

»Aber sie sorgt für unnötigen Ärger«, bemerkte Woodsmoke.

»Da widerspricht nicht mal Tom«, setzte Sharples hinzu.

Ich war stehen geblieben. Jetzt zwang ich mich weiterzugehen.

»Und dann diese fixe Idee wegen dem Black Moss Manor«, fuhr Sharples fort. »Die Asters sind kurz davor, offiziell Beschwerde einzureichen. Boss, ich sag's Ihnen, wie es ist – sie handelt emotional, ist sprunghaft und neigt zur Hysterie. Sie ist eine Belastung für das ganze Revier.«

Ich hielt den Atem an, während ich auf den Widerspruch wartete. Es kam keiner.

Ich erreichte das Ende der Aktenschrankreihe und sah die Männer, die sich um Sharples' Schreibtisch versammelt hatten. Rushton und der diensthabende Sergeant waren die Einzigen in Uniform. Sharples, Woodsmoke und Tom trugen ungewöhnlich elegante Anzüge. Alle hatten schwarze Krawatten umgebunden.

Sharples erblickte mich als Erster und setzte eine finstere Miene auf. »Wenn man vom Teufel spricht«, brummte er.

Ich beachtete ihn nicht. »Sie wollten mich sprechen, Sir?«, sagte ich zu Rushton.

»Aye, Florence«, antwortete Rushton, während die andern zu Boden sahen und davongingen. Sogar Tom.

»Wir haben uns gerade über heute Nachmittag unterhalten«, fuhr Rushton fort. »Und wir sind uns alle einig, dass es besser ist, wenn Sie nicht hingehen.«

Sie sprachen von Patsys Beerdigung. Ich hatte sie gefunden. Ich hatte sie aus einem verfrühten Grab geholt und die Ereignisse in Gang gesetzt, die zu Larrys Verhaftung geführt hatten. Und man würde mir nicht erlauben, an ihrem richtigen Grab zu stehen und zu trauern.

68. Kapitel

Sally

»Ich schreibe an die Gesundheitsbehörde und verlange Ihre sofortige Wiedereinstellung«, sagte Avril. »Sie werden natürlich widersprechen und versuchen, das Ganze in die Länge zu ziehen, aber gewinnen werden sie nicht. Die können Sie nicht dafür rausschmeißen, dass Sie einem behinderten jungen Mädchen geholfen haben.«

Das war doch was. »Und wie lange wird das dauern?«

»Mehrere Wochen. Mindestens. Wahrscheinlich eher Monate, fürchte ich. Wenn die andere Seite es drauf anlegt.«

Und genau das würden sie tun. Monate, in denen ich keinerlei Einkommen haben würde, von dem Geld abhängig wäre, das Roy mir gab. Inzwischen hatte Avril eine Lesebrille aufgesetzt und griff nach einem übervollen Aktenordner.

»Ich habe mir mal die Unterlagen durchgesehen, die Sie mir gegeben haben. Und die Situation ist jetzt ein bisschen klarer.« Avril öffnete den Ordner, und ich sah, dass das ehemalige Durcheinander systematisch nach Themen sortiert worden war, jedes mit einem andersfarbigen Deckblatt.

»Es gibt mehrere offene Rechnungen« – sie bedachte mich mit einem aufmunternden Lächeln – »aber nichts Weltbewegendes. Mahnbescheide stehen noch nicht ins Haus. Ich kann versuchen, Ratenzahlungen für Sie zu arrangieren. Das Wichtigste ist erst mal das Haus, finden Sie nicht auch?«

Das fand ich auch.

»Nun, und hier scheint es, als hätte Roy die Wahrheit gesagt. Das Haus gehört tatsächlich ihm«, fing sie an. »Er hat es 1952 gekauft. Ich habe einen Mietvertrag zwischen ihm und Ihrem Mann gefunden. Auf den ersten Blick war Larry also Mieter, so wie Roy es angedeutet hat.«

Ich klammerte mich sofort an ihre Worte: »auf den ersten Blick«.

Avril fuhr fort. »Doch dann wird das Ganze ein bisschen kompliziert. Es gibt eine schriftliche Willenserklärung, die Roy und Larry beide unterschrieben haben, als Roy das Haus gekauft und Larry seine Lehre abgeschlossen hatte.«

Sie reichte mir ein Blatt Papier.

»Das ist eine Kopie«, erklärte sie. »Darin bekundet Roy seine Absicht, sich 1979 im Alter von fünfundsechzig zur Ruhe zu setzen und Larry zu diesem Zeitpunkt zum voll haftenden Teilhaber des Unternehmens zu machen. Larry stünden dann fünfzig Prozent des Gewinns zu, und er würde nach Roys Tod die Hälfte der Firma erben. Da ist sogar eine Kopie von Roys Testament beigefügt, die genau das bestätigt.« Sie nahm die Brille ab. »In der Willenserklärung steht auch, dass das Haus von dem Moment an, wenn Roy sich zur Ruhe setzt, zur Gänze in Larrys Besitz übergehen würde. Im Grunde würde das heißen, auch in Ihren.«

»Aber jetzt nicht mehr?«, fragte ich

»Außerdem ist darin vorgesehen, dass Larry und seine Nachkommen sowohl das Haus als auch die Firma erben, sollte Roy sterben, bevor er das Rentenalter erreicht. Da er erst Mitte fünfzig ist, können wir darauf wohl leider nicht spekulieren.«

Sie lächelte, um anzudeuten, dass sie einen Scherz machte.

»Das wusste ich alles nicht«, sagte ich zu ihr.

»Schön.« Sie legte die Brille weg und faltete die Hände wie zum Gebet. »Die Frage ist jetzt, was wollen Sie tun, Sally?«

»Ich will weg aus Sabden«, erklärte ich ihr. »Aber wenn das Haus nicht uns gehört, haben wir gar nichts.«

Sie nickte. »Ich weiß. Also, wir können inoffiziell an Roy herantreten und ihn fragen, ob er gewillt ist, das Haus zu verkaufen und Ihnen einen Teil des Erlöses zu überlassen, mit der Begründung, dass Larry viele Jahre lang Miete gezahlt und für ihn gearbeitet hat. Vielleicht findet er, dass er moralisch verpflichtet ist, die Zeit zu honorieren, die Larry investiert hat.«

»Und wenn er das nicht findet?«

»Wir können vor Gericht gehen und einen Anteil einklagen. Ich würde dazu neigen, ein Drittel zu verlangen, und wäre bereit, ein Viertel zu akzeptieren.«

»Würde das klappen?«

Sie hob die Hände in einer »Wer weiß?«-Geste. »Kann man bei Prozessen unmöglich vorhersagen. Hat Roy irgendwelche Andeutungen hinsichtlich seiner Pläne gemacht?«

»Er will bei uns einziehen. Er hat mir angeboten, mir

Unterhalt aus den Geschäftseinnahmen zu zahlen, wenn ich zustimme.«

Avril lehnte sich auf ihrem Stuhl zurück. »Also, ich geb's zu, damit habe ich nicht gerechnet. Oberflächlich gesehen ist das ein großzügiges Angebot. Und Sie sind ja an Untermieter gewöhnt.«

»Er wäre aber kein Untermieter. Und die Mädchen können ihn nicht ausstehen.«

»Ich verstehe«, sagte Avril. »Also, das können nur Sie entscheiden, Sally. Aber das Gericht wird sein Angebot berücksichtigen. Es würde schwerer für uns zu zeigen, dass er sich uneinsichtig verhält.«

»Das war sein Plan, stimmt's?«

Avril antwortete nicht.

»Wissen Sie, dass Florence ihn gestern verhaftet hat? Er hat Marigold Todesangst eingejagt, hat versucht, sie mit Gewalt aus dem Haus zu schaffen und sie den Asters zu übergeben.«

»Meine Güte, nein, das wusste ich nicht.«

Rasch erzählte ich ihr alles. Als ich geendet hatte, war eine tiefe Sorgenfurche zwischen ihren Brauen erschienen.

»Also, wenn er zu gewalttätigem Verhalten neigt, dann könnte das ein ganz neues Licht auf die Dinge werfen. Ich muss sagen, das ist besorgniserregend.« Sie schüttelte den Kopf. »Sally, Sie haben doch im Moment genug um die Ohren. Es ist bewundernswert, dass Sie dieser jungen Frau helfen wollen, aber …«

Sie hielt inne und stand auf. Sie war eindeutig erregt.

»Und was Florence betrifft«, sagte sie, »Daphne und ich mögen sie sehr gern, aber sie ist jung und idealistisch, und sie muss nicht auf zwei Töchter aufpassen. Sich Roy Greenwood zum Feind zu machen ist keine gute Idee. Überhaupt keine gute Idee.«

Ich wurde an Avrils Warnung erinnert, als ich nach Hause kam und seinen Wagen in der Auffahrt stehen sah. Er saß auf dem Fahrersitz und wartete auf mich.

»Wir müssen uns unterhalten«, sagte er, als er ausstieg. »Ich habe einen Brief von Larry bekommen.«

69. Kapitel

Florence

Während so ziemlich alle anderen zu Patsys Beerdigung gingen, wurde ich an den Empfang gesetzt. Normalerweise war das ein Job, gegen den ich nichts hatte. Am Empfang bekommt man sämtliche Aspekte der Polizeiarbeit mit, doch an diesem Nachmittag war es aus irgendeinem Grund unnatürlich ruhig, sodass ich viel zu viel Zeit mit meinen eigenen Gedanken verbrachte.

Als ich zur Polizei von Lancashire gegangen war, hatte ich gewusst, dass viele meiner neuen Kollegen der Meinung waren, Frauen sollten nicht Polizistin werden, und ich war fest entschlossen gewesen, ihnen zu beweisen, dass sie sich irrten. Doch soweit es sie betraf, hatte ich genau das Gegenteil getan. Sogar Tom begann an mir zu zweifeln.

»Hallo, Florence.«

Ich drehte mich um und sah, dass Randy durch das hintere Büro hereingekommen war und dass er mir doch tatsächlich eine Tasse Tee gemacht hatte.

»Beerdigungen machen einen ganz schön fertig«, sagte er. »Vor allem, wenn's Kinder sind.«

Dankbar nahm ich den Becher entgegen. »Ich glaube, mir hat hier noch nie jemand Tee gemacht.«

»Erzählen Sie's verdammt noch mal bloß niemandem. Das Stigma werde ich nie wieder los.«

»Meine Lippen sind versiegelt.«

Er setzte sich neben mich. »Wie geht's Ihnen?«, erkundigte er sich. »So ganz allgemein.«

Ich sah ihn an. »Machen sich alle Sorgen um mich?«

»Nur die, denen Sie wichtig sind.«

Darüber sollte ich wohl lachen. Also versuchte ich es. Ehrlich, ich versuchte es.

»Finden Sie, ich bin emotional, sprunghaft und hysterisch?«, fragte ich ihn.

Keine Antwort.

»Ich hatte auf ein zackiges ›Nein‹ gehofft.«

Randy schien einen Moment lang zu überlegen, dann sagte er: »Ich finde, Sie haben einen guten Verstand, ein gutes Herz und gute Instinkte.«

»Danke.«

Er stand auf. »Kann ich irgendwas für Sie tun?«

»Ja«, antwortete ich.

Langsam wich er zurück. »Ich und meine große Klappe.«

»Beschaffen Sie mir ein paar Informationen über das Personal vom Black Moss Manor«, sagte ich, bevor er zur Tür hinaus türmen konnte. »Ich glaube, es sind drei Leute, außer den Asters. Eine davon heißt Cartwright oder so ähnlich. Finden Sie heraus, wie sie heißen und ob sie irgendwelche Verbindungen zu jemandem in der Stadt haben. Vor allem will ich wissen, ob einer von denen Peter heißt.«

Er zog eine Grimasse. »Mann! Sonst noch was?«

»Sie stammen hier aus der Gegend«, sagte ich. »Und Sie sind ein Mann. Mit Ihnen werden die Leute reden.«

»Ich tu, was ich kann«, knurrte er und suchte das Weite.

70. Kapitel

Sally

Roy folgte mir ins Haus. Ich ging voran ins Untermieter-Wohnzimmer – von allen Zimmern fühlte das sich am wenigsten wie zu Hause an – und trat mit Larrys Brief ans Fenster. Im Zimmer war es hell genug. Ich wollte nur nicht, dass Roy mein Gesicht sah, wenn ich ihn las. Meine Hände zitterten, als ich das Blatt Papier aus dem Umschlag zog. Warum sollte Larry Roy schreiben?

»Ich finde, er sagt ganz eindeutig, was er möchte.« An Roys Stimme konnte ich hören, dass er näher kam.

Lieber Roy,
ich weiß, dass du auf Sally und die Mädchen achtgibst und ihnen mit Geld hilfst. Danke, Kumpel, das ist sehr

anständig von dir. Die Mädchen brauchen einen Dad, jemanden mit klaren Prinzipien, der dafür sorgt, dass sie nicht über die Stränge schlagen. Sei der Dad, der ich nicht sein kann. Dasselbe gilt für Sally. Sie wird in der Stadt eine Menge einzustecken haben – sie braucht jemanden, der auf sie aufpasst. Das ist viel verlangt, ich weiß, aber Sal sagt, du hast ihr angeboten, zusammen mit Grace bei ihr einzuziehen. Es würde mir sehr viel bedeuten, wenn du das tun könntest.

Wenn ich irgendetwas tun kann, um es leichter zu machen, lass es mich wissen. Ich kann nicht mehr für meine Töchter da sein. Es ist gut zu wissen, dass du da bist.

Danke, Kumpel.

Dein Larry

Egal, wie oft ich den Brief las, es würde nichts anderes darinstehen.

»Sagen wir morgen?«, fragte Roy.

»Wo wollen Sie schlafen?«, wollte ich wissen und bereute es sofort. Ich wusste genau, wo Roy schlafen wollte.

»Ich nehme fürs Erste Ron Pickles' ehemaliges Zimmer«, antwortete Roy. »Ich schlage vor, Cassandra zieht mit in Elanors Zimmer, und Mutter nimmt Cassandras Zimmer. Wenn wir eine Regelung für die junge Frau gefunden haben, wird ja ein großes Zimmer frei. Da wäre natürlich noch das Zimmer oben an der Treppe, aber das ist ziemlich klein, und vielleicht lassen wir das lieber für Gäste. Nicht dass Gäste in nächster Zeit eine gute Idee wären, und ich halte nichts davon, dass hier Schulfreundinnen übernachten.«

»Die Mädchen werden nicht in ein und demselben Zimmer wohnen«, widersprach ich. »Sie kommen im Moment nicht gut miteinander aus.«

»Die Mädchen werden tun, was ihnen gesagt wird.« Er kam einen Schritt näher.

Ich wich einen Schritt zurück. »Und was ist mit Marigold? Sie sind gestern festgenommen worden, weil Sie sie gewaltsam aus dem Haus zerren wollten. Sie können doch nicht erwarten, dass sie mit Ihnen im selben Haus wohnt, und ich werfe Marigold bestimmt nicht hinaus.«

»Das war doch nur ein schreckliches Missverständnis, und diese impulsive, hysterische Polizistin hat alles nur noch schlimmer gemacht«, erwiderte Roy. »Sie waren nicht dabei, Sally, Sie haben es nicht gesehen.«

»Was habe ich nicht gesehen?«

Roy zog ein Taschentuch hervor und fuhr sich damit über die Stirn. »Die junge Frau ist aus ihrem Zimmer gekommen und hat die Asters vor der Haustür stehen sehen«, sagte er. »Sie ist hysterisch geworden, und ich bin die Treppe hinaufgerannt, um sie zu beruhigen. Die Polizistin hat die völlig falschen Schlüsse gezogen. Das habe ich den Beamten auf dem Revier erklärt, und die haben das sofort verstanden.« Er steckte das Taschentuch weg. »Ganz unter uns, ich denke, sie wird nicht mehr lange als Polizistin arbeiten.«

»Das glaube ich Ihnen nicht.«

»Sie hat zu viele Leute verärgert. Sie ist arrogant und hält sich nicht an die Regeln. Es ist sehr unwahrscheinlich, dass sie ihre Probezeit besteht. Der Superintendent mag sie, und deswegen hat sie sich auch so lange gehalten, aber seine

Zukunft wird auch infrage gestellt. Und mit ihrer sittlichen Moral steht es auch nicht zum Besten. Es ist allgemein bekannt, dass sie etwas mit einem verheirateten Mann hat.«

Darauf hatte ich nichts zu erwidern. Das zumindest stimmte.

Roy trat erneut näher. »Sie ist unberechenbar, Sally, und ich glaube nicht, dass sie ein guter Einfluss für die Mädchen ist.«

Er redete schon über meine Töchter, als hätte er Interesse an ihnen.

»Und die kleine… Marigold, heißt sie so? Also, was immer Sie für das Beste halten. Vielleicht werden Mutter und die Kleine einander ja Gesellschaft leisten können, wenn Sie, Sally, und die Mädchen nicht da sind.« Er schaute auf die Uhr. »Tja, mir steht eine arbeitsreiche Woche bevor, wenn ich auch noch umziehe. Gar nicht zu reden davon, dass ich nun das Geschäft ganz allein führen muss. Aber irgendjemand muss ja dafür sorgen, dass etwas zu essen auf den Tisch kommt.«

Ich sah seine Hand auf mich zukommen und spürte die sachte Bewegung, als er mein Haar berührte. Seine Finger streiften die Seite meines Halses. »Ein neues Kapitel für uns beide.« Er beugte sich zu mir vor. »Aufregend, nicht wahr?«

71. Kapitel

Florence

Während meiner Teepause traf ich mich mit Abby in The Wise Woman. Irgendwie schien mir das der passende Ort zu sein, und es war einer der wenigen Pubs in der Stadt, in dem ich mir einigermaßen sicher sein konnte, niemandem vom Revier zu begegnen.

»Frost lässt mich keine Nachforschungen über das Black Moss Manor anstellen«, berichtete sie, als wir unsere Getränke abstellten – Orangenlimo für mich, einen Apfelwein für sie. »Ich habe ihn heute angerufen.«

»Er hat es doch versprochen«, wandte ich ein.

»Hat irgendwas davon erzählt, dass da gerade eine behördliche Überprüfung stattfindet und es zeitlich nicht passt.« Sie trank einen großen Schluck von ihrem Apfelwein. »Hat gesagt, wir könnten ja Ende des Jahres noch mal darüber nachdenken.«

Frost hatte mich zum Narren gehalten. Sie hatten mich alle zum Narren gehalten.

»Die gute Nachricht ist«, fuhr sie fort, »dass ich Robert Browns Großeltern gefunden habe.«

»Großartig. Wo leben sie?«

Sie nannte ein Altenheim in der Stadt. »Sie haben ihn nicht mehr gesehen, seit Sie ihn mitgenommen haben. Zweimal waren sie da oben und durften nicht mal ins Haus. Es hieß, Besuche würden die Kinder verstören.«

»Haben sie irgendetwas unternommen?«

»Florence, die beiden sind über siebzig. Ich bezweifle, dass auch nur einer von ihnen richtig lesen und schreiben kann. Was können sie schon tun?«

Allmählich fragte ich mich, was überhaupt irgendwer von uns tun konnte.

»Das Auto, das wir am Freitagabend da oben gesehen haben, gehört Ernest Chadwick«, sagte ich.

»Stadtrat Chadwick?«

»Genau dem. Ich hatte mir doch gedacht, dass ich den Wagen kenne, und habe die Nummer überprüft. Er ist einer der Kuratoren.«

»Ich kann mir ja mal seine Vorgeschichte ansehen«, erbot sich Abby. »Schauen, ob er mal irgendwas mit Kinderschändung zu tun hatte. Ein bisschen rumfragen. Die Leute klatschen für ihr Leben gern, besonders wenn's um einen ihrer Stadträte geht.«

Wir schwiegen eine Weile, hingen unseren Gedanken nach.

»Kindesmissbrauchsskandale fliegen auf, wenn die Kinder reden«, sagte Abby schließlich. »Wir müssen Leute finden, die als Kinder im Black-Moss-Kinderheim waren.«

»Da wäre Marigold«, erwiderte ich. »Aber die wird nicht reden.«

»Sie kann doch nicht die Einzige sein, in all den Jahren, da müssen doch Dutzende von Kindern inzwischen wieder draußen sein. Ich fange mal an rumzufragen. Ein paar von denen müssen noch in der Stadt sein.«

»Die Behörden haben bestimmt Akten von allen gegenwärtigen und ehemaligen Heimbewohnern«, sagte ich. »Aber ich kann da nicht inoffiziell nachfragen.«

»Ich könnte es tun«, schlug Abby vor. »Allerdings bezweifle ich, dass sie einer Journalistin vertrauliche Informationen geben.«

»Und das Schlimmste ist – ich bin mir sicher, dass es auch noch andere gibt, die wissen, dass da oben üble Dinge laufen«, sagte ich.

Dann erzählte ich ihr von der angeblichen Botschaft aus dem Geisterreich auf meinem Spiegel, davon, dass Hecate Collins steif und fest behauptete, die Toten wollten mit mir sprechen. »Niemand traut sich, den Mund aufzumachen«, schloss ich. »Was bedeutet, dass es etwas wirklich Schlimmes sein muss.«

»Gibt es denn niemanden auf dem Revier, der Ihnen Rückendeckung geben würde?«, erkundigte sich Abby.

Ich überlegte kurz. »Rushton vielleicht.«

»Der Superintendent?«

»Er ist ein anständiger Officer. Und ich glaube, er mag mich.«

Ich schaute auf die Uhr. »Ich muss zurück«, sagte ich. »Abby, seien Sie vorsichtig. Wenn wir recht haben, dann werden diese Leute nicht wollen, dass man ihnen auf die Schliche kommt.«

72. Kapitel

Sally

Er konnte mich nicht zwingen, mit ihm zusammenzuleben. Ich machte die Haustür zu, heftiger, als nötig gewesen wäre, und schloss sie ab. Er konnte hier einziehen, er konnte seine Mutter in mein Wohnzimmer setzen, er konnte die Mädchen aus ihren Zimmern vertreiben, aber er konnte uns nicht zwingen zu bleiben. Und Larry auch nicht. Das Schuljahr war zu Ende, und nichts hinderte uns daran, in eine andere Stadt zu ziehen und neu anzufangen. Ich würde es den Mädchen jetzt gleich sagen. Sie würden niemals bereit sein, mit Roy zusammenzuwohnen.

Ich war schon fast an der Küchentür, als mir der Gedanke kam, wie schwer es werden würde, einen neuen Job zu finden, während ich suspendiert war.

In der Küche standen Mary und Luna am Spülbecken. Cassie saß am Tisch und sah ihnen mit diesem merkwürdigen, weggetretenen Gesichtsausdruck zu. Marigold stand da und schaukelte den kleinen Henry sachte an ihrer Schulter.

Was sollte ich mit Marigold und Henry machen? Ich konnte uns nicht alle fünf durchbringen.

»Ist er weg?« Mary machte sich nicht die Mühe aufzublicken.

»Ja«, antwortete ich und fügte im Stillen hinzu: vorerst.

»Hübsch.« Marigold schaute Luna über die Schulter. »Hübsche Blumen.«

Mary hatte im Garten Fingerhut geschnitten, und sie und Luna zupften gerade die violetten, glockenförmigen Blüten ab. In einem Topf auf dem Herd kochte bereits Wasser.

»Vergiss auf keinen Fall, dir die Hände zu waschen, Luna«, sagte ich. »Und die Stiele und Blätter müssen auf den Kompost, die dürfen nicht in die Mülltonne.«

Ich sah, wie Marigold die Hand nach einer Blume ausstreckte, die am hinteren Rand des Spülbeckens lag. Selbst wenn sie sich reckte, reichte sie nicht ganz heran.

»Das wissen wir doch.« Luna seufzte ungeduldig.

Die hohe violette Blütendolde sprang Marigold in die Hand, und sie bekam sie am Stiel zu fassen. Das Fenster war offen. Vielleicht hatte ein Luftzug die Pflanze erfasst.

»O nein, Marigold, die darfst du nicht nehmen.«

Marigold betrachtete die Blume und hielt sie dabei dicht vor Henry. Als Luna sie ihr wieder wegnahm, machte sie ein trauriges Gesicht.

»Die sind gefährlich«, erklärte ich. »Fingerhut ist eine Giftpflanze. Wenn du etwas von dem Saft an die Finger bekommst und der kleine Henry daran lutscht, kann er sehr krank werden.«

»Luna macht das doch auch«, begehrte Marigold auf.

»Luna und Mary werden sich sorgfältig die Hände waschen und rund ums Spülbecken herum alles sauber machen, wenn sie fertig sind. Ein winzig kleines bisschen würde ihnen oder dir wahrscheinlich nichts tun, aber für das Baby wäre es gefährlich.«

Marigold drückte Henry fester an sich und sah die Blumen böse an. Ich beugte mich vor und schloss das Fenster. Es musste ein Luftzug gewesen sein. Was sonst?

»Wie geht es Alfie?«, erkundigte ich mich bei Mary. Präzise dosiert hilft Fingerhut bei Herzerkrankungen. Mary hatte ihren Mann Alfie schon seit einiger Zeit mit Fingerhutblütensirup behandelt.

»Ganz gut«, antwortete sie, während Luna die Blüten in den Topf mit dem kochenden Wasser warf und Zucker dazutat.

Ich erzählte ihnen nicht, dass die Greenwoods bei uns einziehen würden. Ich brachte es nicht über mich. Ich half Mary und Luna beim Aufräumen und kochte dann Abendessen. Den kleinen Henry quälten die Koliken, doch ich gab ihm einen Teelöffel von meinem Magenmittel aus Natronbikarbonat, Ingwer, Fenchel und Honig, und bald war er sehr viel fröhlicher.

Als sich die Mädchen für den Abend vor den Fernseher gesetzt hatten, verließ ich das Haus. Inzwischen war die Sonne untergegangen, und als ich aus der Stadt hinausfuhr, erblickte ich den Mond über dem Pendle Hill. Er war in seiner allerletzten Phase und würde in etwa einem Tag ganz verschwinden. Ein Gefühl banger Vorahnung überkam mich, und ich fuhr unwillkürlich schneller.

Ich erreichte die Well Head Road und folgte ihren Kurven, bis ich zu der Stelle kam, wo ein Pfad den Hügel hinaufführte. Dort parkte ich neben fünf anderen Autos, schaute hinauf und sah die niedrigen Flammen eines Feuers. Das Licht am Himmel schwand, und die Schatten wurden dunkler, während ich bergauf lief. Nach hundert Metern konnte ich Trommeln hören.

Ich hielt auf ein Plateau ungefähr auf halber Höhe des Pendle Hill zu. Niemand wusste genau, ob es auf natürliche

Weise in den Kalksteinmassen entstanden oder irgendwann geebnet worden war, um dort Gebäude zu errichten. Niemand wusste, was einst dort gestanden hatte. Es gab Überreste von Mauern und primitive Wasserleitungen, die kaum Rückschlüsse zuließen. Es gab die Theorie, dass dort der Malkin Tower gestanden hatte, das Haus der Familie Southern und das von Mutter Demdike, der berüchtigsten Hexe von Pendle.

Als ich langsam um die letzte Biegung bog, hörte ich neben den Trommeln auch die Stimmen und das zischende Knistern des Feuers. Man soll sich gut überlegen, wann man eine Hexenversammlung stört. Wenn man im falschen Moment dort hineinplatzt, kann die Energie, mit der sie gearbeitet haben, sich ungehemmt ausbreiten und ernsten Schaden anrichten.

Die Hexen, dreizehn an der Zahl, waren alle Frauen. Daran gab es keinerlei Zweifel, denn sie waren alle nackt. Hexenzirkel verrichten ihr Werk oft unbekleidet – im Himmelskleid, wie sie es nennen –, weil sie glauben, dass Kleider eine Barriere zwischen ihnen und den natürlichen Energien schaffen, die sie für ihre Zwecke zu nutzen versuchen. Das war auch ein Grund, warum es mir widerstrebt hatte, mich dem Mondzirkel anzuschließen. Mit einem Haufen Frauen in mittleren Jahren splitternackt umherzutanzen war mir ziemlich lächerlich vorgekommen.

An dem, was ich an diesem Abend sah, war nichts Komisches. Vielleicht war es das kalte Sternenlicht, vielleicht auch der warme, flackernde Schein des Feuers auf ihrer Haut, doch die Frauen sahen zeitlos aus, alterslos, schön. Zwölf hielten sich an den Händen und bildeten einen großen Kreis, während sie in einer Choreografie, die man unmöglich durchschauen konnte, seitwärtstraten und sich drehten. Ihr Haar wallte im Wind, und das Feuer überschüttete sie mit Funken. Die Dreizehnte folgte dem Kreis rundherum, langsamer und allein, denn es war ihre Aufgabe, die Trommel zu schlagen.

Die Frauen hatten einen Sprechgesang angestimmt. Ich konnte nicht verstehen, was sie sagten, doch ihre Stimmen klangen leise und melodisch durch den Wind. Der Schlag der Trommel wurde lauter und schneller. Auch der Gesang wurde lauter und der Tanz schneller. Ein Gefühl der Erregung begann in mir aufzusteigen, und selbst am äußersten Rand des Geschehens fühlte ich mich wie ein Teil von etwas Machtvollem. Die Schritte der Frauen wurden kleiner, weniger gleichmäßig. Die Schönheit des Tanzes schwand, wurde jedoch durch eine wilde, hektische Energie ersetzt.

Ich hielt den Atem an. Der Trommelschlag steigerte sich ein letztes Mal und verstummte dann. Die Tänzerinnen blieben stehen und ließen sich los. Sie reckten die Arme himmelwärts und schrien etwas zum Mond hinauf. Dann senkte sich Stille herab.

»So soll es sein.« Die Trommlerin hatte gesprochen, und die Mitglieder des Hexenzirkels entspannten sich.

Der Kreis löste sich auf. Einige der Frauen bückten sich und suchten nach Brennholz, andere gingen ihre Kleider holen. Die Trommlerin drehte sich um und machte ein paar Schritte auf mich zu.

»Sally«, sagte Daphne Reece. »Das ist aber schön, dass Sie kommen konnten.«

73. Kapitel

Florence

Die Spätschicht würde noch eine Stunde dauern. Vorhin hatte das Telefon kaum stillgestanden, doch jetzt wurde es allmählich ruhiger. Als nur noch der Sergeant und ich im Gebäude waren, schickte er mich los, um Tee zu machen. Ich war gerade mit dem Tablett auf dem Weg zurück, als ich ihn brüllen hörte.

»Flossie? Wo stecken Sie?«

Ich stellte das Tablett auf den Boden und rannte zum Empfangstresen zurück. Er legte gerade den Hörer auf.

»Können Sie Auto fahren?«, wollte er wissen.

Herr gib mir Kraft. »Ja, Sarge, ich kann Auto fahren. Was ist denn passiert?«

»Ich hatte gerade den Wärter vom Reservoir oben an der Railway Bank am Telefon. Irgendwer macht da Blödsinn am Wasser. Jugendliche, glaubt er, aber er ist sich nicht sicher. Er hat Angst, dass die ins Wasser gehen könnten. Klingelstreiche haben sie bei ihm auch veranstaltet. Haben sich aufgeführt wie die letzten Chaoten.«

»Wollen Sie, dass ich rauffahre?«

»Nein, das will ich verdammt noch mal nicht. Der Boss dreht durch, wenn er hört, dass ich Sie nach Einbruch der Dunkelheit losgeschickt habe.«

»Dann gehe ich mal den Tee holen. Bevor da noch jemand drüberfällt.« Ich wandte mich ab, ehe er das Lächeln auf meinem Gesicht sah.

»Aber was soll ich denn machen, verdammt noch mal?«

Die Antwort war klar: entweder mich schicken oder gar nichts tun.

»Also schön. Fahren Sie da rauf«, knurrte er. »Reden Sie mit Mick – das ist der Wärter – und warten Sie, bis jemand anders kommt.«

Ich ging zum Schrank hinter dem Tresen und suchte die Schlüssel für den Streifenwagen hervor.

»Ich mein's ernst, Flossie. Sie machen ihm eine Tasse Tee und reden beruhigend auf ihn ein, bis Verstärkung kommt.«

»Alles klar, Sarge. Tee und beruhigende Worte. Auf die Profis warten. Ihr Tee steht übrigens im Flur.«

Das Cottage des Reservoir-Wärters stand ein ganzes Stück von den nächsten Häusern entfernt, fern von jeglicher Straßenbeleuchtung, in einer merkwürdigen Art Niemandsland zwischen dem Stadtrand und dem offenen Moor. Eine ungepflegte, unbeleuchtete einspurige Straße führte dorthin. Als ich näher kam, konnte ich ein paar Lichter von den drei Cottages in der Railway Bank sehen, doch die waren fünfhundert Meter entfernt auf der anderen Seite des Wassers.

Im Cottage des Wärters, einem einstöckigen Gebäude aus Lehmziegeln mit löchrigem Strohdach, war alles dunkel. Niemand kam an die Tür, als ich mit blinkendem Blaulicht anhielt.

»Ich bin da, Sarge«, meldete ich über Funk. »Scheint alles ruhig zu sein.«

»Aye, schön, bleiben Sie, wo Sie sind. Colin ist in zehn Minuten bei Ihnen.«

»Ich soll doch Tee kochen. Ich klopfe mal an.«

Im Handschuhfach fand ich eine Taschenlampe. Dann nahm ich meinen Schlagstock und stieg aus. Die Nacht war kühl, ein leichter Wind wehte vom Moor herüber. Das Reservoir stank nach faulenden Wasserpflanzen. Ich ließ mir Zeit, sah mich gründlich um und war auf versteckte Jugendliche gefasst, für die das Auftauchen der Polizei vielleicht einen zusätzlichen Spaß bedeuten mochte.

Das hier war kein Spielplatz, schon gar nicht im Dunkeln. Das Reservoir war ein riesiges gemauertes Wasserbecken mit abfallenden Wänden, aber ohne Mauer drum herum. Nur ein schmaler kopfsteingepflasterter Streifen lag zwischen der Tür des Cottage und dem Wasser. Ein wenig pompöses Eisengeländer sollte verhindern, dass Menschen dort hineinfielen. Ich sah den alten, fleckigen Rettungsring, der an dem Geländer befestigt war.

Nicht weit entfernt heulte in diesem Moment ein Wolf – oder jedenfalls klang es wie ein Wolf. Es hätte auch ein Hund von einem der nahe gelegenen Höfe sein können, der nachts auf dem Moor herumstreifte. Sehr viel wahrscheinlicher jedoch waren es die Jugendlichen, über die sich der Wärter beschwert hatte. Ich leuchtete mit meiner Taschenlampe in die Richtung, die ich für die richtige hielt. Ich hörte ein Rascheln im Gebüsch.

»Polizei!«, rief ich. »Kommen Sie da raus!«

Niemand kam heraus. Ich hatte eigentlich auch nicht damit gerechnet.

Ich ging zur Tür des Cottage und klopfte an. Ich lauschte auf irgendwelche Geräusche im Innern. Nichts.

Das Gebüsch bewegte sich von Neuem.

»Das hier ist ein Privatgrundstück. Rauskommen, sofort!«

Immer noch nichts.

Aus dem Innern des Cottage glaubte ich etwas zu hören. Eine Sekunde lang wandte ich den Blick vom Rand des Reservoirs ab, und als ich das tat, fiel oder sprang etwas ziemlich Großes ins Wasser.

Ich rannte darauf zu und hielt nur kurz an, um den Rettungsring vom Geländer zu reißen. Als ich näher kam, leuchtete ich mit der Taschenlampe ins Wasser, richtete den Strahl hierhin und dorthin. Nichts. Das Wasser glänzte wie ein Ölteppich, glatt und reglos. Nicht einmal Kräuselwellen konnte ich sehen.

Dann erneut das Wolfsgeheul, von der anderen Seite des Reservoirs her. Am gegenüberliegenden Rand erschien ein Licht. Ich leuchtete hinüber. Ein Lichtstrahl leuchtete zurück. Die spielten mit mir. Gerade wollte ich mich umdrehen und zum Auto zurückgehen, als mich etwas seitlich am Kopf traf und ich ins Wasser fiel.

74. Kapitel

Sally

Die Frauen zogen sich an, schenkten warmen Glühwein aus Thermosflaschen ein. Wir setzten uns um das Feuer herum. Ich erkannte Lillian Ogilvy, Dwanes Mutter, Marlene Labaddee aus dem Blumenladen in der Stadt und die Spiritualistin aus der Railway Bank, die sich Hecate nannte.

Und ich war ein wenig überrascht, meine Haushälterin Mary zu erblicken. Ich wusste, dass sie vor einiger Zeit gebeten worden war, dem Hexenzirkel beizutreten, hatte aber nicht gedacht, dass sie darauf eingehen würde. Sie nickte mir zu, ohne zu lächeln.

»Warum in aller Welt wollen Sie, dass ich mich Ihnen anschließe?«, fragte ich. »Ich habe doch über die Stadt nur Unglück gebracht.«

»Wir haben Angst«, antwortete Daphne. »Sie wohl auch, nehmen wir an. Wenn Frauen Angst haben, sind sie zusammen stärker.«

»Wovor haben Sie Angst?«

»Vor der Dunkelheit«, sagte Daphne nach kurzem Schweigen. »Vor Dingen, die wir nicht verstehen, von denen wir aber wissen, dass wir sie fürchten müssen.«

»Macht und Verderbtheit«, fügte Marlene mit ihrem klangvollen, rhythmischen Karibik-Akzent hinzu. »Die sich um uns herum ausbreiten wie ein Krebsgeschwür.«

»Wölfe«, sagte Avril, »die mit Blut an den Schnauzen die Herde umkreisen.«

Schweigen senkte sich herab. Alle sahen mich an.

»Ich habe keine Ahnung, was Sie meinen«, sagte ich.

Immer noch Schweigen. Sie wussten, dass ich log.

»Geht's hier um das Black Moss Manor?«, versuchte ich es. »Ist das nicht Sache der Polizei?«

»Aye, und wie läuft es für Florence?«, fragte Lillian.

»Florence kommt nicht weiter«, sagte Avril. »Sie wird auf Schritt und Tritt ausgebremst.«

»Sie hat keine Ahnung, womit sie's zu tun hat«, erklärte Daphne. »Sie bringt sich in Gefahr.«

»Mit denen darf man sich nicht anlegen«, setzte Mary hinzu.

»Mit wem?«, fragte ich. »Von wem reden Sie?«

Hecate beugte sich herüber und flüsterte mir etwas ins Ohr.

»Die gibt's doch nicht wirklich.« Ich versuchte zu lachen, doch es gelang mir nicht. »Das sind Schreckgestalten, die man sich ausgedacht hat, um Kindern Angst zu machen.«

Ich schaute in die Runde, in die blassen, ernsten Gesichter, die mir entgegenstarrten. *Sie glauben daran,* dachte ich. *Sie glauben, dass es die Meister wirklich gibt.*

Etwas flutete über mich hinweg. Einen Moment lang fühlte es sich an, als sei jedes Quäntchen Kraft aus meinem Körper gewichen. Ich war wie gelähmt. Das war echte Angst, begriff ich. Betäubende, lähmende Furcht.

»Ich kann nicht«, stieß ich hervor. »Ich brauche doch im Moment selbst jede erdenkliche Hilfe.«

»Dann lassen Sie uns Ihnen helfen«, antwortete Avril. »Und wenn Sie stärker sind, können Sie uns helfen.«

75. Kapitel

Florence

Kaltes schwarzes Wasser flutete über meinen Kopf. Ich schmeckte seine ölige Bitterkeit. Meine Beine waren in irgendetwas verstrickt. Ich sank immer tiefer.

Nein, das würde nicht passieren.

Ich trat mit den Beinen aus, wieder und wieder. Ruderte mit den Armen. Alles war schwarz. Schwamm ich nach oben oder nach unten? Weder noch. Ich sank. Der dicke Wollstoff meiner Uniform war nass und schwer. Meine Schuhe waren wie Bleigewichte.

Schließlich brach mein Kopf durch die Wasseroberfläche. Ich schnappte nach Luft. Wild paddelnd versuchte ich, mich zu orientieren, bevor ich wieder unterging, und erstickte dabei fast. Die Reglosigkeit der Wasseroberfläche war in tausend kleine Wellen zersplittert.

Da! Der schräg abfallende gemauerte Rand des Reservoirs war dort drüben. Ich hielt darauf zu, und eine Welle schwappte über meinen Kopf. Etwas stieß gegen mich, doch es war nur der Rettungsring, der mit mir ins Wasser gefallen war. Rasch packte ich ihn und verspürte ein Aufwallen der Hoffnung. Ich spuckte aus. Holte Luft. Spuckte wieder. Versuchte, mit dem Husten aufzuhören. Der Ring hielt mich über Wasser. Ich trat mit den Beinen, strebte auf den Rand des Reservoirs zu, doch der schien unendlich weit weg zu sein.

Ein Taschenlampenstrahl erfasste mich. »Wer ist da?«, rief eine Männerstimme. »Nicht loslassen!«

Da kam jemand. Derjenige, der mich hineingestoßen hatte, kam, um es zu vollenden. Ich konnte hören, wie er seine Jacke auszog, wie Schuhe auf dem Randstreifen landeten. Dann sprang er hinein, und eine zweite Welle schwappte über mich hinweg. Ich versuchte wegzukommen, in die Mitte der Wasserfläche. Eine Hand packte mein Haar.

Jemand hielt mich fest um den Hals gefasst.

»Halten Sie still«, ächzte er.

Er zog mich durchs Wasser. Der Himmel war schwarz, sämtliche Sterne schienen geflohen zu sein. Dann wurde ich hochgehoben, heraus aus dem Wasser, und landete auf dem kalten, harten Backsteinrand des Reservoirs. Neben mir kniete ein hustender, spuckender Mann in Hemdsärmeln. Er drehte den Kopf, und wir sahen uns in die Augen.

»Das soll doch wohl ein Witz sein«, fauchte Colin West. »Sie dämliches, leichtsinniges Weibsstück!«

76. Kapitel

Sally

Es war spät, als ich zu Hause den Wagen einparkte. Ich war müde, fühlte aber zum ersten Mal seit langer Zeit wieder eine innere Ruhe. Die Frauen hatten mich in ihre schützende Obhut genommen. All ihre Energie, hatten sie versprochen, würde in den kommenden Wochen darauf konzentriert sein, mich und die Mädchen zu schützen.

Avril würde darauf hinwirken, dass ich wieder arbeiten konnte, und würde meine rechtliche Position klären, was das Haus betraf. Unterdessen sollte ich mir wegen Roy keine Gedanken machen.

»Überlassen Sie Roy ruhig uns«, hatte Avril gesagt.

»Seine Mutter ist eine anständige Frau«, hatte Daphne

versichert. »Er wird sich zurückhalten, solange sie im Haus ist.«

»Und dass er dort ist, wird für Sie kurzfristig ebenfalls ein Schutz sein«, hatte Avril hinzugefügt.

»Auch für Marigold«, hatte Marlene gesagt. »Mit zwei zusätzlichen Erwachsenen im Haus sollten Sie wirklich vorerst sicher sein.«

Doch als ich gerade durch den dunklen Garten ging, sah ich, wie ein Mann aus dem Haus gerannt kam.

Ich hatte Wein getrunken. Ich hatte über eine Stunde lang den Mut anderer Frauen in mich aufgenommen. Ich traute mich, etwas zu tun, was ich normalerweise nie gewagt hätte. Ich rannte ihm nach.

Ich hätte ihn wohl nicht eingeholt, ich bin keine Sprinterin, aber er stolperte, schlug hart aufs Gras auf und ächzte vor Schmerz. Ich erreichte ihn, schnappte mir die kleine Steinstatue, die hier herumstand, und hielt sie hoch über seinen Kopf.

»Keine Bewegung«, befahl ich ihm, »sonst schlage ich dir den Schädel ein.«

Das würde ich sowieso tun. Wie konnte er es wagen, in mein Haus einzudringen oder meine Töchter zu bedrohen? Ich holte mit meiner Waffe aus.

»Mum, nein!«

Erschrocken wandte ich mich um. Cassie kam im Morgenmantel über den Rasen gerannt. Hinter ihr sah ich Luna in der Küche auftauchen. Auch sie rannte los.

Der Mann auf dem Boden leistete keinen Widerstand. »Es tut mir leid«, stammelte er. »Bitte nicht.«

»Mum, lass!« Cassie packte mich am Arm. »Tu ihm nichts.«

»Du Miststück!«, Luna stürzte sich auf ihre Schwester. »Du verlogenes, verdammtes Miststück!«

Ich ließ die Statue fallen und versuchte, die beiden zu trennen. Luna war fuchsteufelswild. Der Mann – John Donnelly, wie ich jetzt sah – sprang auf, um mir zu helfen. Er packte Cassie um die Taille. Als wir die beiden endlich voneinander gelöst hatten, heulte inzwischen auch Cassie. Luna hatte die Wange ihrer Schwester mit den Fingernägeln bearbeitet und hielt etliche Haarsträhnen von Cassie in der Hand.

Hochrot im Gesicht hielt John Cassie fest. Er sah mich betreten an.

Ich ließ den Blick von einem zum anderen wandern. »Was geht hier vor?«

»John hat meinetwegen mit Luna Schluss gemacht«, sagte Cassie, während Luna schniefte. »Er geht jetzt mit mir.« Mit tränenüberströmtem Gesicht lächelte sie zu ihm empor.

»Sag ihr, dass das nicht geht, Mum. Sag ihr, dass er mir gehört.«

John hatte immer noch die Arme um Cassies Taille gelegt. Am liebsten hätte ich ihn angeschrien, dass er sie loslassen solle, aber einer von uns musste schließlich die Ruhe bewahren.

»Stimmt das?«, fragte ich ihn. »Gehst du jetzt mit Cassie?«

Er sah mir ins Gesicht. »Ja.«

»John ist jünger als du«, wandte ich mich an Cassie. »Wieso willst du mit jemandem gehen, der eine Klasse unter dir ist?«

»Er ist doch nicht viel jünger«, erwiderte Cassie. »Nur ein paar Monate. Er weiß, was er will. Er wollte immer schon mit mir zusammen sein. Mit Luna hat er sich nur abgegeben, damit er in meiner Nähe sein konnte.«

»Lügnerin!«, schrie Luna.

Ich holte tief Luft. »Geht ins Haus«, befahl ich. »Alle beide. Ich möchte mit John reden.«

Wenn sie sehen, dass ich es ernst meine, verweigern die Mädchen mir nie den Gehorsam. Ich wartete, bis die Hintertür zugefallen war, ehe ich mich wieder John zuwandte.

»Ich hab mir nichts Böses dabei gedacht«, versicherte er. »Ich hab nichts Schlimmes getan.«

»Warst du das neulich Nacht?«, fragte ich. »In der Küche, mit Cassie, als ich runtergekommen bin?«

Er nickte und rieb sich das linke Knie. »Sie hat mich reingelassen. Wir wollten Sie nicht aufwecken.«

»Und in Larrys Werkstatt?«

»Es tut mir leid. Wir haben nur gequatscht. Und Platten gehört.«

»Du hast kein Recht, dich heimlich nachts in mein Haus zu schleichen.«

»Entschuldigung. Ich konnte nicht zu einer anderen Zeit kommen. Luna ist total durchgedreht.«

»Du hast Luna benutzt und ihr sehr wehgetan.«

Seine großen dunklen Augen sahen mich flehend an. »Luna und ich waren befreundet, das ist alles. Ich wusste nicht, dass sie so für mich empfindet. Ich hab immer auf Cassie gestanden.«

»Cassie ist erst sechzehn. Du bist fünfzehn. Was ist, wenn sie von dir schwanger wird?«

»Wird sie schon nicht.«

»John, ich bin Hebamme. Was glaubst du, wie oft ich erlebt habe, wie eine Schwangerschaft das Leben eines jungen Mädchens ruiniert?«

»Wenn sie schwanger wird, heirate ich sie eben. Ich liebe sie. Ich denke jede Minute an sie, jede Sekunde. Ich würde ihr nie wehtun.«

Ich war offensichtlich nicht ganz ich selbst, denn an diesem hübschen Jungen da im Dunkeln war etwas, wofür ich mich allmählich erwärmte. Gleichzeitig war ich erleichtert, dass er es war, der bei Cassie im Haus gewesen war, und nicht irgendein heimtückischer Fremder.

Trotzdem.

»Cassie darf im Moment keinen Freund haben«, erklärte ich und verspürte einen jähen Schwall des Kummers, dass Larry nicht hier war, um diesem Bengel eine ordentliche Gardinenpredigt zu halten und ihn seiner Wege zu schicken. »Wenn ihr älter seid, wenn ihr beide mit der Schule fertig seid und ihr dann immer noch genauso empfindet, dann sehen wir weiter.«

»Dann empfinde ich immer noch genauso. Das werde ich immer tun.«

In diesem Moment trat die dünne Sichel des Mondes hinter einer Wolke hervor und goss sein mildes Licht über uns.

»Mein Gott«, stieß ich hervor. »War ich das?«

Johns Hand zuckte zu seinem Gesicht hoch, dann senkte er den Blick. »Ist bestimmt vom Hinfallen«, sagte er. »War nicht Ihre Schuld.«

»Lass mich mal sehen.«

Er trat von mir weg, doch ich hielt ihn an der Schulter fest. »Das ist keine frische Verletzung«, stellte ich fest und betrachtete die aufgeschrammte Haut, das geronnene Blut, den Bluterguss.

»Ich bin hingefallen.« Noch immer konnte er mir nicht in die Augen sehen. »Im Pub – die Dielen sind alle schief und krumm.«

»Ist bei dir zu Hause alles in Ordnung, John?«

»Klar. Ich und Mum, wir passen aufeinander auf.«

Ich seufzte. Es lief so viel verkehrt auf dieser Welt.

»Geh nach Hause, John. Pass gut auf dich auf. Ich rufe deine Mutter an. Und ich will dich hier nicht noch einmal sehen, hast du mich verstanden?«

»Aber …«

»Geh!«

Als er über die Auffahrt davonging, sah ich, dass er hinkte.

77. Kapitel

Florence

»Alle meine Entchen schwimmen auf dem See«, sang einer der Detectives ziemlich unmelodisch, als ich am nächsten Tag auf die Hintertür des Reviers zuging. »Köpfchen unter Wasser, Schwänzchen in die Höh'.«

Sie hatten auf mich gewartet. Normalerweise standen

die Officers nie in Grüppchen auf dem Parkplatz herum, nachdem ihr Dienst zu Ende war. Und es hatte den Anschein, als sei jeder Mitarbeiter des CID, der rauchte, gerade draußen. Und das hieß so ziemlich alle. Sogar Tom war da, allerdings hielt er den Blick gesenkt.

»Sind Sie das, Flossie?«

Ich hörte Rushtons Stimme, als ich das Gebäude betrat. Er hatte sich oben übers Treppengeländer gebeugt und schaute aus dem ersten Stock auf mich herab. »Kommen Sie mal rauf, Mädchen.«

Ich stieg die Treppe hinauf und folgte Rushton in sein Büro.

»Alles okay?«, erkundigte er sich.

Ich nahm vor seinem Schreibtisch Haltung an. »Ja, Sir. Danke.«

»In PC Wests offiziellem Bericht steht, Sie sind ins Wasser gefallen und er ist reingesprungen, um Sie rauszuziehen.«

»Ich hatte jemanden auf der anderen Seite des Reservoirs beobachtet, Sir, jemanden mit einer Taschenlampe, als ich von hinten einen Schlag bekommen habe, Sir. Dadurch habe ich das Gleichgewicht verloren und bin ins Wasser gefallen. PC Wests Aussage ist richtig, er hat mich rausgezogen, und ich bin ihm sehr dankbar.«

Er legte die Stirn in Falten. »Wie geht's Ihrem Kopf jetzt?«

»Er tut weh. Eine der Schwestern hat mich heute untersucht. Keine Platzwunde oder so.«

»Der Anruf vom Reservoir-Wärter war ein Fehlalarm. Er bestreitet, irgendetwas davon zu wissen.«

Das hatte ich nicht gewusst. Es überraschte mich allerdings auch nicht.

»Da draußen ist es so finster wie im gottverdammten Hades«, knurrte Rushton. »Es ist also möglich, dass West denjenigen nicht gesehen hat, der Sie niedergeschlagen hat.«

»Ja, das ist durchaus möglich«, stimmte ich ihm zu.

Er seufzte. »Flossie, ich kann mir vorstellen, dass ein paar Jugendliche Klingelstreiche machen und abends am Reservoir herumhängen. Aber dass die gegen einen Polizeibeamten handgreiflich werden? Etwas begehen, was man als versuchten Mord darstellen könnte? Hört sich das für Sie wahrscheinlich an?«

»Eher nicht, Sir.«

Rushton lehnte sich auf seinem Stuhl zurück. »Die Alternative wäre also, dass da jemand gewusst hat, dass Sie Dienst haben, und Sie ganz gezielt dort rausgelockt hat, um Ihnen etwas anzutun.«

»Hört sich eher noch unwahrscheinlicher an, nicht wahr, Sir?«

Er stieß einen tiefen Seufzer aus und stand auf. Ich sah zu, wie er zum Fenster ging und hinausblickte, obwohl die Aussicht aus einer Backsteinmauer bestand, zweieinhalb Meter entfernt auf der anderen Seite einer Gasse.

»Gibt es irgendetwas, was Sie mir sagen möchten, Florence?«, fragte er.

Das war *die* Gelegenheit.

»Ich warte«, sagte er.

»Black Moss Manor«, sagte ich und hörte, wie er tief Luft holte. Es dauerte lange, bis er sich umdrehte und mir mit einem Nicken zu verstehen gab, dass ich fortfahren sollte.

Rushton hörte zu, während ich ihm von dem merkwürdigen apathischen Zustand erzählte, in dem ich die Kinder vorgefunden hatte, von den kaltherzigen, sogar grausamen Leibesübungen, den übertrieben harten Züchtigungen und den merkwürdigen Spielen. Er zog die Brauen hoch, als ich ihm erzählte, dass ich das vom Moor aus beobachtet hatte, sagte jedoch nichts dazu. Ich erzählte ihm von Marigolds fürchterlicher Angst vor dem Heim, von den brachialen Methoden, mit denen die Asters sie hatten zwingen wollen, dorthin zurückzukehren, und dass sie sich dabei sogar unserer eigenen Leute hatten bedienen wollen. Gerade war ich bei Marigolds besorgniserregender Behauptung angelangt, dass ein Polizist ihr Kind gezeugt hatte, als die Tür aufging und Sharples hereinkam.

»Sie sind da, Boss«, meldete er. »Ich habe sie ins Besucherzimmer gebracht.«

»Danke, Jack. Ich komme gleich.«

Sharples verließ das Büro und ließ die Tür sperrangelweit offen.

»Flossie, ich muss dringend etwas erledigen.« Rushton erhob sich. »Und dann möchte ich, dass Sie einmal systematisch erfassen, wie oft es zu Gewaltausbrüchen in Pubs kommt und inwieweit das mit längeren Öffnungszeiten zusammenhängt.«

»Sir, ich habe Ihnen doch schon …«

»Vielleicht müssen Sie dazu ein paar Erkundigungen in der Stadt einholen – ob in Uniform oder nicht, das überlasse ich Ihnen. Ich sorge dafür, dass Ihnen ein Wagen zur Verfügung gestellt wird, und frage Ihren Sergeant, ob er Sie für fünf Tage entbehren kann. Reicht das?«

Für den Bericht über die Gewaltausbrüche in Pubs hatte ich Stunden gebraucht. Ich hatte ihn Rushton schon vor Tagen gegeben.

»Sir, ich …«

Er fixierte mich mit einem durchdringenden Blick. »Florence, das muss richtig gemacht werden. Wenn da Durchsuchungsbeschlüsse gebraucht werden, wenn es zu Festnahmen kommt, dann werde ich Fakten und Beweise benötigen. Und ich kann niemand anderen entbehren, um Ihnen dabei zu helfen. Sie sind auf sich allein gestellt. Habe ich mich klar ausgedrückt?«

Wir sahen uns in die Augen. Seine Brauen waren praktisch in seinem Haar verschwunden. »Habe ich Ihre Intelligenz etwa überschätzt, Florence?«, fragte er so leise, dass nur ich es hören würde.

»Nein, Sir«, antwortete ich. »Ich verstehe. Danke, Sir.«

»Aber nur bei Tageslicht, dass das klar ist. Keine einsamen nächtlichen Ausflüge. Darauf müssen Sie mir Ihr Wort geben.«

Als ich wieder an meinem Schreibtisch saß, hörte ich, wie Rushton die Anweisungen erteilte, durch die ich praktisch wieder ins CID versetzt wurde und während der nächsten fünf Tage Nachforschungen über das Black Moss Manor anstellen konnte. Nur sollte ich das allein tun und ohne jemandem davon zu erzählen. Außerdem hatte Rushton mir etwas noch Bedeutsameres mitgeteilt als die Tatsache, dass er meine Sorgen teilte: Er traute nicht allen auf dem Revier.

Das Telefon klingelte. Es war Abby.

»Ich habe doch tatsächlich ein paar Fährten gefunden.« Sie sprach leise, als wolle sie nicht, dass man sie hörte. »Ich glaube, ich werde heute Abend eine Menge Runden schmeißen. Drücken Sie mir die Daumen.«

»Seien Sie vorsichtig«, flüsterte ich zurück. »Ich habe bis zehn Dienst, sonst würde ich mitkommen.«

»Bleiben Sie locker«, sagte sie. »In so was bin ich gut. Muss jetzt Schluss machen.«

Sie legte auf. Ich tat ein paar Minuten lang so, als machte ich mir Notizen, während ich in Wirklichkeit überlegte, wen Rushton als Spitzel im Verdacht haben könnte. Dann verließ ich das Revier, ohne jemandem vom CID zu sagen, wo ich hinwollte, und fuhr mit dem Fahrrad ein paar hundert Meter weiter zum Büro der Kreisverwaltung von Lancashire.

Ich musste ein paar Minuten warten, bis Mrs Finely, die Leiterin des Amts, zu mir in die Empfangshalle kam – eine Frau in mittleren Jahren, ein wenig rundlich, mit einem freundlichen Gesicht und braunen Augen.

Sie führte mich in ein Büro, in dem frische Blumen auf dem Schreibtisch standen, und bot mir Kaffee an.

»Wie geht es Ihnen, Miss Lovelady?«, erkundigte sie sich, nachdem ich Platz genommen hatte.

Ich hatte meinen Namen am Empfang nicht genannt.

»Es ist schön, wieder zu arbeiten.« Als ich Mrs Finely anlächelte, sah ich, wie ihr Blick zu meiner verbundenen Hand wanderte. Wie aufs Stichwort fing sie an zu schmerzen.

»Womit kann ich Ihnen helfen?«, wollte sie wissen.

»Das Black-Moss-Manor-Kinderheim«, sagte ich. »Soviel ich weiß, ist es ein privat geführtes Heim, aber die Kreisverwaltung ist in letzter Instanz verantwortlich.«

»Zweimal im Jahr werden Inspektionen durchgeführt«, sagte Mrs Finely. »Es war immer alles in Ordnung.«

In diesem Moment ging die Tür auf, und eine Frau in einem blauen Overall brachte ein Tablett mit zwei Tassen Kaffee und einem Teller Kekse herein.

»Warum werden die Kinder im Heim unterrichtet, anstatt die Schulen in der Stadt zu besuchen?«

Ich bekam nicht sogleich eine Antwort. Die Frau im Overall verließ das Büro, und Mrs Finely fragte, ob ich Milch und Zucker wolle und vielleicht einen Keks … Ich nippte an meinem Kaffee. Er war heiß und frisch.

»Sind Sie in Kinderpsychologie ausgebildet, Miss Lovelady?«, fragte sie schließlich.

»Nein, aber …«

»Nun, ich denke, dann sollten wir die Entscheidungen, was für diese problematischen Kinder am besten ist, den Experten überlassen, nicht wahr?«

Ich stellte meine Tasse ab und holte mein Notizbuch und meinen Stift hervor.

»Wie viele Kinder sind im Black Moss Manor?«

»Ich glaube, das Heim kann bis zu zwanzig aufnehmen, aber die Anzahl wird variieren. Kinder kommen und gehen. Sind Sie sicher, dass Sie keinen Keks möchten?«

»Nein danke. Wo kommen die Kinder hin, wenn sie von dort weggehen?«

»Zu Adoptiveltern. Noch etwas Kaffee?«

»Kann ich die Details zu den Adoptionen einsehen? Sagen wir, aus den letzten fünf Jahren?«

Mrs Finely lehnte sich auf ihrem Stuhl zurück und wischte sich mit dem Mittelfinger der linken Hand einen imaginären Krümel aus dem Mundwinkel. Sie trug einen breiten Ehering und außerdem einen Verlobungsring mit Diamanten und Rubinen. »Leider nein«, antwortete sie. »Diese Details sind vertraulich.«

»Haben Sie ein Register? Eine Liste der Kinder, die gegenwärtig in dem Heim sind?«

»Sicher.« Wieder lächelte sie mich an.

»Und darf ich das einsehen?«

»Ist leider vertraulich.«

Ich beugte mich vor. »Mrs Finely, wir haben eine sehr ernste Beschwerde über das Black Moss Manor erhalten, und ich habe dort Dinge gesehen, die mich beunruhigen. Sie tun nichts, um meine Bedenken zu zerstreuen.«

Sie sah mich fast erheitert an. »Ich werde Ihnen sagen, was ich tun kann, Miss Lovelady«, meinte sie, »aber Sie müssen zur Kenntnis nehmen, dass es da Regeln gibt. Gibt es vielleicht jemand Ranghöheren auf dem Revier, den ich anrufen könnte? Ihren Vorgesetzten vielleicht?«

»Sind alle Kinder im Black Moss Manor behindert?«

Sie fing an, an den Ringen herumzuspielen. »Nicht alle«, erwiderte sie. »Aber im Black Moss Manor gibt es die nötigen Mittel und das nötige Fachwissen für den Umgang mit schwierigen Kindern. Außenstehende Beobachter wie Sie können leicht einen falschen Eindruck bekommen und Probleme dort sehen, wo gar keine existieren.«

»Ich habe vor einiger Zeit persönlich ein Kind dort hingebracht. Einen gewissen Robert Brown. Was können Sie mir über ihn sagen?«

»Nichts.«

Sie lächelte von Neuem, und ich ärgerte mich, dass ich mich von dem freundlichen Äußeren dieser Person derart hatte täuschen lassen.

»Mrs Finely, ist Ihnen klar, dass ich hier eine polizeiliche Untersuchung durchführe?«

Ihr Lächeln verschwand. »Nein, junge Lady. Aber ist Ihnen klar, dass es mir hier ausschließlich um das Wohlbefinden der Kinder unter behördlicher Aufsicht geht? Ihre Interessen und ihre Privatsphäre zu wahren hat für mich oberste Priorität, auch wenn das für Sie nicht so wichtig ist.«

Ich stand auf, bedankte mich für ihre Geduld und wandte mich ab. Die Tür stand offen. Ich war schon halb draußen, als sie mich zurückrief. »Miss Lovelady?«

Ich drehte mich um, hoffte selbst jetzt noch, dass sie es sich anders überlegt hatte und doch kooperieren wollte. Ihr Blick fiel auf meine linke Hand.

»Hat das wehgetan?«, wollte sie wissen.

Als ich wieder auf dem Revier war, war es fast fünf Uhr. Die zivilen Angestellten und die meisten der CID-Mitarbeiter, die nicht an wichtigen Fällen arbeiteten, gingen gerade nach Hause. Ich wartete, bis der diensthabende Detective das Revier verließ, um etwas zu erledigen, dann holte ich mir das Telefonbuch von Cumbria. Darin suchte ich nach »Waisenhäuser«, »Kinderheime« und »Heime für Behinderte« und fand nur einen Eintrag, der zu passen schien. Das Thirlmere-Heim für behinderte Kinder.

»Marigold?«, fragte die Stimme mit unverkennbarem

Nordengland-Akzent, die sich am Telefon gemeldet hatte. »Aber sicher erinnere ich mich an Marigold. Wie geht's ihr?«

Cassie hatte also recht gehabt.

»Es geht ihr gut«, antwortete ich, während ich versuchte, meine Erwartungen zu zügeln. »Sie wohnt bei einer Freundin von mir – einer Hebamme mit zwei Töchtern im Teenageralter. Sie scheint dort sehr glücklich zu sein.«

»Ach so?« Die Frau wirkte unsicher. »Ich dachte, sie würde im Black-Moss-Kinderheim bleiben. Die schienen sich jedenfalls sehr für sie zu interessieren, und dabei waren die immer sehr wählerisch bei Neuzugängen.«

»Können Sie mir sagen, warum der Wechsel notwendig war? Wegen der Schwangerschaft?«

Die Frau schwieg einen Moment. »Was für eine Schwangerschaft?«

»Entschuldigen Sie, offensichtlich wussten Sie das nicht. Marigold war schwanger, als sie im Black Moss Manor angekommen ist. Sie hat einen kleinen Jungen bekommen.«

»Grundgütiger! Nein, ich glaube, das muss ein Irrtum sein. Das hätte man uns doch gesagt. Es hätte doch eine Untersuchung gegeben. Unsere Jungen und Mädchen dürfen keinen … keinen Umgang miteinander haben. Wir pflegen da sehr strenge Prinzipien.«

Mir kam ein Verdacht.

»Marigold hat letzten Montag entbunden. Darf ich fragen, wann sie Ihr Heim verlassen hat?«

»Na, das erklärt es natürlich.« Die Erleichterung in der Stimme der Frau war deutlich zu hören. »Marigold ist im März 1967 ins Black Moss Manor umgezogen. Vor über zwei Jahren.«

78. Kapitel

Sally

Roy zog am Dienstag bei uns ein. Er geleitete seine Mutter über unsere Schwelle, als käme eine Königin zu Besuch. Keine zehn Minuten nach seiner Ankunft hatten sich die Mädchen mitsamt Marigold und dem Baby in Lunas Zimmer geflüchtet und die Tür abgeschlossen.

Nicht einmal eine Stunde später hatte Roy Mary den Laufpass gegeben.

»Sally ist nicht mehr berufstätig«, verkündete er. »Es sind fünf Frauen in diesem Haus, die alle imstande sind, die Hausarbeit zu machen, und ich bin nicht gewillt, Müßiggang zu fördern.«

Mary ging ohne ein Wort, doch wenn sie mich so angeschaut hätte, wie sie Roy ansah, ich bin mir nicht sicher, ob ich in dieser Nacht ein Auge zugetan hätte.

Nicht lange nach der Greenwood-Invasion, wie ich es im Stillen nannte, machten sich unvertraute Gerüche im Haus breit: die Mottenkugeln, mit denen Grace ihre uralten Kleider spickte, und die ranzige Pomade, die Roy sich ins Haar schmierte. Am schlimmsten aber war der süßliche Duft nach Maiglöckchen, das Parfüm, das Grace trug.

Die Mädchen kamen erst zum Abendessen, als ich ihnen sagte, dass ich ihnen kein Essen ins Zimmer bringen würde. Also hieß es nach unten kommen oder verhungern. Marigold glaubte mir. Sie weinte und schluchzte, bis die anderen beiden es nicht mehr aushielten.

Das Essen wurde schweigend eingenommen. Marigold saß so weit von Roy entfernt, wie es nur ging. Nach dem Essen nahm Roy mich beiseite.

»Das war ein bisschen früh für mich«, sagte er und berührte mich sanft im Kreuz. »Ab morgen können Mutter und die jungen Leute um sechs essen. Wir beide essen dann eine Stunde später. Zweimal Essen zuzubereiten sollte kein Problem sein. Sie arbeiten ja nicht mehr.«

An diesem Abend drängten die Mädchen und ich uns um den kleinen Schwarzweißfernseher im Untermieter-Wohnzimmer, während die Greenwoods in unserem Wohnzimmer saßen. Nach einer Stunde platzte Roy herein, um zu verkünden, dass ich seiner Mutter das Gefühl vermitteln würde, nicht willkommen zu sein, und zu ihnen ins größere Wohnzimmer kommen solle. Als ich sagte, sie würde vielleicht nicht dasselbe Programm sehen wollen wie die Mädchen, war er ganz meiner Meinung.

»Wir können den Farbfernseher für die Mädchen in das kleinere Zimmer stellen«, sagte er. »Mutter und ich ziehen Radiohören vor. Und wir müssen Platz für Mutters Klavier machen. Das kommt nächste Woche.«

Um neun Uhr schickte er seine Mutter und die Mädchen zu Bett und bestand darauf, mir ein Glas von dem Sherry einzuschenken, von dem er glaubte, dass ich ihn gern trank – Tio Pepe.

»Endlich allein.« Er stieß mit mir an. »Wie schön.«

Als er an seinem Tio Pepe nippte, verzog er das Gesicht. »Ich glaube, der ist gekippt«, stellte er fest. »Nun ja, man soll nichts verschwenden.« Er trank das Glas aus und schenkte sich ein weiteres ein.

79. Kapitel

Florence

Ich wollte gerade ins Bett gehen, als der Nachtportier an die Tür klopfte.

»Telefon, Florence. Das Polizeirevier.«

»Florence, wir schicken einen Wagen, der Sie abholt«, erklärte mir der Sergeant vom Empfang, nachdem ich im Nachthemd nach unten gerannt war. »Können Sie in fünf Minuten fertig sein? Uniform wäre besser, aber wenn nicht, ist es auch nicht schlimm.«

»Was ist passiert?«

»In der Market Street ist eine Frau überfallen worden. Der Kerl ist in ihr Zimmer eingebrochen. Ist übel zusammengeschlagen worden, nach allem, was ich weiß. Und wir könnten es mit einer Vergewaltigung zu tun haben.«

»Ich bin sofort fertig, Sarge.«

»Flossie, ich brauche Ihnen das ja nicht zu sagen, aber hier müssen wir alles richtig machen. Das Opfer ist eine Reporterin.«

Es war, als wäre ein kalter Wind durch das Wohnheim gefegt. »Wer ist es?«, fragte ich.

»Eine Frau namens Abby Thorn. Arbeitet bei der *Post*. Okay, der Wagen ist unterwegs. Sie haben drei Minuten.«

Abby wohnte über einem Gemüseladen in der Market Street. Draußen parkten bereits zwei Polizeiautos und ein Krankenwagen.

»Die Rettungshelfer sind drinnen bei ihr«, berichtete einer der Constables. Dann schüttelte er den Kopf. »'ne üble Geschichte.«

Einen Vorteil hatte es an diesem Abend, Polizistin zu sein, fand ich heraus. Keiner der männlichen Kollegen wollte sich mit einem schwer verletzten Vergewaltigungsopfer befassen. Sie ließen mich hinein, und ich eilte durch den Laden, vorbei an dem verschreckten Gemüsehändler und seiner Frau, und eine Treppe an der Rückseite des Gebäudes hinauf. Die Tür war offen, und ich trat ins Wohnzimmer von Abbys Wohnung.

Das Mobiliar war billig und altmodisch. Offensichtlich gehörte es nicht ihr. Doch die großen Schwarzweißfotos an den Wänden waren von ihr – hochprofessionelle Aufnahmen vom Times Square in New York und von der Fleet Street in London. Auch die gerahmten Titelseiten der überregionalen Zeitungen mit großen Storys gehörten ihr. Sie hatte sie in Bilderrahmen aufgehängt wie andere Leute Gemälde. Ich kannte dieses Zimmer. In genau so einem hätte ich auch wohnen können.

Hinter einer Tür konnte ich Männerstimmen hören, also klopfte ich an und drückte sie auf. Abby lag auf einem schmalen Bett, bekleidet mit einer Männer-Pyjamahose und einem T-Shirt. Vor dem Gesicht hatte sie eine Sauerstoffmaske. Auf dem T-Shirt und auf dem Kissen unter ihrem Kopf waren Blutflecke. Die Maske verbarg einen großen Teil ihres Gesichts, doch ich konnte die Schwellung unter ihrem rechten Auge erkennen. Am schlimmsten schien sie am Hals verletzt zu sein. Ich sah einen breiten Streifen aus roten Striemen und Blutergüssen. Sie war gewürgt worden.

»Sie ist stabil«, sagte einer der Sanitäter zu mir. »Wir holen schnell eine Trage rauf. Bleiben Sie bei ihr?«

Ich kniete mich neben das Bett, und als sie eine Hand ausstreckte, nahm ich sie. Ihr Griff wurde fester, und es war diese Geste, so völlig untypisch für die schroffe, tapfere Frau, die ich gerade näher kennenlernte, die mir mehr Angst machte als alles andere. Dann hob sich ihre andere Hand und zog die Maske herunter.

»Er hat auf mich gewartet.« Ihre Stimme war leise und heiser. »Er war im Kleiderschrank.«

Entsetzt drehte ich mich um. Der große Kleiderschrank war direkt hinter mir.

»Er ist rausgekommen, als ich im Bett lag.« Ihre Stimme brach, als sie zu weinen begann.

»Schsch.« Ich nahm die Maske und legte sie ihr wieder aufs Gesicht. »Sie müssen die aufbehalten. Ihre Aussage nehme ich später auf.«

Sie wollte widersprechen, doch ein Hustenanfall schüttelte sie. Dann kamen die Rettungshelfer zurück, und sie wurde hinausgetragen.

80. Kapitel

Sally

Mittwoch, 13. August 1969

Morgens um Viertel nach sechs ging der Dunkelmond auf. Die Kinder, Larrys Opfer, waren alle während der Dunkelphase des Mondes verschwunden.

Der Himmel war wolkenlos, und als ich in dem blassen rosig-grauen Licht am Fenster meines Schlafzimmers stand, konnte ich den schwachen Umriss eines Kreises am südöstlichen Himmel ausmachen. Und ich ertappte mich dabei, wie ich hoffte – wie ich mich danach sehnte –, dass ein Kind verschwinden würde, dass der Täter noch immer dort draußen umging, dass er auf den rechten Augenblick gewartet hatte und heute erneut zuschlagen würde. Ich blickte in die Morgendämmerung hinaus und betete aus tiefstem Herzen, dass ein weiteres Kind einen grauenhaften, qualvollen Tod erleiden möge. Und ich wusste, dass ich froh darüber sein würde, denn es würde bedeuten, dass Larry nach Hause kommen und uns retten würde.

Ich hätte es besser wissen müssen. Ich hätte wissen müssen, dass Zauber, die im Zorn gewirkt werden, nach hinten losgehen können, und meiner tat das an diesem Tag. Ein paar Stunden später war Luna verschwunden.

81. Kapitel

Florence

Ich saß bis weit in die frühen Morgenstunden an Abbys Bett, bis mir eine Krankenschwester zuflüsterte, dass ich Abby jetzt erst einmal schlafen lassen sollte.

Ich schlief selber ein paar Stunden, ehe ich wieder ins Krankenhaus fuhr. Woodsmoke und Tom waren dort, als ich ankam, doch beide waren der Meinung, dass ich Abbys Aussage zu Protokoll nehmen sollte. Ich ging in ihr Zimmer und nahm auf dem einzigen Stuhl neben ihrem Bett Platz. Woodsmoke und Tom standen hinter mir wie zwei Wachmänner.

Abby atmete ohne Hilfsmittel, und das war bestimmt gut, doch ihre Verletzungen waren so viel deutlicher sichtbar. Ihr rechtes Auge zugeschwollen. Ihre sonst so blasse Haut war rot, violett, stellenweise sogar schwarz verfärbt, und unterhalb ihrer Unterlippe war eine hässliche Platzwunde, die genäht worden war. Sie war kaum wiederzuerkennen.

»Schaffen Sie das, Florence?«, erkundigte sich Woodsmoke.

Abbys Blick begegnete dem meinen, und ich wusste genau, was sie mir zu sagen versuchte. Wenn sie das schaffen konnte, konnte ich es auch.

»Um wie viel Uhr sind Sie gestern nach Hause gekommen, Abby?«

Woodsmoke machte sich Notizen, während Abby sich

bemühte, ihre lädierten Stimmbänder zur Mitarbeit zu bewegen. Als ich sie den gestrigen Abend schildern ließ, erfuhren wir, dass sie um kurz vor elf heimgekommen war, nachdem sie den Abend damit zugebracht hatte, in der Stadt Interviews zu führen für einen Artikel, an dem sie gerade arbeitete. Sie wollte nicht sagen, um was es dabei ging. »Vertraulich«, sagte sie mit einem vielsagenden Blick zu mir. Sie hatte nicht bemerkt, dass sie an jenem Abend beobachtet worden wäre, oder sonst in letzter Zeit. Sie hatte keinen Grund gehabt, Angst zu haben.

Abby hatte die ganze Zeit nur flüsternd gesprochen, doch schließlich versagte ihre Stimme ganz. Tom trat vor, half ihr, sich aufzusetzen, und hielt ihr ein Glas Wasser an die Lippen.

Als sie sich erholt hatte, fuhr sie fort. Sie erzählte, dass sie durch die Hintertür ins Haus gelangt und sofort in ihre Wohnung hinaufgegangen sei. Die Tür war wie üblich abgeschlossen, und sie hatte keinen Anlass gehabt zu glauben, dass irgendetwas nicht stimmte.

Tom meldete sich zu Wort. »Entschuldigen Sie, dass ich Sie unterbreche«, sagte er, »aber unsere Theorie ist, dass der Einbrecher sich hinten hineingeschlichen hat, während im Laden gerade viel los war. Er hatte Glück und hat den Ersatzschlüssel gefunden, den Miss Thorn oben auf dem Türrahmen deponiert hatte.«

Abby war in der Wohnung nichts aufgefallen, und sie war sofort ins Bett gegangen. Dann habe die Kleiderschranktür geknarrt, eine dunkle Gestalt sei hervorgekommen und habe sich auf sie gestürzt, ehe sie auch nur Luft holen konnte, um zu schreien.

Woodsmoke hinter mir stieß einen leisen Fluch aus.

»Er hat mich geschlagen«, sagte sie. »Er hat mich an den Haaren festgehalten und zugeschlagen.«

Das brauchte sie uns nicht zu erzählen. Ihr malträtiertes Gesicht sprach Bände.

»Dann hat er sich rittlings auf mich draufgesetzt und die Hände um meinen Hals gelegt. Ich habe keine Luft mehr gekriegt.«

Ihre Augen füllten sich mit Tränen. Tom hielt ihr erneut das Glas an die Lippen.

»Das Nächste, woran ich mich erinnere, ist, wie die Sanitäter gekommen sind«, sagte sie.

»Die Ladenbesitzer nebenan haben verdächtige Geräusche gehört«, sagte Woodsmoke. »Sie sind nachsehen gegangen und haben Miss Thorn auf der Treppe gesehen. Da haben sie die Polizei und den Krankenwagen gerufen.«

Es wurde still. Tom warf mir einen Blick zu. Woodsmoke räusperte sich.

»Abby, ich muss Sie das fragen«, begann ich. »Hat er Sie vergewaltigt?«

Sie schüttelte den Kopf.

»Nein?«

»Ich dachte, er würde es tun. Er hat auf mir gehockt. Er hatte eine Erektion, ich konnte sie fühlen. Aber er hat's nicht getan.«

»Ist er durch irgendetwas gestört worden?«, wollte ich wissen.

Keine Antwort.

»Können wir es für's Erste dabei belassen?«, fragte sie. »Meine Stimme …«

Ich wandte mich zu dem Sergeant um. »Aber sicher«, sagte er. »Sie haben das sehr gut gemacht. Wir lassen Sie jetzt in Ruhe.«

Ich stand auf und wandte mich zum Gehen.

»Florence?«

Ich drehte mich wieder zu Abby um.

»Kann ich Sie kurz sprechen? Allein?«

Nach kurzem Zögern nickte Woodsmoke Tom zu, und beide verließen das Zimmer. Ich setzte mich wieder neben Abby.

»Er hat etwas zu mir gesagt«, berichtete sie. »Er hat mit mir gesprochen.«

Ich wartete.

»Kurz bevor er abgehauen ist. Er hat meinen Hals losgelassen und gesagt: ›Nächstes Mal höre ich nicht auf.‹«

82. Kapitel

Sally

Grace bestand am Mittwochmorgen darauf, mich in die Stadt zu begleiten, und ein Ausflug, der weniger als eine Stunde hätte dauern sollen, nahm am Ende mehr als zwei in Anspruch. Als wir zurückkamen, setzte ich Teewasser auf und machte mich daran, die Einkäufe wegzuräumen. Die Fläschchen mit dem Fingerhutsirup, den Luna und Mary gekocht hatten, standen auf einem Bord in der

Außenküche, und da ich mir Sorgen machte, dass Marigold von der leuchtenden Farbe in Versuchung geführt werden könnte, stellte ich sie weiter nach oben, außer Reichweite. Grace hatte hier offenbar auch aufgeräumt, und ich versuchte, mir meinen Ärger nicht anmerken zu lassen, als ich alles wieder dorthin stellte, wo es hingehörte.

»Wo ist Luna?«, fragte ich Cassie, die die Treppe heruntergekommen und in die Küche geschlendert war. Nebenan konnte ich hören, wie der kleine Henry quengelte und Marigold versuchte, ihn zur Ruhe zu singen.

Cassie zuckte die Achseln.

»Sagst du ihr bitte, dass ich sie sehen möchte?«

»Warum denn?«

»Ich möchte es einfach.« Und das war die Wahrheit. Bei Dunkelmond fühlte ich mich immer unwohl, und dieser hier machte mir noch mehr zu schaffen als sonst. Ich wollte meine beiden Töchter sehen. Ich wollte ihr Haar berühren, ihre Haut riechen, ihre Stimmen hören, auch wenn das, was sie mir zu sagen hatten, nur bittere Beschwerden sein würden.

Cassie ging hinaus und kam nicht wieder. Geduldig ertrug ich unterdessen Grace' Klagen über den ewig wehenden Wind hier draußen vor der Stadt… Und dann kam mir ein Gedanke. Ich ging wieder in die Außenküche und zählte die kleinen Glasflaschen mit der Aufschrift *Fingerhutsirup*. Zehn. Ich zählte sie noch einmal und sah mich um, ob vielleicht welche falsch eingeräumt worden waren. Das war nicht der Fall. Nur zehn. Und das war ganz und gar verkehrt.

Ich habe ein bestimmtes Verfahren, wenn ich etwas herstelle, das potenziell gefährlich ist. Ich fülle zwölf Flaschen ab, und auf jeder steht das Datum und eine Fertigungsnummer. Mary und Luna kannten die Regeln. Ich fand das Abfüllungsverzeichnis auf einem der unteren Borde. Jawohl, zwölf Flaschen. Zwei fehlten. Mary hatte gewiss eine mitgenommen, wie sie es üblicherweise tat. Das bedeutete, dass jemand anders als Mary eine Flasche mit Fingerhutsirup an sich genommen hatte.

Von Cassie war noch immer nichts zu sehen und von Luna auch nicht, also ging ich sie suchen. Ich fand Cassie in dem Zimmer, das sie sich jetzt mit Luna teilte.

»Wo ist sie?«, wollte ich wissen.

Cassie blickte auf. »Ich konnte sie nicht finden.«

Die fehlende Flasche war sofort vergessen. Ich suchte das ganze Haus ab, einschließlich des Dachbodens, ehe ich mir einzugestehen wagte, dass Luna fort war und dass ich eine Idiotin gewesen war. Heute Morgen hatte ich gebetet, dass ein Kind verschwinden würde. Die Energie, die bei einem Zauberbann erzeugt wird, ist stark, vor allem, wenn sie nicht richtig gehandhabt und ausgerichtet wird. Sie kann nach hinten losgehen. Sie kann dem, der sie erzeugt, schaden. Wenn Luna heute etwas zustieß, würde es meine Schuld sein.

83. Kapitel

Florence

Woodsmoke und Tom warteten auf mich in Toms Auto auf dem Krankenhausparkplatz. Ich beachtete sie nicht, sondern stieg in den Streifenwagen und fuhr los. Der Kies spritzte auf, als ich das Gaspedal durchtrat. Die erste Ampel, zu der ich kam, war rot. Ich schaltete das Blaulicht ein und raste hindurch.

Ich verstieß gerade gegen etliche Polizeiregeln, und ich war im Begriff, noch etliche weitere zu missachten. Das war mir egal. Wenn ich am Ende dieses Tages meinen Job verlor, wäre das ein kleiner Preis. Ich würde diese Scheißkerle zur Rede stellen und ihnen sagen, dass sie mich nicht einschüchtern konnten. Ich würde Frederick und Judith Aster in die Augen sehen und sagen: *»Ich habe euch im Visier.* Und was immer Sie hier treiben, ich werde es herausfinden und dem ein Ende bereiten.«

Und das würde ich allein tun. Ich würde Abby nicht noch einmal in Gefahr bringen, und ich würde es innerhalb der nächsten vier Tage tun, bevor ich wieder auf Streife ging.

Mehr als eine erschrockene Hausfrau kam an ihre Tür, als ich die Laurel Bank hinaufraste. Ich nahm nicht einmal Gas weg, als ich den schmalen Fahrweg erreichte, der zum Black Moss Manor hinaufführte. Als ich vor dem Haus anhielt, schaltete ich die Sirene aus.

Ich sprang aus dem Wagen, lief zur Haustür und hämmerte dagegen. Erst jetzt bemerkte ich, dass das Auto der Asters nicht vor dem Haus stand.

Ich klopfte noch einmal. Wenn die Asters nicht da waren, bestand vielleicht die Möglichkeit, dass ich mich in dem Haus einmal richtig umsehen konnte.

Nichts. Niemand kam an die Tür.

Mir fiel wieder ein, wie Abby sich neulich Zutritt zum Haus verschafft hatte, und ich machte mich auf den Weg um das Anwesen herum, diesmal in die andere Richtung.

Durch das erste Fenster konnte ich eine Art Wohnzimmer erkennen. Ich ging weiter, an einer quadratischen Milchglasscheibe vorbei, die wahrscheinlich ein Toilettenfenster war, und dann noch an zwei weiteren Fenstern, hinter denen ich Schlafzimmer für eine Person sehen konnte. Die Quartiere der Angestellten.

Gerade hatte ich die Ecke des Geländes erreicht, als ich den hohen Schrei eines Kindes hörte. Ich rannte zur Gartentür, denn ich wusste, dass mir das die Begründung verschaffte, die ich brauchte, um das Haus zu betreten. Die Gartentür war nicht nur nicht abgeschlossen, sie stand offen, war an einem Grasbüschel hängen geblieben. Im Schlamm waren Fußspuren zu sehen, die von dem Anwesen wegführten.

Ich löste den Schlagstock von meinem Gürtel, als ich auf das Haus zuging. Die Hintertür war nur angelehnt. Ich drückte sie auf und trat in einen kleinen Windfang. Die Farbe war von den Wänden abgeblättert, und in den Ecken waren Schimmelflecke. Schlieren aus getrocknetem Schlamm zogen sich kreuz und quer über den Boden. Kindermäntel und Kinderstiefel säumten eine Wand. Der Raum roch nach Füßen und ungewaschenen Kleidern.

Ich hörte rennende Schritte und dann ein hohes Auflachen. Hinter mir knallte die Tür zu. Ich fuhr herum, doch dort war niemand. Nur der Wind. Ich wandte mich der Tür zu, die ins Haus führte. Mit hämmerndem Herzen drückte ich sie langsam auf, schlüpfte hindurch und schloss sie hinter mir. Als ich in die Küche trat, blickte ich hoch, musterte die Regale, die Haken, an denen Pfannen und Siebe und Küchengeräte hingen, die gebeizten Arbeitsflächen. Ich sah die Tür, durch die man in die Eingangshalle gelangte.

Und erst dann sah ich zu Boden. Und ich sah die rote Lache, die glänzend, als sei sie noch warm, über die gesprungenen, schmutzigen Fliesen des Küchenbodens kroch.

84. Kapitel

Sally

Cassie versuchte, es zu verbergen, doch ich merkte, dass sie genauso große Angst hatte wie ich, als sie erfuhr, dass Luna verschwunden war. Sogar Grace war besorgt.

»Rufen Sie Roy an«, sagte sie. »Ihn wird die Polizei nicht ignorieren.«

Sie hatte recht. Nichts war wichtiger, als Luna zu finden.

Wir versammelten uns alle drei um das Telefon. Roy ließ mich etliche Minuten warten.

»Sie ist bestimmt bei irgendwelchen Freundinnen«, sagte er. An seiner gedämpften Stimme konnte ich erkennen, dass er nicht allein war.

»Sie hat keine Freundinnen«, erwiderte ich. »Nicht mehr. Und ich habe schon bei denen angerufen, die früher mit ihr befreundet waren. Niemand hat sie gesehen. Und keiner hat mir angeboten, mir beim Suchen zu helfen.«

Die Anrufe bei Lunas angeblichen Freundinnen schmerzten noch immer. Tammy Taylors Mutter hatte einfach aufgelegt.

»Nun ja, meine Liebe, das kann man ihnen ja auch nicht verdenken.« Ich hörte Roys Schritte auf dem polierten Parkett des Beerdigungsinstituts. »Ich habe gerade Kunden. Kann ich Sie in einer Stunde zurückrufen?«

Meine freie Hand ballte sich zur Faust. »Sie und Ihre Mutter sind bei uns eingezogen, mit der erklärten Absicht, uns zu helfen. Wenn Sie das nicht können, packe ich Ihre Sachen und stelle sie Ihnen vor die Tür.«

Ich hörte ein scharfes Atemholen am anderen Ende der Leitung, während ich einer offenbar sehr betroffenen Grace in die Augen sah.

»Ich rufe den Superintendent an.« Roys Stimme klang eisig. »Und ich freue mich auf Ihre Entschuldigung, wenn sich herausstellt, dass das alles nur ein Missverständnis war.«

»Grace, es tut mir leid«, sagte ich, als ich den Hörer auflegte. »Ich hab's nicht so gemeint. Ich bin nur …«

»Ich weiß«, sagte sie. »Und ich kann Sie gut verstehen.«

»Mum, vielleicht ist sie im Black Dog«, sagte Cassie. »Vielleicht wollte sie mit John reden.«

»Ich habe Beryl angerufen. Sie hat sie nicht gesehen.«

»Beryl weiß meistens nicht mal, welcher Tag gerade ist. Lass mich hingehen. John hilft mir bestimmt, sie zu suchen.«

Ich wollte nicht, dass Cassie das Haus verließ, aber mir blieben allmählich keine anderen Optionen. Also nickte ich, und sie zog sich Schuhe an und rannte hinaus.

»Was kann ich tun?«, fragte Grace.

»Bleiben Sie hier, für den Fall, dass sie zurückkommt«, sagte ich. »Und behalten Sie bitte Marigold im Auge.«

»Sally.« Grace ergriff meine beiden Hände. »Wissen Sie, es ist nicht mit Larry verschwunden. Es ist immer noch da.«

»Was ist nicht weggegangen?«

»Das Böse. Sie müssen sie finden.«

85. Kapitel

Florence

Ich konnte nicht weitergehen, ohne in Blut zu treten. Ich hörte das ekelhafte saugende Geräusch unter meinen Schuhen, hielt mich am Küchentresen fest, um nicht auszurutschen, und trat ganz in die Küche hinein.

Es war ein großer Raum, und was immer dort vorgefallen war, hatte sich beim Abwaschen nach dem Mittagessen ereignet. Mehrere Stapel schmutzige Teller und Besteck standen auf dem Abtropfbrett neben dem Spülbecken. Eine Schublade war ausgekippt, und mehrere Küchenmesser lagen verstreut in dem Blut. Ein Topf mit Wasser blubberte und brodelte auf dem Herd. Ich beugte mich vor, um das Gas abzudrehen.

In diesem Moment hörte ich ein leises Stöhnen, dann ein geflüstertes Flehen.

»Helfen Sie uns.«

Die Frau, die zusammengesunken in der Ecke lehnte, war bei Bewusstsein, ihr stumpfer Blick verriet aber, dass sie das nicht mehr lange sein würde. Blut quoll aus einer Wunde an ihrem linken Oberschenkel. Ich schnappte mir ein Geschirrhandtuch von der Spüle und beugte mich zu ihr herab, um den Stoff auf ihr Bein zu drücken.

»Ich hole Hilfe«, versprach ich. »Was ist hier passiert?«

Das Handtuch färbte sich in Sekundenschnelle rot. Ich richtete mich auf, um nach einem zweiten zu suchen. Jeder Schritt, den ich machte, verteilte das Blut weiter im Raum. »Fest draufdrücken«, wies ich sie an und gab ihr das zweite Handtuch. »Wer war das?«

Sie konnte kaum sprechen. »Kinder …«, krächzte sie, während sich auch das zweite Tuch rot färbte. »Gefahr …«

Ich löste meinen Gürtel. »Ich muss das abbinden«, erklärte ich ihr. »Sie verlieren zu viel Blut.«

»Kinder …«, stieß sie erneut hervor.

»Ich werde sie finden.« Mir blieb nichts anderes übrig, als mich in das Blut auf dem Boden zu knien. Ihre Haut fühlte sich viel zu kalt an, als ich meinen Gürtel um ihren

Schenkel schlang und ihn straff zog. Als ich wieder auf ihre Wunde blickte, floss das Blut deutlich langsamer.

»So ist es besser. Wenn Sie still liegen, sollte alles gut werden. Ich rufe einen Krankenwagen.«

Jetzt keuchte sie und zitterte am ganzen Leib. »Kinder…«, wiederholte sie.

»Ich weiß. Ich finde sie schon. Nicht bewegen.«

Ich nahm meinen Schlagstock, der glitschig vom Blut der Frau war. Ich trat durch die Küchentür und gelangte in die Eingangshalle. Im fahlen Licht der vergitterten Fenster sah ich kleine rote Fußabdrücke, die immer blasser wurden, während sie auf die Treppe zuführten. Ich folgte ihnen in die Halle und blieb wie angewurzelt stehen.

Wo bei meinem letzten Besuch der Kronleuchter gehangen hatte, hing jetzt etwas, das ich im ersten Moment für einen Menschen hielt. Tatsächlich aber war es eine lebensgroße Puppe aus Sacktuch – mit Rumpf, Armen, Beinen und einem Kopf. Sogar ein Gesicht war grob aufgemalt worden. An den festen, glatten Umrissen und an den kleinen Haufen auf dem Holzboden darunter sah ich, dass sie mit Sand gefüllt war.

Gebannt trat ich näher. Ich sah, dass die Puppe mit Wunden übersät war. Jemand hatte in das Sackleinen gestochen und kleine, gut zwei Zentimeter breite Schnitte hinterlassen. Das waren Messerwunden. Und jetzt erkannte ich auch das Messer selbst – es steckte bis zum Heft dort, wo das Herz der Puppe wäre.

Etwas rührte sich hinter mir, und ich fuhr herum. Ich erblickte mehrere kleine Gesichter, die mich vom Treppenabsatz beobachteten.

»Ich bin Polizistin«, rief ich ihnen zu und war erschrocken, wie zittrig meine Stimme klang. »Jetzt seid ihr in Sicherheit. Ihr könnt runterkommen.«

Die Kinder sprangen auf, rannten los und verschwanden.

Wieder ertönten Schreie. Sie kamen von irgendwo im Erdgeschoss, und einen Moment lang wusste ich nicht, was ich tun sollte.

Während die Panik die Oberhand zu gewinnen drohte, entschloss ich mich, als Erstes in Judith Asters Büro nachzusehen.

Halb rechnete ich damit, Judith Aster in einer Blutlache auf ihrem Schreibtisch zusammengesunken vorzufinden, doch der Raum war leer. Ich ging zu dem Telefon, das auf ihrem Schreibtisch stand, und wählte die Nummer des Reviers.

»Himmelherrgott«, stieß der Sergeant vom Dienst hervor, als ich ihm die Situation geschildert hatte. »Wie schaffen Sie das bloß immer wieder? Okay, Sie gehen zurück zu der Verletzten und bleiben bei ihr, bis Hilfe kommt. Verbarrikadieren Sie sich in der Küche, wenn Sie können. Randy ist in fünf Minuten da. Haben Sie gehört?«

»Sarge, die Kinder …«

»Das ist ein Befehl, Flossie.«

»Ja, Sarge.« Ich legte auf.

Zitternd stand ich in Judith Asters Büro, und wie immer, wenn ich Angst hatte oder mich elend fühlte, dachte ich an meine Mutter. Es hatte da einen Tag gegeben, als ich noch ein Kind gewesen war. Wir waren draußen gewesen, nur wie beide, und hatten über die Wiesen Richtung Bletchley gesehen, nicht weit von dort, wo wir wohnten.

»Eines Tages, Florence«, hatte sie zu mir gesagt, »wirst du hören, wie jemand deinen Namen ruft. Wenn das geschieht, kann man sich nicht verstecken und so tun, als hätte man nichts gehört.«

Irgendwo in diesem Gebäude, hier und jetzt, rief jemand meinen Namen, und ich wusste, ich könnte mich nicht mehr achten, wenn ich mich jetzt hinter einer verrammelten Tür versteckte, während ein paar Meter weiter Kinder einer Gefahr ausgesetzt waren.

Ich trat vorsichtig auf den Korridor und ging auf die gegenüberliegende Tür zu, hinter der sich der Klassenraum befand. Leise öffnete ich die Tür.

Ich hatte noch mehr Kinder gefunden. Acht saßen einem leeren Lehrerpult zugewandt an kleinen Holztischen.

»Ihr seid alle in Sicherheit«, verkündete ich. »Ich bin Polizistin. Alle sind in Sicherheit.«

Keines der Kinder schaute zu mir her. Die meisten blickten starr geradeaus auf die leere Tafel. Ein Junge hatte den Kopf auf sein Pult gelegt.

Ich hob die Stimme. »Wo ist eure Lehrerin?«

Immer noch keine Reaktion.

»Wer kann mir sagen, was hier passiert ist?«

Nichts. Ich trat zu einem Mädchen von ungefähr zehn Jahren, das in der ersten Reihe ganz außen saß. Ihre Augen sahen starr geradeaus. Sie bewegten sich nicht. Nichts deutete darauf hin, dass sie überhaupt gemerkt hatte, dass ich da war.

Ich berührte die Kleine an der Schulter, und ihr Kopf kippte auf das Pult.

War sie tot? Ich berührte ihren Hals – warm. Und ihr

Handgelenk – ein Puls war zu spüren, doch ihre Hand fiel schlaff auf den Tisch zurück, als ich sie losließ.

»Hallo!« Ich ging von einem zum anderen, berührte ihre Schultern, ihre Stirnen, versuchte irgendwie, ihre Aufmerksamkeit zu erregen. Sie waren wie kleine Zombies. Das war mit das Unheimlichste, was ich je erlebt hatte.

Ich gab auf – wenigstens lebten sie alle noch.

Vorsichtig ich ging zurück zur Tür. Ich wollte gerade wieder in den Flur hinaustreten, als ich ein scharrendes Geräusch im Klassenraum hörte. Ich fuhr herum. Von den Kindern hatte sich offensichtlich keines gerührt. Und doch … Etwas war verändert.

Und dann sah ich es. Nur sieben Kinder. Eben hatte ich noch acht gezählt.

Eilig stolperte ich zurück in die Eingangshalle. Dann lief ich zur Haustür, zog beide Riegel zurück und vergewisserte mich, dass sie aufgehen würde.

Von oben hörte ich rennende Schritte.

Ohne zu überlegen, stieg ich die Treppe hinauf. Bei jeder Stufe dachte ich an meine Kollegen, die diese Treppe jetzt hinaufstürmen und nicht hinaufschleichen würden. Die Anweisungen brüllen und den Verängstigten Mut machen und nicht darum beten würden, dass endlich Hilfe eintraf. Ich überprüfte den Lederriemen an meinem Schlagstock, fasste seinen gekerbten Griff fester, spürte sein beruhigendes Gewicht.

Der breite Flur oben war gut beleuchtet. An der Vorderseite des Hauses befanden sich die Wohnräume der Asters. Ihre Tür führte in ein gemütlich eingerichtetes Wohnzimmer mit deckenhohen Bücherschränken. Es war niemand im Zimmer, ebenso wenig im Schlaf- und im Badezimmer. Auf der anderen Seite des Flurs waren die ersten drei Mutter-und-Kind-Zimmer ebenfalls leer.

Das vierte und letzte auch. Doch sein Anblick ließ mich innehalten. Zuerst dachte ich, ich hätte einen altmodischen Nachtstuhl vor mir. Ein Stuhl, aus dessen Sitzfläche ein großer Kreis herausgeschnitten worden war. Doch es war kein Nachtstuhl – dort konnte man nirgends einen Nachttopf anbringen. Und außerdem, wieso wären bei einem Nachtstuhl Fesseln nötig? An den Armlehnen und den abgespreizten Fußstützen waren Lederriemen und Schnallen. Es war ein Gebärstuhl. Mit Fesseln dran.

In dem Zimmer roch es nach Farbe. Die Wände waren offensichtlich vor Kurzem gestrichen worden, sie waren auffallend weiß und sauber. Den Flecken auf den hölzernen Dielen jedoch war schwerer beizukommen gewesen. Hier war Blut vergossen worden. Man hatte es weggeputzt, doch die Flecken waren geblieben. Es war, schwer, nicht zu dem Schluss zu kommen, dass jemand in diesem Raum gestorben war.

Jetzt musste ich nur noch die beiden Seitenflügel durchsuchen.

Ich ging nach links, öffnete die erste Tür, zu der ich kam, und sah einen Schlafsaal. An den Kleidern, die an Haken an der Wand hingen, sah ich, dass hier die Jungen schliefen. Es war ein niedriger, schmaler Raum mit zwölf Betten darin. Alle bis auf eins waren leer. In dem, das am weitesten von der Tür entfernt stand, sah ich ein Büschel rote Haare auf dem Kopfkissen. Ich eilte hin.

»Robbie?« Er rührte sich nicht, als ich seinen Kopf berührte. Auf dem Kissen war Erbrochenes.

»Robbie?« Ich drehte ihn herum, sodass er auf dem Rücken lag. Sein kleines Gesicht war kreidebleich. Seine Lippen waren aufgesprungen, die Zunge pelzig belegt. Seine Augen öffneten sich flatternd und schlossen sich dann wieder, ohne dass sie etwas zu sehen schienen. Ich richtete ihn auf, raffte seine Decke um ihn herum.

Irgendwo im Haus hörte ich, wie sich etwas bewegte.

»Habt keine Angst«, rief ich in Richtung des Korridors. »Ich bin Polizistin.«

Ich hob Robbie hoch und machte mich auf den Weg. Der Weg zur Tür kam mir plötzlich sehr lang vor.

Jetzt war ein kindliches Lachen zu hören.

»Ich bringe Robbie nach unten. Dann komme ich wieder. Ihr seid jetzt in Sicherheit.«

Keine Antwort.

Vorsichtig ging ich weiter. Ich schaffte es bis zur Tür, den Flur entlang und die Treppe hinunter.

Jemand hatte die Haustür zugemacht. Der Wind war es nicht gewesen. Der Wind konnte nicht zwei Riegel vorschieben, einen oben und einen unten. Jemand hatte mich eingeschlossen.

Die große Puppe schaukelte, als hätte sie jemand angestoßen.

Schritte ertönten, schnell und leicht, rannten auf mich zu. Ich fuhr eine Sekunde zu spät herum.

Schmerz bohrte sich in mein linkes Bein, direkt in der Kniekehle. Wäre Robbies Decke nicht gewesen, ich glaube, das Messer hätte mich niedergestreckt, doch es verhedderte sich darin, und der Angreifer verfehlte sein Ziel. Ich fand mein Gleichgewicht wieder, schnappte vor Schmerz nach Luft und starrte mein Gegenüber ungläubig an.

Der Angreifer war ein Kind.

86. Kapitel

Sally

Allmählich wusste ich nicht mehr weiter. Ich war zu sämtlichen früheren Freundinnen von Luna gefahren. Ich hatte zu Hause angerufen und erfahren, dass sich niemand gemeldet hatte, nicht einmal Cassie. Mir blieb nichts anderes übrig, als noch einmal Roy um Hilfe zu bitten.

Als ich auf dem Weg zum Beerdigungsinstitut an der öffentlichen Bibliothek vorbeifuhr, kam mir der Gedanke, dass die Mitglieder des Hexenzirkels möglicherweise die einzigen Menschen in der Stadt waren, die mir tatsächlich helfen konnten. Verärgert, dass ich nicht früher daran gedacht hatte, parkte ich und eilte hinein. Daphne saß vorn am Empfang. Sie legte den Telefonhörer auf, als sie mich erblickte.

»Sally, Liebes, Luna ist hier«, sagte sie. »Ich dachte, Sie machen sich vielleicht langsam Sorgen.«

Einen Moment lang konnte ich nicht sprechen. Die Energie, die ich seit fast einer Stunde zusammengerafft hatte, schien davonzuströmen. »Ihr fehlt nichts«, fuhr

Daphne fort. »Ich habe sie vor ein paar Minuten in der Handbibliothek gefunden.«

Ich lehnte mich gegen den Empfangstresen, und Erleichterung durchflutete mich. Ich konnte mit allem fertigwerden, solange nur meinen Töchtern nichts zustieß. Rasch schaute ich zur Handbibliothek hinüber. Tatsächlich, Lunas leuchtend rotes Haar war durch die Glasscheibe in der Tür zu sehen.

»Es tut mir leid«, sagte Daphne. »Ich hätte sofort anrufen sollen.«

»Nein, ich habe mir völlig unnötig Sorgen gemacht. Ich dachte nur …«

»Ich weiß.« Daphne stieß einen tiefen Seufzer aus. »Also, die Sache ist die, Sally, ich habe überlegt, ob ich sie wohl noch ein bisschen länger behalten darf?«

»Sie behalten?«

»Sie wirkt ein wenig bedrückt.« Daphne beugte sich über den Tresen. »Das ist nicht weiter überraschend bei dem, was sie durchgemacht hat, aber ich hatte einfach das Gefühl … Ich möchte Ihnen nicht zu nahe treten, Liebes, aber manchmal braucht man auch in den besten Familien ein bisschen Abstand voneinander.«

So wie ich meine Tochter kannte, hatte sie hysterisch geschluchzt und verkündet, sie werde nie wieder nach Hause zurückkehren.

»Ich dachte, ich mache ihr bei uns zu Hause etwas zum Abendessen«, sagte Daphne. »Verwöhne sie ein bisschen, und dann kann sie in Florence' Zimmer bei uns übernachten.«

Florence hatte nicht einmal eine Woche bei Daphne und Avril gewohnt.

»Würden wir uns da zu viele Freiheiten herausnehmen, meine Liebe? Avril kann sie morgen früh nach Hause fahren.«

»Das ist sehr nett von Ihnen«, antwortete ich. »Es wird ihr guttun, mal eine Nacht weg zu sein. Vielen Dank.«

Es würde auch mir guttun zu wissen, dass eine von uns, und sei es auch nur vorübergehend, aus dem Gefängnis entkommen war, zu dem unser Haus geworden war.

87. Kapitel

Florence

Ein Junge, nicht älter als sechs oder sieben, mit sehr kurz geschnittenem hellblondem Haar, stand vor mir. In der rechten Hand hielt er ein Küchenmesser. Hinter mir hörte ich wieder dieses Kichern und riskierte einen kurzen Blick über die Schulter. Zwei weitere Kinder waren aufgetaucht, beide mit Messern, und ich konnte mich nicht verteidigen. Nicht mit dem bewusstlosen Robbie in den Armen.

Kinder, hatte die blutende Frau in der Küche gesagt. Ich hatte gedacht, sie hätte Angst um die Kinder gehabt. Dabei hatte sie versucht, mir zu sagen, dass die Kinder auf sie losgegangen waren.

Kaum hatte ich diese grauenvolle Erkenntnis verarbeitet, als noch mehr Kinder erschienen. Fünf kamen auf mich zu, dann sieben. Der Stupor, in dem sie sich vorhin befunden hatten, wenn er denn echt und nicht gespielt gewesen war, war verschwunden. Sie waren hellwach und quicklebendig. Trotzdem, irgendetwas fehlte in ihren Augen.

Endlich das Heulen einer Polizeisirene, das draußen auf der Straße näher kam.

»Die Polizei ist da. Legt die Messer weg, geht in den Klassenraum und setzt euch hin. Sofort!«

Ein oder zwei Kinder zögerten, schienen sogar Angst zu bekommen, doch der Junge, der mich angegriffen hatte, ging auf mich los. Ich wich zurück und wäre dabei fast mit den Füßen in der Decke hängen geblieben.

Lautes Hämmern an der Haustür ließ ein paar der Kinder zusammenschrecken, nicht aber den blonden Jungen. Sein Blick wich nicht von mir, und ich hatte das Gefühl, dass sein Messer abermals den Weg in mein Fleisch finden würde, wenn ich auch nur eine Sekunde wegschaute.

»Florence!«, brüllte Randy und hämmerte noch einmal gegen die Tür.

»Ich bin hier!«, rief ich zurück. »Gehen Sie hinten rum. Schnell, und sehen Sie sich vor!«

»Florence, lassen Sie mich rein!«

»Negativ. Officer in Gefahr. Beeilen Sie sich.«

Ich hörte, wie sich seine Schritte eilig entfernten. Es würde drei, vielleicht vier Minuten dauern, bis er bei mir war. In der Ferne konnte ich weitere Sirenen hören.

»Hört ihr das?« Ich warf Blicke in alle Richtungen, versuchte sicherzustellen, dass niemand auf mich losging. »Da kommen Polizisten. Die werden euch alle verhaften, und sie stecken euch ins Gefängnis. Wenn ihr glaubt, hier ist es schlimm, dann wartet mal ab, bis ihr seht, wie es im

Gefängnis ist. Das ist eure letzte Chance. Legt die Messer weg und setzt euch auf den Boden.« Ich überlegte kurz. »Hände auf den Kopf.« Nichts. »Sofort!«, brüllte ich.

Die Tür zur Küche flog krachend auf, und Randy stand im Türrahmen. Er kam in die Halle, blies auf seiner Trillerpfeife.

»Ihr da, legt die Waffen weg und runter auf den Boden!«

Sein Blick begegnete meinem. Es war lächerlich. Und doch konnte ich sehen, dass er genauso viel Angst hatte wie ich.

Der blonde Junge ließ sein Messer fallen und floh. Einen Sekundenbruchteil später folgten die anderen ihm.

88. Kapitel

Sally

Ich hatte gedacht, Roy würde froh darüber sein, dass Luna heute Abend nicht zu Hause war – sie konnte ihre Abneigung gegen ihn am schlechtesten verbergen –, doch er blickte finster auf ihren leeren Stuhl bei Tisch.

»Ich muss mich doch sehr über Sie wundern, Sally«, sagte er, als ich alles erklärt hatte. »Glauben Sie wirklich, die beiden sind der richtige Umgang für ein junges Mädchen?«

»Lesbischsein ist nicht ansteckend«, bemerkte Cassie und duckte sich dann unter dem Blick, den er ihr zuwarf.

Roy wandte sich an mich. »Woher wollen Sie wissen, wie

dieses unkonventionelle Treiben einen jugendlichen Verstand beeinflusst? Ich fahre wohl lieber hin und hole sie.«

»Sie bleibt über Nacht dort.« Aus dem Augenwinkel konnte ich sehen, wie Cassie, Grace und sogar Marigold uns beklommen beobachteten.

»Haben Sie in Erwägung gezogen, mich zu fragen?«, wollte Roy wissen.

»Nein.«

Seine Miene verfinsterte sich, und er kniff die Lippen zusammen. »Wegen diesem dummen kleinen Miststück habe ich eine Besprechung versäumt, und die Polizei hat wertvolle Zeit vergeudet. Gar nicht zu reden von den Sorgen, die sie Ihnen und Mutter gemacht hat. Und dafür soll sie auch noch mit der krankhaften Zuwendung von diesen beiden Perversen belohnt werden?«

»Wenn Sie meine Schwester noch einmal Miststück nennen, wird es Ihnen leidtun«, fauchte Cassie und sprang auf.

Roy erhob sich ebenfalls. Er holte tief Atem, dann noch einmal. Seine Hände ballten sich zu Fäusten. »Rufen Sie die beiden an«, sagte er, ohne den Blick von Cassie zu nehmen. »Sagen Sie ihnen, ich bin unterwegs.«

»Roy, sie bleibt, wo sie ...«

Roy stieß mich zur Seite, und strebte auf die Küchentür zu. Er verfehlte sie und lief stattdessen gegen den Schrank, der gleich daneben an der Wand befestigt war. Marigold kicherte nervös, während Grace sich mühsam erhob.

»Setz dich hin, Roy«, befahl sie. »Ich bin mir nicht sicher, ob es dir gut geht.«

Da war ich mir auch nicht sicher. Roys Augen blickten

ins Leere. Ich zog einen Stuhl heran, und zu zweit bugsierten Grace und ich ihn darauf.

»Du hast Temperatur«, stellte Grace fest. »Haben Sie ein Fieberthermometer, Sally?«

Ich ging es holen. Er hatte über achtunddreißig Grad Fieber.

»Nichts Dramatisches«, sagte ich, »aber Sie brüten wahrscheinlich was aus. Am besten gehen Sie gleich ins Bett. Ich kann Ihnen eine Suppe bringen.«

»Ich habe keinen Hunger.« Er stand auf, schwankte.

Ich hatte wohl noch nie jemanden weniger leiden können, doch Heilen und Pflegen war mein Beruf. Also bot ich ihm meinen Arm und führte ihn die Treppe hinauf. An seiner Zimmertür verkündete er, er käme allein zurecht, und ich stieß einen abgrundtiefen Seufzer der Erleichterung aus.

89. Kapitel

Florence

Es dauerte fast drei Stunden, bis wir das Black Moss Manor verlassen konnten, und viel von dieser Zeit verbrachten wir mit Streiten. Ein Team vom Sozialdienst kam und versuchte, uns zum Abzug zu nötigen. Sie würden sich mit den Kindern befassen, sagten sie, unsere Anwesenheit brächte sie nur durcheinander. Woodsmoke, der den Einsatz leitete, wollte davon nichts wissen. Er hatte es mit zwei Stichwunden zu tun, und damit war das Ganze eine Angelegenheit der Polizei.

Die einzige anwesende Angestellte des Heims, die Frau, die ich blutend in der Küche vorgefunden hatte, wurde eilig ins Krankenhaus gebracht. Ein zweiter Krankenwagen kam, um Robbie abzuholen.

Weitere Polizisten trafen ein und machten sich daran, das Gebäude zu durchsuchen. Es war wie ein gruseliges Versteckspiel. Die Kinder wollten nicht gefunden werden, und sie kannten dieses Gebäude sehr viel besser als wir. Etliche Kollegen erlitten leichte Verletzungen, weil unsichtbare Angreifer Geschosse nach ihnen schleuderten.

Sobald ich konnte, ging ich hinaus und verarztete meine eigene Wunde mithilfe des Erste-Hilfe-Kastens aus dem Streifenwagen. Mir war klar, dass Woodsmoke versuchen würde, mich ebenfalls ins Krankenhaus zu schicken, wenn er konnte.

Es dauerte eine Stunde, alle Kinder zusammenzutreiben, und die Mitarbeiter vom Sozialdienst boykottierten weiter jede Anordnung, die der Sergeant gab. Noch ehe die zweite Stunde um war, war ich mir sicher, dass er gleich anfangen würde, die Sozialarbeiter zu verhaften. Als nach und nach Krankenwagen frei wurden, wurden die Kinder zur Beobachtung und möglicherweise notwendigen Behandlung in die umliegenden Krankenhäuser gebracht. Als die Sonne unterging, war das Gebäude geräumt, aber der Schrecken und das Grauen schienen noch wie ein Echo nachzuhallen.

»Hattest du recht? War es Godfrey's Cordial?«

Ich drehte mich um und sah Tom in der Tür stehen.

Er war an diesem Tag mit einem anderen Fall beschäftigt gewesen, ich sah ihn heute zum ersten Mal.

»Oder etwas Ähnliches«, antwortete ich. »Wir haben in der Küche jede Menge Tinkturen und Säfte gefunden, die werden gerade alle zum Analysieren gebracht.«

Wir kannten noch nicht alle Fakten, doch alles deutete darauf hin, dass die Kinder regelmäßig unter Drogen gesetzt worden waren, um sie ruhigzustellen. Womöglich hatten Entzugssymptome, vielleicht weil die Vorräte knapp geworden waren, zu dem gewalttätigen, irrationalen Verhalten geführt, das wir heute erlebt hatten.

Tom trat ein und pfiff leise, als er sich umsah.

»Ziemlich beeindruckend«, pflichtete ich ihm bei.

Wir befanden uns im Keller, von dem ich erwartet hatte, dass er dunkel und schäbig sein würde, der gruseligste Teil eines unheimlichen Gebäudes, doch tatsächlich war es hier heller und moderner als in jeder Klinik, in der ich jemals gewesen war.

Es gab keine Fenster, aber starke Glühbirnen. Weiße Kacheln bedeckten die Wände, die rundum von schimmernden Arbeitsflächen gesäumt waren. In anderen, kleineren Räumen, die von diesem hier abgingen, befanden sich medizinische Geräte und Behandlungsutensilien.

»Wofür haben die das hier alles gebraucht?«, fragte Tom ratlos.

»Das ist noch gar nichts«, erwiderte ich. »Komm mal mit.«

Ich führte ihn durch eine weitere Tür in eine große Schulturnhalle mit auf Hochglanz gebohnertem Boden voller Kletter-, Schaukel- und Sprunggeräte.

In diesem Moment war ein schrilles Kreischen zu hören.

Tom sah sich erschrocken um. »Was zum Teufel ist das?«

»Das ist bestimmt der Affe. Der regt sich sehr leicht auf.«

Tom sah mich an, als hätte ich den Verstand verloren. Ich führte ihn durch eine weitere Tür in den letzten Raum des Kellers, wo Käfige an den Wänden übereinandergestapelt waren. In einem in der Mitte hockte ein dürrer Affe und sah uns böse an.

»Fünf Kaninchen, drei Meerschweinchen, zwei Hamster, und die weißen Mäuse halten nicht lange genug still, dass ich sie zählen könnte«, sagte ich. »Die Rennmäuse bleiben in ihren Tunneln. Ich glaube, es gibt auch noch eine Wühlmaus.«

»Die stehen auf Haustiere«, bemerkte Tom und rümpfte die Nase.

»Sehen die Tiere aus, als würden sie geliebt?« Ich hatte auch ein sechstes Kaninchen gefunden, tot in einem Käfig. »Schau dir das mal an.«

Ich führte ihn zu einem großen Gefrierschrank und öffnete die Tür. Mehrere tote Tiere lagen in den Fächern.

»Mein Gott, wollen die die Viecher etwa essen?«, fragte Tom.

Ich machte die Gefrierschranktür wieder zu.

»Haben wir schon den Tierschutz verständigt?«, wollte Tom wissen.

»Die können heute nicht alle abholen. Sie haben uns gebeten, dafür zu sorgen, dass die Tiere Futter und Wasser haben. Sie holen sie morgen.«

Wir machten uns auf den Rückweg. Keiner von uns wollte lange in dem Raum mit den Tieren bleiben.

»Wir haben die Asters in der Stadt gefunden«, berichtete Tom, als wir durch die Turnhalle gingen. »Sie waren gerade zu Besuch bei einer gewissen Sandra Cartwright, die auch hier arbeitet. Wir haben also drei von denen auf einen Streich geschnappt. Sind jetzt alle auf dem Revier. Die Verletzte steht im Krankenhaus unter Arrest. Also ist noch einer flüchtig.«

Oben in der Halle erwartete uns Randy. »Ich fahre Sie ins Krankenhaus«, sagte er an mich gewandt. »Befehl von Woodsmoke.«

»Ich wohne mit dreißig Krankenschwestern zusammen«, widersprach ich. »Ich muss nicht ins Krankenhaus.«

Randy sah unsicher aus. Sein Blick huschte von Tom zu mir.

»Es hat schon vor Stunden aufgehört zu bluten«, sagte ich. »Wenn irgendjemand im Wohnheim Bedenken hat, kann ich ja morgen ins Krankenhaus gehen.«

»Er hat gesagt, dass Sie das sagen würden«, meinte Randy. »Und in diesem Fall soll ich Sie nach Hause fahren und dafür sorgen, dass Sie dortbleiben.«

»Ich fahre Florence nach Hause«, sagte Tom.

»Ich habe draußen einen Wagen«, erklärte ich. »Ich fahre selbst nach Hause.«

Randy wandte sich an Tom. »Da fällt mir ein – Woodsmoke will Sie sprechen«, sagte er. »Ich glaube, er will, dass Sie die Durchsuchung von den Büros der Asters beaufsichtigen.«

Einen Moment lang dachte ich, Tom würde widersprechen, doch er zuckte die Achseln und ging in Richtung Korridor. »Bis später, Floss«, sagte er, ehe er verschwand.

»Das hat der Sergeant doch vorhin schon selbst gemacht«, bemerkte ich, als Toms Schritte verklungen waren.

Randy nickte. »Ich weiß. Ich muss Ihnen was sagen. Ich war heute Morgen ganz früh selbst bei Sarah Cartwright. Vor der Arbeit.«

»Bei der Frau, die wir gerade festgenommen haben? Die, die die Asters besucht haben?«

»Sie und meine Mum sind zusammen zur Schule gegangen. Sie hat mir da ein paar Sachen erzählt. Wir wissen noch nicht mal die Hälfte, Florence.«

»Randy!« Wir hörten Woodsmokes Stimme eine Sekunde, bevor wir ihn in der Tür stehen sahen.

»Ich komm später bei Ihnen vorbei«, flüsterte Randy. »Um zehn. Wir treffen uns auf dem Parkplatz vom Wohnheim.«

90. Kapitel

Sally

Nachdem wir den Abwasch erledigt hatten, ging Cassie in ihr Zimmer, und wir anderen sahen fern. Ich drehte den Fernseher lauter, für Grace, und dann sahen sie, Marigold und ich uns erst *Coronation Street an,* dann *Mit Schirm, Charme und Melone* und schließlich die Nachrichten. Wir waren alle reichlich benommen vom vielen Fernsehen, als wir von oben Geschimpfe hörten. Ich konnte Roys und Cassies Stimmen erkennen. Und dann eine dritte.

Außer uns und den Greenwoods sollte niemand im Haus sein.

»Dreckige kleine Hure!«, brüllte Roy gerade, als ich an der Treppe ankam.

»Lassen Sie ihn, Sie Irrer!«, schrie Cassie zurück.

Noch ehe ich halb oben war, war ein Gerangel zu hören, und ein Mann fiel rückwärts die Treppe herunter. Er überschlug sich mehrfach, bevor er sich mit einer Hand am Geländer festhalten konnte. Keuchend lag er auf den Stufen. Es war John Donnelly, ohne Schuhe, das Hemd aufgeknöpft und mit blutender Nase.

Cassie kreischte erneut, als Roy oben an der Treppe erschien. Er trug einen Morgenmantel, der vorn aufklaffte. Sein Gesicht war totenbleich, und ich konnte Schweiß auf seiner Brust glänzen sehen. Während John mühsam versuchte, auf die Beine zu kommen, kam Roy mit schweren Schritten die Treppe herunter auf ihn zu.

»Er hat mich geschlagen, Mum. Er hat mich geschlagen.« Cassies blasses Gesicht spähte oben übers Geländer. Sie trug ebenfalls einen Morgenmantel.

Eine Sekunde bevor Roy sich auf ihn stürzte, zog John sich hoch. Die beiden fielen gegen mich, und ich musste mich am Geländer festklammern, damit wir nicht alle drei die Treppe hinunterstürzten.

»Aufhören, alle beide!«, rief ich. Sie beachteten mich nicht. John war jünger und fitter, aber Roy war schwerer. In dem wilden Gerangel traf mich eine Faust am Kinn, und ich wäre fast zu Boden gegangen. Ich verbiss mir den Schmerz und rief in Richtung Wohnzimmer: »Grace, rufen Sie die Polizei!«

Durch das Geländer hindurch konnte ich Grace bleich und verstört im Wohnzimmer sitzen sehen. Sie rührte sich nicht. Hinter ihr hielt Marigold zitternd Henry in den Armen. Roy hatte inzwischen die Hände um Johns Hals gelegt und würgte ihn. Ich stürzte mich auf ihn, zerrte an seinen Fingern, während Cassie heruntergerannt kam, um mir zu helfen. Gemeinsam schafften wir es, die beiden voneinander zu trennen.

»Hau ab«, zischte ich John zu.

Er wich nicht von der Stelle.

»Wir kommen schon zurecht.« Ich spürte, wie Roys Gewicht sich gegen mich stemmte, und wusste genau, dass er jeden Moment wieder auf John losgehen würde. »Geh!«

John tappte rückwärts die letzten paar Stufen hinunter. Offenbar wollte er etwas zu Cassie sagen, doch dann machte er kehrt und rannte barfuß und halb angezogen zur Haustür hinaus.

Roy drehte sich wieder zu Cassie um.

Ich stellte mich ihm in den Weg. »Unterstehen Sie sich.«

Cassie floh, hastete die Treppe hinauf und in ihr Zimmer. Ich hörte, wie der Riegel vorgeschoben wurde, und stieß einen Seufzer der Erleichterung aus, noch während Roy mich zur Seite stieß und ihr nacheilte. Kurz überlegte ich, ob ich ihm folgen sollte, rannte jedoch stattdessen die Treppe hinunter.

Oben hämmerte Roy an Cassies Tür. »Mach auf, du Flittchen!«, schrie er.

Ich eilte zum Telefon und wählte den Notruf. »Polizei«, stieß ich hervor. »Jemand will meine Tochter angreifen.«

Roy kam die Treppe herunter. Ich hielt seinem Blick

stand, während ich der Polizei unsere Adresse gab und um sofortige Hilfe bat. Roy erreichte den Fuß der Treppe.

»Legen Sie auf«, sagte er mit leiser Stimme und kam näher.

Ich streckte den linken Arm vor und spreizte die Finger, um ihm Einhalt zu gebieten. Tatsächlich blieb er stehen.

»Sie müssen sofort kommen«, sagte ich ins Telefon. »Meine Familie und ich sind in Gefahr.« Erst als die Vermittlung mir versicherte, dass in Kürze jemand bei mir sein würde, legte ich auf.

»Sie ziehen noch heute Nacht aus«, verkündete ich. »Ihre Mutter kann diese Nacht noch bleiben, aber Sie werden dieses Haus nie wieder betreten.«

Er machte einen Schritt auf mich zu.

»Ich rufe die Mächte der Finsternis auf, diesen Mann zu verfluchen.« Ich schrie die Worte heraus, beide Arme emporgereckt. »Ich beschwöre die Macht des Dunkelmondes herauf, ihn niederzustrecken.« Natürlich bluffte ich. Keine Hexe kann auf diese Art und Weis irgendwelche Mächte heraufbeschwören, aber ein nicht unbeträchtlicher Anteil der Hexerei besteht in der Kraft der Suggestion. Und in der Fähigkeit, den Leuten, wenn es nötig ist, eine Heidenangst einzujagen.

»Was zum Teufel soll das werden?«

Roy war stehen geblieben, nicht annähernd so selbstsicher wie noch eben. Ich fing an, leise vor mich hin zu murmeln, und ließ jedes Quäntchen Hass, das ich für ihn empfand, in meinen Augen glühen.

»Hören Sie auf«, murrte er.

»Fassen Sie sie ja nicht an!« Cassie, jetzt vollständig angezogen, war oben an der Treppe aufgetaucht.

Roy fuhr zu ihr herum. »Dreckige kleine Schlampe«, grollte er und taumelte dann rückwärts gegen die Wand.

»Roy, du bist krank.« Endlich traute sich seine Mutter aus der Wohnzimmertür heraus. »Das bist ja nicht du selbst. Komm, wir gehen wieder nach oben. Ich bringe dir etwas zu trinken.«

Cassie kam langsam die Treppe herunter. Ich sah sie an und schüttelte den Kopf, versuchte, ihr zu sagen, dass sie wegbleiben sollte, doch sie blieb nicht stehen. Sie erreichte den Fuß der Treppe einen Augenblick vor den Greenwoods.

»Sie hat es mit diesem Gastwirtsbengel getrieben.« Roy versuchte, sich von seiner Mutter loszumachen und nach Cassie zu greifen.

»Ich warne Sie, Roy, das reicht«, sagte ich. »Grace, bringen Sie ihn ins Wohnzimmer. Die Polizei ist gleich da.«

Ihr Gesicht nahm einen flehenden Ausdruck an. »Er ist doch krank.«

»Er ist gewalttätig und unberechenbar. Ich will ihn aus meinem Haus haben.«

»Wie die Mutter, so die Töchter. Schlampen, alle drei.« Greenwood stieß seine Mutter weg und richtete sich auf. Seine Hände zuckten zum Bund seiner Pyjamahose und zerrten an der Schnur, die sie festhielt. »Ist es das hier, was ihr wollt, ihr Schlampen?«

Cassie kreischte auf und rannte zur Haustür. Sie riss sie auf und floh in die Nacht hinaus.

91. Kapitel

Florence

Randy verspätete sich. Es wurde zehn Uhr. Es wurde Viertel nach. Ich wartete noch fünf Minuten auf dem Parkplatz, ehe ich beim Nachtportier nachfragte, ob jemand eine Nachricht für mich hinterlassen hätte. Fehlanzeige.

Also wartete ich noch weitere zehn Minuten und überlegte, ob ich mit dem Fahrrad in die Stadt fahren sollte. Aber wenn Randy nicht auf dem Revier war, was sollte ich dann tun? Anscheinend war wirklich auf niemanden mehr Verlass.

Der Nachtportier kam herausgeschlendert, um in der Abendluft eine Zigarette zu rauchen. »Na, warten Sie auf Ihren Verehrer?«, wollte er wissen.

»Auf einen Kollegen«, erwiderte ich. »Ich glaube, der hat mich vergessen.«

»Hat wahrscheinlich 'ne Menge zu tun«, meinte der Mann. »Vor ungefähr 'ner Stunde waren da viele Wagen mit Blaulicht unterwegs. In der Burnley Road scheint was passiert zu sein.«

Ein mulmiges Gefühl breitete sich in meinem Magen aus.

»Da ist er ja«, bemerkte der Portier. »Weiß eigentlich seine Frau, dass Sie beide was miteinander haben?«

Das Auto war kein Streifenwagen, sondern ein goldener Ford Cortina, und es war Tom, der auf dem Parkplatz hielt. Er machte den Motor aus und stieg aus. Der Portier zog sich zurück. Ich ging auf Tom zu. Das mulmige Gefühl wurde stärker.

»Was ist passiert?« Das letzte Mal hatte ich diesen Ausdruck auf Toms Gesicht in der Nacht gesehen, in der wir Larry Glassbrook verhaftet hatten.

Tom öffnete die Beifahrertür. »Steig ein«, wies er mich an. Doch seine Stimme war freundlich, sie zitterte ein wenig.

»Ich kann nicht weg, ich warte auf Randy.«

Tom schwieg. Ich stieg in den Wagen. Als er auf der Fahrerseite einstieg, ließ er den Motor nicht an.

»Sharples schickt mich«, sagte er. »Es ist schlimm, Floss.«

Insgeheim dachte ich: *Wenigstens bist nicht du es. Dir ist nichts passiert, also kann es doch nicht so schlimm sein, oder?*

Tom fuhr sich mit dem Handrücken über die Augen. »Randys Streifenwagen ist oben an der Burnley Road in einen Unfall verwickelt worden. Fahrerflucht. Er ist in den Graben gedrängt worden.«

»Ist er okay?«, fragte ich und wusste, dass ich mir etwas vormachte. Tom wäre nicht hier, um mir gute Neuigkeiten zu überbringen.

»Sie haben ihn ins Burnley General gebracht. Es tut mir leid, Floss, ich weiß, ihr beide wart gut befreundet. Er ist auf dem Weg ins Krankenhaus gestorben.«

92. Kapitel

Sally

Ich folgte Cassie aus dem Haus. Doch bis ich mein Auto um das von Roy herummanövriert hatte, war sie verschwunden. Sie konnte nur zum Black Dog wollen, dachte ich mir.

In wenigen Minuten hatte ich das Stadtzentrum erreicht, und als ich auf den leeren Parkplatz fuhr, sah ich Cassie tatsächlich gerade durch den Personaleingang schlüpfen.

Ich stieg aus, folgte ihr ins Haus. Im hinteren Flur hörte ich Stimmen, die aus der Küche kamen.

Cassie weinte, Beryl zeterte, John bettelte.

»Sie kann nicht wieder dahin zurück, Mum. Der Typ ist total irre.«

»Du hast mir gesagt, du hältst dich von ihr fern.«

»Ich liebe sie.«

Ich drückte die Tür auf und fand die drei um den Arbeitstisch in der Mitte des Raumes versammelt, auf dem sich schmutziges Geschirr vom Abendessen stapelte. Cassie war rot vom Rennen, John hatte Blut im Gesicht, doch es floss nicht mehr. Beryl öffnete den Mund, um gegen mein Eintreten zu protestieren, besann sich dann aber eines Besseren.

Ich wandte mich an ihren Sohn. »John, bist du okay? Hat er dir was getan?«

»Er ist barfuß nach Hause gerannt«, fuhr Beryl mich an. »Hat sich die Füße aufgerissen.«

Johns Füße waren schmutzig, doch ich konnte nirgends Blut sehen.

»Soll ich dich verarzten?«, erkundigte ich mich. »Meine Tasche ist im Auto.«

Er schüttelte den Kopf. »Schon okay. Ich hätte sie nicht mit dem allein lassen dürfen.«

Ich schenkte ihm ein Lächeln. Eigentlich hatte ich gar nichts gegen John. »Gut. Cassie, komm mit.«

Sie trat von mir weg. »Ich geh nicht dahin zurück.«

»Das sollst du auch nicht. Ich bringe dich zu Luna.«

»Sie kann hierbleiben«, bot John an.

»Nein, kann sie nicht«, sagten Beryl und ich gleichzeitig.

»Warum denn nicht?«, schrie Cassie uns an. »Wir haben doch schon öfter miteinander geschlafen. Lieber das, als von diesem Ekel Greenwood vergewaltigt zu werden.«

»Er hat es bestimmt …«

»Der ist doch scharf auf uns alle drei, Mum. Auf dich, mich und Luna. Wahrscheinlich auch auf Marigold. Der Typ ist abartig. Ich bleibe bei John, dagegen kannst du nichts machen.«

»Ich schon«, sagte Beryl.

John trat an Cassies Seite und legte den Arm um sie. Sie schmiegte sich an ihn. Ihr Körper schien mit seinem zu verschmelzen, und ich dachte: *Sie sind füreinander geschaffen. Das Timing stimmt nicht, aber diese beiden sind ein Paar. Sie sollten ein Paar sein.*

»Mum, es ist uns ernst«, verkündete John. »Wir werden heiraten. In ein paar Monaten bin ich alt genug. Ihr könnt uns nicht daran hindern.«

»Keiner von euch kann ohne die Erlaubnis eurer Eltern

heiraten.« Ich versuchte, einen sanften Ton anzuschlagen. »Nicht bevor ihr achtzehn seid. Wenn ihr beide in zwei Jahren immer noch heiraten wollt, dann ist es bestimmt kein Problem.«

In zwei Jahren konnte eine Menge passieren.

Beryl war anderer Meinung. »Und ob das ein Problem ist.« Ihre Stimme wurde schrill. »Ihr könnt nicht heiraten. Niemals.«

»Warum nicht?« Zum ersten Mal glaubte ich, Zweifel in Cassies Augen zu sehen. Sie sah mich an und schaute dann zu John auf, als wüsste er die Antwort.

Beryl begann, sich nach irgendetwas umzusehen – nach ihren Zigaretten, nach etwas zu trinken –, und in diesem Moment wusste ich, was sie uns sagen würde. Ich wich zurück, bis ich eine Wand fand, an die ich mich lehnen konnte. Meine arme Tochter. Meine arme, arme Tochter.

»Warum nicht?«, wiederholte John. »Mum, warum kann ich Cassie nicht heiraten?«

Wonach auch immer Beryl gesucht hatte, sie fand es nicht. Sie gab auf. »Weil ihr Bruder und Schwester seid«, antwortete sie.

Ein Augenblick des Schweigens, von dem ich wünschte, er würde ewig andauern. Dann …

»Lügnerin!«, fauchte Cassie.

John war blass geworden.

Beryl wandte sich an Cassie. »Ich lüge nicht. Ich war mit Larry zusammen, bevor er angefangen hat, mit deiner Mum zu gehen.«

Cassies Kopf zuckte zu mir herum. Ihr Blick war voller Wut, als sei das Ganze meine Schuld. War es meine

Schuld? Ich wusste, dass John mit Beryl liiert gewesen war, bevor er und ich uns zusammengetan hatten. War das hier meine Schuld?

»Ach ja?«, rief Cassie. »John ist jünger als ich. Dann hätten Sie ja weiter was mit ihm haben müssen, auch nachdem meine Mum und mein Dad geheiratet haben.« Ihre Worte klangen trotzig, doch ich konnte an ihrer Miene erkennen, dass sie allmählich anfing, es zu glauben.

»Ich hab nie aufgehört, mich mit Larry zu treffen.« Beryl konnte keinen von uns ansehen, als sie ihr Geständnis ablegte. »Nicht länger als ein paar Monate. Als ich gemerkt habe, dass ich mit John schwanger war, hab ich Ted überredet, mich zu heiraten.«

Vielleicht, dachte ich, hatte ich schon immer gewusst, dass Larrys Verrat viel, viel tiefer reichte, als ich zuzugeben bereit gewesen war.

John schüttelte den Kopf, formte mit den Lippen stumm das Wort »Nein«. An seinem Gesichtsausdruck sah ich, dass er das alles nicht richtig begriff.

»Was ihr gemacht habt, ist nicht recht«, sagte Beryl. »Ich geb mir ja selbst die Schuld daran. Ich hätt's euch schon früher sagen sollen, aber ich hätte nie gedacht…«

»Das glaube ich nicht«, schrie Cassie. »Ich wette, Sie haben mit halb Sabden rumgevögelt. Jeder könnte Johns Vater sein.«

»Cass…«, setzte John an.

»Cassie, es ist wahr«, sagte ich. »Schau ihn dir doch an. Er sieht aus wie dein Dad.« Ich konnte es nicht fassen, dass ich das nicht früher gesehen hatte. John sah aus wie Larry damals, als wir uns kennengelernt hatten. Sie hatten denselben Körperbau, dieselbe Haut- und Haarfarbe. Ihre Augen waren praktisch identisch. Larry hatte einen Sohn, und er … O Gott.

Cassie machte sich von John los. Man sah, wie etwas in ihr zerbrach. Gerade wollte ich zu ihr gehen, als die Tür aufflog und wir Ted Donnelly im Türrahmen stehen sahen, Beryls Mann.

Er war in Hemdsärmeln. Seine Hosenträger waren ausgefranst und fleckig. Ted war übergewichtig, und die Haare gingen ihm aus. Er wirkte älter, als er war – meiner Schätzung nach ungefähr fünfundvierzig. Sein Gesicht war fleischig, die Züge schwammig, aus seinen Ohren wuchsen dicke Borsten hervor. In der Hand hielt er eine Bierflasche.

»Ted.« Beryl machte ein beklommenes Gesicht. »Wie lange stehst du da schon?«

»Lange genug.« Er sah John an. »Hab's ja gewusst, dass du nicht von mir bist«, knurrte er. »So'n Rohrkrepierer wie du.«

»Cassie, wir müssen gehen«, sagte ich.

Sie schüttelte den Kopf. Tränen strömten ihr übers Gesicht, doch sie hatte Johns Hand ergriffen und umklammerte sie, als wollte sie sie nie wieder loslassen.

»Ihr könnt euch alle verpissen.« Ted schwankte in der Tür, und mir wurde klar, dass er noch betrunkener war als gewöhnlich. »Raus! Na los, raus!«

»Wir gehen nirgendwohin«, antwortete Beryl. »John geht ins Bett. Sally, nehmen Sie Ihre Tochter und gehen Sie.«

Es gab nichts, was ich lieber getan hätte, aber Ted stand da und betrachtete den Jungen, von dem er soeben erfahren hatte, dass er gar nicht sein Sohn war. »Kleiner Bastard«, lallte er höhnisch. »Kleiner Bastard von ’ner verlogenen Hure.«

John verlor die Beherrschung. Er brüllte etwas, das ich nicht verstand, und stürzte sich auf Ted. Der war zu betrunken, um auszuweichen. Er taumelte rückwärts, und beide stürzten aus dem Zimmer. Beryl eilte ihnen nach, Cassie folgte ihr einen Moment später. Ich war die Letzte, die die Tür erreichte, und als ich es tat, hörte ich ein dumpfes Klirren und einen Schmerzenslaut von John. Ted hatte ihm die Flasche auf den Kopf geschlagen. Glasscherben landeten auf dem Boden, und Blut quoll aus einer Platzwunde an seiner Stirn. Benommen sackte er gegen die Wand.

Aber Teds Zorn war noch nicht besänftigt. Er versuchte, an den Jungen heranzukommen, doch Beryl hielt ihn zurück. Cassie rannte zu John. Ted schleuderte Beryl weg und taumelte rückwärts, um das Gleichgewicht wiederzufinden, als John auf ihn lossprang. Die beiden prallten gegen die Kellertür. Sie sprang auf und gab den Blick auf das schwarze Loch der Treppe frei. John bekam den Türrahmen zu fassen und hielt sich fest. Ted stolperte, seine Arme fuchtelten herum, er trat ins Leere und verschwand.

Entsetzt starrten wir die Tür an.

Ich zählte sechs dumpfe Schläge, als der Körper auf die Stufen aufschlug und schließlich auf dem Steinboden landete. Endlose Sekunden lang rührte sich keiner von uns. Dann machte John sich von Cassie los und wollte zur Kellertreppe.

»Warte!« Ich hielt ihn zurück. »Ich gehe.«

Ich fand den Lichtschalter. Am Fuß der Treppe konnte

ich Ted sehen, aber nicht erkennen, in was für einem Zustand er sich befand. »Bleibt hier«, wies ich die anderen an.

Noch ehe ich unten war, war mir klar, dass Ted schwer verletzt sein würde. Er war auf dem Kopf gelandet, der Rest des Körpers lag in einer sonderbaren Verrenkung noch halb auf der Treppe. Er könnte sich das Genick gebrochen haben, dachte ich. Als ich ihn erreichte, kniete ich mich neben ihn.

Ich blieb nicht lange in dem Keller.

Als ich wieder oben an der Treppe war, wischte ich mit dem Ärmel meine Fingerabdrücke vom Lichtschalter, machte die Tür hinter mir zu und wandte mich zu den drei anderen um. »Wer ist sonst noch im Pub?«, fragte ich.

»Wie geht es ihm? Ist er okay?«, wollte John wissen.

»Er ist tot. Wer ist sonst noch im Pub?«

»Niemand«, antwortete Beryl, während John sich abwandte und den Kopf gegen die Wand lehnte. »Das Personal ist nach der Sperrstunde nach Hause gegangen. Mittwochs mache ich immer die Kasse.«

Cassie schlang die Arme um John.

»Irgendwelche Gäste?«, fragte ich. »Übernachtet irgendjemand oben?«

Beryl schüttelte den Kopf.

»Ich nehme Cassie mit nach Hause«, sagte ich. »Beryl, Sie und John gehen nach oben ins Bett. Morgen früh suchen Sie nach Ted und finden ihn unten an der Kellertreppe.«

»Aber …«, setzte sie an.

»Es war ein Unfall«, sagte ich. »Und genau das werden Sie auch der Polizei sagen. Die brauchen nicht zu wissen, dass sonst noch jemand dabei war.«

»Wir können doch nicht…«

»Ted ist als Trinker bekannt. Die Leute, die heute in der Bar waren, werden gesehen haben, dass er ordentlich geladen hatte, vielleicht mehr als sonst. Er ist oben an der Treppe gestolpert und gestürzt. Es war ein schrecklicher Unfall. Und Sie haben bis zum nächsten Morgen nichts davon geahnt.«

Beryl schüttelte den Kopf.

»Die Alternative ist, dass John verhaftet und wegen Totschlags angeklagt wird«, erklärte ich. »Vielleicht sogar wegen Mordes. Und das wollen wir doch alle nicht, oder?«

Diesmal widersprach mir niemand. Ich nahm Cassies Hand, zog sie von John weg, und wir beide verließen den Pub.

93. Kapitel

Florence

»Bist du sicher, dass du das schaffst?«, fragte Tom mich zum dritten Mal, als er mit einem Ruck vor einem geparkten Auto hielt.

»Das« war ein Notruf aus dem Haus der Glassbrooks. Sally hatte schon wieder angerufen. Ich wischte eine frische Ladung Tränen weg. »Es geht schon.«

»Dafür haben wir wohl bei der Polizei angeheuert«, brummte er beim Aussteigen.

Tom hatte recht. Randys Tod musste warten, bis ich Zeit hatte, mich ihm richtig zu stellen. Ich folgte Tom, als wir um Roy Greenwoods Auto herumgingen und an die Haustür klopften. Nichts geschah. Das Haus wirkte verlassen. Tom sah mich an, dann gingen wir zur Rückseite des Hauses.

»Wie lange ist der Anruf her?«, wollte ich wissen.

»Fast eine Stunde«, antwortete Tom.

Ich sah auf die Uhr. Es war nach elf. Eine Stunde, seit Sally die Polizei angerufen und behauptet hatte, jemand bedrohe sie und ihre Tochter.

Tom sah mein Gesicht und hob beide Hände. »Es war niemand verfügbar. Unsere Leute waren entweder oben im Black Moss Manor oder draußen an der Burnley Road. Außerdem hat Sally in letzter Zeit ein bisschen zu oft Alarm geschlagen.« Wir hatten die Hintertür erreicht. »Aber wir können heute weiß Gott nicht noch mehr schlechte Nachrichten gebrauchen«, setzte er hinzu.

Die Tür war nicht abgeschlossen.

»Sally?«, rief ich.

Keine Antwort.

»Das gefällt mir nicht«, bemerkte ich unnötigerweise.

Wir sahen in der Speisekammer nach, in der Waschküche und in beiden Wohnzimmern. Auf einem Sofa fand ich Henrys Babydecke.

Tom trat an den Fuß der Treppe und rief hinauf: »Polizei. Kommen Sie bitte alle aus Ihren Zimmern!«

Nichts.

Ich ging an Tom vorbei, eilte die Treppe hinauf.

Tom folgte. »Weißt du, wer wo schläft?«, fragte er.

»Ich wusste es mal.« Ich sah die Tür an, die direkt vor mir war. »Das war Randys Zimmer.«

»Konzentrier dich. Wo ist Sallys Zimmer?«

Sallys Schlafzimmer war leer, ebenso das daneben, das sich die beiden Mädchen jetzt teilten.

»Herrgott noch mal!«, entfuhr es Tom, als wir wieder auf den Flur hinaustraten. Ich schaute über seine Schulter und erblickte Grace Greenwood in einem langen weißen Nachthemd. Ihr Haar war offen und stand um ihr Gesicht herum ab wie weißes Stroh. Sie stand vor dem Zimmer, das früher Cassies gewesen war.

»Ist Sally wieder da?«, fragte sie. »Sie ist Cassie nachgelaufen.«

»Wohin?«, wollte Tom wissen.

Grace schüttelte den Kopf.

»Wo ist Marigold?«, erkundigte ich mich.

»In ihrem Zimmer, nehme ich an.« Grace zeigte auf das Zimmer, in dem damals Randy geschlafen hatte. »Haben Sie Roy gesehen?«

»Ich schaue mal nach«, sagte ich zu Tom und drückte sachte die Tür auf, weil ich fürchtete, Marigold zu erschrecken und Henry aufzuwecken. Das Licht aus dem Flur fiel ins Zimmer. Mein Herz krampfte sich zusammen. Auch dieses Zimmer war leer. Und schlimmer noch, hier gab es Anzeichen eines Kampfes. Henrys Bettchen war gegen den Kleiderschrank geschoben worden, als sei jemand dagegengefallen, und die Bettwäsche war vom Bett gerissen worden. Eine Nachttischlampe war umgefallen.

»Florence!«, rief Tom. Ich lief den Flur hinunter und in das Zimmer, in dem einst Ron Pickles gewohnt hatte. Es stank hier drin. Als ich das Licht anmachte, sah ich Tom auf dem Boden neben Roy Greenwood knien, der offenbar zusammengebrochen war, als er gerade versucht hatte, ins Bett zu gehen.

»Ruf einen Krankenwagen!« Tom hatte Greenwoods Morgenmantel geöffnet und führte mit beiden Fäusten Herzdruckmassage aus. »Ich glaube, er hatte einen Herzinfarkt.«

Ohne zu zögern, stürzte ich aus dem Zimmer, vorbei an der verängstigten Grace und die Treppe hinunter. Ich hatte nichts gesagt, aber ich wusste, dass Tom falschlag. Ich hatte schon einige Herzinfarkte gesehen. In Greenwoods Zimmer stank es nach Erbrochenem und nach Durchfall. Seine Haut war grünlich weiß gewesen. Außer dort, wo sie von roten Rinnsalen überzogen war – Blut hatte sich in seinen Augenhöhlen gesammelt und lief wie Tränen sein Gesicht hinunter.

Nein, das war kein Herzinfarkt.

94. Kapitel

Sally

Die Polizei hatte mein Haus in Beschlag genommen. Wochenlang hatten sie mich ignoriert, und jetzt waren sie überall und suchten nach Marigold und Henry. Ein Constable streckte den Kopf in die Küche. »Nichts«, meldete er. »Sie ist nicht auf dem Grundstück.«

Er verschwand, gerade als die Uhr im Flur eins schlug.

»Was ist mit dem Park?«, fragte ich Florence, die meine Aussage zu Protokoll nahm. »Sie findet die Schaukeln doch so toll.«

Ich griff nach Strohhalmen. Marigold hatte Angst im Dunkeln. Sie würde nie nachts allein in den Park gehen.

»Wir suchen in der ganzen Umgebung«, erwiderte Florence. »Weiter bitte, Sally. Sie sagten, Roy hätte Cassie Angst gemacht und sie sei aus dem Haus gelaufen.«

»Ich bin Cassie hinterhergerannt, nach draußen«, sagte ich. »Unten an der Wraithe Road habe ich sie gefunden und sie zu Avril und Daphne gebracht. Aber wir sind nicht gleich losgefahren. Cassie wollte reden. Also habe ich eine Zeitlang am Straßenrand gehalten. Avril und Daphne haben gesagt, sie kann bleiben, also bin ich hierher zurückgekommen. Der Krankenwagen ist gerade losgefahren, als ich in die Straße eingebogen bin, und Marigold war nirgends zu sehen. Haben Sie gehört, wie es Roy geht?«

Florence schrieb ihren Satz zu Ende und blickte auf. »Dann haben Sie Marigold also das letzte Mal hier im Haus gesehen?«

Irgendetwas verschwieg Florence mir. Ihre Augen füllten sich immer wieder mit Tränen, und sie wischte sie weg, wenn sie glaubte, ich sähe nicht hin.

»Was ist los?«, fragte ich. »Was ist passiert?«

Sie schüttelte den Kopf. »War ein ereignisreicher Tag«, antwortete sie. »Und es ist spät. Wann haben Sie Marigold und das Baby das letzte Mal gesehen?«

»Sie waren hier, als ich gegangen bin. Haben Sie im Garten nachgeschaut? Vielleicht hat sie ja die Schlüssel für den Schuppen gefunden, für Larrys Werkstatt.«

»Da haben wir nachgesehen«, sagte Florence. »Und auch im ganzen Haus. Sogar auf dem Boden. Keine Spur von den beiden. Und Henrys Kinderwagen ist weg.«

»Sie hatte bestimmt Angst«, sagte ich. »Roy ist völlig durchgedreht. Ich hätte sie nicht allein lassen dürfen.«

Florence legte mir die Hand auf die Schulter. »Wir werden sie bald finden«, versicherte sie. »Weit kann sie nicht gekommen sein.«

»Was sagt denn Grace?« Ich hatte Roys Mutter noch gar nicht gesehen, seit ich zurückgekommen war.

»Mrs Greenwood sagt, Roy hätte sie und Marigold angewiesen, ins Bett zu gehen, nachdem Sie und Cassie das Haus verlassen hatten. Das haben sie getan. Mrs Greenwood ist nach eigenem Bekunden bald eingeschlafen. Sie weiß nicht, was danach passiert ist, bis Tom und ich gekommen sind.«

In diesem Moment öffnete sich die Küchentür, und ein hagerer Mann erschien. Ich erinnerte mich an ihn von dem Abend her, da Larry verhaftet worden war. Sharples, so hieß er. Ein weiterer Detective folgte ihm, und schließlich Tom Devine. Florence erhob sich. Der hagere Mann sah mir unverwandt in die Augen.

Er weiß es, dachte ich. Er weiß, was ich heute Nacht getan habe. Er weiß, dass Ted Donnelly nicht tot war, als ich ihn unten an der Kellertreppe gefunden habe. Morgen früh wird er tot sein, wenn ihn niemand vorher findet. Die Kopfwunde hat zu stark geblutet, als dass er mehr als ein paar Stunden überleben könnte, aber er war noch nicht tot, als ich ihn zurückgelassen habe.

Ich hatte dort im Keller eine Entscheidung getroffen.

Ich konnte versuchen, einen Mann zu retten, damit dieser weiter Frau und Kind verprügelte und vielleicht sogar seinen Sohn wegen eines schweren Verbrechens anzeigte und ins Gefängnis brachte. Ich konnte dafür sorgen, dass der Junge, den meine Tochter liebte, im Jugendgefängnis landete, oder ich konnte den Dingen ihren Lauf lassen.

»Lovelady, bitte gehen Sie mit DC Devine«, befahl Sharples. »Sie werden oben im Black Moss Manor gebraucht.«

»Was ist denn passiert?«, wollte Florence wissen.

Sharples funkelte sie böse an, doch Devine antwortete leise: »Das Haus brennt. Möglicherweise müssen wir die umliegenden Straßen evakuieren.« Er ging zur Hintertür und hielt sie ihr auf. Ich hatte den Eindruck, dass er sie möglichst schnell aus dem Raum haben wollte.

Florence wandte sich wieder an mich. »Wir sehen uns morgen«, sagte sie. »Machen Sie sich keine Sorgen wegen Marigold. Wir werden sie finden.«

»Das reicht, Lovelady«, rief Sharples und machte einen Schritt auf mich zu. »Sally Glassbrook?«

»Das bin ich«, antwortete ich und dachte dabei: *Er weiß doch, wer ich bin. Jeder in der Stadt weiß, wer ich bin.*

An der Tür versuchte Devine gerade, Florence nach draußen zu ziehen. Sie sträubte sich.

»Was ist hier los?«, fragte sie. »Sir, was verschweigen Sie mir?«

»Schaffen Sie sie hier raus, Tom«, fauchte Sharples. Und dann wandte er sich wieder an mich.

»Sally Glassbrook«, sagte er, »Sie stehen unter Verdacht Roy Greenwood ermordet zu haben. Sie sind festgenommen.«

Roy war tot? Das war doch nicht möglich. Ich war drauf und dran, den Mund aufzumachen und zu sagen: *Nein, Sie meinen Ted Donnelly. Ich habe heute Nacht vielleicht einen Mann getötet, aber nicht zwei.* Doch ich wurde bereits herumgedreht, und meine Hände wurden hinter meinem Rücken gefesselt.

»Sie haben das Recht zu schweigen«, sagte Sharples mit gewichtiger Stimme. »Alles, was Sie sagen, kann und wird vor Gericht gegen Sie verwendet werden.«

Roy konnte nicht tot sein. Dafür hatte ich gesorgt.

Ich wurde aus dem Haus und in ein wartendes Polizeiauto geschubst, und alles, was ich denken konnte, war: *Wie hat sie das gemacht? Wie?*

Teil 3

1999

Vierundzwanzig Stunden
nach Larry Glassbrooks Beerdigung

95. Kapitel

Die Giftmischerin

Die Giftmischerin ist schlau.

Während so viele ihrer Schwestern die alte Kunst aufgegeben haben, hat die Giftmischerin gelernt, sich den Zeiten anzupassen. Die Giftmischerin kennt ihre Feinde, und sie weiß, dass ihre Feinde klüger geworden sind. Ihre Fähigkeiten übertreffen die ihren auf vielerlei Weise. Sie kann nur wenige Fallen stellen, aus denen sie nicht entkommen können.

Die alten Vorgehensweisen – das Sammeln von Pflanzen und Pilzen, das Kochen von Sirup und das Destillieren von Tinkturen – werden ihr jetzt nichts mehr nützen, denn sie weiß, dass jeder Kontakt eine Spur hinterlässt. Die Männer, die die Toten finden, sind darauf spezialisiert, misstrauisch zu sein. Die Männer, die die Toten aufschneiden, werden das Atropin finden, das Akonitin und das Digitalis und sie alle zu ihrem Ursprung zurückverfolgen.

Der Fingerhut ist nicht länger ein lieber Freund. Die Lähmung des bittersüßen Nachtschattens ist nun auch für sie bitter, denn die Toxikologie wird sie entdecken. Die Herbstzeitlose, eine ihrer Favoriten wegen des schmerzhaften Todes, den sie bringt, wird bei ihren Opfern noch immer Organversagen auslösen, aber sie würde dafür zwangsläufig ins Gefängnis wandern. Die Gifte, derer sich ihre Großmütter und Urgroßmütter bedient haben, nützen ihr jetzt nichts mehr.

Aber Kohlenmonoxid? Nun, das hat Potenzial.

Die Giftmischerin ist schlau. Sie hat gelernt, sich den Zeiten anzupassen. Und sie hat einen Plan.

96. Kapitel

Cassie

Mittwoch, 11. August 1999

An dem Tag, nachdem wir Larry unter die Erde gebracht haben, machen Avril und Daphne mir von Neuem ordentlich Druck. Für ein paar alte Mütterchen sind die zwei verdammt hartnäckig, und ganz ehrlich, mir reicht es allmählich mit den beiden. Sie kriegen mich bis zum Kirchentor.

»Ich kapier's nicht.« Wie ein Kleinkind stemme ich die Füße in den Boden. »Warum zum Teufel machen wir das noch mal?«

»Wir machen gar nichts noch mal.« Avrils knochige Hand landet auf meiner Schulter. »Was sich hier gestern abgespielt hat, hatte nichts mit uns zu tun.«

Die Beerdigung meines eigenen Vaters hatte nichts mit mir zu tun? Die zwei haben sie ja nicht mehr alle.

»So viel Hass«, fügt Daphne hinzu. »Es ist immer noch hier. Ich kann ihn sehen.«

»Was Sie da sehen, ist Müll«, knurre ich und setze »Du durchgeknallte alte Schachtel« hinzu, wenn auch nur in Gedanken. Aber recht hat sie – überall liegt Dreck. Zigarettenschachteln, Bonbonpapier, sogar Bierdosen. Ganz offensichtlich hat den Gaffern von gestern das Unterhaltungsprogramm nicht genügt – die haben sich auch noch Streckenverpflegung mitgebracht.

»Eine kurze private Andacht«, sagt Avril. »Respektvoll und von Herzen kommend, für die, die Larry am besten gekannt haben.«

Es ist zwei ganze Tage her, dass Avril und Daphne im Black Dog aufgetaucht sind und Tammy, Beryl und mich dabei ertappt haben, wie wir uns angekeift haben wie Fischweiber. Ich bin bereitwillig mitgegangen, als sie mich aus dem Haus abführten und in ihr Gästezimmer verfrachteten. Die Spannung im Pub hat mich langsam fertiggemacht, und ich war mir sicher, dass John binnen Stunden bei mir sein würde.

Er ist aber nicht gekommen. Den ganzen Tag nicht, während ich Nägel gekaut und mich bemüht habe, Avril und Daphne nicht anzufauchen. Ich habe mir gesagt, dass er Zeit braucht, dass er den ganzen Tag damit zugebracht hat, seine Sachen zu packen, alles für den Pub zu regeln, es seinen Kindern zu sagen. Als es dämmerte, habe ich mich rausgeschlichen. Sein Van stand nicht auf dem Parkplatz des Pubs. Egal, habe ich mir eingeredet. Wir haben den Rest unseres Lebens. Einen Tag konnte ich ihm gönnen.

Ich bin mir sicher gewesen, so sicher, dass er zur Beerdigung kommen, dass er mich das nicht allein durchstehen lassen würde. Der Drecksack ist nicht gekommen. Ich saß oben auf der Empore und sah von oben dabei zu, wie Luna die Cheftrauernde gab, wie Florence vergeblich versuchte, nicht aufzufallen, und ich wusste, dass er nicht in der Kirche war. Danach habe ich ganz hinten in der Menge gestanden, von niemandem erkannt, und hab zugesehen, wie die Leute auf den Sarg meines Vaters spuckten – auch auf den Sarg seines Vaters –, und da habe ich gewusst, dass es vorbei ist.

John will mich nicht. All meine Pläne haben zu nichts geführt. Jetzt weiß ich, wie sich Verzweiflung anfühlt.

Mein Gott, die Blumen, die Daphne dabeihat, stinken ja fürchterlich! Ihre Arme sind voller Gartenrosen, Margeriten und Buddleja. Gestern gab es bei Larrys Beerdigung keine Blumen – auf meine Anweisung hin, ich geb's zu –, und Daphne scheint wild entschlossen, das jetzt nachzuholen. Im Morgengrauen war sie im Garten. Sie ist ja durchaus ein liebes altes Muttchen. Völlig bekloppt, aber lieb.

»Was machen die denn hier?« Am anderen Ende des Friedhofs, neben dem Erdhaufen, der Larry zudeckt, stehen meine Mutter und meine Schwester. »Ich dachte, Luna ist nach London zurückgefahren.«

»Noch nicht«, erwidert Daphne.

Sally trägt ein Kleid, das ich noch kenne. Aus dieser Entfernung wirkt sie beinahe wieder jung. Ihr Haar sieht auch besser aus. Das ist Lunas Werk.

»Ich will nicht mit ihnen reden«, sage ich.

Hinter meiner Mutter und meiner Schwester kann ich Dwane sehen, gekleidet wie früher, als er für den Friedhof zuständig war. Also hat er es ernst gemeint. Er hat das Grab meines Vaters selbst gegraben.

Idioten. Alles Idioten.

Avril reicht mir ein Taschentuch. »Cassie, ich weiß, was Sie durchmachen, aber wir müssen zusammenbleiben«, sagt sie. »Das, was uns bevorsteht, ist zu wichtig.«

»Was denn?« Neue Beklommenheit überkommt mich. »Was steht uns bevor?«

Sie antworten gleichzeitig.

»Bald«, sagt Avril.

»Heute Abend«, sagt Daphne.

Ich will gerade sagen, dass ich abhaue, sobald dieser Zirkus hier vorbei ist, werde aber von Neuankömmlingen abgelenkt. Durch das Kirchentor kommt Marlene Labaddee, gefolgt von Hecate, der Spiritualistin. Ihre Tochter Perdita Collins war auf der Schule in meinem Jahrgang. Perdita hat immer spiritistische Sitzungen in der Schulbibliothek abgehalten, mit einem umgestülpten Glas und Buchstaben, die sie aus einem Schulheft ausgeschnitten hatte. Perdita Gruselita, so haben wir sie genannt. Die Frau neben Hecate ist eindeutig Perdita, aber erwachsen sieht Perdita ganz anders aus. Ihr Haar ist dunkel und gut geschnitten. Sie trägt ein elegantes Kostüm, anders als ihre Mutter, die noch immer Knautschsamt und Leinen bevorzugt.

Ich sehe Jenny Ogilvy, Dwanes Frau, und Mary, unsere ehemalige Haushälterin. Das sind alles Hexen. Larry hätte sich vor Lachen bepisst.

Die Hexen haben Wildblumen mitgebracht. Ich sehe Beifuß, Schneeball und Malven, Blumen, die Herzweh vertreiben, Schmerzen lindern, eine gequälte Seele trösten. Hoffentlich wirken die bei Larry. Ich bezweifle, dass sie im Augenblick bei mir wirken würden.

Beryl Donnelly kommt durch das Tor, eine einzelne rote Rose in der Hand. Wenn sie klug ist, geht sie meiner Mutter aus dem Weg. Ich schwör's, wenn Tammy hier ist, dann geh ich ihr an die Gurgel.

In diesem Moment erscheint ein hochgewachsener Mann im dunklen Anzug. Alles an ihm sagt: »Polizeibeamter«. Hinter ihm taucht Florence Lovelady auf, diesmal in Uniform, und aus einer Seitentür der Kirche kommt der Vikar.

Ich habe von Florence nichts mehr zu befürchten, begreife ich. Nichts, was sie mir antun kann, wäre so schlimm, wie John zu verlieren. Es spielt keine Rolle mehr, was Larry ihr erzählt hat und was nicht. Soll sie machen, was sie will.

»Wer hätte gedacht, dass mein Dad so populär war?«, sage ich und setze mich schließlich wieder in Bewegung – denn ich kann diese Farce genauso gut hinter mich bringen, damit ich ein für alle Mal aus dieser gottverlassenen Stadt abhauen kann.

97. Kapitel

Florence

Ich hasse diese Stadt. Ich werde sie immer hassen. Die schlimmste Zeit meines Lebens habe ich hier verbracht, und das Vermächtnis dieser Zeit schleppe ich seither mit mir herum. Sabden hätte mich um ein Haar vernichtet, und die vierundzwanzig Stunden, die ich jetzt wieder hier bin, waren schwerer, als ich es mir hätte vorstellen können.

Ich kann hier nicht weg.

Vor dreißig Jahren habe ich versagt. Ich habe bei der Schließung des Black Moss Manor eine Rolle gespielt, aber ich habe nicht tief genug gegraben. Abgelenkt durch Trauer, durch Anforderungen, die von allen Seiten an mich gestellt wurden, habe ich zu schnell aufgegeben. Ich habe Halbwahrheiten als Antworten akzeptiert und die Augen vor den Fragen verschlossen, auf die es wirklich ankam.

Es war weit mehr als »Verletzung der Aufsichtspflicht«, und es hat 1969 nicht geendet.

Dreißig Jahre lang habe ich mir eingeredet, dass die Dunkelheit, die ich hier stets gespürt habe, von Larry ausging, und dass ich sie vertrieben habe, indem ich ihn festnahm. Falscher hätte ich gar nicht liegen können. Das Böse in dieser Stadt ist niemals verschwunden, und wenn ich mich ihm nicht entgegenstelle, wer wird es dann tun?

Alles ist still auf dem Friedhof. Larry ist gestern beerdigt worden, wie erwartet unter den wachsamen Augen der Medien und einer geifernden Meute von Schaulustigen. Die kurze private Andacht, die gerade zu Ende gegangen ist, war nur für Angehörige und enge Freunde, und die anderen sind fort. Ich bin allein. Rasch drehe ich mich einmal um mich selbst, um auch ganz sicher zu sein. Zwischen den Grabsteinen scheinen Schatten umherzuhuschen, während die Wolken über mir dahinziehen. Aber da ist niemand. Ich bin ganz allein. Die Gespenster sind fürs Erste verschwunden.

Der städtische Friedhof ist größer, als ich ihn in Erinnerung habe. An seinem westlichen Rand, nicht weit vom Krematorium entfernt, erblicke ich einen hochgewachsenen Mann in der Uniform eines Superintendent der Polizei. Bei seinem Anblick spüre ich, wie sich die Spannung der letzten paar Tage löst, und ich stelle schuldbewusst fest, dass mein Verlangen, woanders zu sein, nachlässt.

Dreißig Jahre, nachdem ich mich in ihn verliebt habe, ist Tom Devine noch immer ein unglaublich attraktiver Mann. Sein Kinn ist nicht mehr so straff, wie es einmal war, und er ist nicht mehr ganz so schlank wie früher. Doch seine Augen sind noch genauso tiefblau, und sein Gesicht hat sich seine starken, reinen Linien bewahrt. Er sieht jetzt eher noch besser aus, finde ich, als mit Mitte zwanzig, oder vielleicht zeigt das auch einfach, wie sehr ich mich verändert habe.

Oder vielleicht habe ich mich ja auch gar nicht verändert. Vielleicht bin ich immer noch das unerfahrene junge Mädchen und zum ersten Mal verliebt. Als ich auf ihn zugehe, erscheint jenes vertraute Lächeln auf seinem Gesicht. Ich sehe die feinen Fältchen in seinen Augenwinkeln und weiß, dass das Vergehen der Zeit nichts zu bedeuten hat. Es gibt Dinge, die ändern sich nicht. Sie können sich nicht ändern.

»Dachte ich mir doch, dass ich dich hier finde«, sage ich, als ich ihn erreiche. Er steht neben einer Reihe schlichter Metallurnen. Auf dem Aufkleber auf der Urne, die mir am nächsten ist, steht: *Abholung durch Lancashire Constabulary. Vier unbekannte Kinder.* Wir setzen uns auf die niedrige Mauer, die das Krematorium umgibt, und betrachten die Urnen.

»Dreißig Jahre her, und das Black Moss Manor macht uns immer noch Kummer«, stelle ich fest.

Er seufzt. »Alte Gebeine, zu Asche verbrannt. Lass es gut sein, Flossie.«

»Genau das wollen die doch.«

Tom wendet seinen Kopf, sieht mir in die Augen. »Die? Wer sind die?«

Sehr gute Frage. »Ich habe mich über die Asters schlaugemacht, bevor ich hergekommen bin«, sage ich. »Meine Assistentin hat mich heute Morgen angerufen. Frederick und Judith Aster wurde die Approbation entzogen, als sie ihre Haftstrafen angetreten haben. Die Ärztekammer hat keine Ahnung, wo sie jetzt sind.«

»Ich würde drauf wetten, dass sie ins Ausland gegangen sind«, sagt Tom. »Irgendwohin, wo's keine Ärztekammer gibt.«

Ich betrachte erneut die Urnen mit der Asche der Kinder. »Wenn das alte Gebeine sind, warum haben wir sie dann 1969 nicht gefunden?«

»Es hat nachweislich kein Kind gefehlt«, erwidert Tom. »Das Heim hatte Akten. Es gab keinen Grund, den Garten umzugraben.«

»Nur waren sie eben doch nicht alle ausgewiesen«, sage ich. »Nicht korrekt jedenfalls. Bei dem Brand sind viele Akten verloren gegangen. Und wir haben die Adoptionen nicht überprüft. Wir haben nicht nachgehakt, ob die Kinder wirklich dort waren, wo sie sein sollten. Ich hatte das vor, aber …«

»Du hattest eine Menge um die Ohren«, meint Tom. »Das war eine schwere Zeit für uns alle. Randy zu verlieren hat uns praktisch den Rest gegeben.«

Ich überlege, ob Tom Randy absichtlich erwähnt. Sein Tod war für mich ein Schlag. In den Tagen danach konnte ich kaum einen klaren Gedanken fassen.

»Er liegt hier irgendwo. Weißt du noch, wo?«

»Denk nach. Die gesamte Polizeitruppe war damals hier. Es hat gegossen. Du hast im Matsch einen Schuh verloren.«

Ich erinnere mich. Ich stehe auf, gehe los, den Weg entlang und dann über den Rasen. Randy hat jetzt einen Grabstein. *Randall Trevor Butterworth, 1943 – 1969. Ein innig geliebter Sohn.*

»War es wirklich ein Unfall?«, frage ich.

Tom ist mir gefolgt. »Laut dem Rechtsmediziner ja.«

»Er wollte sich an dem Abend, an dem er umgekommen ist, mit mir treffen. Er war morgens bei Sandra Cartwright gewesen. Sie hatte ihm etwas erzählt.«

»Und er hat nicht gesagt, was?«, fragt Tom. »Er hat dir keinerlei Hinweise gegeben?«

»Wir sind unterbrochen worden.«

»An dem Tag war eine Menge los. Aber soweit ich mich erinnern kann, hat Sandra Cartwrights Aussage vor Gericht sich mit denen der Asters und der anderen Angestellten gedeckt.«

Tom hat recht.

»Alle haben beteuert, nicht gewusst zu haben, dass die Kinder unter Drogen gesetzt wurden. Jeder hat jeden beschuldigt, aber keiner hat irgendein Fehlverhalten zugegeben.«

»Schwer vorstellbar, was sie Randy erzählt haben könnte«, sagt Tom.

Mir kommt ein Gedanke. »Die Asters sind doch bei

Sandra Cartwright festgenommen worden, nicht wahr?«, frage ich. »Was ist, wenn sie Wind davon bekommen hatten, dass sie mit Randy gesprochen hat? Vielleicht hat man sie durch Drohungen dazu gebracht, nicht aus der Reihe zu tanzen.«

»Warum sollte sie lügen, wenn sie weiß, dass sie dafür ins Gefängnis kommt?«

»Wenn du die Wahl hättest, ein paar Jahre abzusitzen oder so zu enden wie Randy, was würdest du tun?«

Mein Handy klingelt, bevor Tom antworten kann. Ich hole es aus meiner Handtasche und gehe ein Stück den Weg hinunter.

Ich kenne die Stimme. »Ma'am, hier ist Brian Rushton. Ich störe nur sehr ungern, aber wir haben hier eine etwas kniffelige Situation. Wäre es möglich, dass Sie kurz auf dem Revier vorbeischauen?«

Brian Rushton ist ein Detective Inspector in der Stadt, jemand, den ich gestern nach Larrys Beerdigung kennengelernt habe. Außerdem ist er der Sohn meines ehemaligen Vorgesetzten Stanley Rushton. Er will mir am Telefon nichts Genaueres sagen, aber so wie er klingt, sollte ich wahrscheinlich besser aufs Revier fahren. Außerdem muss ich ihn um einen Gefallen bitten. Ich sage, dass ich gleich da bin, und stecke mein Handy wieder ein.

Als ich mich umdrehe, um es Tom zu sagen, ist er verschwunden.

98. Kapitel

Cassie

Ich kann eine Melodie im Kopf hören. Eine düstere Melodie. Sie zuckt durch mein Gehirn wie ein flatterndes schwarzes Band im Wind. Die Brise vom Moor her trägt Bruchstücke von ihr herbei. Ich höre sie im Wispern des Grases, und die Vögel singen den Text. Es wird ein Lied von verlorener Liebe sein, von zerschellten Träumen, von einer Zukunft voller Verzweiflung. Ich schließe die Augen und versuche, die Melodie in eine Form zu bringen. Es ist Jahre her, seit ich das letzte Mal mit einem Song einen Hit gelandet habe, aber mit dem hier könnte es klappen. Oder die Musikindustrie lehnt ihn ab, weil er zu düster ist für einen Massenerfolg.

»Wenn ich gewusst hätte, dass du ein Alkoholproblem hast, hätte ich vielleicht versucht, den Pub zu behalten.«

Mir fällt beinahe das Weinglas aus der Hand, als ich in meinem Stuhl hochfahre. John steht keine zwei Meter entfernt auf dem Rasen.

Ich stehe auf und bin nicht allzu sicher auf den Beinen. Ich weiß nicht mehr, wann ich das letzte Mal etwas gegessen habe, und ich habe mindestens eine halbe Flasche getrunken. *Warum ist er hier?*, denke ich. Er braucht mir nicht zu sagen, dass es vorbei ist, darauf bin ich schon selbst gekommen. Als er nur noch einen halben Meter weit weg ist und ich sehen kann, dass er sich in den letzten paar Stunden rasiert hat, blickt er sich um und sieht mich fragend an.

»Können wir irgendwohin?«

»Warum denn?«

»Als ich das letzte Mal versucht habe, mit dir zu schlafen, sind wir gestört worden.« Er lässt erneut den Blick durch Daphnes und Avrils Garten schweifen. »Nachbarn«, sagt er.

Das Bett, in dem ich geschlafen habe, ist schmal, doch das kümmert uns nicht. Unsere Kleider verschwinden wie Wolken im Wind, und unsere Körper klammern sich aneinander. Meine Glieder schlingen sich um seine, er hebt mich hoch und hält mich fest, und wir scheinen wie die Teile eines komplexen, schwierigen Puzzles zu sein, die sich endlich zu einem vollständigen Bild zusammenfügen.

Mein Haar wickelt sich um seinen Hals – silberne Schlingen, die ihn an mich binden. Wir sind uns überhaupt nicht ähnlich, John und ich. Er sieht aus wie Larry, und ich bin das Ebenbild meiner Mutter, als sie jung war. Doch als ich ihm in die Augen schaue, habe ich das Gefühl, dass ich meinen Zwilling anblicke, dass wir zwei Hälften sind, die einander endlich gefunden haben.

Er küsst mich, und die Welt verschwindet. Wir fliegen zusammen durch die Finsternis, wir baden im goldenen Licht des Mondes, und die Sterne fangen um uns herum Feuer.

Wir lassen uns Zeit. Wir sind keine Teenager mehr, und obgleich die Dringlichkeit da ist, ist da auch eine Nervosität, die wir bisher nicht gekannt haben. Er liegt unter mir, und ich bin froh darüber, weil ich weiß, dass ich das Ganze so in die Länge ziehen kann. Langsam bewege ich mich auf ihm, während er die Augen fest geschlossen hat.

Er hält mich fest, seine Finger packen so fest zu, dass ich mir auf die Lippen beißen muss, um nicht aufzuschreien, doch auch darüber bin ich froh, denn es zeigt, wie sehr er mich braucht. Er beginnt zu stöhnen, und ich bewege mich schneller, und dann vergesse ich alles um mich her. Ich vergesse sogar zu denken. Alles, was ich tun kann, ist fühlen. Und was ich fühle, ist Freude. Ich bin zu Hause. Ich bin wieder ganz.

Als es vorbei ist – Stunden oder Minuten später –, brennt meine Haut, als wären wir durch Feuer geflogen.

»Es ist mir egal«, sage ich zu ihm. »Es ist mir egal, ob du mein Bruder bist.«

Ein tiefer Seufzer. »Mir auch, glaube ich«, brummt er.

Und mit diesen vier Worten hat sich alles verändert. Wir haben die Wahrheit zur Kenntnis genommen und wissen, dass sie nichts ändert.

»Sexuelle Anziehung zwischen Geschwistern ist eigentlich recht häufig«, erkläre ich ihm.

Er denkt kurz darüber nach. »Gut zu wissen. Trotzdem illegal.«

»Ist dir das wichtig?«, frage ich ihn.

»Nein«, sagt er.

Ich küsse ihn, und eine Weile sagen wir beide kein Wort. Wären wir noch Teenager, würden wir uns noch einmal lieben, doch jetzt geben wir uns damit zufrieden, einander festzuhalten. Ich spüre, wie seine Finger ein Muster auf meine linke Schulter zeichnen.

»Wie war's vorhin?«, fragt er. »In der Kirche?«

»Ein bisschen würdiger als gestern.« Ich unterdrücke ein

Schaudern. »Ich weiß nicht recht, ob ich je den Anblick vergessen werde, wie die Leute auf den Sarg meines Vaters spucken.«

»War doch klar, dass das eine Riesensache wird«, meint John. »Ich hab gehört, Luna ist gekommen.«

»Sie ist immer noch hier. Vorhin hat sie Mum ins Heim zurückgebracht.«

Während ich das sage, überlege ich, ob Mum wohl mit Luna geredet hat, und warte auf den Stich der Eifersucht.

»Ich habe dich gesucht«, sagt John. »Gestern, meine ich, als es vorbei war. Du warst plötzlich verschwunden.«

Und ich dachte, ich hätte von der Empore aus alle gesehen. Ich habe den Einzigen übersehen, der mir wirklich wichtig war.

Der Stich hat sein Ziel verfehlt. Es ist mir egal, wird mir klar, ob Mum mit Luna gesprochen hat. Vielleicht freue ich mich sogar darüber.

»Abends ging's dann ziemlich hoch her«, meint John. »Ich konnte unmöglich weg.«

»Hab ich gehört.«

Ich halte ihn noch ein bisschen fester. Daphne und Avril haben mir nichts über die gestrigen Ereignisse in den Stunden nach Larrys Begräbnis erzählt. Aber ich habe sie reden hören, als sie in der Morgendämmerung nach Hause gekommen sind, als sie dachten, ich würde in meinem Zimmer fest schlafen. Ein vermisster Teenager. Ein ranghoher Polizeibeamter mutmaßlich in den Fall verwickelt. Ein großer Polizeieinsatz. Und Florence Lovelady wie gewöhnlich mittendrin.

»Völlig irre.« John schaudert in meinen Armen.

Das Reden über andere hat die Welt zurückgebracht. Es ist Zeit, sich ihr wieder zu stellen.

»Was glaubt denn Tammy, wo du bist?«, erkundige ich mich.

»Sie weiß, dass ich hier bin.«

Mir stockt einen Moment lang das Herz.

»Ich hab's ihr gestern Abend gesagt«, sagt er. »Als die Polizei uns endlich hat gehen lassen.«

Nackt in seinen Armen zu liegen, fühlt sich plötzlich falsch an. Ich setze mich auf. »Was hast du ihr gesagt?«

»Dass ich sie verlasse. Dass ich mit dir zusammen sein will.«

Wenn das ein Witz ist, bringe ich ihn um. Dann nehme ich eins von Daphnes Messern, und das Zimmer wird mit dem Scharlachrot seines Blutes bespritzt sein, noch ehe diese Stunde vergangen ist.

»Sie hat gedroht, zur Polizei zu gehen«, sagt er. »Dank deines kleinen Anfalls am Montag weiß sie jetzt, dass ich meinen Dad kaltgemacht habe.«

Ted Donnelly war nicht sein Dad, doch ich lasse das unkommentiert. »Das war Notwehr. Und ein Versehen«, wende ich ein. »Und es ist sowieso egal. Mum wird an ihrer Darstellung jetzt nichts mehr ändern, und ich ganz bestimmt auch nicht.«

»Und was ist mit meiner Mum?«

»Die wird doch nicht riskieren, dass du in den Knast kommst.«

»Vielleicht doch, wenn mich das von dir fernhält. Und Tammy behauptet, du hättest Roy Greenwood umgebracht.«

Ich seufze. »Sie kann es einfach nicht lassen, was?«

Verdammt, Tammys Anschuldigungen und Larrys Brief an Florence könnten mich in große Schwierigkeiten bringen.

»Ist natürlich Blödsinn, aber sie kann dir echt das Leben schwer machen«, sagt John. »Selbst wenn keine Anklage erhoben wird, wird sie dafür sorgen, dass meine Kinder alles erfahren. Wahrscheinlich sehe ich sie nie wieder.«

Er wird schwach. Der Gefahr einer Polizeiermittlung könnte er sich stellen, und vielleicht auch der, seine Familie zu verlieren. Aber nicht beidem. Ich denke wieder an meinen Plan, den ich während langer Nächte in meiner Wohnung in Salford geschmiedet habe und der bei meinem Besuch bei John und Tammy seinen Feinschliff erhalten hat. Ich denke wieder daran, dass ich mich um Florence kümmern muss, jetzt, wo ich weiß, dass Larry mich mit seinem letzten vernichtenden Brief verraten hat. Ich kann es schaffen, ich weiß, dass ich es schaffen kann.

Nur …

»Geh zurück in den Pub«, sage ich zu ihm. »Hol deinen Pass und was du an Geld hast, und pack eine Tasche. Ich hole dich in einer Stunde ab.«

Er rührt sich nicht. »Was?«

Plötzlich ist alles so klar. »Bis zum Flughafen brauchen wir eine Stunde. Wir nehmen den erstbesten Flieger.«

Er lacht bitter auf. »Wir können doch nicht einfach abhauen.«

»Wer hat denn was von abhauen gesagt? Wir machen Urlaub. Glaubst du, die Polizei lässt nach uns fahnden, wegen zweier Todesfälle, bei denen sie vor dreißig Jahren nichts anderes nachweisen konnten, als dass es Unglücksfälle waren? Die haben wirklich Besseres zu tun.«

Ich kann es nicht fassen, dass mir das nicht schon früher eingefallen ist.

Er schüttelt den Kopf. »Ist das dein Ernst?«

»Ja. Na los, zieh deine Hose an. Wo möchtest du hin? Indien? Thailand? Brasilien?«

Er starrt mich an, und dann macht sich ein Lächeln auf seinem Gesicht breit.

Wir ziehen uns an und rennen nach unten, während eine Woge purer Freude über mich hinwegflutet.

Er reißt die Haustür auf und dreht sich um, um mich zu küssen. Erst als er mein Gesicht sieht, hält er inne. Über seine Schulter hinweg habe ich erblickt, was er nicht sehen kann. Das Polizeiauto und die beiden Beamten in Uniform, die auf uns zukommen.

»Cassandra Glassbrook?« Eine Frau im dunklen Kostüm hält mir einen Dienstausweis hin. »Ich muss Sie bitten mitzukommen. Wir haben ein paar Fragen an Sie zum Tod von Roy Greenwood.«

Die Frau ist Perdita Collins. Perdita Gruselita ist ein Detective.

Ich sage nichts. John dafür umso mehr. Er sagt, ich solle mir keine Sorgen machen, das wäre doch lächerlich, jeder weiß doch, dass ich das unmöglich getan haben kann, das wird sich alles ganz leicht aufklären.

Da bin ich mir nicht so sicher. Schließlich geht der Dunkelmond gerade wieder auf. Und kein Geheimnis bleibt für immer und ewig begraben.

99. Kapitel

Florence

Auf dem Revier herrscht reger Betrieb, als ich dort eintreffe. Nach den Ereignissen von gestern Abend sind die Leute bedrückt und verstört, doch als ich mich anmelde, werde ich sofort in Brian Rushtons Büro im ersten Stock gebracht. Sein Zimmer befindet sich neben dem des Superintendent, doch als ich dort hineinschaue, ist von Tom nichts zu sehen

Detective Inspector Brian Rushton, den ich erst seit etwas mehr als einem Tag kenne, kommt mir sehr vertraut vor. Er ist Anfang vierzig und hat das dunkle Haar, die schweren Brauen und die schmalen schiefergrauen Augen seines Vaters. Anders als sein Vater raucht er nicht wie ein Schlot.

»Das ist nett von Ihnen, Ma'am«, sagt er. »Ich weiß, Sie wollen bestimmt wieder los.« Er schließt die Tür seines Büros. »Tammy Donnelly ist vor Kurzem vorbeigekommen und hat Cassandra Glassbrook beschuldigt, Roy Greenwood vergiftet zu haben.«

Ich bin überrascht.

»Das ist dreißig Jahre her«, sage ich.

»Und er ist eingeäschert und seine Asche verstreut worden. Also keinerlei Aussicht auf forensisches Beweismaterial, selbst wenn ich genug Anhaltspunkte zusammenbekäme, um es zu rechtfertigen, den Kerl wieder auszubuddeln. Die Sache ist die, ich weiß, Sie waren damals dabei, als es passiert ist. Möchten Sie sich setzen?«

Ich setze mich hin und denke an jene Zeit zurück. An jenen schrecklichen Abend. An das Kinderheim, an Randys Tod, daran, wie wir Roy in einer Pfütze aus Erbrochcnem gefunden haben.

»Tom hat mich geschickt, den Krankenwagen zu rufen«, sage ich. »Roy ist gestorben, kurz nachdem er ins Krankenhaus eingeliefert worden ist. Wir haben Sally zur Vernehmung einbestellt.«

»Richtig, ich habe Dads Akte von damals gelesen. Ein Motiv hatte sie ganz sicher. Laut Greenwoods Testament und einer schriftlichen Willenserklärung, die er und Larry Glassbrook aufgesetzt haben, hätte die Familie Glassbrook das Haus und das Unternehmen geerbt, wenn Roy gestorben wäre, bevor er sich zur Ruhe gesetzt hätte. Das Ganze war ein bisschen ungewöhnlich, und alle haben erwartet, dass seine Mutter das Testament anficht, aber das hat sie nicht getan.«

»Im Obduktionsbericht wurde eine Vergiftung festgestellt, aber es war nicht festzustellen, was für eine Substanz verwendet worden war«, meine ich. »Sally hatte kurz zuvor irgendeine Arznei hergestellt, von der bekannt war, dass sie falsch dosiert gefährlich ist, aber von dem Zeug war alles noch da.«

»Fingerhutsirup«, bestätigt Brian. »Zwölf kleine Flaschen, von denen elf im Haus waren und die zwölfte bei ihrer Haushälterin. Laut Tammy, die die Nichte der Haushälterin ist, hat Cassie besonderes Interesse an dem Fingerhutsirup gezeigt, und für kurze Zeit war auch eine der Flaschen verschwunden.«

»Dreißig Jahre«, sage ich. »Und nichts als Mutmaßungen und Gerüchte.«

»Laut dem damaligen Pathologen waren Roys Symptome auch nicht vollständig kompatibel mit den bekannten Anzeichen einer Fingerhutvergiftung. Ein paar Ähnlichkeiten, aber nicht genug, um sicher zu sein. Und seine Mutter Grace hat gesagt, er wäre schon eine Zeitlang krank gewesen, bevor die beiden bei den Glassbrooks eingezogen sind. Laut Dads Akte sind die Informationen an die Staatsanwaltschaft weitergeleitet worden, aber die hat beschlossen, keine Anklage zu erheben. Viele Leute haben geglaubt, Sally Glassbrook wäre eine Mörderin und wäre ungestraft davongekommen. Jetzt sieht es so aus, als könnte es Cassie gewesen sein.«

»Wenn Sally ein Motiv hatte, dann hatte Cassie auch eins«, sage ich. »Sie war klug genug, um das mit dem Testament herauszufinden. Und sie hat Roy gehasst. Allerdings haben wir ihn alle gehasst.«

Rushton schweigt.

»Wenn es vor dreißig Jahren nicht genug Beweise gab, dann wird es jetzt noch weniger geben«, fahre ich fort. »Tammys persönliche Meinung wird nicht reichen.«

»Lassen Sie das mal einen Moment beiseite. Sie haben die Familie damals gekannt, Sie haben bei ihnen gewohnt. Was denken Sie – wäre eine der Glassbrook-Frauen zu einem Mord fähig gewesen?«

Ich wäge meine Worte sorgfältig ab, als ich antworte. »Sally eigentlich nicht, würde ich sagen, aber um ihre Kinder zu schützen, vielleicht doch. Roy war ein gefährlicher Mann, er war zwanghaft auf die Familie fixiert.« Ich zögere. »Was die Mädchen betrifft … ja, ich würde sagen, sie wären dazu imstande gewesen. Aber das zählt nicht. Sie brauchen einen verlässlichen Zeugen. Oder ein Geständnis.«

»Wir reden mit der Haushälterin Mary«, sagt Brian. »Sie haben recht, Tammy Donnelly allein wird nicht reichen. Gibt es eine Chance, ein Geständnis zu kriegen?«

»Von Cassie Glassbrook?« Ich muss lachen, ich kann nicht anders. »Wenn die Hölle zufriert.«

»Hab ich mir schon gedacht.« Brian seufzt. »Aber ich muss das pro forma durchziehen. Wir holen sie gerade aufs Revier.«

»Na, dann viel Glück.«

Brian schaut auf die Uhr und möchte eindeutig am liebsten ganz woanders sein. »Sie haben gesagt, es gibt da ein Quidproquo.«

Ich erkläre ihm mein Interesse an den sterblichen Überresten der Kinder, die hinter dem Black Moss Manor gefunden worden sind. Außerdem bitte ich ihn, den Obduktionsbericht sehen zu dürfen.

»Wüsste nicht, warum das nicht gehen sollte«, sagt Brian. »Ich hatte damit nichts zu tun, aber ich schaue mal, ob ich ihn finde. Sie wissen, dass die Leichen gestern eingeäschert worden sind?«

»Das weiß ich«, sage ich, »aber den Bericht würde ich trotzdem gern sehen.«

Er geht und kommt zehn Minuten später mit einer Akte zurück.

»Ich muss Sie damit allein lassen«, sagt er. »Cassie ist da.«

Als Brian weg ist, setze ich mich an seinen Schreibtisch und schlage die Akte auf. Ich fange hinten an und finde den Bericht über die Meldung des Vorfalls, die Fotos, die während der Bergung der Leichen gemacht wurden, die Aussagen der Mitarbeiter der Wasserwerke und die Aussage des Managers der heutigen Kur- und Rehaklinik, einem gewissen Mr Lee. Weiter vorn finde ich den Obduktionsbericht. Er geht sehr ins Detail, enthält aber im Großen und Ganzen das, was Perdita mir am Telefon erzählt hat. Vier Kinder, in unterschiedlichen Stadien der Verwesung, von denen man annimmt, dass sie im frühen 20. Jahrhunderts gestorben sind.

In der Leichenhalle sind Fotos gemacht worden. Ich lege sie nebeneinander auf Brians Schreibtisch aus.

Das erste zeigt ein Kind, das nach Ansicht der Pathologen zwischen sechs und acht Jahre alt war, von unbestimmbarem Geschlecht. Die Knochen sind auf der Bahre der Leichenhalle korrekt zusammengelegt. Die Knochen sind braun vom Alter und haben an den Enden ihre Struktur eingebüßt.

Das zweite Foto zeigt ein sehr viel intakteres Skelett, mit Resten von Bindegewebe daran. Ein Kind von etwa zehn Jahren, laut den Notizen, mit übergroßem Kopf. Das dritte Kind ist am kleinsten, zwischen drei und fünf Jahre alt. Er oder sie hatte einen verformten Fuß. Wieder sind die Knochen aneinandergelegt und dunkel verfärbt. Das vierte Kind hat noch Haare und Haut. Von diesem letzten wird angenommen, dass es vierzehn oder fünfzehn war.

Ich bin mir nicht sicher, aber das Gesicht kommt mir vertraut vor. Könnte das Marigold sein? Sie war klein für ihr Alter.

Ich bin keine Pathologin, aber ich bin mir sicher, dass die Bilder eine andere Geschichte erzählen als der Bericht. Ich danke daran, was Tricksy mir bei diesem lächerlich teuren Mittagessen erzählt hat, und komme zu dem Schluss, dass diese Skelette zwischen fünf und zwanzig Jahren in der Erde gelegen haben. Bezeichnenderweise jedoch befinden sie sich in sehr unterschiedlichen Stadien des Verfalls. Diese Kinder sind nicht zur gleichen Zeit gestorben.

100. Kapitel

Cassie

Das ist mal wieder typisch für mich. Als ich das Revier verlasse, laufe ich Florence Lovelady über den Weg. Sie hat nicht einmal den Anstand, ein überraschtes Gesicht zu machen.

»Kann ich Sie irgendwo absetzen, Cassie?«, erkundigt sie sich.

Das kann nicht ihr Ernst sein. Ich bin gerade drei Stunden lang von mehreren Detectives in die Zange genommen worden, sogar von Brian Rushton, Tom Devines unmittelbarem Stellvertreter. Da werde ich ja jetzt wohl kaum wegen einer Mitfahrgelegenheit und einer Plauderei unter Mädels schwach werden.

»Ist schon okay, danke«, wehre ich ab, obwohl ich nicht die blasseste Ahnung habe, wie ich zu Avril und Daphne zurückkommen soll. Ich habe das Haus in aller Eile verlassen, ohne meine Tasche.

»Ich fahre sowieso in Ihre Richtung«, sagt Florence. »Das ist kein Umweg.«

Andererseits ist Florence immer noch ein Problem, das gelöst werden muss. Ich weiß noch immer nicht, was Larry ihr in seinem Brief erzählt hat. Vielleicht ist es ja an der Zeit, dass wir beide uns mal unterhalten.

»Das Zimmer, in dem ich schlafe, nennen die beiden ›Florence' altes Zimmer‹, haben Sie das gewusst?«, frage ich sie. »Wie lange ist es her, dass Sie dort waren?«

Sie lächelt verlegen. »Die zwei sind sehr treu«, sagt sie. »Mein Auto steht gleich die Straße runter.«

Als wir uns auf den Weg machen, teste ich die Theorie, dass Angriff die beste Verteidigung ist. »Warum haben Sie wegen Marigold gelogen?«

Ihre Schritte werden langsamer. »Wer sagt, dass ich gelogen habe?«

»Sie haben mir erzählt, Sie hätten ihre Angehörigen im Lake District gefunden, dass die Angehörigen bereit gewesen wären, sie wieder aufzunehmen und sich um sie und das Baby zu kümmern. Sie haben gesagt, sie ist gern zurückgegangen. Das haben Sie und Mum mir beide gesagt. War es wahr?«

Florence bleibt stehen. Wir stehen da und starren einander an.

»Nein«, sagt sie. »Das war nicht wahr.«

»Was sollte der Scheiß?« Einen Moment lang bin ich so sauer, dass ich ganz vergesse, auf der Hut zu sein.

Sie seufzt. »Es war falsch, ich geb's zu. Aber Ihre Mum hat gemeint, Sie und Luna hätten genug durchgemacht, und zu wissen, dass Marigold etwas zugestoßen sein könnte, würde für Sie beide einfach zu viel sein. Sie hat mich gebeten, etwas zu erzählen, was sie als ›fromme Lüge‹ bezeichnet hat, und ich war einverstanden. Wir haben beide gehofft, Marigold würde gefunden werden, bevor Sie beide die Wahrheit erfahren. Wir hätten das nicht tun sollen, Cassie, aber wir haben dabei nur an Sie beide gedacht.«

Sie und Mum haben sich das gemeinsam ausgedacht? Ist das möglich? Luna und ich haben im August 1969 ein paar Tage bei Avril und Daphne gewohnt. Als wir zurückkamen, war Roy Greenwood tot, seine Mutter war wieder in ihr eigenes Haus gezogen und Marigold angeblich zu ihrer Familie zurückgekehrt. Wenn Mum und Florence uns anlügen wollten, wäre es unter diesen Umständen ein Leichtes gewesen.

»Was ist aus ihr geworden?«, will ich wissen.

Florence hat tatsächlich Tränen in den Augen. »Ich weiß es nicht«, antwortet sie. »Sie ist verschwunden, in der Nacht, in der Greenwood gestorben ist. Wir haben nach ihr gesucht, ich schwör's, wir haben wirklich nach ihr gesucht, aber es war keine Spur von ihr zu finden, weder von ihr noch von dem Baby. Nicht lange danach bin ich aus Sabden weggegangen.«

In der Nacht, in der Roy Greenwood gestorben ist? In der er John in meinem Zimmer entdeckt und uns beide aus dem Haus verjagt hat. Mum ist uns nachgekommen und hat Marigold mit Roy und Grace allein gelassen. Wenn Marigold in dieser Nacht etwas zugestoßen ist, dann ist es meine Schuld.

»Weiß Luna das? Die Wahrheit, meine ich«, frage ich.

Florence schüttelte den Kopf. »Soweit ich weiß, nicht. In der Zeitung stand nicht viel darüber. Ihre Mum könnte es ihr genauso verschwiegen haben wie Ihnen.«

»Sie hätten nicht lügen dürfen.«

»Ich weiß.«

Jetzt habe ich sie auf dem falschen Fuß erwischt, also gehe ich ein großes Risiko ein. »Hat mein Dad Ihnen geschrieben, bevor er gestorben ist?«

Florence sieht verblüfft aus. »Ja«, sagt sie. »Das hat er getan.«

»Was steht in dem Brief?«

»Sie können ihn lesen, wenn Sie möchten. Er ist sehr kurz. Sie können ihn sogar behalten. Ich habe ihn in meinem Hotel. Ich kann jetzt nicht dahin zurück, aber wir können uns später treffen.«

»Cass, hier drüben!«

Wir drehen uns beide um und sehen John auf der anderen Straßenseite stehen.

»Sieht aus, als ob Sie doch niemanden brauchen, der Sie fährt«, bemerkt Florence. »Bis später.« Sie geht weiter, während John eine Lücke im Verkehr abpasst und über die Straße gerannt kommt.

101. Kapitel

Florence

Die Uniform, die ich trage, und mein Dienstausweis der Londoner Polizei verschaffen mir Zutritt zur Pathologie des Burnley General Hospital, doch als ich erst einmal dort drin bin, ist der Hauptkorridor verwaist. An dem kleinen Empfang sitzt niemand, und alle Türen, an denen ich vorbeikomme, sind abgeschlossen. Ich will schon aufgeben, als ein Labortechniker angeschlendert kommt und fragt, ob er mir helfen kann.

Ich bekomme seinen Namen nicht mit. Das Namensschild an dem Band hängt verkehrt herum.

»An den Fall erinnere ich mich«, sagt er, als wir auf die Untersuchungssäle zustreben, auf die Leichenkühlfächer und die Büros. »Was brauchen Sie denn?«

»Eins von den Kindern könnte unter Down-Syndrom gelitten haben«, erkläre ich ihm. »Ich muss wissen, ob in dem Obduktionsbericht irgendetwas darüber stand.«

Er führt mich in ein Büro. »Na, dann schauen wir doch mal.« Damit öffnet er einen Aktenschrank ganz hinten im Raum. Bestimmt verstößt er gerade gegen alle möglichen Vorschriften, doch ich sage nichts. Ich werde meine Glückssträhne ausnutzen, solange ich kann.

»Da haben wir's ja.« Er holt eine Akte aus dem Schrank. Als sie aufgeschlagen ist, sehe ich dieselben Fotos vor mir, die ich in Brian Rushtons Büro betrachtet habe.

»Die da.« Ich zeige auf den größten der vier Leichname. »Ich wüsste gern, ob dieses Kind Down-Syndrom hatte.«

Der Mann schüttelt den Kopf. »Kann mich nicht erinnern, dass der Doc was von Down-Syndrom gesagt hätte. Er benutzt immer ein Diktiergerät, und eins von den Mädchen tippt den Bericht dann ab. Ich weiß noch, dass er was von Kleinwuchs gesagt hat. Moment, der Bericht ist hier drin.«

Er blättert die Seiten um. Ich höre ihm nicht richtig zu, als er anfängt, vor sich hin zu brummeln. *Kleinwuchs?*, denke ich.

»Aye, hier haben wir's. Subjekt Nummer drei, ein Kind im Alter zwischen neun und elf Jahren, hat eine vorgewölbte Stirn und relativ kurze Arme und Beine, was auf Achondroplasie oder Kleinwuchs hindeutet. Dem Zustand der Zähne und der epiphysären Wachstumszonen nach zu urteilen, ist der Tod schätzungsweise vor vier bis sechs Jahren eingetreten.«

An nichts von alldem kann ich mich erinnern. Nichts von alldem habe ich in dem Bericht in Brian Rushtons Büro gelesen. Ich trete um den Schreibtisch herum, bis der Labortechniker und ich Seite an Seite stehen und ich über seine Schulter hinweg mitlesen kann.

Subjekt Nr. 1, ein Kind im Alter zwischen sechs und acht Jahren und von unbestimmbarem Geschlecht, befindet sich im fortgeschrittenen Stadium der Verwesung. Vermutlich Anfang bis Mitte der achtziger Jahre gestorben. Subjekt Nr. 2, ein Kind von drei oder vier Jahren mit einem deformierten Fuß, das wahrscheinlich gegen Ende der achtziger Jahre gestorben ist. Subjekt Nr. 3, ein männliches Kind von ungefähr zehn Jahren mit erblichem Kleinwuchs, das ca. 1995 gestorben ist. Und Subjekt Nr. 4, ein Mädchen zwischen dreizehn und sechzehn Jahren, das erst seit zwei bis vier Jahren begraben war.

Und das wahrscheinlich nicht Marigold ist, denn in dem Bericht steht nichts von Down-Syndrom, doch dessen Tod nichtsdestoweniger nach Vergeltung verlangt.

Ich meine natürlich Gerechtigkeit. Aber ich glühe vor Zorn. Denn der Bericht, den der Pathologe verfasst hat, der die vier Skelette untersucht hat, und der in Brian Rushtons Büro sind vollkommen verschieden.

102. Kapitel

Cassie

»Ich dachte schon, du kommst da nie wieder raus«, bemerkt John. »Ich bin seit drei Stunden hier.«

Ich starre ihn an, als müsste ich mich vergewissern, dass er real ist, dass er tatsächlich hier ist und auf mich wartet. Er nimmt meinen Arm und zieht mich mit sich, die Straße entlang. »Sind die fertig?«, fragt er mit leiser Stimme.

Sie sind noch nicht fertig.

»Sie haben gesagt, ich soll die Stadt nicht verlassen. Wenn ich versuche, Sabden zu verlassen, werde ich verhaftet, sogar wenn ich nach Salford zurückwill.«

Er seufzt. »Das heißt dann wohl, Indien fällt aus.«

Wir kommen zu seinem Van und steigen ein.

»Wir müssen uns unterhalten«, sagt er.

»Fahr zum Pub«, weise ich ihn an. »Ich muss Florence' Zimmer sehen. Ich gehe vorne rein und hole mir den Schlüssel.«

»Was?«

»Ich muss was nachprüfen. Dauert nicht lange. Danach reden wir, ich versprech's.«

»Äh, entschuldige mal. Du hast gerade drei Stunden auf der Wache gesessen. Bist du so scharf darauf, wieder da drin zu landen?«

»Florence kommt erst mal nicht zurück in ihr Zimmer. Hat sie mir gerade gesagt. Tammy ist schon eher ein Problem. Ist sie da?«

»Sie ist bei ihrer Mutter. Um ihr die schlechten Neuigkeiten von ihrem verlogenen, untreuen Perversling von Ehemann zu überbringen. Es ist trotzdem keine gute Idee, Cass.«

»Es ist aber wichtig. Du kannst dich ganz raushalten. Geh durch die Küche rein, beschäftige dich mit irgendwas und sorg dafür, dass Tammy nicht zurückkommt.«

»Oder Florence Lovelady, nehme ich an.«

»Ja, oder die.«

Wir trennen uns, als wir am Pub ankommen. John, sichtlich bedrückt, geht durch den Kücheneingang hinein, ich durch die Haustür. An dem Haken für Zimmer sieben hängt kein Schlüssel. Das sollte mich wohl nicht überraschen. Als sie bei uns gewohnt hat, hat Florence sich wegen ihrer Privatsphäre immer furchtbar angestellt.

Ich husche hinter den Tresen und finde die Schatulle darunter, in der für gewöhnlich die Ersatzschlüssel waren. Die ist natürlich auch abgeschlossen, aber der Schlüssel, der sie öffnet, wurde in der obersten Schublade aufbewahrt, und da ist er auch heute noch. Gleich darauf renne ich die Treppe hinauf zu Zimmer sieben.

Florence' Zimmer ist das größte im Pub, ein Doppelzimmer mit Blick aufs Moor. An dem ordentlich gemachten Bett sehe ich, dass die Putztruppe schon da war, also ist es weniger wahrscheinlich, dass ich gestört werde. Unter dem Fenster steht ein großer altmodischer Schreibtisch, doch darin befindet sich nichts außer Hotelbroschüren und der Lokalzeitung. Ich gehe zum Kleiderschrank, öffne ihn. Ihr Koffer ist da drin. Der ist ebenfalls abgeschlossen, nicht aber die Reißverschlusstasche an der Seite, und tatsächlich, ich finde darin eine Akte und bringe sie zum Schreibtisch.

Vorne hat jemand *August 1969* darauf geschrieben.

Mit pochendem Herzen blättere ich sie durch. Es ist eine sehr alte Akte. Das Papier ist vergilbt, und sie enthält hauptsächlich Zeitungsausschnitte über die Schließung des Black Moss Manor. Larrys Brief ist nicht darin. Gerade will ich den Rest des Zimmers durchsuchen, als mir etwas einfällt und ich die Hand noch einmal in die Seitentasche des Koffers stecke. Bingo.

Die Schrift meines Dads auf einem langen, schmalen Umschlag. Abgestempelt am Tag vor seinem Tod. Das ist er.

Ich gehe damit zum Fenster und ziehe das Blatt Papier heraus. Weniger als zwanzig Worte, doch ich starre sie viel länger an, als es nötig wäre.

Ich habe dreißig Jahre lang dafür gesorgt, dass ihnen nichts passiert. Jetzt sind Sie dran.

Ist das alles? Sonst ist nichts in dem Umschlag. War da noch ein Blatt drin, das sie herausgenommen hat? Hinter mir geht die Tür auf. Vor Schreck mache ich mir fast in die Hose, doch es ist nur John.

»Was ist los?«, fragt er, nicht ohne einen Blick nach hinten in den Korridor zu werfen.

»Larry hat Florence einen Brief geschrieben. Ich muss wissen, was da drinsteht. Das könnte wichtig sein.«

Er schaut auf den Brief in meiner Hand. »Ist er das?«

»Ich weiß nicht. Vielleicht.«

Er nimmt mir das Blatt aus der Hand. »Wir müssen hier weg«, sagt er. »Und du hast einiges zu erklären.«

Ich widerspreche nicht. Wir bringen Florence' Zimmer wieder in Ordnung und verlassen den Pub.

Als wir im Van sind, fährt John aus der Stadt hinaus. Nach ungefähr anderthalb Kilometern biegt er links ab, und ich weiß, wo wir hinfahren.

»Ich habe keine Handtücher dabei«, sage ich, als wir uns dem Black Tarn nähern.

»Gott sei Dank.« Er parkt. Wir steigen aus und gehen Hand in Hand zum See. John schweigt, und ich weiß, dass er darauf wartet, dass ich rede.

»Ich war's«, sage ich, als wir am Rand des Sees stehen und zusehen, wie das Wasser gegen das Ufer plätschert. »Ich habe Roy Greenwood umgebracht.«

»Ich weiß«, sagt John.

103. Kapitel

Florence

Dwanes Heim – ein Einfamilienhaus am Stadtrand – ist ganz anders als das Cottage, in dem früher die ganze Familie gewohnt hat. Es hat große Panoramafenster und eine geräumige Garage. Die pompöse Eingangstür aus Eichenholz ist mit einem Bogenfenster versehen, mit Glasmalereien, wie in einer Kirche. Ich sehe ein wiederkehrendes Motiv: eine Tigerlilie. Ich erinnere mich, wie Dwane einmal gesagt hat, Tigerlilien hätten die gleiche Farbe wie mein Haar.

Seine Frau Jenny öffnet auf mein Klopfen hin. Mein Lächeln verblasst rasch, als ich ihre Miene sehe.

»Ich würde gern mit Dwane sprechen«, sage ich.

»Werkstatt.« Sie tritt von der Tür zurück ins Haus. »Hintenrum. Nehmen Sie sich vor dem Hund in Acht. Der beißt.« Damit schließt sie die Tür.

Ich folge dem Weg, der ums Haus herumführt, und entriegele das Gartentor. Ein winziger Yorkshireterrier kommt auf mich zugeprescht und bellt wie wild. Ich bücke mich und streichle ihn. Das Gebell verstummt. Sein Schwanz wedelt heftig. Ich habe nicht mehr mitgezählt, wie oft Ben uns schon in den Ohren gelegen hat, dass wir uns einen Hund anschaffen sollen. Ben! Ich muss einen Moment lang innehalten, ein paar Mal tief durchatmen und bis zehn zählen. Es ist so viel schwerer, wenn er nicht bei mir ist.

Ganz hinten in Dwanes Garten steht ein langgestreckter

Bau mit mehreren Türen. Ich gehe über den Rasen darauf zu, klopfe an die erste Tür, und als ich keine Antwort bekomme, drücke ich sie auf.

Drinnen sehe ich Truhen- und Körperformsärge in unterschiedlichen Stadien der Fertigstellung, doch es ist der große Tisch dicht bei der Tür, der meine Aufmerksamkeit fesselt. Dwanes Modellstadt. Dreißig Jahre sind vergangen, seit ich sie zum ersten Mal gesehen habe, und sie raubt mir immer noch den Atem.

»Mögen Sie immer noch kleine Sachen?«, fragt er mich, und als ich aufblicke, sehe ich ihn in der gegenüberliegenden Tür stehen.

»Sie haben sie größer gemacht.«

Ich sehe die städtischen Gebäude aus der viktorianischen Zeit im Stadtzentrum: die Bibliothek, das Rathaus, die Freimaurerloge, die alte Sekretärinnenschule. Doch die meisten der Fabriken, an die ich mich von 1969 her erinnere, sind aus Dwanes Modell verschwunden, so wie sie aus der Stadt verschwunden sind. Vor dreißig Jahren beherrschten gewaltige Schornsteine die Silhouette dieser kleinen Stadt, und alle paar Straßen stand eine Fabrik. Jetzt nicht mehr.

»Die Stadt ist größer geworden«, sagt er. »Überall neue Wohnsiedlungen.«

»Und sie hat sich verändert«, füge ich hinzu. »Mir war gar nicht klar, wie sehr.«

Ich streiche um dieses Miniatur-Sabden herum, finde das Haus von Daphne und Avril, das der Glassbrooks, den Blumenladen in der Hauptstraße, Glassbrook & Greenwood. Dann sehe ich die alte Baumwollspinnerei und bleibe stehen.

»Ich reiß sie ab«, bietet Dwane an. »Sie brauchen's bloß zu sagen.«

»Nein.« Ich zwinge mich wegzuschauen. »Das würde doch nicht stimmen.«

»Ich dachte, Sie müssten abreisen«, sagt er.

»Ich bleibe noch eine Nacht. Ich bin hier noch nicht fertig.«

Er schürzt die Lippen, ein Stirnrunzeln zieht sein ganzes Gesicht zusammen, und er greift nach einer Feile.

»Sie haben mir nie erzählt, wie es gekommen ist, dass Sie die Firma Glassbrook & Greenwood übernommen haben«, sage ich.

»Nicht nur die Stadt hat sich verändert.« Dwane fängt an, an einer Zierleiste zu feilen, die für einen Sargdeckel bestimmt ist. Holzmehl rieselt zu Boden.

»Larry hat mich gebeten, für ihn zu arbeiten«, sagt er. »Nachdem Roy Greenwood gestorben war, hat er die Firma geerbt. Vom Gefängnis aus konnte er sie ja nicht leiten, also haben Sally und ich das getan, und ich habe die Särge gemacht. Als es ihr immer schlechter ging, habe ich das Ganze übernommen, und mit der Zeit ist dann Jenny dazugekommen.«

Während Dwane erzählt, schaue ich mich um. Etwas an der gegenüberliegenden Wand erregt meine Aufmerksamkeit. Eine Töpferdrehscheibe. Die Regalborde darüber sind voller Ton- und Porzellanfiguren – auch sie in verschiedenen Stadien der Vollendung. Ich gehe hinüber und merke, dass Dwane hinter mir aufgehört hat zu arbeiten.

»Und was passiert jetzt?«, erkundige ich mich. »Jetzt, wo Larry tot ist?«

Eine kleine Figur fällt mir auf. Ungefähr fünfzehn Zentimeter hoch, ein Junge mit einem übergroßen Kopf und kurzen Armen und Beinen. Sein Haar ist dicht und lockig. Ich strecke die Hand danach aus und nehme sie vom Regal.

»Sie haben mich schon vor Jahren zum Partner gemacht. Sally ist … wie sagt man? Sie ist stille Teilhaberin. Vorsichtig damit.«

Ich stelle die Figur zurück. »Das freut mich, Dwane. Sie haben es verdient. Sie sind einer der klügsten Menschen, die ich kenne.«

»Kann bloß gut mit meinen Händen, das ist alles.« Wieder höre ich das Geräusch der Feile.

»Sind Sie das?« Noch immer sehe ich die Figur an.

»Nein.«

Ich drehe mich um und betrachte ein paar Sekunden lang seinen Hinterkopf.

»Larry hat mich gebeten, mich mit diesen Kinderleichen zu befassen, die am Black Moss Manor gefunden worden sind«, sage ich. »Die, die sie gestern eingeäschert haben.«

»Aye.« Er blickt nicht auf.

»Vorhin habe ich den Obduktionsbericht gesehen. Hab mich in die Pathologie vom Burnley General reingeschmuggelt.«

»Klingt ganz nach Ihnen.«

»Eins von den toten Kindern war kleinwüchsig«, sage ich. »Und der Kleine ist nicht vor Jahrzehnten gestorben, wie man uns glauben gemacht hat, sondern erst vor ungefähr fünf Jahren. Also habe ich überlegt, ob Sie vielleicht noch andere Familien kennen, in denen erblicher Kleinwuchs vorgekommen ist. Vielleicht ein Nebenzweig Ihrer eigenen Familie. Sie hatten doch viele Brüder und Schwestern.«

Dwane steht vollkommen regungslos da.

»Dwane?«

Jetzt dreht er sich zu mir um, und er scheint zornig zu sein. »Fahren Sie nach Hause, Florence. Und fahren Sie vorsichtig, bis Sie weit weg von dieser Stadt sind.«

»Sie wissen, dass ich das nicht tun werde.«

»Dann kann ich Ihnen nicht helfen.«

Er wendet sich ab und beginnt von Neuem zu feilen – heftiger, als mir für eine Zierleiste ratsam scheint.

Ich bin schon bei meinem Auto angelangt, als er mich einholt. Der kleine Yorkshireterrier rennt neben ihm her. In der rechten Hand hält er die Tonfigur, die den Jungen darstellt. Von dem Jungen, der ein bisschen, nur ein kleines bisschen, aussieht wie Dwane.

»Ich wollte nie Kinder.« Er ist außer Atem. »Ich wollte nicht, dass ein Kind so wird wie ich. Unser Raymond war ein Unfall, und wir hatten Glück, aber Jenny ist noch mal schwanger geworden, als wir dachten, sie wäre schon zu alt.«

Er schaut auf die Figur in seinen Händen hinunter.

»Er ist zu Hause geboren worden, an einem Freitagabend«, sagt er. »Ich bin weggerufen worden. Manchmal hab ich mich gefragt, ob das wohl Absicht war. Ich war weg, und Jenny war allein mit Raymond und einer Hebamme.«

»Was ist passiert?«

»Eine Totgeburt. Ein kleiner Junge. Kleinwüchsig wie ich. Großer Kopf, kurze Ärmchen und Beinchen.«

»Das tut mir leid.«

»Hat Jenny das Herz gebrochen. Sie wollte immer eine große Familie haben. Deswegen mache ich jedes Jahr eine Figur für sie, an seinem Geburtstag. Um ihr zu zeigen, wie er aussehen würde, wenn er noch bei uns wäre. Die hier ist vom letzten Jahr.«

Er hält mir die Figur hin, und ich nehme sie. Jetzt, wo er es mir gesagt hat, glaube ich, etwas von Jenny im Gesicht von Dwanes Sohn zu erkennen.

»Das ist schön«, sage ich. »Wie heißt er?«

»David. Er wäre jetzt fünfzehn«, antwortet Dwane. »Genauso alt wie …«

»Wie Ben«, beende ich den Satz für ihn.

Dwane greift nach meiner Hand. »Alles okay?«, fragt er nach kurzem Schweigen.

Ich nicke und sehe an seinem Gesicht, dass er mir noch mehr zu sagen hat.

»Sie haben gesagt, er wäre tot geboren worden«, fährt er fort. »Die Hebamme war weg, bevor ich nach Hause gekommen bin. Den Leichnam hatte sie mitgenommen. ›Ist Vorschrift‹, hat sie behauptet. Ich habe ihn nie gesehen.«

»Das muss schlimm gewesen sein.«

»Aye. Die Sache ist nur, Jenny hat das nie geglaubt. Sie schwört, sie hat ihn weinen gehört, kurz bevor die Hebamme ihn mitgenommen hat.«

Ich lasse mir Zeit. Langsam drücke ich die Wagentür zu und schließe sie ab. Erst einmal fahre ich nirgendwohin. Ich glaube, Dwane sieht meinem Gesicht an, was jetzt kommt. »O Dwane«, bringe ich schließlich hervor. »O Dwane.«

Nichts kann meinen Tränen Einhalt gebieten. Und nach einer Weile fängt auch Dwane an zu weinen.

104. Kapitel

Cassie

Die Wellen breiten sich wie Spitzentücher auf den Kieseln am Ufer aus. Die Wärme des Tages ist längst verschwunden, und ich zittere vor Kälte.

»Du weißt es?« John steht neben mir. Ich werfe ihm einen verblüfften Blick zu. »Wie kannst du das wissen?«

John sieht mich nicht an. »Die Polizei hat dich doch nicht für nichts und wieder nichts drei Stunden dabehalten. Und ich kenne dich.«

Ich warte einen Moment, bevor ich frage: »Ändert das etwas?«

»Für mich? Nein.«

Er bückt sich, hebt einen Stein auf und schleudert ihn flach übers Wasser. Der Stein titscht dreimal auf, ehe er mit einem satten Glucksen versinkt.

»Greenwood war ein mieses Arschloch«, sagt er. »Ich war an dem Abend doch da, weißt du noch? Bin nicht stolz drauf, dass ich abgehauen bin und es dir und deiner Mum überlassen habe, mit ihm fertigzuwerden.«

»Du warst fünfzehn«, gebe ich zu bedenken.

»Wie hast du's gemacht?« Seine Stimme klingt gepresst, und ich weiß, dass ihm das mehr zu schaffen macht, als er sich eingesteht.

»Mit Gift«, antworte ich und denke im Stillen: *Womit denn sonst? Ich bin eine Giftmischerin.*

»Die Polizei hat gedacht, Sally wär's gewesen, oder?«

»Sie haben sie verdächtigt, aber es gab keine Beweise. Sie konnten das Gift nicht genau bestimmen. Die Forensik war damals noch nicht so weit.«

»Hättest du zugelassen, dass sie ins Gefängnis geht?«

»Nein«, sage ich. Allerdings lautet die Antwort, dass ich es nicht genau weiß. Noch eine Frage, die mich im Laufe der Jahre immer wieder heimgesucht hat.

»Macht es dir was aus?«, frage ich noch einmal.

»Sagen wir einfach, ich werde darauf bestehen, dass ich fürs Kochen zuständig bin.« Er legt mir den Arm um die Schultern, und ich lehne mich an ihn, ganz schwindlig vor Erleichterung.

»Die können keine Anklage gegen mich erheben«, erkläre ich. »Ich dachte, Larry hätte es vielleicht Florence erzählt. Er und Mum haben's gewusst. Deswegen musste ich diesen Brief finden. Aber wenn das alles ist, was er ihr gesagt hat, dann hat sie nichts in der Hand. Und Tammy war damals noch gar nicht da. Die werden mich nicht anklagen wegen irgendwas, das ihre Tante Mary ihr vor dreißig Jahren erzählt hat.«

»Tammy wird mich nicht gehen lassen«, sagt John. »Wenn sie dich nicht bei der Polizei reinreiten kann, dann wird sie's mit mir versuchen. Und durch dich weiß sie, dass ich Ted umgebracht habe.«

»Ich war eine Idiotin.«

Er widerspricht nicht.

»Wir könnten Tammy einfach ausschalten. Problem gelöst.« Mein Tonfall signalisiert, dass ich einen Scherz mache. Mache ich aber nicht. Ich habe immer gewusst, dass es irgendwann so weit kommen würde.

»Darüber macht man keine Witze.«

Ich denke an die Küche in der Wohnung der Donnellys, daran, wo der alte Boiler hängt. »Wenn Tammy am Leben bleibt, verlierst du deine Kinder und deine Enkel. Auch wenn die Polizei gegen keinen von uns beiden Anklage erheben kann, sie wird dafür sorgen, dass deine Familie alles erfährt.«

»Dagegen können wir nichts machen.«

Ich denke daran, wo sich das Abzugsrohr an der Außenmauer befindet. Wenn ich das verstopfe, sammelt sich Kohlenmonoxid in der Wohnung. Kohlenmonoxid ist unsichtbar und geruchlos. Alte Boiler sind doch immer undicht. Ich muss nur dafür sorgen, dass John in der fraglichen Nacht nicht zu Hause ist.

»Aber wenn Tammy von der Bildfläche verschwindet, brauchen die Kinder nichts zu wissen.«

»Ich kann nicht glauben, dass du so redest.«

»Ich habe so was schon mal gemacht. Und du auch. Beim zweiten Mal sollte es viel leichter sein.«

Er dreht sich zu mir um, und ich sehe, dass er wütend ist. Und außerdem ein bisschen Angst hat. »Cassie, hörst du jetzt mal auf? Das läuft nicht.«

Er hat Angst vor mir.

»Dann lassen wir sie also gewinnen?«

Er geht ein kleines Stück den Strand hinunter, ehe er sich wieder umdreht und den Kopf schüttelt. Es ist ihm ernst. Er wird nicht zulassen, dass ich Tammy umbringe. Ich sollte wütend auf ihn sein, doch aus irgendeinem Grund bin ich das nicht.

»Und wo wir gerade beim Thema sind, was ist das für

’ne Voodoo-Puppe, von der Tammy da geredet hat?«, fragt er. »Warum hast du eine Voodoo-Puppe von mir gemacht?«

Ich will sie gar nicht umbringen, wird mir jetzt klar. Ich bin froh, dass er es nicht zulässt.

»Das war keine Voodoo-Puppe, das war ein Tonbildnis. Für einen Liebeszauber.«

Er legt den Kopf schief. »Ach ja, und wie funktioniert der?«

»Ich mache auch noch eine von mir. Und wenn der Mond anfängt zuzunehmen, binde ich sie zusammen, mit Seide und Segenssprüchen. Ich verbrenne Kräuter, die ich seit Tagen gesammelt habe, und dann liebst du mich für immer und ewig.«

»Du verdammte Idiotin.« Er kommt zurück und legt wieder die Arme um mich. »Das tue ich doch sowieso.«

105. Kapitel

Florence

Der Pub The Wise Women hat sich seit dreißig Jahren nicht verändert. Die umliegenden Häuser dafür umso mehr. Manche sind mit Waschbeton verkleidet, die meisten haben Satellitenschüsseln, Kästen mit Geranien und Fleißigen Lieschen verschönern die Fenstersimse. Auf manchen Türschwellen stehen mehr verschmierte Milchflaschen als Kegel auf einer Bowlingbahn. So etwas hat man früher nie gesehen. Die Nummer 13 jedoch ist noch immer so wie früher. Ich drücke die Tür auf, betrete den kleinen düsteren Flur, von dem aus es in den Schankraum geht. An einem kleinen Tisch bei der Bar sitzt Abby Thorn.

»Ich habe Ihnen eine Orangenlimo bestellt.«

Sie ist ein bisschen stämmiger, und ihr kurzes Haar ist vollständig ergraut, aber ich hätte sie überall sofort erkannt.

»Ich fasse es nicht, dass dieser Laden noch existiert«, bemerke ich, als ich zu ihr trete.

»Das Gebäude ist vor Jahren verkauft worden«, sagt sie. »Jetzt wird der Pub als Genossenschaft geführt. Leute aus der Nachbarschaft wechseln sich hinter der Bar ab.«

»Wer macht so was Verrücktes?«

»Ich.«

Sie lacht über mein Gesicht. »Ich wohne über dem Pub«, sagt sie. »Das heißt, wenn ich in der Stadt bin.«

Ich setze mich und bin überrascht, wie sehr ich mich freue, sie zu sehen

»Ich habe den ganzen Vormittag lang versucht, mit Tom Devine zu sprechen«, sagt sie. »Niemand weiß, wo er ist. Haben Sie ihn gesehen?«

Ich probiere von meinem Getränk. Ein Schlückchen und nicht mehr. Manche Dinge belässt man am besten in der Vergangenheit. »Nein«, antworte ich, »heute nicht.«

Sie wartet.

Ich blicke auf. »Also, was haben Sie?«

»Black Moss Manor gehört einer Stiftung und wird als Kurklinik geführt«, sagt sie.

Ich nicke. Das weiß ich bereits.

»Da es sich um ein privates Unternehmen handelt und

nicht um eine gemeinnützige Einrichtung, brauchen bei den Behörden keine Angaben zu den Kuratoren oder Besitzern dokumentiert zu werden«, fährt sie fort, »aber ich habe einen Freund, der beim Finanzamt arbeitet, und der schuldet mir einen Gefallen. Er hat ganz inoffiziell herausgefunden, dass jedes Jahr von W. H. D. Booth und Partner eine Steuererklärung von einem Ehepaar namens Taylor eingereicht wird.«

»Wissen wir etwas über die?«

»Ich kann niemanden finden, der den beiden je begegnet wäre«, erwidert Abby.

»Könnten das die Asters sein?«

Sie zuckt die Achseln. »Irgendwo sind die ja hin, als sie aus dem Gefängnis gekommen sind.«

Als Gegenleistung berichte ich Abby, was ich in Erfahrung gebracht habe. Dass die Kinder, die hinter dem Black Moss Manor begraben waren, mit an Sicherheit grenzender Wahrscheinlichkeit innerhalb der letzten zwanzig Jahre gestorben sind.

»Moment mal«, sagt sie. »In dem Artikel in der *Post* stand, dass es sich um alte Leichname handelt. Pathologen lesen doch Zeitung, oder? Der hätte doch was gesagt.«

»Nicht unbedingt. Der Obduktionsbericht ist vom 16. Juli«, sage ich. »Eine ganze Woche, nachdem der Artikel in der *Post* stand. Die Story war reine Spekulation. Die Polizei hat sich nicht die Mühe gemacht, das richtigzustellen. Die Aufgabe des Pathologen war, der Polizei Bericht zu erstatten, nicht der Presse.«

»Und wie ist dann ein vollkommen anderer Bericht auf dem Revier gelandet?«

»Sehr gute Frage«, sage ich.

Sie runzelt die Stirn. »Ich fasse es nicht, dass da keiner nachgehakt hat.«

»Die Kinder sind gestern eingeäschert worden. Am selben Tag, an dem wir Larry Glassbrook beerdigt haben. Irgendjemand hat gewusst, dass die gesamte Presse auf der anderen Seite der Stadt sein und alle Welt dorthin schauen würde.«

»Großer Gott.«

»Jep.«

Abby trinkt und denkt nach. Nach einigen Augenblicken sagt sie: »Dann sind da also Kinder umgekommen, nachdem das Heim dichtgemacht hatte?«

»Jep.«

»Wie ist das möglich?«, fragt sie. »Die hätten doch nie die Genehmigung gekriegt, den Laden noch mal als Kinderheim zu nutzen.«

Darüber habe ich auch schon nachgedacht. »Vielleicht wurde es inoffiziell genutzt. Die Kuratoren des früheren Heims waren sehr einflussreiche Männer. Ich schätze, die haben ihre Beziehungen spielen lassen, haben die Leute überredet, fünfe gerade sein zu lassen. Manche von den Kindern, die da gelebt haben, sind zurückgekommen, andere sind im Laufe der Jahre dazugekommen. Bestimmt waren es weniger Kinder als früher. Aber was immer sich da abgespielt hat – es ging weiter.«

»Wenn wir nur wüssten, was das war.« Abby bedenkt mich mit jenem selbstgefälligen Grinsen, an das ich mich so gut erinnere.

»Was?«, frage ich.

»Ich habe Sandra Cartwright gefunden«, verkündet sie. »Vielleicht sollten wir ihr einen Besuch abstatten?«

Sandra Cartwright ist die Frau, die in den sechziger Jahren im Black Moss Manor gearbeitet hat, die, mit der Randy Butterworth sich an dem Tag treffen wollte, an dem er tödlich verunglückt ist.

»Sie war im Gefängnis«, gebe ich zu bedenken. »Sie hat genau dasselbe ausgesagt wie die Asters. Wieso sollte sie ihre Geschichte jetzt ändern?«

»Das wird sie vielleicht auch nicht tun«, sagt Abby. »Aber einen Versuch ist es wert. Schließlich liegt sie im Sterben.«

Sandra Cartwright verbringt ihre letzten Tage in einem Hospiz, das zum Blackburn Royal Infirmary gehört. Als Abby und ich in ihr Zimmer treten, lasse ich sofort alle Hoffnungen fahren, von ihr noch irgendeine nützliche Information zu erhalten. Die einst so matronenhafte Frau ist zusammengeschrumpft, ihre Haut ist gelb und ledrig. Wir setzen uns zu beiden Seiten an ihr Bett, und ihre Augen öffnen sich flatternd. Dann weiten sie sich vor Schreck, als sie meine Uniform erblickt.

Abby und ich haben uns vorher abgesprochen, wie wir vorgehen wollen. Uns ist klar, dass wir nur einen Versuch haben.

»Die Oberschwester hat mir erzählt, dass Pater Peter Sie vor zwei Tagen besucht hat«, fange ich an. »Haben Sie die Beichte abgelegt?«

Cartwrights Augen werden schmal, dann huscht ihr Blick von mir zu Abby.

»Ich bin Katholikin«, sage ich und dehne die Wahrheit

dabei ein bisschen. Ich war seit Jahren nicht mehr in der Kirche. »Was ist mit Ihnen, Abby?«

»Sehr fromm«, beteuert sie. »Ich versäume nie die Messe.«

»Wir wissen also, dass eine Beichte bei einem Priester nicht zählt, wenn man weiter sündigt«, erkläre ich.

»Überhaupt nicht«, setzt Abby betrübt hinzu.

»Jetzt müssen Sie uns beichten«, sage ich. »Dann können Sie in Frieden eingehen zum Herrn. Sie müssen uns die Wahrheit über das Black Moss Manor sagen.«

Cartwrights schmutzig graue Augen füllen sich mit Tränen, und ihr Mund zittert. Ich sage mir wieder, dass sie zwar gebrechlich ist und im Sterben liegt und Angst hat, dass sie aber auch schlimme Dinge getan hat und kein Mitleid verdient.

»Ich weiß, dass Sie von den Asters und von den Kuratoren des Black Moss Manor bedroht worden sind«, fahre ich fort. »Ich weiß, dass Sie Randy Butterworth die Wahrheit sagen wollten. Ich weiß, dass die ihn haben umbringen lassen, und ich verstehe, dass Sie Angst hatten. Aber jetzt kann Ihnen niemand mehr etwas tun.«

»Es ist Zeit, an Ihre unsterbliche Seele zu denken«, bemerkt Abby.

»Vier Kinder sind auf dem Grundstück hinter dem Haus begraben worden«, sage ich. »Sie müssen uns sagen, wer sie waren und was ihnen zugestoßen ist.«

Ich hatte ehrlich nicht erwartet, dass es leicht werden würde, aber der unmittelbar bevorstehende Tod hat eine größere Wirkung, als man denkt.

Sandra Cartwright beginnt zu reden.

Eine Stunde später steigen Abby und ich in mein Auto. Meine Hände zittern, und Abby ist ungewöhnlich schweigsam, seit wir das Hospiz verlassen haben.

»Haben Sie das alles aufgenommen?«, erkundige ich mich.

Abby zieht das Diktiergerät aus ihrer Handtasche und überprüft es. »Jep«, antwortet sie gleich darauf. »Und ich habe mir auch Notizen gemacht. Glauben Sie ihr?«

Ich lasse mir Zeit.

»Ich meine, das war ziemlich abgefahren.«

Abgefahren beschreibt nicht einmal annähernd, was wir eben gehört haben.

»Ich glaube, dass sie es glaubt«, sage ich.

»Ich kann ja mal ein bisschen wühlen«, schlägt Abby vor. »Rausfinden, ob's irgendwas gibt, das ihre Worte bestätigt.«

»Das wäre hilfreich.«

»Reicht das?«, fragt Abby. »Haben wir genug?«

Ich schüttele den Kopf. »Die Aufnahme allein nicht. Wenn wir sie in den Zeugenstand holen könnten, dann vielleicht, aber daraus wird nichts werden. Ich bezweifle, dass sie es noch lange macht. Und ein Strafverteidiger würde uns das Tonband um die Ohren hauen. Sie hatte keinen Rechtsbeistand. Sie könnte dement gewesen sein. Sie könnte unter Druck gesetzt worden sein.«

»Dann haben wir also nichts erreicht?«

Ich weigere mich, das zu glauben. »Sagen Sie mir noch mal die Namen«, bitte ich sie.

Abby klappt ihr Notizbuch auf. »Wendy Howard und ihr Sohn …«, fängt sie an.

»Nein«, unterbreche ich sie. »Wendy ist keine von den

vieren. Wenn wir glauben, was Marigold uns erzählt hat, dann ist Wendy 1969 oder davor gestorben. Ihr Leichnam und der ihres Babys wären vollkommen verwest. Weiter.«

»Ian Wilson«, fährt Abby fort. »Sieben Jahre alt. Hat an nicht diagnostizierter Hämophilie gelitten und ist verblutet. Dann Nigel Yates, drei Jahre alt, wurde eines Morgens tot in seinem Zimmer gefunden. Mutmaßlich von einem der anderen Kinder getötet.«

»Subjekt Nummer drei war David Ogilvy«, sage ich. »Der Sohn von Dwane und Jenny, der auf dem Moor an Unterkühlung gestorben ist, als er versucht hat wegzulaufen.«

»Und Beverly Robinson, die sich in ihrem Zimmer erhängt hat. Das Miststück hat noch alle ihre Namen gewusst. Ist Ihnen das aufgefallen?«

»Ich glaube nicht an die Hölle«, sage ich. »Aber wenn ich es täte …«

»Ich auch«, knurrt Abby.

»An sie kommen wir nicht mehr heran«, sage ich. »Wir müssen die Asters finden.«

Ein paar Sekunden sitzen wir schweigend da. Dann fragt Abby: »Und wie machen wir jetzt weiter?«

»Sie gehen nach Hause, setzen sich vor Ihren Computer, schreiben das alles auf und schicken es an jemanden, dem Sie vertrauen«, antworte ich. »Und recherchieren Sie, so wie Sie's gerade versprochen haben.«

Sie öffnet den Mund, um Protest einzulegen. Ich lasse sie nicht zu Wort kommen. »Abby, die werden sich das nicht einfach so gefallen lassen. Die sind schon früher gegen uns vorgegangen, und Sie sind ein leichteres Ziel als ich. Ich möchte, dass Sie abtauchen. Gehen Sie nach Hause, schließen Sie die Türen ab und machen Sie sie erst wieder auf, wenn ich Sie holen komme.«

»Florence, ich bin nicht…«

»Es muss noch jemand anders außer uns beiden erfahren, was Cartwright uns gerade erzählt hat. Das übernehmen besser Sie.«

Bestimmt sieht sie das ein, sie widerspricht nämlich nicht.

»Und was machen Sie?«, will sie wissen.

Ich lächele sie an. »Ich bringe die in Zugzwang.«

106. Kapitel

Cassie

»Hast du Hunger?«, fragt John, als wir vom Moor herunterfahren.

»Mordshunger.« Ich hantiere am Radio herum. Ich bin in Stimmung für fröhliche Musik. Ich weiß gar nicht mehr, wann ich das letzte Mal etwas gegessen habe. Jetzt werde ich das nachholen. Anfangen werde ich mit einem ordentlichen, fetttriefenden englischen Frühstück, vielleicht mit Bratkartoffeln, dazu Apfelwein. Ein kurzes Nickerchen mit John, und dann ein langes, faules Abendessen.

»Holen wir uns was in der Stadt?«, schlägt John vor.

In der Stadt ist auch okay. Ein Big Mac ist okay. Egal. Ich finde Radio One, gerade als ein Song von Credence Clearwater Revival anfängt. »Bad Moon Rising«. Ich höre die ersten Zeilen, und mir vergeht der Appetit.

»John, lass uns einfach abhauen. Lass uns unsere Klamotten holen und heute in meiner Wohnung übernachten.«

Er biegt auf die Hauptstraße ab. »Du darfst die Stadt nicht verlassen, und Abhauen sieht für mich nicht gut aus, wenn Tammy wirklich wegen Ted zur Polizei geht.«

Er hat ja recht, aber… Ich kann diesen Song jetzt nicht hören. Ich brauche nicht daran erinnert zu werden, dass der Dunkelmond heute Nacht von Neuem aufgehen wird. Ich drehe an dem Knopf und finde BBC Radio Lancashire.

»Die Polizei von Lancashire lehnt es weiterhin ab, die Gerüchte vom Verschwinden des Superintendent der Polizei von Sabden, Tom Devine, zu bestätigen«, verkündet der Nachrichtensprecher. »Devine hatte 1969 maßgeblichen Anteil an der Ergreifung des berüchtigten Serienmörders Larry Glassbrook, und sein angebliches Verschwinden so kurz nach Glassbrooks Beerdigung könnte, so glaubt man, mit diesem Ereignis in Verbindung stehen. Unsere Reporterin Abby Thorn hat Detective Inspector Brian Rushton dazu befragt.«

»Der Superintendent ist heute nicht im Dienst«, ertönt Rushtons Stimme aus dem Radio. »Im Augenblick habe ich keinen weiteren Kommentar abzugeben.«

»Detective Inspector, können Sie bestätigen, dass die Polizei nach ihm sucht?«, fragt die Reporterin. »Glauben Sie, ihm könnte etwas zugestoßen sein?«

Die Frage bleibt unbeantwortet, und der Sprecher greift die Story wieder auf.

»Tom Devines Eltern, Harold und Mary Devine, haben

es abgelehnt, sich zu äußern. Nun die weiteren Nachrichten. Die Pläne für eine Umgehungsstraße in Burnley sind auf Eis gelegt worden …«

Ich mache das Radio aus. John sieht ebenso verdattert aus wie ich. »Tom Devine ist verschwunden?«, frage ich. »Was zum Teufel läuft hier?«

107. Kapitel

Florence

Dreißig Jahre nachdem wir das letzte Mal an dieser Stelle genau dasselbe getan haben, gehen Tom und ich zusammen den von Lorbeerbüschen gesäumten Weg zum Black Moss Manor hinauf. Vor dreißig Jahren hat er meine Hand gehalten. Heute tut er das nicht. Er ärgert sich über mich.

»Ganz schlechte Idee, Floss«, sagt er, als ich auf die Haustür zustrebe.

»Dich hat keiner gefragt.«

Die Mauern sind mit einem Hochdruckreiniger gereinigt worden. Die Regenrinnen und das Schieferdach sind repariert, und die Auffahrt vor dem Haus ist neu geschottert worden. Ein schmaler Streifen krautiger Pflanzen zieht sich an der Front des Gebäudes entlang, und die neue Haustür ist glänzend dunkelblau lackiert. Das Black Moss Manor sieht anders aus und fühlt sich dennoch genauso an wie damals.

»Wo sind die Autos?«, frage ich.

»Bitte?«

»Das soll doch jetzt angeblich eine schicke Kurklinik für gestresste Geschäftsleute sein und so. Wo sind die Autos der Bewohner?«

»Vielleicht kommen sie ja zu Fuß hier an. Vielleicht gibt es eine Art Pilgerweg übers Moor.«

Ich höre ein Geräusch aus dem Innern des Hauses. »Da kommt jemand.«

»Ich kann da nicht mitmachen.«

»Dann geh eben spazieren.«

Während Toms Schritte verklingen, nähern sich andere aus dem Innern des Hauses. Die Tür geht auf, und ein Mann steht vor mir. Er ist recht jung, um die dreißig, und hat hellbraunes Haar. Seine Augen sind schmal und liegen tief in den Höhlen. Sie sind von einem leuchtenden, klaren Blau, und in der Mitte des Kinns hat er ein Grübchen. Ich kann mich des Gefühls nicht erwehren, dass ich ihm schon einmal begegnet bin.

»Kann ich Ihnen helfen?« Er klingt nervös. Auch seine Stimme ist vertraut.

Ich halte meinen Dienstausweis hoch. In Lancashire habe ich eigentlich keine Befugnisse, doch den meisten Leuten ist das nicht klar. »Assistant Commissioner Florence Lovelady von der Metropolitan Police«, sage ich. »Dürfte ich bitte den Manager sprechen?«

Seine verwirrte Miene entspannt sich. »Wegen der Kinderleichen? Wir haben Sie erwartet. Kommen Sie herein.«

Ich folge dem jungen Mann in die Halle. Da steht jetzt ein großer Eichentisch, auf Hochglanz poliert, mit einer großen kupfernen Obstschale drauf. In dem leeren Kamin sind Blumen arrangiert. Helles Tageslicht fällt herein, und ich stelle fest, dass die Gitter vor den Fenstern abmontiert worden sind.

»Ich bin Bracken Lee«, stellt der Mann sich vor. »Ich habe die Akten bereitgelegt.«

Das lässt sich besser an als gedacht. Ich folge ihm an der Treppe vorbei in den Raum, der damals Judith Asters Büro war.

»Bitte.«

Lee bedeutet mir, dass ich Platz nehmen soll. Ich tue es, werfe dabei einen raschen Blick durch das Fenster und sehe, dass das Gelände hinter dem Haus jetzt eher Ähnlichkeit mit einem Garten hat als damals. Es ist niemand darin.

»Keine Bewohner draußen an der frischen Luft?«, erkundige ich mich.

»Es wird kühl auf dem Moor, WPC Lovelady«, sagt er. »Das wissen Sie doch bestimmt noch.« Er reicht mir eine Akte über den Schreibtisch. »Darin sind sämtliche Kinder aufgeführt, die hier seit 1952 gestorben sind. Die Zusammenfassung steht auf der Innenseite des Deckblatts. Die Akte selbst besteht hauptsächlich aus Totenscheinen, Details der Beerdigungen, Briefen an nahe Angehörige.«

»Sehr ordentlich«, bemerke ich. »Aber ich dachte, diese Unterlagen seien bei dem Brand vernichtet worden?«

Lee ist immer noch auf den Beinen, er steht auf der anderen Seite seines Schreibtischs fast stramm.

»Die müssen in einem Teil des Gebäudes gewesen sein, der nicht so stark beschädigt worden ist. Nachdem die

Untersuchung abgeschlossen war, wird die Polizei sie zurückgegeben haben.«

Ich erinnere mich nicht, dass diese Akte der Polizei übergeben worden wäre.

»Haben Sie die Asters jemals kennengelernt?« Ich beobachte ihn genau. »Die beiden Ärzte, die dieses Heim geleitet haben, als sich der Brand ereignet hat?«

Er zuckt entschuldigend mit den Schultern. »War vor meiner Zeit. Ich bin hier erst seit fünf Jahren Manager. Aber ich kann Ihnen vielleicht die Arbeit erleichtern. Jedes Kind, das seit 1952 hier gestorben ist, ist in der Stadt begraben worden. Wenn Sie nachsehen, werden Sie die Rechnung des Beerdigungsinstituts finden.«

Ich breche den Blickkontakt ab, um die Akte durchzublättern. Tatsächlich, da sind Rechnungen von Glassbrook & Greenwood. Ich erkenne Larrys Handschrift.

»Sind Mr und Mrs Taylor zu sprechen?«, erkundige ich mich.

»Die sind leider nicht im Haus«, erwidert Lee.

»Wann kommen sie wieder?«

»Irgendwann nächste Woche. Ich weiß es nicht genau. Aber, wie gesagt, ich kann bei allen Fragen helfen.«

»Die beiden haben sich nicht zufällig früher Aster genannt?«

Sein starrer Blick verfinstert sich. »Ich glaube, ich habe Ihnen gerade gesagt, dass ich den Asters nie begegnet bin.«

»Nein, das haben Sie nicht gesagt. Sie haben gesagt, es wäre vor Ihrer Zeit gewesen, dass die beiden das Heim geleitet haben.«

Lee antwortet nicht, doch sein Kiefer verspannt sich.

Wieder betrachte ich die Akte. Acht Beerdigungen zwischen 1946 und 1969, einschließlich dreier Babys. Genau wie Larry gesagt hat.

»Also sind die vier Kinder, die da draußen gefunden worden sind, älter als alle bekannten Aufzeichnungen«, sagt Lee. »Wir dachten uns schon, dass es sehr alte Leichen wären, als sie gefunden wurden.«

»Oder es sind Todesfälle, die nicht offiziell dokumentiert worden sind«, erwidere ich. »Leichen, die verschwinden mussten.«

»Kinder in behördlicher Obhut verschwinden nicht«, sagt Lee. »Wir reden hier ja nicht vom Mittelalter.«

»Wann haben hier zum letzten Mal Kinder gewohnt?«

Er furcht die Stirn. »1969. Das ist allgemein bekannt.«

»Seitdem waren keine mehr hier?«

»Das Kinderheim war geschlossen worden.«

»Sind jetzt Kinder hier?«, frage ich.

Er schüttelt den Kopf. »Warum sollten hier Kinder sein?«

»Ich habe heute den Obduktionsbericht gelesen«, sage ich. »Den über die vier Kinder, die draußen gefunden worden sind. Jemand auf dem Revier war mir einen Gefallen schuldig. Und ich habe Fotos von den Leichen gesehen.«

Er hält meinem Blick stand, aber ich habe viel Erfahrung mit dem Verhören von Verdächtigen. Ich kann die Veränderung hinter seinen Augen sehen. »Und was haben Sie herausgefunden?«, erkundigt er sich.

»Das darf ich Ihnen leider nicht sagen.«

Ein kleines verschlagenes Lächeln erscheint auf seinem Gesicht. »Die sterblichen Überreste der Kinder sind gestern eingeäschert worden. Ich habe es mit eigenen Augen gesehen.«

Ich gestatte ihm seinen Augenblick des Triumphs, aber ich sorge dafür, dass er kurz ist. »Es gibt ein paar bemerkenswerte Fortschritte auf dem Gebiet der Forensik«, erkläre ich ihm. »Vor allem im Bereich DNS. Ist noch im Frühstadium, aber es werden gerade Versuche durchgeführt, DNS in menschlicher Asche zu identifizieren.«

Lee schüttelt den Kopf. »Das ist nicht möglich.«

»Einfach ist es nicht. Und möglicherweise auch noch nicht gerichtsverwertbar. Aber wenn sich in der Asche Rückstände von Knochen oder Zähnen finden, können die Resultate sehr aufschlussreich sein.«

Er starrt mich an, ist sich nicht sicher, ob ich bluffe.

»Ich habe die Asche.« Ich senke die Stimme fast zu einem Flüstern. »Ich war vorhin im Krematorium. Ich habe die Urnen mitgenommen.«

Einen Moment lang starrt er mich fast hasserfüllt an. Dann nimmt er den Telefonhörer ab und wählt eine Nummer.

»Rob, ich bin's. Wo bist du, Kumpel? … Okay, kannst du herkommen? Jetzt gleich.«

Lee legt auf.

Wer immer dieser Rob ist, ich verspüre keinerlei Lust, ihn kennenzulernen. Ich stehe auf. »Sind Sie aus Lancashire, Mr Lee? Sie haben keinen Akzent.«

»Ich bin als Baby adoptiert worden. Ich weiß nicht, wo ich ursprünglich herstamme.«

Ich hole meine Schlüssel aus meiner Handtasche und umfasse sie fest mit der Hand. »Ich glaube, ich habe genug gesehen. Vielen Dank.«

Ich verlasse das Büro als Erste, schreite zügig voran den Korridor hinunter. Lee folgt mir. Als wir die Eingangshalle durchqueren, spüre ich, wie es in dem Mann brodelt. Doch er ist klein, ein bisschen dicklich, und ich weiß nicht, ob er allein eine große Bedrohung darstellen würde. Trotzdem achte ich darauf, eine Armeslänge Abstand zu ihm zu halten.

Auf der Türschwelle entspanne ich mich ein wenig und strecke ihm die rechte Hand hin. »Woher wussten Sie, dass ich früher mal hier gewohnt habe?«, frage ich. »Ich habe doch gesagt, dass ich bei der Londoner Polizei bin. Und warum haben Sie mich WPC Lovelady genannt? So nennt man mich schon seit Jahren nicht mehr.«

Er streckt seinerseits die Hand aus. »Oh, Sie kennt jeder, Florence.«

Normalerweise würde ich darauf reagieren, doch ich schaue auf seine Hand hinunter. Eine völlig normale Jungmännerhand, bis auf eine geringfüge Deformierung, die er aus irgendeinem Grund nicht hat korrigieren lassen. Die letzten paar Minuten hatte ich angenommen, dass dieser vertraut aussehende junge Mann der Sohn von Frederick und Judith Aster ist. Ist er aber nicht. Ich spüre, wie der überzählige Finger seiner rechten Hand gegen meine drückt.

Er weiß genau, was ich denke.

»Damit bin ich geboren worden«, sagt er. Er hält noch immer meine Hand in seiner, steht noch immer ungemütlich dicht vor mir.

»Ich weiß«, antworte ich. »Ich war dabei.«

Seine Augenbrauen schnellen empor, als ich meine Hand wegziehe. Ich blicke mich nicht um, während ich zu meinem Wagen gehe, und ich bin schon ein gutes Stück die Auffahrt hinunter, ehe ich in den Rückspiegel sehe. Der Mann, der als Henry McGowan geboren wurde, Marigolds Sohn, schaut zu, wie ich davonfahre.

108. Kapitel

Cassie

John setzt mich bei Daphne und Avril ab, will aber nicht mit hineinkommen, und mir wird klar, dass er vor Leuten, die uns kennen, nie bereitwillig zu mir als seiner Partnerin stehen wird. Immer würde uns das Stigma des Inzests anhaften. Das Positive ist, er hat gesagt, ich soll meine Sachen packen. Er sucht mir ein Zimmer in der Stadt, sagt er, und er holt mich in zwei Stunden ab.

»Schätzchen«, sagt Daphne, als sie mich erblickt, »wir haben uns schon Sorgen gemacht … aber, meine Güte, Sie sehen ja völlig verändert aus. So glücklich und zufrieden.«

Ich gehe durch die Küche auf sie zu und umarme sie. Meine Arme reichen gerade eben so herum. »Tut mir leid, dass ich so eklig war«, sage ich.

Sie gibt ein verblüfftes kleines Quieken von sich.

»Wo ist Avril?«, erkundige ich mich. Bei der sollte ich mich wahrscheinlich auch entschuldigen. Aber umarmen werde ich sie wohl eher nicht. Knochig, wie sie ist.

»Am Telefon.« Daphne schaut kurz zur Tür des Arbeitszimmers. »Sie spricht mit Dwane, glaube ich. Wir sind ein bisschen in Sorge wegen Florence.«

Ich warte darauf, dass sie mir sagt, warum. Sie tut es nicht.

»Was ist eigentlich mit meiner Mum?«, frage ich. »Ich weiß, sie hasst mich, und wahrscheinlich hat sie allen Grund dazu, aber warum tut sie so, als wäre sie dement?«

Daphne lässt sich einen Moment Zeit mit der Antwort. »Wir haben alle unsere Bewältigungsstrategien«, sagt sie schließlich. »Ich glaube, Sally war irgendwann an dem Punkt, wo sie das Leben einfach nicht mehr ertragen hat. Also hat sie sich ausgeklinkt. Und sie hasst Sie nicht, Cassie. So ein Unsinn. Eine Tasse Tee, Schätzchen?«

»Und das lag an mir?«, frage ich. »Dass Mum das Leben nicht mehr ertragen hat?«

Einen Augenblick lang verharrt Daphne regungslos. »Wie in aller Welt kommen Sie denn darauf?«

Ich kann es ihr nicht sagen. Und dann frage ich mich, ob sie es wohl schon weiß.

Daphne ist verstummt und steht ganz still da. Sie schaut aus dem Küchenfenster, blickt zum Himmel hinauf. Ich mache schon den Mund auf, um zu fragen, ob alles okay ist, und dann wird mir klar, was sie da macht. Sie sucht nach dem Dunkelmond.

»Ich nehme mir ein Zimmer in der Stadt«, verkünde ich. »Ich werde Ihnen nicht weiter zur Last fallen. Ich gehe jetzt meine Sachen packen.«

»Sie dürfen uns noch nicht verlassen.« Daphne zwingt sich zu einem Lächeln und holt Tassen und Untertassen aus dem Schrank. »Heute Abend findet ein Treffen statt.«

»Was denn für ein Treffen?«

»Der Hexenzirkel.« Daphne scheint nicht imstande zu sein, den Tee zu finden. Sie räumt alles im Schrank hin und her. »Wir treffen uns am Tor zur Nacht. Da, wo der Malkin Tower gestanden hat.«

»Es ist doch Dunkelmond«, wende ich ein, obwohl sie das natürlich selbst weiß. »Und die Teebüchse steht genau vor Ihnen.«

»Trotzdem«, erwidert Daphne. »Oh, danke, Liebes.«

Der Mondzirkel trifft sich nie, wenn der Mond schwarz ist. Das weiß sogar ich.

In diesem Moment erscheint Avril in der Tür.

»War das Dwane?«, erkundigt sich Daphne.

»Marlene.« Avril macht ein grimmiges Gesicht, noch grimmiger als üblich. »Als Florence das letzte Mal gesehen wurde, war sie auf dem Weg zum Black Moss Manor.«

»O Gott.« Daphne stellt die Teekanne hin. »Sie hat ihnen den Fehdehandschuh hingeworfen, habe ich recht?«

Avril schweigt. Ihr Gesicht sagt eine Menge. Wenn ich es nur deuten könnte. Aber ein Gesicht, das man umarmen könnte, ist das nicht. Die Umarmung lasse ich definitiv weg.

»Sie werden etwas unternehmen«, sagt Daphne. »Jetzt, wo die Kinder eingeäschert worden sind, werden sie glauben, dass ihnen niemand etwas anhaben kann.«

»Was geht hier ab?«, will ich wissen. »Wer sind ›die‹?«

»Ich muss sie ans Telefon kriegen.« Avril wendet sich wieder der Tür zu.

»Sie haben gerade eine Menge um die Ohren«, setze ich an. »Da will ich wirklich nicht weiter stören. Ich gehe schnell rauf und packe meine Sachen.«

»Cassie, Sie bleiben hier!«

Ich glaube, ich habe noch nie erlebt, dass Daphnes Stimme so gebieterisch geklungen hat.

»Sie kommen mit zum Hexenzirkel.«

Als ich mich umdrehe, sieht die nette, dicke alte Dame, die ich seit meiner frühesten Kindheit kenne, sehr verändert aus. Ich rufe mir in Erinnerung, was man niemals vergessen sollte: Man legt sich nicht mit einer Hexe an.

»Daphne hat recht«, sagt Avril. »Wir wollten mit Ihnen reden. Es ist Zeit. Aber Florence hat die Dinge beschleunigt, und ich muss wirklich …« Sie stockt. Insgeheim frage ich mich, ob sie vielleicht gleich anfängt zu weinen.

»Versuch, sie ans Telefon zu bekommen«, weist Daphne ihre Lebensgefährtin an. »Finde heraus, wo sie ist.«

Avril eilt aus der Küche. Daphne macht einen Schritt auf mich zu.

»Nach heute Abend steht es Ihnen frei, zu tun und zu lassen, was Sie wollen und mit wem Sie wollen. Aber zuerst müssen wir mit denen abrechnen.«

»Warum können Sie nicht …«

Sie hebt die Hand, doch es ist das Funkeln in ihren Augen, noch mehr als die abwehrende Geste, das mich zum Schweigen bringt. »Sie haben sich verirrt, Cassie. Schon vor Jahren. Wir können Ihnen helfen, den Weg nach Hause zu finden, wenn Sie uns vertrauen.«

»Aber …«

»Und wir können auch jede Hilfe brauchen. Hier ist mehr im Gange, als Sie ahnen, aber Sie sind daran beteiligt, ob es Ihnen nun gefällt oder nicht. Wir brauchen Sie.«

»Ich will aber nicht …«

Sie knallt die Hand heftig auf den Küchentisch. »Cassandra, Sie sind eine Hexe! Ihr Platz ist bei uns!«

109. Kapitel

Florence

Vielleicht habe ich mein Blatt überreizt. Schlimmer noch, vielleicht habe ich die Leute unterschätzt, mit denen ich es zu tun habe. Ich habe einen großen Teil des Tages damit zugebracht, sie zu provozieren – habe die Urnen mit der Asche der Kinder entwendet, Brian Rushton überredet, mir den Obduktionsbericht zu zeigen, Bracken Lee auf hundertachtzig gebracht. Da kann ich nicht erwarten, dass sie sich nicht zur Wehr setzen.

Sie werden kommen.

Ich kann nicht in mein Zimmer im Black Dog zurück. Da werden sie als Erstes suchen. Auch in Avrils Kanzlei oder in das Haus, in dem sie mit Daphne wohnt, kann ich nicht. Da werden sie mich als Nächstes suchen. Dwane werden sie auch auf dem Radarschirm haben. Inzwischen neigt sich der Tag dem Ende zu. Die Sonne steht tief am Horizont, und wenn der Mond aufgeht, wird er schwarz sein.

Als ich mich in sicherer Entfernung vom Black Moss Manor befinde, halte ich an, rufe Scotland Yard an und warte, bis man mich zum Commissioner durchstellt. Als ich ihm die Situation erläutere, übertrifft seine Ausdrucksweise sogar meine schlimmsten Erwartungen, und ich habe ihn mehr als einmal in Hochform erlebt. Als ich fertig bin, ist er ungewöhnlich still.

»Reicht das?«, bohre ich nach.

»Noch mal zum Mitschreiben. Was haben Sie?«, knurrt er.

»Einen Obduktionsbericht, der nicht dem auf dem Polizeirevier von Sabden entspricht.«

»Beide nicht in Ihrem Besitz«, erinnert er mich.

»Totenasche, die DNS enthalten könnte, die eines der toten Kinder als das von Dwane und Jenny Ogilvy identifiziert.«

»Oder eben nicht. Und das Verfahren ist noch nicht erprobt.«

»Eine auf Band aufgezeichnete und im Beisein einer Zeugin geführte Unterredung mit Sandra Cartwright, in deren Verlauf detailliert geschildert wird, was im Black Moss Manor vorgegangen ist.«

»Nicht gerichtsverwertbar, wie wir beide wissen.«

»Die Aussage einer Expertin, Caroline Trickett, dass die gefundenen sterblichen Überreste nicht aus der Zeit stammen können, als das Kinderheim noch in Betrieb war.«

Er knurrt in die Leitung. »Das könnte nützlich sein. Aber nur, wenn wir den frisierten Bericht haben.«

»Und einen Mann, der sich Bracken Lee nennt und von dem ich glaube, dass er das Kind einer Frau ist, die 1969 verschwunden ist. Wenn ich recht habe, wird er gefälschte Adoptionsunterlagen haben, die einer genauen Untersuchung nicht standhalten werden.«

»Florence«, sagt der Commissioner, »ich weiß ganz ehrlich nicht recht, was wir damit machen sollen.«

»Reicht das?«, wiederhole ich.

»Um ein Verfahren einzuleiten, wahrscheinlich. Aber um vor Gericht eine Chance zu haben …«

Er hat recht. »Ich muss sie aus ihren Löchern jagen«, gebe ich zu. »Können Sie ein Team herschicken? Heute noch?«

Mein Boss zieht scharf die Luft durch die Zähne. »Das ist ganz schön viel verlangt, Florence.«

»Vier tote Kinder, Sir. Mindestens vier.«

»Selbst wenn Sie da ein Verbrechen nachweisen, Sie haben im Grunde nicht einmal einen Verdächtigen.«

»Deswegen muss ich die ja auch zum Handeln zwingen.«

Wieder seufzt er. »Und wie wollen Sie das machen?«

Ich erkläre es ihm. Er flucht noch ein bisschen mehr.

»Florence, es dauert mindestens ein paar Stunden, bevor ich Leute da raufkriege. Und diese Typen hören sich ganz schön gefährlich an.«

»Ich gehe denen aus dem Weg. Ich habe hier Freunde.«

Er gibt noch ein paar saftige Flüche zum Besten und legt auf. Ich hoffe, er hält sein Wort.

In der Zwischenzeit kann ich nur meine eigenen Pläne in die Tat umsetzen. Ich fahre zum Haus der Glassbrooks am Stadtrand. Mary, die Haushälterin, hatte mir gestern ihre Schlüssel gegeben, nach Larrys Beerdigung, und ich bin noch nicht dazugekommen, sie ihr zurückzugeben. Ich parke und steige aus. Als ich den Kofferraum öffne, um die Urnen herauszuholen, finde ich zu meiner Überraschung Bens Lederjacke. Ich nehme sie in die Hand. Sie riecht nach ihm. Es fühlt sich an, als wäre Ben bei mir, und mit Ben an meiner Seite gibt es nichts, was ich nicht schaffen kann.

Ich mache den Kofferraum zu, ziehe die Jacke an und trage die Urnen zu Sallys alten Bienenstöcken hinüber. Ein Versteck, so gut wie jedes andere.

Die Küche sieht so aus wie vor einer Stunde, als ich sie verlassen habe. Nicht so der Flur. Anders als vorhin steht dort ein hochgewachsener, dunkelhaariger Mann, der im trüben Licht genauso aussieht wie vor dreißig Jahren.

»Wir müssen reden«, sagt Tom.

110. Kapitel

Cassie

Weiß Gott, das Letzte, worauf ich heute Abend Lust habe, ist, mit einer Meute durchgeknallter alter Weiber auf dem Pendle Hill um ein offenes Feuer herumzutanzen. Meine Sachen sind gepackt. John und ich haben uns ein Zimmer über einem Pub genommen, der ein Stück vom Black Dog entfernt liegt. Ich will das Leben beginnen, von dem ich dreißig Jahre lang geträumt habe. Aber Avril und Daphne waren freundlich zu mir. Und keine von beiden hat mit sich reden lassen.

Funken stieben in die Luft empor wie aus einem Vulkan. Auf der anderen Seite des Feuers sieht Avrils Gesicht im

Schein der Flammen aus wie ein Totenschädel. Neben ihr steht meine Mutter und daneben Luna.

»Wir sind wenige«, sagt Avril, »aber wir stehen zusammen.« Sie tritt vor und wirft eine Handvoll Kräuter in die Flammen. Ein leuchtend blaues Flackern erblüht im Herzen des Feuers.

Wir sind siebzehn. So was nennt man wohl Overkill. Die Höchstzahl für einen Hexenzirkel ist dreizehn, und alle sind gekommen. Wir drei Glassbrook-Frauen und Florence Lovelady sind die Dreingabe.

»Wir sind schwach«, sagt Marlene Labaddee und wirft noch mehr Kräuter ins Feuer. »Aber wir sind klug.« Sie steht neben ihrer Tochter, rechts von mir. An meiner anderen Seite sind Jenny Ogilvy, Dwanes Frau, und eine Frau, von der ich glaube, dass sie Dwanes Schwester ist. Ich bin überrascht, Mary zu erblicken, unsere ehemalige Haushälterin, und völlig perplex, dass Perdita Gruselita mit ihrer Mutter hier ist.

»Wir sind alt«, sagt Daphne. »Aber wir sind weise.«

»Sie fürchten uns«, verkündet Avril, während Daphne ihre Kräuter wirft.

»Sie fürchten uns«, wiederholt Marlene.

Daraus wird ein Sprechgesang, in den sogar Luna nach einem amüsierten Blick auf mich einstimmt.

»Sie fürchten uns. Sie fürchten uns.«

Daphne, die den Mondzirkel geleitet hat, seit ich klein war, und das anscheinend trotz ihres fortgeschrittenen Alters immer noch tut, hebt die Hände, um die anderen zum Schweigen zu bringen.

»Setzt euch, Schwestern«, sagt sie. »Florence hat das Wort.«

Während wir anderen Platz nehmen, bleibt Florence stehen. Der Feuerschein lässt ihre Gesichtszüge weicher erscheinen, macht, dass sie jünger aussieht, fast so wie die Frau, die ich von damals in Erinnerung habe. Sie hat ihre Uniform ausgezogen und trägt Jeans, einen Pullover und eine Lederjacke.

Die meisten Frauen sind im vollen Hexensabbat-Ornat, mit wallenden Röcken, Laternen und Umhängen. Irgendwie ist Florence in ihren Alltagsklamotten diejenige, bei der sich mir das abergläubische Nackenhaar aufstellen würde. Wenn ich Angst vor Hexen hätte, dann vor ihr.

»Wir wissen schon seit Jahren«, beginnt sie, »dass in dieser Stadt etwas vor sich geht.«

Niemand widerspricht.

»Ich habe es vor dreißig Jahren gewusst«, fährt sie fort. »Sabden wird von Menschen – von Männern – geführt, die verdorben und korrupt sind.«

Das Feuer brennt, der Himmel wird dunkler, und der Wind frischt auf. Die Frauen schweigen.

»Larry hat es gewusst«, sagt Florence. »Deswegen hat er dafür gesorgt, dass ich zurückkomme. Ich wünschte, es wäre anders gekommen. Ich wünschte, ich wäre vor dreißig Jahren hiergeblieben und hätte sie schon damals bekämpft.«

»Sie waren doch fast noch ein Kind«, wirft Daphne ein. »Sie hätten damals unmöglich die Meister herausfordern können.«

Die Meister? Wieder dieser Name. Werde ich jetzt endlich erfahren, was er zu bedeuten hat?

»Tut mir leid, wenn ich euch unterbreche.« Lunas

Stimme tönt durch die Nacht wie eine Glocke. »Aber wer sind die Meister?«

Das ist typisch für meine Schwester. Muss sich mal wieder in den Mittelpunkt drängen.

»Magier wie wir. Aber nicht so wie wir. Eine Gruppe Männer in der Stadt, die die alten Künste praktizieren, aber zu finsteren Zwecken«, erklärt Daphne ihr.

»Und welche Männer?«, will Luna wissen, und halb rechne ich damit, dass sie ihr Notizbuch zückt, um die Namen aufzuschreiben.

»Wichtige Geschäftsmänner, führende Persönlichkeiten im Stadtrat, Polizisten, der Meister vom Stuhl der Freimaurerloge«, antwortet Avril. »Vermuten wir.«

»Die Wahrheit ist, wir wissen es nicht«, sagt Daphne. »Niemand weiß es. Wir mögen den einen oder anderen Verdacht hegen. In manchen Fällen mögen wir uns sogar sicher sein, aber wir können nichts beweisen.«

»Und Sie glauben, die Meister haben etwas mit dem Black Moss Manor zu tun?«, fragt Perdita.

Florence nickt. »Die Kuratoren des Heims haben immer zu den mächtigsten Männern der Stadt gehört. Die hätten sich nicht so sehr für ein Heim für behinderte Kinder eingesetzt, wenn es für sie nicht irgendeinen Zweck erfüllt hätte. Ja, ich glaube, das Black Moss Manor war ein Projekt der Meister.«

Wir warten darauf, dass sie weiterspricht.

»Vor dreißig Jahren haben wir das Heim geschlossen, weil die Kinder darin misshandelt wurden«, sagt sie. »Wir haben Beweise für ein illegales Beruhigungsmittel gefunden. Wir haben es dabei bewenden lassen. Uns hätte klar sein müssen – mir hätte klar sein müssen –, dass wir nur an der Oberfläche gekratzt hatten.«

Ich will schon fragen, was sie damit meint. Luna ist schneller.

»Viele Kinder in dem Heim waren behindert«, erklärt Florence ihr. »Aber die haben da keine behinderten Kinder aufgenommen, weil sie das nötige Fachwissen hatten, um sie zu betreuen. Sie haben gezielt nach Kindern gesucht, die anders waren.«

Florence sieht Jenny Ogilvy an. »Sie hatten großes Interesse an kleinwüchsigen Kindern. Dwanes Mutter ist unter Druck gesetzt worden, ihre kleineren Kinder zur Adoption freizugeben.«

Jetzt schaut sie erst Mum und Luna und dann mich an. »Auf Down-Syndrom-Kinder waren sie auch scharf. Wisst ihr noch, wie sie Marigold McGowan und ihr Baby unbedingt behalten wollten? Es bestand eine fünfzigprozentige Chance, dass ihr Kind auch das Down-Syndrom hatte, und sie wollten es haben.«

»Warum?«, frage ich.

»Sie dachten, Behinderte hätten besondere Fähigkeiten«, antwortet Florence. »Ich bin heute einer Frau namens Sandra Cartwright begegnet, die in den sechziger Jahren dort gearbeitet hat. Sie hat mir erzählt, dass an dem Tag, als wir den Laden dichtgemacht haben, ein Experiment schiefgegangen ist. Die Kinder sollten mit Messern nach einer Art Puppe werfen, die an der Decke hing, aber ein paar von ihnen haben angefangen, mit den Messern stattdessen nach zwei Angestellten zu werfen. Die eine wurde schwer verletzt. Die andere ist weggelaufen.«

»Den Kindern wurde Messerwerfen beigebracht?« Luna klingt fassungslos. »Was zum Teufel waren das für Typen? Zirkusartisten?«

»Sie haben die Messer nicht mit den Händen geworfen«, sagt Florence. »Jedenfalls laut Sandra Cartwright nicht.«

Ein Schauer überläuft mich, obwohl ich dicht beim Feuer sitze. »Wie denn sonst?«, frage ich.

»Mit mentalen Kräften«, sagt Florence. »Cartwright behauptet, sie hätten allein mit Willenskraft Messer geworfen.«

Ein Raunen geht durch die Gruppe, ob es Ungläubigkeit oder Angst ausdrückt, kann ich nicht sagen.

Luna setzt eine skeptische Miene auf. »Reden Sie von Telekinese? Es gibt keinerlei Beweise dafür, dass es so etwas gibt.«

»Wir wissen doch alle, was das ist, oder?«, erkundigt sich Avril. »Gegenstände durch Willenskraft bewegen.« Auch sie macht ein zweifelndes Gesicht. »Florence, ich denke, Luna könnte recht haben.«

»Keine Beweise, die allgemein bekannt sind«, erwidert Florence. »Aber eine Freundin von mir, eine Journalistin namens Abby Thorn, hat heute Nachmittag eine Weile recherchiert. Es gab jahrelang Gerüchte, dass Regierungen Forschungen in Sachen übersinnliche Fähigkeiten finanzieren. Wer auf diesem Gebiet Erfolg gehabt hätte, hätte ein Vermögen verdienen können.«

»Marigold konnte das«, sagt meine Mutter. »Marigold konnte … wie sagt man? Sie konnte teleportieren.«

Mein Blick zuckt zu Luna hinüber. Unsere Mutter sprechen zu hören ist immer noch eine Art Schock, doch Luna scheint lediglich gelinde erstaunt über das, was sie sagt.

»Ich hab's selbst gesehen.« Sally hat den Blick, den wir gewechselt haben, falsch interpretiert. »Zweimal. Das erste Mal, als sie in den Wehen gelegen hat. Meine Tasche ist von einem Stuhl gefallen, ohne dass jemand sie berührt hätte. Ich bin mir nicht sicher, ob sie überhaupt gewusst hat, was sie getan hat.«

»Daran erinnere ich mich«, sagt Florence. »Ich dachte, das hätte an dem wackeligen Stuhl gelegen.«

»Und dann, nachdem sie bei uns eingezogen war, habe ich gesehen, wie ihr eine Blume praktisch in die Hände gesprungen ist.«

»Ein Fingerhut?« Die Worte kommen aus meinem Mund, bevor ich nachdenke.

Meine Mutter wendet sich mir zu. »Du warst dabei. Hast du es auch gesehen?«

Ich warte einen Augenblick mit der Antwort. Ich spreche tatsächlich mit meiner Mutter. »Ich dachte, das wäre ein Windstoß gewesen«, sage ich. »Das Fenster war offen.«

»Wieso interessieren sich Regierungen für die Erforschung übersinnlicher Fähigkeiten?«, fragt Luna.

»Ich weiß nicht, ob das immer noch so ist«, sagt Florence. »Aber Abby hat heute herausgefunden, dass das Interesse in den ersten zehn, zwanzig Jahren nach dem Krieg extrem groß war. Die Amerikaner hatten das Stargate Project, um das Potenzial paranormaler Phänomene für den militärischen Geheimdienst zu erforschen. Es ist erst vor vier Jahren eingestellt worden. Und sie sind davon ausgegangen, dass andere Regierungen das auch machen, vor allem die Russen.«

»Ein paranormales Wettrüsten?« Luna lächelt, möglicherweise feixt sie auch höhnisch. Das ist noch immer schwer zu unterscheiden.

»Was waren das für Experimente?«, will ich wissen.

»Vor allem Fernwahrnehmung, Hellsehen und so. Und Präkognition – ihr wisst schon, zukünftige Ereignisse voraussehen. Es gab auch ein Projekt an der Stanford-Universität in Kalifornien. Einer von den Teilnehmern war Uri Geller. Ihr erinnert euch?«

Köpfe nicken. Der Mann, der Löffel verbogen hat.

»Sie haben Gedankenkontrolle erforscht«, berichtet Florence. »Telepathie. Es gab sogar Gerüchte über Probanden, die mit Gedanken töten konnten. Sie haben an Tieren geübt. Und im Black Moss Manor gab es eine Menge Tiere.«

»Laut Sandra Cartwright waren die Experimente mit den Tieren nicht das Schlimmste«, fährt Florence fort. »Sie haben nämlich etwas entdeckt.«

Sie wirft Jenny Ogilvy einen beklommenen Blick zu.

»Cartwright hat uns erzählt, sie hätten herausgefunden, dass Schmerz die übersinnlichen Fähigkeiten steigert«, erzählt sie weiter. »Sie hatten da eine junge Frau namens Wendy, die im Black Moss Manor entbunden hat. Sie haben Maßnahmen getroffen, um die Entbindung zu verlängern, ihre Schmerzen zu steigern. Sie und das Baby sind gestorben. Marigold hat das irgendwie mitbekommen, und das hat ihr furchtbar Angst gemacht. Deswegen ist sie weggelaufen.«

Die Mienen um mich her verfinstern sich. Neugier verwandelt sich in Zorn. Mehr als eine Frau macht das traditionelle Zeichen zur Abwehr des Bösen.

»Selbst wenn das stimmt – es ist dreißig Jahre her«, gibt

Perdita zu bedenken. »Es hat aufgehört. Sie und Ihre Kollegen haben das Heim geschlossen.«

»Ja, wir haben es geschlossen«, entgegnet Florence. »Aber das hat sie nicht daran gehindert weiterzumachen.«

»Sind Sie sicher?«, fragt Avril sie.

»Ja«, antwortet Florence. »Aus drei Gründen. Der erste ist Larry.«

»Was hat der denn damit zu tun?«, frage ich und sehe, dass Luna ebenfalls erstarrt ist, als sein Name gefallen ist.

»Larry hat den Artikel über die Leichenfunde am Black Moss Manor gesehen, und er hat nicht geglaubt, dass die Skelette bereits mehrere Jahrzehnte alt sind. Er hat gesagt, in diesem Boden hier würden Knochen nie so lange überdauern.«

»Wenn Dad das gesagt hat, dann muss es stimmen«, sagt Luna mit einem raschen Blick zu mir.

»Dem scheint so zu sein«, bekräftigt Florence. »Eine Anthropologin, die ich gefragt habe, hat es bestätigt. Und ich habe heute im Blackburn Royal Infirmary den Obduktionsbericht gesehen. Dort finden sich komplett andere Angaben als in dem Bericht, der auf dem Polizeirevier von Sabden in der Akte abgelegt ist.«

»Das ist unmöglich«, sagt Perdita.

»Es sollte unmöglich sein«, pflichtet Florence ihr bei.

Einen Moment lang starren die beiden Frauen einander an.

»Das heißt, irgendjemand auf dem Revier hat definitiv Verbindungen zu den Meistern«, stellt Perdita fest, als sie den Blick von Florence abwendet. »Was habe ich euch gesagt?«

»Das war schon immer so«, bemerkt Avril. »Die Meister hätten doch ohne den Schutz der Polizei gar nicht so operieren können, wie sie es getan haben.«

»Und Sie haben immer noch keine Ahnung, wer sie sind?«, fragt Daphne.

Perdita schüttelt den Kopf.

Mary erhebt sich. Sie verzieht das Gesicht. Offenbar tun ihr die Gelenke weh, und mir fällt wieder ein, dass sie über siebzig sein muss und dass es bestimmt nicht leicht für sie ist, den Pendle Hill zu erklimmen und auf dem kalten Boden zu sitzen.

»Der zweite Grund ist, dass Sandra Cartwright mir heute Namen genannt hat«, fährt Florence fort. »Die Namen der vier toten Kinder. Keines davon war geboren, als wir das Heim 1969 geschlossen haben.«

Wieder ein beklommener Blick zu Jenny.

»Ich glaube, eins davon war Dwanes und Jennys Sohn David«, sagt Florence. »Ich habe heute die Asche an mich genommen. DNS-Proben könnten es beweisen.«

»Wo ist die Asche jetzt?«, will Perdita wissen.

»An einem sehr sicheren Ort«, antwortet Florence.

Wieder herrscht kurz eine Pattsituation zwischen den beiden Frauen. Perdita tut sich schwer damit, die mutmaßliche Korruption unter ihren Kollegen zu akzeptieren.

»Und der dritte Grund?«, erkundige ich mich.

»Marigold McGowans Sohn ist noch am Leben«, sagt Florence. »Er heißt jetzt Bracken Lee, und er leitet das Black Moss. Das deutet für mich darauf hin, dass die Meister ihn als Baby an sich genommen und ihn aufgezogen haben.«

»Wie können Sie so sicher sein, dass er es ist?«, fragt Perdita.

»Er ist im richtigen Alter. Er hat zugegeben, dass er als Baby adoptiert worden ist. Und er hat einen sechsten Finger an der rechten Hand.«

»Das ist kein Beweis, Florence«, bemerkt Avril.

»Ich habe ihm in die Augen gesehen«, erwidert Florence. »Wir haben uns erkannt.«

Mary geht vom Feuer weg und reibt sich mit einer Hand das Kreuz.

»Was machen wir jetzt?« Daphne sieht aus wie eine furchtsame alte Frau. »Was können wir denn tun?«

»Ladys, Sie tun gar nichts«, verkündet Florence. »Diese Männer sind skrupellos. Vor dreißig Jahren haben sie versucht, mich zu ertränken, und sie haben eine Journalistin zusammengeschlagen, mit der ich zusammengearbeitet habe. Sie haben Randall Butterworth ermordet. Jetzt übernimmt die Polizei diesen Fall.«

»Florence, wir können der Polizei nicht trauen«, wendet Daphne ein. »Entschuldige, Perdita, Liebes, aber das muss doch gesagt werden. Vor allem nach gestern Abend.«

Ein Schatten fällt auf Florence' Gesicht. Marlene streckt den Arm aus und ergreift ihre Hand. Ich drehe mich um und sehe, dass Luna mich fragend anschaut. Ratlos zucke ich die Achseln.

»Es wird nicht die Polizei von Lancashire sein, die die Ermittlungen durchführt, sondern die Metropolitan Police«, erwidert Florence. »Meine Leute. Sie sollten in ein paar Stunden hier sein.«

»Ich bin ja auch der Meinung, dass es Anlass für eine

Untersuchung gibt«, meint Perdita, »aber wie sind die Erfolgschancen? Bis die Met im Revier von Sabden auftaucht, wird der Bericht auf mysteriöse Weise verschwunden sein. Ihre Vernehmung von Sandra Cartwright klingt völlig abwegig und hat jede Menge Löcher. Und selbst wenn sich in der Asche irgendwelche DNS findet, ich bezweifele, dass das gerichtsverwertbar ist.«

»Ich weiß«, pflichtet Florence ihr bei. »Die wissen, dass ich die Asche mitgenommen habe und dass ich beide Obduktionsberichte gesehen habe. Wahrscheinlich wissen sie auch, dass ich mit Sandra Cartwright gesprochen habe. Bracken Lees Adoption wird dokumentiert sein. Wenn seine Unterlagen irgendwie gefälscht worden sind oder wenn sie gar nicht existieren, dann finde ich das raus. Die Leute im Black Moss Manor wissen, dass ich sie auffliegen lassen kann.«

»Bin ich eigentlich die Einzige hier, der das alles ganz und gar nicht gefällt?«, fragt Daphne.

»Mir passiert schon nichts«, wehrt Florence ab. »Ich werde den Rest des Abends im Haus der Glassbrooks verbringen. Mit Sallys Erlaubnis. Die Meister wissen, dass ich die Hausschlüssel habe. Früher oder später werden sie dort aufkreuzen, um mich zu holen. Ich werde verkabelt sein, und meine Kollegen werden auf sie warten. Wenn die auf mich losgehen, wissen wir, dass sie etwas zu verbergen haben.«

»Das ist riskant, Florence«, meint Avril.

Florence lächelt. »Ja. Für die.«

Mary, die jetzt schon ein paar Minuten steht, ohne dass es groß beachtet wurde, hat sich umgedreht. »Da unten kommt ein Auto«, meldet sie. »Wir kriegen Gesellschaft.«

111. Kapitel

Florence

Die Frauen sind aufgesprungen. Ich gehe zum Rand des Plateaus und schaue hinab. Tatsächlich, die Scheinwerfer eines Autos nähern sich der Stelle, wo wir geparkt haben. Es könnte ein Wanderer sein. Aber ich weiß nur zu gut, dass dem nicht so ist. Die Meister haben mich gefunden.

»Wir müssen weg«, sage ich. »Sofort.«

Diese Männer sind gefährlich. Niemand weiß das besser als ich, und ich kann nicht riskieren, dass die Frauen in die Pläne dieser Männer hineingeraten, wie immer diese auch aussehen mögen.

»Was ist denn los?«, fragt Luna und tritt neben mich. »Wer ist das? Wollen die was von uns?«

»Es gibt noch einen anderen Weg vom Hügel runter«, sagt Jenny. »Wir müssen bis ganz zum Gipfel und dann nach Wiswell. Ich kann Dwane anrufen, damit er uns abholt.«

Ich überlege, ob die Männer mich wohl sehen können, angeleuchtet vom Feuerschein. Rasch nehme ich Luna bei der Hand und trete zurück.

»Wo ist das Problem?«, mault Cassie. »Wir tun doch nichts Verbotenes.«

»Genau«, meint Luna. »Wir haben noch nicht mal die Hühner geschlachtet.«

Im Finstern querfeldein fliehen? Das erscheint mir nicht gerade klug, und doch werden die da unten eine Weile brauchen, um das Plateau zu erreichen. Wir haben Zeit, uns aus dem Staub zu machen.

»Wir sollten gehen«, sage ich. »Jenny, gehen Sie voran. Ich übernehme die Nachhut. Lasst das Feuer, das brennt von selbst aus. Und lasst alles Schwere liegen.«

»Flossie«, wendet Luna ein, »übertreiben Sie jetzt nicht ein bisschen?«

Ich fahre zu ihr herum. »Sie haben keine Ahnung, wozu diese Männer imstande sind!«

Daphne verschränkt die Arme vor ihrem Busen. »Ich sehe das genauso wie Luna«, verkündet sie. »Ich kann unmöglich querfeldein über Stock und Stein laufen. Ich bin fast achtzig.«

»Ich fürchte, ich muss auch passen.« Avril setzt sich wieder. »Marlene, Sie schleppen mehr Gewicht mit sich herum als früher, und Mary sieht nicht aus, als wäre sie in letzter Zeit viel gewandert. Ich würde mich wieder hinsetzen, Ladys.«

Während ich sie mit offenem Mund anstarre, nehmen die ersten Frauen wieder Platz. Andere sehen verunsichert aus.

»Was zum Teufel machen Sie da?«, frage ich Avril. »In ein paar Minuten sind die hier.«

»Die brauchen mindestens eine halbe Stunde«, bemerkt Daphne. »Wenn sie den Weg hier herauf nicht kennen, noch länger.«

Avril wirft neues Holz aufs Feuer.

»Genau«, bekräftige ich. »Wir haben Zeit abzuhauen.«

»Sie hauen ab«, sagt Avril. »Nehmen Sie Jenny mit, damit Sie sich nicht verlaufen. Wir bleiben hier.«

»Wir halten die Stellung.« Daphnes Augen funkeln. »Geben Ihnen Feuerschutz.«

»Ist das für Sie etwa ein Witz? Haben Sie vergessen, was die letzte Nacht getan haben?«

»Florence, wir müssen los.« Jenny fasst mich am Arm. Ich fange Perditas Blick auf und weiß, dass sie meine Bedenken teilt.

»Ich sollte hierbleiben«, sagt sie zu mir. »Mit einer Polizistin von hier werden die sich nicht anlegen.«

»Ich denke, Sie werden überrascht sein, mit wem sich diese Leute alles anlegen«, antwortet Avril ihr. »Aber wir interessieren die nicht. Florence ist diejenige, auf die man aufpassen muss. Gehen Sie mit ihr.«

»Mein Auto steht unten am Hügel«, sage ich. »Die wissen, dass ich hier bin.«

»Ich hab's weggefahren«, erwidert Daphne. »Könnte sein, dass ich den linken Kotflügel angekratzt habe, Liebes. Meine Augen sind nicht mehr das, was sie mal waren.«

»Sie sollten wirklich abhauen«, drängt Avril mich, und ich sehe, dass auch sie allmählich Angst bekommt. Angst um mich.

»Sie sind unterwegs hier rauf«, meldet Mary. »Drei, glaube ich. Da soll mich doch einer … Die haben Fackeln dabei.«

»Stilecht mittelalterlich«, bemerkt Luna. »Wie sieht's denn mit Mistgabeln aus?«

»Ich lasse euch doch hier nicht zurück«, verwahre ich mich.

»Uns tun die nichts.« Daphne wühlt jetzt in ihrer Tasche herum. »Einem Haufen verrückter alter Weiber. Verdammt, ich habe den Wein vergessen.«

»Und zwei Anwältinnen erst recht nicht.« Luna zückt ihr Handy. »Von denen eine dem Seniorpartner ihrer Kanzlei gleich eine SMS schickt, dass sie zuletzt auf dem Pendle Hill gesehen worden ist, falls ihr irgendetwas passieren sollte.«

»Das ist eine gute Idee.« Avril holt ebenfalls ihr Handy hervor.

Perdita folgt ihrem Beispiel. »Ich melde das hier dem Revier. Da kann doch nicht die gesamte Polizeitruppe mit drinstecken.« Sie geht ein kleines Stück von der Gruppe weg.

»Und einer international bekannten Songwriterin«, fügt Luna hinzu. »Meine Schwester kann nicht einfach verschwinden. Sie arbeitet gerade mit Andrew Lloyd Webber an einem neuen Musical.«

»Woher weißt du das?«, fragt Cassie.

»Hallo? Internet?«

Sie haben recht. Niemand wird sich mit dieser Bande anlegen. Ich gebe dem Zerren an meinem Ärmel nach, und Jenny und ich machen uns daran, das letzte Stück bis zum Gipfel hinaufzusteigen. Perdita beendet ihr Telefonat und folgt uns.

112. Kapitel

Cassie

Nachdem Florence und die beiden anderen weg sind, wird neues Holz ins Feuer geworfen. »Warten wir jetzt einfach, bis die kommen?«, frage ich und gebe mir Mühe, nicht nervös zu klingen.

»Nein«, antwortet Daphne.

»Wir haben bestenfalls zwanzig Minuten«, verkündet Mary. »Die kennen den Weg.«

»Zwanzig Minuten sollten reichen«, sagt Avril.

»Wofür?«, fragt Luna.

»Wir sind hier noch nicht fertig«, sagt Daphne. »Cassandra hat das Wort.«

Alle verstummen. Alle sehen mich an, außer Mary. Niemand lächelt. Ich wende mich ab und blicke den Hügel hinauf, doch Florence und die anderen sind verschwunden.

Plötzlich fühle ich mich sehr allein. Niemand um mich herum scheint sich wegen der nahenden Bedrohung Sorgen zu machen. Es ist fast so, als hätten sie damit gerechnet, dass das passieren würde. Mit kommt der Gedanke, dass Florence' Aufbruch geschickt eingefädelt worden ist.

»Wartet ihr etwa darauf, dass ich irgendetwas beichte?« Ich versuche, meiner Stimme einen höhnischen Tonfall zu verleihen, doch in den letzten Minuten hat sich die Stimmung der Gruppe verändert. Sie ist zu etwas anderem geworden. Zu spät fällt mir wieder ein, dass das hier kein

Haufen alter und durchgeknallter Weiber ist. Das hier ist eine Hexenversammlung.

Hexen, die ihre Verbrechen gestehen, werden gehängt. Oder ertränkt. Oder in reinigendem Feuer verbrannt. Das Feuer in unserer Mitte lodert heller und höher, seit Florence und die anderen sich abgesetzt haben. Nachdem die Männer da unten entdeckt worden sind, haben die Frauen angefangen, es zu schüren. Mein Herz hämmert. Ich sage mir, dass Florence eine ranghohe Polizistin ist. Ein so grässliches Verbrechen, wie jemanden zu verbrennen, würde sie nicht billigen.

Florence ist weg. Perdita ist weg.

Avril räuspert sich. »Es wird einfacher sein, wenn du's tust.«

Natürlich – für sie. Wenn ich meine Sünden beichte – Mord, die Planung eines weiteren Mordes, Inzest –, können sie reinen Gewissens mit mir machen, was sie wollen.

»Cassandra, du trägst schon zu lange eine Bürde mit dir herum«, sagt Daphne. »Es wird Zeit, dass du sie abwirfst.«

»Wir können dir nicht helfen, wenn du uns nicht vertraust«, sagt meine Mutter.

Seit Jahren hat meine Mutter nicht mehr direkt zu mir gesprochen. Ich dachte, ich würde ihre Stimme nie wieder hören, und jetzt verlangt sie von mir …

»Warum zum Teufel sollte ich dir vertrauen?«, frage ich.

Sie sieht beschämt zu Boden, als sie den Hass in meiner Stimme hört.

»Dann vertrau mir«, sagt Luna.

Zum ersten Mal seit Jahrzehnten sehe ich meine kleine Schwester richtig an. Sie ist so groß wie ich. Ihr Haar, das sie früher gehasst und immer völlig abartig gefärbt hat, weil es nicht silberblond war wie meins, ist jetzt von einem dunklen Gold. Sie färbt es noch immer, aber endlich hat sie den richtigen Farbton gefunden. Und sie zieht sich auch gut an.

»Du hasst mich doch«, sage ich zu ihr.

»Ich habe ihn abgehakt.« Dann grinst sie. »Du nicht, habe ich gehört.«

»Sag uns, was du getan hast«, sagt Avril. »Dann geht es dir besser.«

Sie hat recht. Ich habe dieses Geheimnis zu lange mit mir herumgetragen.

»Ich habe Roy Greenwood umgebracht«, sage ich.

Niemand scheint überrascht zu sein.

»Warum?«, fragt Daphne.

»Ich habe sein Testament gefunden«, antworte ich. »An dem Tag, bevor er und seine Mutter bei uns eingezogen sind.«

Avril neigt bestätigend den Kopf. »Ich habe Sally eine Kopie gegeben«, erklärt sie. »Wir waren uns nicht hundertprozentig sicher, ob es unter den veränderten Umständen vor Gericht Bestand haben würde.«

»Aber dir ist klar geworden, dass es sehr gut möglich wäre, dass wir die Firma und das Haus erben, wenn Roy sterben würde, ohne es zu ändern«, sagt meine Mutter. »Uns würde nichts mehr passieren können.«

»Genau.« Ich erinnere mich an jene Ahnung grauenhafter Möglichkeiten, als ich Greenwoods Testament gelesen habe.

»Du hast ja immer schon ein bisschen zu viel rumgeschnüffelt«, bemerkt Mary.

»Und bist ständig überall rumgeschlichen«, fügt Luna hinzu.

Ich funkele sie böse an, und sie streckt mir die Zunge heraus. Einen Moment lang sind wir wieder Teenager.

»Aber eigentlich war es gar nicht das Geld«, sage ich wahrheitsgemäß. Es war die schiere, lähmende Angst vor dem Mann gewesen. In weniger als einem Tag hatte er das Regiment in unserem Haus übernommen, und ich wusste, dass er hinter Mum her war. Das hätte ich vielleicht noch hingenommen, aber mir war klar, dass er sich nicht mit ihr zufriedengeben würde. Ich hatte bemerkt, wie er mich und Luna ansah. Sogar Marigold. Keine von uns wäre sicher gewesen.

»Du hattest wahnsinnige Angst vor ihm«, sagt Luna. »Das ging uns allen so. Er war unberechenbar und gefährlich.«

»Und wie?«, fragt Avril. »Wie hast du ihn umgebracht?«

Wieder habe ich das Gefühl, dass sie es bereits weiß.

»Mit Fingerhutsirup.« Ich werfe einen raschen Blick zur anderen Seite des Feuers, wo unsere alte Haushälterin Wache hält. »Mary und Luna haben welchen gekocht. Ich habe eine von den Flaschen geklaut und etwas davon in den Sherry gekippt. Er war der Einzige, der das Zeug getrunken hat. Ich war mir nicht sicher, ob es wirkt, aber dann ist er krank geworden. Ich habe noch ein bisschen mehr reingetan, und er ist zusammengeklappt. Ein paar Stunden später ist er gestorben.«

»Die sind definitiv zu dritt«, ruft Mary zu uns herüber.

»War das an dem Abend, als ich bei Daphne und Avril übernachtet habe?«, fragt Luna mich. »Die Nacht, in der Marigold verschwunden ist? Jetzt mal ehrlich, ich habe ja alles verpasst.«

Meine Mutter wirft ihr einen finsteren Blick zu.

»Ich bin froh«, verkündet Luna. »Greenwood war ein Monster. Ich hätt's selbst getan, wenn ich von dem Testament gewusst hätte. Ich wünschte, du hättest es mir erzählt, Cassie. Ich hätte …«

»Was hättest du?«, frage ich.

Sie zuckt die Achseln. »Ihn festgehalten. Die Last mit dir geteilt. Irgendwas. Worauf ich hinauswill, ist, ich bin froh, dass du ihn umgebracht hast.« Sie streckt den Arm aus, als wolle sie mir die Hand schütteln.

»Hat sie ja gar nicht«, sagt meine Mutter.

Luna erstarrt. Alle anderen wenden sich meiner Mutter zu, außer Avril und Daphne, die mich weiter beobachten.

»Doch, hat sie«, widerspricht Mary. »Etwas von dem Fingerhutsirup war verschwunden. Sie hat das Zeug genommen, und sie hat ihn umgebracht. Ich sag ja nicht, dass er es nicht verdient hätte, aber …«

»Ich habe den Sirup wirklich genommen«, beteuere ich, weil ich nicht bereit bin, Mary für mich sprechen zu lassen. »Ich habe ihn in den Sherry gekippt. Er hat das Zeug getrunken. Ich habe ihn umgebracht.«

»Ich habe die Flasche gefunden.« Meine Mutter stößt einen langen, tiefen Seufzer aus. »Ich habe gesehen, dass eine aus dem Schrank gefehlt hat, und habe das Haus abgesucht, bis ich sie gefunden habe. In deinem Zimmer habe ich zuerst nachgesehen.«

Sie hält meinem Blick stand.

»Ich habe die Flasche, die du genommen hattest, mit einer vertauscht, in der eine Lösung aus Hagebutten und Zucker war«, sagt sie. »Das war's, was du in den Sherry getan hast. Es hat ihn ein bisschen süßer gemacht, das ist alles.«

Ich schüttele den Kopf. Ich weiß doch noch, wie Greenwood der Schweiß ausgebrochen ist, dass er Fieber hatte, Gleichgewichtsstörungen. Ich erinnere mich an meine freudige Erregung, als ich begriff, dass das Zeug wirkt, und an das gleichzeitige Entsetzen darüber, was ich getan hatte.

»Ich habe die Flasche mit dem Fingerhutsirup wieder in den Schrank getan«, fährt meine Mutter fort. »Als die Polizei nachgeschaut hat, war alles in Ordnung.«

»Aber Greenwood ist doch vergiftet worden«, wende ich ein.

»Ja«, bestätigt meine Mutter. »Aber nicht von dir.«

Ich kann das alles nicht verarbeiten. Dreißig Jahre lang war ich eine Mörderin. Eine der Fesseln, die mich an John banden. Wir hatten beide getötet, in derselben Nacht. Dreißig Jahre später war ich bereit gewesen, seine Frau umzubringen, seine Mutter – sogar seinen Hund –, weil ich geglaubt habe, ich sei bereits eine Mörderin.

»Streng genommen hattest du es ja trotzdem vor«, sagt Daphne. »Wahrscheinlich hast du irgendein Verbrechen begangen, wenn auch ein geringfügigeres. Das ist etwas, was wir Florence nicht erzählen sollten.«

»Oder Perdita«, fügt Hecate hinzu.

Ein zustimmendes Raunen geht durch die Gruppe.

»Sie sind fast oben«, ruft Mary. »Zehn Minuten.«

Ein paar der Frauen wechseln beklommene Blicke, doch die Männer, die da den Hügel heraufkommen, interessieren mich nicht mehr.

»Wer war es dann? Wenn ich ihn nicht umgebracht habe, wer dann?« Plötzlich übermannt mich die Furcht, dass es meine Mutter war, dass sie sich selbst die Last aufgebürdet hat, um uns den Mann vom Hals zu schaffen.

»Ich nicht.« Luna hebt in einer »Nicht schießen«-Geste die Hände.

Ich wende mich an meine Mutter. »Warst du es?«

Sie nimmt meine Hand, das erste Mal seit Jahren, dass sie mich berührt, und schüttelt den Kopf. »Nein.«

Ich glaube ihr. Meine Mutter ist keine Mörderin.

Dann schaue ich zu Mary hinüber. Sonst war doch niemand im Haus. Sie schüttelt den Kopf. Meine Mutter drückt meine Hand, und ich sehe sie an. »Grace hat ihn umgebracht«, sagt sie.

Grace Greenwood? Roys Mutter?

»Marigold kann es nicht gewesen sein«, bemerkt Luna. »Und sonst war niemand da. Hat Grace Fingerhutsirup benutzt? Sie hat ja ständig in den Schränken herumgeschnüffelt.«

»Roys Symptome haben nicht zu einer Fingerhutvergiftung gepasst«, sagt meine Mutter. »Sonst war nichts im Haus, womit man jemanden hätte umbringen können.«

»Ich weiß noch, es gab da ein paar Ähnlichkeiten, aber nicht genug, dass die Polizei sich ernsthafte Hoffnungen auf einen Schuldspruch hätte machen können«, sagt Avril. »Und außerdem war Grace bereit auszusagen, dass er schon seit einer ganzen Weile krank gewesen war.«

»Weil sie ihm das Gift nämlich über Wochen verabreicht hatte«, sagt meine Mutter. »Er hat sie jahrelang misshandelt. Sie hatte Angst, was er uns antun könnte.«

»Hat sie dir das erzählt?«, frage ich.

Sie nickt. »An dem Morgen, an dem ich auf freien Fuß gesetzt worden bin. Sie hat versprochen zu gestehen, wenn Anklage gegen mich erhoben wird. Sie hätte mich nicht ins Gefängnis gehen lassen.«

»Also hast du den Mund gehalten und es drauf ankommen lassen?«, fragt Luna.

»Warum hast du's nicht der Polizei gesagt?«, will ich wissen. »Was waren wir denn den Greenwoods schuldig?«

Meine Mutter sieht mich mit einem Blick an, den ich von früher her gut kenne. *Denk nach,* sagt er. *Benutz dein Gehirn, bevor du den Mund aufmachst.*

»Sie hat sich bereit erklärt, das Testament nicht anzufechten, wenn du nichts sagst«, tippe ich. »Sie hat uns das Haus und das Unternehmen überlassen.«

»Alles, was sie wollte, war, nach Hause zu gehen und ihr Leben in Ruhe und Frieden zu Ende zu leben«, sagt meine Mutter. »Ich habe sie ein paar Mal getroffen, bevor sie gestorben ist. Sie hat nie bereut, was sie getan hat.«

»Und womit hat sie's getan?«, erkundigt sich Marlene.

»Mit Maiglöckchenwasser.« Der Blick meiner Mutter geht von Luna zu mir. »Wisst ihr noch, das Parfüm, das sie immer getragen hat?«

»Mein Gott, ja«, stößt Luna hervor. »Das hat vielleicht gestunken.«

»Sie hat es selbst gemacht. Sie hat die Blumen gezogen – im Garten, in Blumenampeln, in Kübeln, drinnen und draußen.«

Marlene sieht aus, als wäre sie tief beeindruckt. »Ein sehr starkes Gift«, stellt sie fest. »Führt zu Sehstörungen, Desorientiertheit, Erbrechen, Übelkeit, Bluthochdruck. Und schließlich zum Herzstillstand.«

Ich habe mich von meiner Mutter losgemacht. Ich will nicht, dass sie mich anfasst.

»Warum?«, frage ich sie. »Warum hast du mich denken lassen, ich wäre es gewesen?«

»Sie hat doch nicht gewusst, was du getan hast«, sagt Luna. »Es war ein Missverständnis.«

»Sie hat's gewusst. Sie hat die Flasche in meinem Zimmer gefunden. Und sie hat mir gedroht.«

»Was meinst du damit?« Luna macht ein verwirrtes Gesicht. »Wann?«

»Ein paar Tage später.«

Ich erinnere mich, wie ich in Panik mein Zimmer durchwühlt habe und wie ich mich dann umgedreht habe, und Mum steht in der Tür, die Flasche in der Hand. »Suchst du das hier?«, hat sie mich gefragt.

Ich wende mich an meine Mutter. »Du hast gesagt, du würdest das nie wieder ansprechen. Und dass niemand je erfahren würde, dass die Flasche weg gewesen war, solange ich keine Dummheiten mache.«

Die Augen meiner Mutter sind voller Schmerz, doch sie kann den Blick nicht von mir lösen.

»Ich habe getan, was du wolltest. Ich habe mich von John ferngehalten, weil ich solche Angst davor hatte, ins Gefängnis zu müssen. Du hast es Dad gesagt, stimmt's? Ich habe einen Brief von ihm gekriegt, kurz nachdem er verurteilt worden war. Darin stand, dass er weiß, was ich getan habe, und dass ich nichts mehr mit John zu tun haben darf.«

»Er war dein Bruder«, erwidert meine Mutter.

»Genau genommen ist er das immer noch«, wirft Luna ein.

»Beryl hat dasselbe getan, stimmt's?«, frage ich. »Sie hat John gesagt, ihr beide, du und sie, würdet nichts von dem Unfall im Pub sagen, wenn er mich in Ruhe lässt.«

»Was denn für ein Unfall?«, will Luna wissen.

»Vielleicht brauchen wir heute Abend ja nicht gleich alles zu beichten«, wirft Daphne ein.

»Ihr habt uns erpresst, damit wir uns trennen«, sage ich.

»Wir haben es zu eurem eigenen Besten getan«, antwortet meine Mutter. »Ich, Beryl, dein Vater. Wir dachten, in ein paar Jahren würde sich das von selbst erledigen.«

Wie kann sie das nicht verstehen? Eher hätte ich mir das Herz herausgerissen.

»Ihr hättet nie heiraten dürfen.« Es klingt fast, als flehe sie mich an. »Ihr hättet keine Kinder bekommen dürfen. Ihr wärt Ausgestoßene gewesen. Vielleicht wärt ihr ins Gefängnis gekommen.«

»Für Kinder ist sie jetzt zu alt«, stellt Luna fest. »Damit wäre ein Problem gelöst.«

»Ich hätte ein Leben mit dem Mann gehabt, den ich liebe«, sage ich. »Wir hätten ins Ausland gehen können. Ich hätte glücklich sein können.«

»Wir haben es zu eurem Besten getan.«

»Ihr habt mir den Weg zur Hölle gepflastert«, erwidere ich.

»Tja, es ist ja noch nicht zu spät«, meint Luna. »Du bist noch jung. Also, mehr oder weniger. Und du siehst noch gut aus. Ein Haarschnitt würde nicht schaden. Und dieser ›Alternde Rock'n'Roll-Braut‹-Look… ehrlich, der ist ein bisschen abgestanden.«

»Luna, bitte.« Meine Mutter hebt die Hand, um meine Schwester zum Schweigen zu bringen.

»Es ist nicht recht«, wendet Mary ein. »Er ist doch mit unserer Tammy verheiratet.«

»Ich war auch mal verheiratet«, bemerkt Marlene. »Das hält nicht ewig.«

»Ich auch«, sagt irgendjemand anders. »Hat mich wegen einer Frau verlassen, die unten in der Farbenfabrik gearbeitet hat. Ich bin drüber weggekommen.«

»Aber wart ihr mit einem nahen Verwandten verheiratet?«, erkundigt sich Luna.

»Halt die Klappe, Luna«, brüllen meine Mutter und ich gleichzeitig.

»Sie sind stehen geblieben«, verkündet jetzt Mary. »Noch fünf Minuten weg, würde ich sagen … Aber sie steigen nicht weiter. Sie reden.«

»Luna hat recht«, sagt Avril. »Lasst mal Kinder aus dem Spiel, dann geht es hier um gesellschaftliche Normen. Aber wenn ihr aus Sabden weggeht, du und John, dann braucht niemand etwas zu wissen.«

Allgemeines Kopfnicken rund um das Feuer. Geben sie mir etwa tatsächlich ihren Segen?

»Also, ich bin froh, dass wir das geklärt haben.« Daphne erhebt sich. »Wie sieht's da unten aus, Mary?«

»Sie haben kehrtgemacht«, meldet Mary. »Sie gehen den Hügel wieder runter. Sie rennen sogar. Das ist nicht besonders klug, nicht da am Abhang.«

Einen Moment lang herrscht Schweigen.

»Wir müssen los«, sagt Avril. »Schwestern, holt eure Sachen, so schnell ihr könnt.«

Die Frauen stehen auf. Luna und ich wechseln verständnislose Blicke.

»Was ist denn los?«, fragt Luna. »Wenn die weggehen, wo ist dann das Problem?«

Avril holt ihr Handy hervor und tippt eine Nummer ein. »Wenn sie nicht mehr zu uns raufwollen, dann heißt das, sie wissen, dass Florence uns verlassen hat.« Sie drückt das Handy ans Ohr. »Verdammt, kein Netz.«

Daphne ist an den Rand des Plateaus getreten. »Das sind Männer, die ein Ziel haben«, stellt sie fest. »Ich glaube, sie wissen, wo Florence ist.«

113. Kapitel

Florence

Perdita und ich atmen schwer, als wir den Gipfel erreichen, und wir warten, bis Jenny uns einholt. Als sie bei uns ist, drängen wir uns dicht zusammen, um uns vor dem Wind zu schützen.

»Er holt uns bei der alten Zehntscheune ab«, verkündet Jenny. »Er fährt gleich los.«

Jetzt übernimmt Perdita die Führung, und ich gehe neben Jenny. Wir folgen einem Weg, der wenig mehr ist als ein Ziegenpfad. Der Wind schiebt uns voran.

»Was glauben Sie, was die mit ihm gemacht haben?«, fragt Jenny. »Mit meinem Kleinen, meine ich.«

»Wenn sie geglaubt haben, dass er besondere Fähigkeiten hat, dann haben sie sich bestimmt gut um ihn gekümmert«, antworte ich.

»Bis sie ihn umgebracht haben.«

Ich weiß nicht, was ich darauf erwidern soll.

»Glauben Sie an so was?«, fragt sie. »An diesen übernatürlichen Kram?«

»Ich möchte gern Nein sagen, aber …«

Ich denke zurück an jenen Abend, vor langer Zeit, als ich zugesehen habe, wie Kinder mit verbundenen Augen um Hindernisse herumliefen, und daran, wie Albert Frost mir erzählt hat, das sei ein Spiel, um das räumliche Empfinden zu testen. Es gibt immer eine vernünftige Erklärung für das, was zu akzeptieren uns schwerfällt. Die Schrift auf dem Spiegel, die mich so sehr erschreckt hat, war vielleicht das Werk menschlicher Hände, oder es war »übernatürlicher Kram«. Das Messer, mit dem ich im Black Moss Manor verletzt worden war, an dem Tag, an dem wir die Razzia durchführten, hatte mir vielleicht eine kleine starke Hand ins Bein gerammt oder vielleicht reine Willenskraft.

Der Weg führt jetzt steil bergab. Wir gehen so schnell, wie wir es wagen. Jenny fällt hin und rutscht einige Meter den Hang hinunter. Perdita bleibt im Schlamm stecken. Unter uns kann ich einen Kirchturm sehen und eine Ansammlung von Dächern. Als wir am Fuß des Hügels angekommen sind, klettern wir über eine Mauer und überqueren eine Wiese. Zwei Pferde beobachten uns neugierig. Eine Wiese folgt, und ich glaube, Telefonmasten zu sehen.

»In welcher Richtung geht es zu der Scheune?«, frage ich, als wir über eine niedrige Mauer auf die Straße klettern.

Jenny zeigt Richtung Westen, und wir machen uns auf den Weg. Sie holt ihr Handy hervor und wählt. »Er geht nicht ran«, sagt sie kurz darauf.

»Der Empfang ist hier unter aller Kanone«, meint Perdita. »Der Hügel blockiert das Netz.«

»Wie weit noch?«, will ich wissen.

»Einen halben Kilometer«, antwortet Jenny.

Wir gehen weiter und hören nichts als den Wind, gelegentliches Hundegebell und das Blöken von Schafen.

»Versuchen Sie's noch mal«, sage ich.

»Nichts«, verkündet Jenny einen Moment später.

Ich versuche es selbst. Ich wähle Dwanes Nummer und höre das Freizeichen. Er meldet sich nicht. Ich versuche, die Unruhe, die mich erfasst, zu ignorieren, aber es gelingt mir nicht. Jetzt ist die Scheune in Sicht, ein niedriges Gebäude dicht bei der Kirche.

»Da ist Dwanes Auto.« Jennys Schritte werden schneller, und auch ich kann den großen silbernen Wagen sehen.

»Jenny, warten Sie.« Ich bekomme sie an der Schulter zu fassen. »Rufen Sie ihn noch mal an.«

Sie deutet auf das silberne Auto. »Da ist er doch. Ich kann auch so rufen.«

Ein einsames Licht brennt auf dem Parkplatz der Zehntscheune, und Dwane ist als dunkle Silhouette auf dem Fahrersitz zu erkennen.

»Rufen Sie ihn an«, wiederhole ich.

Dwane würde nicht in seinem Auto sitzen. Er würde auf der Straße auf und ab marschieren, würde uns anblaffen, dass wir uns verdammt noch mal beeilen sollten, er hätte nicht die ganze Nacht Zeit.

Wir hören das Handy im Auto klingeln.

Ich bleibe stehen. »Umkehren«, befehle ich. »Über die Mauer und verstecken. Perdita, nehmen Sie Jenny. Sofort.«

Perdita und ich machen kehrt und zerren eine widerstrebende Jenny mit.

Wir können nicht weiter. Drei hochgewachsene Männer versperren uns den Weg.

114. Kapitel

Cassie

Luna setzt mich um kurz nach elf vor Daphnes und Avrils Haus ab.

»Bleib in der Nähe vom Telefon.« Mit unserer Mutter auf dem Rücksitz fährt sie davon, noch ehe ich die Tür richtig zugemacht habe. Ich suche den Schlüssel, den ich mir geborgt habe, hervor und steige die Stufen zur Haustür hinauf.

Die Hexen haben ihren Plan geschmiedet, während wir den Pendle Hill wieder hinuntergeeilt sind, nachdem es ihnen nicht gelungen war, Kontakt zu einer der drei Frauen aufzunehmen, die uns dort oben verlassen haben. Wir sollten uns trennen und jeweils dorthin gehen, wo Florence und die anderen am wahrscheinlichsten Schutz suchen würden. Daphne und Avril sollten jetzt schon in unserem alten Haus sein. Hecate ist zu Dwane gefahren, Mary in den Black Dog, und meine Mutter wird im Pflegeheim warten. Marlene und ihre Tochter sind unterwegs zum Black Moss Manor. Wenn Luna meine Mutter ins Heim gebracht hat, wird sie zum Polizeirevier von Sabden fahren, um zu melden, dass wir befürchten, dass Florence, Perdita und Jenny in Gefahr sind. Dank ihrer juristischen Verbindungen in London ist sie diejenige, die man auf dem Revier noch am ehesten ernst nehmen wird.

Ich stelle fest, dass Johns Van nicht vor dem Haus steht. Das macht nichts, sage ich mir, ich vertraue ihm, doch ich öffne die Haustür schweren Herzens. Das dunkle Haus fühlt sich fürchterlich leer an.

Ich soll beim Telefon bleiben, also tue ich das. Es heißt, ein Telefon, das man anstarrt, klingelt nie, doch dieses hier beweist das Gegenteil. Ich habe keine fünf Minuten gewartet. Ich kriege einen Mordsschreck, aber ein Anruf nach so kurzer Zeit, das können doch nur gute Nachrichten in Sachen Florence sein. Oder es ist John. Ich nehme ab.

»Hallo«, sage ich.

Stille.

»Hallo«, wiederhole ich misstrauisch.

»Ist er da?«, fragt Tammy.

»Nein«, antworte ich, weil es die Wahrheit ist.

»Er ist los, um es den Kindern zu sagen«, sagt sie. »Ich nehme an, er ist unterwegs.«

Es passiert also wirklich. Wie merkwürdig, dass ich die Bestätigung von seiner Frau erhalte.

»Er hat was liegen lassen.« Ihre Stimme klingt tonlos und matt, als hätte sie geweint. Es wird sie einiges an Überwindung gekostet haben, hier anzurufen.

»Ich sag's ihm«, verspreche ich. »Danke.«

»Ich will ihn nicht wiedersehen. Wenn du das Ding haben willst, komm's jetzt holen. Ich gebe dir zehn Minuten.«

Ich gehe heute Abend bestimmt nicht auch nur in die Nähe des Black Dog. »Ist nicht weiter wichtig. Ich richte es ihm aus.«

Ich will schon auflegen, als mir bei ihren nächsten Worten beinahe das Herz stehen bleibt.

»Es ist diese Tonfigur von ihm, die du gemacht hast. Zehn Minuten. Dann hau ich das Ding in Stücke.«

115. Kapitel

Florence

»Ma'am, können Sie mich hören? Ma'am? Florence, wachen Sie auf!«

Ich glaube, diese Stimme kenne ich. Ich erinnere mich an eine Scheune. Drei maskierte Männer.

»Florence!«

Ich öffne die Augen und stelle fest, dass ich mich in einer Art Schuppen befinde. Hier und da bröckeln die steinernen Wände. Auf dem Boden liegt Stroh, und es riecht nach Vieh. Ich sehe eine trübe Laterne, eine niedrige Decke voller Spinnweben, hölzerne Balken. Mir gegenüber sitzt Perdita genau wie ich auf dem Boden, die Beine ausgestreckt, Handgelenke und Knöchel ebenso gefesselt wie meine.

Ihr Haar hat sich aus dem Pferdeschwanz gelöst, und ein schlammgrauer Streifen zieht sich quer über ihr Gesicht.

»Alles okay, Ma'am?«, erkundigt sie sich. »Können Sie mir sagen, wie Sie heißen?«

Ich zwinge mich zu sprechen. »Ich bin Florence Lovelady, wir haben 1999, und Tony Blair ist Premierminister. Wo sind die anderen?«

Perdita schließt die Augen. »Ich glaube, Dwane haben sie erschossen«, antwortet sie.

Ich bekomme keine Luft.

»Ich weiß nicht, was mit den anderen ist«, fährt Perdita fort. »Daphne, Avril, alle. Die Kerle haben mir mein Handy abgenommen. Ihnen auch.«

»Aber Sie haben doch telefoniert, oder? Sie haben auf dem Revier angerufen und gesagt, dass wir verfolgt worden sind.«

»Bevor wir uns von den anderen getrennt haben«, erinnert mich Perdita. »Irgendjemand wird nach uns suchen. Aber ich habe keine Ahnung, wo wir sind. Haben Sie irgendwas gesehen, bevor die uns geschnappt haben?«

Ich hebe die gefesselten Hände an den Kopf. Dicht unterhalb des Scheitels ist etwas Klebriges. »Das Letzte, woran ich mich deutlich erinnern kann, ist, dass Dwane in seinem Auto gesessen hat«, erwidere ich. »Und dann diese Männer.«

»Ich glaube nicht, dass wir weit von der Stadt weg sind«, sagt Perdita. »Ich glaube, wir sind irgendwo auf dem Moor.«

»Das grenzt es nicht allzu sehr ein.«

Darauf antwortet sie nicht, also blicke ich mich noch einmal um. Als die Meister mich das letzte Mal gefangen gehalten haben, hat undurchdringliche Finsternis geherrscht. Letztes Mal waren meine Hände hinter meinem Rücken gefesselt, und ich war geknebelt. Diesmal ist es bequemer, und ich kann sprechen. Das letzte Mal haben sie ein Stück von mir abgeschnitten. In jähem Entsetzen schaue ich nach unten, doch meine neun Finger sind alle da, wo sie sein sollen.

»Ma'am, was haben Sie Ihren Kollegen in London erzählt? Genug, dass sie uns finden können?«

Perdita kann die Panik in ihrer Stimme nicht verbergen. Viele Polizisten bringen ihre gesamte Berufslaufbahn hinter sich, ohne je auch nur ein einziges Mal um ihr Leben zu fürchten. Und genauso sollte es auch sein.

»Ich habe so gegen zehn Uhr mit ihnen gerechnet«, sage ich. »Ein Taktikteam, Special Operations. Sie dürften zu den Glassbrooks gegangen sein und sich Zugang zum Haus verschafft haben. Inzwischen werden sie wissen, dass etwas schiefgegangen ist. Und was ist mit Ihnen? Ihre Mutter wird wissen, dass Sie verschwunden sind. Gibt es sonst noch jemanden? Einen Ehemann? Einen Freund?«

»Ich lebe mit einem Kollegen zusammen. Aber was haben Sie denen in London von Ihrem Verdacht erzählt?«

»Wie meinen Sie das?«

»Ich meine, werden die sich zusammenreimen können, was hier in den letzten Jahren vorgegangen ist? Ohne Sie? Können sie die Urnen mit den sterblichen Überresten der Kinder finden?«

»Ich habe ihnen gesagt, ich hätte den Verdacht, dass es auf dem Polizeirevier von Sabden einen Fall von Korruption gibt und dass ich der hiesigen Polizei nicht trauen könne. Ich habe ihnen Bracken Lees Namen genannt. Sie werden schon angefangen haben, ihn zu überprüfen.«

»Haben Sie den Namen von irgendjemandem auf dem Revier genannt, den Sie in Verdacht haben?«, will Perdita wissen.

»Ich kenne die Leute da doch kaum. Ich habe Brian Rushtons Vater gut gekannt, und Brian selbst scheint ein pflichtbewusster, vertrauenswürdiger Officer zu sein, aber wer weiß?«

»Sie kennen Tom Devine«, sagt Perdita.

Ich registriere, dass sie ihn nicht »Superintendent« nennt. »Ich habe ihn früher mal gekannt«, antworte ich

Als sie wieder etwas sagt, hat sich ihr Tonfall verändert. »Es heißt, Sie hätten ihn gut gekannt.«

»Das ist lange her.«

»Manche Gefühle verschwinden nie.«

In meinem Kopf dreht sich alles. Dwane und Jenny Ogilvy sitzen in der Ecke des Schuppens, sie lehnen an der Wand wie Perdita und ich. Dwane hat ein kleines rundes Loch in der Stirn. Wie ich ihn da so sitzen sehe, hoffe ich inständig, dass er nicht nach vorn kippt. Das Trümmerfeld an seinem Hinterkopf muss ein grauenvoller Anblick sein.

»Niemals«, wiederholt Jenny. Sie und Dwane halten sich an den Händen.

»Es tut mir so leid«, sage ich zu ihnen.

»Florence, was ist los? Was sehen Sie?«

Perdita hat ohnehin schon Angst, und ich will es nicht noch schlimmer machen. Ich schließe die Augen und zähle bis zehn.

»Florence, das macht mich fertig. Was geht hier ab?«

Als ich zu Ende gezählt habe, als sich meine Atmung wieder beruhigt hat, öffne ich die Augen. Dwane und Jenny sind verschwunden.

»Es geht schon«, sage ich. »Nur schlimme Kopfschmerzen.« Ich versuche es mit einem Lächeln. »Was hat Sie eigentlich zur Polizei gebracht? Als wir uns kennengelernt haben, haben Sie Tarotkarten gelegt.«

Ihre Züge entspannen sich. »Das weiß ich noch.«

»Nicht gerade die übliche Kindheit eines Polizisten.« Ich plaudere nicht einfach nur. Ich brauche Perdita in Bestform, sie muss ruhig und stark sein. Sie daran zu erinnern, warum sie eine Gesetzeshüterin geworden ist, ist die beste Methode, um das zu erreichen. »Ich dachte, ja, Sie hätten eine ganz andere Zukunft vor sich.«

»Spielt das eine Rolle?«, fragt sie.

»War's eine Rebellion gegen die unkonventionelle Lebensweise Ihrer Mutter? Unsere Mütter beeinflussen uns mehr, als uns bewusst ist.«

»Meine Mutter ist keine Hochstaplerin. Sie kann wirklich unheimliche Dinge passieren lassen.« Perditas Tonfall hat sich erneut verändert.

»Wenn Sie es sagen.«

»Der Unterschied ist, sie glaubt an das Übernatürliche und ich nicht. Als Kind wollte ich wissen, wie sie das alles gemacht hat. Wie sie es angestellt hat, dass sich die Planchette auf dem Hexenbrett bewegt, dass die richtigen Karten im Tarot auftauchen. Ich wollte wissen, warum sich bei uns zu Hause immer wieder Sachen von ganz allein bewegt haben. Sie hat gesagt, das wäre ein Poltergeist. Aber ich wusste, dass wir beide irgendwie dafür verantwortlich waren.«

»Interessant«, sage ich leichthin.

»Ich habe Psychologie studiert, mich auf unbewusste Phänomene spezialisiert. Dabei habe ich eine eigene Theorie entwickelt, dass Menschen ein unsichtbares magnetisches Kraftfeld um sich haben, das dazu benutzt werden kann, die stoffliche Welt zu manipulieren. Das funktioniert immer am besten bei Menschen, die nicht besonders klug sind oder die von etwas anderem abgelenkt werden.«

»Bei Menschen, die irgendwie behindert sind? Ich wette, behinderte Kinder sind die besten Probanden, stimmt's?«

Sie antwortet nicht.

»Sie sind eine sehr kluge Frau, Perdita, und trotzdem sind Sie mit Mitte vierzig immer noch Detective Sergeant. Finden Sie es nie frustrierend, dass Sie nicht weiterkommen?«

Ihre Miene verfinstert sich. »Nicht jeder will Chefin der Metropolitan Police werden.«

»Nein. Und Sie hatten einen Grund, in Sabden zu bleiben. Verraten Sie mir eins. Wann sind Sie mit Ihrer Theorie zu den Meistern gegangen?«

116. Kapitel

Cassie

Wie habe ich nur das Tonbildnis vergessen können? Es enthält Johns Essenz. Tammy kann es nicht zerstören, ohne John zu schaden.

Ich werde weniger als zehn Minuten brauchen, bis ich in der Stadt bin. In zwanzig Minuten kann ich wieder hier sein. Ich will Tammy nicht sehen, aber es geht nicht anders. Als ich ins Auto steige, überlege ich, ob sie das Tonbildnis so oder so beschädigen wird, aus reiner Bosheit. Vielleicht glaubt sie nicht an seine Macht, jemandem zu schaden.

Beim Black Dog angekommen, fahre ich auf den Parkplatz hinter dem Pub. Johns Van steht dort auf seinem üblichen Platz neben der Hintertür. Daneben steht ein kleiner roter Renault, von dem ich weiß, dass er Tammy gehört. Abgesehen davon ist der Parkplatz leer.

Ich mache kein Geräusch auf dem Kies. Neben der Hintertür sehe ich etwas Merkwürdiges. Einen großen Autoreifen, über dessen inneren Rand mit Klebeband der Plastikdeckel eines Mülleimers befestigt ist. Ich trete näher heran und sehe, dass ein kleines Loch in die Mitte des Deckels geschnitten worden ist, ungefähr vier Zentimeter im Durchmesser. Dieses sonderbare Gebilde beunruhigt mich, aber ich kann keinen Sinn darin erkennen, und die Zeit läuft ab.

Die Küche ist leer. Mary sollte hier sein, doch von ihr ist nichts zu sehen. Nur ein Koffer und zwei Sporttaschen neben dem Tisch in der Mitte des Raumes.

»Hallo?«

Niemand antwortet. Auf dem Küchentisch erblicke ich ein Handy und Johns alte schwarze Lederbrieftasche. Er ist irgendwo im Gebäude.

»John?«

Nichts.

Hier stimmt etwas nicht. Ich hätte Tammy nie für jemanden gehalten, den man fürchten muss, aber dieses Haus ist von einer Energie erfüllt, die wild und zornig ist. Meine Autoschlüssel bohren sich in meine Handfläche, und mir kommt der Gedanke, dass sie eine Art Waffe abgeben werden. Dann erblicke ich eine noch bessere. Aus einem Messerblock neben dem Spülbecken ziehe ich das größte Messer heraus.

Dann trete ich vorsichtig zur Tür, spähe in den Flur. »John!«

»Hier unten«, ruft Tammys Stimme.

Durch die offene Kellertür kann ich einen schwachen Lichtschein sehen. Das Messer hinter dem Rücken versteckt, trete ich an die Tür. Der Geruch von verschüttetem Bier und feuchter Kellerluft strömt herauf.

»Was ist los?«, rufe ich. »Wo ist John?«

»Er ist hier unten«, antwortet Tammy.

Ich kann sie nur hören, nicht sehen. Ich mache einen Schritt die Treppe hinunter, und mein Fuß rutscht weg. Hastig greife ich nach dem Geländer. Das Messer fällt mir aus der Hand, landet klappernd auf dem Steinboden. Als ich die Stufen genauer betrachte, sehe ich, dass sie feucht glänzen. Tammy hat sie eingeschmiert. Sie will, dass ich hinunterfalle.

Ich stelle mir vor, wie John auf den Stufen ausrutscht, so wie ich eben, und sich nicht festhalten kann. Wenn sie ihm etwas angetan hat, bringe ich sie um. Ich reiße ihr mit bloßen Händen das Herz heraus.

Vorsichtig eile ich die Stufen hinunter, halte mich dabei am Geländer fest. Am Fuß der Treppe schnappe ich mir als Erstes das Messer. Dann sehe ich den aus Ziegeln gemauerten Türbogen, der in einen weiteren Raum führt. Dort stapeln sich Kartons mit Chips und Kästen mit Softdrinks. An der gegenüberliegenden Wand befindet sich ein weiterer Türbogen. Ich bin schon halb dort, als das Licht ausgeht.

117. Kapitel

Florence

Mit weit aufgerissenen Augen beteuert Perdita: »Ich weiß nicht, was Sie meinen.«

»Wie viel Zeit haben die Ihnen gegeben? Eine Stunde? Wann kommen sie zurück? Oder sind sie draußen und lauschen?«

»Florence, wovon reden Sie?«

»Ich bin schon mal von diesen Irren gefangen gehalten worden. Da war's nicht annähernd so gemütlich. Sie sollen mich zum Reden bringen, und ich könnte mich ohrfeigen dafür, dass ich das auch getan habe. Aber das ändert nichts. Es sind vertrauenswürdige Polizeibeamte in der Stadt, genau in diesem Moment, und die werden rausfinden, was in der Laurel Bank geschehen ist. Die Leute, die dahinterstecken, werden im Gefängnis landen. Und Sie auch.«

Ihre Miene verwandelt sich, alle Unsicherheit verschwindet daraus. »Sie haben wirklich überhaupt keine Ahnung. Die Arbeit im Black Moss Manor ist von extremer Bedeutung.«

Ich lache. »Es gibt nicht den geringsten Beweis dafür, dass paranormale Fähigkeiten existieren, geschweige denn, dass man sie sich zunutze machen kann.«

Sie schüttelt den Kopf, als würde sie mich bemitleiden. »Das sollen Sie ja auch denken.«

»Telekinese gibt es nicht.« Ich provoziere sie. Nach allem, was ich weiß, kann es so etwas durchaus geben.

»Natürlich gibt es Telekinese. Und Fernwahrnehmung. Und Telepathie.«

»Schwachsinn. Nichts davon konnte je bewiesen werden.«

Ihre Stimme wird lauter. »Es gibt jede Menge Beweise. Aber jedes Mal, wenn die an die Öffentlichkeit gelangen, werden sie als Zaubertrick abgetan. Und zwar von uns. Das haben die Leute über Uri Geller und sein Löffelverbiegen gesagt – bloß ein Zaubertrick. Das machen wir mit Absicht. Die meisten Zaubertricks sind unendlich viel spektakulärer als alles, was Telekinese bewirken kann, deswegen glauben die Leute uns. Aber in all dieser falschen Magie steckt die echte, und wir werden immer besser.«

»Haben Sie so was tatsächlich schon mal selbst gesehen?«

Ihr Gesicht nimmt einen abwehrenden Ausdruck an.

»Ich vertraue auf das, was mir gesagt wird. Und sie haben mir eine Stunde gegeben, um Ihre Frage von eben zu beantworten. Es ist besser, wenn Sie mit mir reden.«

»Ich habe Ihnen nichts mehr zu sagen. Mein Verschwinden wird ausreichen, damit meine Vorgesetzten einen Durchsuchungsbeschluss für das Black Moss Manor bekommen. Ihr Spiel ist vorbei.«

»Wo ist Tom Devine?«

Jetzt kommen wir zum eigentlichen Thema. Zum wahren Grund, warum ich hier bin. »Der Superintendent? Woher soll ich das wissen?«

»Als er zuletzt gesehen wurde, wollte er sich mit Ihnen treffen. Gestern, in den frühen Morgenstunden. Er ist nicht zurückgekommen.«

Ich setze ein verdutztes Gesicht auf. »Das ist ja interessant. Ich habe ihn heute mehrmals gesehen. Auf dem Friedhof, vor dem Black Moss Manor, im Haus der Glassbrooks. Allerdings sehe ich auch oft Menschen, die eigentlich gar nicht da sind, das hilft Ihnen also wahrscheinlich nicht viel. Sie dagegen scheinen mir recht real zu sein. Bedauerlicherweise.«

Sie sieht mich argwöhnisch an. »Haben Sie ihn nun gesehen oder nicht?«

Ich tue so, als würde ich darüber nachdenken. »Wahrscheinlich nicht«, antworte ich. »Das war wahrscheinlich alles nur in meinem Kopf. Aber er hat sehr real gewirkt. Er hat gut ausgesehen.«

Sie kann nicht weiter von mir wegrutschen, aber es sieht aus, als ob sie sich fester gegen die Wand drückt. »Sind Sie eigentlich verrückt?«

Ich sehe ihr unverwandt in die Augen und lächele. »Mit an Sicherheit grenzender Wahrscheinlichkeit.«

Sie zögert, ehe sie ihre nächste Frage stellt. »Ist er … tot?«

»Ich sehe tote Menschen, ganz recht«, erwidere ich. »Aber dafür werde ich mich nicht entschuldigen. Wenn ich verrückt bin, dann haben Ihre wahnsinnigen Freunde dafür gesorgt.« Ich hebe die Stimme und rufe: »Hey, Doktor Frankenstein, kommen Sie rein und sagen Sie guten Tag zu Ihrem Monster.«

»Hören Sie auf!«

Ich habe die Frau völlig aus dem Konzept gebracht. Mit den Leuten, für die sie arbeitet, wird das nicht so leicht sein. Ich frage mich, wann sie wohl auftauchen werden. Inzwischen bin ich mir fast sicher, dass sie draußen lauschen.

»Was haben Sie mit Tom gemacht?«, fragt sie noch einmal

Aufrichtige Furcht schwingt in ihrer Stimme mit. Mir fällt wieder ein, dass sie gesagt hat, sie lebe mit einem Kollegen zusammen, und ich verspüre einen Stich der Eifersucht.

»Haben Sie ihn umgebracht?«, fragt sie mit gepresster Stimme.

»Tom war meine große Liebe«, antworte ich. »Warum sollte ich ihn umbringen.«

»Tom ist meine große Liebe«, faucht sie mich an. »Und deshalb bringe ich Sie um.«

Ich lache. »Ich glaube, meine Liebe, da werden Sie sich hinten anstellen müssen.«

Und genau in diesem Moment geht die Tür auf.

118. Kapitel

Cassie

Die Finsternis, die mich umgibt, ist total.

»Der Sicherungskasten.« Tammys Stimme kommt von überall her. »Mach dir nicht die Mühe, danach zu suchen. Er ist einen Meter über deinem Kopf, und ich hab gerade den Hocker weggenommen, auf dem ich gestanden habe.«

Ich habe keine Chance, John im Dunkeln zu finden. Ich muss wieder nach oben und Hilfe holen. Ich strecke die Hand aus und hoffe, auf die weiche Pappe eines der Kartons zu stoßen. Da ist nichts. Ich mache einen Schritt. Immer noch nichts, und schon habe ich die Orientierung verloren. Ich zwinge mich vorwärtszugehen. Früher oder später werde ich gegen eine der von Kartons gesäumten Wände laufen, und dann kann ich mich daran entlangtasten.

Noch nie habe ich mich in völliger Finsternis fortbewegen müssen.

Licht flammt auf. Ein Taschenlampenstrahl leuchtet mir direkt ins Gesicht. Ich stürze darauf zu, das Messer vor mich hingestreckt, doch das Licht geht aus. Ich höre Schritte davoneilen und knalle gegen die Wand.

»Ganz ruhig«, kichert Tammy.

Ich komme wieder zu Atem.

»Ich bin hier«, höhnt sie, und die Taschenlampe wird erneut angeknipst. Diesmal leuchtet sie sich selbst an, von unten. Ihr Gesicht ist eine groteske Maske. Dann wandert der Strahl weiter, und ich sehe Johns Tonbildnis in ihrer linken Hand.

Der Strahl richtet sich nach unten und gleitet über den Steinboden. Sie will mich tiefer in den Keller hineinlocken, und ich wäre blöd, da mitzumachen. Andererseits ist diese Taschenlampe meine beste Möglichkeit, hier rauszukommen und John zu finden. Ich habe ein Messer, und ich glaube nicht, dass sie bewaffnet ist. Ich gehe in Richtung des Lichts, doch sie hat die Taschenlampe bereits wieder ausgemacht, und dieses kurze Aufflackern des Lichts ist bereits eine trügerische Erinnerung. Ich laufe geradewegs gegen etwas Großes, Schweres.

Als ich wieder Luft bekomme, bemerke ich, dass der Geruch sich verändert hat, der Geruch nach Bier ist dem von Schlamm und Moder gewichen. Ich bin jetzt wohl in der Nähe des Flusses.

Der Taschenlampenstrahl leuchtet erneut auf, lange genug, dass ich Holzfässer erkennen kann, die aussehen, als wären sie schon jahrzehntealt. Manche stehen aufrecht, andere liegen auf der Seite, als sollten sie davongerollt werden. Tammy steht neben einem weiteren Durchgang, niedriger als die Türbogen, durch die wir zuvor gegangen sind.

Sie verschwindet in dem Durchgang. Ich habe Angst vor ihr, aber ich habe auch Angst davor, kein Licht mehr zu haben, und so setze ich mich ebenfalls in Bewegung und betrete geduckt einen engen Tunnel, nur um sie an dessen Ende ein paar schmale Stufen hinaufsteigen zu sehen. Ihre Beine verschwinden, und ich habe nur einen Lichtschimmer, der mich leitet.

Die Stufen sind bröckelig und glitschig vor Feuchtigkeit. Ich muss mich tief bücken, um hinaufsteigen zu können. Schon rechne ich damit, dass die Taschenlampe wieder ausgeht, doch dann sehe ich in seinem Licht plötzlich John. Er liegt bäuchlings auf dem Steinboden. Die Taschenlampe liegt neben ihm, so gedreht, dass ich sein Gesicht und das Tonbildnis neben seiner rechten Hand erkennen kann.

Ich eile auf ihn zu. *Wo ist Tammy?*, schießt es mir durch den Kopf.

Eine schwere Tür schlägt zu.

Zu spät fahre ich herum und sehe, dass John und ich in der Falle sitzen.

119. Kapitel

Florence

Bracken Lee kommt als Erster durch die Tür. Die beiden Männer, die ihm folgen, haben sich ihrer Skimasken entledigt, was mich auf absurde Weise hoffen lässt. Natürlich haben sie vor, mich umzubringen, aber als sie uns vorhin aufgelauert haben, waren sie maskiert. Vielleicht sind Dwane und Jenny ja doch nicht tot.

Lee zieht mich hoch. Mit gefesselten Füßen kann ich nicht gehen, also tragen er und einer seiner Begleiter mich nach draußen, wo zwei weitere Personen warten. Als ich unsanft auf den Boden geworfen werde, treten sie näher.

Ich erkenne die Asters. Sie sind natürlich älter, kleiner und dünner, aber ich würde sie überall wiedererkennen.

»Mr und Mrs Taylor, nehme ich an?«, sage ich. »Diesmal kommen Sie wegen Mordes hinter Gitter.«

»Wo ist die Asche?«, will Fred Aster wissen.

Judith Aster sagt nichts, aber sie sieht aus, als würde sie mir am liebsten die Augen auskratzen.

Mühsam komme ich auf die Knie, sodass ich mich umschauen kann. Wir sind hoch oben auf dem Moor, aber noch immer im Schatten des Pendle Hill. Um uns herum steht ein Kreis aus immergrünen Bäumen, und ein paar Meter weiter ist das Ufer eines Sees. Die Leute hier nennen ihn den Black Tarn.

»Haltet sie unter Wasser«, sagt Judith, »dann wird sie bald reden.«

»Wir haben keine Zeit«, widerspricht Fred. »In der Stadt wimmelt es von ihren Leuten.«

»Fred hat recht«, sagt Bracken.

Perdita ist von den Kabelbindern befreit worden, mit denen ihre Hände und Füße gefesselt waren. Sie kommt zu uns herüber. Sie packt mich wortlos und schickt sich an, mich zum See zu zerren.

»Lass mich das machen, Perdy«, sagt eine Stimme, und ich werde hochgehoben, ein paar Meter weit getragen und dann am Rand des Sees ins Wasser geworfen. Augenblicklich lehnt sich irgendjemand – Perdita, nehme ich an – auf meine Schultern, und mein Kopf taucht unter Wasser.

120. Kapitel

Cassie

Ich reiße John das Hemd auf und legte meine Hände auf seine nackte Brust. Warm. Es dauert ein paar Sekunden, bis ich sicher bin, doch ich kann seinen Herzschlag von meinem unterscheiden. Zwei Herzen. Sie schlagen noch.

»John?«

Ich nehme die Taschenlampe, die Tammy zurückgelassen hat – vermutlich, damit ich erkennen kann, wie schlimm meine Lage ist –, und leuchte damit seinen Körper ab. Ich kann keine Wunde sehen, nirgends ist Blut. Rasch ziehe ich meine Jacke aus, falte sie zusammen und schiebe sie ihm unter den Kopf.

»John, sag doch was.«

Ich bekomme ihn nicht wach, aber er ist am Leben. Also richte ich mich auf und schaue mich um. Ich bin in der mittelalterlichen Zelle, von der ich gehört, die ich aber nie gesehen habe, weil Johns Familie sie immer mit Brettern vernagelt hatte. Sie ist klein, vielleicht drei mal einen Meter, und so niedrig, dass man nicht ganz aufrecht stehen kann. Direkt über uns ist ein eiserner Gitterrost. Hier und dort sind die Steinmauern weggebrochen, sodass man die Erde dahinter sehen kann. Dicht über dem Boden sind die Überreste von Handschellen und einem Eisenring. Die Tür – Holzbohlen, von dicken Eisennägeln zusammengehalten – könnte Hunderte von Jahren alt sein, ist aber stabil gebaut und passt genau in den steinernen Türbogen. Auf dieser Seite gibt es keine Klinke. Nur das Schloss und darüber eine Luke mit fünf senkrechten Eisenstäben darin.

Ich trete näher und leuchte mit der Lampe hindurch. Dort steht Tammy.

»Hier haben sie früher Hexen eingesperrt«, sagt sie. »Hat mir Beryl erzählt.«

»Wo ist sie?«

»Pennt mal wieder ihren Rausch aus. Ich sage es ihr morgen früh.«

Ich frage nicht, was sie ihr sagen will. Dieses Spiel spiele ich nicht mit. Sie sagt es mir trotzdem.

»Dass ihr abgehauen seid, du und John. Dass ich keine Ahnung habe, wo ihr seid. Dass sie wahrscheinlich nie wieder von ihm hören wird.«

»Mein Auto steht draußen, du blöde Kuh«, fahre ich sie an, und im selben Moment fällt mir ein, dass ich meine Schlüssel oben liegen gelassen habe. Sie kann den Wagen wegfahren, ihn irgendwo stehen lassen, und niemand wird es je erfahren. Die Polizei wird nicht in Sabden nach mir suchen, nicht wenn mein Gepäck aus Daphnes und Avrils Haus verschwunden ist. Nicht wenn Johns Gepäck auch weg ist. Sie werden annehmen, dass wir zusammen durchgebrannt sind.

»Das kriege ich schon geregelt«, sagt sie. »Ich habe ja noch die ganze Nacht Zeit.«

»Damit kommst du niemals durch«, sage ich. »Die Leute werden uns rufen hören. Ich habe ein Messer hier, ich grabe mir einen Weg nach draußen.«

»Bis morgen früh seid ihr tot«, verkündet sie.

Ich sehe mich um. Die Zelle ist gruselig, aber hier drin ist nichts, was uns umbringen wird.

»Ich geh dann mal«, sagt sie, und eine Schiebeklappe vor dem Gitter knallt herunter.

Gleich darauf dröhnen Hammerschläge. Ich versuche, die Klappe anzuheben, aber von dieser Seite aus kann man sie nicht greifen.

»Was machst du da?«

»Ich mache die Zelle luftdicht.«

Sie will, dass wir ersticken. Hat sie etwa den Gitterrost über uns nicht gesehen? Da kommt doch frische Luft herein.

»Für den Rost habe ich eine Abdeckung gebaut«, erklärt sie, als hätte sie meine Gedanken gelesen. »Ein Mülleimerdeckel aus Plastik auf 'nem alten Reifen von Johns Lieferwagen.«

Das Loch in dem Mülleimerdeckel fällt mir wieder ein. Da würde ein Schlauch durchpassen. Plötzlich begreife ich, was sie vorhat. Sie will uns vergasen.

Ich wirbele herum und suche nach irgendetwas, womit ich das Luftloch in der Decke verstopfen kann. »Er ist der Vater deiner Kinder. Ich dachte, du liebst ihn.«

»Tue ich auch. Aber lieber soll er tot sein, als dass ich zulasse, dass er mit dir rumvögelt. Wahrscheinlich benutze ich dein Auto. Ist dein Tank voll?«

Verdammt, das ist er. Er ist voll.

»Es gibt schmerzhaftere Todesarten als 'ne Kohlenmonoxidvergiftung«, bemerkt Tammy, während sie weiterhämmert. »Dir wird schwindlig und ein bisschen übel. Vielleicht kriegst du auch Kopfschmerzen, aber dann schläfst du ein und wachst nicht mehr auf. Früher, in den alten Zeiten, ist es den Hexen schlimmer ergangen.«

121. Kapitel

Florence

Ich spucke schlammiges Wasser, während Bracken Lee sich neben mich an den Rand des Sees hockt.

»Letzte Chance«, verkündet er. »Sagen Sie mir, wo die Asche ist.«

»Ihre Mutter war ein sehr liebes Mädchen«, keuche ich. »Sie würde sich schämen.«

Ich werde in eine sitzende Stellung hochgezerrt, und Judith tritt vor. Sie schaut herab.

»Wenn Sie es uns sagen, können wir Sie laufen lassen«, sagt sie. »Ohne die Asche und ohne die Obduktionsberichte – und um die können wir uns kümmern – haben Sie nichts in der Hand. Sagen Sie es uns, dann ist das alles hier für Sie vorbei.«

Sie lügt. Auch ohne die Urnen stelle ich ein viel zu hohes Risiko für sie dar.

»Sandra Cartwright ist vor einer Stunde gestorben«, sagt Judith. »Sie haben gar nichts.«

»Wir haben keine Zeit mehr.« Frederick tritt vor. »Die Polizisten aus London haben sich mit ihren Kollegen getroffen. Früher oder später kommen sie hierher. Wir müssen das Ganze jetzt sofort beenden.« Er wendet sich an die jüngeren Männer. »Ihr kümmert euch darum?«

»Kein Problem«, versichert Lee.

Die Asters und Perdita gehen davon, und ich sehe, dass am Rand des Wassers ein Ruderboot wartet. Sie wollen die Hexe ertränken.

122. Kapitel

Cassie

Ich habe John zur Tür geschleift, in der Hoffnung, dass durch die Ritze ganz unten ein bisschen Luft zu ihm dringt. Mit dem Griff des Messers dresche ich auf die Klappe in der Luke ein, doch Tammys Nägel halten.

Ich mag den Eisenrost gar nicht mehr ansehen. Ich habe meine Jacke in das Gitterwerk gestopft, doch mir ist klar, dass das Kohlenmonoxid trotzdem durchkommt. Mein Kopf tut schon seit einiger Zeit weh, mir ist schlecht, und alle paar Sekunden muss ich innehalten, weil mir schwindelig wird.

Tammy hat uns um Mitternacht hier zurückgelassen. Um zehn nach zwölf habe ich den Motor meines Wagens anspringen hören. Jetzt ist es bald eins. John und ich haben fast eine Stunde lang Kohlenmonoxid eingeatmet.

Natürlich habe ich versucht, den Rost aus seiner Verankerung zu reißen, doch der hat sich vor vierhundert Jahren schon nicht gerührt, und jetzt rührt er sich auch nicht. Ich habe versucht, die Hände durch die Stäbe zu zwängen, um womöglich den Schlauch zuzuhalten, aber die Gitterkaros sind zu klein. Tammys grauenvolle Konstruktion funktioniert. Lange bevor meinem Wagen das Benzin ausgeht, werden John und ich tot sein.

Die beklemmend enge Zelle scheint immer kleiner zu werden. Ich kann mich nicht mehr auf den Beinen halten, also setze ich mich. Ich lege mich neben John und nehme ihn in die Arme. Er hat sich nicht gerührt, und darüber bin ich froh. Er wird einfach nicht mehr aufwachen und in meinen Armen sterben. Ich lasse den Kopf auf seine Schulter sinken und schließe die Augen.

»Cassie!«

»Cassie!«

Ich bin auf dem Grund eines tiefen Brunnenschachts, eines Schachts, der sich endlos über mir erstreckt, und die Stimme meiner Schwester, unfassbar weit weg, hallt herunter.

»Cassie, bist du da unten? Scheiße, ich kriege dieses Ding nicht weg. Cassie, sag doch was.«

»Gehen Sie zur Seite, Miss. Da ist irgendein Stoff im Weg. Ich versuch, den rauszuziehen.«

Die Stimme kenne ich. Es ist ein Polizist. Er hat heute mit mir gesprochen.

»Cassie! Halt durch, die Polizei ist hier. Sie wissen, wo du bist. Halt durch, Cassie.«

Von sehr weit weg höre ich Schritte.

Der Parkplatz des Pubs ist gerammelt voll. Ich sitze auf der Trittstufe des Krankenwagens, eine Decke um die Schultern und eine Sauerstoffmaske vor dem Gesicht, und sehe zu, wie Tammy zu einem wartenden Polizeiauto geführt wird. Sie sieht weder mich noch John an, der hinter mir im Krankenwagen liegt. Der Polizeiwagen fährt davon, und sie verschwindet aus unserem Leben.

»Es war reiner Zufall, dass ich dein Auto gesehen habe.« Luna sitzt neben mir, ungewöhnlich dicht, aber ich bitte sie nicht, ein Stück wegzurutschen. »Wenn die Ampel grün gewesen wäre, wäre ich glatt vorbeigefahren. Ich wollte dir eigentlich die Leviten lesen, weil du von Daphne und Avril weg bist, und dann habe ich den Schlauch gesehen. Großer Gott, Cass.« Sie drückt meinen Arm und nimmt die Hand dann rasch wieder weg, als wäre ihr das alles peinlich.

»Sind Sie so weit, Miss?« Der Rettungshelfer hinter mir hat sich um John gekümmert, der immer noch bewusstlos ist. »Zwei Minuten, dann fahren wir.«

Ich ziehe die Maske vom Gesicht. »Was ist mit den anderen?«

»Setz das Ding wieder auf«, rügt Luna mich. »Dwane und Jenny geht's gut. Sie haben gefesselt in Dwanes Auto gesessen, vor der Zehntscheune. Perdita ist vor ein paar Minuten aufgegriffen worden, sie ist zu Fuß die Nelson Road runtergelaufen. Sie sagt, sie und Florence sind von maskierten Männern in einem Auto von der Scheune weggefahren worden, und dann haben die sie am Straßenrand rausgesetzt.«

»Und Florence?«, frage ich.

Luna schüttelt den Kopf.

123. Kapitel

Florence

Ich werde zu dem Boot geschleppt. Bracken und ein anderer Mann schieben es ins Wasser, ein dritter Mann steht am Ufer und sieht zu. Die Asters gehen zu ihrem Auto.

Der Wind frischt auf, als wir uns vom Ufer entfernen. Der Mann, den ich nicht kenne, rudert. Bracken sitzt ihm gegenüber. Ich kauere auf dem nassen Boden. Das Boot ist klein, eigentlich ist nur Platz genug für zwei. Unter der Ruderbank liegen zwei sehr große Steine. Bevor ich dieses Boot verlasse, werden diese Steine an mir festgebunden werden. Die Kabelbinder um meine Handgelenke sind so fest, dass sie mir in die Haut schneiden. Wenn ich über Bord gehe, werde ich Arme und Beine nicht benutzen können.

Früher, als Hexen ganz offen gerichtlich verfolgt wurden, wurde Ertränken nicht als Hinrichtung praktiziert, sondern als Test. Die beschuldigte Frau wurde ins Wasser geworfen. Wenn sie unterging, war sie keine Hexe, also unschuldig. Wenn sie an der Oberfläche trieb, dann war sie schuldig, denn das war nur dank übernatürlicher Kräfte möglich. Es bewies, dass sie mit dem Teufel im Bunde war. Dann wurde sie wieder aus dem Wasser geholt und anschließend verbrannt.

Ich bin eine Hexe. Ich muss auf dem Wasser treiben.

Wir fahren weiter, und das einzige Geräusch ist das Plätschern der Ruder. Die Nacht ist finster, und die Ränder des Sees sind in der Dunkelheit verschwunden.

»Hier?« Die Ruder halten inne. Ich höre das Tropfen von Wasser und dann ein Geräusch wie von anderen Rudern.

Bracken sieht sich um. »Bisschen weiter noch«, sagt er.

Kurz bevor die Ruder wieder ins Wasser tauchen, hören wir etwas.

»Was war das?«, fragt der Mann an den Rudern.

»Ein Fuchs«, antworte ich. »Die jagen bei Dunkelmond.«

»Klappe«, knurrt Bracken.

Wir gleiten weiter über das stille schwarze Wasser. Der Black Tarn ist ein Gletschersee, vor Millionen von Jahren von Eis geformt, und man nimmt an, dass er sehr tief ist. Nicht dass das eine Rolle spielt. Nicht mal zwei Meter reichen, um mich zu ertränken. Ich hole tief Luft, und mir fällt wieder ein, wie mein Sohn seinem Dad und mir vom Tauchen erzählt hat.

Man atmet ein paar Sekunden ganz schnell, um die Lunge zu weiten. Dann atmet man einmal ganz tief ein und hält die Luft an.

Ich fange an zu keuchen, stelle mir bildlich vor, wie meine Lunge immer größer und voller wird. Die Männer denken, ich gerate in Panik, und grinsen sich an.

»Hier geht's«, verkündet Bracken.

Sein Komplize hört auf zu rudern und zieht die Ruder ein.

Ich mache weiter, hole gewaltig tief Luft und stoße sie wieder aus. Der Ruderer rollt einen der Steine unter seiner Bank hervor.

Jetzt muss ich es tun. Ich sauge Luft ein, bis sich meine Lunge anfühlt, als würde sie gleich platzen, und dann, bevor einer der Männer reagieren kann, stehe ich auf und stürze mich über Bord.

Ich tauche unter. Die Kälte spüre ich diesmal kaum. Sie wird mich nicht umbringen. Es ist Sommer. Mein Körpergewicht zieht mich hinunter, und ich zwinge mich, nicht dagegen anzukämpfen. Ich darf keine Energie darauf verschwenden, und ich darf auch nicht zu früh wieder hochkommen. Über mir wird das Boot heftig schaukeln, und die beiden Männer werden Mühe haben, es auszubalancieren. Vielleicht haben sie nicht gesehen, wo genau ich ins Wasser gestürzt bin. Wenn ich sehr viel Glück habe, sind ihre Taschenlampen bei der Schaukelei gleich mit über Bord gegangen.

In der Schwärze um mich herum kann ich nichts sehen. Ich höre ein Klingeln in den Ohren, aber es ist kein unangenehmes Geräusch.

Ich sinke immer langsamer und komme schließlich zum Stillstand. Regungslos liege ich da, wie auf allen Seiten vom Wasser gepolstert. Die Versuchung, mich zu bewegen, mich gegen meine Fesseln zu wehren, ist beinahe überwältigend, aber ich weiß, dass ich ganz stillhalten muss.

Die Luft in deiner Lunge funktioniert wie eine Schwimmweste. Man braucht nur tief einzuatmen, dann steigt man im Wasser auf.

Ich bin seit vielleicht zehn Sekunden im Wasser. Mir bleibt noch mindestens eine Minute, bevor mir die Luft ausgeht.

Der menschliche Körper schwimmt von Natur aus oben, Frauenkörper noch mehr als die von Männern, wegen ihres höheren Fettanteils. Ich bin eine Frau in mittleren Jahren, und egal, wie sehr ich mich bemühen mag, nicht zuzunehmen, die Pfunde haben den Weg auf die Hüften gefunden. Schon viele Male habe ich mich auf stillem Wasser treiben lassen.

Es funktioniert. Ich steige empor. Ich kann die Oberfläche zwar nicht sehen – der Himmel ist zu dunkel, und es ist kein Mondlicht da, um mir den Weg zu weisen –, doch ich vertraue auf die Gesetze der Physik. Zwanzig Sekunden, schätze ich, sind vergangen, seit ich ins Wasser gestürzt bin.

Meine Hände und Füße fühlen sich taub an. Das Blut zieht sich aus den Extremitäten zurück, um die lebenswichtigen Organe zu versorgen, bald jedoch werden die ihre Tätigkeit verlangsamen. Ich sage mir, dass das gut ist. Die Kälte des Wassers wird meinen Sauerstoffverbrauch bremsen, wird mir zusätzliche Zeit verschaffen. Ich steige weiter auf, langsamer, als ich es gern hätte, doch ich versuche mir klarzumachen, dass auch das gut ist. Die Männer in dem Boot werden nicht gleich zum Ufer zurückrudern. Sie werden abwarten, um sicher zu sein, dass ich nicht wieder hochkomme.

Unwillkürlich zerre ich an den Kabelbindern, die meine Hände fesseln. Die Bewegung erweist sich als Fehler. Ich fange wieder an zu sinken. Panik schießt in mir empor.

Ich bin eine Hexe, sage ich mir. *Ich werde auf dem Wasser treiben.*

Dreißig Sekunden. Den Atem anzuhalten ist nicht länger einfach. Mein Brustkorb schmerzt. Aber ich treibe wieder aufwärts. Ich sehe Bewegung, sehe die Wasseroberfläche. Mein Gesicht bricht hindurch, und ich lasse die Luft aus meinem Brustkorb entweichen. Dann hole ich zweimal tief Atem und lausche auf Gebrüll, warte darauf, dass ein Taschenlampenstrahl mein Gesicht trifft.

Dann gehe ich wieder unter, und wieder setzt die Panik ein. Wenn ich mich in der Vergangenheit auf dem Wasser habe treiben lassen, hatte ich zwei freie Arme, um die Balance zu halten. Jetzt bin ich verschnürt wie ein Paket. Ich zwinge mich, stillzuhalten, doch allmählich macht sich Verzweiflung breit. Ich kann nicht bis in alle Ewigkeit auf- und abtauchen. Also riskiere ich ein gewaltiges Ausschlagen mit beiden Beinen und schieße empor, breche abermals durch die Oberfläche. Doch kaum habe ich gekräuseltes schwarzes Wasser erblickt, als ich auch schon wieder untergehe, diesmal schneller. Diesmal sinke ich tiefer.

Wieder trete ich mit den Beinen aus, tauche wieder auf, atme ein und gehe unter. Als ich die Oberfläche noch einmal durchbreche, wird mir klar, dass es das letzte Mal sein könnte. Ich schnappe nach Luft, als eine Hand mein Haar packt. Rückwärts werde ich durchs Wasser gezogen und stoße gegen etwas Hartes. Das Boot. Ich warte auf die Hand, die mich unter Wasser drückt.

Eine zweite Hand packt mich unter der Achsel.

»Keinen Mucks«, flüstert mir eine Stimme ins Ohr. »Ganz ruhig. Die sind nicht weit weg.«

Ich rühre mich nicht. Ich habe keine Ahnung, was hier vorgeht.

Endlose Minuten lang werde ich an dem Boot festgehalten, klammere mich an die letzten Sekunden meines Lebens, die mir jetzt unendlich kostbar erscheinen. In der Ferne höre ich Stimmen und vielleicht das Schlagen von Rudern.

»Schön. Ich glaube, wir können's riskieren. Seien Sie ja still.«

Er packt mich mit beiden Händen und zieht mich hoch. Das Plätschern, das wir verursachen, erscheint mir fürchterlich laut. Am liebsten würde ich mich mit den Beinen aus dem Wasser emporstrampeln, aber ich traue mich nicht, mich zu bewegen. Dann werde ich schmerzhaft über den Rand gezerrt und lande auf dem Boden des Bootes. Ich spüre Hände, warm an den meinen, die Kälte von Metall, und im nächsten Moment bin ich die Kabelbinder an den Händen los. Als auch meine Füße frei sind, setze ich mich mühsam auf.

Der Mann in dem Boot hat eine Decke, die er mir umlegt. Er hebt einen Finger an die Lippen, nimmt dann leise ein Ruder und schiebt uns durchs Wasser auf das Ufer zu. Ich beobachte einen Lichtpunkt. Das muss das andere Boot sein, denke ich.

Erst als Autoscheinwerfer aufflammen und über das Wasser huschen, als der Wagen davonfährt, spricht mein Retter wieder.

»Das glauben die mir im Angelclub nie.«

124. Kapitel

Cassie

Donnerstag, 12. August 1999

Die Schlüssel sind dort, wo Avril gesagt hat. Ich bin zehn Minuten zu früh dran, aber ich brauche unbedingt einen Moment für mich allein. Es ist viele Jahre her, seit ich das letzte Mal in unserem alten Haus war, und an dem Tag, an dem ich weggegangen bin, dachte ich, ich sei eine Mörderin. Ich glaube, es wird eine Weile dauern, mich daran zu gewöhnen, dass ich keine bin.

In der Küche riecht es nach getrockneten Kräutern und Zitrone, das war schon immer so. Und außerdem nach Staub und altem Stoff, das war noch nie so.

Die Flaschen mit dem Fingerhutsirup sind schon vor langer Zeit geleert worden, und in der alten Außenküche erinnert nichts daran, was ich einst vorhatte. Ich gehe weiter ins Wohnzimmer und finde die alte Flasche Tio Pepe. Nicht zu fassen, dass meine Mutter sie aufgehoben hat. Gerade will ich mir ein Glas einschenken, um zu sehen, ob ich die zusätzliche Süße des Hagebuttensirups schmecken kann, als ich höre, wie draußen ein Auto vorfährt. Also gehe ich zurück in die Küche und warte auf Florence.

»Wie geht's John?«, erkundigt sie sich, sobald sie eintritt.

»Sie behalten ihn noch einen Tag da«, antworte ich. »Tammy hat ihm irgendein heftiges Sedativ verpasst. Sie will nicht sagen, was es war, deswegen wollen sie ihn weiter beobachten.«

»Und Ihnen?«

»Der schlimmste Kater meines Lebens. Sie haben gesagt, ich soll mir viel Ruhe gönnen, am besten an der frischen Luft. Und Ihnen?«

»Mir geht's sehr viel besser, seit ich weiß, dass gewisse Personen hinter Gittern sitzen.« Florence stellt ihre Tasche auf den Tisch, holt ihr Handy heraus und wirft einen raschen Blick darauf. »Brian Rushton und meine Leute haben heute Morgen die Asters in Gewahrsam genommen. Haben Sie davon gehört? Es wird Anklage erhoben. Perdita Collins ist auch festgenommen worden.«

»Gut«, sage ich. »Nicht das mit Perdita, natürlich. Avril und Daphne sind am Boden zerstört.«

Wieder schaut Florence auf das Display ihres Handys. »Keine Spur von Bracken Lee. Und im Black Moss Manor haben wir keine eindeutigen Hinweise gefunden. Diese Typen sind gut darin, ihre Spuren zu verwischen.«

»Ich bin froh, dass Sie okay sind«, sage ich und stelle fest, dass ich das ernst meine. Heute fühle ich mich anders, als sei all die Gehässigkeit, der Neid, die Unzufriedenheit, die mich so lange zerfressen haben, ausgetrieben worden.

»Was werden Sie und John jetzt tun?«, will sie wissen.

Ich will nicht mal, dass Tammy ins Gefängnis kommt. Wie kann ich es ihr zum Vorwurf machen, John ein bisschen zu sehr zu lieben?

»Wir haben noch gar nicht darüber nachgedacht«, antworte ich. »Dazu war keine Zeit. Ins Ausland gehen, nehme ich an. Gegen den Skandal werden wir nichts machen können, nicht wenn Tammys Prozess stattfindet.«

Ich überlege, ob John und ich uns wohl weigern können, Anzeige zu erstatten, ob das überhaupt möglich ist, wenn es um versuchten Mord geht. Das kann ich Luna fragen.

Florence sagt nichts.

»Halten Sie das für falsch?«, frage ich daher.

»Ach Cassie.« Sie schüttelt den Kopf. »In Anbetracht der Umstände …«

Über unseren Köpfen setzt Musik ein. Elvis Presleys »Always On My Mind«. Als ich Florence ansehe, ist ihr Gesicht kalkweiß geworden.

»Was ist denn jetzt los?«, frage ich.

Sie stößt die Luft aus, die sie angehalten hat. »Das ist Luna. Das hat sie neulich Abend auch gemacht. Hat mich fast zu Tode erschreckt.«

Wir steigen die Treppe in den ersten Stock hinauf, gehen an Florence' ehemaligem Zimmer und an meinem vorbei, und tatsächlich, die schmale Tür zum Dachboden steht offen. Ich gehe voran. Als ich oben an der Bodentreppe ankomme, verstummt die Musik. Ich betrete den Dachboden und sehe Luna und meine Mutter bei Larrys altem Plattenspieler sitzen.

»Hast du was dagegen, wenn ich die nehme, Cass?«, erkundigt sich Luna. »Wir können sie teilen, wenn du möchtest.«

»Ich dachte, du bist im Krankenhaus.« Mit steifen Gliedern kommt meine Mutter auf die Beine, klopft sich feinen Staub vom Rock und macht einen Schritt auf mich zu.

Ich versichere ihr, dass mir nichts fehlt und John auch nicht, und dann muss Florence mehrere Fragen zu ihrem

Gesundheitszustand beantworten. Während meine Mutter sie ausquetscht, schlendere ich auf dem Dachboden umher. Er ist groß, erstreckt sich über die ganze Grundfläche des Hauses und ist voller Plunder, der sich im Laufe der Jahre hier angesammelt hat. Es muss Jahre her sein, Jahrzehnte, dass ich hier oben war. Unzählige Kartons sind hier aufeinandergestapelt, Regale mit alten Büchern, eine große lederne Reisetruhe, massenweise Koffer.

Überall liegt Staub, grau, mit feinen schwarzen Körnchen durchsetzt. Ich kann Fußspuren sehen, die meine Mutter und Luna hinterlassen haben, und beim Gehen höre ich ein schwaches Knirschen unter den Füßen, als würde ich auf feine Schlacke treten.

»Mir geht's übrigens auch gut, falls das jemanden interessiert«, bemerkt Luna. »Wer hat Lust auf einen Drink? Um wie viel Uhr macht der Black Dog auf, Cass?«

Ich ignoriere ihre Worte. Unser altes Puppenhaus hat mich abgelenkt, eine Miniaturversion des Hauses, in dem wir uns gerade befinden. Ich klappe die bewegliche Vorderseite hoch und sehe mein ehemaliges Zimmer, genau so, wie es damals war. »Dad hat das hier gemacht, stimmt's?«

Das Haus ist ebenfalls von feinem Staub überzogen – in dem etwas glitzert. Ich schaue genauer hin. Insektenflügel.

»Natürlich«, antwortet meine Mutter. »Er hätte alles für euch gemacht. Erinnerst du dich noch an eure Kinderbetten?«

Den Arm um meinen Rücken gelegt, führt sie mich zu einem kunstvoll geschnitzten Kinderbettchen, das zu leuchten scheint. An Kopf- und Fußende ist eine Waldlandschaft in einer Winternacht dargestellt. Larry hat für mich Sterne und einen hellen Vollmond geschnitzt.

»Du bist im Februar geboren worden«, meint meine Mutter, als könnte ich das vergessen haben. »Deswegen hat er dir einen Schneemond gemacht. Das ist Apfelbaumholz. Er hat im Garten einen alten Baum gefällt.«

»Und wo ist meins?«, will Luna wissen. »Oder musste ich in Cassies altem Bett schlafen?«

Meine Mutter sieht Luna mit einem Blick an, den ich von früher kenne. »Deins war aus Pflaumenholz. Eine Sommernacht und ein Bockmond.«

»Und wo ist es?«

Ihre Miene umwölkt sich. »Es ist unten. Randy hat es damals runtergeholt, für den kleinen Henry.«

»Ist es immer noch da unten?« Florence ist zu dem schmalen Fenster hinübergegangen und sieht hinaus.

»Wir haben das Zimmer nie wieder benutzt«, erwidert meine Mutter.

»Glaubt ihr, wir werden jemals herausfinden, was mit Marigold passiert ist?«, fragt Luna.

Einen Moment lang schweigen alle. Ich habe das Gefühl, dass Florence uns nur mit halbem Ohr zuhört. Neugierig sieht sie sich auf dem Dachboden um.

»Sie haben sie an dem Abend damals geholt«, sagt meine Mutter. »Sie und den kleinen Henry. Sie haben es ausgenutzt, dass ich nicht im Haus war, und sind sie beide holen gekommen. Es war meine Schuld.«

»Sie haben sie nicht ins Black Moss Manor gebracht«, entgegnet Florence. »Das hat doch gebrannt.«

»Ich weiß nicht recht, ob das logisch ist«, meint Luna.

»Grace hätte es doch gehört, wenn hier etwas los gewesen wäre. Ich kann mich nicht erinnern, dass sie taub war.«

»Und Marigold wäre nicht freiwillig mitgegangen«, füge ich hinzu. »Sie hätte Zeter und Mordio geschrien.«

Florence und meine Mutter sehen sich an.

»Eine gute Lunge hatte sie«, räumt meine Mutter ein. »Wissen Sie noch? Der Abend, als sie entbunden hat?«

Florence lächelt. »Und als sie sich auf der Entbindungsstation in der Toilette eingeschlossen hat.«

»Du hast recht, Schatz«, sagt meine Mutter. »Sie wäre nicht mitgegangen, ohne sich zu wehren.«

»Dann haben sie sie also hier umgebracht«, meint Florence. »Oder Roy hat es allein getan.«

»Der war von dem Gift viel zu geschwächt.« Meine Mutter schüttelt den Kopf. »Er konnte kaum laufen.«

»Wirklich?«, frage ich. »Ich erinnere mich nämlich, dass er durchaus imstande war, John zu verdreschen.«

»Als Tom und ich um elf hier angekommen sind, war er noch am Leben.« Florence runzelt die Stirn.

»Er war noch auf den Beinen und ist rumgelaufen, als ich aus dem Haus gerannt bin«, sage ich. »Das war um kurz vor zehn.«

»Was konnte er in einer Stunde alles anstellen?«, fragt Florence.

»Mit Marigold alles, was er wollte«, antwortet meine Mutter. »Ich hätte nicht weggehen dürfen.«

»Können wir bitte aufhören, uns die Schuld an dem zu geben, was die Ungeheuer in dieser Stadt uns und anderen angetan haben?«, fährt Luna dazwischen. »Ich meine, jetzt mal im Ernst. Es reicht!«

»Ich denke, es war wahrscheinlich Roy.« Florence spricht mehr zu sich selbst als zu uns. »Er hatte eine Stunde Zeit. Er hat Marigold umgebracht. Dann hat er die Meister kontaktiert und ihnen gesagt, sie sollen die Leiche und das Baby abholen. Das haben sie getan, und dann ist er wieder ins Bett gegangen, weil er sich wirklich nicht wohlgefühlt hat.«

»So muss es gewesen sein«, bekräftige ich.

Doch Florence hat wieder eine zweifelnde Miene aufgesetzt. »Ich kann mir ja vorstellen, dass die ohne Problem ein Baby verschwinden lassen«, sagt sie. »Aber die Leiche einer jungen Frau? Das ist nicht so einfach. Nicht auf die Schnelle.«

Wir schweigen alle einen Moment, während wir darüber nachdenken.

»Sally, wann haben Sie das letzte Mal hier oben saubergemacht?«, erkundigt sich Florence.

Meine Mutter macht ein beleidigtes Gesicht.

»Ich meine das nicht unhöflich«, versichert Florence. »Wenn Lunas Bettchen nach dreißig Jahren immer noch unten steht, dann deutet das darauf hin, dass Sie nicht oft hier raufgekommen sind.«

»Ich war seit Jahren nicht mehr hier oben«, sage ich. »Allerdings wohne ich ja auch schon seit Jahren nicht mehr hier.«

»Nach dem Abend damals«, fragt Florence, »wie gründlich hat die Polizei das Haus durchsucht? Waren die hier oben?«

Wir starren sie alle an.

»Ich war nicht dabei«, fährt Florence fort. »Der Superintendent hatte angeordnet, dass ich nichts mit Larrys Familie zu tun haben durfte.«

»Ich habe zwei Tage in einer Zelle gesessen«, bemerkt meine Mutter. »Die Mädchen waren bei Avril und Daphne.«

»Mary hat nichts davon gesagt, als wir zurückgekommen sind«, sagt Luna. »Sind Sie sicher, dass die Polizei nach ihr gesucht hat?«

»Ja«, erwidert Florence. »Ich weiß noch, dass darüber geredet wurde. Dass es hieß, das Haus und der Garten seien gründlich durchsucht und keine Spur von Marigold oder ihrem Sohn gefunden worden.«

»Die Polizei hat doch an dem Abend gesucht, als sie verschwunden ist«, sagt meine Mutter. »Da habe ich mitgeholfen. Wir haben überall nachgeschaut, auch hier oben.«

»Die Polizei hat nach einer Frau gesucht, die sich versteckt, nicht nach einer Leiche«, gibt Florence zurück. »Und es war eine schnelle, oberflächliche Suche. Es wurde nicht nach forensischen Gesichtspunkten gesucht. An dem Abend nicht.«

Wieder verstummen wir alle.

»Ist euch schon mal aufgefallen, dass es hier ziemlich viele Überreste von Insekten gibt?«, erkundigt sich Florence.

Ich betrachte den Fußboden. Den knirschenden schwarzen Staub, auf dem wir herumgelaufen sind. Dann sehe ich meine Mutter und meine Schwester an und weiß, ohne zu fragen, dass wir alle dasselbe denken.

»Das ist unmöglich«, wehrt Luna ab. »Wir hätten doch etwas … gerochen.«

Mein Blick wandert zu der großen ledernen Reisetruhe an der gegenüberliegenden Wand.

»Als ich Ihren Vater das letzte Mal gesehen habe, hat er gesagt, er wüsste so das eine oder andere über Leichen«, entgegnet Florence. »Darüber, wie sie sich zersetzen und je nach Umgebung unterschiedlich verwesen. Roy hat das auch gewusst.«

Florence ist meinem Blick zu der Reisetruhe gefolgt.

»Roy hat nicht gewusst, dass er an diesem Abend sterben würde«, fährt sie fort. »Was ist, wenn ihm gesagt worden wäre, er soll die Leiche verstecken, nur einen Tag lang oder so, bis jemand kommen und sie ordentlich entsorgen könnte? Wo in diesem Haus würde er sie hintun?«

»Was ist in der Truhe da, Mum?«, will Luna wissen.

»Vorhänge«, antwortet meine Mutter. »Bettwäsche. Ein paar alte Bettüberwürfe.«

»Marigold ist im Sommer verschwunden«, sagt Florence. »Dieser Raum ist bei Weitem nicht luftdicht, also gab es jede Menge Insektenaktivität.«

Florence sucht etwas in ihrer Jackentasche. Schließlich zieht sie ein Paar violette Einmalhandschuhe hervor.

»Aber wir hätten doch den Geruch bemerkt«, wiederholt Luna.

»Haben wir ja auch«, sagt meine Mutter. »Ich musste jemanden holen, der sich die Abflüsse angeschaut hat. Das war kurz nach Randys Beerdigung. Wisst ihr noch, wie schlimm es da geregnet hat?«

»Der Geruch hätte sich ein paar Wochen gehalten, allerhöchstens ein paar Monate.« Florence streift sich die

Handschuhe über. »Und wenn sie sich in einem geschlossenen Raum befunden hätte, hätte er sich nicht weiter ausgebreitet. Vorhänge hätten die austretende Flüssigkeit aufgesaugt.«

Luna sieht mich an. »Cass, warum bringst du Mum nicht nach unten?«

Meine Mutter schüttelt den Kopf. Sie stellt sich neben mich, als Florence auf die Truhe zugeht. Sie öffnet die Verschlüsse und hebt denn den Deckel an. Er kippt gegen die Wand. Luna geht langsam zu ihr hinüber, während Florence ein Laken aus der Truhe zieht.

»Oh«, sagt Luna.

Meine Mutter nimmt meine Hand, und wir gehen zu den beiden anderen. Mit beklommenem Gesicht tritt Luna zur Seite, damit wir etwas sehen können.

In der Truhe – in Embryonalhaltung zusammengekrümmt und nur an ihrem langen rotblonden Haar und ihrem blassrosa Kleid mit den weißen Gänseblümchen darauf zu erkennen – liegt Marigold.

125. Kapitel

Florence

Freitag, 13. August 1999

Wir treffen uns am Tor zur Nacht.

Schon den ganzen Tag über war es bedeckt, und mit einbrechender Dämmerung haben sich schwere Wolken am Himmel zusammengeballt. Das Zwielicht wird nicht lange währen.

Daphne und Avril kommen als Erste. Daphne hat die Arme voller Gartenblumen. Viele davon haben leuchtend orangegelbe Blüten. Marlene und ihre Tochter kommen als Nächste und bringen noch mehr Blumen, dann treffen Mary und die Ogilvys ein. Hecate, Perditas Mutter, haben wir nicht gesagt, dass wir uns treffen. Die Frauen können ihr nicht länger vertrauen. Sally wird ihren Platz im Zirkel einnehmen.

Eine halbe Stunde, vielleicht auch länger, plaudern wir und trinken Wein. Eine oder zwei der anderen bewundern den mit Schmucksteinen besetzten kleinen Samtbeutel, den ich an einem Band um den Hals trage. Ich sage ihnen, dass er ein Geschenk von Sally ist.

Viele fragen neugierig, wie die Ermittlungen laufen. Ich berichte, dass der gefälschte Obduktionsbericht aus dem Polizeirevier verschwunden ist, dass aber der echte, der sich noch im Blackburn Royal Infirmary befindet, beweist, dass die Kinder im Laufe der letzten zwanzig Jahre gestorben und illegal auf dem Grundstück des Black Moss Manor begraben worden sind. Es sind Anklagen erhoben worden, und die Asters, die sich tatsächlich als Mr und Mrs Taylor ausgegeben hatten, werden wegen Mordes vor Gericht gestellt werden. Wie der Prozess ausgehen wird, kann niemand sagen.

»Der Richter wird wahrscheinlich ein Meister sein«, sagt Mary.

Die Frauen wechseln nervöse Blicke, als brächte es immer noch Unglück, den Namen laut auszusprechen.

»Selbst die können sich nicht offen gegen das Gesetz stellen«, erwidere ich. »Wir kriegen sie. Langsam, aber sicher. Nur Mut, Ladys.«

»Irgendwas Neues von Bracken Lee?«, will Marlene wissen.

Ich schüttele den Kopf.

Der Himmel wird dunkler, also zünden wir die Kerzen rund um den Holzstoß an, den die Glassbrook-Frauen und ich zusammengetragen haben. Man kann den Garten nicht einsehen, doch wir sind nahe bei anderen Häusern. Was wir tun, muss rasch getan werden.

Hinter uns geht die Küchentür auf, und Dwane kommt zu uns heraus. Wir haben Marigolds sterbliche Überreste in eins von Sallys Leinenlaken gehüllt. Dreißig Jahre nach ihrem Tod ist nur noch wenig von ihr übrig. Dwane trägt sie. Mit einer Miene, die selbst für seine Verhältnisse grimmig ist, geht er zu dem Holzstoß und legt sein Leinenbündel in dessen Mitte.

Wir haben das Holz mit Benzin getränkt. Das hier muss schnell gehen. Morgen früh werden wir die Asche zusammenkehren und sie auf dem Hügel verstreuen, dort, wo die

Hexen sich treffen. Marigold wird niemals vergessen werden. Nicht von uns.

Die Frauen bilden einen Kreis um den Holzstoß. Sie strecken die Arme aus, um eine physische Verbindung herzustellen, und fangen an zu singen. Ich werfe eine brennende Kerze ins Herz des Holzstoßes.

Das Feuer brennt hell und wild. Ich sehe, wie das Leinenlaken, das jetzt Marigolds Leichentuch ist, verkohlt und zerfällt. Sehe zu, wie Funken in den violetten Himmel emportanzen, und denke daran, wie sie ihrem neugeborenen Sohn liebevoll Wiegenlieder vorgesungen hat.

»Ich sage ja nicht, dass das hier falsch ist, Florence, aber ohne Marigolds Leichnam werden Sie nie nachweisen können, dass Bracken Lee ihr Sohn ist«, bemerkt Luna neben mir. »Selbst wenn sie ihn finden, Sie werden es nicht beweisen können. Und ohne diese Verbindung haben Sie keinerlei Beweise dafür, dass die Meister sie ermordet haben.«

Ich wechsele einen Blick mit Dwane, und meine linke Hand schließt sich um den kleinen Samtbeutel, der um meinen Hals hängt.

»Ich glaube nicht, dass Bracken Lee jemals gefunden wird«, antworte ich. »Aber wir haben auch nicht *alle* Knochen von Marigold verbrannt.«

Luna sieht mich mit großen Augen an, und ich halte meine Linke hoch, sodass alle sie sehen können. »Ich habe einen ihrer Finger an mich genommen. Um genau zu sein, den Mittelfinger ihrer linken Hand. Wenn Bracken Lee jemals zur Rechenschaft gezogen wird, können wir behaupten, Sally hätte den Finger in einem von den

Kartons auf dem Dachboden gefunden. Das wäre nicht unlogisch. Die Meister haben ihren Opfern Finger abgetrennt.«

»Und Sie wollen den Finger einer Toten um den Hals tragen?«, fragt Cassie.

»Mir fehlt seit dreißig Jahren ein Finger«, erwidere ich. »Und es war schwer, damit fertigzuwerden. Ich glaube, das hier wird helfen.«

Das Feuer brennt weiter. Die Hexen singen für Marigold und weinen um sie. Im Südosten ist der Mond aufgegangen, und eine bleiche Sichel hängt am Himmel und wacht über uns. Der Dunkelmond ist fort. Für dieses Mal.

Dramatis Personae

1999

Florence Lovelady, Assistant Commissioner der Metropolitan Police von London
Nick, ihr Ehemann, ein Polizeibeamter
Ben, ihr 15-jähriger Sohn

Larry Glassbrook, verurteilter Mörder
Sally Glassbrook, seine Frau
Cassie Glassbrook, seine ältere Tochter
Luna Glassbrook, seine jüngere Tochter
Mary, Haushälterin der Glassbrooks

Tom Devine, Superintendent des Polizeireviers von Sabden
Brian Rushton, Detective Inspector
Perdita Collins, Detective Sergeant

John Donnelly, Betreiber des Pubs The Black Dog in Sabden
Tammy Donnelly, seine Frau
Beryl Donnelly, Johns alte Mutter

Dwane Ogilvy, geschäftsführender Teilhaber des Beerdigungsinstituts Glassbrook & Greenwood
Jenny Ogilvy, seine Frau

Avril Cunningham, Rechtsanwältin aus Sabden
Daphne Reece, Bibliothekarin im Ruhestand und Avrils Lebensgefährtin
Marlene Labaddee, Floristin aus Sabden
Hecate Collins, Medium und Spiritualistin, Mutter von Perdita

Dr. Frederick Aster, ehemals Arzt im Black-Moss-Manor-Kinderheim
Dr. Judith Aster, ehemals Ärztin im Black-Moss-Manor-Kinderheim
Sandra Cartwright, ehemalige Mitarbeiterin des Black-Moss-Manor-Kinderheims
Bracken Lee, Manager des Black Moss Manor Residential Retreat

Abby Thorn, Journalistin
Caroline (Tricksy) Trickett, Anthropologin

1969
Marigold McGowan, eine junge Mutter
Henry McGowan, ihr neugeborener Sohn

Roy Greenwood, geschäftsführender Teilhaber des Beerdigungsinstituts Glassbrook & Greenwood
Grace Greenwood, seine Mutter

Ted Donnelly, Betreiber des Pubs The Black Dog, verheiratet mit Beryl

Stanley Rushton, Superintendent des Polizeireviers von Sabden
Randall (Randy) Butterworth, Police Constable
Jack Sharples, Detective Inspector
Gary Brown, Detective Sergeant, als »Woodsmoke« bekannt
Colin West, Police Constable

Harold Devine, Toms Vater
Mary Devine, Toms Mutter

Ernest Chadwick, ein Stadtrat
Albert (Bertie) Frost, Besitzer und Herausgeber der *Lancashire Morning Post.*

Lillian Ogilvy, Dwanes Mutter

Sharon Bolton im Goldmann Verlag
und bei Manhattan:

Die Lacey-Flint-Thriller:
Dunkle Gebete
Dead End
Ihr Blut so rein
Schwarze Strömung
Das Auge des Flusses (als E-Book)

Stand-Alone-Thriller:
Todesopfer
Bluternte (als E-Book)
Böse Lügen
Er liebt sie nicht
Im Visier des Mörders

Die Florence-Lovelady-Thriller:
Der Meister des Todes (als E-Book)
Der Schatten des Bösen
Das Gift des Bösen

(alle auch als E-Book erhältlich)

GOLDMANN
Lesen erleben